FRANZOBEL

Was die Männer so treiben, wenn die Frauen im Badezimmer sind

ROMAN

PAUL ZSOLNAY VERLAG

1 2 3 4 5 16 15 14 13 12

ISBN 978-3-552-05562-9

Illustrationen: Josef Krichbaum
Satz: Eva Kaltenbrunner-Dorfinger, Wien
Druck und Bindung: GGP Media Gmbh, Pößneck
Printed in Germany

FSC
www.fsc.org
MIX
Papier aus verantwortungsvollen Quellen
FSC® C014496

für Maxi, Mucki und H. H.

Fasten your seatbelts,
it's going to be a bumpy night.

BETTE DAVIS IN »ALL ABOUT EVE«

Vorwort

Gott existiert nicht,
deshalb glaube ich an ihn.

Im April 2011 fand ich im Hotel Orient zwei 120-Minuten-TDK-Tonbandkassetten, deren Aufnahmen mich gleichermaßen schockierten, irritierten wie beeindruckten, sodass ich sie trotz aller Ängste, sie könnten mit einem Fluch behaftet sein, abtippte und dem Zsolnay Verlag zur Veröffentlichung antrug. Glück, Zufall oder höhere Fügung? Ich weiß es nicht.

Es war der Tag, an dem die Zeitungen mit der Schlagzeile *Gott heiratet wieder und wird zum siebten Mal Vater* aufmachten. Mit Gott war aber keineswegs der allseits angefeindete Schöpfer von allem, sondern bloß der allseits beliebte Schöpfer des Biene-Maja-Liedes, nämlich der gleichnamige tschechische Schlagersänger Karel Gott gemeint. Glück, Zufall oder höhere Fügung? Ich weiß es nicht.

Mein Schriftstellerkollege Antonio Fian hat unlängst darauf hingewiesen, dass man in Wien, wenn man zur staatlichen Hörfunkanstalt gelangen will, an der U-Bahn-Station Taubstummengasse aussteigen muss. Dafür finden sich in der Blindengasse nur Wirtshäuser, in denen man bis zur Sehunfähigkeit saufen kann. In Wien ist die Adresse immer gleichbedeutend mit ihrer Bestimmung. So findet sich die Pathologie in der Sensengasse, das Bestattungsmuseum in der Goldeggasse, und das erste chinesische Restaurant wurde in den späten sechziger Jahren des vorigen Jahrhunderts in der Porzellangasse eröffnet. Am Fleischmarkt steht eine Abtreibungsklinik und in der Museumstraße das Ministerium für Justiz. In der Blutgasse gibt es einen Zahnarzt namens Doktor Stich, während man die Praxis des Gynäkologen Doktor Spreizfuß neben der des Orthopäden Doktor Spalt in der Komödiengasse findet. In der Zirkusgasse ist ein Gymnasium, in der Tendlergasse ein Heim für Studenten und in der Trostgasse eine Ausspeisung für Obdachlose. Weiters gibt es in der Hardeggasse eine Firma für gefärbte Ostereier und in der Wattgasse eine Straßenbahnremise.

Also kein Wunder, dass bei solch sprechenden Adressen auch die Anschrift des bekanntesten Stundenhotels der Stadt, des Hotels Orient, einiges verrät. Sie lautet Tiefer Graben 30–32 und verweist somit auf den tiefen Spalt, der sich zwischen Seitenspringern und Eheleuten, zwischen Stundenhotelbesuchern und Rotlichtmilieugegnern auftut. Oder bezeichnet er die zur Schlucht ausgespülten Risse einer Beziehung, welche über kurz oder lang zum Fremdgehen führt? Oder meint er gar die Kluft zwischen Gut und Böse, Himmel und Hölle?

In diesem Hotel Orient, gleich hinter der alten Börse, fand im April 2011 zur Hebung des miefigen Stundenhotelimages, aber auch, um dem blasierten und verklemmten Wiener Kunstpublikum einen Anlass zu bieten, einen solchen Ort einmal unbefangen zu betreten, eine Soiree statt. Die Künstlerin Ona B. hatte rote Segel an den Fenstern befestigt, die sich wie gigantische Brüste nach außen wölbten. Es spielten Ernst Molden, das Erste Wiener Heimorgelorchester sowie Dobrek Bistro. Josef Krichbaum stellte seine märchenhaften Bilder aus, und ich war geladen, Exotisch-Erotisches aus meinem Roman *Scala Santa oder Josefine Wurzenbachers Höhepunkt* vorzulesen. Der großgewachsene sozialdemokratische Kulturstadtrat hielt eine kurzweilige Rede, und auf üppig beladenen Tischen warteten Champagner, Austern und Lachsbrötchen.

Nach Beendigung der Lesung, als die vielleicht zwanzig Kunstbeflissenen bereits weiter in die nächste Suite gezogen waren, um einer Puppentheaterversion des *Kamasutra* beizuwohnen, sprangen mir die beiden TDK-Kassetten ins Auge. Sie steckten in einer bodennahen Strombuchse, deren Deckel sich gelöst hatte, und trugen die Bleistiftaufschriften *Purple Rain. Der Siebte Kontinent. Generation Deo. Schwarzer Schnee. Brut. Mittagsteufel. Junibraut. Die Vögel* und *Ahnungen*. Ich weiß nicht, wer sie dort versteckt hatte, aus welchem Grund, und auch nicht, wie lange sie da zwischen den Drähten und Kabelklemmen gelegen sein mochten. Ich weiß nur, dass ich Prince, Hitchcock und Konrad Bayers *Der sechste Sinn* assoziierte, irgendeinem Instinkt folgend beide Kassetten einsteckte, um sie dann tagelang zu vergessen. Glück, Zufall oder höhere Fügung? Ich weiß es nicht.

Als ich sie endlich abhörte, verstand ich zuerst einmal gar nichts. Eine Art Zwitschersprache war zu hören. Die Kassetten waren, wie sich später herausstellen sollte, in sechsfach verlangsamter Aufnahmegeschwindigkeit besprochen. Als es mir endlich gelang, sie in Normalgeschwindigkeit zu hören (hier ist Klaus Dickbauer für seine technische Hilfeleistung zu danken), war ich von der geschmeidigen dunklen Sprecherstimme wie vom bizarren Inhalt fasziniert, der im Folgenden ungekürzt wiedergegeben wird.

Aus Gründen des Personenschutzes wurden bis auf Hildebrand (Hildy) alle Eigennamen geändert. Gleiches gilt für die Ortsnamen Sumpfing und Schleiming. Die Unterteilung in zwei Bände wurde aus rein inhaltlichen Gründen vorgenommen. Die Benennung der Unterkapitel stammt von mir.

Da in diesem Buch auch mehrmals von Teufeln die Rede ist, bitte ich an dieser Stelle schon den evidentesten von allen zu entschuldigen, den Druckfehlerteufel.

Franzobel, Wien, am 9.10.2011

Satans geschickter Plan besteht darin,
die Menschen zu veranlassen, seine Existenz
zu leugnen im Namen der Rationalität …

PAPST JOHANNES PAUL II.

BAND 1

Die Zeit der geringsten Gewissheit

Es gibt Tage, sie müssen nicht einmal besonders kalt sein, Tage, an denen es nicht zwitschert und nicht tiriliert, nicht piepst und zirpt, Tage, an denen niemand in den Bäumen raschelt, niemand auf den Stromkabeln und Fenstersimsen sitzt, der Himmel leergeräumt, ja, leergeträumt ist, Tage, an denen keiner über Felder hüpft und niemand in der Erde nach Würmern oder Larven pickt, Tage, an denen der Himmel vom Himmel gefallen scheint und mit ihm die Vögel. Tage, die uns ganz normal erscheinen. Niemandem nämlich, niemandem außer den Katzen und ein paar verrückten Ornithologen, fällt es an solchen Tagen auf, dass die Vögel verschwunden sind. Vielleicht wundern sich die Käfer, Würmer und Mäuse, dass ihre Population so gut gedeiht. Sonst aber merkt es keiner.

Natürlich können die Vögel nicht einfach so ihre Tage haben und verschwinden, wenigstens nicht alle, nicht die Singvögel und Nachplappervögel aus ihren Käfigen, nicht die Legehennen und Truthähne aus ihren Gefängnissen und auch nicht die Brathühner aus den Grillstationen und Gefrierfächern, aber alle anderen sind an diesen Tagen einfach weg. Doch niemandem fällt es auf, weil alle so mit sich beschäftigt sind, dass sie auf so etwas nicht mehr achten. Ich auch.

Man muss schließlich einmal Hauptsache sein, nicht immer nur die anderen. Man muss auch einmal sagen, das hat man sich verdient. Man muss sich auch einmal was gönnen.

Aber ich gönne mir nichts, ich bin auf der Flucht. Gelandet in einem kleinen, nach Desinfektionsmittel riechenden Zimmer. Rosa geblümte Decke, fadenscheinige Lampenschirme und ein weinrotes Doppelbett mit Spannbezügen. Da sitze ich in diesem Zimmer, das mich an die Schlafkammer der Großmutter erinnert: rosa Vorhänge, blutroter Teppichboden, geblümte Tapete, zerschlissener Fauteuil – genau wie bei Oma, nur die Blumentöpfe und der Nippes fehlen. Keine Schälchen aus Orangenhaut und keine Schächtelchen mit Muscheln oder Schneckengehäusen. Keine Schnupftabakdöschen, keine Stalin-Bilder und auch keine Kanister mit Frittieröl.

Da sitze ich, nachdem ich alles nur denkbare Unheil überstanden habe, im Hotel Orient und überlege, wie viele Menschen hier gestorben sind, wie viele man mit stehengebliebenem Herzen oder Gehirnschlag von hier fortschaffen musste. Das Orient ist eine Bleibe für gewisse Stunden, ein Stundenhotel, wo man sich etwas gönnt, wo einem Zeit gestundet wird, dem geschundenen Alltag zu entfliehen, ein Love-Hotel.

Wie viele Hektoliter Sperma hier vergossen worden sind? Wie viele Kinder hier gezeugt, wie viele Aidsansteckungen, Tripperübertragungen, Pilzvermehrungen, Rollenspiele, Herzinfarkte? Ich denke an den für sein soziales Engagement bekannten Politiker, den man hier nackt und tot mit einer Zitrone im Mund und einem gefrorenen Fisch im Arsch gefunden hat, was damals ein Skandal gewesen ist. Ich sehe helle Verkrustungen im Bettbezug und Kratzspuren im roten Samt, die wahrscheinlich von lackierten Fingernägeln stammen, das Nachtkästchen mit der Blümchenmusterzierdecke, das mausgraue Telefon mit zugeklebter vanilleweißer Wählscheibe, mit dem man nur den Portier anrufen kann.

Dieser Portier, ein Nordfriese, der mit seinen roten Hängebacken aussieht wie ein Truthahn, war keineswegs erstaunt, dass ich allein das dunkle Foyer des Orient betrat und ihn in seiner kleinen Kammer inmitten seiner Zimmerschlüssel, Monitore von Überwachungskameras und Essensreste fand. Eine Glasschale mit Mentholzuckerln für die Gäste.

– Ferde oder Flanzen?, hat er mich gefragt. Wahrscheinlich eine Anspielung auf die Bilder über dem Bett. Jedenfalls hängt hier in meinem Zimmer ein Bild mit fetten Blumen, Pfingstrosen oder etwas in der Art. Ferde oder Flanzen? Ob alle Wörter, die mit F beginnen, früher ein Pf hatten? Hieß es einmal Pfrösche, Pfuß und Pflasche? Pfritz und Pfranz? Und wie ist das mit Pvögeln? Pficken? Pfeiertag?

– Kommen Sie vom Fluchhafen?, wollte der Portier wissen. Ein dicker Mensch mit langem Hals, aus dem ein kleiner Kopf mit einfältigem Gesicht ragte, spitze Nase, das Kinn eine einzige schwabbelige Hautfalte, fettes Haar, derselbe Menschenschlag wie Ödipus Hornbostel, der Hotelportier in Rom, von dem ich später erzählen werde.

Fluchhafen? Norddeutsche gehen ja auch in die Kirsche und sagen Schemie, Schina und Tschournal. Dufte und: Der Könich hat's lustich, wenn er Honich isst. Ja, vom Fluchhafen komme ich tatsächlich, von einem verfluchten Ort, einem Ausflug zum Siebten Kontinent, aber wie soll der friesische Zerberus-Puter das wissen. Keine Regung hatte er gezeigt, als ich ihm sagte, dass er, wenn eine Frau käme und nach einem Herrn Tosca fragte, sie auf mein Zimmer schicken solle.

– Wünschen die Herrschaften Champagner?, hat er gegurrt und auf eine Witwe Clicquot im Silberkübel gedeutet.

– Später, habe ich abgewunken, das Zimmer bezahlt und an den billigen Prosecco, die zwei Plastiksektflöten in meiner Tasche und die Erwartete gedacht. Sollte ich sie tatsächlich treffen? Wäre es nicht besser gewesen, auf unzurechnungsfähig zu machen? Ich hätte in den nächsten Supermarkt laufen, mich entkleiden, alles aus den Regalen räumen und dabei *Alle Vögel sind schon da, Amsel, Drossel, Fink und Star* singen können.

Nein! Jetzt, nachdem ich alles überstanden habe und mit Fug und Recht behaupten kann, dass ich mich bei allem Pech, das mir in den letzten Tagen widerfahren ist, doch als Glückspilz fühlen darf, sitze ich in diesem Zimmer, Hotel Orient, Wien, Tiefer Graben 30–32, in berechtigter Erwartung einer attraktiven Frau. Draußen bläst kräftiger Wind, die Luft ist frisch und würzig. Dunkle, angefaulte Wolken liegen in der Himmelsschüssel. Es regnet. Fette Tropfen zerschlagen sich am Fensterbrett, spritzen ins Zimmer. Beim Schließen des Fensters sehe ich *Fuck* an der gegenüberliegenden Hauswand stehen, als bedürfte es in einem Stundenhotel dieser Aufforderung. Fuck? Ja, eh. Aber mit wem? Mit der Lady, die zu Herrn Tosca kommt? Oder mit der Hauswand? *Ich sein eine Abdullah* steht daneben, darunter: *Du Arschloch wegen das liest! Ich mach dich Messer.* Ein gesichtsloses Bürogebäude. Ich fühle Blicke, sehe Menschen an den Fenstern, Bürohengste, Schreibstuten und kaufmännische Fohlen, der reinste Pferdestall. Krähen fliegen vorbei, sehen mit ihren Knopfaugen in meine Richtung. Schnell ziehe ich die Vorhänge vor. Man weiß ja nie. Eine Kirchenglocke schlägt, einmal, zweimal.

Den ganzen Weg von der Straßenbahn-Haltestelle bei der Börse bis hierher hatte ich Angst, jemandem zu begegnen, Angst, erkannt zu werden, beobachtet. Was, wenn ein Bekannter vor dem Eingang stand? Ein Nachbar? Schulfreund? Eine meiner Schwestern? Meine Frau? Oder sonst ein schräger Vogel? Wie reagieren, wenn mir im Treppenhaus jemand entgegenkam? Was für eine verfängliche Komplizenschaft des Verbotenen wäre das? Du? Hier? Oder wie wäre die Anwesenheit in einem Stundenhotel vernünftig zu erklären?

Gut, mir ist niemand begegnet, ich habe keinen getroffen,

niemanden gesehen. Einzig den norddeutschen, wahrscheinlich aus Buxtehude oder Hamburg-Furzbüttel stammenden Portier mit seinem durchsichtigen Plastikschlips samt eingeschweißtem Stacheldraht, seiner Ferde-oder-Flanzen-Frage, und eine nur mit einem cremefarbenen Bademantel bekleidete Dame, die von einem hechelnden großen Hund über den Flur gezogen wurde. Sie sah mich an und fragte: Wie lang ist dein Rohr?

Ich war so verdattert, dass ich den Mund nicht aufbekam. Mit Daumen und Zeigefinger formte ich meine Hand zu einer kleinen, halb geöffneten Rohrzange, aber da war die Wasserstoffblondine bereits in ihrem Zimmer. Eine Trostfrau? Eine Käufliche? Und dieses schokoladebraune Vieh mit seinen nässenden Lefzen fungierte als Gehilfe? Oder war sie eine gutbetuchte, sich langweilende Gattin, die sich hier in diesem anrüchigen Ambiente mit ihrem Hund vergnügte? Oder eine Spionin aus der Himmelstrinkerwelt? Hatte sie bereits das Telefon ans Ohr geklemmt, um ihren Auftraggebern meinen Standort mitzuteilen? Waren schon alle unterwegs, um mich zu holen?

Nein, alles ganz normal. Die Blondine war nur eine Nutte aus der Slowakei, wahrscheinlich von einem Geschäftsmann mit zeitweise auftretender erektiler Dysfunktion finanziert, keine Gefahr. Bestimmt bezog sich auch ihr *Wie lang ist dein Rohr?* auf irgendetwas Harmloses, den Abfluss oder so.

Alles überstanden, flüstere ich mir zu. Du musst keine Angst mehr haben. Hier bist du in Sicherheit, hier kann dir nichts passieren. Niemand weiß, wo du jetzt bist. Nicht einmal die Vögel haben dich gesehen. Und wenn du zitterst, dann wegen der Nerven. Wenn dir kalt ist, dann nur, weil du schon lange nichts mehr gegessen hast. Alles ganz normal. Kein Grund zur Panik.

Draußen fahren hupende Autos vorüber. In Sumpfing

hieß das Hochzeit. Blumengeschmückte hupende Autos fuhren durch den Ort, und die Männer murmelten *Es hat wieder einen erwischt. Sie haben wieder einen gefangen. Armer Teufel.*

Aber ich bin nicht in Sumpfing, und ich sehe auch nicht beim Fenster raus, sondern gehe ins kleine Badezimmer, das nur durch einen Vorhang vom Zimmer getrennt ist, denke, dass es unangenehm sein würde, wenn die Toscanische endlich gekommen wäre, wir gleich zwei hormonellen, aus Staudämmen drängenden Fluten übereinander herfallen wollten, um unsere Körper wie harngefüllte Hautsäcke aneinanderzuklatschen, und die Flüssigkeiten in Resonanz gerieten. Oder wir erleichterten uns vorher und müssten die Pissgeräusche des anderen hören. Auch wenn man vorhatte, sich preiszugeben, man einander intimste Körperöffnungen küssen, Körperflüssigkeiten lecken und in der Saftgrube des anderen verstecken wollte, hieß das nicht, dass einen des anderen Klogeräusche interessierten. Aber will ich das? Bin ich wirklich hier, um mit der Erwarteten das zu tun, was alle machen? Oder dienen diese sexuellen Gedanken bloß zur Ablenkung, um nicht an die Geschehnisse der letzten Tage denken zu müssen? Nicht an die Vögel und den Exorzismus?

Ich stehe vor dem Spiegel. Große, traurige Augen, schwammiges, aufgedunsenes Gesicht, Bartstoppeln. Mit Grausen erkenne ich die Züge meiner Vorfahren, ekle mich, zeige mir die Zunge, sie ist weiß und pelzig, lasse kaltes Wasser ins Waschbecken, lege den Prosecco rein, zünde mir eine Gauloise an, um sie sofort wieder auszudämpfen, und blättere im mitgebrachten Buch, Otto Weininger, *Geschlecht und Charakter*. Draußen blitzt und donnert es. Krähen schreien auf, die Kirchenglocke schlägt, einmal, zweimal, dreimal. Oma fällt mir ein, die es liebte, bei so einem Wetter nackt Klavier zu spielen. Ich greife zum Telefon, warte auf die Stimme des Portiers und bestelle Leberknödelsuppe, Wiener Schnitzel mit Kartoffelsalat, Preiselbeermarmelade, Kürbiskernöl und eine Flasche Weißwein.

Sicher, Mama, brennst du darauf zu erfahren, wie dein Hildy dazu kommt, als Herr Tosca in einem Stundenhotel zu sitzen. Sicher willst du wissen, wie dein Hildy, gezeugt auf der Ofenbank unserer Gastwirtschaft in Sumpfing, auf die Welt gekommen an einem 29. Februar, angeblich mit dem Steiß voran und einem lauten Furz, in einer Skikammer zwischen schweißstinkenden Skischuhen, nässenden Skihosen, Skistöcken, Skiwachs und braunen Schneepfützen, unter Bildern von Karl Schranz, Toni Sailer, Annemarie Moser-Pröll und anderen Skifahrern, verantwortlich dafür, dass du meinen Erzeuger, den daueralkoholisierten Postbeamten Melchior Kilgus, heiraten musstest, wie dein Hildy, der sich immer bemüht hat, ein folgsames und braves Kind zu sein, aufgewachsen in unserem Wirtshaus *Zum Saurüssel*, wie also dein Hildy, ein verschlossenes, schüchternes, aber durch und durch normales Kind, dazu kommen konnte, die Sprache der Vögel zu verstehen, und wie er dazu kommen konnte, der Besessenheit verdächtigt und exorziert zu werden, und warum er nun in einem verruchten Ort wie dem Hotel Orient sitzt, um Hauptsache zu sein, auf eine Dame wartet, dabei zittert. Und warum er sich Herr Tosca nennt.

Glaubst du an den freien Willen, Mama? Glaubst du, dass man sich entscheiden kann? Oder ist jede Entscheidung, ganz egal wofür, schon in einem angelegt? Hat man sich also schon entschieden, wenn man meint, sich festzulegen? Ist alles längst von einem als Fahrdienstleiter verkleideten Laplaceschen Dämon vorherbestimmt? Mir kommt es oft vor, als wäre alles angelegt und vorgeschrieben, das Leben eine einzige Bahnfahrt, bei der die Weichen längst gestellt sind. Alle wichtigen Entscheidungen meines kleinen Lebens, so scheint es mir, waren gar nicht von mir entschieden, sondern folgten einem Drang, den der Zug des Lebens eingeschlagen hatte, einem Drang in Richtung Unheil und Verderben, einem Drang in Richtung Türen auf für die Besessenheit. Als würde mein ganzes Leben einem Urknall entspringen, sich ausdehnen und dabei den einmal festgelegten Gesetzen folgen. Da fährt die Eisenbahn darüber.

Machtlos hing ich dran und wurde mitgezogen, wenn es durch Bahnhöfe, Tunnels oder Landschaften ging, vorbei an Signalen, Stellwerken. Und wenn es über Weichen rumpelte, redete ich mir ein, sie selbst gestellt zu haben. Dabei folgte alles einem unbekannten Fahrplan Richtung Hölle, der die Endstation längst festgeschrieben hatte. So auch die Einquartierung im Orient, die Wahl des Kennwortes Tosca, die Entscheidung, meine Erlebnisse auf Kassette aufzunehmen – für dich, Mama, für dich.

Tosca? Weil ich ein Opernliebhaber bin? Puccini-Fan? Weil das der Name eines Fußballspielers ist? Eines Dirigenten? Nein. Tosca war bei der Wiener Anti-Opernball-Demonstration 1989 das Codewort der eingeschleusten Zivilpolizisten. Als nämlich die gepanzerte, mit Plastikschilden, Vollvisierhelmen und Schlagstöcken ausgestattete, von Videos über arbeitsscheue Anarchisten, eingekiffte Vergewaltiger und polizeifeindliche Kommunisten aufgestachelte Phalanx übellauniger Exekutivbeamter alles andere denn halbherzig auf die halbwüchsigen und halbstarken Demonstranten einprügelte, während drinnen in der Oper ganze sozialistische Ministerkabinette ihren unbedarften debütierenden Sprösslingen zujubelten, Champagner schlürften und sich auf die Mitternachtsquadrille freuten, schrien draußen bei der in Tumulten und Prügelszenen zerbröselnden

Demo nicht nur dein in diese Veranstaltung zufällig hineingeratener Sohn Hildy und alle anderen Demonstranten, sondern auch die zur Eskalation eingeschleusten und als Anarchisten verkleideten Zivilbeamten.

Aber während die Protestierer *Bullenschweine, Arschlöcher* und dergleichen Kosenamen von sich gaben, brüllten die Agents Provocateurs alle das Codewort *Tosca,* was sie vor den Gummiknüppeln ihrer Kollegen bewahren sollte. Nur hatten dummerweise die sich ebenfalls feiernd in irgendwelchen Opernlogen befindlichen Polizeigeneräle vergessen, das Codewort an die einfachen Beamten weiterzugeben, die nun dieses immer verzweifelter gebrüllte *Tosca! Tosca!* für eine besonders perfide, weil ihnen unverständliche Beleidigung hielten und daher, weil sie glaubten, sie würden als dümmlich schwule Filmpreise beschimpft, besonders unerbittlich auf die Demonstranten einprügelten. Sie droschen auf die weichen Massen, bis das Blut spritzte, bis die jungen staatsfeindlichen Gesichter zu angeschwollenen blauen Klumpen wurden, bis keine Beleidigungen mehr aus ihren blutenden Mündern kamen, nur noch klagendes Wimmern. Was mochte wohl in den Hirnen dieser Prügelpolizisten vorgegangen sein? Überlegten sie, wo dieses *Tosca! Tosca!* einzuordnen war? Bestimmt bei den Beleidigungen. Das war, als ob sie gefragt würden, wie lang ihr Rohr sei. Und da alle Männer aufgrund des ungünstigen Betrachtungswinkels der festen Meinung sind, ihr Rohr sei zu kurz, mehr Rohrspatz als Rohr, setzten sie sich Gesichter von Männern auf, die keine Gefühle kennen, und prügelten.

So erlebte *Tosca,* übrigens eine der ältesten Inszenierungen der Wiener Staatsoper, bei der Anti-Opernball-Demonstration 1989 eine überraschende Neuinterpretation, geht es doch auch bei Puccini um die Willkür eines Polizeichefs, um Verrat und Täuschung – aber davon weiß ich nichts, mich hat dieses Gekreische immer nur unter dem Aspekt des Stöhnens interessiert.

Also warum Tosca? Weil ich, dein Hildy, mich hier im Hotel Orient wie ein eingeschleuster falscher Demonstrant fühle? Einer, der vergeblich *Tosca! Tosca!* schreit? Weil es gar nicht meine Entscheidung war? Der Zug des Lebens dahinrumpelte? Nein. Was geht mich die Anti-Opernball-Demo von 1989 an? Tosca ist der Name eines Dämons (keiner Demo), der Name eines bösen Geistes. Wie? An so was glaubst du nicht? Gerade du, Mama, der dir alle elektrischen Geräte kaputt wurden, wenn du sie nur berührtest, Autotüren aufsprangen, Kreditkarten nicht mehr funktionierten, ständig Glühbirnen ausbrannten, die du Träume von zukünftigen Ereignissen hattest, der dir Tote und Engel erschienen sind, du willst nicht an Dämonen glauben?

Gut, sie sind vielleicht nicht sehr wahrscheinlich, die Medizin führt sie auf schizophrene Störungen, Epilepsie und dissoziative, häufig durch sexuellen Missbrauch im Kindesalter hervorgerufene Persönlichkeitsstörungen zurück. Aber es gibt mehr Dinge zwischen Himmel und Erde, als wir uns träumen lassen. Täglich finden allein in Deutschland vier bis fünf Dämonenaustreibungen statt, sogar Autos, Computer, Häuser, Stereoanlagen, Küchenmixer, Brotschneidemaschinen, Handys, ja, selbst Hunde, Katzen, Kühe, Hamster werden exorziert. Auch Jesus hat immer wieder Teufelsaustreibungen vorgenommen – allein sieben an Maria Magdalena. Einmal hat er eine ganze Legion von Dämonen in eine Schweineherde einfahren lassen. Und noch immer bildet der Vatikan unter der Führung eines Papstes, der sich täglich, um sie noch dunkler zu bekommen, Maggi-Suppenwürze in die Augenringe träufelt, jährlich fünfzig bis hundert Exorzisten aus. Und da willst du nicht an Dämonen glauben? Der Mensch ist wie eine klare Rindsuppe, und die

Dämonen sind wie Maggi-Suppenwürze, die Sojasoße des Westens.

Der eitrige Praktikant

Ist das Böse eine wirkende Macht, ein lebendiges Wesen, verdorben und verderbend, eine schreckliche Realität, mysteriös und beängstigend? Oder ist es nur eine Unregelmäßigkeit? Ein nicht funktionierendes Gesetz? Ein Fehler? Es muss jedenfalls keine furchterregende Fratze sein, kein schmelzendes, feuerspeiendes Gesicht, dem lange Zungen aus einem spitzzahnigen Maul spritzen, kein hässliches Wesen mit Pferdefuß, Schleimdrüsen und Kanalisationsgestank. Das Böse ist wandelbar und vielgestaltig. Aber wie ich, dein durch und durch unschuldiger, haptophobischer Hildy, mit dem Bösen in Kontakt gekommen bin?

Also gut. Ich will beginnen. Nicht mit dem Urknall, der hat früher, nämlich in der Kindheit stattgefunden, aber mit der Ursuppe postpubertärer Adoleszenz. Du weißt, ich bin geräuschempfindlich. Das Geräusch, auf das ich schon immer ganz besonders reagierte, von dem ich mir Erkenntnis über den Sinn des Lebens, über Gott, das Wunder der Schöpfung und alle Vorherbestimmung erhoffte, vor allem aber wahrhaftige Empfindung, das Geräusch, das mich seit jeher zur Verzweiflung trieb, mich anspornte, lockte, jenes Geräusch also, dem ich seit jeher hinterherhechelte wie ein Esel der Karotte, schleicht sich an, klopft einem aber keine Hand auf den Hintern und greift einem auch nicht zwischen die Beine, um dann zuzupacken, sondern übertölpelt einen. Es ist ein leises Quietschen, als würde man einen Kasten rücken. Dieses Geräusch, von dem ich glaubte, dass es als einziges befähigt ist, einen aus den Geleisen des Daseins zu heben, auf eine andere Spur zu katapultieren, dieses Geräusch nimmt einen völlig in Beschlag, lässt einen nicht mehr los, frisst sich ins Hirn, höhlt einen aus wie ein Termitenvolk, bis man zusammenbricht, raubt einem den Schlaf, bis man kapituliert.

Ein tropfender Wasserhahn? Nein, es ist lauter, heftiger, schlägt Wellen und durchflutet alles, reißt dann aber unvermittelt ab, versiegt. Um sofort, sobald man glaubt, der Damm wäre geschlossen, seine Schleusen wieder aufzutun, einen von neuem zu durchfluten. Ein bellender Hund? Krähender Hahn? Ein geprügelter Demonstrant? Nein. Es ist das, was eine Mutter niemals macht, nicht einmal, wenn sie in den Wehen liegt, nicht einmal, wenn sie die Wirtin Zum Saurüssel in Sumpfing ist, es ist ein Geräusch, von dem eine Dame nichts hören will – selbst dann, wenn sie es zum Hausgebrauch selber fabriziert. Es ist eine in die Welt gebrüllte gottlose Intimität. Nein, kein Spukgeräusch und auch kein Geisterschrei, kein Scharren an den Wänden, sondern Stöhnen, Ächzen, wahrhaft dämonisches Gebrüll, getarnt als sich windendes weibliches Kopulationsgeräusch, als Orgasmusschrei! Jawohl, das ist es, ein Ja-jawohl-bitte-gib's-mir-ja-ich-komme-Brüllen.

Da der moderne Mensch keine natürlichen Feinde mehr hat und geschützt hinter dicken Mauern lebt, kann er es sich leisten, seine Wollust derart in die Welt hinauszuschreien. Diese wahnsinnigen, alles durchdringenden, abgehackten Stöhnschreie, bei denen die Seele wie in einem hohen Turm die Wendeltreppe des Körpers raufrennt, sich oben aus dem Fenster eines Mundes beugt, der Welt die Zunge zeigt, auf der sie liegt, damit sich eine neue Dimension des Daseins auftut, sich alles Leben durch die Kehle presst, herausdrängt und in einem Mark und Bein erschütternden Gebrüll entlädt – diese wahnwitzigen Orgasmusschreie also haben mich ruiniert, weil es die Wehklagen von verlorenen Seelen, ja, von Teufeln sind, weil ich in ihnen die Erklärung für den Urknall sah, den Anfang aller Zeit, die Heilung für meine Gefühlskälte.

Entschuldige, Mama, wenn ich gleich in medias res gehe, aber ohne diese Stöhnerei wäre es niemals so weit gekommen, hätte ich Sumpfing nie verlassen, wäre ich niemals auf die Anti-Opernball-Demo 1989 gegangen, würde ich jetzt nicht im Hotel Orient sitzen und mich Herr Tosca nennen. Der Stöhnerei verdankt dein Hildy, dass er die Vögel versteht, die Entdeckung des Siebten Kontinents und seine Besessenheit, die man später als Strafbesessenheit für einen besonders lasterhaften Lebenswandel bezeichnet haben wird. Aber begonnen hat es mit dem Stöhnen, mit der Ahnung, dass darin die Seele steckt, die Möglichkeit, seiner Vorherbestimmung zu entgehen, vor allem aber viel Empfindung.

Du musst wissen, Mama, ich war seit jeher unfähig für Mitgefühl. Gut, manchmal war ich traurig, doch empfand ich Traurigkeit? Nein. Und wenn ich fröhlich war, empfand ich dann Fröhlichkeit? Nein. Wenn ich im Fernsehen Leichen oder Katastrophen sah, ließ mich das ziemlich kalt, ebenso, wenn einem mir bekannten Menschen etwas Schlimmes widerfuhr. Immer blieb ich seltsam unberührt. Oft hatte ich das Gefühl, mich selbst zu beobachten, wie ich auf etwas reagierte. Immer hielt ich Distanz. Niemals verlor ich die Kontrolle. Die Wissenschaft nennt so etwas Alexithymie, Gefühlskälte, und macht dafür die unzureichende Vernetzung des limbischen Systems mit dem präfrontalen Cortex verantwortlich. Angeblich sind zehn Prozent aller Deutschen davon betroffen und wahrscheinlich neunzig Prozent aller Österreicher. Aber das ist es nicht. Denn ich war ja traurig, und ich war auch fröhlich, nur nicht richtig, weil mich nichts ergriff. Und ich hatte Schmerzen und Empfindungen, aber immer nur an der Oberfläche, nichts drang je wirklich zu mir durch. Ich hatte mir Emotionen zurechtgelegt, mir Verhaltensweisen antrainiert, um nicht aufzufallen. Denn ich konnte nichts wirklich tief empfinden. Alle Gefühle waren wie Kleidung, die ich beliebig aus- oder anziehen konnte. Alle Gefühle waren irgendwie nicht echt.

Vom Stöhnen habe ich mir Besserung erhofft. Ich dachte, ich bräuchte das Gefühl so sehr wie andere die Liebe, von der es im Ersten Brief an die Korinther sinngemäß heißt, hättest du auch alles, hast du die Liebe nicht, so hast du nichts. So hatte auch ich nichts, wollte das Gefühl um jeden Preis. Und die Stöhnschreie waren meine Hoffnung. Oh, hätte ich geahnt, was sich darin verbirgt. Oh, hätte ich das Teuflische bemerkt, hätte mich das Unheimliche abgeschreckt. Oh, hätte ich mich niemals darauf eingelassen. Damals aber zogen mich diese Schreie magisch an. Oho. Damals galt es einen Urknall zu bewältigen, eine Gefühlsblindheit, Berührungsangst. Ohoho.

Ich habe mich also gefragt, was das für Wesen sind, die so durchdringend jaulen, dass seismologische Institute kleine Erdbeben registrieren. Wie sehen sie aus? Was treiben sie? Wer sind diese Frauen, deren Schreie eine andere Welt auftun, alle Vernunft verlassen, vordringen in eine unbekannte Sphäre menschlicher Existenz?

Meine Nachforschungen haben ergeben, dass Stöhnerinnen äußerlich meist unscheinbar, ja geradezu nichtssagend sind. Gerade die grauen Mäuse, die mit dem ungeschminkten Religionslehrerinnengesicht, den knielangen karierten Röcken, knöchellangen Socken, Rüschenblusen, Perlenketten, absatzlosen Schuhen, gerade diese Bürogräten und biederen Greteln scheinen nachts, wenn sie erkannt werden, erkannt, wie in der Bibel der Mann die Frau erkennt, erkannt, wie der Teufel das ihm zur Wohnung zugedachte Fleisch erkennt, ihre piepsende Maushaftigkeit abzulegen, um sich als wahrer Orgiengesangsverein, als Orchester wilder Grunzer zu entpuppen.

Mich hat dieses Gestöhn stets inspiriert. Ich habe gespürt, hier ließe sich mal etwas fühlen. Aber alle anderen? Wie soll man schlafen, wenn ganz in der Nähe lauthals Exkursionen in die Abgründe des Seins unternommen werden? Wie soll man friedlich schlummern, wenn sich nur wenige Meter entfernt der freie Wille Bahn schafft, alle Prellböcke niederwalzt, ganze Züge mit Ja- und Oh-bitte-ja-Gestöhn aus den Gleisen hebt? Wie soll man weghören, wenn es anderswo zu Kollisionen kommt, sich die Schleusen öffnen, an den Rändern der Existenz gekratzt wird? Es klingt, wie wenn ein Kind zur Welt kommt, jemand abgestochen wird oder ein Zug entgleist. Aber man kann nichts dagegen tun. Die Polizei verständigen? Im Fall der Stöhnerei hätte die Exekutive nichts zu exekutieren gehabt. Oder sollten die Beamten an der Wohnung der Lustschreierin klingeln und fragen: *Wie lang ist Ihr Rohr?* Oder sollten sie sagen: Verzeihung, Gnädigste, aber derartiges Gekreische ist ein ontologisches Verbrechen, eine ungehörige Anbohrung der Seele, die von schlichteren Gemütern als öffentliches Ärgernis, Hausfriedensbruch und Störung der Nachtruhe ausgelegt und daher angezeigt worden ist. Und was, wenn die Übeltäterin dann, was ihr gutes Recht wäre, eine Demonstration des erlaubten und des nicht mehr erlaubten Lustgeschreis verlangte? Wenn sie darauf bestünde, von den Beamten Beispiele vorgestöhnt zu bekommen? Zum Wettstöhnen würde es kommen. Zu einem Orgasmus-Karaoke. Nein, so etwas war bravbiederen Polizeibeamten (und wenn die hundertmal auf Demonstranten eingeprügelt hatten) nicht zuzumuten.

Und einen Exorzisten? An eine solche Möglichkeit denkt mal wieder keiner.

Gegen Stöhnerinnen wird wenig unternommen, dabei können sie mit ihren heftigen, gepressten Sexschreien, die man anfangs für Hilferufe oder Katzenschreie hält, ihre Umgebung terrorisieren, ja, ganze Hausparteien in den Ruin treiben, Karrieren zerstöhnen, Familien zerrütten. Die Wirkung der Stöhnerinnen ist dermaßen eindringlich, dass unliebsame Mieter schon Hausbesitzer oder Immobilienverwaltungen des Engagements einer solchen verdächtigt haben, um sie rauszustöhnen. Würde die RAF noch existieren, könnte sie Flashmobs mit Stöhnerinnen organisieren. Sogar die al-Qaida, diese lustfeindliche und rückständige Terrororganisation, die nur dazu da ist, um von den Chinesen abzulenken, soll schon an Stöhnattacken gedacht haben.

In Hausordnungen ist jede Wäscheleinenlänge, jeder Fußabstreifer, Fahrradständer, jedes Kellerabteil und jedes Brieffachformat geregelt, aber über das Stöhnen erfährt man nichts. Stöhnen kommt im Strafgesetzbuch nicht vor. Dabei ist es eine ernste, ja teuflische Angelegenheit.

Mit dem Stöhnen hat alles begonnen. Mich hat es von jeher fasziniert, nicht, weil es die Keimzelle von allem ist, sondern weil sich etwas auftut, eine neue Dimension des Seins, ein tiefes, wahrhaftig empfundenes Gefühl. Alles Aufgestaute wird hinausgeschrien in die Welt. Und ich habe gehofft, darin etwas zu finden, eine ehrliche Empfindung, Zugang zu mir selbst. Wie hätte ich wissen können, dass Dämonen und Mitternachtsteufel darin sind?

Also habe ich, Hildebrand Kilgus, versucht, der Stöhnfähigkeit auf den Grund zu kommen. Hat sie mit der Brustgröße, mit der Stimmlage oder der Erziehung zu tun? Stöhnen Klosterschülerinnen mehr als Kassiererinnen, Kindergärtnerinnen mehr als Zahnarztassistentinnen? Stöhnen

Dicke mehr als Dünne? Fleischesserinnen kräftiger als Veganerinnen? Schwanenhalsige länger als Halslose? Großschädlige voluminöser als Kleinköpfige? Oder hängt sie mit der Schuhgröße zusammen? Ist so etwas angeboren oder angelernt? Gibt es Volkshochschulkurse im Stöhnen? Wird es vererbt? In den Badezimmern dieser Welt gelernt? Sind es tatsächlich Lustschreie, oder ist alles nur Bluff wie beim Telefonsex? Ich hatte keine Ahnung.

Selbst war ich lange Zeit an keine Frau herangekommen. Immer gab es Schönere, Sportlichere, Lustigere, Größere, Schlankere, die mir vorgezogen wurden. Außerdem habe ich mich wegen meiner Haphephobie (Angst vor Berührung) nur halbherzig bemüht. Also gab es eine Zeit, in der ich mir Freundinnen erfand. Mit dem Staubsauger machte ich mir Knutschflecke am Hals, in Parfümerien stahl ich Düfte, ich brüstete mich, Frauen erobert zu haben wie Hernán Cortés die Azteken. Mit fiktiven Liebhaberinnen vergnügte ich mich, die alle nur den einen Nachteil hatten: Sie existierten nicht – und stöhnten also auch nicht viel.

Um das Unglück an der Wurzel zu packen, stopfte ich mit Taschentüchern meine Unterhose aus, was gar nicht notwendig gewesen wäre, weil meine Wurzel auch so den ganzen Tag herumstand wie ein Maibaum im Mai, ich auch so auf dem besten Weg war, ein Priapist zu werden. Im Saurüssel hatte ich die deftigsten Wörter kennengelernt und auch allerhand gesehen, aber Frauen blieben mir lange Zeit versagt. Ich war schüchtern, verklemmt, haphephob und hatte nicht die geringste Aussicht, jemals an so ein holdes Stöhnwesen heranzukommen.

Jahrhunderte später, als ich schließlich doch meinen Mann stehen durfte, kam mir zugute, dass mich manche Frauen für ein Genie hielten, das man retten musste. Aber leider geriet ich nur an Stumme. Sosehr ich mich auch bemühte, mit meiner Wurzel die Öfchen der Damen anzuheizen, sosehr ich auf Handgreiflichkeiten (mit Handschuhen!) setzte oder sonst wie versuchte, sie bei der Stange zu halten, es kam doch nie ein Gestöhn heraus. Sogar Frauen, denen der Ruf großartigster, hemmungslosester Stöhnerei vorauseilte, waren bei mir stimmloses Fleisch, das höchstens leise piepste, aber niemals selbstvergessen aufstöhnte, niemals das Innerste nach außen kehrte, um durch die Paraurethraldrüse (ich erkläre dir später, was das ist) einen Stausee an gedrängter Lust zu entladen, in einen Ausnahmezustand zu geraten, in eine Besessenheit.

Ja, so war das, Mama. Während meine Schwestern Alma und Irmi in der Schankstube geholfen, im Badezimmer an ihrer Schönheit gewerkelt oder dem besoffenen Poldl Gesellschaft geleistet, seinen Geschichten von den Moslemweibern gelauscht oder ihm bei seinen obszönen Briefen geholfen haben, während du in der Küche gestanden bist oder mit dem Albert, deinem Adlatus, irgendwelche Anbauten am Haus gemacht hast, habe ich, dein Hildy, in direkter Nachfolge Giacomo Casanovas oder Charles Bukowskis Aufklärungsbücher gelesen, pornografische Schriften studiert und mich mit Stellungskatalogen wie dem *Kamasutra* beschäftigt, immer auf der Suche nach dem Geheimnis des Lebens, immer in der Hoffnung, einmal etwas wahrhaftig zu empfinden. Allein, es war aussichtslos, mein sogenannter freier Wille war schon längst auf Schiene, dem bahnbrechenden Gestöhne hinterher. Ich, dein Hildy, aufgewachsen im Gasthaus Zum Saurüssel im schönen Sumpfing, etwas dicklich, wegen eines leichten Sprachfehlers und des bis zum Nabel gehenden Hosenbundes oft gehänselt, bin Stöhnforscher geworden. Damit begann das Unheil.

Wenn man einer Sache an den Kern will, muss man sie umzingeln, einkreisen, den Ring allmählich schließen, um dann zuzustoßen. Meine kernigen Schwestern sind Postbeamtin (Alma) und Sparkassenangestellte (Irmi) geworden, ich, sicher der Verschlossenste von uns dreien, Forschungsreisender in Sachen Stöhngeschrei.

Was Mathematiker in Formeln suchen, Chemiker in Molekularverbindungen oder Astronomen im Weltall, was Vulkanologen in Lava speienden Bergen, Taucher oder Höhlenforscher in unwirklichen, menschenleeren Gegenden und Teilchenphysiker im Urknall sehen, vermutete ich im Stöhnen: das Geheimnis allen Lebens, ein wahrhaftiges Gefühl. Die Weltformel! Im Stöhnen schält sich ein Mensch bis auf seine Quintessenz, das Stöhnen offenbart den Ursprung allen Seins, da spiegelt sich der Big Bang wider, der eruptive Sprung aus der Willenlosigkeit vorherbestimmter Existenz, in dem sich Energie materialisiert.

Ich war natürlich nicht der Einzige, den dieses Gestöhne faszinierte. Millionen Filme, Würstelwestern, wurden zu diesem Thema schon gedreht, eine ganze Industrie befüllt Magazine und das Internet. Die Stöhnerei ist das, worum sich die halbe Menschheit und die Erde drehen. Auch wenn manche glauben, es ginge um Fortpflanzung, Befruchtung oder Machtspielchen, um Aufgeilen, Abspritzen oder Triebabfuhr, um Hormonhaushalt oder Ablenkung, geht es doch immer nur ums Stöhnen, das interessanteste Geräusch der Welt.

Laut dem Georgier Wilhelm Svetopluk Huffingvili (1898 bis 1967), dem neuzeitlichen Ahnherrn aller Stöhnforscher, wie Andrej Dmitrijewitsch Sacharow (nein, das ist nicht der Erfinder des Saccharins) nach Nischni Nowgorod, da gibt man Salz aufs Brot, das macht die Wangen rot, vormals Gorki, verbannt und später wegen systemzersetzender Umtriebe hingerichtet, gibt es drei Hauptgruppen von akzelerierter Respiration: Luststöhnen, Gebärstöhnen und Todesstöhnen, welche in Huffingvilis Hauptwerk *Der Urschrei und wir* in die Untergruppierungen Schmerzstöhnen, Verluststöhnen, Angststöhnen, hysterisches Stöhnen und so weiter untergliedert werden, aber keines ist so intensiv, so entfesselt wie das weibliche Orgasmusstöhnen. Huffingvili weist übrigens auf allen von ihm bekannt gewordenen Bildern deutliche Anzeichen eines beginnenden Exophthalmus (Glupschaugen) auf. Außerdem hat er bemerkenswerte Fliegerohren und stets geblähte Backen, als wäre er gerade dabei, etwas aufzublasen.

Gibt es also einen freien Willen? Eine Entscheidungsmöglichkeit? Nicht für mich. Ich war wie ferngesteuert, musste mich der Stöhnerei zuwenden. Trotzdem war ich unsicher, in einer nebulösen Ahnung, einer Zeit geringster Gewissheit. Nirgendwo wurde mir bestätigt, dass meine Ahnung richtig war, dass *huffing and puffing*, wie die Stöhnerei auf Englisch heißt, tatsächlich den Eingang zur Seele bildet, der Orgasmusschrei das Tor in die Unterwelt darstellt – oder ins Paradies? Nirgendwo wurde mir bestätigt, dass ich über das Stöhnen tatsächlich Zugang zu wahrhaftigen Empfindungen bekommen könnte. Da ich schüchtern war, mich mit den seit der Pubertät gewachsenen Maiskörnern im Gesicht, die wie Popcorn aufplatzten, hässlich fühlte, mich mit solchen Pickelplantagen an Frauen nicht heranwagte, sie außerdem auch nicht berühren wollte, weil es mich vor jeder Berührung ekelte, blieb mir das Luststöhnen unzugänglich.

Also habe ich mich nach meiner Flucht aus Sumpfing erst einmal dem Gebärstöhnen zugewandt, eine Schulung zur Hebamme gemacht und in einer geburtshilflich-gynäkologischen Klinik als Aushilfshebamme begonnen. *Vivos traho, mortuos frango, caesas plango* hing da über dem Portal: Die Lebenden ziehe ich heraus, die Toten zerbreche ich, die zu Fall Gekommenen beklage ich.

Da waren Leben und Tod die alltäglichen Geschäfte, war man eingehüllt in Gekreische und Gejammere – ein Paradies. Gut, es roch nach Ammoniak, Blut und Fruchtwasser, das mich übrigens immer an Kartoffelsuppe erinnerte, überall standen Störche mit Stoffbündeln im Schnabel, überall Fotos von kleinen, zerdrückten Menschlein, die aussahen wie Albino-Dörrpflaumen und Nicole, Kevin, Dennis oder Laura hießen, aber es musste doch mit dem Teufel zugehen, wenn ich hier nicht dem Stöhnen auf die Schliche kommen sollte.

Du kannst dir aber denken, Mama, dass ich es als männliche Hebamme in dieser Sache nicht gerade leicht hatte. Um nicht sofort hinausgemobbt zu werden, gab ich mich als Schwuler aus, besorgte mir eine Handtasche und verteidigte das Hochamt der Homosexualität, von der ich keine Ahnung hatte. Ich schwärmte von Sokrates, Shakespeare, Schiller, Oscar Wilde, Bert Brecht und Andy Warhol, las Alice Schwarzer, Susan Sontag und all die anderen Lichtgestalten der Emanzipation, interessierte mich für Gender, Fragen der Gleichberechtigung und sprach wie alle Semanzen (semantische Emanzen) die Substantive mit dem Zusatz Innen aus, ersetzte man durch frau.

Binnen weniger Wochen kannte ich mich aus mit den Grundsätzen der Entbindungskunst. Wusste mit der Wiener Schulzange ebenso umzugehen wie mit dem von Tage Malmström entwickelten Vakuumextraktor, einer Saugglocke, die frau zum Einsatz bringt, wenn das Baby schon im Becken ist und plötzlich die Herztöne nachlassen. Ich war ein Experte für Steißgeburten, kannte mich aus mit Schräglagen und Dammschnitten, mit verwickelten Nabelschnüren und Hebammentrünken, das sind abführende Mixturen aus Lebertran, Sauerkrautsaft und Wacholderschnaps. Nabelabbinden konnte ich wie kein Zweiter. Leider alles nur an den Modellpuppen, an die wirklichen Schwangeren ließ man mich nicht ran. Und da ich wegen meiner Angst vor Berührungen ständig medizinische Handschuhe trug, wurde ich ohnehin von allen für etwas seltsam angesehen.

Die Oberhebamme sagte, eine Geburt sei wie ein tiefergelegter Sportwagen, da müsse man auch zuerst einmal das Aussteigen üben. Keine Ahnung, wie sie zu diesem blödsinnigen Vergleich gekommen war. Vielleicht weil sie selbst den ausgebauten Sportwagensitz eines alten Aston Martin in ihrem Keller stehen hatte, an dem sie ständig ein elegantes Aussteigen probierte: Beine zusammen und mit Schwung – zumindest tuschelten die anderen Hebammen davon. Eine Ungeübte muss die Beine spreizen, sich am Armaturenbrett festkrallen oder sich gar von ihrem Begleiter herausziehen lassen wie eine Ertrinkende. Das kam für die Oberhebamme alles nicht in Frage, wäre sie einmal zu einer Ausfahrt in einem Sportwagen eingeladen worden, hätte sie mit Stil und Eleganz beeindrucken können. Beine zusammen und mit Schwung. Aber solange sie an ihrem Sportwagensitz das Aussteigen übte, musste ich, der Schwule, bei den Puppenmodellen bleiben.

Dabei wusste ich, was bei einer Mekoniumaspiration, das ist, wenn Kindspech in die Fötenlunge kommt, zu tun war, beherrschte sogar die Kraniotomie, die ich dir besser nicht erkläre. Gerettet aber hat mich der Kaffee, den frau mir förmlich aus der Hand riss – wobei ich natürlich streng darauf achtete, dass frau mich dabei nicht berührte.

In der Klinik war es wie mit den Wirtshäusern in Sumpfing. Zuerst kam der Kirchenwirt, wo die Besseren, die sogenannten Bürger und Großbauern, hingingen, dann der Hofwirt, der Treffpunkt des Mittelstands, und zum Schluss wir, der Saurüssel, wo sich der Abschaum traf, wo alles erlaubt war, weil keiner hinschaute. In der geburtshilflich-gynäkologischen Klinik hieß die Hierarchie: Primarärzte, Oberärzte, Krankenschwestern, Oberhebamme, Hebammen, Patientin, Neugeborenes. Und je weiter oben jemand war, desto weniger wusste er. Ich, der ich sehr viel wusste, die Leopoldschen Griffe, den sogenannten Ultraschall der Hebamme, wie kein Zweiter beherrschte, die Wehen systematisiert hatte, am Blick der Schwangeren erkennen konnte, wann es so weit war, kein CTG (Cardiotokogramm) brauchte, um die Niederkunft zu bestimmen, ich also, der ich das Wort *pressen* in siebenunddreißig Sprachen kannte, durfte meist nur die Blut- und Fruchtwasserlachen, die Erdäpfelsuppe, aufwischen, umgekippte Väter wegtragen oder nicht umgekippten Erzeugern Nabelschnur und Schere reichen, die Neugeborenen wiegen, messen, anhand der Füße ihre künftige Körpergröße bestimmen, sie den Neonatologen zum Ultraschall übergeben, den Intubator bereitstellen und Kaffee kochen, was ich meisterhaft beherrschte. Mein Kaffee war weltberühmt in unserer Klinik, ich war der George Clooney unter den Hebammen. An die wandelnden Überraschungseier, wie ich die Graviditätischen, also die Schwangeren nannte, ließ man mich trotzdem kaum heran.

Dennoch war ich glücklich, träumte von einem Archiv des Stöhnens, einer Schreisammlung – ähnlich den DNA-Sammlungen der Polizei oder den Geruchsarchiven in DDR-Gefängnissen, wo jeder Gefangene ein paar Tage lang einen Stofflappen zwischen den Beinen tragen musste, der dann in ein Rexglas kam, um ihn im Falle eines Ausbruchs den Spürhunden vor die Schnauze halten zu können. So etwas schwebte mir vor, eine Stöhn-Enzyklopädie. Leider hat man mich ertappt, wie ich mich mit meinem Aufnahmegerät hinter einer Gebärenden versteckte.

Während die anderen Geburtshelferinnen die Schwangeren anfeuerten und *Fang sie auf, fang die Wehe auf* brüllten, dachte ich nicht nur an Holden Caulfield, den Fänger im Roggen, sondern erstellte Diagramme des Stöhnens, die mit dem CTG, dem Herz-Wehen-Schreiber, nur bedingt übereinstimmten. Während die anderen Hebammen den Stuhl, der beim Pressen aus der Gebärenden schoss wie ein Sektkorken aus der Flasche, wegputzten, sich mutig in die Fruchtwasserfontänen stellten und den neugeborenen Früchtchen die weiße Käseschmiere von der roten Haut wischten, war ich mit meinem Aufnahmegerät und meinen Diagrammen beschäftigt – bis man mich erwischt hat.

– Hab ich dich, Bürschchen, brummte die Oberhebamme wie der aufgetunte Motor eines Sportwagens. Sie packte mich am Ohrläppchen und zog mich aus meinem Versteck bis zu ihrem Chef.

Der Oberarzt, Alfred Kaguru, war ein blonder, untersetzter, aber solariengebräunter Mann von etwa vierzig Jahren mit einer großen Kartoffelnase im Gesicht. Er trug ein blaues Satinhemd, gelbe Leinenschuhe und war ohnedies nicht gut auf mich zu sprechen, weil ich ihn einmal dabei ertappt hatte, wie er bei einer schweren Geburt nicht weiterwusste und einen Kollegen zu Hilfe rief – seither fühlte er sich irgendwie durchschaut.

Nun ließ er sich die Sache kurz erklären und wetterte dann los: Sozialschmarotzer! Unverlässlicher Mensch! Einschleichschwein! Vollhormon! Als pervers wurde ich beschimpft, als krank, abnorm, unfähig, da nützten alle Erklärungen von wegen Stöhnforschung, Fortschritt für die Menschheit, Errettung im Stöhnen und freier Wille nichts. Der Oberarzt war überzeugt, meine Aufnahmen hätten nur den einen Sinn, ihn und die ganze Klinik vor ein Arbeitsgericht oder ein Gesundheitsamt zu bringen.

– Aber überhaupt nicht, mir geht es nur um das Gefühl.

– Ich werde Ihnen gleich etwas zu fühlen geben.

– Schön wär's.

– Sie! Und jetzt hören Sie endlich auf, an Ihrem Ohr herumzufummeln.

– Das ist nur, weil mich die Oberhebamme daran gepackt hat. Ich habe eine Haptophobie, das heißt, ich habe Angst, mich durch Berührung anzustecken.

– Ich weiß, was das bedeutet! Aber Sie sind nicht der Michael Jackson. Der karamellbraune Oberarzt war außer sich vor Zorn. Ich empfand dagegen nichts. Äußerlich war ich geknickt, betrübt und voller Reue, aber innen drinnen kam nichts an mich heran. Das Gebärstöhnen hatte sich also als Irrweg herausgestellt.

– Und außerdem, ergänzte die Oberhebamme, hat er den Patientinnen immer Kochsalzlösungen verabreicht. Statt Schmerzmittel und Wehenhemmer immer Kochsalzlösungen. Das war zwar glatt gelogen, sollte aber für den Fall nachträglicher Klagen eigenmächtig getätigte Sparmaßnahmen legitimieren, mit denen die Sportwagen-Mamsell entweder der Klinik zu einer ausgeglichenen Bilanz oder sich selbst zu einem Luxusschlitten verhelfen wollte.

Alfred Kaguru tobte, er lasse das nicht zu, diese Einschleichmethoden seien ihm persönlich zuwider und die Ausrede mit der Stöhnerei das Dümmste, was ihm jemals zu Ohren gekommen sei. So einen Blödsinn habe er überhaupt noch nie gehört. Stöhnforschung? Aber immer nur heraus mit der Sprache. Wer sei mein Auftraggeber? Die Gewerkschaft? Das Gesundheitsamt? Die Krankenkasse?

Da ich nicht wusste, wie man sich in solchen Fällen verhält, machte ich eine tiefe Verbeugung und bot ihm eine

Vorführung der Stöhnsammlung an, was er anscheinend als weitere Provokation auffasste, worauf er mich noch unflätiger beschimpfte: Trabant! Schwuler Affenschädel! Kloake! Rennt mit einer Handtasche herum! Immer Handschuhe! Dolm! Die anderen Hebammen lauschten diesen Schmähungen ebenso andächtig wie die Gebärende in ihrem vanillefarbenen Spitalshemd. Ja sogar das Kind, das zwischen *Vakuumschädel* und *Arschgeige* beinahe unbemerkt in die Welt rutschte, schien sprachlos. Nicht einmal der Kaffee konnte mich jetzt noch retten. Ich wurde meiner Anstellung entbunden, fristlos, und von allen Krankenhäusern und Privatkliniken abgenabelt. Berufsverbot. Andere an meiner Stelle wären jetzt wohl traurig gewesen, mich ließ es kalt. Nur das mitleidige Schulterklopfen der anderen Hebammen war ein Horror. Noch Tage später wurde ich das Gefühl nicht los, mir ständig die Schulter abbürsten zu müssen.

Das N der Vögel

Da stand ich nun wie ein aus der Gebärmutter vertriebener Fötus und versuchte meine zerfahrenen Gedanken zu ordnen. Eines war klar, ich musste die Branche wechseln. Also wandte ich mich von der Zucht zur Unzucht, wurde, weil die Schienen meines Lebens dahin führten, weil ich mich an Huffingvilis Unterteilung hielt, Puffmutter oder vielmehr Puffvater – also eine Mischung aus Hausmeister, Portier und Anstandswauwau, dessen vordringlichste Aufgabe es war, dafür zu sorgen, dass in der Glasschüssel am Eingang immer genügend Mentholzuckerl waren. Die Gäste wollten ein Mentholzuckerl, wenn sie kamen, um den Alltagsmief aus ihrem Maul zu vertreiben, und eines, wenn sie gingen, um den Puffgeschmack wieder loszuwerden. Wenn sie Auto fuhren, wollten sie auch noch ein zweites für etwaige Alkoholkontrollen. Die Mentholzuckerl waren das Wichtigste am ganzen Puff.

Schiefer Turm von Pisa hieß das Etablissement, es war vor allem auf Gangbangs und Bukkake spezialisiert. Was das ist? Mama, wenn ich es dir sage, bereust du es und wünschst, nie danach gefragt zu haben. Sagen wir mal so, es ist eine Art Suppe aus Hunderten Mentholzuckerln, die man der Pechmarie über den Schädel schüttet.

Dass man von Liebe heutzutage nicht mehr sprechen kann, das Wort Liebe völlig verbraucht, benutzt, abgelutscht, ja, tot ist, dass man es für die nächsten hundert Jahre unter Quarantäne stellen müsste, ist die eine Sache, aber dass es dafür solche ungustiösen Sachen gibt? Ich weiß nicht. Nicht, dass es mich berührt hätte, aber …

Gangbangs und Bukkake sind der Albtraum jeder Musterungskommission, ein Melken wie in einem Kuhstall, dass man meinen könnte, der europäische Milch- und Butterüberschuss würde da produziert. Etwas völlig anderes als mein unschuldiges Hochzeitspielen mit Oma und Hexi, unserem Dackel. Du erinnerst dich, ich habe mich mit einem alten Zylinder als Bräutigam verkleidet, und Oma war die Braut, mit einem Store als Kleid und einem Fliegennetz als Schleier, während Dackeldame Hexi einen alten violetten Anorak bekam und auf Pfarrer machte. Manchmal war auch Hexi die Braut und Oma der Pfarrer. Würdig schritten wir vom Gemüsebeet, vorbei an der Blutbuche, der Hundehütte und dem Hühnerstall, zum aufgebockten Autowrack, summten den Hochzeitsmarsch, küssten einen alten Skipokal, tranken Himbeersaft, aßen Oblaten und schworen ewige Treue oder jaulten *Bis dass der Tod uns scheidet*, steckten uns Plastikringe an und warfen Konfetti in die Luft. Nachher gab es Kakao und Gugelhupf und Knochen.

Ich weiß gar nicht, wie ich jetzt darauf komme, unser unschuldiges Heiraten mit den Gangbangs zu vergleichen – die waren nämlich ziemlich unziemlich. Oder anders gesagt, wer bei der Kraniotomie übersehen worden ist, beteiligt sich an dieser Gießerei, die Männer in Spritzkannen verwandelt.

So war ich also in den Schiefen Turm von Pisa geraten, zwischen Freier und Unfreie. Die meisten Mädchen wurden wie Sklavinnen gehalten, lebten ohne Pass und Einkommen, ohne Sinn und Ziel, einzig als Zielscheibe für Geschäftsleute, Manager, Bankbeamte. Sie waren wegen märchenhafter Versprechungen gekommen, wegen der Aussicht auf einen gutbezahlten Job als Aupair-Mädchen, Kellnerin oder Krankenschwester. Jetzt mussten sie ihre Reisekosten abarbeiten. Tagsüber lasen sie Prospekte von Volkshochschulen oder sahen sich im Fernsehen Seifenopern an, träumten von einer anderen Zukunft, Familie, Kindern, Eigenheim, davon, dass sie eines Tages alles hinter sich lassen würden. Sie begriffen sich selbst als Schauspielerinnen, die nur eine Rolle spielten.

Das Licht in einem Puff ist anders als in einer Klinik. Tagsüber roch es nach Putzmitteln, abends nach üppigen Parfüms. Du kannst dir gar nicht vorstellen, wer hier alles Kunde war und mir die Mentholzuckerl wegfraß: der Männergesangsverein, die Freiwillige Feuerwehr, eine Delegation des Rings der Freiheitlichen Jugend, Gewerkschaftsbosse, ein Priesterseminar, Fußballvereine, Diplomaten, Tierschützer, Umweltaktivisten, halbe Schauspielensembles, Opernsänger, Friedensaktivisten, Pfadfinder, Generäle, Schriftsteller, sogar ein Ärztekongress samt Alfred Kaguru gingen hier ein und aus.

Manchmal, wenn ich beim Saubermachen (auch hier trug ich immer meine Vinylhandschuhe) ein größeres Quantum

Kindermilch (so nannten die Nutten das Sekret) fand, gab ich es den Zuhältern und beteiligten Geschäftsleuten in den Kaffee. Es hat sich nie jemand beschwert. Wir sind eine zur Sparsamkeit erzogene Generation. Nichts darf weggeschmissen werden, das hat mir Oma beigebracht.

Immer hat es geheißen, iss nicht so viel, telefonier nicht so viel, schau nicht so viel fern. Und heute heißt es, du kannst essen, so viel du willst, telefonieren, so lange du willst, dich vergnügen, so viel du kannst. Und so ist es auch beim Sex. Bei Gangbangs versammeln sich die, die immer Angst haben, zu kurz zu kommen, um die Sache selbst in die Hand zu nehmen, um sich freien Lauf zu lassen, sich auszugießen. Es ist so eine Art Pauschalreise in Sachen Blasmusik. Eine Ejakulationseskalation. Aber das Stöhnen, das dabei herauskommt, ist kein Schreien bis zum Teufel komm heraus, nicht aus einem Guss, es ist unecht, outriert und ungustiös, kein schönstes Geräusch der Welt. Da hätte ich gleich in einer Telefonsexzentrale arbeiten können.

Mir ging es ja nicht um das röchelnde Gekeuche, den Lustschrei als solchen, sondern um das Sich-Verlieren, um den Moment, wenn sich der Geist vom Fleisch löst, hochsteigt wie ein Flugdrache, nur vom Nylonfaden gehalten noch am Leben hängen bleibt. Mir ging es um die Seele, dieses kleine, nach den Forschungen des Duncan MacDougall durchschnittlich einundzwanzig Gramm wiegende Persönchen, das bei mittelalterlichen Sterbebildern als kleiner Mensch aus dem Mund entweicht und auch im Lustgestöhn den Körper kurz verlässt. Und mir ging es um das Universum der Gefühle, um den Urknall der Empfindungslosigkeit – obwohl ich damals noch nichts von den Dämonen wusste, nichts von der Möglichkeit einer Strafbesessenheit.

Glaubst du, Mama, an die Unendlichkeit des Universums? Manche meinen ja, dass das unmöglich ist, weil es dann unendlich viele Sonnen gäbe und unser Himmel immer hell erleuchtet wäre. Aber vielleicht sind diese unendlich vielen Sonnen einfach unendlich weit von uns entfernt, sodass ihr Licht uns noch unendlich lange nicht erreicht? Oder sollten sich kosmische Wolken davorgeschoben haben? Wenn es aber endlich wäre, wie hätten wir uns seine Grenzen vorzustellen? Mit einem rot-weiß-roten Schranken, Zollhüttchen und Grenzpatrouillen? Mit Schildern: *Ende Gelände! Achtung! Hier endet das Universum! Verlassen auf eigene Gefahr!* Und was wäre dahinter? Das Nichts? Vielleicht ist das Universum wie ein Bauchinnenraum – und beim Stöhnen macht es einen Quantensprung, gerät es an seine Grenze, überspringt sie und wechselt die Dimension? Aber nicht beim Stöhnen im Schiefen Turm, das war ein Fake, ein nur unzureichend von Mentholzuckerlgeschmack übertöntes Magengären, ein Im-Sportwagen-sitzen-und-nicht-Hochkommen.

Manche meinen, dass in der sexuellen Befreiung etwas Revolutionäres steckt, eine anarchische, furchtlose Freiheit, manche meinen, erst im Rudelbumsen emanzipiere sich der Mensch von allen Konventionen fehlgeleiteter und falsch verstandener Individualität. Für mich war das Milieu nur schmuddelig, ein Ort finsterer postmasturbatorischer Traurigkeit, wo auf allem eine leichte Fettschicht lag, wo wildfremde Menschen einander gegenseitig angriffen. Ein Horror. Schon allein die Vorstellung ... Auch heute noch empfinde ich das Hotel Orient als unsauberen, anstößigen, aus der Zeit gefallenen Ort, den ich freiwillig nicht aufsuchen würde, weil er mich zu sehr an den Schiefen Turm von Pisa erinnert.

Aber damals liebte frau mich für den Kaffee, die Mädchen waren nett. Ich begleitete sie zu ihren wöchentlichen Touren zum Amtsarzt, wo sie ihren Deckel, wie man den Gesundheitspass nennt, bekamen. Manche bekochten mich dafür mit Borschtsch, schenkten mir dünne russische Zigaretten oder gaben mir von ihrem Räucherkäse ab, mit dem ihre Verwandten sie versorgten. Wenn wir Wodka tranken, wurden sie sentimental, sangen und erzählten von ihren einfachen Dörfern, von Ochsenkarren, Marktweibern und betrunkenen Vätern, von Atommeilern und Krankenhäusern aus Asbest. Einige boten mir dann aus reiner Dankbarkeit sogar an, mich zu entjungfern. Aber ich hatte nicht nur panische Angst, mich zu verlieben, sah mich schon als tätowierten Zuhälter, sondern hatte auch herausbekommen, dass keine Einzige von ihnen jemals einen Orgasmus gehabt hatte, nicht im Schiefen Turm. Auch diejenigen, die am lautesten Ich-komme-immer posaunten, kamen nie. Vielleicht war dieser ganze Orgasmus nur ein großangelegter Bluff, ausgedacht von machtgierigen Frauen, um ihre Männer zu unterjochen. Aber das glaubte ich nicht. Ich war nach wie vor davon überzeugt, dass mich das echte Stöhnen zu den wahren Empfindungen bringen würde.

Also war meine Zeit dort endlich, war es nur eine Frage der Gelegenheit, bis mein Lebenszug mich fortzog, ich mich nicht länger mit paarungswilligen Spritzbuben und falschen Stöhnern sogenannter Sexarbeiterinnen – die Begriffe Hure, Nutte und Prostituierte waren im Gewerbe längst verpönt – beschäftigen wollte. Für meine Stöhnstudien konnte ich mich bald nicht mehr mit unaufrichtigen Aufrichterinnen, einseifenden Versteiferinnen, geriebenen Abreiberinnen, volllippigen und vollbusigen Flachlegerinnen und Milky-Way-Fratzen abgeben, sondern mit Daniederliegenden, Hingestreckten, Todgeweihten. Gibt es einen freien Willen? Oder war es Bestimmung, dass ich nach dem Puff gleich in eine Hospizabteilung kam, wie man die Krankenhausstation der Hinscheidenden euphemistisch nennt?

Vorher aber ließ ich noch den Schiefen Turm von Pisa hochgehen, was den versklavten Mädchen aus Russland, der Ukraine und dem Kaukasus die Freiheit brachte, zumindest die Freiheit von ihren Zuhältern. Als ich sie im Gefängnis, in dem sie auf ihre Abschiebung warteten, besuchte und ihnen Würste, Bananen und Zigaretten brachte, haben sie *Hildy! Hildy!* gebrüllt und mir tausendfach gedankt. Ihre Augen hättest du sehen sollen, groß wie Weintrauben, feucht wie volle Kinderwindeln. Sie waren so freundlich und liebesbedürftig, so sanft und treuherzig, dass ich mich hinreißen ließ und ihnen streng vertraulich anvertraute, dass ich es gewesen war, der die Anzeige gegen den Schiefen Turm eingegeben hatte. Na, da hättest du ihr Fluchen hören sollen. Dagegen war das Kaguru-Gezeter in der Klinik direkt lieblich. Beschimpft haben sie mich, mir tausend Teufel in den Leib gewünscht, Pest, Krätze und alle Geschlechtskrankheiten. Undankbares Pack.

Totenvögel

Im Hospiz, in der Wartehalle zur letzten großen Reise, wollte ich die Stöhnlaute studieren, die finalen Seufzer, letzten Schreie, das Lazarus-Syndrom. Und ich wollte endlich mal etwas empfinden. Natürlich konnte ich es so einrichten, dass mich auch hier niemand berührte. Erstens trug ich seit meiner Zeit als Hebammer immer Handschuhe, zweitens hatte ich meist eine hölzerne Gurkenzange bei mir, mit der ich besonders unappetitliche Dinge greifen konnte.

Dabei war es herzzerreißend. Menschen mit langen, dunklen Schatten, die nach ihrer Mama riefen, um Vergebung baten oder sich selbst anklagten, dieser oder jener Versuchung nicht nachgegeben zu haben, sich dieser oder jener

Sünde enthalten zu haben. Alle bereuten sie, aber nicht nur ihre begangenen, sondern vor allem ihre nicht begangenen Sünden. Alle trauerten sie ihren verpassten Gelegenheiten und nicht genützten Chancen nach. Die Welt, die mich hier umgab, erregte mich – zumindest an der Oberfläche, innerlich kam nichts an mich heran. Ausgemergelte Gesichter, bleiche Totenschädel mit dünner, gelber Haut und großen gebrochenen Augen, Skelette. Mehr tot als lebendig. Alle an Dialysegeräten, Infusionsflaschen, Herz-Kreislauf-Maschinen.

Manche meinen ja, im Angesicht des Todes wird alles lächerlich, manche sagen, der Tod bricht alles runter auf ein winzig kleines Maß. Aber das stimmt nicht, das Gegenteil ist wahr. Im Angesicht des Todes hat alles Bedeutung, Größe, Anmut, beneidet man jeden, der noch lebt, jeden, der mit seinem Hund Gassi gehen und Scheiße aufwischen darf, jeden, der lasches Fastfood-Essen kaut, billige Zigaretten raucht, sein Gesicht hinhält, die Geburt mit dem Aussteigen aus einem tiefergelegten Sportwagen vergleicht oder mit seinem Ehepartner zankt, auf einen Strafzettel flucht, jede noch so verlebte, verwachsene, missmutige Gestalt. Im Angesicht des Todes will man mit jedem tauschen, der noch lebt.

Du musst dir vorstellen, Mama, eine ganze Abteilung mit Krepierenden gefüllt, mit Menschen, die sich nicht mehr rühren können, nur noch aus Haut und weit vorstehenden Knochen bestehen, Menschen, die das Haar verlieren, mit einer Chemo kämpfen, deren Organe der Reihe nach versagen, die nur noch auf eines warten, nämlich auf den Tod. Einzig dir fehlt nichts. Da läuft es dir kalt über den Rücken, entschließt du dich, einen strengeren Maßstab an dich selber anzulegen, dich zu bessern, Sport zu treiben, gesünder zu leben, deine Zeit bewusster zu genießen, dankbar zu sein für jeden Tag – selbst wenn du kein Mitleid hast, dich alles nicht berührt.

Im Hospiz herrschte wie schon in der Gebärklinik ein strenger Ammoniakgeruch. Ständig hatte man einen metallischen Geschmack im Mund. Hier hingen keine Störche an den Wänden, keine Babyfotos und auch keine marmornen Riesenpenisse wie im Schiefen Turm. Hier war alles seltsam aufgeräumt, als gelte es, den Todgeweihten das Gefühl größtmöglicher Ordnung zu vermitteln. Keine Mentholzuckerl, nur Kaugummi kauende Notare, die hier aus und ein gingen, um die letzten Verfügungen der Eingehenden zu ändern. Wenn man stirbt, hat man so gut wie alles verloren, nur eines nicht, sein Testament, womit man sich an seinen Hinterbliebenen rächen kann, dafür, dass sie einen nicht retten, weiterleben, nur an sich denken. Das Testament ist die letzte Waffe, und gemeinsam mit den Notaren spitzen sie die Todgeweihten, sofern sie noch bei Bewusstsein sind, täglich zu und füllen sie mit Gift.

Meine Aufgabe war es, Kurse abzuhalten. *Heben im Alter* – hier habe ich einen halbseitig Gelähmten aufgefordert, einen Tisch zu tragen, den ich dann selbst, weil er sich weigerte, aufzustehen, kaum schleppen konnte. *Stressbewältigung im Alltag*, mein Lieblingskurs, ich ließ die Teilnehmer ihre schlimmsten Stresssituationen beschreiben, um dann regelmäßig mit der Feststellung, dass sich heute leider kein weiteres Thema mehr ausgehe, die Einheit zu beenden. *Fitnessstudio* – hier wurden die Patienten an Crosstrainer, Ergometer, Hantelbänke und ähnliche Geräte gesetzt und dann allein gelassen. Mit furchtbaren Ergebnissen.

Da das Hospiz für all diese Kurse von den Krankenkassen Geld bekam, musste ich mich auf jedem Gebiet als Kapazunder ausgeben, mich immer anders verkleiden und mit ausländischem Akzent sprechen. Einmal war ich ein bulgarischer Osteopath, dann wieder ein iranischer Psychotherapeut oder ein australischer Fitnessguru. Irgendwann habe ich begonnen, diese völlig unsinnigen und nur zur Geldbeschaffung ausgerichteten Kurse in Gesprächsrunden umzufunktionieren, die Sterbenden mit kleinen Geschichten erfreut, Geschichten von Sumpfing und vom besoffenen Poldl, seinen Moslemweibern, vom Saurüssel und der Oma. Geschichten vom Stöhnen und den Strategien, Berührung zu vermeiden – hier war die hölzerne Gurkenzange ein schönes Vorzeigeobjekt.

Bald habe ich den Sterbenden erklärt, dass beim Sterben das Nichtige ihrer Existenz herausgestöhnt wird, in dem Moment, in dem sie selbst nichts werden, kein Nichts mehr in ihnen übrig bleibt, also kann auch kein Nichts mehr in ihnen sein, sondern ein Alles. Indem sie nichts werden, haben sie alles in sich. Sterben ist wie Kaffeekochen, so wie der Geschmack vom Pulver in das Wasser geht, löst die Seele sich im Universum auf. Doch was war das Ergebnis? Starben die Todgeweihten hoffnungsfroh? Stöhnten sie, die da schwer wie Getreidesäcke in ihren Betten lagen, noch einmal herzerquickend? Gaben sie mir Beispiele für mein Stöhnarchiv? Nein, diese undankbaren Gerippe wurden gesund, sprangen aus den Betten, jauchzten. Unheilbar Kranke, Menschen ohne Organe, solche mit künstlicher Beatmung, mit tödlichen Viren, sie alle erholten sich, genasen und verließen binnen weniger Tage die Station, statt mich mit finalen Stöhnern zu erfreuen. Schändliches Pack! Ein paar umarmten mich auch noch. Entsetzlich. Tagelang wurde ich dann das Gefühl nicht los, beschmutzt worden zu sein.

Schon bald kamen Beschwerden: Priester, Erben, Beinahe-Witwen, Menschen, die auf frei werdende Wohnungen oder vakante Arbeitsplätze spekulierten. Es gibt ja immer genügend, denen es gar nicht schnell genug gehen kann. Auch die

Anatomen und Pathologen waren unzufrieden. Den Sezierkursen der medizinischen Fakultät gingen die Leichen aus, den Chirurgen die Organe, den Sargproduzenten, Totengräbern und Blumenhändlern fehlten die Begräbnisse, den Druckereien die Partezettel. Sie alle reichten Protestnoten ein, was zur Folge hatte, dass der Vorstand der Abteilung, Hermann Kaguru, Bruder des dir bereits bekannten Alfred, mich zur Brust nahm. Dieser Bruder, der zweite Kaguru, dieselbe Kartoffelnase, dieselben Vogelaugen, mied Solarien. Er war schon von Natur aus anämisch, seit der gegen null gehenden Sterblichkeit aber bleich wie ein Leichentuch, was seine Zähne noch gelber erscheinen ließ. Er war die ungebräunte Ausgabe seines Bruders. Zwei Tiefkühlputer, einer roh, der andere gegrillt.

Offen und unverhohlen blickte er mir in die Augen und studierte mich wie einen unbekannten Gegenstand. Zwar habe er nichts in der Hand, doch wisse er sehr wohl, wer hinter dieser Teufeliade stecke. Er könne nichts beweisen, doch brauche er sich hier nur auf sein Gefühl zu verlassen. Nur ich käme infrage, das Gleichgewicht der Gleichgesinnten gestört zu haben, nur ich, Hildebrand Kilgus, sei nach seiner bescheidenen Meinung fähig, den bislang reibungslos funktionierenden Stationsbetrieb aufs schändlichste zu sabotieren. Und auch wenn er eingestehen müsse, dass es bislang nur Indizien gegen mich gebe, genüge schon der bloße Verdacht, dem Gesundheitswesen einen derart unermesslichen Schaden zugefügt zu haben, um das alles aufs schärfste zu verurteilen. Oder könne man sich etwas Gemeineres, etwas Schändlicheres vorstellen, als Sterbenskranke gesund werden zu lassen? Für wen hielte ich mich eigentlich, für Jesus? Dächte ich denn gar nicht an die Bedeutung der Toten für die Wirtschaft? Solle er denn selber sterben? Oder wolle ich vielleicht gar das Sterben abschaffen? Und was solle dann aus den Erben und den potenziell Hinterbliebenen werden, die nun mit einem Auferstandenen weiterleben müssten? Wie ich mir das vorstelle? Die Probleme der Menschheit würden ohne Tod nicht weniger. Ganz im Gegenteil, die Wohnungsnot, die Energiekrise, das Verkehrsaufkommen, die Versorgung … Wie könne man nur so hartherzig, so erbarmungslos unmenschlich sein? Leute vor dem Tod zu retten? Also wirklich.

Da ich nicht wusste, wie man sich in solchen Situationen korrekt verhält, war ich versucht, mich wieder zu verbeugen, verzichtete aber, die merkwürdige Reaktion seines Bruders bedenkend, und sagte mit Bestimmtheit: Gut, dann gehe ich.

– Den Teufel werden Sie. Und wenn? Das wird Ihnen nichts nützen!, brüllte nun der aufgebrachte Kaguru, dass seine Maiskornzähne aufblitzten. Gar nichts wird Ihnen das nützen. Und wenn Sie zehnmal zum Arbeitsgericht und zur Gewerkschaft und zur Presse gehen, man wird Ihnen doch nicht helfen. Und selbst wenn Sie an so einen jungen Ehrgeizling geraten, der sich dieser Sache annimmt, glauben Sie im Ernst … und selbst wenn Sie eine vorübergehende Schließung erwirken … außerdem zahlen die Krankenkassen gerne …

– Ähemmm, räusperte ich mich. Ich meinte, ich kündige.

– Ach, so ist das, lächelte er jetzt. Sie haben es auf die Abfertigung abgesehen, Sie wollen uns finanziell ruinieren, aber das wird Ihnen …

Bevor er zu Ende sprechen konnte, verließ ich das Stationszimmer, rannte vorbei an Ärzten, Schwestern und rauchenden Kranken, die im Rollstuhl saßen und an Infusionen hingen, vorbei an Besuchern mit Blumensträußen, Putzfrauen mit ihren aufgepimpten Wägelchen, Notaren, Erbschleichern, bis ich endlich draußen war. Ich blickte mich noch einmal um, doch das Gebäude schwieg.

So hielt ich es nirgendwo besonders lange aus, weder als Hebamme noch als Puffvater, und auch als Sterbebegleiter machte mein Lebenszug nicht lange Station. Überall wurde gleich zur Weiterfahrt gepfiffen. Nirgendwo kam ich meinem Forschungsgegenstand, der Stöhnerei, wirklich auf die Schliche. Immer noch hatte ich das Gefühl, nichts richtig zu empfinden, immer noch die Angst, berührt zu werden oder selber etwas anzugreifen.

Jetzt war ich also wieder unterwegs, rumpelte weiter in Richtung eines nächsten Bahnhofs namens Friedhof. Alle enden wir über kurz oder lang in einer solchen letzten Ruhestätte. Ich aber, immer noch dem *huffing and puffing* hinterher, von den Dämonen damals noch keine Ahnung habend, kam schon früher auf den Gottesacker.

Ich hatte nämlich die Bekanntschaft von Sargträgern gemacht, mir wildeste Geschichten erzählen lassen von lebendig Begrabenen und hysterischen Angehörigen, von lüsternen Pfarrern und verführten Ministranten, von nächtlichen Orgien und Spukgeschichten. Da kam mir Rilke in den Sinn: *Der Tod ist groß. Wir sind die Seinen lachenden Munds. Wenn wir uns mitten im Leben meinen, wagt er zu weinen mitten in uns.* Also schloss ich mich ihnen an und wurde Pompfüneberer am Wiener Zentralfriedhof.

Auch in Sumpfing gibt es einen Friedhof, aber diese paar Gräberreihen lassen sich mit der großen Wiener Totenstadt gar nicht vergleichen. Jüdische Abteilung, islamische Abteilung, böhmisch-katholisch, evangelisch alte Schule, orthodox, altkatholisch, drusisch, konfessionslos, Armengräber, Ehrengräber, Gräber, in denen sich die Hinterbliebenen mit unsagbarem Kitsch und entstellenden Fotos an den Verblichenen rächten, vor allem aber Kindergräber, Monumente unendlicher Traurigkeit, geschmückt mit Stofftieren, Windrädern und bunten Spielsachen.

Die Aufgabe eines Sargträgers besteht nicht nur im Kaffeekochen für den Priester, er muss auch für ein anständiges Benehmen des Toten sorgen, ihm gegebenenfalls eine Bibel unters Kinn klemmen, damit es nicht herunterfällt, weil man vergessen hat, ihm den Mund zuzunähen. Er muss das Bild des Toten neben den Sarg stellen, sich um Kränze und Katafalk kümmern, in der Kapelle Liedzettel und nach der Einsegnung Partezettel verteilen, Ministranten kämmen, Kerzen anzünden und es sich mit der Friedhofsjägerei gut stellen, um hin und wieder einen Hasen oder ein Rebhuhn zu bekommen, mit denen sich die Magistratsbeamten bestechen ließen und bei Armenbestattungen ein Begräbnis dritter Klasse, also mit Kranz und Tonbandmusik, bewilligten. Sonst gab es nämlich gar nichts, nur eine Rose der Stadt Wien.

Vor allem aber muss er sich nach der Totenmesse neben den aufgebahrten Sarg stellen, die Schlusssegnung abwarten, darf dabei kein Mentholzuckerl lutschen und auch nicht das Gesicht verziehen, wenn der Pfarrer Weihwasser verspritzt, und schon gar nicht darf er losprusten, wenn der Chor anhebt mit *Denn alles Fleisch, es ist wie Gras* oder *Ihr habt nur Traurigkeit,* und er darf auch nicht laut auflachen, wenn jemand eine Grimasse schneidet, sich in Trauerschmerzen windet oder vor lauter Gefühlsaufwallung furzt, was bei alten Witwen gar nicht selten ist, kommt es doch durch den emotionalen Schock häufig zu einer Analsphinkter-Relaxierung, ich kannte den Begriff aus dem Hospiz, einer Schließmuskel-Erschlaffung, die gerade bei den andächtigsten Stellen oft zu ungewollten Furzfanfaren führt.

Ich bin aber, wie du weißt, von allem unberührt, eine Lachwurzen und Grinsekatze, habe Probleme, meine Mundwinkel im Zaum zu halten. Schon in der Volksschule hatte ich derart unbezwingbare Lachkrämpfe, dass ich rot anlief, keine Luft mehr bekam, Rotz aus meiner Nase lief und, da es sich nicht und nicht beruhigen ließ, aus dem Klassenzimmer geschickt wurde.

Einmal nahm mich der Rufus – du erinnerst dich? –, mein erster Freund, der, mit dem ich ein Backpulver-Staubzucker-Gemisch über Ameisenhaufen streute, was die kleinen Tierchen zum Zerplatzen brachte, der, mit dem ich selbstgebastelte Bomben (Unkrautsalz und Staubzucker) hochgehen ließ, und der, mit dem ich am sechsten Jänner immer als Sternsinger von Tür zu Tür zog, um Schnäpse zu bekommen und Spenden für die Not der Welt zu kassieren, die wir dann umgehend an die nächstbesten Notleidenden, nämlich an uns selber, verteilten, einmal also nahm mich dieser Rufus mit zu sich nach Hause, und als sein Vater in der Tür erschien und sich so die Hände rieb, als habe er sie eben eingecremt, musste ich zuerst an etwas Unanständiges denken und dann dermaßen lachen, dass ich die entgegengestreckte Hand nicht nehmen konnte. Na, der wird sich auch sein Teil gedacht haben, als ich mich einfach wegdrehte und vor lauter Lachen fast zersprang.

Sonst verstehe ich es meisterhaft, lästigen und beunruhigenden Gedanken aus dem Weg zu gehen, nichts an mich herankommen zu lassen. Nur gegen das Lachen bin ich machtlos. Besonders arg ist es beim Tod. Ich muss nur an das Sterben denken, an die Akkumulation von Wissen und Können, die mit jedem Hinscheiden verlorengeht, sich aus oder vielmehr in den Staub macht, schon breitet sich ein blödes Grinsen aus, zerreißt es mich vor Lachen. Und je mehr ich mich darauf konzentriere, nicht loszuprusten, desto schlimmer wird es.

Beim Führerscheinkurs schickte man mich wegen grundloser Lachausbrüche vor die Tür, eines Yogakurses verwies man mich, weil mein unmotiviertes Lachen die Konzentration der anderen Kursteilnehmer so sehr gestört hatte, dass sie bei ihren Brücken, Spagaten, Schneidersitzen und sonstigen Verrenkungen völlig aus ihrer Mitte fielen, sich selbst heillos verknoteten. Sogar als Hebammer, Puffvater und Sterbebegleiter hatte ich häufig heftige Lachkrämpfe. Wie erst als Sargträger. Kaum tauchte der Pfarrer seinen Stößel in das Weihwasser, furzte eine Witwe, ging es auch schon los. Erst gluckste es, dann quietschte es zwischen den Zähnen, schließlich sammelte es sich und brach zum Entsetzen aller Trauergäste als Lachsalve hervor.

Hildy, sagte ich, reiß dich zusammen, lach nicht so vertrottelt. Aber es half nichts. Ich wurde gerügt, bekam vom Pfarrer Ohrfeigen, wurde als hirn- und gottloser Kretin beschimpft und musste bei einem pensionierten Schauspieler, einem Herrn Mazlenikow, Unterricht nehmen, um dieses blödsinnige Gekicher in ein betroffenes Schluchzen zu verwandeln. Dieser Herr Mazlenikow, ein großer, grauhaariger Mensch mit sonorer Bassstimme, sagte immer: Ei, ei, Hildichen, während er den Tee auftrug, Hildichen. Ei, ei. Das Burrrgtheater hat mich verrrgessen. Aber man wird sich meiner errrinnern. Ich bin unverrrzichtbar, errrwarte stündlich einen Anrrruf. Minütlich. Plötzlich riss er den Mund auf, breit und schief wie beim Zahnarzt, seine entzündeten Augen funkelten, seine Plomben blitzten, seine belegte russische Zunge vibrierte, und dann brüllte er, so laut er nur konnte, *Burrrgtheaterdeutsch! Burrrgtheaterdeutsch!*, dass sich sogar seine rauchgraue Katze hinter dem Ofen verkroch.

Natürlich musste ich auch hier lachen, oder, wie wir in Sumpfing sagten, kudern. Schließlich gelang es dem Herrn Mazlenikow aber doch, dieses kuhdumme Gekudere in ein bekümmertes Schluchzen zu verwandeln, nicht ohne mir zuvor sowohl die Stanislawski- als auch die Strasberg- und Grotowski-Methode ausführlich auseinandergesetzt zu haben, mit mir alle grundlegenden Schauspieltheorien durchgegangen zu sein. Burrrgtheaterdeutsch! Hildichen. Burrrgtheaterdeutsch!

Bald war ich im Schluchzen so vorzüglich wie im Kaffeekochen, so glaubwürdig, dass die Angehörigen, die sich normalerweise längst beruhigt hatten, lauthals und inbrünstig in mein Gewimmere einfielen, was mich noch mehr lachen machte. Mal schluchzte ich nach Strasberg, mal seufzte ich nach Stanislawski, mal war ich besonders inbrünstig und heulte nach Grotowski – später erhielt ich wegen meiner scheinbar besonders wahrhaftigen Trauer immer ordentlich Schmattes. Hier machte sich die hohe Kunst bezahlt – von wegen brotlos. Vorerst galt es aber, den Sarg auf den mit Kränzen geschmückten Katafalk zu hieven, ihn hinter Pfarrer und Ministranten zur offenen Grabstelle zu rollen, um ihn dann mit Gurten in die vier Meter achtzig tiefe Grube zu lassen. Das war mein Kaffee.

Ich war von jeher überzeugt, dass zwischen Tod und Geburt ein kosmischer Zusammenhang besteht, mit jedem Sterbenden eine Seele frei wird, die anderswo zur Welt kommt. Das Universum ist ein geschlossenes System, nichts geht verloren. So wie Oma das alte Frittieröl aus der Gaststube verwendete, um Bänke, Zäune, Scheunen oder die Hundehütte damit einzulassen, was zur Folge hatte, dass der ganze Garten nach Schnitzel roch, ein Aroma, das die Dackeldame Hexi fast in den Wahnsinn trieb, gibt es auch ein Gleichgewicht der Energie. Nichts geht verloren, nicht einmal das Aroma von paniertem Fleisch. Wie also eine Seele? Sie entsteigt wie auf den mittelalterlichen Bildern dem Mund des Toten und sucht sich einen neuen Körper.

Wenn wir Sargträger, so meine Überzeugung, auf der einen Seite einen in die Grube lassen, wird anderswo die gleiche Wesenheit von einer Hebamme auf die Welt geholt. Der rechteckige Grabesschacht ist die Entsprechung des Gebärmutterkanals. Auf der einen Seite wird die Seele an Gurten hinabgelassen, auf der anderen Seite ziehen sie die Hebammen mit Händen und Zangen oder einer Saugglocke (von Tage Malmström) aus dem Fleisch so eines gravitätischen Überraschungseis, pardon, aus einer Gebärenden. Mit Schwung! Das ist der Kreislauf des Lebens. Hier schreien die Sterbenden und dort die Gebärenden – und beim orgiastischen Lustschrei vermengt sich beides. Die Seele ist eine kleine gelbe Überraschungseikapsel, ihre süße Hülle wird gefressen von der Zeit.

Was aber, wenn einer stecken bleibt? Was, wenn er nicht durchkommt, weil der Schwung nicht reicht? Wird er dann ein Dämon? Einer, der in einem fremden Fleisch wohnen muss und nicht herauskann? Ein Inkubus?

Kennst du die mexikanischen Marienbilder, Mama? Die Maria von Guadeloupe? Nein, du kennst sie nicht, weil bei uns zu Hause anstelle eines Kruzifixes immer Karl Marx, Josef Stalin und Franz Klammer hingen, weil du auf die Kirche nur geschimpft hast und dein Lieblingsspruch lautete: *Papst Bimbam ist ein kleiner Mann, und vor kleinen Männern muss man sich in Acht nehmen. Uns reichen Napoleon, Engelbert Dollfuß und Adolf Hitler, auch ein kleiner Mann, der mit seinem Hitlergruß zeigen wollte, wie groß er gerne geworden wäre, so groß. Heil Hitler.*

Oma war Kommunistin, die einzige in Sumpfing. Du aber liebtest die Religion. Trotzdem warst du seit Ewigkeiten nicht mehr in der Kirche, weil der Pfarrer am Sonntag nach deiner Scheidung wild gegen die Geschiedenen gewettert hat. Seine Stimme schwoll damals an, entfaltete sich verwegen und donnerte los: Was die nicht dürfen, diese Sünder, die dürfen nicht zur Kommunion gehen und in den ersten Reihen dürfen die nicht sitzen, dem Pfarrer dürfen sie nicht die Hand geben und vom Himmel dürfen sie nicht träumen. Ja, nicht einmal den österreichischen Skifahrern dürfen sie die unreinen Daumen drücken. Und was die alles müssen: Mit der Hölle müssen sie rechnen, mit der ewigen Verdammnis, und mit scheelen Blicken ihrer Nachbarn müssen sie auch rechnen, weil so viele Vaterunser und Gegrüßet-seist-du-Maria können diese Sakramentverbrecher gar nicht beten, dass ihnen ihre Nächsten diese Schuld vergeben. Geschiedene sind des Teufels. Aussätzige. Verdammte. Meiden muss man sie. Unrein alles, was sie je berühren. Es war klar, um wen es ging. Um dich – die erste Geschiedene in Sumpfing, noch dazu die Tochter einer Kommunistin. Das war zu viel.

Und du hast dich geschämt, wolltest, dass sich der Boden auftut, dich verschluckt. Alle Kirchgänger haben sich zu uns umgedreht, geflüstert und uns mit kalten Blicken böse angesehen. Manche mussten die Finger ihrer Kinder zurückhalten, nicht auf uns zu zeigen, anderen hatte sich der Mund mit Speichel angefüllt. Nasen wurden gerümpft, Münder machten verächtlich *Pfff*. Am liebsten wären wir auf der Stelle von einer Fliegenklatsche Gottes erschlagen oder von einem gigantischen Ungezieferspray vergiftet worden, weil wir uns so nutzlos und bösartig fühlten wie Parasiten. Nur der Oma war's egal, die hat sich eine Prise Schnupftabak in die Stirn gezogen, an ihrem Russenorden rumgefummelt, gelacht und wohl gedacht, dass die nur neidisch wären auf unseren nach Schnitzel duftenden Garten.

Von diesem Postscheidungssonntag an bist du nicht mehr in die Kirche gegangen, hast das Maria-Magdalena-Bild nie mehr gesehen.

Maria Magdalena, keine mexikanische Madonna. Die Kirche in Sumpfing ist ihr geweiht, der Schutzpatronin aller Frauen, reuigen Sünder, Verführten sowie der Friseure. Und am Altarbild in der Sumpfinger Kirche, vor dem der Pfarrer seine Brandrede auf dich losließ, kniet sie barfuß, dass man ihre schwarzen Sündersohlen sieht, mit langem, wallendem Haar, verklärtem Blick vor einem gütigen, zum Himmel hochfahrenden Jesus, der ihr sieben Dämonen ausgetrieben hat.

Auch die Wirtshausgäste hatten bei des Pfarrers Schimpftirade zu uns hergesehen. Nicht wenige hatten dann den Saurüssel gemieden, waren zum Kirchenwirt oder Hofwirt gegangen, einige waren gar in das benachbarte Schleiming gefahren, aber nicht sehr lange, dann kamen sie wieder angekrochen, war ihnen wieder egal, ob im Herrgottswinkel Jesus, Stalin oder Meister Proper hing, egal, was der Pfarrer gesagt hatte, Hauptsache, sie bekamen wieder billig Bier und Wein und Most und ihren Seniorenteller, wie wir die Kombination aus Espresso und Kümmelschnaps nannten. Die hatten auch noch nie eine mexikanische Gottesmutter gesehen, nur Moslemweiber, aber so wie sie der besoffene Poldl, unser treuester Kunde, spielte – mit einem Büstenhalter um das Hemd und einem Tischtuch um den Kopf. Dabei war der Poldl höchstens in Sarajevo, Mostar oder Priština gewesen, wo er Fluchhäfen asphaltiert hatte. Und dieser Poldl war, wenn er nicht gerade auf Montage war, Dauergast im Saurüssel, trank von früh bis spät, erzählte Puffgeschichten oder schrieb Briefe, die er dann irgendwelchen Autos unter die Scheibenwischer klemmte. Briefe, die stets mit *Ich beobachte dich schon seit geraumer Zeit und du gefällst mir sehr* begannen und irgendwelche mehr oder weniger ausformulierte sexuelle Offerte folgen ließen.

Du konntest dich nicht immer zum Poldl setzen, weil du auch kochen, Wäsche waschen und Malter für den Albert, deinen Adlatus, rühren musstest. Doch es war klar, es kann kein Gast allein in der Stube sitzen, da muss jemand rein und ein bisschen reden, weil die ja zum Reden kommen, die Gäste. Weil sie sehen wollen, dass ihnen und ihren Puffgeschichten wer verständnisvoll zunickt, weil sie hören wollen, dass es jeder andere genauso gemacht hätte, ihr Leben, so verpfuscht es auch sein mochte, in der einzig möglichen und vorgesehenen Bahn verlaufen war, dass sie gar keine Entscheidungsmöglichkeit gehabt hatten. Weil sie hören wollten, dass sie an ihrem Unglück nicht selbst schuld waren. Dass sie überhaupt nichts weiter waren als Fahrgäste einer Lebensbahn, deren Schienen zwar ins Verderben liefen, aber das war nicht ihre Schuld, sicher nicht.

– Red doch du ein wenig mit dem Poldl, hast du zu mir gesagt, ich war sieben, acht Jahre alt.

Ich bin also von der Schule heimgekommen, von Lachkrämpfen und Klassenzimmerverweisen, dann hat es geheißen: Das Essen steht im Backrohr, wärm es dir auf, Hildy, setz dich zum Poldl und red mit ihm. Dann bin ich mit dem aufgewärmten Essen in die Gaststube zum Poldl, hab mich auf die dunkle, rauchgebeizte Bank gesetzt, den Teller auf die erbsengrün lackierte Tischplatte gestellt und dem Poldl, diesem feisten, rotgesichtigen Menschen, dabei zugesehen, wie er eine um die andere Zigarette im kristallenen Aschenbecher mit dem Volksbank-Logo ausdämpfte.

– Magst noch ein Achterl Wein, Poldl?, und er war mittags um halb zwei schon total besoffen, und dann hat es sein können, dass ich dasitze, mein aufgewärmtes Essen runterwürge, im Radio läuft die Übertragung eines Skirennens, und er, der Poldl, nichts zu reden weiß mit mir, am Skirennen kein Interesse hat, auch an der Zeitung nicht, seinen Schwanz auspackt und anfängt, mir den zu zeigen.

– Schau einmal, Hildy, was ich da Schönes hab, hat der besoffene Poldl dann gesagt, ist das nicht ein schönes Spielzeug, das Lieblingsspielzeug von den Moslemweibern. Eine

Antenne aus Wurst. Damit empfange ich die kosmische Energie. Brauchst keine Angst haben, die beißt nicht.

– Das glaub ich eh, hab ich darauf gesagt.

– Das musst auch glauben, weil es so ist, du siebeneckiger Jausenplutzer. Das ist genau so eine Knackwurst, wie du sie in deinem Teller liegen hast, nur eine mit Sensoren. Magst du sie in die Hand nehmen? Man muss die Sachen, wenn man sie begreifen will, auch in die Hand nehmen. Man muss auch handeln können. Was glaubst, was die Moslemweiber dafür gäben, meine Wurstantenne angreifen zu dürfen? Drei Wochen hungern würden die, ihrem Komoran abschwören. Für meine Wurstantenne würden die auf ihren Momaded scheißen. Einen Hatsch würden die organisieren, eine Wallfahrt zur Poldlwurst. Das musst auch glauben, siebeneckiger Jausenplutzer, weil es so ist.

Das war der Poldl. Ich hab gesagt: Ich glaub es eh, aber tu das wieder rein, das interessiert mich nicht, ich will das Skirennen hören. Das war mein Alltag im Saurüssel, aufgewärmtes Essen und der kleine, dicke Schwanz vom Poldl, der wie ein geschorener Dackel im Körbchen seiner ungewaschenen, nach alter Pisse riechenden Schambehaarung lag. Später wird man vielleicht sagen, dass das Teil des Missbrauchs war, von dem meine Besessenheit herrührte, mein Urknall, von dem aus sich alles ausdehnte. Später wird man vielleicht denken, dass mit diesem Poldl meine Obsession begann, meine Unfähigkeit zu fühlen, meine Angst vor Berührung und mein Widerwille, etwas anzugreifen. Aber das glaube ich nicht, für mich war das ganz normal. Für mich war der Poldl keine Ausnahme. Ich war mir sicher, dass auch die anderen Kinder zu Hause beim Skirennen neben einem besoffenen Poldl saßen und Ähnliches zu sehen kriegten. Ich war mir sicher, dass auch ihnen jemand sagte: Was ist denn, graust es dir vielleicht? Was ist denn am Pissoir, da siehst du auch nichts anderes. Oder glaubst du vielleicht, du bist was Besseres? Willst du mich beleidigen?

Nein, beleidigen wollte man ihn nicht. Also griff man hin, damit er Ruhe gab. Also spürte man das kleine Tierchen, das sich wie ein kalter Schweinefuß angriff, merkte, wie es sich mit Leben füllte.

Wenn mehr Gäste da waren, war der Poldl das Gaudium der anderen, der Kasperl derer, die noch nicht ganz so verstrahlt waren wie er.

– Geh, hat dann einer gesagt, Poldl, erzähl uns von den Moslemweibern. Weil er hat immer gesagt, da gebe es so fesche Moslemweiber, in Sarajevo, Mostar oder wo er halt auf Montage gewesen ist, oder er hat von Bars erzählt, in denen die Kellnerinnen nackt und auf Rollschuhen gekommen sind, solche Geschichten. Der Poldl hat so viel getrunken und wohl auch entsprechend viel Teerdämpfe in seinen Hirnwindungen gehabt, dass er manchmal nur noch *badabadabubodabado* herausgebracht und dabei sein Gegenüber bedeutungsschwanger angesehen hat, *braldofugabrrdalum*. Dem war das Hirn vom vielen Asphaltieren und Saufen zersetzt. Das Oberstübchen vom Poldl war eine verschrumpelte, in Alkohol eingelegte Marille – von wegen Alkohol konserviert. *Blldrrrbandommmmbupskrrrnta*. Wenn das der Herr Mazlenikow gehört hätte.

Wie machen die Moslemweiber? Und dann hat er sich in Szene gesetzt mit seinem Büstenhalter und seinem Tischtuchkopftuch. Mit dem Arsch hat er gewackelt wie eine Bauchtänzerin und dazu seltsam gejault, dass man nicht wusste, ob das dazugehörte oder er wieder einen Sprachausfall hatte. Zu seinen Füßen stand meist Hexi, wild kläffend.

Der Letzte vom Letzten, dieser Poldl. Und mit dem, mit dieser mitleiderregenden Kreatur haben wir Jahr für Jahr Weihnachten verbracht. Der 24. Dezember war der einzige

Tag im Jahr, an dem der Saurüssel ab mittags geschlossen war, der einzige Tag, an dem wir mittags die Gäste rauswarfen, der einzige Tag, an dem wir allein in der Gaststube waren, ohne Gäste, die zusahen, wie wir aßen, wie wir uns bewegten, wie wir redeten, du, die Oma, Irmi, Alma, Hexi und ich. Das war Weihnachten. Dann haben wir mittags zum Poldl gesagt: Poldl, heute ist Heiliger Abend, da sperren wir zu. Du musst nach Hause gehen.

Da hat er zu flennen angefangen, er ist ganz allein, er hat niemanden, es ist so traurig. Mit wem soll er denn feiern? Niemand schenkt ihm was, niemand denkt an ihn. Niemand …

So haben wir ihn nur hinausgebracht, indem wir ihm versprochen haben, ihn abends zu besuchen. Und dann sind wir jeden Heiligen Abend zu viert, sobald es finster gewesen ist, weil du dich sonst nicht rausgetraut hättest, weil du dich wegen deiner Scheidung und der darauf folgenden Pfarrersbrandrede so geschämt hast, losgezogen und den Poldl in seiner Keusche besuchen gegangen, haben ihm ein paar Flaschen Bier, Zigarettenpackungen (Milde Sorte, Dames und Memphis), Zimtsterne und Kanister mit altem Frittieröl (Oma) gebracht und sind dann bei ihm gesessen und haben uns seine mit Sprachausfällen garnierten Puffgeschichten angehört. Jedes Jahr. Da sind wir gesessen und haben *O du fröhliche* gesungen, obwohl wir gewusst haben, was der aufführt mit uns und seiner Wurstantenne. Wir aber haben ihm einen schönen Heiligen Abend gemacht, *Stille Nacht* gesungen und Würstel mit ihm gegessen. Sein Würstel hat er uns allen gezeigt, und allen hat er die Hand genommen, draufgelegt und Radiostation gespielt, bis sich das Würstel geregt hat, der kleine nackte Dackel nicht mehr tot war und gejault hat. Mit seinem Herrchen haben wir Jahr um Jahr Weihnachten gefeiert, weil du, Mama, gesagt hast, dass der Poldl der einzige Stammgast ist, den wir haben, dass wir auf ihn schauen müssen. Und ich solle mir nichts einbilden.

Das klingt jetzt alles etwas traurig, dabei war es ganz normal. Nichts, weswegen man den Verstand verlieren oder sich mit dem Teufel einlassen müsste. Nichts, was einen verzweifeln lassen könnte, nichts, weswegen man gefühlskalt oder haphephob werden müsste, im Gegenteil, ein typisches Weihnachtsfest, wie es Hunderttausende Österreicher nicht anders erlebt haben in jener Zeit.

Draußen spaltet gerade ein Blitz den Himmel und hüllt mein Zimmer hier im Hotel Orient einen Moment lang in phosphoreszierendes Licht. Ich habe die Beleuchtung ausgemacht, sehe in den Abendhimmel und warte immer noch auf Tosca. Da bringt der Portier das Essen.

Der Poldl hat bestimmt noch keine mexikanische Gottesmutter gesehen, sonst hätte er davon und nicht von seinen Moslemweibern erzählt. Die mexikanische Gottesmutter bildet kein Dreieck und hat auch keinen Säugling an die Brust gepresst. Sie steht in einer von Strahlen umkränzten linsenförmigen Spalte und erinnert an die schematisierte Darstellung einer (so leid es mir tut) Vagina. Du glaubst jetzt wahrscheinlich, ich bin fixiert, aber der Marienkopf sieht tatsächlich aus wie eine Klitoris, während der Heiligenschein, die runde Hautfalte und das Gewand den äußeren und inneren Schamlippen gleichen. Da braucht es nicht viel Phantasie. Der runde Sockel, auf dem sie steht, entspricht dem Anus, während die goldenen Strahlen wie eine Schambehaarung sind. Das ist so offensichtlich, dass man sich fragt, wie der prüde und in sexuellen Darstellungen höchst zurückhaltend agierende Vatikan so etwas dulden kann. Mexikaner beten nicht nur die Gottesmutter an, sondern gleichzeitig das Tor allen Lebens, das Wunder der Geburt, die befleckte und beleckte Empfängnis, den Ursprung allen Stöhnens.

Und in so eine Vulva haben wir Pompfüneberer – allerdings von der Gebärmutterseite – den Sarg hinabgelassen, während auf der anderen Seite schon die Hebammen gezerrt haben. Unser irdisches Leben war also wie im Inneren eines Uterus, wie auch der ewige Kreislauf des Lebens nichts anderes war als der Wechsel von einer Gebärmutter in die nächste.

Mein Bayreuth

Obwohl es neben den Lachausbrüchen auch die ständige Gefahr gab, in das offene Grab zu stürzen, verlief meine Zeit als Sargträger recht idyllisch. Mit der Stöhnerei kam ich zwar kaum weiter, dafür war ich ständig unter Menschen, viel an der frischen Luft, hörte erbauliche Pfarrersreden, wurde von den Konduktessen gut genährt und konnte hin und wieder ein Schnäpschen zwitschern. Auch dass ich immer Arbeitshandschuhe trug und heikle Dinge mit der Gurkenzange anfasste, störte hier niemanden.

Nur bei Regen, wenn die über dem Grab errichtete Verschalung, auf der wir stehen mussten, um den Sarg hinabzulassen, glitschig wie Fischhaut war, überall Regenwürmer und Nacktschnecken herumkrochen, hieß es höllisch aufpassen, denn der Teufel schläft nicht.

Einmal, es war ein nasser Apriltag, ein Gewitterguss hatte alles sauber gespült, war er besonders ausgeschlafen, entpuppte sich das Grab als Fluchhafen, wie der Portier des Hotel Orient gesagt hätte. Der Pfarrer sprach von Staub zu Staub und Asche zu Asche, die zahlreich erschienenen Trauergäste, die sich wie ein Starenschwarm zum großen Vogelflug vor dem Sarg versammelt hatten, heulten, die Blasmusik spielte *My Way*, obwohl der Verstorbene alles andere als jemals seinen Weg gegangen war, und wir vier Sargträger ließen die Holzkiste langsam in die Grube. Da rutschte ich auf den nassen Brettern aus, ließ vor Schreck das Seil los, woraufhin der Sarg erst kippte, dann den Newtonschen Gesetzen der Gravitation gehorchte und in die vier Meter achtzig tiefe Grube sauste. Der Strick umschlang wie eine böse Natter einen Kollegen, riss ihm die Beine weg, er schrie *Himmel, Teufelswerk,* ruderte mit den Händen, fing sich fast, bekam das Übergewicht, rutschte nun ebenfalls und stürzte in die Grube auf den Sarg. Die aufgebrachten Kollegen warfen ihm Kränze hinterher wie Rettungsringe einem Ertrinkenden. Vergeblich. Während ich auf den feuchten Verschalungsbrettern landete und trotz aller Mazlenikowschen Lektionen lachte, obendrein (oder besser hinterrücks) hatte sich ein langer Schiefer in meinen Arsch gebohrt, schlug der Kollege bäuchlings auf dem Sarg auf und brach sich das Genick. Durch die zweifache Wucht des Aufpralls war der Sargdeckel gebrochen und verschoben, wodurch mein toter Kollege direkt auf dem Toten lag. Wie ein Liebespaar sahen sie aus, die Leiche, die nun wirklich ihren Weg einer Bestattung hatte, und der Sargträger. Die Blasmusik spielte noch immer.

Es wäre praktisch gewesen, beide gleich so zu beerdigen, doch musste man trotz des nun wieder heftiger werdenden Regens zumindest den Sargträger rausholen, den Tod feststellen, seiner Leiche den Geruch des anderen Toten herunterwaschen, ihm ein letztes Hemd anziehen, eine Bibel unter sein Kinn klemmen, ihn drei Tage lang aufbahren, um ihn dann doch nur wieder zu beerdigen, wovor wir Sargträger uns fürchteten, weil das Sprichwort sagt, ein Toter zieht zwei andere nach. Doch zum Glück ist bei dieser Sargträgerbeerdigung dann nichts passiert, die Sonne schien, die Bretter waren trocken, niemand rutschte aus, niemand dachte an Sinatra und sein Lied. Aus einer Musikanlage kamen die Motorgeräusche eines Rallyeautos. Das hatte er sich gewünscht.

Was auf der Hebammenseite mit der Seele dieses unglücklichen Sargträgers geschah, wage ich mir nicht vorzustellen. Wahrscheinlich eine Frühgeburt, die in die Retorte kam? Oder ging es ihr wie dem Fahrstuhl-Hoden eines Neugeborenen, der mal rauf in die Bauchhöhle und dann wieder runter in den Sack rutschte?

Egal, jedenfalls habe ich bei dieser Beerdigung, es sollte meine letzte als Sargträger sein, die Witwe des gefallenen Rallyefans kennengelernt. Sie war rundlich, wie es mir gefällt, hatte Brüste wie Kanonenkugeln und den für die Stöhnerei hoffnungsvollen Namen Bayreuth. Das Erste, was sie mit gereizter Stimme sagte, war: Es tut mir leid, aber ich stehe so kurz vor der Menstruation, dass ich laut schreien möchte. Und schon brüllte sie los. So heftig, dass sie sogar das Motorenbrummen übertönte. Ich war entzückt.

Bayreuth wollte keine Witwe sein, und ich schöpfte bei ihrem Brüllen hemmungsloseste Stöhnhoffnung. Das war keine freiwillige Entscheidung, einfach die nächste Station in meinem Lebensfahrplan. Außerdem war Bayreuth ein derartiges Massiv, dass ich ihr ohnehin kaum ausweichen hätte können. Bevor ich michs versah, hatte sie mich schon gepackt und fest an sich gedrückt. Beinahe wäre ich erstickt und ob dieser unerwarteten und allumfassenden Berührung kollabiert. Aus Schock brachte ich tagelang keinen Ton heraus, was Bayreuth als Zustimmung auffasste.

Eine Woche später haben wir Hals über Kopf geheiratet. Wobei du das nicht wörtlich nehmen darfst, weil ein Hals war an Bayreuth nicht auszumachen. Ihr fleischiger Kopf mit den in Fettpolstern versteckten, kaum sichtbaren Augen und der kolossalen Nase war gestützt von einer dicken, formlosen Gewebemasse, in der das Kinn zerlief. Ihr Hals war ein derartiges Massiv, dass es die unteren Hälften der Ohren rechtwinkelig nach außen drückte. Ohne Übergang wuchsen wie gigantische Tropfen ihre Brüste, zwei genetisch veränderte Krautköpfe, aus dem Vielfachkinn, hingen wie pralle, mit Wasser gefüllte Einkaufssäcke an ihr runter, lappten sich über unzählige Fettrollen, die in das Füllhorn der Beine übergingen. Ihre Oberschenkel waren eine derartige Fanfare aus Fett und Schwabbelgewebe, dass es ihre Knie weit auseinanderdrückte. Ein Königspudel hätte da problemlos durchgepasst.

Diese gigantische ungeformte Masse namens Bayreuth war meine schönste Hoffnung, höchstes Glück und meine erste große, was ich jetzt wortwörtlich meine, Liebe. Außerdem wäre ich ihr sowieso nicht entkommen. Ich verehrte ihre keifende Stimme ebenso wie ihre Launen, ich mochte ihre Haarspangen, ihren leicht schweißigen Geruch, ihr rotes, speckiges Gesicht, das nach dem Liebemachen, jawohl, es kam dazu, beinahe violett war. Ich mochte ihr Lachen, wenn sie wie ein etwas zu groß geratenes Tierchen in meiner Achselhöhle Zuflucht suchte. Nicht immer gelang es mir, einen Polster zwischen uns zu schieben. Ich bewunderte ihren Bauch, in den man kriechen konnte wie ein Kind in einen viel zu großen Wintermantel. Bayreuth war eine Wucht. Alles an ihr war zu groß geraten. Aber hast du, Mama, uns Kindern nicht auch immer alles eine Nummer zu groß gekauft, damit es noch im nächsten Jahr passte? Kauften wir nicht immer im Großhandel ein? Schleppten wir nicht Woche für Woche ganze Schachteln mit Gurkengläsern, Ölkanister und riesige Gulaschsuppendosen nach Hause? War es da ein Wunder, wenn ich gleich an eine Familienpackung Weib geriet? An eine Kathedrale für den Stöhngott?

Wenn man eine Frau liebt, verehrt man alles an ihr, selbst ihre Kleidung, die man sonst für geschmacklos halten würde. Bayreuth lief entweder in weiten, wallenden Gewändern, die sie schlanker machen sollten, oder in karierten Kostümen herum. Im Winter trug sie schwarze Kniestrümpfe, in denen ihre dicken Waden aussahen wie ein Rollschinken. Im Sommer immer Flipflops. Dementsprechend sahen ihre Füße aus, wulstig und verwachsen. Füße, die vor allem Flipflops kannten, nicht mehr richtig gehen konnten.

Zur Hochzeit flogen wir (sie brauchte zwei Flugzeugsitze und streifte trotzdem ständig an mir an) nach Las Vegas. Das war etwas anderes als früher die gespielten Hochzeiten mit Oma und Hexi im nach Schnitzel riechenden Garten. Bayreuth verkleidete sich als Elvis, schwarze Lederhose, himmelblaues Rüschenhemd, Pomade und aufgemalte Koteletten. Ich ging ganz in Weiß mit Fransenjacke, Tanzschuhen. Wenn es irgendwelche Schwierigkeiten gab, griff sie immer zu ihrem bewährten Satz *Es tut mir leid, aber ich stehe so kurz vor der Menstruation, dass ich laut schreien möchte* und brüllte so sehr, dass ihr alle Wünsche umgehend erfüllt wurden.

Wir heirateten in einer kleinen, weißgetünchten Scheune. Unsere Trauzeugen waren eine Supermarktkassiererin und ein Kellner. Der Pfarrer stammte aus Sopot, Polen, und sagte: Was Gott zusammengefickt hat, das soll der Mensch nicht trennen. Natürlich bekam ich, Mazlenikow hin oder her, einen Lachkrampf. Bayreuth musste vor Hunger heulen. Nur mit größter Mühe brachte ich den Ring, eine Sonderanfertigung, Größe 74, über ihren dicken Finger. Es hupten keine Autos, niemand murmelte *Es hat wieder einen erwischt. Sie haben wieder einen gefangen. Armer Teufel.* Dabei war das der Fall.

Danach gingen wir in ein Steakhouse und verzehrten

zwei halbe Rinder, Ofenkartoffeln, groß wie Kürbisse. Später blieb sie in der Badewanne des Hotels stecken, musste, nackt wie sie war, von sechs Liftboys hochgezogen werden – und auch die brachten sie erst heraus, nachdem sie wieder Wasser in die Wanne gelassen hatten. Zuvor hatte sich zwischen ihrem Fleisch und der Badewanne ein Vakuum gebildet wie bei einem Saugnapf, den man an Fliesen klebt. Beim Raussteigen bekam sie Übergewicht, flog mit Karacho auf vier Liftboys, die nachher allesamt um eine Invalidenrente ansuchen konnten. Dennoch keifte sie ihre magersüchtigen Helfer an: *Seid nicht so ungeschickt!*, riss zum Zeichen ihres Unmuts das Waschbecken samt Handtuchhalter aus der Verankerung und demolierte auch noch den Siphon. Und in der Hochzeitsnacht, na, du wirst es dir denken können, Mama, ich hatte eine Decke zwischen uns geschoben und zur Sicherheit die Gurkenzange mitgenommen, krachte das Bett unter uns zusammen. Außerdem gingen unter der Last ihres ungeheuren Gewichts das Fernsehtischchen, die Minibar und diverse Stühle zu Bruch. Alle Schadensersatzforderungen wurden mit dem Satz *Es tut mir leid, aber ich stehe so kurz vor der Menstruation, dass ich laut schreien möchte* abgetan. Wir waren glücklich. Die Sache hatte nur einen Haken: Die dicke Buchtel stöhnte nicht. Sosehr ich meine Berührungsangst auch überwand und bohrte, ich fand keine Marmelade. So viel Vanillesoße ich auch auf sie goss, ihr weiches weißes Fleisch blieb stumm. Tagsüber schrie sie ständig wie von Sinnen, doch nachts war ihr, abgesehen von dem schweren Keuchen, mit dem dicke Menschen all ihre Bewegungen begleiten, nichts zu entlocken. Mein Lebenszug hatte sich verfahren, war an einer falschen Station stehen geblieben. Außerdem schlief ich schlecht, Bayreuth hatte nämlich die Angewohnheit, mir nachts einen ihrer zentnerschweren Arme auf die Brust zu legen. Auch wenn ich die Decke dazwischen brachte, war das wie in einer Falle, bekam ich unter dieser Last kaum noch Luft.

Ich träumte also nach wie vor vom Stöhngott, von ungeahnten Gefühlseruptionen, sie von einem Häuschen an einem See, davon, nur füreinander da zu sein, und von einem Gefrierschrank voller Erdbeereis. Ich sehnte mich nach ekstatischen Jauchzern, glühenden Ovarien, Gefühl, sie nach Zweisamkeit, gemütlichen Fernsehabenden und Schokoladetorten. Ich hoffte, etwas aus ihr herauszukitzeln, doch sie keuchte nur und keifte: Wie stellst du dir das vor? Glaubst du, ich bin dein Domestik? Geht man so mit einer Frau um? Reiß dich zusammen. Besorg mir einen Liter Erdbeereis. Zieh endlich deine Handschuhe aus! Und gib nicht immer Decken oder Polster zwischen uns! Oder ekelt dir vor mir?

– Nein, log ich. Natürlich nicht.

Die Zeit mit ihr war wie eine unendlich breite Linie in einem schmalen Raum namens Unendlichkeit. Sie lebte in einer Blase der Verliebtheit, in der sie über die Welt nur voller Verachtung sprechen konnte. Ich hingegen hoffte auf eine akustische Entwicklung.

Das Glück ist ein Vogerl? Nein, das Glück ist eine Glocke, aber läutet sie? Nein, denn es ist eine Käseglocke, der man bald nicht mehr entrinnen kann. Allmählich riecht es nach Käse, der einem anfangs schmeckt, später missfällt. So ist mir mein Leben Stück für Stück eingeschrumpft. Oder kam es mir bloß so vor, weil das Elefantenmädchen ständig etwas in sich hineinstopfte und ich in der Proportion zu ihr immer kleiner wurde?

Und das Stöhnen? Meine schönste Hoffnung? Lernte Bayreuth? Formierte sich ihre weiche Stimme, die einen an zermantschte gekochte Erdäpfel denken ließ, zu lautem Gejauchze? Wurde sie eine Orgasmusschreierin? Ein Eingang in die Abgründe der Respiration? Ein die Dimensionen sprengender Quantensprung? Nein, die Dicke blieb stumm wie Brot. Oder sollte ich in der Unzahl ihrer Falten und Spalten immer in die falschen geraten sein?

Sicher willst du wissen, Mama, wie so ein pompöses Mädchen Bayreuth heißen kann, was bei Gott kein sinnfälliger Name ist wie Alma oder Irmfried.

– Bayreuth, höre ich dich sagen, ist kein Name für ein anständiges junges Fräulein. Und recht hast du. Aber erstens war Bayreuth nicht mehr jung, zweitens kann von Fräulein und anständig keine Rede sein, und drittens war sie zu ihrem Namen gekommen, weil man sie als Kind ständig zu Opernaufführungen geschleppt hatte. Sie kannte *Carmen, Aida, Parsifal* und all den anderen Schmalz auswendig, schwärmte von Furtwängler, Karajan, Bernstein, Kleiber, Abbado und trällerte mit ihren im fetten Gesicht verschwindenden Lippen nicht selten eine Arie. Wenn sie ging, wetzten ihre fetten Schenkel aneinander, im Restaurant hatte sie Angst, aufs Klo zu gehen, weil dann die Kellner ihr Essen abservieren könnten. Überall hatte sie was Essbares versteckt. Nie verließ sie das Haus ohne ein Lunchpaket. Ständig schob sie Zwischenmahlzeiten ein. Aber stöhnte sie? Nur, wenn es nichts zu essen gab. Ließ sie all dem Aufgestauten ihrer Existenz freien Lauf? War sie eins mit sich und stolz auf ihre Fülle? Nein. Am Badestrand genierte sie sich dermaßen, dass sie so lange ins Abseits drängte, bis wir zwischen nackten Schwulenpärchen standen.

Nicht einmal die gicksende Königin der Nacht aus der *Zauberflöte* konnte sie imitieren. Zumindest nicht im Bett. Trotzdem hat das Schicksal unserer Käseglockenidylle einen Heinrich beschert. Ich habe ihn selbst zur Welt gebracht, ihn, während Bayreuth einen Liter Speiseeis verdrückte, aus den Fettwülsten und Fleischreifen herausgezogen. Hadubrand wollte ich ihn nennen, aber für Bayreuth kam kein anderer Name als Heinrich in Frage. Er sah hübsch aus, wie eine Mischung aus Kim Jong-il und dem alten William Shatner, dem Diktator Nordkoreas und dem Kapitän von *Raumschiff Enterprise*, was beweist, dass ich doch in die richtigen Falten gekommen war und Fortpflanzung und Stöhnerei voneinander unabhängig sind.

Der Kleine war bezaubernd, blonde Locken, grüne Augen, markdurchdringende, aber herzige Schreie, trotzdem empfand ich nichts für ihn. Mein Gleichmut war so unverrückbar und verwurzelt wie ein Baum. Manche Philosophen sehen ja in der Gelassenheit das höchste Gut, bei mir war sie ein Defekt. Ich ließ mich nicht gern bewegen, weder von Transportmitteln noch von anrührenden Themen. Immer fürchtete ich den Kontrollverlust, das Nicht-mehr-aussteigen-Können. So war ich unbewegt, hoffte aber immer noch aufs Stöhnen.

Wegen Bayreuth musste ich die Sargträgerei aufgeben. Zu gefährlich, meinte sie, schlug auf den Tisch, dass die Fettwülste unter ihren Achseln erzitterten, und murrte: Ich stehe so kurz vor der Menstruation, dass ich laut schreien möchte. Sie wollte nicht noch einen Mann verlieren. Ich war bereits ihr vierter. Außerdem hielt sie mich mit meiner Handschuhmanie für einen ausgemachten Trottel. Meine Vorgänger waren Sargträger, Säufer, Boxsport- oder Rallyefans gewesen und über kurz oder lang in der Grube gelandet. Auch sie waren ausgemachte Trottel. Mit mir sollte ihr das erspart bleiben.

Also ging es weiter mit dem Zug des Lebens, Berufswechsel. Natürlich wollte ich meiner Religion, der Stöhnerei, treu bleiben, meine Hoffnung, dem Geheimnis des Lebens und den wahrhaftigen Empfindungen auf die Spur zu kommen, war keineswegs erloschen. Croupier in einem Kasino hätte mich interessiert. Aber als ehemaliger Hebammer, Puffvater, Hospizgehilfe und Sargträger? Zu wenig seriös. Auch Dammwärter hätte mir gefallen, aber an den großen Dämmen war nichts frei. Ich gab also eine Annonce auf: Junger Mann, gebildet, aber faul, sucht Beschäftigung, die nichts mit Arbeit, aber viel mit Lauterkeit zu tun hat. Na ja, du kannst dir denken, wer sich da gemeldet hat. Damen! Aber was für welche. Unterversorgte, notständige Dämel! Gut, ich bin kein Witwentröster, kein Erbschleicher und ein Dammbrecher schon gar nicht.

Außerdem ist mein Zug in eine andere Station gefahren, bin ich in die Wettermanipulations-AG geraten, in die ATMER, Atmospheric and Environmental Research, mit Sitz in Lexington im US-Bundesstaat Massachusetts, wo man sich, so dachte ich, mit dem Stöhnen der Erde beschäftigt. Gut, vielleicht würde man auch Silberjodid und Trockeneis in die Wolken schießen, um Regen zu erzeugen? Wettertänze inszenieren? Offiziell ging es den Geoingenieuren, so nennt man diese Klimapfuscher, darum, mittels Solarsatelliten die Richtung von Hurrikans zu beeinflussen (Solarkraftwerke im Weltall sollten die notwendige Energie liefern), auch könnten Kondensationskeime die Sturmwolken zum Abregnen bringen, oder man verhinderte durch einen künstlichen Ölteppich die Verdunstung des Meeres und raubte so dem Sturm die Kraftquelle. Man arbeitete daran, Gegenstürme zu erzeugen, um Hurrikans abzuschwächen – dazu gab es Versuche mit Flugzeugtriebwerken auf Schiffen. Um die globale Klimaerwärmung aufzuhalten, experimentierte man mit Sonnensegeln im Weltall, welche die Erde beschatten sollten. Mittels großer Meerwasserzerstäuber wurde die Wolkenbildung gefördert. Man züchtete Algen, die das frei werdende Kohlendioxid aufnehmen sollten, arbeitete an künstlichen Vulkanausbrüchen, versuchte mittels elektromagnetischer Wellen in der Ionosphäre Dürreperioden zu erzeugen. Offiziell diente alles dem Klimaschutz und der Rettung der Welt, praktisch ging es aber nur um Macht und Geld, darum, dass man sich vor das Wetter stellt und sagt: Sorry, aber ich stehe so kurz vor der Menstruation, dass ich laut schreien möchte. Oder um das, was Dschingis Khan einst sagte: Ermorde deinen Feind, beraube ihn und beschlafe seine Frau.

Wer das Klima steuern kann, ist der Kapitän der Erde. Das Klima wird durch die Sonnenenergie bestimmt. Wie viel wird absorbiert? Wie viel wird reflektiert? Würde man die Reflexion nur um ein Prozent erhöhen, die Erderwärmung durch die Verdopplung der Treibhausgase wäre aufgewogen.

Und wenn du jetzt fragst, Mama, wie dein Hildy, der doch nicht viel mehr als Kaffee kochen konnte, in eine solch hochtechnische und geheime Organisation geraten konnte, muss ich dir gestehen, ich weiß es nicht, ich war nur der Passagier auf dieser Reise – freier Wille war es nicht. Allerdings hatte ich auch kaum etwas zu tun. Oft kam ich mir vor wie ein schwach besuchtes Kaffeehaus, das von seinen Besitzern nur aus steuerlichen Gründen betrieben wird. Meine Hauptaufgabe bestand darin, Wissenschaftler zu betreuen, darauf zu achten, dass diese völlig zerstreuten Professoren nicht im Pyjama zu ihren Konferenzen gingen, nicht ihre Mahlzeiten vergaßen oder sich irgendwo verirrten. Ich begleitete sie auf Reisen zu kalbenden Gletschern nach Chile, zu isländischen Vulkanen oder in Hochwassergebiete. Wir waren oft am CERN beim Teilchenbeschleuniger LHC und im Kennedy Space Center in Cape Canaveral. Das war zwar alles ziemlich interessant, hatte aber mit dem Stöhnen nichts zu tun.

So verliefen die Monate mit Bayreuth und der kleinen Speckmaus namens Heinrich ohne besondere Vorkommnisse. Bayreuth stopfte ihm ständig PU-Schaum, nein, Maisstangen für Babys, absolut geschmacksneutral, rein. Außerdem besuchte sie mit dem Kleinen Babyschwimmen, Babyyoga, musikalische Früherziehung, Chinesisch für Babys, Moderne Kunst für Säuglinge, Grundlehrgang Cello und ähnlich schwachsinnige Kurse, wozu mir nur die Frage einfiel, warum sie denn nicht auch Babyscheißen oder Kleinkindkotzen mit ihm mache. Na, du kannst dir denken, wie sie da gekeift hat. Was sie aber nicht hinderte, weitere Kurse zu belegen. Bald ging sie mit ihm zu einer Logopädin, in eine Mutter-Kind-Therapie, zur Familienaufstellung für Kinder, Ergotherapie, Baumkreis für Säuglinge, Malen für Kinder, Ikea-Möbelbauen für alle … So wurden aus Monaten bald Jahre – und auch die liefen dahin.

Sie war nicht die Frau, die ich brauchte, und ich nicht der Mann, um so etwas einzugestehen. Der Zug des Lebens war auf einem Abstellgleis gelandet, ich abgekoppelt, ohne Hoffnung auf die Erfüllung meiner Stöhn-Bestimmung, allein mit den beiden Puffern des Prellbocks meiner Frau. Sie, wenn sie nicht gerade keifte oder brüllte, redete meist davon, wie viel sie wieder abgenommen hatte, machte dauernd Diäten, nahm aber in Summe doch nur zu. Oder sie war mit Wohnungseinrichtungen beschäftigt, mit Ikea-Katalogen. Währenddessen schickte sich Heinrich (Kim Jong-il) an, mich zu überholen – zumindest was die Kerzen auf der Geburtstagstorte betraf. Allen Kursen zum Trotz war er leicht zurückgeblieben und auch mit acht noch mehr oder weniger unfähig zu sprechen – dennoch war er bald älter als sein Vater. Ich näherte mich nämlich auch erst meinem zehnten Freudentag, der, wie du vielleicht noch weißt, auf einen 29. Februar fällt, und diese kleine Dumpfbacke?

Da, als ich mich längst mit meinem Schicksal abgefunden, mich auf eine lebenslängliche Gefühlstaubheit eingestellt hatte, wirkte das Schicksal ein Wunder, koppelte mich wieder an, riss mich aus meiner Agonie. Seit der Hochzeit hatte ich für die Familie, diese Keimzelle von allem, funktioniert, jetzt wollte ich nicht mehr funktionieren, jetzt war ich wieder auf einem richtigen Geleise. Die Religion hielt wieder Einzug in mein Leben! Die Religion des Stöhnens! Sie bohrte sich durchs dicke Glas der ehelichen Käseglocke und schlug darin herum wie ein außer Rand und Band geratenes Echo. Ein lange vergessener Kindertraum, der plötzlich eine Chance auf Verwirklichung bekam.

Als Nachbarin zog sie in unser Mietshaus ein. Und stöhnte, stöhnte, dass sich alle Balken bogen, stöhnte wie ein brünftiger Esel, wie Japan, wenn alle Japaner gleichzeitig Bukkake trieben, stöhnte wie ein ausbrechender Vulkan. Ich wusste, ich musste dieses Stöhnen haben, diese Nachbarin, aus der es kam, sie war das Tor zur Glückseligkeit, meine Erlösung. Almut war ihr Name. Almut Schauraumimhof. Eine graue Maus wie alle Stöhnerinnen, wenigstens äußerlich, milchweiße Haut, fast anämisch, nicht so groß und auch bei weitem nicht so dick wie Bayreuth, aber stämmige Beine, üppiger Hintern, kleiner Hängebusen, kantiges Doppelkinn, ganz nach meinem Gusto. Aber in ihrem Inneren, im Hof zwischen ihren Schenkeln? Da war ein Schauraum, nein, ein Schreiraum!

Dunkelbraune, schulterlange Haare mit einem spitzen Ansatz über der Stirn. Große dunkelbraune Augen, dichte Brauen, kleiner Mund. Ein Faible für hüftlange Kaschmirpullover, Jeans mit Stulpen und Holzpantoffeln. Warum alle Stöhnerinnen Mäuse sind? Tarnung! Auch die Huren im Schiefen Turm wollten nicht wie Huren aussehen, sondern wie Sekretärinnen, Kassiererinnen, Friseusen, während sich die Hebammen besonders hurisch herausputzten. Die Sargträger wiederum verkleideten sich als Künstler, die Ärzte sowieso, während wirkliche Künstler ganz normal aussehen wollten. Alle tarnten sich. Nur ich, wegen der nachbarlichen Versuchung unruhig wie ein Huhn, das gerade ein Ei gelegt hatte, vernachlässigte mein Äußeres, wollte aussehen wie ein Schauraumimhof-Begeher – oder eben nicht.

Die Dinge nahmen also ihren Lauf. Kaum war Bayreuth mit dem kleinen Kim Jong-il bei irgendeinem schwachsinnigen Kurs, Teppichknüpfen für Kinder oder so, borgte ich mir bei der stöhnenden Nachbarin eine Tasse Zucker. Beim nächsten Mal brachte ich Kaffee mit und stellte es so an, dass sie mich bekleckerte, was ein Fehler war, weil sie mich daraufhin sofort säubern und berühren wollte. Das zu verhindern, zog ich meine Hose aus. Alles andere ergab sich dann bis zum, wie Almut es nannte, KGW, Kann-gebumst-Werden. Sie hatte nämlich die idiotische Angewohnheit, alles abzukürzen. VDK war der Vater des Kindes, BL das Bumsloch, HG die heimliche Geliebte, Gemsal der Gemischte Salat und DVD der Depp vom Dienst.

Ich nannte sie, die kleine Fleischkugel, GZ oder Gazelle. Abends zog sie eierschalenfarbene LNH, löchrige Nachthemden, an, setzte sich eine AB, Augenbinde, der LH, Lufthansa, und eine durchsichtige DK, Duschkappe, auf, verdrückte drei SKS, Schinken-Käse-Sandwiches, trank zwei Liter CL, Cola light, und war bereit zum Stöhnen. Jawohl, sie stöhnte. Nicht einmal die Decke zwischen uns schien sie zu irritieren. Sie akzeptierte sogar meine Handschuhe und presste kleine, komprimierte Seufzer aus sich heraus wie Legehennen Eier. Dabei glühte sie gleich einer 160-Watt-Birne. Zur Abkühlung trank sie Unmengen CL. Wegen der Figur. Weil sie sonst dick werden würde.

Das CL war mir verdächtig. Seit du damals eine Schweinsleber in Cola gelegt hast, um uns Kindern am nächsten Tag zu demonstrieren, wie sie völlig zersetzt worden war, habe ich eine Cola-Phobie. Allerdings ist mir immer klar gewesen, dass nicht das Cola, sondern du, Mama, die Leber aufgefressen hast – ich bin nämlich nachts aufgewacht und habe den Geruch gebratener Leber verspürt. Und da ein in der Küche stehendes, Fleisch bratendes Cola eher unwahrscheinlich ist, habe ich das Märchen vom leberzersetzenden Cola nie geglaubt. Trotzdem habe ich dieses Getränk gehasst, vielleicht nur, weil es dich, Mama, zu dieser lächerlichen Posse veranlasst hat.

Almut aber, die stöhnende Gazelle, war CL-süchtig. Sie trank es derart ausdauernd, dass selbst die Adern schwarz durch ihr weißes, anämisches Fleisch schimmerten, auch ihre bei Sonnenlicht rehbraunen Augen waren oft schwarz wie verfaulte Pflaumen, sogar das Haar perlte dann wie Pech aus ihrem Kopf. Ein Zusammenhang mit der Stöhnerei lag also auf der Hand – oder vielmehr im CL. Sollte das Stöhnen nichts anderes sein als eine sexuell getarnte Entladung überschüssiger Kohlensäure? Ein Aufstoßen? War Cola deswegen, nämlich als Stöhnmittel, so populär? War sämtliche Cola-Werbung nichts anderes als eine Botschaft für die Anhänger der Stöhnreligion? Oder machte Aspartam süchtig, lag das Stöhnen an diesem lange Zeit verbotenen künstlichen Süßstoff, der sich den CL-Trinkerinnen als leicht enervierender Geschmack ums Zahnfleisch legte? Zur Bestätigung dieser These brauchte ich Bayreuth, aber das Elefantenmädchen weigerte sich, das Cola auch nur anzurühren – auch ihre Mutter hatte Leber darin eingelegt. Zumindest hatte sie davon gehört, dass Mütter so was tun. Außerdem war Cola nicht gut für ihre Linie, wie sie ihre unförmige Masse bezeichnete.

Komisch, jetzt, wo ich darüber nachdenke, bin ich mir gar

nicht mehr sicher, ob du uns tatsächlich eine Leber in Cola gelegt hast. Vielleicht ist die Geschichte von der in Cola eingelegten Leber nur ein Mythos, der von Familie zu Familie geistert. Bayreuth jedenfalls trank trotz allem Flehen kein Cola, und mir blieb nur Almut, meine erste Stöhnerin.

Warum Männer zweigleisig fahren, sich eine Geliebte nehmen? Weil es ihnen ums Nestbauen geht? Oder ums Nestbeschmutzen? Um die Unzucht, die genau genommen nur eine Zweitzucht neben der Hauptzucht ist? Weil sie die Ehe, wie einmal ein kluger Kopf gesagt hat, als Grab erloschener Mysterien betrachten? Als Gefangenschaft in einer muffigen Käseglocke, wo nichts mehr läutet, es aber ziemlich muffelt? Weil sie unter Freiheit etwas anderes verstehen als die Möglichkeit, zwischen Colgate und Blendax zu wählen, zwischen Apple und Microsoft, Schalke und Bayern, Real Madrid und Barcelona? Federer oder Nadal? Weil sie eine einzige Frau nicht ewig lieben können? Oder wollen? Weil sie es nicht aushalten, nachts beim Einschlafen nur darauf zu warten, dass der angeheiratete Ehemensch vor ihnen einschläft? Weil sie den Alltag, wie Max Frisch gemeint hat, nur durch Wunder ertragen? Durch das Wunder einer spontanen Liebe? Weil sie unbewusst nach jungem Erbgut suchen? Aber vielleicht sind sie auch bloß geil. Vielleicht. Oder weil der Mann von Haus aus zur Polygamie neigt, zur Mehrweiberei? Liebe nichts anderes ist als eine unkontrollierte Ausschüttung von Hormonen?

Bei mir war es anders. Ich hatte mit dem Dackel Hexi im Schnitzelgarten oft genug geübt, Treue geschworen, wenn auch nur vor einem polnischen Pfarrer, *Treue, bis der Dot uns schneidet, weil, was Gott zusammengefickt hat …* Und ich hatte mich an Bayreuth so sehr gewöhnt, dass ich es Liebe nannte. Ihre Puffer, das Abstellgleis und der kleine, PU-

Schaum-Würstchen kauende Kim Jong-il waren mir zu einer Art Ersatz-Sumpfing geworden. Sogar der stöhnenden Nachbarin hätte ich unter Umständen widerstanden, wäre nicht eines Tages tief in mir drinnen etwas zerbrochen, ausgelaufen und für alle Zeit verlorengegangen. Warum gehen Ehen in die Brüche? Weil man dem Muster seiner Eltern folgt, deren Lebenslauf kopiert? Weil der Zug in eine andere Richtung fährt? Das Universum Ehe irgendwann an seine Grenzen stößt? Oder weil man von der Stöhnerei auf ein anderes Gleis katapultiert wird?

Warum hast du dich scheiden lassen, Mama? Weil es dein freier Wille war? Oder weil du gar nicht anders konntest? Weil Papa so viel getrunken hat? Von Montag bis Sonntag. Nur donnerstags hat er einen trockenen Tag eingeschoben, weil Alkohol, wie er sagte, keine Lösung ist, weil er es nicht mehr ausgehalten hat, ihm der Alkohol schon bei den Augen rausgekommen ist. Aber schon freitags ist es wieder losgegangen, weil, wie er sagte, kein Alkohol auch keine Lösung ist. Wenn er an so einem Nichtdonnerstag abends dann nicht heimgekommen ist, bin ich unter fürchterlicher Anspannung gestanden, sagte ich mir selbst: Er ist nicht da, wann kommt er, und wenn er kommt, ist dann Ruhe, ist er so besoffen, dass er sich gleich niederlegt und schläft, oder geht es dann erst los? Der Streit?

Als ich sechs Jahre alt gewesen bin (ein Geburtstag), bist du fast jede Nacht als Heulende zu mir geflüchtet, hast dich in meinem Bett versteckt. Er, fett wie die russische Erde, von Fragen der Gleichberechtigung noch völlig unberührt, hinterher, hat mich mit *Hildy, verschwind!* und *Weil es wahr ist* weggestoßen, dich am Haar gepackt, geprügelt. Nacht für Nacht. Und die Oma hat mir meine Rolle zugeteilt.

– Du, sagte sie, du gehst zur Mama und hilfst ihr. Die beiden Schwestern hat sie zu sich gesperrt, die haben beten müssen, dass der Papa wieder aufhört, und ich bin daneben gestanden und hab geschrien: Bitte, Papa, hör auf! Hör auf! Aber er, der Postbeamte Melchior Kilgus, hat nicht aufgehört, hat auf dich eingedroschen, bis du dagelegen bist wie ein weichgeklopftes Schnitzel. Weil es wahr ist.

Damals hab ich viel mit dem Jesukindlein geredet. Wenn der Vater nicht heimgekommen ist, bin ich im Bett gelegen und hab gebetet: Bitte, Jesukindlein, mach, dass der Papa heute die Mama nicht verdrischt, bitte, Jesukindlein, mach, dass er schon so besoffen ist, gleich umkippt, an seiner eigenen Kotze erstickt oder in eine ungesicherte Baugrube fällt, mach irgendetwas, damit er meiner Mama nichts mehr tun kann, so blau ist, dass er schon im Garten hinfällt und einschläft und nicht wieder aufwacht, bitte, Jesukindlein, mach, dass er sich seine blöde Hand bricht. Manchmal hat es geholfen, manchmal nicht. Es hat ja sonst niemanden gegeben, dem ich mich anvertrauen hätte können, nur das Jesukindlein – und manchmal die Maria Magdalena in der Kirche und den Rufus, meinen ersten Freund.

Der Papa war nicht groß. Du hättest leicht mit ihm fertigwerden können. Deine Arme waren von der Arbeit kräftig. Du hast ja immer Suppen für die Gäste oder Malter für irgendeinen Umbau angerührt. Aber du? Panisch bist du *Bild dir nichts ein* brüllend durch das Haus gerannt und er, der kleine Postbeamte Melchior Kilgus, hinterher. Weil es wahr ist. Das Haus war groß mit dicken Wänden, aber irgendwann hat er dich gehabt und dann verdroschen, grün und blau, bis er so viel abgebaut hat, Alkohol und Lebensfrust, dass er sich niederlegen konnte. Dann war Ruhe. Er ist friedvoll in sein Bett gefallen, hat frivol geschnarcht, du bist friedvoll in deinem Blut gelegen, und die Oma ist mitsamt Alma und Irmi eingeschlafen. Nur ich war wach, ich und das Jesukindlein. Und am nächsten Tag ging ich wieder in die Schule, hatte

Lachkrämpfe und war dort das sonnigste Wesen, das man sich denken konnte.

Im Großen und Ganzen war Bayreuth gut zu mir. Sie hat mich nie geschlagen, immer nur angekeift, wenn ich ihre Begeisterung für Ikea-Möbel oder Kurse nicht teilen konnte. Trotzdem hatte ich mich mit der Zeit an sie gewöhnt, verband ihr schweres Schnaufen, ihr Stampfen, ja, all ihr pompöses Gehabe bald mit heimatlichen Gefühlen. Treu wollte ich ihr bleiben, treu wie ein Schwan. Die meisten Vögel kennen keine Treue, vögeln mit mehreren Geschlechtspartnern hintereinander. Nicht die Schwäne. Es gab sogar einen, der sich in ein als Schwan verkleidetes Tretboot verliebte, diesem Gefährt überallhin folgte. So ähnlich war auch ich, verliebt in ein überdimensionales, Opernarien singendes Tretboot, das in Flipflops herumschlurfte. Bis es passierte.

Wir hatten Hochzeitstag, Heinrich saß vor dem Sichtfenster des Backrohrs wie Kim Jong-il vor der Grenze zu Südkorea und sah wie hypnotisiert hinein, ich hatte Sonnenblumenkerne mitgebracht, und auch Bayreuth hatte sich etwas überlegt. Ein Festmahl. Aber es sollte keine Feier werden, sondern eine Henkersmahlzeit. Schon dass es als Aperitif Danziger Goldwasser gab, hätte mir zu denken geben sollen. Als Vorspeise gedünstete Golden-Delicious-Äpfel, denen ein Goldbarsch folgte. Dazu Sekt der Marke Goldeck. Aber als der Braten kam, wusste ich, sie machte sich lustig über mich. Vergoldetes Hühnchen mit vergoldeten Kartoffeln. Sie hatte sich alle Mühe gegeben und das Schlimmste erreicht.

– Iss! Gold ist gesund, sagte sie, während sie selbst alles hinunterschlang.

– Was soll das überhaupt? Wozu das viele Gold?

Da setzte sie ein ernstes Gesicht auf und sagte zuerst etwas von einem Hühnchen, das sie mit mir rupfen müsse, dann, dass das goldene Zeitalter nun vorbei sei, sie so kurz vor der Menstruation stehe, dass sie schreien möchte, sie habe nämlich was gefunden, Kassetten mit sonderbaren Aufschriften: Steißgeburt, Presswehen, Zangengeburt, Vanessa, Wilma, Bukkake, Lymphdrüsen Endstadium, Leber Endstadium …

Mein Kopf lief rot an. Aus Verlegenheit grinste ich wie bei einer Beerdigung. Die Dicke hatte das Stöhnarchiv entdeckt. Gar nicht goldig. Natürlich hatte sie auch reingehört, wurde aber nicht recht schlau aus diesem stundenlangen Stöhnen und Keuchen. In einem ersten Wutanfall, wahrscheinlich weil sie dachte, das wären meine Geliebten, hatte sie alles vernichtet.

– Vernichtet? Meine Augen füllten sich mit Tränen, die Gedanken schlingerten in Zeitlupe um mein Lebenswerk, und ich war nahe dran, etwas zu fühlen: Wut. Das ganze Archiv? Vernichtet? Die Aufnahmen aus der Gebärklinik, vom Schiefen Turm, dem Hospiz? Die vielen Nächte in Gemeindebauten, in denen ich bei jeder Witterung in Hinterhöfen oder Vorgärten auf der Lauer gelegen war, um Stöhnereien aufzunehmen, die vielen Stunden an Autobahnraststätten hinter Wohnwägen, die Campingurlaube im Gebüsch von FKK-Stränden. Die Arbeit von Jahrzehnten. Vernichtet?

– Hildy, sagte sie, du musst zu einem Psychologen. Du bist ein Spanner. Aber mach dir keine Sorgen, das kann geheilt werden. Wir kriegen das schon hin.

– Davon verstehst du nichts. Außerdem hasse ich Psychologen, die reden von Alexithymie, Bindungsstörung, und schicken mich in ein Therapiezentrum für psychosomatische Medizin. Glaubst du, ich lasse mir einfach den Kopf aufschrauben und mein Hobby herausdrehen?

– Hobby? So nennt man das jetzt also, wenn man andere beim Bumsen aufnimmt?

– Aber wer redet denn davon. Eigentlich ist es mehr eine Religion.

– Religion? Sie verdrehte die Augen. Man konnte richtig sehen, wie die Gedanken in ihrem Kopf gewendet wurden. Keine Aktionen eines Spanners, sondern Religion? An diese Möglichkeit hatte sie überhaupt noch nicht gedacht. Sollte sie mir unrecht getan haben? War ihr vierter Ehemann vielleicht doch kein Perverser? Sie sah mich an, schnappte nach Luft, stopfte ein paar vergoldete Kartoffeln von meinem Teller in sich rein, nickte und gab leise Zischlaute von sich.

– Aber das ist keine Religion, hatte sie sich nun etwas gefasst, sondern Aberglaube. Voodoopriester sind Scharlatane. Diese ekstatischen Schreie von Besessenen, auf die du augenscheinlich so versessen bist, haben mit wahrer Spiritualität nichts zu tun. Die stehen alle unter Drogeneinfluss. Wo hast du das überhaupt her? Aus dem Internet? Oder hast du in Brasilien an irgendwelchen Ritualen teilgenommen? Aber was versprichst du dir davon, Besessene aufzunehmen? Und warum beschriftest du das dann mit Steißgeburt, Stadtpark, Donauinsel, Lunge Endstadium?

– Das sind Namen oder Aufenthaltsorte. Und das geht dich nichts an. Manche sind in Voodoozirkeln entstanden, andere in Irrenhäusern, wieder andere in Spitälern. Du darfst das gar nicht wissen, flüsterte ich jetzt, aber es ist so, wenn jemand besessen oder schizophren ist, überschlägt sich seine Stimme zu einer ganz bestimmten Frequenz, die man gegebenenfalls zur Klimabeeinflussung verwenden kann. Hast du schon einmal von der Stalinorgel gehört? Ein gigantischer Lautsprecher, der den Feind mit Ober- oder Untertönen beschießt. So etwas Ähnliches versuchen wir bei ATMER herzustellen, aber zu friedlichen Zwecken, um Hurrikans zu entschärfen, Gewitter umzulenken, Gletscher zum Kalben zu bringen. Aber pst, das ist alles streng geheim.

Bayreuth war mit dieser abstrusen, völlig an den Haaren herbeigezogenen Erklärung so glücklich, dass sie jede weitere Frage unterließ. Warum ausgerechnet ich diese Kassetten versteckte? Wieso sich die technologisch hochgerüstete ATMER antiquierter Musikkassetten bediente? Ihr reichte, dass ich kein Spanner war und keine hundert Geliebten hatte. Vor lauter Freude stürzte sie sich auf mich, zog mir blitzschnell meine Handschuhe aus und steckte meine nackten, wehrlosen Hände in ihr weiches Fleisch.

– Du bist nicht der König Midas. Was du angreifst, wird nicht zu Gold. Du brauchst diese Handschuhe nicht. Siehst du.

Ich musste sofort ins Badezimmer, um mich zu übergeben. Danach wusch ich mir eine Stunde lang die Hände und streifte mir ein Paar Ersatzhandschuhe über.

Da merkte wohl auch Bayreuth, selbst wenn sie sich weigerte, es sich einzugestehen, dass nun irgendetwas anders war. Ich begehrte sie nicht mehr. Ich ging ihr aus dem Weg. Das Neuropeptid Oxytocin und das Amin Phenylethylamin wurden nicht mehr ausgeschüttet, es kam zu keiner Ausschaltung des rationalen Denkens mehr, zu keiner Produktion des Kuschel- und Bindungshormons. Jede andere Frau erschien mir attraktiver, ungefährlicher, besonders eine, die Nachbarin. Die Ehe mit Bayreuth kam mir wie eine einzige Selbstbelügung vor, in der wir uns bequem eingerichtet hatten. Aber das war nicht die Wahrheit. Die Wahrheit war, dass ich keinesfalls noch einmal von diesen dicken, schweißigen Händen berührt werden wollte, dass ich Bayreuths milchigen Geruch nicht mehr ertragen konnte, ihr Anblick mich nicht mehr erfreute. Die Wahrheit war, dass sie mein Stöhnarchiv vernichtet hatte, diese fette Kuh. Und sie hatte mich mit diesem untergriffigen Angriff furchtbar gedemütigt. Ich fühlte mich beschmutzt. Und als sie dann ein paar

Tage später auch noch begann, die Wohnung auszumalen, war es überhaupt aus. Früher hatten wir in schönen weißen Wänden gelebt, nun war alles mintgrün, zitrusgelb und lachsfarben. Aber auch das war nicht die ganze Wahrheit. Die Wahrheit war, dass mein Lebenszug einfach die Station verließ und weiterdampfte.

Warum sind die meisten Paare verhärmt, unglücklich? Warum leben die meisten bald nur noch nebeneinander her, küssen sich nicht mehr, bekommen verschrumpelte, fleischlose Lippen? Warum ging es mir mit Bayreuth um nichts besser? Es war einmal etwas Großes zwischen uns gewesen, etwas Großartiges, Las Vegas, Elvis, die polnische Zusammenfickung, Heinrichs Geburt, die wir mit dem Setzen eines Birnbäumchens gefeiert hatten – bei seinen Wurzeln hatten wir sogar eine Dose mit guten Wünschen und Geld vergraben. Nun wurde das Bäumchen so wie Heinrich größer, aber alles andere wurde kleiner, kleiner, bis nichts mehr übrig blieb, wir bei einem goldenen Menü saßen und uns doch nur eisern anschwiegen. Der Abend war hell erleuchtet, doch unsere Beziehung fiel auseinander wie ein verrostetes Gestell.

Von da an wandte ich mich von Bayreuth ab und der stöhnenden Nachbarin zu – vom Goldwasser zum Cola light. Heute sitze ich im Hotel Orient und warte auf eine Frau, in der ich mich verlieren will. So weit ist es gekommen. Aber die Frau, die beim Fluchhafen-Portier nach einem Herrn Tosca fragen wird, ist nicht Almut, und es liegen auch noch ungeheuerliche Ereignisse dazwischen, ein ganzer Siebter Kontinent, eine Besessenheit samt Austreibung sowie meine Wiedererlangung des Gefühls. Du kannst dich also, was den weiteren Fortgang meiner Geschichte betrifft, auf einiges gefasst machen. Oder wie Bette Davis einmal sagte, nachdem sie ihren Gin Tonic ausgetrunken hatte: Fasten your seatbelts, it's going to be a bumpy night.

Die Zeit mit der Gazelle war wundervoll, eine unendlich dünne Linie in einem breiten Raum namens Unendlichkeit. Wir waren wie füreinander gemacht, lebten in einer Seifenblase der Verliebtheit, wo wir über die Welt nur kichern konnten. Vorher waren die Tage so, als wären sie alle schon einmal da gewesen, jetzt war jeder Tag neu und aufregend. Wir praktizierten die Lagerfeld-Diät: Bumsen und Champagner. Ich Champagner (die Witwe), sie CL. Es war, als wäre ich in ein Senfglas gefallen, in dem die Wirklichkeit nur noch verschwommen und verschmiert wahrzunehmen war, nur noch aus Abkürzungen bestand, aus CL und DVD und KGW und BL, als wäre ich abgetaucht in einen See aus Schampus und Cola light. Almut war wunderbar. Auch wenn sie mich ständig umarmen und partout nicht einsehen wollte, warum beim Liebemachen immer eine Decke oder zumindest ein Leintuch zwischen uns sein musste.

– Verarsch eine andere!, brüllte sie dann. Und hör mit diesem Gerede von der Stöhnerei auf, das interessiert mich nicht.

Ich roch sie gerne, schaute ihr mit Wonne zu, wie sie sich kämmte, eincremte, liebte es, mit ihr zu essen, hing an ihren Worten, ihrem Stöhnen. Sie war mein lebendes Archiv. Und ich liebte ihren weißen Körper mit den weißen Brustwarzen auf den weißen Höfen und den weißen Schamlippen im rasierten Schritt – Almut hatte eine Pigmentstörung an den Geschlechtsteilen. An ihrem Beckenknochen war ein kleiner tätowierter Skifahrer, der wie einst Franz Klammer am Patscherkofel zu Olympiagold in Richtung ihrer weißen Schamlippen sprang. Ich war so süchtig nach ihrem Gekeuche wie sie nach CL. Die Zeit, die ich nicht mit ihr verbringen konnte, erschien mir sinnlos und vertan. Der GV mit ihr war immer anders, einmal wie ein leises Gespräch, dann kräftig wie ein Ringkampf, eine wilde Verschmelzung, oder wie es in diesem mittelalterlichen Minnelied heißt, das ich oft zitierte: *Dû bist mîn, ich bin dîn. des solt dû gewis sîn. ich bin drin. dû bist beslozzen in mînem herzen, verlorn ist das sluzzelîn: dû muost ouch immêr darinne sîn.*

Sie meinte bei solchen lyrischen Anwandlungen nur, ich solle keine blöden Reden führen und lieber Vimax-Pillen schlucken, Vimax-Pillen zur PV, Penisvergrößerung. Dabei war nicht nur mein bestes Stück zu klein, sondern auch mein Daumen, genau genommen beide. Zumindest erklärte sie sich damit meine Handschuhmanie. Ihrer Meinung nach litt ich an einem Daumenkomplex, weil diese Däumlinge viel zu mickrig waren, zwergwüchsige Stummel, die nicht einmal bis zur Wurzel des Zeigefingers reichten. Also gab sie mir diese Pillen und hoffte, dass ich eines Tages auf die Handschuhe verzichten würde.

Du, Mama, denkst vielleicht, ich hätte ein Testosteronproblem. Du glaubst, ich wäre auch so einer, der sich nicht mehr spürte, wilden Sex brauchte, dicke, schnelle Autos, große Handys, Pistolen, Golfschläger, Professorentitel oder sonst einen Penisersatz. Aber das stimmt nicht. Mir ging es nur um Almuts Stöhnen, das ihr selbst mindestens so peinlich war wie die beiden Speckgrübchen über ihrem ausladenden Hinterteil. Sie konnte aber nichts dagegen tun. Tief aus dem Innersten ihres Schauraumimhofs kam es hervor, sickerte aus dem Gewebe, durchkroch ihre Gedärme, eilte durch Organe, floh die Luftröhre hinauf und entlud sich eruptiv. Ihr Stöhnen hüllte alles ein.

Es war, als öffnete sie eine Tür in eine andere Dimension, als ließe sie eine Strickleiter hinab bis in ihr Innerstes, doch kraxelte daran etwas herauf? Kam ich dem Geheimnis des Lebens auf die Spur? Ereignete sich der lang ersehnte Quantensprung? Fielen Gegenstände von den Wänden? Brannten Lampen aus? Krochen Spinnen aus den Ecken des Zimmers? Brannte der Boden? Fiel das Blau vom Himmel? Hatte ich eine wahrhaftige Empfindung? Kein bisschen. Sie stöhnte zwar und das auch authentischer als die Sexarbeiterinnen im Schiefen Turm, eindringlicher als die Gebärenden und Sterbenden unter der Kaguruschen Aufsicht, aber es passierte nichts. Mir fiel das freilich gar nicht auf. Ich war so mächtig stolz, Urheber einer solchen Stöhnerei zu sein, dass mir alles philosophisch existenzielle Unterfutter erst einmal egal war. Ja, nicht einmal mein Gleichmut störte mich.

Obwohl wir Nachbarn waren und uns ständig hätten treffen können, spielten sich unsere Gefechte vorwiegend auf Island ab, wo uns ein Häuschen am Rande Reykjavíks als Liebesnest diente, ihre vulkanischen Lustschreie, weder Nachbarn noch Bayreuth irritieren konnten. Nachbarn gab es keine, und wenn es welche gegeben hätte, wären Almuts geysirische Stöhneruptionen nie durch den dichten Regen bis zu ihnen durchgedrungen. In Island regnete es ohne Unterlass – sofern nicht gerade ein Vulkan ausbrach oder die Wirtschaft kollabierte. Island ist ein einziger Naturschutzpark. Ich habe noch nie so viele hässliche Frauen gesehen wie in Reykjavík, außer vielleicht in Schottland. Deshalb trinken dort die Leute auch so viel, sonst kämen die nie zu Nachwuchs. Wobei ich nicht weiß, ob die so viel tranken, weil sie so hässlich waren, oder ob sie so hässlich waren, weil sie so viel tranken?

Kein Wunder, dass aus diesem nassen Land hässlicher Menschen die große nordische Literatur stammte, die Sagas, die *Edda*, der Nobelpreisträger Halldór Laxness. Nicht einmal die Sängerin Björk mit ihrer Kreissägenstimme schaffte es, den Dauerregen zu durchschreien. Island war wie eine Land gewordene Paraurethraldrüse (ich erkläre dir das später). Auf Island gab es nur Wolken, Regen, Nebel und uns. Eine zerklüftete Lavalandschaft, Gras, das selbst im Hochsommer braun war, eine versunkene, längst überwachsene Zivilisation. Menschen, die es satthatten, nur in Gummistiefeln, Regenpelerinen und klammen Hosen rumzulaufen, wegwollten, ihre Schäfchen ins Trockene bringen. Eine Fischerhütte namens Seebaron, wo man niedrigprozentige Biere und Walfleisch- oder Papageientaucherspieße bekam. Ich weiß nicht, warum gerade Island. Hat man einen freien Willen? Hat man eine Wahl? Außer im Regen zu spazieren und auf Feen zu hoffen, konnte man dort nur in Schwefelbäder gehen, nass wurde man in jedem Fall. Ganz Island roch nach Sulfat, die Luft, das Wasser aus der Wasserleitung, der Tee, das Bier, Almuts Haar, selbst ihr Atem, ihre Kleidung, alles roch schwefelig. Ich weiß nicht, wie wir auf Island gekommen sind. Vielleicht, weil wir dort nur zueinander fliehen konnten. Vielleicht, weil unser Häuschen der ATMER gehörte, weil wir es benutzen konnten, so oft wir wollten.

Jedenfalls ging das mehrere Monate, ich ließ mich treiben, dachte nicht an Gott und auch nicht an den Sinn des Lebens, schon gar nicht an Gesundheit oder Karriere, noch weniger an Bayreuth oder Heinrich und bestimmt nicht an Sumpfing, nur an das nächste Essen und das nächste Stöhnen, wenn sich Almuts piepsige Luftstimme wieder zum lauten Lustorgan verwandelte, sich ihre Lippen – die hatten keine Pigmentstörung – vor lauter Aufregung blau färbten. Dass ich sie dabei aufnahm, war ihr aber gar nicht recht.

Es war ein bewusstloses Dahintaumeln, kein übler Zustand, bis wir einmal im Seebaron Papageientaucherspieße verdrückten und Almut plötzlich alles von Bayreuth wissen wollte, wie sie war, wovon sie sprach, wie sie sich schminkte, anzog, welche Frauenzeitungen sie las, wie sie Heinrich Kim

Jong-il erzog, wie sie reagieren würde, wenn er sich später einmal tätowieren lassen wollte, welches Parfüm sie nahm, welche Diäten sie probiert hatte, welche Möbelhäuser sie bevorzugte. Und ob ich sie noch liebte? Ob ich auch sie im Bett aufnahm? Auch bei ihr Handschuhe trug und die Gurkenzange mit ins Bett nahm?

Ich konnte ihr nichts sagen, nur dass es ein eingeborener Trieb des Menschen sei, nach dem Vollkommenen zu suchen, dass das Stöhnen für mich so eine Art Wünschelrute zum Glück sei, ich mich vom Nilpferdmädchen scheiden lassen wollte, weil sie meine Stöhnsammlung vernichtet hatte, einfach so (während ich auf Island war) die Wohnung neu streichen lassen hatte, diesmal zuckerlrosa und schweinfurtgrün. Ich versuchte Almut zu erklären, was das Stöhnen für mich bedeutete.

Da öffnete sie eine Flasche Cola light, zog die Lippen hoch und sagte, ich solle endlich damit aufhören, sie als Sexualobjekt zu betrachten und nur mit dem Unterleib zu denken. Ich solle nicht so viel fressen, meinen BMI, Body-Mass-Index, senken, sonst bekäme ich über kurz oder lang eine Diabetes, und um Himmels willen endlich mit diesem ordinären Stöhnblödsinn aufhören. Wozu solle das denn gut sein? Stöhnarchiv? Pha! Sie verstehe Bayreuth gut. Auch sie würde so etwas vernichten. Außerdem sei das GN, ganz normal, jede Frau, die etwas auf sich halte, lasse hin und wieder ausmalen. Ich solle froh sein, dass sie noch nicht fremdgehe, das sei nämlich GN. Ich würde mir doch hoffentlich nicht einbilden, dass sie, Almut Schauraumimhof, mir treu bleibe? Sogar während unserer IT, Island-Tage, habe sie schon mit dem SB, dem Seebaron, und dem einen oder anderen Fischer geflirtet und sozusagen das Terrain sondiert, den Boden für einen künftigen Seitensprung vorbereitet, die Gatter ihrer Umzäunung aufgesperrt, um sich durchpflügen zu lassen.

Dann lachte sie. Ich sah ungläubig zum SB, ein kleines, O-beiniges Männlein mit KM, Kapitänsmütze, und einem Gesicht wie ein zerknitterter Papiersack. Mit dem? Da lachte sie noch mehr. Sie hatte etwas unerhört Plötzliches im Leib.

Später hat sie mir ein weißes Haar aus der Brust gerissen, es wie eine Reliquie in ein kleines, samtgepolstertes Schatzkästchen getan – und in der darauffolgenden Nacht erstmals nicht gestöhnt. Das hat sie absichtlich gemacht, die pummelige Ziege (von wegen Gazelle), weil sie wusste, wie sehr es mich traf.

Almut war ein störrisches kleines Wesen mit viel Eigensinn. Wenn ich sagte, dass mir ihr Kleid gefiel, dass ich überhaupt Kleider an ihr mochte, zog sie wochenlang nur Hosen an, lobte ich ihre Frisur, ging sie augenblicklich zum Friseur und ließ sich eine neue machen, bewunderte ich ihre Schuhe, bekam ich die nie mehr zu Gesicht. Doch das alles hatte nichts ausgemacht, solange sie stöhnte, die Strickleiter zu ihrer Seele runterließ, ich hoffen konnte auf die Eruption, den Quantensprung. Doch nun war damit Schluss. Sie stöhnte gar nicht mehr, gab nur noch unartikulierte Geräusche von sich, als hätte sie Superkleber oder zumindest Uhu-Kügelchen im Mund.

Aber was sollte ich mit ihr, wenn sie nicht stöhnte? Mir war, als hätte man mir das Hirn mit Salmiak ausgewischt. Alles Almutsche war weggeschrubbt, ausgewrungen, in einen Kanal geleert. Alle VDK, KGW, Gemsal und CL, alle VH und IT waren wie weggewischt. GN, ganz normal. Ich war traurig und erleichtert wie an jenem Tag, an dem du dich scheiden lassen hast, Mama. Verwirrt wie damals, als wir den alten Pfarrer, den Brandredner, besucht haben. Diesen feisten, leicht vertrottelten Menschen mit einer großen Säuferknolle im Gesicht, die ihn wie einen Verwandten der Kagurus aussehen ließ, dieser Brandredner also, der einem die

Kommunion immer in den Mund gegeben und mit seinen dicken, ungewaschenen Fingern nachgeschoben hat, der mit einem steifen Fuß aus dem Krieg zurückgekommen ist, sich nie gewaschen, gestunken und getrunken hat, der uns im Religionsunterricht Genickwatschen oder Kopfstöße verabreicht hat (obwohl die Prügelstrafe an österreichischen Schulen seit 1962 abgeschafft war), der gegen die Geschiedenen gepredigt hat, wegen dem du dich so hast schämen müssen, dich nicht mehr auf die Straße getraut hast. Der, dem ich oft in meinen Jesukindlein-Gebeten die Hölle gewünscht habe, dem ich Urin ins Weihwasserbecken geschüttet und faule Eier unter dem Altar versteckt habe, den ich gehasst habe, wie man nur jemanden hassen kann. Den musstest du besuchen. Und wir mussten mit.

Im Alter ist der Sumpfinger Pfarrer in ein abgeschiedenes Stift gekommen. Und wer hat ihn als Einziger besucht? Wer hat ihm auch noch seinen Lieblingskuchen mitgebracht? Seinen Lieblingssaft? Birnenschnaps? Du, die Geschiedene, die sich nichts erhoffen darf, die mit dem Schlimmsten rechnen muss. Du, die Saurüsslerin, die Sakramentsverbrecherin, die am besten ihre Schneeglöckchenposition (Kopf und Blick nach unten) nie mehr verlässt. Und wir (Alma, Irmi und ich) mussten mit – so wie wir zu Weihnachten zum besoffenen Poldl mitmussten, so mussten wir uns auch die sabbernden Schimpfreden des senilen Pfarrers anhören, dem nicht nur Flüche und Schimpfgeseiere gegen Geschiedene und Selbstbeflecker (keine Ahnung, woher der das wusste), sondern auch Kuchenkrümel aus dem zahnlosen Mund gespritzt sind. Aus seinem alten Magensack ist ein säuerlich metallischer, leicht nach Verwesung schmeckender Geruch gekommen, was ihn aber nicht abgehalten hat, dich und uns dauernd zu beschimpfen. Und du bist trotzdem immer wieder hingegangen, hast ihm die Hand geküsst und ihn beschenkt. Gibt es einen freien Willen? Hat man eine Entscheidungsmöglichkeit? Anstatt den bösen alten Trottel krepieren zu lassen, hast du dich um ihn gekümmert, damit er dir möglichst lange erhalten bleibt.

Ich war also verwirrt, gedemütigt, abgenabelt von der Stöhnerei, verloren, unglücklich, vertrieben aus dem Schauraum im Hof und zugleich befreit, in einem solch sonderbaren Mischmasch aus Gefühlen, dass ich mein Notizbuch auf Island vergaß. Und damit sollte sich das Schicksal, das schon die längste Zeit wie ein Geysir in mir gebrodelt hatte, endgültig seine Bahn brechen. Damit endet das Vorspiel, beginnt die eigentliche Geschichte, meine lange Reise auf den Siebten Kontinent und mitten hinein in die Besessenheit.

Bumpy Night

Wäre ich der große Unruhestifter und Chaosbringer, der Fürst der Finsternis, also der Teufel selbst, ich würde mir unter all den Menschen meine Opfer ganz gezielt aussuchen. Da gäbe es die typischen Opfergesichter mit den geschlagenen Visagen, denen man ihr seit Generationen geknechtetes Wesen ansieht. Dann die Verschlagenen mit tiefsitzenden, kleinen Augen und grauer Haut. Diejenigen, die nur in Outletgeschäften einkaufen, selber, weil sie nichts auslassen, ganze Outletdörfer im Kopf haben, wohlgebaute, zur Fülle neigende, ausgelassene Figuren. Oder die mit großen Taubeneieraugen, denen die Dummheit förmlich auf der Nase sitzt. Es gäbe welche mit gebrochener und spröder Stimme, andere, die quietschen wie hungrige Katzenkinder. Es gäbe die Kaguru-Brüder, den Poldl und die Oberhebamme. Miese Zuhälter und böse Pfarrer. Wenn ich der Teufel wäre, fände ich genügend Opfer, auf die ich mich einlassen würde. Warum ausgerechnet ich? Was habe ich getan, dass der Teufel ausgerechnet mich erkor? Mit dem Notizbuch fing es an.

Ich weiß nicht, Mama, ob du dir vorstellen kannst, welch unermessliche Bedeutung ein Notizbuch hat. Peter Handke, heißt es, soll seines einmal während einer Grillparty verloren haben, worauf der Poeta laureatus völlig ausrastete, alle Anwesenden des Diebstahls bezichtigte und sie so lange festhielt und mit körperlicher Gewalt bedrohte, bis es wiederauftauchte. Gut, wirst du sagen, erstens hat sich der Peter Handke das selbst zuzuschreiben, was treibt er sich auch auf Grillpartys herum, ein Dichter gehört hinter seinen Schreibtisch und nicht hinter einen Holzkohlengrill, auf dem fetttriefende Würstel und Koteletts brutzeln, ein Dichter muss mit dem Blasebalg seiner göttlichen Inspiration Wörter zum Glühen bringen und nicht ordinäre Holzkohlen fürs profane Grillen. Zweitens ist die Literatur eine aussterbende Kunst (ich erkläre dir das später), und drittens bin ich, Hildebrand Kilgus, kein Dichter und könnte folglich auch kein so wichtiges Notizbuch haben wie zum Beispiel der große Peter Handke, auch wenn sich der auf Grillpartys rumtreibt und folglich nichts anderes notieren kann als Grillpartyerlebnisse, Grillpartygespräche und den Senf (Mostrich würde der Orient-Portier sagen) der Gäste. Damit hast du recht, aber verloren war es dennoch. Und wer war schuld? Almut? Nein, der Teufel, zumindest für diejenigen, die an ihn glauben.

Erst in Rom, wohin ich im Auftrag der ATMER, der Wettermanipulations-AG, geflogen war, kam ich drauf. Ich stieg aus dem Flugzeug, fuhr mit der Bahn von Fiumicino zum Hauptbahnhof, griff in die Innentasche meiner Jacke, um Hotel und Termine nachzusehen, und merkte, das Notizbuch fehlte. Sofort bekam ich einen Schweißausbruch, Herzrasen,

Händezittern. Mir wurde schwindlig, und mein Bewusstsein drohte sich zu verabschieden. Nochmals tastete ich alles ab, vergeblich. Es war weg. Ich wusste nur, dass ich hier einen Teilchenphysiker namens Bird betreuen sollte, wusste aber weder, wie er mit Vornamen hieß, noch, wo er untergebracht war, geschweige denn kannte ich seine Termine.

Seitdem ich das almutige Gestöhn in Island betrieben hatte, hatte ich immer Angst, die Welt würde sich irgendwann einmal rächen, mein Zug würde irgendwann einmal entgleisen, mir die Rechnung für mein Treiben und Treibenlassen präsentieren, mich mit Krankheit oder Tod aus der mir gewohnten Lebensweise reißen. Nun war es so weit, zuerst war das Stöhnarchiv vernichtet worden, dann stöhnte die Gazelle nicht mehr, blieb der Schauraum im Hof still, und jetzt war ich auch noch ohne Notizbuch. In meiner Brust machte sich ein beklemmendes Gefühl breit, meine Kehle war zugeschnürt. Nicht Lustgestöhn katapultierte mich also aus den Schienen meines Daseins, sondern ein teuflischer Verlust. In meinem Notizbuch standen sämtliche Daten und Termine, wann Professor Bird abzuholen war, wo er seine Treffen hatte.

Ich war wie ausgehebelt, in der Hölle der Unstrukturiertheit. Und ja, ich empfand etwas, ein erstes, ernstes, ehrliches, all meine Blockaden überwindendes Gefühl, eine wirkliche Empfindung: Angst. Sie drang zu mir durch. Ein wahrhaftiges Gefühl! Doch konnte ich mich darüber freuen? War ich nun am Ziel? Ganz im Gegenteil, es war unangenehm, und ich verfluchte mich dafür, mich jemals nach so etwas gesehnt zu haben.

An der Station Termini erwarb ich einen Rom-Führer, ließ mich von einem Fiat-Taxi in das als Geheimtipp empfohlene Albergo Vaselina bringen, das mir schon wegen des Namens zusagte, und befahl dem Fahrer: Hinten und am Gang, und wenn es geht, Vegetariermenü, was bereits einen Zipfel meiner Verwirrtheit zeigte und von dieser römischen Taxikanaille auch gleich schamlos ausgenützt wurde. Er hat mich furchtbar übers Ohr gehauen, ist ganz unsinnige Umwege gefahren.

Es sieht jeder nur, was er schon kennt, womit er sich beschäftigt. Im Grunde sieht ein jeder nur sich selbst. Einer, der seine Frau betrügt, sieht plötzlich lauter ältere Männer mit jungen Liebschaften im Arm. Ein anderer, der bald ein Aufnahmeexamen zu bestehen hat, sieht lauter Prüfer und Prüflinge. Ein Verbrecher sieht nur Opfer und Polizisten, allein gelassene Wohnungen und Gaunerzinken, ein Erfinder Menschen, die dieselbe geniale Idee hatten wie er und alle auf dem Weg zum Patentamt sind. Eine Dicke sieht nur Menschen mit Gewichtsproblemen, ein Reicher nur Diebe, ein Berühmter nur Leute, die ihn kennen. Ein Homophiler nur Homos, einer, der ins Stundenhotel geht, nur Leute, die ihn beobachten, ein Exorzist nur Besessene. Und ich? Nur Notizbücher! Überall! Einmal ließ ich den Fahrer halten, um einem fremden Menschen sein Notizbuch zu entreißen. Es war ein japanischer Tourist mit Mundschutz, und das Büchlein war voll mit sonderbaren Zeichen. Das Einzige, was ich lesen konnte, war *Mister Aufziehvogel*. Ich gab es ihm, dem hysterisch Kreischenden, verschämt zurück, und bemühte mich fortan, nur noch auf die Schönheiten der Stadt zu achten, die mich nicht im Geringsten interessierten.

Und was sieht ein Taxifahrer? Große Fuhren. Trinkgelder. Umwege. Radarfallen. Passagiere, die Handschuhe tragen, dass man Angst bekommt, sie könnten einen erwürgen – bis sie sagen, das sei wegen einer Allergie. Dann rächt man sich.

Und ein Hotelportier? Was sieht der? Die Hausordnung! Leute, die sie übertreten! Lieferanten, die nicht wie vorgeschrieben den Hintereingang benützen, Zimmermädchen, die mit ihren Bettwäschewägelchen die Fluchtwege versperren, Gäste, die ein Zimmer reservieren, aber dann nicht kommen, Gäste, die Handtücher, Bettwäsche oder Glühbirnen mitgehen lassen.

Das Hotel war ein kleines, kitschiges Palais mit moosgrünem Baldachin über dem Eingang. Nachgemachte Stilmöbel, roter Spannteppich, kleine Säulen, barocke Stillleben in schweren goldenen Rahmen, Wandlampen mit Pergamentschirmen.

Ödipus Hornbostel, der Portier im Albergo Vaselina, ein massiver Mensch mit einem lustigen Hasengesicht, Sahne an den Schläfen, sah nur Scherereien. Aber dass er die größte Schererei seines Lebens bald erleben würde, sah er nicht.

Auf seinem Tresen stand ein kleines Messingschild mit eingravierter Schrift: *Respekt!* Doch nützt es was? Jeder hat etwas im Leben, woran er sich klammert, der eine sucht die Schönheit, geht in Museen, Konzerte und zu Haubenköchen, ich liebe Gedichte und die Stöhnerei, ein anderer wird gläubig, studiert die Bibel, wird Mitglied bei einem Kegelklub, in einer politischen Partei, Fußballfan, geht zu den Weight Watchers oder zu Teufelsaustreibern. Bei Ödipus Hornbostel, dem zu groß geratenen Hasen, war's die Ordnung, die Struktur. Alles, lautete sein Motto, hat seinen Platz, nur finden muss man ihn. Er war ein derartiger Zwängler, dass er bei Multiple-Choice-Tests ausrastete, wenn die Kreuzchen nicht in einer Reihe waren.

Er durchschaute seine Gäste, konnte sie einordnen wie Briefmarken. Von mir dachte er, ich sei ein Gentleman. Das war eine Fehleinschätzung und der Beginn von Hornbostels Untergang.

Warst du schon einmal in Rom, Mama? Nein, natürlich nicht. Du bist ja aus Sumpfing nie hinausgekommen, kaum dass du vor lauter Scheidungsscham den Saurüssel je verlassen hast. Ist vielleicht auch besser so. Aber Rom würde dir gefallen, da gibt es Kommunisten, Katholiken, Hippies, in Rom findest du alles. Ein Gewusel herrscht da wie in einem viel zu kleinen Hühnerstall. Überall Menschen, Menschen und wieder Menschen. Italiener, Japaner, Polen, Deutsche, Skandinavier, Russen, Pilger, Lateinlehrer, Nonnen oder einfach Museumsbesucher. Alle Wege führen nach Rom, aber müssen deshalb alle kommen? Können sie nicht bleiben, wo sie sind? Wieso reicht es ihnen nicht, sich die Ewige Stadt mit Google Earth anzusehen?

Ich checkte also ein, schrieb meine Daten in das Meldeblatt: Hildebrand Kilgus, geboren am 29. Februar 1972, wohnhaft in der Rienößlgasse, 1040 Wien. Beruf: Angestellter. Nationalität: Österreich. Religion? Katholisch. Verheiratet, ein Kind. Erblich bedingte Krankheiten? Keine. Raucher? Gelegentlich. Besondere Kennzeichen? Ein verlorenes Notizbuch. Unfähig zu wirklichen Gefühlen. Angst vor Berührung. Nein. Das strich ich durch. E-Mail-Adresse. Handynummer. Sozialversicherung. Steuernummer. Kreditkarte … Ein Wahnsinn, was die alles wissen wollten.

Kaum im Zimmer, warf ich mich aufs Bett, das sich durchbog wie die Sprungmatte eines Trampolins, die Federn quietschten. Happalo! (Das hatte ich mir angewöhnt, ein Tick, happalo statt hoppala.) Ich verschlang die kleine Praline, die auf dem Polster lag, und starrte in die alten Wasserflecken an der Decke. Was sollte ich hier ohne Adressen und Termine? Wie sollte ich Professor Bird finden?

– Hildy, sagte ich, siehst du denn nicht ein, dass sich alles gegen dich verschworen hat, alles sinnlos, zwecklos ist? Rufus fiel mir ein, mein erster Freund. Du erinnerst dich? Der

Sohn des Metzgers Butterweck. Rufus Butterweck, der rohe Eier trank und Semmeln mit frischem Schweinehirn verspeiste, aus dem kleine blaue Adern, Netze hingen, Rufus, mit dem ich im Herbst Kastanien sammelte, bis wir ganze Kisten voll mit diesen glänzenden hölzernen Kuhaugen hatten, die dann immer viel zu schnell verschrumpelt sind. Im Sommer waren wir Elektrofischen mit Autobatterien, aßen so viele grüne Stachelbeeren, bis uns schlecht wurde, und im Winter gingen wir mit selbstgebastelten Gefährten rodeln, ärgerten den Kaufhaus-Weihnachtsmann und stahlen Christbaumkugeln. Rufus, mit dem ich häufig durch Wälder und Auen streifte. Wir haben mit Holzprügeln nach Rehen und Wildschweinen geworfen, tote Vögel und Hasen zerlegt, im Fluss kleine Krebse gefangen und Wespennester ausgeräuchert. Rufus hatte die Angewohnheit, allen Tieren, sofern er sie zu fassen kriegte, die Gliedmaßen auszureißen. Um seinem Metzgerstand die Ehre zu erweisen? Nein, nur, um sich an ihrer Hilflosigkeit zu erfreuen. Das hat dieser teuflische Geselle Käfern, Fliegen, Bienen, Heuschrecken, jungen Katzen und Fröschen angetan.

Und wie so ein gliedmaßenloser Rumpf, der sich nicht rühren konnte, fühlte ich mich jetzt auch. Erst recht, als ich mich erhob, in einem Anflug jäher Hoffnung den Koffer aufriss und dabei neuerlich auf jenes Gefühl stieß, das sich bereits bei meiner Ankunft kurz gezeigt hatte: Angst. Nicht nur das Notizbuch fehlte, auch meine sämtlichen Unterlagen, Kleidungsstücke, das Handy (eine dumme, sich jetzt rächende Angewohnheit, es im Koffer zu verstauen), der Karton mit den medizinischen Handschuhen, die hölzerne Gurkenzange, alles. Kein Zweifel, der Koffer war vertauscht worden. Am Fluchhafen musste das passiert sein, wo Hunderte gleiche Koffer wie schwarze Eier (von einem Riesenvogel) auf das Förderband gelegt wurden, alle voll Geruch von ihrer Wohnung. Und ich hatte einen falschen erwischt, einen, der nach einem unbekannten Waschmittel roch. Lauter fremde Sachen fielen mir entgegen, eine fremde Zahnbürste, die in einem fremden Mund geputzt hatte, Pillen gegen Sodbrennen, von denen ich sofort eine schluckte, Zäpfchen gegen Grippe, Kohletabletten, ein Kamm mit fremden, schwarzen Haaren, Bücher über die Musikalität der Primzahlen, zwei schwedische Kriminalromane, Schuhe, in denen fremde Füße geschwitzt hatten, unbekannte Hemden, ein Haarwaschmittel gegen Schuppen und eine Pilotenuniform mit goldenen Streifen an den Ärmeln. Ich besah sie erst, überlegte, ob hier Ansteckungsgefahr bestand, überwand mich schließlich und schlüpfte hinein. Sie passte, nur die Hose war etwas zu kurz. Dafür stand mir die dunkelblaue Kappe gut. So hättest du mich sehen sollen, Mama, richtig elegant. Du wärst stolz auf mich gewesen. Dein Hildy als Pilot, das machte etwas her. Aber ein Bruchpilot.

Ich hätte am Fluchhafen anrufen sollen, mich mit der Gepäckstelle verbinden lassen. Aber ohne Handy? Außerdem war ich vom Flug und den dabei konsumierten Drinks etwas benommen.

Um nicht selbst in Verdacht zu geraten, zog ich seit den Terroranschlägen beim Fliegen immer meine Handschuhe aus, was einen ungeheuren, nur mit Alkohol zu betäubenden Berührungsstress bedeutete. Ständig stießen Mitreisende an einen an. Saß man am Gang, rammte einem die Stewardess mit schöner Regelmäßigkeit ihr Servierwägelchen ans Knie. In der Mitte war man gleich zwei unter Bewegungsdrang leidenden Sitznachbarn ausgeliefert, die meist der Überzeugung waren, nur mit abstrusen gymnastischen Verrenkungen eine Thrombose verhindern zu können, und am Fenster bekam ich klaustrophobische und, wenn ich rausblickte, agoraphobische Zustände gleichzeitig (umgangssprachliche und wirkliche Platzangst). Fliegen war ein Horror. Die ständige Nähe zu anderen Menschen war unerträglich. Wenn man nicht aufpasste, geriet man schon vor dem Einsteigen in eine Leibesvisitation. Und dann dieses ständige Anstellen und Warten. Kaum war man gelandet, sprangen alle auf und holten ihre Duty-free-Sachen aus den Gepäckfächern, streckten einem dabei ihr halb entblößtes Gesäß entgegen oder rempelten einen mit sonst einem Körperteil an. Grauenvoll.

Aber jetzt lag ich auf dem Bett. Ich griff nach der TV-Fernbedienung, sah den Pay-TV-Knopf und freute mich auf diese diabolische, vor allem für Geschäftsleute erdachte Ablenkung. In Flugzeugen machen die auf seriös, lesen Zeitungen so groß wie Tischtücher, Wirtschaftsteile oder Sport. Auf Meetings sitzen sie in ihren grauen Anzügen und träumen von der Weltherrschaft ihres Konzerns, sprechen Firmen-Pidgin, schleppen ihre dünnen Notebooks, dicken Krawatten und teuren Uhren durch die Stadt, und nachts, wenn sie keiner auf einen Gangbang einlädt, sehen sie sich diese hysterisch stöhnenden Fickfilme der Pornowirtschaft an. Tagsüber geben sie sich glatt und zielstrebig, sprechen von ökologischer und sozialer Verantwortung, von Consulting, Energy- und Aktien-Portfolios, von Synergieeffekten und Kooperation, während sie nachts zu Bildern kopulierender Unterschichtskinder in die Bettdecke ejakulieren. Mädchen mit falschen Brüsten, falschen Haaren, falschen Namen und aufgespritzten Lippen vollführen ihr geschlechtliches Gymnasium, um ihr falsches Stöhnen in die Welt zu schreien, und die Geschäftsleute, Männer, die nichts mehr fühlen, Angst vor Berührung haben, verschaffen sich zu diesen Handreichungen Erleichterung. Eigentlich traurig.

Auch Shaolin-Mönche, hieß es, hätten während ihrer

Europa-Gastspiele diese völlig überteuerten Pornofilmchen derart heftig und ausdauernd konsumiert, dass ihre Tourneemanager die Pay-TV-Kanäle sperren lassen mussten, worauf es zu einem kleinen Aufstand gekommen sei, die buddhistischen Mönche sich weigerten, weiter aufzutreten, wenn sie keinen Pornokanal mehr sehen, kein fleischliches Nirwana mehr erleben dürften. Also einigte man sich auf einen Zweitagesrhythmus. Auf der Bühne vollführten die ihre Kunststücke, sprachen von innerer Einkehr und Reinigung, von Vergänglichkeit und Seelenwanderung, von den geheimen Gesetzen des Lebens, vom Prana, das sie aus dem Äther saugten, während sie nachts ihr Erbgut auf den Teppich rotzten, sich sinnlos aufgeilten und einen runterholten. Eigentlich traurig.

Und Schuld waren gierige Hotelmanager, die mit allem Geschäft machten. Einerseits verdammten sie die Zigaretten als Teufelswerk, vermieteten nur noch Nichtraucherzimmer, ließen Trotzdem-im-Zimmer-Raucher die Reinigung bezahlen, andererseits stellten sie Pornos zur Verfügung, ja, lockten ihre Gäste mit dem Pay-TV förmlich in die seelenlose, jedes Gefühl abtötende Selbstbefriedigung. Eine Schweinerei.

Dennoch schaltete ich voll freudiger Erwartung den Fernseher an, drückte auf Pay-TV und sah: *Dieses Programm steht leider nicht zur Verfügung*. Gemeinheit! Frechheit! Betrug!

Da hielt ich es im Zimmer nicht mehr aus, rannte auf die Straße und beschloss, mir irgendwas zu kaufen. Ein Eis? Pornohefte? Handschuhe? Nein, ich hatte noch ein Paar. Ansichtskarten!

Seit meiner Schulzeit hatte ich keine Karten mehr geschrieben. Und damals durfte ich, weil wir sparen und uns schämen mussten, weil du uns prinzipiell alles eine Nummer zu groß gekauft hast, auf Wandertage und Skikurse nicht mit. Während die anderen Kinder immer alle mit kleinen, wie gezuckert aussehenden Tierfiguren zurückkehrten, die sich je nach Wetter blau oder rosa färbten, hatten wir Daheimbleiber Ersatzunterricht gehabt. Nicht einmal für Ansichtskarten reichte das Geld – Ansichtskarten, auf denen damals noch gedruckt stand, so als ob die Wörter ein Gewicht hätten, so als ob Briefträger nicht zu viele Sätze transportieren dürften: *Nicht mehr als fünf Wörter Grußbotschaft* – was selbst bereits sechs Wörter waren und sich somit ad absurdum führte. Also bastelte ich mir während der Skikurswoche selber Ansichtskarten aus Bierdeckeln und leeren Zigarettenschachteln. Ich erfand Phantasieorte, klebte Phantasiemarken darauf und schickte sie an Phantasiegroßonkel und Phantasiecousinen.

Schade, dass unsere Familie bloß aus dir, Oma, Alma, Irmi, Hexi und mir bestand, Opa, obwohl er blonde Löckchen seines Sohnes mitgehabt hatte, in Stalinum geblieben war. Stalinum, so nannte Oma Stalingrad. Onkel Igor, dein Bruder, dem man zumindest in Omas Erzählungen immer die Füße gepflegt hatte, der einmal im Jahr fein säuberlich gewaschen, stundenlang abgerieben und nachher begleitet von feierlichen Gesängen in den Keller zum Krauttreten getragen wurde, dieser Onkel Igor, Opas Sohn, kam später mitsamt seinen gehätschelten, gepflegten Krauttretern bei einem Motorradunfall um. Alle anderen sind am Alkohol oder an sich selbst zugrunde gegangen, sodass erst Oma und dann du den *Saurüssel* allein führen musstet.

Die Oma war eine junge Wirtin, vielleicht nicht schön, aber pikant, vielleicht nicht gebildet, aber hochmütig. Sie musste über die Runden kommen. Viele Männer kamen. Nur Männer. Es gab ein Gastzimmer, das nur am Sonntagvormittag geheizt wurde. Sonst spielte sich alles in der verrauchten Küche ab. Da war ein schwerer, klobiger Holztisch (Kiefer) mit gedrechselten Beinen, an dem die Stammgäste hockten – auf Holzsesseln (Kiefer) mit gedrechselten Beinen, die wie fette Heidi-Zöpfe aussahen, ausgeschnittenen Herzen in den Lehnen. Und als du klein warst, Mama, du warst ein ängstliches Kind, das nie allein ins kalte Bett gehen wollte, bist du immer auf dem Sofa gelegen. Da war der Tisch mit den Stammgästen, und die kleine Mama hat auf die Oma gewartet, bis sie die letzten Gäste rausgeschmissen und den Saurüssel zugesperrt hat. Und da war einmal ein Gast, der hat gemeint: Wie schaut's denn aus, geht's bei der Polja schon? Und dann hat die Oma, die alte Kommunistin, gesagt, das wisse sie nicht, solle er halt hingehen und es selbst probieren.

Das hast du mir erzählt. Davor hat die Oma die Funktion gehabt, mit den Saurüssel-Gästen ins Bett (also auf das speckige, nach Hund riechende Sofa) zu gehen, und ab nun warst es du. Dann ist der Gast hingegangen und hat probiert, und dann ist es halt schon gegangen bei der kleinen Polinotschka. So ist das gewesen – wie in Tausenden anderen Wirtsstuben auch.

Wieso sie dich Polina (Polja) genannt hat, verstehe ich bis heute nicht. Du bist im Krieg zur Welt gekommen, da war der Opa noch nicht in Stalinum. Und die russischen Besatzungssoldaten haben sich auch erst nach dem Krieg im Saurüssel einquartiert, um alles zu vergewaltigen, was Zöpfe hatte, wahrscheinlich auch die Stühle, angeblich sogar Ziegen, Hühner, Briochebrote und die Leiche einer Achtzigjährigen. Aber die Oma hat die Russen nicht gefürchtet, im Gegenteil, in einen Koch aus Kaliningrad, das sie Kalinum nannte, hat sie sich verliebt, aber das Kind, das aus dieser Anbraterei und Einkochung entstanden ist, die Tante Charlotte, die gleich nach der Geburt zur Adoption freigegeben wurde, hat keinen russischen Namen bekommen, sondern einen, der nach Zwiebeln klingt. Dich aber musste sie, vielleicht ja nur, um den Ortsgruppenleiter zu ärgern, Polina nennen und deinen Bruder, der später mit dem Motorrad umgekommen ist, Igor.

Die Oma war seltsam. Oft saß sie vor dem Fenster wie andere Leute vor dem Fernseher, zog sich Schnupftabak ins Oberstübchen und blickte stundenlang hinaus in den nach Schnitzel riechenden Garten – als ob sie noch immer auf ihren Mann aus Stalinum oder ihren Koch aus Kalinum wartete. Sie wollte dir nicht sagen, warum auf einmal keiner mehr da war, um den Igor in den Keller zu tragen, sie hat dir verheimlicht, warum du später immer allein *Gutja gutja torko* singen musstest, wenn ein sogenannter Stampftag war, warum es in den Keller ging, wo der Igor mit seinen gehätschelten, gepflegten Beinen in ein Fass gestellt wurde, um Kraut zu stampfen. Kraut, das sie zuvor über einem großen Holzschaffel gehobelt hatte.

Und weil sie dir nicht sagen wollte, was mit der Verwandtschaft passiert war, dass sie nämlich alle im KZ gelandet und von den Nazis wie Kraut zertreten worden waren, bis unten der Saft herausquoll, du dich aber gewundert hast, warum alle anderen Kinder Onkel und Tanten und Cousins und Cousinen hatten, nur du nicht, hat Großmutter die Onkel und Tanten ganz einfach erfunden. Den Onkel Hans in Wien und die Tante Zehnfriede in Berlin, den Onkel Theo in München und die Tante Rudi in Hamburg. Aber diese Onkel und Tanten kamen der Oma teuer, denn alle mussten dir und dem Igor zu Weihnachten und zum Geburtstag, zu Ostern und zum Zeugnis Geschenke schicken. Und bis zu deinem Hauptschulabschluss hast du fest an sie geglaubt, an den Onkel Hans in Wien und die Tante Zehnfriede in Berlin, an den Onkel Theo in München und die Tante Rudi in Hamburg. Erst als du sie besuchen und kennenlernen wolltest, blieb der Oma nichts anderes mehr übrig, als mit der Wahrheit herauszurücken, zu gestehen, dass sie alle nur erfunden waren, um dir und deinem Bruder das Gefühl zu geben, dass ihr nicht allein seid auf der Welt, sich nicht alle anderen, die denselben Namen hatten, in der Roten Armee, jenseits des Eisernen Vorhangs oder in irgendeinem Massengrab befanden. Vielleicht wolltest du deshalb nie irgendwo hinfahren. Nicht nach Wien und nicht nach Berlin, nicht nach Hamburg, nicht nach München und auch sonst nirgendwohin, weil du überall tote Onkel und Tanten vermutet hast.

Ich schweife ab, ich weiß. Entschuldige. Aber als Gestrandeter hatte ich Zeit zum Denken. Und Ansichtskarten gab es derart viele, dass ich mich kaum entscheiden konnte: Rom von oben, das antike Rom, das Vespa-Rom, das Nudel-Rom, das Zigaretten-Rom, der Vatikan, Romulus und Remus und so weiter. Schließlich entschied ich mich für eine Karte mit der Aufschrift: *Warum die Titanic wirklich sank*. Darunter waren zirka fünfzig barbusige Bikini-Mädchen mit Monsterbrüsten abgebildet. Ich kaufte vierzehn Stück. Der Verkäufer sah mich erst mit seinen rechteckigen Augen verwundert an, lachte dann und sagte wie in Zierschrift: Ah, Stewardess. Warum Flugzeug abstürzt. Wie lang ist dein Rohr?

Da fiel mir wieder ein, dass ich ganz vergessen hatte, die Pilotenuniform wieder auszuziehen. So schadete ich dem Ruf der Fluglinie. Egal.

Wie besinnungslos taumelte ich durch Rom, wie der zurück in den Fluss geworfene Rumpf eines von Rufus Butterweck behandelten Krebses. Durch enge Gässchen wurde ich gespült, durch die Straße der zahnlosen Greise, die Straße der alten Semmeln, vorbei an durchfallgelben Häusern, eierschalenfarbenen Palais, vorbei an der Piazza Navona, zum Pantheon, das wie ein gigantisches Auge in den Kosmos glotzte, um Gott zu sehen. Oder den Urknall? Eine riesige Kassettenkuppel mit einem Loch in der Mitte, als stünde man im Inneren eines Auges auf der Netzhaut, wo ein derart ungeheures Gedränge herrschte, dass ich größte Mühe hatte, unberührt zu bleiben. Oder war das ein Ort, an dem sich früher Vestalinnen vermählten, in den Kosmos stöhnten? Ein Ort der Exorzismen? Kurz war ich fasziniert, dann lief ich weiter.

Gleich dahinter die Straße der Päderasten, überall Geschäfte für Priesterzubehör, die Soutanen, Feldmonstranzen, Heiligenstatuen, Kreuze, Kerzenleuchter und Jesus-Sandalen feilboten. Seltsame Mode, die man als Priester, Nonne, Messdiener oder Ministrant trug, schon die absatzlosen, weichen, dunklen Lederschuhe mit Gummisohlen waren ein ästhetisches Verbrechen, die schwarzen Hemden, Ledertaschen, grauen Krawatten – da rollt es dir die Zehennägel auf. Lauter Sachen, die laut verkündeten, Gottes Reich sei nicht von dieser Welt.

Gebetbücher, Rosenkränze, Bekenntnisse eines Exorzisten. Gerade als ich dachte, dass du, Mama, hier bestimmt ein Geschenk für den Brandreden-Pfarrer kaufen würdest, sah ich einen kleinen Holzjesus. Den gleichen hatte Almut neben dem isländischen Waschbecken befestigt, sodass er beim Zähneputzen immer isländisches SW, Schwefelwasser, abbekam. Ich glaube, so wollte sie verhindern, dass ich IWP, ins Waschbecken pinkelte. Aber hatte das JK, Jesukindlein, geholfen, den betrunkenen PV, Prügelvater, abzuwehren? Und hatte das JK dem Poldl befohlen, sein Antennenwürstel wieder einzupacken? Hatte das JK Opa aus Stalinum gerettet? Oder wenigstens den Koch aus Kalinum zurückgebracht? Was hatte das JK schon für mich gemacht? Da konnte ich ruhig IWP – auch wenn es ein paar Spritzer abbekam.

Einmal hatte ich im HS, Halbschlaf, versehentlich das

ZB, Zahnbürstel, samt ZP, Zahnpasta, nicht in das fließende isländische SW, sondern in meinen PS, Pissstrahl, gehalten. Es war Almuts ZB. Ich habe ihr das nie erzählt, genauso wenig wie mein Lesen ihres Tagebuchs, wobei mir das Entschlüsseln ihrer Abkürzungen ganz schön zu schaffen machte. Aber irgendwann verstand ich doch alles, ihre Flüche auf B, Bayreuth, ihre Sehnsüchte und Wünsche, ob und wie ich ihre Kleidung kommentierte, ein detailliertes Verzeichnis meiner Anrufe, was ich gesagt hatte, all meine Gedanken übers Stöhnen und was sie darüber dachte, nämlich nichts. Eine Auflistung ihrer fiktiven Geliebten. Ihre Strategien, mich zum Ausziehen meiner Handschuhe zu bewegen, ihr Flehen, beim GV wenigstens die trennende Decke wegzulassen. Es war, als würde ich ihr zusehen, wenn sie sich allein wähnte, vor dem Spiegel Grimassen schnitt oder die Augenbrauen zupfte.

Und wie ich da vor den Geschäften mit dem Priesterzubehör stand, an Island, Almut und die Stöhnerei dachte, sah ich einen Priester, der in ein mit gallertartiger heller Masse gefülltes Brötchen biss. Hingen da nicht Adern heraus? War das frisches Schweinehirn? Rufus! Das breite, gespaltene Kinn, die Knopfnase. Rufus Butterweck! Du alte Zaunlatte.

– Weißt du noch, wie ich so lachen musste, als dein Vater mir die Metzgerhand entgegenstreckte?, wollte ich schreien. Rufus, du alter Haxenausreißer! Doch nein. Dieser Priester konnte ganz unmöglich Rufus sein. Rufus und ein Priester? Noch dazu in Rom? Ausgeschlossen. Ich halluzinierte. Almuts Stöhnverweigerung, das Notizbuch, der Koffer – ich war einfach durcheinander, aus dem Geleise gebracht, ein gliederloser Rumpf. Der Priester biss in seine Semmel, beachtete mich nicht.

Ich war also in Rom. Ohne Terminkalender, ohne Notizbuch, ohne Handy, das im vertauschten Koffer war. Aber war ich verloren? So verloren wie Peter Handke auf der Grillparty? Verloren für alle Zeiten? Ein Opfer des Teufels?

– Hildy, sagte ich, reiß dich zusammen, zieh den Hosenbund hoch, streich die Pilotenjacke glatt und mach das Beste daraus. Ich wollte Bayreuth anrufen, ihr meine baldige Rückkehr ankündigen, vorschlagen, mit ihr aufs Land zu fahren, eine Martinigans zu essen, mit Blaukraut, Apfelmus und Kartoffelknödeln. Dazu Rotwein, später Schnaps. Bayreuth wollte im November jeden Tag ein gebratenes Gansl essen. Und wie mir beim Gedanken an die knusprige Gänsehaut und das süßliche Blaukraut schon das Wasser im Mund zusammenlief, merkte ich, dass alle öffentlichen Telefone defekt waren.

Endlich fand ich einen Apparat, stellte mich geduldig in die Schlange der wartenden Gänse, kam nach über einer Stunde endlich an die Reihe und stellte fest, dass man eine Wertkarte brauchte. Ich beschloss, mir später eine zu besorgen, setzte mich auf eine lauwarme, von Hunderttausenden Touristenärschen blankpolierte Marmorbank und dachte an zartes Gänsefleisch, daran, dass man auf Bänken die Wärme des vorher an diesem Platz Sitzenden spürt, sofern man nicht selbst der Vorsitzende gewesen ist, dann spürt man nämlich nichts. Ein seltsamer Effekt, die in der Bank gespeicherte Körperwärme eines anderen spürt man, die eigene nicht. Das ist so ähnlich wie mit der Spucke im Mund, die man auch nicht schmeckt, wenn es die eigene ist. Vielleicht ist es bei Frauen ähnlich? Kann man nur fremde schmecken, nicht die eigene?

Ich wusste, dass ich Almut nicht mehr liebte, aber gleichzeitig wollte ich sie wieder stöhnen hören. Ja, das war ein Widerspruch, aber sehnt man sich nicht immer nach dem, was man nicht hat? Ist die Seele nicht ein inhomogenes Gebilde? Ist nicht jedes Verliebtsein würdelos? Ist es nicht erniedrigend, wenn man sich aufgibt, wenn man sich gemeinmacht? Hat man nicht gerade deshalb Sehnsucht? Nichts verursacht so viel Leid wie das Verlangen. Und mich verlangte es stark nach zartem Gänsefleisch und krosser, fetttriefender Gänsehaut.

Bis an den Grund meines Bewusstseins wurmisierte nun der aufgeganselte Hunger, sodass ich die Unmengen an Licht, die dieses Rom auszuleuchten schienen, nicht genießen konnte. Nicht einmal sitzen bleiben konnte ich, musste aufspringen, eintauchen in die Menschenmenge, darin untergehen, sehen, wohin es mich spülte, in welches Lokal. Und das war ein Fehler, der Beginn jener entsetzlichen Katastrophe, der auf diesen Tag datiert werden muss.

In Österreich hätte ich Wirtshäuser genug gewusst, stand doch gerade jetzt, im November, vor jedem zweiten eine schwarze Tafel, die *Martinigansl, Ganslwochen* oder *Knusprige Gänse* anpries. Sonst stand auf solchen Tafeln zumindest in ländlichen Gebieten meistens *Schweins-Wiener!*, womit man offiziell zwar das falsche, aus Schweinefleisch geklopfte Wiener Schnitzel meinte, tatsächlich aber seine Missachtung gegenüber den Hauptstädtern zum Ausdruck brachte. Schweins-Wiener! Diese abgrundtiefe Verachtung ging so weit, dass man nur zufrieden war, wenn die Wiener Gäste am Ende entnervt über so viel unbegründete, nur am Wienertum festgemachte Unfreundlichkeit sagten: *Nächstes Mal schicken wir euch gleich das Geld und bleiben selbst zu Hause.*

Schweins-Wiener wurde ihnen dann hinterhergeflucht.

Aber in Rom? Wo sollte es hier gebratene Gänse geben?

Campo dei Fiori hieß der nächste Platz. Markttag. Es roch nach Orangen, Zwiebeln, Koriander, Rosmarin. Stände mit Käsereiben, Kaffeekochern und anderem Haushaltsgerät. Unmengen fauler Salatblätter und zertretener Tomaten bedeckten den Boden. Schwarze Müllsäcke, leere Obststeigen, Styroportassen. Haufenweise zertretenes Gemüse. Aber Gänse? Es stank nach abgehangenem Fleisch und faulem Fisch. Bei einem Geflügelhändler lagen gerupfte Hühner, nackte Enten, eitergelbe Hühnerfüße und Plastiktassen voller Leber. Keine Gänse. Händler priesen mit rauhen, knarrenden Quäkstimmen ihre Waren an. Und inmitten dieses Gewusels, inmitten des Campo dei Fiori das Denkmal des Giordano Bruno, der hingerichtet worden war, weil er die besten Gänse selber fraß, nein, weil er vom Teufel besessen war.

Ich balancierte über Abfälle, näherte mich einem kleinen Restaurant, setzte mich an einen Tisch im Freien.

– Ich komme schon, sagte ein überaus dicker Kellner, um sofort wieder zu verschwinden. Etwas später kam er dann tatsächlich, ließ seinen feisten Bauch über die Tischkante hängen und nahm meine Bestellung auf.

– Gänse? Hamma nicht.

– Vielleicht …? Weil Martini …

– Wenn Sie Gänse wollen, müssen Sie zum Chinesen, die haben Ente.

– Ich will aber …

– Den Fisch des Tages kann ich sehr empfehlen.

– Ich wollte eine gebratene Gänsebrust mit Blaukraut, Kartoffelknödeln …

– Also einmal Tagesfisch. Wein dazu?

– Gut, dann einen roten.

– Zum Fisch passt Frascati.

Und ehe ich widersprechen konnte, war er schon wieder

abgerauscht. Am perlmuttfarbenen Himmel wurde ein silbergraues Flugzeug wie an einer Schnur gezogen, ich dachte an Gänse, an Bayreuth, Heinrich Kim Jong-il, PU-Schaum-Würstchen, setzte sie auf die eine Seite der Waage, die CL trinkende Almut auf die andere, und ließ sie hin und her wippen. Es war wie das Rätsel mit den zwölf gleich großen Kugeln, von denen eine schwerer oder leichter war und wobei man in nur drei Wiegeschritten herausfinden musste, welche. Entweder teilte man in drei Vierergruppen oder in vier Dreiergruppen. Aber wenn die erste Wiegung ungleich war, man nicht wusste, ob die gesuchte Kugel nun schwerer oder leichter war? Vielleicht sollte man zwei Sechsergruppen? Oder …? Ich sah eine große Waage mit zwölf kugelrunden Gänsen …

Die Marktstandler, Menschen mit kupferroten Gesichtern, von solchen Kugelrätseln nichts wissend, machten nun Feierabend. Sie klappten ihre Schirme und Tische zusammen, banden riesige Türme aus Obststeigen und beluden lachend ihre Handwägen. Die Römer lachten dauernd. Während Österreich mit seinen Abkömmlingen von Holzknechten, Landadelsmenschen und unfreien Bauern ein Land des Nichtlächelns und des Nichtredens ist, scheinen die Römer ständig Spaß zu haben – obwohl sie keine Gänse kriegen. In Österreich kann man nicht einmal ordentlich grüßen, schon die Kinder haben Angst, Grüß Gott, Guten Tag oder Auf Wiedersehen zu sagen. Auch die Erwachsenen murmeln oder verschlucken ihr Sgott, Sti, Seich oder Teich, womit sie Grüß Gott, Griaß di, Griaß eich oder Pfiat eich sagen wollen. Die Österreicher sind alle von Neid und Hass zerfressen, gönnen niemandem etwas, nicht einmal einen anständigen, von Herzen kommenden Gruß. Dagegen die Italiener, die ständig *Ciao Bello, Salve, Buongiorno, Buona sera, Buona notte* und *Auguri* brüllen. Und mittendrin ich, ein aus seinem Nest gefallener Vogel, ein leicht fettleibiger Gänserich.

Das Denkmal des Giordano Bruno, dieses alten Satansbratens, war umsäumt von jungen Teufeln, Hippies, die Wein aus Tetrapackkartons tranken, Marihuana-Zigaretten rauchten oder an Lackdosen schnüffelten, sogenannte Asoziale, die in ihrem kleinen gesellschaftlichen Gefüge vielleicht viel sozialer sind als die sogenannten Stützen der Gesellschaft. Ob die auch in einem Wirtshaus groß geworden waren? Wir Kilgus-Kinder wurden ja schon früh zum Alkohol hingeführt.

Ich spielte mit der Serviette, zeichnete eine Waage und zwölf fette Gänse. Wie sollte man wissen, welche schwerer oder leichter war? Da hörte ich am Nachbartisch jemanden sagen, dass es mehr Lösungen als Probleme gebe, die Menschheit mit einem Lösungsüberschuss leben müsse und nur damit beschäftigt sei, sich Probleme zu erfinden. Von einem jungen Mann stammte dieser Blödsinn. Der konnte noch nie vom Rätsel mit den zwölf Kugeln gehört haben. Nahm man nämlich vier Gänse, äh, Kugeln, wusste man im zweiten Wiegeschritt noch gar nicht sicher, in welcher Vierergruppe sich die fragliche Kugel befand, es sei denn, die erste Wiegung ergäbe Gleichstand, dann müsste sie in der dritten sein, aus der man dann in nur zwei Wiegeschritten … Ging das überhaupt?

Da fuhr ein Polizeiauto auf den Platz – jäh in mein Kugelrätsel. Alle Hippies schreckten auf, ließen ihre Marihuana-Zigaretten verschwinden. Die Beamten waren aber an den Rauschkindern gar nicht interessiert, auf die Styroportassen hatten sie es abgesehen, die sie der Reihe nach mit großem Pflichtbewusstsein überfuhren, was jedes Mal laut knallte. Die Marktstandler zogen ihre Hüte, salutierten und lächelten aus zahnlosen, dunkelbraun gegerbten Gesichtern, bevor sie sich verdrückten.

Ein kleines Kind hatte sich seine Windel ausgezogen, lief damit lächelnd von Tisch zu Tisch. Ein breiter dunkelgrüner Streifen leuchtete aus dem weißen Knäuel – die Farben eines Fußballklubs. Mich ekelte. Wem gehörte dieses in der Analphase befindliche Werder-Bremen-Monster? War niemand verantwortlich? Verzweifelt blickte ich um mich. Am Nebentisch saßen eine hübsche Blondine und eine Alte, daneben zwei Touristen, ein Möchtegernkünstler. Da, ein Kinderwagen! Das mussten die Eltern sein. Saßen einfach da und rauchten. Da rannte das kleine Scheusal mit seiner vollen Windel direkt auf mich zu – wie der Stürmer von SK Rapid Wien (Schweins-Wiener) auf das gegnerische Tor. Warum wurde es denn nicht zurückgepfiffen?

– Geh weg, versuchte ich es mit den Händen zu verscheuchen. Verschwinde, sonst erwürg ich dich! War denn niemand zuständig? Fühlte sich niemand verantwortlich? Verschwinde! Im letzten Moment machte es kehrt, lief mit seiner grün-weißen Stinklosung in das Lokal. Was hatte es vor? Es wollte doch hoffentlich nicht in die Küche mit seiner Fäkalbazillenschleuder? Es wollte doch hoffentlich nicht meinen Tagesfisch damit verpesten? Alle Gänse meines Kugelrätsels wurden aufgescheucht, schnatterten hysterisch durcheinander, die Waage brach. Wieso brauchte auch mein Essen so lange? Bei einer Gans konnte ich es ja verstehen, aber bei Tagesfisch? Was trieben die nur in der Küche? Wahrscheinlich illegal beschäftigte Tamilen, Leute, die kein Klo kannten, sich vor Windeln nicht ekelten und alle Zeit der Welt hatten.

– Hilfe!, brüllte ich, mein Essen, mein Essen. Hilfe! Polizei! Man will mich vergiften! Ein Anschlag! Hilfe! Alle Gäste sahen mich an, als hätte ich *Feuer, Feuer* gebrüllt, obwohl es gar nicht brannte. Dabei deutete ich nur auf das Windelungeheuer, das nun genau im Eingang stand, die vollgeschissene Windel gleich einer Waffe vor sich hielt wie ein zum Letzten entschlossener Amokläufer. Wenigstens wurde jetzt endlich auch die qualmende Rabenmutter aufmerksam, stürmte zu ihrem kleinen Monster und riss ihm das Corpus Delicti aus der Hand. Gott sei Dank! Gerettet!

– So, jetzt wird es ernst, sagte der feiste Kellner, legte meine Pilotenmütze zur Seite und stellte mir einen Schwertfisch in Oliven-Tomaten-Soße mit Kapern vor die Nase, daneben einen kleinen Tonkrug mit Frascati, einen Salat aus Fenchel, Anis und Orangen.

– Können Sie mir noch Tabasco bringen? Ich hatte mir angewöhnt, alles möglichst scharf zu essen, um zumindest ein bisschen was zu fühlen.

Gut, dachte ich, dass Rom von den klimatologischen Versuchen meiner Gesellschaft verschont geblieben war, dass man Anfang November noch im Freien sitzen konnte, ohne dass einem der Atem schon im Mund gefror. Ich schnupperte am Fisch, hörte Gekreische, roch eine Prise Babykot und versuchte an alles zu denken, nur nicht an die volle Windel. Kugelrätsel, Almut, Bayreuth, Lustemissionen, besoffener Poldl, Moslemweiber, Rufus, Hirnsemmel, Gänsefleisch, an das Sofa im Saurüssel, auf dem der Gast probiert hatte, ob es bei der kleinen Polinotschka schon ginge, an das Bild mit sämtlichen Mitgliedern der Freiwilligen Feuerwehr darüber, die auch alle irgendwann an die Reihe kamen und drangenommen wurden, an Professor Bird, der wohl irgendwo hilflos durch die Stadt irrte …

Da traten Verkäuferinnen aus der nebenan liegenden Eisdiele und warfen leere Prosecco-Kartons auf den Platz. Schon mal was von Umweltschutz gehört? Eine Dame klaubte Mangoldblätter aus dem Müll und stopfte sie in einen Plastiksack. In ihrem dunkelgrünen Designerkleid glich sie einem verdauten Spinathaufen, nein, einer Galeriebesucherin. Und jetzt musste sie von aus Windeln gekratzten Resten … nein, von altem Gemüse leben? So schnell konnte sich alles wenden, konnte man im Elend landen. Niemand war davor gefeit.

Der Fisch schmeckte nach Kinderscheiße. Mir war nicht gut. Für einen Moment wurde das helle Licht des Platzes düster, ich verspürte einen leichten Brechreiz, glaubte Brandgeruch zu wittern und bildete mir ein, Erbrochenes liefe meine Kehle runter.

– Nein!, versuchte ich den Inhalt der Windel zu verdrängen, der Fisch schmeckte phantastisch, das war etwas anderes als der in Öl schwimmende orange Lachsersatz, den wir in Sumpfing zu Festtagen bekamen. Etwas anderes als die kleinen, verschrumpelten Dosenmuscheln, die es gab, wenn Gäste sie mitbrachten, etwas anderes als die panierten Fischziegel mit in Mayonnaisewasser schwimmendem Kartoffelsalat, die es im Saurüssel (wie in ganz Österreich) immer freitags gab, etwas anderes als der selbstgedrehte Heringkäse am Aschermittwoch, etwas anderes als Schweins-Wiener. Ich versank in Wohlbehagen. Meine Kehle war jetzt ein großes pelziges Etwas, mein Magen bellte, die Geschmacksnerven jaulten.

Nein, ein großer, pelziger Schäferhund verscheuchte die pickenden Tauben, der kleine Windelscheißer ging mit seiner Mutter zurück zu seinem Platz, kreischte, und mir fiel ein, was Almut zu Rom gemeint hatte, dass die Deutschen analfixiert, die Italiener aber schwanzfixiert seien, was sich auch in der Sprache niederschlage, die Deutschen Redewendungen wie *Geh scheißen, Arschloch, Scheißkerl, Leck mich am Arsch, Hosenscheißer* oder *Windelkacker* bevorzugten, wozu die Italiener *Geh wichsen, Schlappschwanz, Hosenbrunzer* oder *Gurkerllutscher* sagten.

Ja, die Gazelle. Eine mausgraue, anämische Erscheinung und dann solch unanständige Reden. Sie war gut im Fluchen. Von der hättest sogar du was lernen können, Mama. Vor allem, wenn sie mich wieder einmal nach der S, der Scheidung, gefragt und keine rechte Antwort bekommen hatte. Dann zuckte sie völlig aus, drohte mit MUT, Mord und Totschlag. Später entschuldigte sie sich zwar, machte den Vollmond, ihre Hormone oder sonst etwas verantwortlich, was sie aber nicht davon abhielt, bei nächster Gelegenheit wieder loszulegen. Almut? Ich versuchte mich an den Geschmack ihres Mundes zu erinnern, aus dem dauernd solche ordinären Wörter kamen. Es war eine sonderbare Mischung aus Pansen, CL und Süßstoff.

Doch zurück zu Rom, zum Schwertfisch. Der Himmel war eine aufgebrochene Windel, nein, eine silbrige Perlmuttmasse und die Sonne ein gelber, schäumender Urinstrahl, nein, eine eingelegte Perle. Die Windel war Geschichte, das Kind keine Gefahr mehr. Das Notizbuch, Almut, selbst das Stöhnarchiv, alles war Geschichte. Ich spürte, wie mir völlig unerwartet ein süßes Glücksgefühl die Kehle hochstieg, sich eine unbegründete Freude in mir Platz machte, weil ich ahnte, dass sich nun mein Leben ordnen, ich noch einmal von vorne beginnen könnte. Vielleicht erlebte ich gerade die schönsten Augenblicke meines Lebens und wusste es nur nicht.

Der Fisch war etwas trocken. Wo blieb nur der Tabasco? Dafür schmeckte der Salat phantastisch. Ein neues Leben war mir geschenkt worden, ich musste es nur annehmen. Mit dem verlorenen Notizbuch begann ein neues Dasein, alle Demütigungen meines bisherigen Lebens würden von mir abfallen, ich würde abnehmen, aufsteigen, endlich hinter das Geheimnis der Stöhnerei kommen und etwas Wahrhaftiges empfinden. Vielleicht wäre ich irgendwann sogar zu einer Berührung fähig? Mein Leben erhielt nun einen neuen Fahrplan. Freier Wille oder nicht, es ging bergauf. Ich war auf dem besten Weg …

Da machte es plötzlich *Tsssck*, ich spürte etwas an der Stirn, ein zartes Spritzen, als hätte man mich angespuckt. Empört fuhr ich hoch, doch war da keiner. Ich griff mir an die Stirn, sah, dass die Fingerkuppen schwarz geworden waren, roch an der kleinen, festen Dreckmasse und fühlte einen Ekel, als klebten Haare am Gaumen, als wäre ich mit dem Gesicht voran durch ein Spinnennetz gelaufen oder in der vollen Windel gelandet. Ein Angriff aus dem Nichts! Grauenvoll! Das Elend hatte mich erneut erwischt, hatte in mein Glück gespuckt. Wenn das der Neuanfang sein sollte, konnte ich darauf verzichten.

Ich sah empört zum Himmel. Da war der Kondensstreifen eines Flugzeuges, das Kreuz einer Kirche, das aussah wie ein in die Spitze gerammtes Schwert, obwohl es doch in erster Linie nur ein Blitzableiter war. Und da war auch die flatternde Ursache meines Ekels, ein fliegender Scheißkerl, Mistvieh von Vogel, der mich angeschissen hatte. Na, was sagt man dazu? Kommt so eine Kreatur und bescheißt einen im Vorbeifliegen. Soll das lustig sein?

– Das ist eine Sauerei, schrie ich. Eine Unverschämtheit! Könnt ihr keine Windeln tragen? Na warte. Du. Dir werde ich es geben. Mistvieh!

– Stronzo, schrie der feiste Kellner aus Solidarität, drohte mit dem Tabasco-Fläschchen. Die anderen Touristen lachten, waren froh, selbst verschont geblieben zu sein. Die Taube aber drehte eine Runde, setzte sich frech und auffordernd neben meinen Grätenteller, pickte sich ein Stück heraus.

– Bist du blödsinnig? Trottelvieh, hau ab!, brüllte ich sie an. Und ob du es nun glaubst oder nicht, Mama, und ich schwöre dir hoch und heilig, bei Karl Marx und seinen Jüngern, bei allen Feuerwehrleuten über der Couch, dass mir die Taube antwortete. Ja, sie bekam plötzlich Teufelskrallen, ein entstelltes Gesicht, machte ihren kleinen, spitzen Schnabel auf und sagte so etwas wie: In Sumpfing habt ihr mit Würstelwasser immer Tee gekocht, so habt ihr euch gerächt. Aber vielleicht sagte sie auch: Nichts ist so stark wie eine Idee, deren Zeit gekommen ist. Ich weiß es nicht mehr so genau. Irgendetwas teuflisch Täubisches. Kann sein, dass sie auch sagte: Hildy, deine Lippen sehen aus wie vertrocknete Rosinen. So wie früher, wenn der Messner zu Pfingsten eine Holztaube aus dem Gewölbeloch erscheinen und durch das Schiff eurer Sumpfinger Kirche schweben ließ. Da warst du auch immer ganz bleich.

Die Worte klangen so lapidar, dass ich zusammenzuckte. Fast verlor ich die Besinnung. Eine sprechende Taube? Stell dir das vor. Ich meine, ich bin Hildebrand Kilgus, genannt Hildy, Sargträger, Hospizgehilfe, Puffvater, Hebammer, Wettermanipulator, aber sicher kein Franz von Assisi oder sonst irgendein Vogelflüsterer. Bei uns gab es doch niemals Wahnsinnige in der Familie! Waren Opa und Oma Geschwister? Waren die Onkel und Tanten vielleicht doch nicht im KZ gelandet, sondern wegen geistiger Umnachtung weggesperrt worden?

Ein sprechender Vogel?! Aber wie war denn so etwas möglich? Es war nicht einmal Pfingsten. Das war ja ungeheuerlich. Mein Mund stand offen, ich deutete auf das staubgraue Tier mit der ölig schimmernden Halskrause und stammelte: Ha-, ha-, haben Sie das gehört. Ha-, ha-, haben Sie?

– Sauviecher, schwanzlose, fluchte der fette Kellner. Hosenbrunzer, geflügelte. Da. Da hinten können Sie sich waschen.

– Ja, aber ha-, haben Sie denn nichts gehört? Sie ha-, sie hat gesprochen, geredet.

– Lieber Mann, hob der Kellner mein Weinglas, betrachtete es, als ob es Messstriche hätte. So viel haben Sie doch nicht getrunken? Zu meiner Zeit, faltete sich ein Lächeln in seine Wangen, zu meiner Zeit haben wir so viel gesoffen, dass wir fliegende Giraffen gesehen haben. Einmal hat sich eine Kuh auf mich gesetzt und mir ihr fettes Euter ins Gesicht gedrückt. Seither trinke ich nicht mehr.

– Aber. Haben Sie nichts gehört? Der Vogel hat gesprochen. Wörter! Ich nahm ihm das Weinglas aus der Hand und trank es aus wie ein unterzuckerter Diabetiker.

– Na, das wird schon wieder, klopfte er mir auf die Schulter.

– Nicht angreifen!

– Na, na, na. Sein Gesicht zeigte ein breites und gleichsam räuberisches Grinsen. Herablassend und nachsichtig fragte er: Soll ich den Notarzt rufen? Geht es Ihnen gut?

Auch die anderen Gäste sahen mich seltsam an, und manche sagten: Heute fliegen Sie doch hoffentlich nicht mehr?

– Fliegen? Ich? Ja richtig, ich trug immer noch die Pilotenuniform.

Du kannst dir vorstellen, dass ich nun völlig aus dem Häuschen war. Erst das Nichtstöhnen, dann das verlorene Notizbuch, der vertauschte Koffer, dann die Sehnsucht nach gebratenem Gänsefleisch, jetzt die sprechende Taube und dann noch diese Angriffe. Begann ich den Verstand zu verlieren? Hatte ich einen Dachschaden? Rächte sich die jahrelange Beschäftigung mit der akustischen Lustemission, der Stöhnerei? Begann ich langsam die Sinne zu verlieren so wie der besoffene Poldl seine Sprache?

Zumindest empfand ich wieder etwas, tödliches Entsetzen. Und war es schön? Keineswegs. Mir war, als wäre mir der Boden unter den Füßen weggezogen, ich fühlte mich verloren, verwirrt wie Almut, als sie erstmals ein o.b. benützt hatte und es sich trotz genauem Studium der Gebrauchsanweisung nicht, wie sie mir gestanden hatte, in die mexikanische Gottesmutter, sondern in den Hintereingang geschoben hatte. Das tat höllisch weh, stoppte die Blutung nicht – und eine Verstopfung bekam sie obendrein (oder untenrum). Genau so kam ich mir vor, als hätte ich etwas nicht begriffen, etwas in die falsche Kehle bekommen. Aber war denn ein sprechender Vogel zu begreifen? War das nicht völlig widersinnig? Eine einmalige Unverfrorenheit!

Früher hatte ein österreichisches Autokennzeichen gereicht, um mir im Ausland das Gefühl von Geborgenheit zu geben. Zumindest theoretisch hätte ich jeden österreichischen Fahrzeughalter überzeugen können, mich mit nach Hause zu nehmen. Aber jetzt? Was hätte ich in diesem Augenblick nicht alles für ein Auto mit einem österreichischen Kennzeichen gegeben. Aber es war keines in Sicht.

Also stürmte ich in die Toilette, sah mich zufällig im Spiegel und erschrak: gelblich weißes Gesicht mit glasigen, rot geränderten Augen, die wenigen Haare standen wie Draht über dem Kopf gesträubt. Ich wusch mich, sah das Corpus Delicti, die volle Windel, aus einem Abfalleimer lugen, ein dunkelgrüner Brei tropfte heraus, landete auf den schwarz geäderten Marmorfliesen, ich spürte einen kurzen Brechreiz, stürmte vorbei am dicken Kellner zurück zu meinem Tisch, legte einen Geldschein unter den Schwertfischteller, an dessen Rändern ein paar Vogelkotspritzer waren, setzte die Pilotenkappe auf und flüchtete. Nichts wie fort.

Wütend stampfte ich die Pflastersteine unter mir hinweg, trat auf Styroportassen, die die Polizisten übersehen hatten, vorbei an den Hippies, vorbei an Giordano Bruno, der, wie es mir schien, jetzt schelmisch lächelte, vorbei an den Geschäften mit den Priestergewändern, vorbei am Pantheon, vorbei an den Schlangen vor den Telefonapparaten. Vorbei an rostfarbenen Häusern, käseweißen Brunnen, fleischfarbenen Obelisken. Vorbei an einer Frauenstimme, die *Ich hasse Karl Marx und Wittgenstein und Jesus!* aus einem Fenster brüllte, vorbei an Bettlern, Rosenverkäufern, zurück zum Albergo Vaselina.

Ständig sagte ich mir selbst, dass das alles gar nicht sein könne. Ich versuchte mir einzureden, dass ich nur einer Halluzination aufgesessen sei. Seit wann sprachen denn Vögel? Vielleicht war es auch gar keine Taube, sondern ein grauer Papagei? Ja, so musste es gewesen sein, ein entflohener Papagei hatte geredet. Aber wieso wusste der vom Würstelwassertee, wieso vom Himmelsloch in der Sumpfinger Kirche? Tatsächlich erschien dort zu Pfingsten eine Holztaube, während zu Ostern ein Kruzifix darin verschwand. Zu Mariä Verkündigung kam der Erzengel Gabriel heraus und zu Mariä Himmelfahrt wurde die kleine Gottesmutter vom Seitenalter hochgehievt. Das Gewölbeloch war das reinste Kasperltheater. Aber woher konnte dieser Vogel davon wissen? Bestimmt hatte ich mich verhört, bestimmt hatte er ganz etwas anderes gesagt, etwas, das ihm irgendein Freak beigebracht hatte. Jawohl, so musste es sein. Alles nur ein Produkt meiner nervlichen Zerrüttung und sonst nichts.

Als ich endlich das Hotel erreichte, quoll gerade eine Traube vollbusiger Gänse mittleren Alters mit Blautönung, Violetttönung, Rottönung im Haar heraus – wie die Soße aus der Windel. Alle hatten viel zu enge und zu kurze dunkelgelbe T-Shirts an, unter denen sich Fettwülste abzeichneten, Fleisch-Haltegriffe, die wie Henkel von Kaffeetassen auf den Beckenknochen saßen. *Tupperware Tübingen* stand auf den Leibchen. Na, hoffentlich waren diese selbst nicht mehr ganz frischen Frischhalteboxen woanders untergebracht.

An der Rezeption stand das Schild *Respekt!* mitten auf dem Tresen. Ödipus Hornbostel, der Hase, verfütterte gefrorene Küken an einen Uhu und wimmelte Gäste, die sich über ihr quietschendes Bett beschwerten, mit einem Achselzucken ab. Ich ließ mir den Zimmerschlüssel geben, stürmte nach oben, pinkelte in die eiförmige Klomuschel, wusch mich, trat gegen den Pilotenkoffer und klopfte mir mit dem Zeigefinger an die Stirn. Trottel! Sprechende Tauben? Schwachsinn! Bestimmt ein Papagei! Dann merkte ich, es war hier brütend heiß wie in einem Backofen. Ich öffnete das hofseitige Fenster, wurde vom Geruch gedünsteten Kohls überrascht und spürte, wie die Spannung, die meine Nerven bis zum Äußersten geschraubt hatte, allmählich nachließ.

Langsam atmete ich ein und aus, wurde etwas ruhiger. Die Angst, die mich eben noch zu vernichten schien, begann zu schwinden. Langsam atmen. Ein und aus. Vögel sprechen nicht. Beruhige dich. Morgen fliegst du heim. Jetzt kamen mir die spärlichen Überreste des Yogakurses zugute. Tief atmen. Langsam ein und aus.

Am Himmel zog eine pulsierende Vogelschar vorüber. Wie ein Herz zog sie sich zusammen, ging auseinander, wieder zusammen. Ein und aus. Vor ein paar Tagen erst war so ein herzförmiger Vogelschwarm in der Zeitung abgebildet gewesen. Darunter die Meinung eines Priesters, der darin ein Zeichen Gottes zu erkennen glaubte. Ein Zeichen, dass man in Zeiten des Terrors und der Klimakatastrophen, in Zeiten der Wirtschaftskrisen und Vulkanausbrüche wieder mehr um Liebe, Frieden und Gottes Segen beten müsse.

Ich habe seit deiner Scheidung nicht mehr gebetet. Nicht mehr, seit der Pfarrer von der Kanzel herab gegen Geschiedene gewettert hatte. Nicht mehr, seit dich selbst das Jesukindlein nicht vor dem betrunkenen, prügelnden Vater beschützen hatte können. Ich glaubte schon lang nicht mehr an Gott. Wenn er überhaupt existierte, dann in Betrügereien und Gemeinheiten, aber sicher nicht in Vögeln. Wenn die Apostel wegen des Messias ihre Frauen und Kinder sitzenlassen, werden sie als Heilige verehrt. Wenn aber ein Verheirateter seiner Liebe folgt oder sich von seiner Ehehölle befreit, lebt er in Sünde. Wenn ein militanter Gotteskriegervogel mit gesegneten Waffen in den Krieg zieht, um seine Feinde abzuschlachten, kommt er in den Himmel. Wenn aber jemand stiehlt, um nicht zu verhungern, soll er in der Hölle schmoren? Alles Humbug. Gott ist eine Erfindung zum Nachteil der Menschen, ein Machtinstrument.

Ich war immer auf Seiten der Sünder – und daher bin ich noch manchmal in der Sumpfinger Kirche beim Bild der Maria Magdalena gewesen, hab zum Himmelsloch hinaufgesehen und auf die Pfingsttaube gewartet. Nur gebetet habe ich nicht mehr. Spätestens seit ich am Wetterkrieg mitarbeitete, an der Entwicklung von Ionosphärenwaffen, um Gewitter, Regen oder Dürre herzustellen, ständig mit verschrobenen Physikern und kauzigen Mathematikern zu tun hatte, hielt ich mich an den Satz der Großmutter, die ständig verkündet hatte: Das Beten überlassen ma die Kieha, de hab'n a breiteres Mäul wie mir.

Oma war auch ein seltsamer Vogel, hatte ständig solche Sprüche auf Lager gehabt. Aus ihr kamen Sätze wie *Es gibt keine hässlichen Männer, nur zu wenig Alkohol* oder *Ich beiß dir ein Gewinde in den Arsch, damit du Schrauben scheißt.* Von uns forderte sie immer *Lernen! Lernen! Lernen bis zur Vergasung!* Wobei dieses *Vergasung* eines ihrer Lieblingswörter war – auch wenn sie keinen Zusammenhang mit den verschwundenen Onkeln und Tanten herstellen konnte.

Als uneheliches Kind durfte sie nur durch den Seiteneingang in die Kirche, war Woche für Woche, jeden Sonntag, den Blicken der Dorfbewohner ausgesetzt, die auf Kinder

der Sünde, wie sie eines war, mitleidig herabblickten. Dabei hätte gerade Oma, der als Kind ein Baumstamm über den Fuß gerollt war und die seither offene, eitrige Wunden hatte, nur mit hohen Schnürstiefeln, sogenannten Stützschuhen, gehen konnte, den Stützapparat des Glaubens gebraucht. Aber die Kirche hat sie durch den Seiteneingang beseitigt.

Oma hat Ersatzgötter gefunden, sich ihre Privatreligion zurechtgebogen, russische Namen für die Kinder, Schnupftabak, Stalin. Sie hat Kuhfladen gesammelt, weil die der beste Dung waren, Galläpfel, Beeren, Pilze, und sie war die Einzige in Sumpfing, die die KPÖ gewählt hat. Aus Quitten hat sie Gelee gemacht, aus Stachelbeeren und Ribiseln Marmelade, aus Birnen Most und aus Krautköpfen Unmengen an Sauerkraut. Über ihren in Stalinum gebliebenen Mann hat sie stets gesagt: Den habe ich geliebt, der hat mich kaum geprügelt. Und als man irgendwann damit begann, auf Sommerzeit umzustellen, alle halben Jahre die Uhren um eine Stunde vor- oder zurückgestellt wurden, hat sie diese Uhrenverdrehungen immer schon um Wochen vorweggenommen, um sich vorstellen zu können, wie es dann nach der Umstellung sein würde. So hat sie ständig in einer zeitlichen Parallelwelt gelebt. Bald hat sie diese ihre Vorumstellung nämlich dermaßen ausgereizt, dass sie immer ein halbes Jahr zu früh dran war, im Winter in der Sommerzeit lebte und mit dem Frühlingsbeginn nicht wie alle anderen auf Sommerzeit, sondern eben auf Winterzeit umstellte. So war es auf Omas Uhren im Winter immer eine Stunde später, während es im Sommer eine Stunde früher war, was dazu führte, dass man sich, wenn man in die falsche Richtung rechnete, schnell um zwei Stunden vertun konnte, was auch ihr des Öfteren passierte.

Einmal wollte sie um zwei Uhr nachts Silvester feiern, weil sie dachte, es sei Mitternacht, ein andermal hat sie uns im Glauben, es wäre schon sechs, um vier Uhr früh aus dem Bett geholt. Und wie oft hat sie nicht schon um neun Uhr abends mit dem Ruf *Sperrstunde!* alle Gäste aus dem Saurüssel getrieben? Angesporn t von dieser privaten Zeitunabhängigkeit hat sie irgendwann steif und fest behauptet, die Benennung der Wochentage sei falsch, ein Mittwoch wäre eigentlich ein Montag, während ein Donnerstag ein Dienstag wäre und so weiter. Man habe sich bei der Benennung der Tage von Anfang an vertan, und auch die Reihenfolge stimme nicht, einem Dienstag müsse nämlich ein Samstag folgen, während ein Sonntag auf einen Freitag käme, die Juden, die zwar sonst zu nichts gut seien, nur das kleine Bier hätten sie erfunden, wüssten schon, warum, obwohl die ihren Sonntag Sabbat, also Samstag nannten, nur der Mittwoch bleibe in der Mitte. Nicht anders war es mit den Monaten, bei denen ihrer Meinung nach dasselbe heillose Durcheinander herrschte; der September müsse der siebte, der Oktober der achte, der November der neunte und der Dezember der zehnte Monat sein. Der dumme August gehöre ganz hinaus.

Unsere Weihnachts- und Silvesterfeiern machte sie nur höflichkeitshalber mit, tatsächlich hatte sie immer Alternativdaten bereit, bestand sie auf ihrer Weihnachtsfeier im Frühling oder ihrem Ostern im Juli. Wenn am sechsten Jänner die Heiligen Drei Könige, die meist zu viert ankamen, klingelten, um eine Spende für die Not der Welt zu erbitten, vertrieb sie sie mit der Begründung, sie sollten doch gefälligst am sechsten Jänner nach ihrer Rechnung, also in dreiundfünfzig Tagen wiederkommen. Ähnlich verfuhr sie mit Rauchfangkehrern, Stromablesern, Lieferanten und allen anderen, die etwas von ihr wollten. Nur beim Rente austragenden Briefträger, der ihr die staatliche Mindestpension brachte, drückte sie ein Auge zu. Ich glaube, ihre Uhrenumstellung und Datumsverdrehungen waren nichts anderes als ein Vorwand, damit es für Oma immer genau der Tag und die Uhrzeit sein konnten, die ihr gerade in den Kram passten, genau so wie sie auch nur so weit eine Kommunistin war, wie es ihr zupasskam. Bei ihrem persönlichen Besitz war nämlich Schluss. So hat sich Oma sogar die Zeit zurechtgebogen, die brauchte keinen Gott.

Ich glaubte auch nicht, nur an Dinge, die mir zutrieben, an Sumpfing, den Saurüssel und die Stöhnerei. Ich glaubte an Heinrich, der mir wie aus dem Gesicht geschnitten war, aber nicht an Gott, nicht an das Jesukindlein – und an sprechende Vögel schon gar nicht. Ich glaubte an die sofortige Wiedergeburt nach der Beerdigung, an Übertragung von Krankheiten durch Berührung, Schmierinfektion, den Sinn des Händewaschens, doch nicht an Himmel und Hölle.

Aber die Taube hatte gesprochen! Sollte ich mir das nur eingebildet haben? War ich von den Ausdünstungen der Kinderwindel benebelt? Vom Frascati? War es doch ein Papagei gewesen? Oder gab es Arbeitsgruppen zur Manipulation der Tiersprachen? War es eine Sinnestäuschung? Eine Nebenwirkung der Appetitzügler? Oder waren die Vimax-Penisvergrößerungspillen daran schuld? Sollten die nicht nur Blasenentzündung, sondern auch Visionen hervorrufen? Ich suchte die Pillen, schluckte eine, las den Beipackzettel, machte ein paar Daumenübungen, dehnen, strecken, ziehen, bis es brannte.

– Reiß dich zusammen, Hildebrand, sagte ich, lass dich nicht gehen! Vergiss das Mistvieh! Morgen wirst du dir eine Telefonwertkarte besorgen, Bayreuth anrufen, einen Termin fürs Ganslessen ausmachen und nach Hause fliegen, der Ewigen Stadt auf ewig den Rücken kehren. Aber Bayreuth wusste die Nummern meiner Firma nicht. Aus Sicherheitsgründen kannte nur ich sie. Also musste Professor Bird so oder so allein zurechtkommen. Egal, trotzdem würde ich mir am Fluchhafen ein Fluchticket kaufen und diesen sprechenden Vögeln, Uhu fütternden Hornbosteln, Tübinger Tupperware-Gänsen und Windelmonstern mein Hinterteil zuwenden.

– Egal, sagte ich mir, Kilgus, so ein sprechender Vogel ist ein Zeichen, eine Warnung. Nun wirst du dein Leben ändern, du wirst dich mehr um Heinrich Kim Jong-il kümmern, zusehen, dass er etwas Gescheiteres lernt, als nur in die Röhre des Backofens zu glotzen. Du wirst dich neu ordnen, neu aufstellen, mit Diät und Sport beginnen, Bücher lesen. Oder doch nicht? Weiter Vimax-Pillen schlucken und Almut beim CL-Trinken zusehen, auf Gestöhne hoffen, sie wegen der Scheidung vertrösten und ihre Geschichten von falsch verwendeten Tampons hören?

Psychologen meinen ja, Männer wollen in ihren Frauen nur die Mutter wiederfinden, wie Frauen den Vater, was Unsinn ist – wenigstens bei mir. Wie sonst ist zu erklären, dass ich bei einer kleinen, aber kräftigen Mutter immer bei den stämmigen Weibern lande? Und wie, dass ich trotz einer ausschließlich Rot tragenden Mutter eine Bayreuth heiraten konnte, die einmal in ihrem Leben ihr Äußeres festgelegt hatte und seither, wenn sie nicht gerade als Elvis heiratete, nur schwarzweiß karierte Kostüme oder überlange Röcke trug? Gewänder wie sie Vorsitzende von katholischen Frauenverbänden, Anti-Abtreibungs-Ligen oder konservative Kunsthistorikerinnen bevorzugen.

Almut dagegen hasste alles Karierte. Vielleicht, weil sie es verabscheute, über Lüftungsgitter zu gehen? Sie hatte Angst, einzubrechen, vom Gitter wie in einer Pommes-frites-Schneidemaschine zerschnipselt zu werden – und so benahm sie sich auch, vorsichtig; außer beim Stöhnen. Einmal hatte sie gemeint, dass in jeder Beziehung über kurz oder lang der eine den anderen verachtet, ihn wenigstens gedanklich in lauter viereckige Würstchen zerschneidet. Man musste sich vor dieser Missachtung, die überall wie ein offenes Kanalgitter auf einen lauerte, hüten. Kaum zeigte man sich schwach, wurde man auch schon verachtet, zerschnitten und landete als Pommes in der Soße. Je schwächer man war, desto stärker war auch die Verachtung des anderen. Ich verachtete niemanden. Nur, wenn sie nicht mehr stöhnte, war ich in der Gosse. Früher hatte ich sie geliebt, war in ihren Abgrund gefallen wie durch ein Gitter, so verliebt, dass ich nachts nicht einschlafen wollte, weil ich Angst hatte, am Morgen könnte es vorbei sein. Jetzt war ich aufgewacht. Jetzt war es vorbei. Sie stöhnte nicht mehr, mein Notizbuch war verschwunden, ein Vogel hatte mir Wörter auf den Kopf geschissen, und ich fühlte mich verhext, nahe am Durchdrehen.

Der Flieger

Seltsam, dachte ich, noch immer Daumengymnastik machend, woher kam plötzlich dieser Appetit auf Maiskörner? Außerdem war mein Penis erigiert. Wie ein einsamer Baum auf einem weiten Feld stand er in der Hose. Gut, Baum ist etwas übertrieben. Mein kleiner Hildebrand war nicht besonders groß, mehr ein Bonsai. Aber wie schon gesagt, durch den Winkel beim An-sich-Hinabsehen denken die meisten Männer, ihr *Ding an sich* sei mickrig, winzig, fast nicht existent. Die Asiaten haben sogar eine eigene Angst, die Korophobie, entwickelt, die sie fürchten lässt, der Schwanz würde mitsamt den Hoden in sie hineinwachsen und irgendwann komplett verschwinden wie eine Weinbergschnecke in ihrem Gehäuse.

Meiner aber stand. Nur, was wollte er? Das Pay-TV ging

nicht. Sollte ich in eine Peepshow gehen? Onanieren? War es das? Eine Abreibung? Ablenkung? Das letzte Mal, als ich in so einer Wichsbühne gewesen war (natürlich nur zu Forschungszwecken in Sachen Stöhnerei), sah man nicht nur die gespreizten nackten Tatsachen der Dargebotenen, die mexikanische Gottesmutter mit blassroten Schamlippen wie Hahnenkämme, sondern auch, weil etwas mit der Scheibentönung nicht richtig funktioniert hatte, hechelnde Spanner, hagebuttenrote Wurzelseppgesichter, in den gegenüberliegenden Kabinen. Denen trieb es Augen und Zungen raus wie das Überdruckventil aus einem Druckkochtopf, aus allen Löchern spritzten ihre Wurzelsäfte. Außerdem fuchtelte, während ich mit mir selbst, den präsentierten Körperöffnungen und den hechelnden Geilspechten der gegenüberliegenden Seite beschäftigt war, eine Putzfrau mit ihrem Wischmopp durch den Spalt der Tür. Wie ein leckender Hundekopf glitt ein verzopfter Putzfetzen über den Boden, gab schmatzende Geräusche von sich, sodass zum Leidwesen meines kleinen Hildys an eine Befriedigung überhaupt nicht mehr zu denken war. Das war grauenvoll. Also keine Peepshow. Nein. Keine Abreibung.

Freilich half das meiner Erektion nicht. Bayreuth hatte mal gefragt, warum Männer morgens immer einen Steifen haben. Wegen der vollen Blase, hatte ich gesagt. Doch damit war sie nicht zufrieden. Was hatte denn das eine mit dem anderen zu tun? Oder sammelte sich Urin im Penis? War die Morgenlatte nichts anderes als eine übervolle Blase – wie bei einem mit Wasser gefüllten Schwamm? Und was war mit gefüllten Därmen? Ich sehe noch das Elefantenmädchen, wie sie lange grinste, bevor sie mir unter glucksendem Gelächter zu verstehen gab, die ganze Erektion könne nichts anderes sein als ein gefüllter, nach außen gestülpter Darm. Eine Frechheit!

Im Fernsehen liefen nicht einmal Softpornos, nur die üblichen Katastrophen, Kriege, Unwetter, Erdbeben, Tornados (ein paar davon waren der ATMER zu verdanken), Containermenschen und Castingshows. Nichts davon berührte mich. Ein Philosoph hat gesagt, wenn man etwas unbedingt will, bekommt man es nicht. Ich verfing mich zum Leidwesen der Erektion (wenn man etwas unbedingt will, bekommt man es nicht) in einem Pasolini-Film, in dem ein sprechender Rabe die beiden Hauptdarsteller begleitete, schlief dabei ein, träumte bald, dass ich ein Künstler sei, der nur Skulpturen von Selbstmördern schuf: Erhängte, Erschossene, Ertrunkene mit Knackwurstköpfen, Knackwursterektionen – und allen wurde von Vögeln das Herz herausgepickt, mein ganzes Atelier war voll damit. Dann kam Bayreuth. Sie wollte etwas sagen, eine Standpauke über meine väterlichen Pflichten, Nordkorea der Familie, Kim Jong-ils Erziehung, Penisschwund und so weiter. Außerdem stehe sie so kurz vor der Menstruation, dass sie schreien möchte. Ich hörte kaum zu, dachte, wenn man etwas unbedingt will, bekommt man es nicht. Sie geriet in Rage, lief davon. Kaum war sie draußen, ließ sich etwas wie die Pfingsttaube in Sumpfing von der Decke runter, Almut. Sie zog sich aus, legte sich ins Bett und forderte mich auf, zu ihr zu kommen, im Urwald ihres dunklen Geschlechts den Weg zu finden, ihn entlangzugehen bis zum schweißigen Knoten, einzutauchen in ihr Öfchen, wo bereits eine gebratene Gans wartete. Da klingelte das Telefon. Bayreuth sagte, sie komme gleich zurück. Was man nicht will, bekommt man. Ich geriet in Panik, versteckte Almut, die plötzlich ganz klein war, in einer Schreibtischlade, lief Bayreuth entgegen, da setzte ein Erdbeben ein, wackelte das Treppenhaus, Bayreuths laute Stimme, die wie die einer Walküre alles zum Erzittern brachte, bis ich merkte, dass es sich um gar kein richtiges Erdbeben handelte, sondern um prähistorische Tiere, die sich unter der Erdoberfläche bewegten.

Ich erwachte mit Zahnschmerzen. Es war, als würden sich Saurier in meinem Zahnfleisch wälzen. Was man nicht will, bekommt man. Bei mir war es eine Baustelle im Gesicht, Presslufthämmer arbeiteten in meinem Kiefer, meine Nerven wurden aufgebrochen, Kompressoren vibrierten, Verschalungen wurden gepfälzt, Traversen verlegt, Männer mit gelben Schutzhelmen und klobigen Arbeitsschuhen brüllten … Nein! Gestöhn! Eine Frauenstimme plärrte: Ja, ja, ja. Bitte. Ja. Ein lautes, enervierendes Lamento füllte alles aus. Ja, ja, ja. Stöhngeschrei der Stärke zwölf auf der nach oben hin offenen Huffingvili-Skala. Wo war mein Aufnahmegerät? Im Koffer! Ich stürzte hin. Nur Pilotensachen. Das hatte mir gerade noch gefehlt. Ohne Aufnahmegerät konnte ich meine Studien nicht fortsetzen. Ich dachte: Nein, nein, nein, nicht heute! Ruhe! Nicht jetzt! Die Zahnschmerzen klemmten mich ein wie Eisenstangen, drückten zu. Die Stöhnschreie hämmerten. Ja, ja, jaaa. Ganz zurückgezogen war ich im letzten Winkel meiner selbst, umgeben von Schmerzen, Stöhnschreien. Wütend sprang ich aus dem Bett, schlug gegen die Wand. Nein. Nein. Nein. Trommelte gegen meinen Kopf. Soll doch der Teufel dreinfahren.

Dann stürzte ich zur Minibar. Nein. Nein. Nein. Lauter kleine Alkoholfläschchen waren darin. Eine Armee hilfloser Zwerge. Aber ich konnte doch nicht mitten in der Nacht zum Säufer werden? Zwerge köpfen? Nein. Nein. Nein. Cognac? Whisky? Gin? Schnaps? Mir fiel ein, dass Schnaps in fast allen Sprachen weiblich war. Grappa, Tequila, Metaxa, Caipirinha, Piña Colada. Nur im Deutschen nicht, da hieß es *der* Obstler, *der* Weinbrand, *der* Whisky, *der* Klare, *der* Likör, nein, weil bei einem blieb es nicht. Also hieß es auch im Deutschen *die* Obstler, *die* Weinbrände usw. Nein. Nein. Nein.

– Ja. Ja. Ja, schrie es aus der Wand.

– Ja, ja, ja, schrie es aus der Tiefe meiner Zähne. Ein Fläschchen wenigstens? Gin? Nein. Nein. Nein.

– Bitte nicht, schrien die bunten Zwerge in der Minibar, verschone uns, wir sind unverschämt teuer. Lass uns am Leben! Bitte. Du verträgst uns nicht. Nein. Nein. Nein. Hab Mitleid.

Da hallte es wider: Ja, ja, ja, ich kam mir vor wie Polyphem, der Zyklop in der *Odyssee*, wenn er die Gefährten frisst, trank die Fläschchen alle aus, nur eines nicht. Ja, ja, ja, ich spürte das leichte Brennen in der Kehle, auch im Kopf. Doch betäubte das die Zahnschmerzen? Nein. Nein. Nein. Verschwand das Gestöhn? Nein. Nein. Nein. Immer noch hallte es durchs Hotel, fraß sich in meine Gehörgänge, direkt ins Gehirn, sprang von Synapse zu Synapse. Ja, ja, ja. Ohh, ja. Oh, jaa! Jaa. Außerdem quietschte das Bett erbärmlich. Jaaaaa.

Ständig betrügen sich die Leute selbst. Du hast dich auch mit uns Kindern selbst betrogen, Mama, wie man dich mit den erfundenen Onkeln und Tanten betrogen hat. Männer betrügen sich mit ihrer Penislänge, und Frauen betrügen sich mit ihrem Gewicht, während Mütter ihre Kinder mit einer in Cola eingelegten Leber betrügen. Das Gestöhne ist der Parameter des Selbstbetrugs. Je lauter man schreit, desto mehr betrügt man sich – und den anderen. Auch meine Familie (samt Almut) ist nichts anderes als die sichtbar gewordene Konsequenz eines großangelegten Selbstbetrugs, mit dem ich mir vorzuschwindeln versuche, mir laut *Ja* zurufe, ja, mein Leben ist geglückt. Dabei betrüge ich mich nur, wie sich all die anderen betrügen, wie mich Bayreuth mit ihrer Ausmalerei betrügt, Almut mit ihrer Stöhnblockade, wie uns Gott betrogen hat, das Ding an sich, die Peepshow, Oma mit ihrem Privatkalender, so wie das Hospiz mit falschen Kursen die Krankenkassen betrügt. Aber was sollen wir dagegen tun? Wir betrügen uns und glauben günstigstenfalls daran, weil, was man unbedingt will, bekommt man nicht.

Ich aber wollte mich betrügen, wollte mir einreden, die Stöhnschreie wären Meereswellen, die an Klippen brachen. Hohe Wassermassen, die voller Kraft gegen poröse, surreal geformte Felswände prallten. Doch es gelang nicht. Ich glaubte mir das Meer nicht, konnte nicht mehr einschlafen. Also rannte ich durchs Zimmer, sah die Schäbigkeit, den nächsten Selbstbetrug. Kabel hingen aus den Wänden, der Putz hatte lange, gezackte Sprünge, an der Decke Flecken eines Wasserrohrbruchs und überall Spinnweben, in denen kleine Käfer oder Fliegen hingen. Im üppigen Mobiliar waren Holzwurmlöcher, aus denen allen das Ja-ja-ja-Gestöhn zu kommen schien, und in den Fugen im Badezimmer lag grüner Schimmel wie altes, abgelegenes Gestöhn. Überall Flecken, ungeputzte, mit schwarzen Schlieren überzogene Fensterbretter, lose Tapeten, und trotzdem hatte dieser Hornbostel die Stirn, eine Hausordnung an die Wand zu hängen. Die hing so bedeutungsschwanger wie der Ölschinken daneben, der Jesus mit einer Herde Selbstbetrüger, also Schafe zeigte. Alles war in der Hausordnung geregelt, nur nicht das nächtliche Gestöhn. Ja, ja, ja.

Ich ging zum Fenster, sah in dem gelb erleuchteten Hof eine Taube, die sich in die Luft schwang und davonflog, ohne was zu sagen.

– Arschloch, schrie ich ihr nach, feiges Vogelschwein. Dann nahm ich das einzig verbliebene Fläschchen aus der Minibar, das musste der Odysseus sein, trank es aus, spürte die Erektion, das Spreewaldgürkchen in der Hose, und schlief ein. Traumlos war die restliche Nacht. Bleiern schwer. Jaaaaaa.

Am nächsten Morgen knallte die Sonne ins Zimmer, stürzte sich auf alle Dinge, strahlte sie an, stach zu. Kein Stöhner war zu hören. Die Zahnschmerzen waren wie weggeblasen, nur der Kopf hatte das Gewicht einer Wassermelone. Alles nur geträumt? Nein, denn ich war immer noch in Rom, hatte nach wie vor die Pilotenuniform an.

– Guten Morgen, Hildy, sagte ich zu mir selbst. Meine Stimme klang heiser, als hätte ich die ganze Nacht durchgeschrien.

Mühsam kroch ich aus dem Bett, räumte die am Boden verstreuten Fläschchen zusammen, wusch mir das Gesicht, setzte die Kappe auf, zog die Jacke an und trippelte in Richtung Frühstücksraum.

Ödipus Hornbostel grinste freundlich, seine kleine Hasennase vibrierte, und auch der Uhu machte hinter seinen Gitterstäben ein freundliches Gesicht.

– Gell, du sagst nichts, raunte ich ihm zu.

– Haben Sie heute Nacht so laut geschrien?, schob Hornbostel seine Augenbrauen hoch.

– Ich? Ganz bestimmt nicht. Aber ich hab's gehört. Wollte mich sogar beschweren. Meine Stimme war noch immer heiser, sodass ich mich räuspern musste.

– Vielleicht hatten Sie einen Albtraum? Flugzeugabsturz oder so? Soll bei Piloten vorkommen.

– Nein, ganz bestimmt nicht, krächzte ich. Gibt's hier Frühstück?

– Da entlang, wies mich der Portier in Richtung eines kleinen Kämmerchens. Drinnen stapelten sich fleischliche Frischhalteboxen, die Gänse von Tupperware Tübingen besetzten alle Plätze, schnatterten, lachten, stopften Brötchen und Müsli in ihre massiven Leiber. Also kein Frühstück.

Zurück zur Rezeption, da roch es jetzt nach Aftershave, Old Spice, stand ein Mann in blauer Busfahreruniform. Sein gezwirbelter Schnauzbart glich einer nach unten verrutschten Nickelbrille. Warum Busfahrer geringelte Schnauzbärte lieben? Weil sie sich drehenden Rädern gleichen? Lenkrädern? Oder weil sie sich wie Schweineärsche fühlen?

Im Vorbeigehen hörte ich ihn sagen, sein Name sei Vaselina, was dem Portier gar nicht passte. Er solle bloß nicht glauben, deswegen hätte er Anspruch auf das Hotel. Hier gebe es keine Restitution. Und selbst wenn das Hotel in der Faschistenzeit enteignet worden sei, sei doch alles nur mit rechten Dingen zugegangen. Er solle sich bloß nichts einbilden, was man unbedingt wolle, bekomme man ja doch nicht, Vaselina sei ein häufiger Name. Außerdem habe es schon in den fünfziger Jahren Entschädigungszahlungen gegeben, und auch wenn die nur ein Bruchteil des Wertes … Da greifst du dir ans Hirn … Der Uhu knurrte, und ich beeilte mich, hinauszukommen.

Auf der Straße presste sich ein Brei von Menschen durch die viel zu engen Gassen. Die Stadt pulsierte, allerorts brandeten die Wellen heran und fluteten zurück. Während in Österreich der Altweibersommer längst kapituliert und einem nassen, grauen Herbst Platz gemacht hatte, während es in Island unablässig regnete, war hier in Rom das Wetter lau und föhnig, der Himmel blau und klar wie frisch gestrichen.

Die volle Kinderwindel fiel mir ein. Bettler winkten mit Bechern, klimperten. Ich gab diesen Betrügern nichts, passierte ihre Mautstellen des Mitleids, beobachtete einen Akkordeonspieler, der an einer Hauswand lehnte, den Blick nicht von den Knöpfen hob. Tango, Musette und Piazzolla waren zu hören. Die Passanten, dem Gebettel instinktiv ausweichend, drängten auf die andere Straßenseite, und das war ihr Fehler, stand doch dort der Komplize mit einem Becher voller Münzen. Er war es, der die Arbeit verrichtete, den Passanten freundlich ins Gesicht blickte, sie ansprach und um eine milde Gabe bat. Die wandten sich meist ab, machten ein Gesicht, als hätten sie den Mund voller Reißnägel, zeigten mit Gesten, dass sie nichts hatten, nichts geben wollten, oder sie versuchten ihn zu ignorieren, weil wenn jemand unbedingt was will, gibt man es ihm nicht. Alle aber waren froh und entspannt, sobald sie sich an ihm vorbeigeschwindelt hatten. Da spuckten sie die Reißnägel aus, lachten, machten Gesten oder redeten mit ihren Begleitern, ohne zu merken, dass schon das allein eine kleine Spende wert gewesen wäre.

Der Lärm der Stadt füllte alle Poren. Motorradfahrer, Mopedfahrer, motorisierte Dreiräder mit vollen Obststeigen auf der Ladefläche, singende Straßenkehrer, Menschen mit Steppjacken, Regenmäntel. Und alle, schien es, schrien *Bello, Ciao, Bravo*. Meine unausgeschlafene Haut war dünn und durchscheinend wie bei einer nahen Krankheit. Dabei waren es nur Bettelkinder, die ihre Hände aufhielten.

– Heute nicht, murmelte ich, lief weiter, sah die Engelsburg, den Tiber, wurde über eine Brücke geschoben, durch Straßenhändler, ließ mich treiben, trank im Stehen einen Cappuccino, aß ein Stück Pizza mit Spinat und Mozzarella, hörte wieder die Frauenstimme *Ich hasse Karl Marx und Wittgenstein und Jesus!* brüllen, lief weiter durch die Straße der Nudelsuppenesser, durch die Straße des schlechten Friseurs, die Straße der blinden Zeitungsleser, bis ich merkte, dass ich nicht mehr wusste, wo ich war. Auch der Name des Hotels fiel mir plötzlich nicht mehr ein. Wie hieß es bloß? Wie eine Creme! Nivea? Clearasil? Penaten? Nein. Ich wollte jemanden fragen, wusste aber nicht, wonach.

Erschöpft fiel ich auf eine Parkbank, zündete mir eine Zigarette an und dämpfte sie gleich wieder aus. Ein Gammler hob sie auf. Da erst merkte ich, dass ich mitten in einer Traube alkoholisierter Landstreicher gelandet war. Es stank nach abgestandenen Körperausdünstungen, nach alten, vom Alkohol zersetzten Mägen, spitze Urinfäden hingen in der Luft. Überall leere Weinflaschen, Kleidungsbündel, Schlafsäcke. Am Boden Pappkartons, auf denen Obdachlose schliefen.

– Ahoi, Pilot!, brüllte ein Zahnloser. Ein anderer breitete die Arme aus und imitierte Flügelschläge.

Jetzt merkte ich, dass die anderen, die gutgekleideten Bürger, alle einen Bogen um diesen kleinen Park machten, nur vereinzelt balancierte einer durch, ging wie ein Ingenieur auf Brettern einer Baustelle, immer bedacht, bloß nirgendwo anzustreifen. Welke Rosen, braune Sträucher und eine Sandkiste, in der Spritzen, benutzte Kondome und Hundewürstchen lagen. Daneben stand ein Denkmal. Giordano Bruno? Nein, ein Bärtiger. Zwei Tauben saßen ihm auf dem Kopf. Durch die Lärmwellen hindurch vernahm ich ihr Gegurre, nein, ich konnte sie verstehen, konnte etwas hören wie: Körbe voller weißer Krauthappel wurden in die Krauttruhe gehobelt.

– Dann hat der Igor mit seinen gepflegten weißen Füßen das getreten, während alle anderen gesungen haben. *Gutja gutja torko.* Brett darauf, mit einem Stein beschwert.

– So gab es ein ganzes Jahr lang Sauerkraut.

Es war, wie wenn man an einem Radio drehte, bloß einzelne Wortfetzen erkannte. Undeutlich, aber ich konnte sie verstehen. Es war kein Ruckugucku und kein Gurrgurrgurr, was da aus den Taubenschnäbeln kam, es waren Wörter, Sätze. Nicht schon wieder! Teufel! Andere wären vielleicht froh, wenn sie die Sprache der Vögel verstünden, aber ich, der an Fremdsprachen Nichtinteressierte, der sich immer nach dem Quantensprung sehnte, ich hatte an diesem Vogelgesülze, diesem untrüglichen Zeichen meines Wahnsinns, kein Interesse. Aber was man nicht will, bekommt man. Das ist wie bei Preisausschreiben, da gewinnen auch immer die, die am allerwenigsten damit rechnen.

– Kilgus, sagte ich, reiß dich zusammen und lass dich von dieser Vogelbrut nicht in den Irrsinn treiben. Scheiß Halluzinationen! Ich klopfte mir aufs Ohr, sprang auf, hüpfte auf einem Bein herum, aber es half nichts, immer noch konnte ich Sprachfetzen verstehen.

– Meistens zu Speckknödeln.

– Einmal im Jahr kam der Metzger, um in der Krauttruhe das Schwein zu schlachten. Im Hausflur wurde das dann aufgehängt.

– Und zerteilt wie eine medizinische Moulage. Aber die Innereien waren nicht aus Wachs, sondern aus Fleisch, Gewebe, Blut.

– Und die Oma hat ihren Kindern frische Därme abgebraten.

– Aufhören!, schrie ich, näherte mich dem mit Grünspan überzogenen Denkmal, dem die beiden Viecher auf dem Kopf saßen, konnte jetzt ganz deutlich hören: Den Sauschädel bekam aber der Metzger, so war es seit jeher Brauch.

– Alles andre kam in die Selchkammer. Nur die Innereien und das Blut …

– Schluss! Aufhören! Ruhe! Ich schrie, so laut ich konnte. Und die Tauben zuckten kurz, flogen davon. Eine drehte sich noch einmal um und sagte: Schrei nicht so. Heb dir das auf. In ein paar Stunden schon wirst du einen Toten sehen. Einen Sumpfinger! Platt wie ein geplatzter Luftballon.

– Sauviecher!, brüllte ich ihnen hinterher, drohte mit der Faust, trat gegen das Denkmal … Verschwindet! Haltet euren Schnabel!

Gedankenverloren betrachtete ich den leeren Himmel, dann die Statue. Am Sockel stand *Dr. Lazarus Ludwig Zamenhof, Erfinder des Esperanto*. Ich las das, ohne etwas zu begreifen, weil ich im Moment gar nichts begriff. Also doch ein Dachschaden? Was für eine Realität war das, wenn man Vögel verstehen konnte? Aber was wusste ich schon von der Wirklichkeit. War nicht alles bloß Fassade? Schöner Schein? Verbargen sich hinter den Kulissen unserer Existenz nicht allerlei Gerüste, Drahtgestelle? Lauerten nicht überall Bettler mit Bechern? Bekam man nicht immer das, was man nicht erwartete?

Picasso hatte einmal einem Bürger, der ihn fragte, weshalb er so absonderlich male, Menschen mit drei Augen und zwei Nasen darstelle, und ihm dabei wie zum Beweis der Wirklichkeit ein Foto seiner Frau unter die Nase hielt, entgegnet, dass er, Picasso, sich doch wundern müsse, wie so ein liebenswerter Herr zu solch einer sonderbaren Frau komme. Klein wie eine Knoblauchzehe, schwarzweiß, flach wie ein Salatblatt und dann noch ohne Unterleib? Da war der andere baff. Die Realität ist immer nur das, was wir mit unserem kleinen Bewusstsein zu fassen kriegen, ein unendliches Universum mit Rändern geht da nicht hinein. Auf der einen Seite wird Ziehharmonika gespielt, auf der anderen wartet ein bettelnder Becher. Aber sprechende Vögel? Konnte das sein? Unmöglich!

Die Menschen beachteten mich nicht. Entweder fiel ich ihnen gar nicht auf, dachten sie, ich hätte einen zu viel gezwitschert, oder sie erkannten in mir instinktiv den Spinner, den es zu meiden galt. Menschen sehnen sich nach Vorbildern, nach heiler Welt, nach Sicherheit. Ich aber stand da wie ein Vollidiot, hielt meinen Hosenbund, winkte mit der Pilotenmütze und schrie den Tauben nach. Zwei Obdachlose kamen, umarmten mich und schrien mit. So standen wir da zu dritt und fluchten in den Himmel. Der eine bot mir einen Schluck aus seiner Flasche an, der andere einen Zug von seiner Zigarette. Natürlich lehnte ich beides ab, zwang mich doch schon die Umarmung zu einer großflächigen Abklopfaktion. Die Obdachlosen imitierten das, klopften sich ebenso gegen Brust und Schulter. Wahrscheinlich hielten sie das für eine Art nonverbaler Kommunikation.

Also ein Dachschaden? Fortgeschrittene Demenz, geistige Unterzuckerung? Aber ein Dachschaden, den man selbst überzuckert, ist schlimmer als einer, bei dem man völlig hinüber ist. Im Schiefen Turm von Pisa gab es einen verrückten Geschäftsmann, der immer mit einem ganzen Bataillon Behinderter ankam, die dann alle gemeinsam mit ihm einen Gangbang machen durften: Spastiker, welche mit zerebralen Hirnschäden, andere mit Down-Syndrom – das hat ihn angeturnt. Du denkst jetzt bestimmt, dass das besonders unanständig ist, wenn geistig Behinderte ins Puff gehen, dabei ist es ein schöner Akt der Menschlichkeit, für den die Prostituierten einen Mutter-Teresa-Orden oder das Goldene Verdienstkreuz der Republik bekommen müssten. Jede konnte das nicht. Auch die Behinderten konnten nicht alle, da gab es welche, die auf der Entwicklungsstufe eines Zweijährigen stehengeblieben waren. Und ich kann dir sagen, Mama, ich habe noch nie so glückliche Menschen gesehen, die reinsten Engel. Mit denen war beim Gangbang nicht viel anzufangen, die standen nur da und grinsten. Während die Spastiker, traurige Existenzen, alles mitbekamen. Also wenn schon plemplem, dann richtig. Aber ich hatte nur einen Vogel. Einen Ich-versteh-die-Vögel-Vogel. Und warum? Weil man immer das bekommt, was man nicht will?

Vom Schuldbewusstsein? Meiner Untreue? Almuts Stöhnverweigerung? Weil ich im Saurüssel missbraucht worden bin? Weil du mich nach der Scheidung oft verflucht hast? Weil du dann in mir Züge meines immer betrunkenen Vaters gesehen hast? Wegen dem Teufel? Weil?

– Hildy, sagte ich mir, reiß dich zusammen, zieh den

Hosenbund hoch und mach das Beste draus. Und ich machte, ließ die Obdachlosen einfach stehen und rannte aus dem Park. Ich lief, vorbei an der Engelsburg, über Brücken, vorbei am Pantheon, zurück über die Piazza Navona, wieder über Tiberbrücken, durch die Straße der gefallenen Mädchen, die Straße der faulen Metzger, lief, bis ich nicht mehr konnte. Am Himmel waren Möwen, stießen spitze, kehlige Laute aus, die mir vorkamen, als machten sie sich über mich lustig. Ich schimpfte zurück, sah mehr zum Himmel als auf die Straße, rempelte Menschen an, stieß gegen Laternen, wurde beinahe überfahren, aber das war mir egal. Wenn schon ein Dachschaden, dann bitte ein ordentlicher, drohte ich zum Himmel. Fluchte.

Gut zwei Stunden mochte ich so gelaufen sein, bis ich nicht mehr konnte. Mein Herz raste, unter meiner Haut pulsierte es, ich zitterte. Und jetzt merkte ich, dass ich in einer Gegend gelandet war, wo es nur Pfarrer und Nonnen gab. War ich schon im Irrenhaus? Oder im Himmel? Nein, ich stand vorm Petersdom. Ich spürte Brechreiz, Übelkeit, eine seltsame Hitzewallung.

Was für ein mächtiges, doch hässliches Gebäude. Hier floss also alle Kirchensteuer hin? Hier, in dieser überdimensionalen, Stein gewordenen Beißzange wohnte der Papst mit seinen Maggi-Augenringen? Eine gigantische, aus vierreihigen Kolonnaden gebildete Gebärmutter der Christenheit. Hier also wurde der Glaube geboren? Nein, nur Pilgermassen quetschten sich durch die zangenförmigen, von überdimensionalen Heiligen bewachten Balustraden. Was Jesus dazu gesagt hätte? Man bekommt nur das, was man nicht will?

Ich fühlte mich an meine Zeit als Hebammer erinnert, an Geburtszangen und Saugglocken, außerdem waren hier Hunderte Tauben, bekam ich Kopfweh. Ich drehte also um, lief weiter, lief durch die Straße der geraubten Kinder, die Straße der verhinderten Revolutionäre, die Straße der sprechenden Vögel, landete bei der U-Bahn. Um meine Orientierung wiederzuerlangen, ging ich zu den Gleisen, suchte einen Plan, versuchte wieder auf meine Schienen zu kommen, freier Wille oder nicht, dachte daran, dass es in der Wiener U-Bahn, wenn sich jemand vor einen Zug schmeißt, immer *Wegen der plötzlichen Erkrankung eines Fahrgastes kommt es zu Verzögerungen* heißt. Als ob ein Selbstmörder ein Fahrgast wäre. Gut, die letzte Reise trat er an, aber doch nicht mit den Wiener Verkehrsbetrieben. Nicht einmal seinen Fahrschein konnte man kontrollieren. Und plötzliche Erkrankung?

Vor ein paar Jahren, in den Anfängen der Sargträgerei, hatte ich selbst einen U-Bahn-Selbstmörder gerettet. Ich kam damals gerade von Herrn Mazlenikow, Burrrgtheaterdeutsch. Da war der Todessehnsüchtige am Rand gestanden und, als der Zug einfuhr, ohne Zögern in den Schacht gehüpft. Niemand reagierte, als er sich auf die Gleise legte. Nur ich, freier Wille oder nicht, aber schließlich war ich es auch, der ihn im Fall des Falles in die Grube lassen musste, betätigte den Notschalter, der eine sofortige automatische Vollbremsung einleitete und den Zug wenige Zentimeter vor dem Todeswilligen zum Stehen brachte. Fahrgäste sahen mich böse an, manche zeigten mir den Vogel, andere fluchten. Wegen der Verzögerung? Oder weil ich sie um den Todesschrei gebracht hatte? Der U-Bahn-Fahrer stieg aus, hatte Tränen in den Augen und umarmte mich wie einen zwanzig Jahre lang verschollen geglaubten Bruder.

– Rrrühren Sie mich bloß nicht an, brüllte ich und stieß ihn weg.

In seiner Verwirrung wollte er sein dickes Jausenbrot mit mir teilen, drückte mir das mit dicken Speckscheiben und

Fächergurken gefüllte Ungetüm förmlich in den Mund. Ich spuckte aus und stieß ihn weg.

– Das ist der Schock, sagte der Fahrer, wollte mir auf die Schulter klopfen, überlegte es sich dann aber anders.

Wenig später, der potenzielle Selbstmörder kletterte schon wieder aus dem Schacht, die ersten Passagiere stießen Verwünschungen aus und fragten, wann es endlich weiterginge, kamen mit *Sie! Bleiben Sie stehen! Ja, Sie! Wir haben es genau gesehen!* zwei Uniformierte angetrabt, die Bahnaufsicht. Man stürzte sich auf mich und wollte meine Daten. Der U-Bahn-Fahrer hielt auch ihnen sein Jausenbrot vor die Nase, wurde aber ignoriert.

– Bitte, zuerrrst müssen Sie sich um den Selbstmörrrder kümmern, zeigte ich auf selbigen, der gerade Richtung Ausgang torkelte.

– Nein, nein, Sie sind jetzt wichtiger, sagten die Uniformierten, so eine Notbremsung kostet schließlich sehr viel Geld. Sie fassten mich am Ärmel, was mich sprachlos vor Ekel machte. Trotzdem ließen sie mich erst wieder los, als ich ihnen Name, Adresse, Arbeitgeber, Versicherungsnummer, Geburtsdatum und so weiter überlassen hatte.

– Und du sei froh, dass wir dich nicht einsperren, sagten sie zum Fahrer, der inzwischen dazu übergegangen war, sein Jausenbrot an Passagiere zu verfüttern.

– Und der Selbstmörrrder? Ich deutete in Richtung Ausgang.

– Wer hat den Notschalter betätigt? Er oder Sie? Der hätte allenfalls die Reinigung bezahlen müssen. Oder seine Erben, sofern er welche hat. Und warum sprechen Sie so komisch? Sind Sie nüchtern?

– Das ist Burrrgtheaterdeutsch.

– Klingt beschissen.

Verärgert über diese vertrottelte Bürokratie verließ ich die

Station. Draußen war ein Menschenauflauf. Ein Rettungswagen stand beim Otto-Wagner-Bau. Ich konnte gerade noch sehen, wie man den Selbstmörder auf eine Bahre lud. Er hatte sich vor ein Lastauto geschmissen. Da kamen mir Tränen, die aber in Umkehrung der Mazlenikowschen Lektionen bald einem blödsinnigen Grinsen Platz machten.

Und jetzt stand ich selbst an der gelben Begrenzungslinie, überlegte, dem keimenden Wahnsinn auf gute altmodische Art zu begegnen, mit einem Old-School-Selbstmord. Vor die Zuggarnitur könnte ich mich werfen, von den Rädern zerstückelt werden, endlich Erlösung finden, endlich Ruhe – sofern kein Idiot den Notschalter drückte. Ob es dann auch heißen würde, wegen der plötzlichen Erkrankung eines Fahrgastes kommt es zu Verzögerungen?

Da, wie ich mich schon bereitmachte, wie ein Schwimmer auf dem Sockel an der Bordsteinkante stand, leicht gebeugt, die Arme baumelnd, um beim Eintreffen der U-Bahn abzuspringen, einzutauchen in das Nichts, sowohl Vorfreude als auch Angst spürte, überlegte, ob Bayreuth wieder einen Sargträger finden würde, einen, der gut zu Heinrich war, ob sie sich auch bei ihrer fünften Hochzeit als Elvis verkleidete, wie ich überlegte, ob Almut zur Beerdigung kommen und sich als meine Geliebte outen würde, ob sie mir ein Abschiedsständchen ins Grab stöhnte, die Schatulle mit dem weißen Brusthaar in den Grabschacht warf, oder eine Flasche CL, da, wie ich mir bereits ausmalte, dass sich die beiden Weiber gut verstanden und über mich und mein Stöhnarchiv herzogen, da sah ich mir direkt gegenüber, nicht in der anderen Welt, nur jenseits der U-Bahn-Gleise – den Tod? Den Fürsten der Finsternis? Nein, eine wunderschöne Frau, langes kastanienbraunes Haar, nutellabraune Augen, hübsches rundliches Gesicht, kleiner bundesbahnroter Mund – und, jawohl, ich empfand etwas, verliebte mich sofort in sie.

Wenn so etwas lebte, durfte man nicht sterben. Eine Göttin, eine Lebensretterin, auch wenn sie es nicht wusste, eine, die mich zu einem besseren Leben bringen konnte, weg vom Stöhnen, weg von sprechenden Vögeln, weg von der Empfindungslosigkeit, hin zu einer normalen bürgerlichen Existenz. Eine, die man berühren wollte. Jawohl! Angriff!

So muss es dir, Mama, mit dem Lehrer Schimpl ergangen sein, von dem du dir erhofft hast, dass er dich rauszieht aus dem Sumpf des Saurüssels, dich rauszieht aus deiner Bestimmung, einen Bsuff wie den Vater heiraten zu müssen. Und der Lehrer Schimpl ist brav mit dir ins Bett gegangen, weil er auch mal letzter Gast gewesen ist. Und der letzte Gast, so war es Hausbrauch im Saurüssel, durfte immer. Auch Vater hatte mich als letzter Gast gezeugt. Jeder in Sumpfing wusste es, wenn du letzter Gast warst, durftest du im Saurüssel über die Wirtin kräuln. Drüberkräuln, so sagte man zur Wirtinnenbesteigung. Drüberkräuln, das war kein Liebemachen, kein Miteinander-Schlafen, kein irgendwie zärtlicher Akt. Drüberkräuln, das war die kurze Begegnung von Brunzbuschen und Beidl, denn so nannte man in Sumpfing die mexikanische Gottesmutter und den Zipfel, Brunzbuschen und Beidl. Drüberkräuln, das war nichts anderes als eine wortlose Verrichtung – so wie man aufs Klo geht, wenn es einen drückt. So wie man aufstößt, rülpst oder einen Wind lässt, eine kurzfristige Erleichterung. Und beim Drüberkräuln gab es auch keinen Dialog zwischen dem letzten Gast und dir – wahrscheinlich auch kein Stöhnen. Er hat dich angesehen mit glasigem Blick, dreingesehen, als ob er sich gleich übergeben müsste, deine Hand gepackt und als höchsten Ausdruck zärtlicher Zuneigung *Polja* gesagt, wahrscheinlich aber nur *Mensch* und *Geh her da*. Woraufhin du dich mit gespreizten Beinen auf die speckige, nach Hund riechende Kippcouch gelegt, den Rock gehoben, die Unterhose wie einen Vorhang zur Seite geschoben und gesagt hast: Kräulst halt drüber. Aber versteig dich net.

Und du hast gehofft, wenn du auch den Lehrer Schimpl, den du vom Kirchenchor gekannt hast, drüberkräuln ließest, würdest du die Frau vom Lehrer Schimpl. Dabei war klar, dass du nie die Frau Lehrer Schimpl hättest werden können, maximal die Frau, mit der der Lehrer Schimpl seine Drüberkräul-Erfahrungen sammelte, seine höhepunktlosen Gipfelbesteigungen, bevor der Herr Lehrer Schimpl dich abkratzte wie Schimmel vom Speck und die Frau heiratete, die standesgemäß zu ihm passte. Mit dir hat man sich vergnügt. Aber die Hoffnung, die der Lehrer Schimpl in dir ausgelöst haben muss, war vergleichbar mit jener wunderschönen Frau da in der U-Bahn.

Sie stand auf der anderen Seite der Gleise, fuhr sich durchs kastanienbraune Haar, bohrte mit ihrem kleinen Finger in der Nase. Himmlisch. Eine Sexbombe, die man zum Explodieren bringen wollte, und dabei unschuldig wie eine Milchnocke, eine, mit der man sich vertiefen wollte, eine, deren Stöhnen eine neue Welt auftat. Ich, immer noch in der Haltung eines Springers, starrte zu ihr rüber, ließ meine Arme baumeln, bohrte meinen Blick in sie hinein wie sie ihren Finger in die Nase, summte *Näher mein Gott zu dir, näher zu dir,* versuchte sie anzuzünden, schrie ihr zu: Hallo Schönheitl, wollen wir nicht ein bisserl ditschgerln, datschgerln?

Jetzt, wo ich einen Vogel hatte, konnte ich mir alles leisten. Sie reagierte nicht, ignorierte mich. Schüler kreischten, verglichen Noten, Menschen drängten vorbei, ein Saxofonspieler spielte John Lurie, da kam mit leuchtenden Drachenaugen die U-Bahn angebraust. Die Menschen auf dem Bahnsteig wurden unruhig. Ich holte tief Luft, ließ die Arme nach vorne schnellen und sprang ab, ein eleganter Köpfler, aber nach hinten. Ich riss einem Schüler seine Schularbeit aus der Hand, kritzelte *Hildebrand Kilgus, Hotel Vaselina* darauf, plötzlich wusste ich den Namen wieder, faltete in Windeseile einen Papierflieger und warf ihn auf die andere Seite der Gleise Richtung Göttin. Der Flieger flog ein Stück, sank zu bald, wurde dann gehoben wie von unsichtbarer Hand. Im nächsten Augenblick fuhr der vollbesetzte Zug an mir vorbei, bremste, hielt, und die Menschen vom gegenüberliegenden Bahnsteig drängten hinein. Ich winkte, konnte die Schöne aber nicht mehr sehen, zu viele Menschen. Nachdem der Zug die Station verlassen hatte, war sie weg.

Ob der Flieger es geschafft hatte? Oder war er überrollt worden? Ich konnte es nicht sehen. Neben mir stand ein plärrendes Schulkind mit Tränen auf den Wangen, das mit dem Finger auf mich zeigte und *Meine Schularbeit, meine Schularbeit! Dieb! Verbrecher! Ich mach dich fertig, du Spasti! Dir reiße ich die Eier aus!* schrie. Ich versetzte ihm eine Ohrfeige und beeilte mich, wegzukommen. Freier Wille oder nicht, mir blieb nichts anderes übrig.

Borneo

Ich floh also aus der U-Bahn, floh vor den Kinderschreien, vor dem Wahnsinn, wurde draußen vom Sonnenlicht geblendet, kniff die Augen zu und rannte, rannte durch die Straße der nicht gehaltenen Versprechen, durch die Straße der zerstrittenen Brüder. Wie ferngesteuert war ich, angezogen von einer dunklen Kraft, dem Petersdom – auch wenn er mir Übelkeit verursachte.

Also lief ich, freier Wille oder nicht, zurück zur Kolonnadenzange, überquerte zügig den großen Platz, rannte schneller, als ich einen Schwarm Tauben sah, summte *Ich wollt, ich wär ein Huhn, ich hätt nicht viel zu tun,* drosselte bei den beiden Schweizergardisten, die in ihren blau-orangen Kostümen aussahen wie Vogelfänger mit Kopfkissen auf dem Kopf, das Tempo, zwängte mich durch Legionen von Baretträgerinnen, alte Krähen, denen die Männer gestorben waren und die nun glaubten, sich für einen Euro und eine brennende Kerze am Opferstock ihr Seelenheil erkaufen zu können. Trotz einer dunklen Vorahnung ging ich vorbei an Schildern, die das Tragen kurzer Hosen und bauchnabelfreier Kleider verboten, da hatte ich in meiner Pilotenuniform wenig zu befürchten, zählte fünfundzwanzig Stufen, die mir unter den Füßen brannten, ging durch die Vorhalle und (gleichzeitig abgestoßen wie angezogen) hinein ins Innere des Petersdoms. Es musste sein, obwohl mich ekelte. Ich hatte keine andere Möglichkeit. Mir ging es wie dem Lehrer Schimpl, als er einer frühreifen Schülerin Karotten, Gurken und Bananen schickte, dazu eine Einwegkamera samt der Aufforderung: *Ich will sehen, wenn du sie benützt. Mit benützen meine ich nicht essen.* Bestimmt hatte er Angst, wusste, dass diese Sendung ihn, den Lehrer Schimpl, in die Bredouille bringen würde, aber es musste einfach sein. Schon die Vorstellung von Gemüse im jungen Gemüse brachte ihn zur Raserei. Genau so musste ich jetzt in den Petersdom, in die Residenz der Maggi-Augenringe – trotz aller Angst.

Irgendwo muss die Angst ja hin. Auch die Angst hat Moden, mal fürchten sich die Leute vor dem Krieg, dann wieder vor Terror, Krankheit, Aids, Atomkraft, Krebs oder davor, keine Pension zu kriegen. Mal ist die Flugangst populär, dann wieder die Angst vor dem Weltuntergang, vor Kinderschändung oder einer nächsten Eiszeit. Und ich fürchtete mich vor Berührung und dem Petersdom, doch überwand ich diese Angst und ging trotz aller warnenden Stimmen auch hinein.

Was für eine Pracht. Was für ein Größenwahn. Das war etwas anderes als unser Kirchlein in Sumpfing. Nur eine Maria Magdalena gab es hier nicht. Es roch nach Weihrauch, Maggi und Inkontinenz, widerlich. Im Marmorboden waren die Symbole eines unbekannten Kartenspiels eingearbeitet. Große, unanständig fette Engel am Weihwasserbecken, Figuren wie Traktorreifen: Kuheuterbrüste, überquellende Schenkel, Wülste in den Kniekehlen und Armbeugen. Einem ersten Instinkt folgend, stürzte ich hin, streifte meine Handschuhe ab und wusch mir die Hände. Ich wollte mir bereits das Gesicht damit benetzen, als mir in den Sinn kam, wer hier alles seine dreckigen Finger eintauchte. Dieses Weihwasserbecken, diese Flüssigkeit für *Im Namen des Vaters und des Sohnes und des Heiligen Geistes* war eine abgestandene Brühe, ein Hort an Bazillen und Bakterien. Es hätte mich nicht gewundert, wären Kaulquappen oder kleine Fische darin geschwommen. Angewidert schüttelte ich mir das Wasser von den Händen.

Da sah ich gleich beim Eingang dieses Hotel Inkontinental die berühmte Pietà von Michelangelo Buonarroti. Kennst du die? Inzestuös! Mamma mia. Ich kann dir sagen. Dagegen ist selbst unser pornografischer Papa ein Waisenknabe. Ein in Marmor gehauener Orgasmusschrei.

Du weißt, wir mussten nach der Scheidung immer zu Papa gehen, uns die Alimente ausbezahlen lassen, 1600 Schilling für mich, 1400 Schilling für Alma und 1200 für Irmi, die er uns Hunderter (weil es wahr ist) für Hunderter (weil es wahr ist) herunterzählte, nicht ohne vorher die Kosten für die Limonaden und Kuchen abzuziehen, die wir bei ebendiesen Treffen konsumierten.

Später, als ich in seiner Nähe zur Schule ging, durfte ich die Mittagspausen in Borneo, so nannte ich Papas Wohnung, verbringen. Meist allein, weil er ja am Postamt seinen Rausch ausschlief. Bald habe ich diese Hefte gefunden, ich war dreizehn (also eigentlich vier) und natürlich ängstlich neugierig, habe diese Angst besiegt, die Hefte begehrlich ausgesaugt. Das waren Bilder für den Kopf, Bilder vom Drüberkräuln, Bilder, in denen sich nackte Menschen gegenseitig verzapften. Sie trieben ihre fleischlichen Stifte ineinander, und sie bildeten Verstrebungen, rechte Winkel, Giebelkreuze, weil es zünftige Bilder waren, Bilder vom goldenen Handwerk, das bekanntlich Hoden, äh, Boden hat, wo die Gesellen und Gesellinnen ihre Meisterschaft erlangten, Bilder von der Walz, wo genagelt und gehobelt wurde, Späne fielen und im Fleisch verschwanden, wo verkeilt und gedübelt wurde, Pfosten und Tram in Frauenzimmer gestellt wurden: Pornos.

Und wie mein Sexualleben angefangen hat, von den Eiterwimmerln an der Stirn über Mitesser an Nase und Kinn in den Schoß hinabzuwandern, wie ich begonnen habe, mich für das Stöhnen zu interessieren, waren diese Bilder meine erste Ausbildung, war ich dieser borneografischen Lehre hilflos ausgeliefert, konnte nichts Eigenes entwickeln. Der Papa hatte diesbezüglich einen Dachschaden, seine ganze Wohnung quoll vor Pornos über. Papa war ein Erotomane, für den alle Frauen Huren waren, Schlampen, geile Säue, wie er sagte, Wesen zum Drüberkräuln. Weil es wahr ist.

Einmal, das ist noch nicht so lange her, sah er im Fernsehen die Aufdeckung eines Pädophilenringes, und was machte mein borneografischer Herr Papa? Mit dem Videorekorder zeichnete er die Sendung auf, damit er später ein Standbild machen, sich die eingeblendete Internetseite notieren konnte. Er war aber zu blöd, einen Computer zu bedienen, diese Internetseite auch aufzurufen. Er hat gar nicht kapiert, was er da tat, dass er sich genauso strafbar machte wie der Lehrer Schimpl mit seiner Einwegkamera-Gemüse-

Sendung. Und er wollte auch partout nicht einsehen, dass das nicht normal ist.

– Da kann ja ich nichts dafür, hat er gesagt, wenn es so was gibt wie diese Kinderpornoseite, und das gibt es, die blenden das ein, da kann ich mir das gefälligst auch anschauen. Weil es wahr ist. Warum gibt es das denn sonst? Warum blenden die das ein? Soll es das halt nicht geben, wenn es nicht angeschaut werden darf. Aber wenn es das gibt, wenn die das einblenden, dann kann man es auch anschauen.

In seinem Gartenhaus hingen vollbusige Weiber, wie sie auf meinen *Titanic*-Karten abgebildet waren, im Schlafzimmer pornografische Poster, und in der Brieftasche hatte er den Zettel mit der Internetadresse vom Kinderpornoring. Aber er war zu blöd dafür.

Da ist die Buonarroti-Pietà schon raffinierter. Da schaut die junge Mutter ihrem Sohn verlangend aufs Gemächt, das ihr der Sterbende ängstlich entgegenstreckt. Das Skandalöse dieser Skulptur ist nicht, dass der Sohn keine Windel trägt, keine grüne Soße aus einem weißen Knäuel tropft, sondern dass es sich dabei um den in Stein gemeißelten letzten Augenblick vor einer inzestuösen, nekrophilen Sache handelt, einer gigantischen Angstbewältigung. Gleich wird nämlich die junge Mutter ihrem toten Sohn das Lendentuch wegreißen und ihm voll aufrichtiger mütterlicher Verzweiflung, weil ihr der Sohn vorgestorben ist, einen runterkauen. Zumindest könnte man das denken. Aber vielleicht ist die Auferstehung, die Erlösung von den Sünden, genauso skandalös?

Ich habe die Geschichte mit der Himmelfahrt (am dritten Tage auferstanden) ja nie kapiert. Hieß es nicht, nur die Seele würde ins Paradies hochfahren, nicht aber der Körper? Doch wozu musste dann Jesu Leiche aus dem Grab verschwinden, die Maria Magdalena einen Schock erleiden?

Um die Ungläubigen zu überzeugen, deren eigene Leiber dann erst recht für die Würmer in der Erde blieben, anstatt ebenso gen Himmel hochzufahren? Wozu musste der Leib Christi entschwinden, wenn es vorher immer hieß, nur der Geist, den man nicht sieht? Weil jede Bewegung Mitläufer braucht, um groß zu werden? Leute, die betrogen werden wollen? Weil auch an einem Friedhofsgrab drei Jahre nach der Beerdigung mit dem Sarg das Grab einbricht, die Totengräber Erde nachfüllen müssen, ohne dass die trauernde Verwandtschaft es bemerkt? Oder ist diese Auferstehung ohnehin viel praktischer zu verstehen?

Gut, zu solchen Gedanken kamen die Menschen, die sich da vor der Pietà drängten, nicht. Die schauten nur apathisch durch ihre Kameras und sahen nichts. Knipsen (mit zuvor ins Weihwasserbecken gesteckten Fingern) und abhaken, das war alles, was sie taten. Durch die Fotografie, wenn sie nicht genützt wird wie beim Lehrer Schimpl, hat der Mensch das Sehen verlernt. Die Fotografie ist eine der schlimmsten Errungenschaften. Ihre Erfinder, die Herren Nièpce, Daguerre und Talbot, gehörten ausgegraben, öffentlich angeklagt, verurteilt, die Zeigefinger gehörten ihnen abgehackt, die Augenhöhlen zugekleistert, ihre verwesten Leiber hingerichtet. Ihre Knochen gehörten zerstampft und in den Tiber geschmissen – so wie man es seinerzeit mit Papst Formosus getan hatte. Die Erfinder der Fotografie machten die Menschen blind, so wie die Erfinder der modernen Fortbewegungsmittel die Menschen zu Krüppel machten und die Schöpfer von borneografischem Material die Lust auf dem Gewissen hatten. Doch zog sie wer zur Rechenschaft? Nein, es erging ihnen wie dem Lehrer Schimpl, der, als seine Sache aufkam, zwar in die Direktion zitiert, dort aber verteidigt, ja geradezu von jedem Verdacht freigesprochen wurde. Schließlich ging es um den ganzen Lehrkörper, um die Reputation der Schule, um Sumpfing. Also wurde nicht der Herr Lehrer, der damals von der bäuerlichen und proletarischen Bevölkerung wie ein höheres Wesen verehrt wurde, sondern das Mädchen der Schule verwiesen. Sie, völlig unschuldig, nur schön, kam dann auf die schiefe Bahn, arbeitete später mal sogar im Schiefen Turm. Aber, sagte man im Ort, warum musste die denn mit der Kamera und dem Gemüse gleich zu ihren Eltern laufen? Warum konnte die denn diesem unschuldigen Lehrerwunsch nicht entsprechen? Warum hatte sie auch so eine perverse Phantasie? Hatte der Herr Lehrer mit *benützen* nicht ganz was anderes gemeint? Figuren schnitzen! Instrumente bauen! Die hat doch gar nichts anderes verdient, wenn die so schmutzig denkt. Die gehört doch aus der Schule weg, wenn der gleich so etwas Schweinisches im Kopf rumgeht.

Ich schüttelte noch immer Weihwasser von meinen Händen. In einem Seitentrakt wurde eine Messe gefeiert, ein Kyrie eleison schraubte sich empor. Herr Christus, du hast für uns getragen Kreuz und Leiden. Du bist auferstanden von den Toten … Nur als Jesukindlein warst du nicht zu gebrauchen … Ich, noch immer magisch angezogen von dieser Kirche aller Kirchen, obwohl ein Teil von mir sich hier sehr unwohl fühlte, rausdrängte, kam an einen krausköpfigen Bronze-Petrus, dessen Füße von Millionen Pilgern geküsst worden waren, sodass sie nun nur noch abgeschliffene Stumpen waren. Bakterienüberträger. Man müsste Desinfektionssprays danebenstellen, wie es sie in Hallenbädern zur Fußpilzbekämpfung gibt.

Ich wandte mich ab, blickte zur bemalten Decke, summte immer noch *Ich wollt, ich wär ein Huhn, ich hätt nicht viel zu tun,* rieb mir meine Hände an der Hose trocken und sah eine Taube im Bernini-Baldachin. Nicht schon wieder. Besser der stille Spatz in der Hand als die sprechende Taube auf dem Dach. Nein, denn diese war aus Bronze. Doch da war auch eine echte, flog durch die gigantische Kuppel, an deren Rand sich ein Mosaikband wand: *Du bist Petrus, und auf diesen Felsen werde ich meine Kirche bauen. Dir werde ich die Schlüssel des Himmelreiches geben.* Ich zählte, wie viele Kassettenreihen zur oberen Laterne liefen, sechzehn. Kein Gewölbeloch, dafür erkannte ich kleine Menschen im Inneren der Kuppel. Winzige, stecknadelgroße Köpfe, die wie Kugeln durch ein Roulette liefen, unmöglich, ihre Gesichter zu erkennen.

Da rempelte mich was, unerhört!, sah ich, wie bei der Nische des heiligen Andreas Menschen eine Treppe runterstiegen. Damen mit fleischfarbenen Strumpfhosen, Mädchen mit prallen Ärschen. Ich, freier Wille oder nicht, folgte ihnen, gelangte in den Keller der Peterskirche. Ein Weinkeller? Erlesene vatikanische Tropfen? Ein Ort, wo junge, gepflegte Füße Kraut oder Weintrauben stampften? Wo man *Gutja gutja torko* sang? Omas ungarisches Krautstampflied. Nein, ein Leichenkeller! Ich sah das Grab des Petrus und andere Schreine. Da lag Papst Innozenz IX. neben Paul VI. und Johannes Paul I. neben Johannes Paul II. Ein Parkhaus für tote Päpste, eine Papstleichentiefgarage. Gott, war mir übel. Gänsehaut, Schüttelfrost.

Was das bedeutete, sämtliche sterblichen Überreste der Stellvertreter Gottes an einem einzigen Ort zusammengepfercht? Also, ich möchte da nicht beerdigt sein, für mich kommt nur der Sumpfinger Friedhof in Frage. An meinem Grab sollte dereinst ein feister Engel stehen, der jeden Besucher anfaucht: Jetzt brauchst du nicht mehr kommen. Jetzt ist es zu spät. Am Grabstein würde ein Zapfhahn für Bier montiert sein, statt der Grablichter Gläser, und über dem Grab sollte ein zweiter Engel mit entblößtem Hintern hocken, der kackt. Eine lange braune Marmorwurst, auf der eingemeißelt steht: *Alles ist vergänglich.* So wünsche ich mein Grab und nicht wie diese Papstgarage, wo die Gebeine nicht einmal beerdigt waren, weil jede Erde fehlte, man sich schrecklich unwohl fühlte.

Zurück im Dom, jetzt war mir richtig schlecht, wieder das Kyrie eleison, immer noch das *Ich wollt, ich wär ein Huhn, ich hätt nicht viel zu tun,* verspürte ich wieder diesen dunklen Drang, der mich schon angetrieben hatte, vor die U-Bahn zu springen. Jetzt sollte ich die Kuppel hochsteigen. War die Taube noch dort oben? Nein, aber etwas anderes, etwas, das den ganzen Tag gelauert hatte, kam nun in Bewegung, stieg auf die Brüstung, seinem Schicksal Bahn zu brechen. Ein Schweinepriester? Prediger? So wie du, Mama, als Kind immer Prediger werden wolltest, mitten in der Wirtsstube auf Stühle gestiegen bist, um die Arme auszubreiten und den besoffenen Gästen *Hört mich an* und *Ich aber sage euch, eure Zeit wird kommen, das Brandgericht, darum streut Asche auf euer Haupt, kehrt um* entgegenzuschmettern. Du hast den betrunkenen Gesellschaften im Saurüssel wahre Moralpredigten gehalten, *Kehrt um, bevor es zu spät ist, Sünder!,* ihnen ihre Verkommenheit mitten ins Gesicht gespuckt, so lange, bis dich Großmutter heruntergeprügelt hat, weil das nicht gut für das Geschäft sei, weil du ohnehin kein Pfarrer werden konntest. Nein, kein Prediger.

Schreie stießen von der bestimmt achtzig Meter hohen Kuppel lotrecht in die Tiefe, abgehackte, spitze Rufe, einer bewegte sich, kletterte wo rauf, Aufseher eilten hinzu, tumultartige Szenen spielten sich dort oben ab, wahrscheinlich eine Demo, oder doch so eine Art Gewölbelochtheater? Nein, der auf die Brüstung Gekletterte stieß die Aufseher zurück, schrie etwas von Ikarus, machte flatternde Armbewegungen, sprang hoch, tat, als könnte er fliegen, fuchtelte mit den Armen, aber umsonst. Du bist auferstanden von den Toten. Alles das geschah beinahe lautlos innerhalb nur weniger Augenblicke. Ich war selbst auf dem Weg auf diese Kuppel, hielt jetzt inne, sah gebannt empor. Vielleicht ein Bungeejumper, der mit Gewalt hinunterspringen musste? Ein Extremsportler, der seine Angst überwinden wollte?

Es war wie in einem Film über die ersten vergeblichen Flugversuche zu Beginn des 20. Jahrhunderts, bloß dass man hier auf keine Pausetaste drücken konnte, und da passierte es, die Katastrophe. Kyrie eleison. *Ich legte vormittags ein Ei, und nachmittags da wär ich frei. Mich lockte auf der Welt kein Ruhm mehr und kein Geld, und fände ich das große Los, dann fräße ich es bloß.*

Wo war der Notschalter?

Wie einen vollen Kartoffelsack zog es den Menschen runter, da konnte er mit den Armen rudern, was er wollte, zwar bewegte er sich etwas vorwärts, doch nicht viel, gerade weit genug, um auf einen Engel am gigantischen Bernini-Baldachin zuzusteuern. Gleich, war ich überzeugt, würde ein Bungeeseil den Aufprall verhindern. Nur, wo war das Seil? Gleich ging ein Fallschirm auf. Oder ein Netz wurde gespannt. Oder Raketen zündeten. Nein, nichts Derartiges geschah.

Mit einem einzigen hingespuckten Klatsch (wie es Püree auf dem Teller macht) war der Flug zu Ende. Ptschhhhh! Der Mensch wurde zerrissen, platzte wie eine an die Wand geworfene Erdbeere, wie eine faule, vom Baum gefallene Pflaume. Körperteile flogen wie Fruchtstücke durch den Petersdom. Der Rumpf, dem es beim Aufprall die Gedärme rausdrückte, landete mit einem dumpfen, schmatzenden Geräusch auf dem Marmorboden, lag da wie weggeworfene Erdäpfelschalen. Ein Arm blieb am goldenen Engelsflügel hängen, baumelte wie das Signal eines Zugbegleiters. Dieser Zug war abgefahren. Die Seele dieses Menschen war entgleist, sein Körper überrollt. *Wegen der plötzlichen Erkrankung eines Fahrgastes kommt es zu Verzögerungen …* Aber der Petersdom war keine U-Bahn. Kein Notschalter, keine Bahnaufsicht, kein Fahrer mit einem dicken Jausenbrot. Touristen brachen beim Anblick des Ketchups – nein, es war Blut, überall Blut! – und der aus Fleischstücken hängenden Sehnen und Fettfäden ohnmächtig zusammen, andere, unfähig zu sehen, filmten oder fotografierten dieses Menü des Grauens. Einzelne spitze Schreie steckten im Raum wie Stricknadeln in einem Wollknäuel. Geschrei, wie ich es bei allen Geburten, Leichen und Gangbangs zusammen nicht erlebt hatte. Mir war schlecht, Spinatpizza und Cappuccino kamen hoch. Trotzdem blieb ich wie immer in meinem Leben seltsam teilnahmslos und unberührt. Nichts ging mir wirklich nahe, keine Leichen, keine Beziehungen, ja nicht einmal das Stöhnen war in der Lage, meinen Panzer aufzubrechen. Entweder war ich emotional verroht, oder mein Gefühlsleben war von Haus aus nicht vorhanden. Seit meinem Urknall hatte ich mich zurückgezogen, berührte mich nichts mehr. Also stand ich nur da und schaute zu.

Langsam sammelten sich die bleichen, als Wachmänner angestellten Waschlappen, versuchten die Überreste abzuschirmen, die Fotografen abzudrängen. Einer kleinen Japanerin war ein nackter Unterschenkel mitsamt einem Fuß in die Arme gefallen. So stand sie da mit diesem Fuß in Ringelsocken, der gleich einem toten Kind in ihren Armen lag; hilflos wie damals die Besoffenen im Saurüssel bei deinen Predigten. Sie weinte, kreischte, besann sich dann und flüchtete mit diesem unerwarteten Souvenir nach draußen – wahrscheinlich wegen eines Fotos.

Manche, die vielleicht gefürchtet hatten, ein Flugzeugattentäter könnte in den Petersdom rasen, schrien *Attentat, Terroranschlag, Flugzeug,* dann sahen sie mich, einen dicken

Piloten, und gerieten völlig durcheinander, bekreuzigten sich, drängten wie die anderen zum Ausgang, ohne auf Details zu achten. Auf der Lanze der Statue des heiligen Longinus steckte ein Fuß, Blut tropfte wie der Saft einer gierig genossenen Frucht auf weißen Marmor.

Wäre ich nicht von der panischen Menge fortgerissen worden, ich hätte dieses Bild genossen. Als Hebammer, Puffvater und Sargträger ist man einiges gewöhnt. So aber sah ich im Vorbeitreiben etwas, das alles Bisherige noch übertraf, die ganze Szene pointierte, das Tüpfelchen auf dem i, steckte doch auf den emporgereckten Fingern des verklärt dreinschauenden Klumpfuß-Petrus wie eine aufgespießte Kirsche der Kopf des Herabgestürzten. Der Druck des Aufpralls musste so enorm gewesen sein, dass es diesen Schädel weggeschossen hatte wie einen Sektkorken. Gleich einer Flipperkugel musste er durch den Petersdom geschleudert worden sein. Jetzt steckte er auf diesem Petrus und forderte sein Freispiel. Seine Augen, dunkel wie verfaulte Oliven, waren aufgerissen, die Zunge, grau belegt, hing ihm aus dem Mund, sein schütteres schwarzes, nasses Haar war frisch gekämmt, und aus dem Hals baumelten Sehnen, Muskelstränge, Adern, ein paar Wirbel. Alt sah er aus, bleich und voller Falten. Ein Aufgespießter. Und wie ich noch überlegte, ob dieser Kuppelspringer, der so offensichtlich glaubte, fliegen zu können, auch ein Vogelversteher gewesen war, ob auch er von einer dunklen Macht in die Kuppel getrieben worden, ein Virus in Umlauf war, eine neue Vogelgrippe, ob auch ich so enden würde, als aufgespießter Kopf an Petri Zeigefinger, erkannte ich ihn, ja, ich erkannte ihn, den allergrößten Sünder. Es war, jetzt, Mama, halt dich fest, der Obmann von unserem Sparverein, dessen Mitglieder sich wöchentlich im Saurüssel getroffen haben, um fünf Schilling einzuzahlen, zwanzig zu versaufen. Sparverein Mausebär, so der Name dieser Trinkbruderschaft, und der Obmann? Der Seriöseste von allen. Oder war er mit der Kasse durchgegangen? Es war, du weißt es längst, der Lehrer Schimpl. Kein Zweifel, Muttermal auf der obszönen Nase, Bartkrause, Fliegerohren. Lehrer Schimpl, wie wir ihn kannten. Jetzt war er geköpft und aufgespießt. Jetzt hatte der Sparverein Mausebär den Kopf verloren. Ich fragte mich, ob sein Hirn diese für ihn ungünstige Situation noch registrierte? Ob es noch *Hilfe* schreien wollte, *schnell die Rettung, einen Arzt*.

War das die Rache für sein Drüberkräuln, für seine Gemüse-Sendungen? Für sein standesgemäßes Heiraten, sein Links-liegen-Lassen der Wirtstochter? Ich war sprachlos, aufgewühlt und trotzdem noch immer teilnahmslos. Die Tauben im Park hatten das vorhergesagt. Ein Sumpfinger. Platt wie ein zerplatzter Luftballon. Wie hatten die das wissen können? Sauviecher! Und wie ich mich dem Gedanken der Vorherbestimmung hingab, spülte mich die keuchende, stöhnende, kreischende Masse endgültig hinaus. Vorbei am Weihwasserbecken mit den dicken Engeln, vorbei an der Pietà.

Draußen auf dem Petersplatz war es eigentümlich ruhig. Wie ein Pudding aus dicker Luft war die Stille über den Platz gestülpt, nur ein Martinshorn stocherte gleich einem Löffel darin rum. Da kam ein Krankenwagen, sprangen kirschrote Sanitäter raus und hetzten mit einer Bahre in den Petersdom. Ein Arzt mitsamt einem schwarzen Medizinkoffer hinterdrein. So, als ob es da noch was zu retten gäbe.

Ich blickte ihnen nach, sah, dass neben den Sanitätern Fernsehleute liefen, die Sanitäter beiseitedrängten, *Aktuell* stand auf ihren Overalls.

Selbstmord ist ein aggressiver Akt, der den Hinterbliebenen keine Chance zum Abschied lässt. In den Lebenden weckt er die Idee, selbst das Handtuch abzugeben, auch nur ein Fahrgast in der Zeit zu sein, niemals gefeit vor plötzlicher Erkrankung, davor, dass das Handtuch Leben in die große Waschmaschine fällt. Ich war für so was anfällig. Also verdrängte ich den Kuppelspringer, redete mir ein, dass der Lehrer Schimpl gar kein Selbstmörder war, kein Vogelversteher, sondern nur ein Möchtegernvögler, ein Einwegkamerad, der nun die Rechnung für sein liederliches Lotterleben präsentiert bekommen hatte.

Und ich? War meine Angst also begründet? War auch ich bedroht? Nein, noch immer drang nichts wirklich zu mir durch, überwand nichts meine Panzerung. Noch immer war ich in Sachen Gefühl so gut wie taub. Sicherheitshalber drängte ich trotzdem aus der Kolonnadenzange, vorbei an Pilgern, Nonnen, Polizisten, schlenderte an Tourismusshops vorbei, wo Alpaka-Päpste, Kruzifixe und sonstiger Religionstand angeboten wurden, durch Bettlerinnen, Afrikaner, die falsche Vuitton-Taschen verkauften, weiter zum Tiber, über eine Brücke, durch die Gasse der einarmigen Tischler, die Straße der sitzengebliebenen Bräute. Da rief jemand *Hildy, Hildy!*, aber als ich mich umdrehte, war niemand da.

Ich erkannte eine Kirche, hantelte mich daran vorwärts, bis ich wieder am Campo dei Fiori beim Denkmal des Giordano Bruno stand, zu dessen Füßen immer noch Hippies lungerten. Wie alte Bekannte grüßte ich sie empathisch, wurde aber ignoriert. Nun nahm ich die Dose mit den Vimax-Pillen, wollte sie den Hippies geben, überlegte es mir aber anders und ließ die kleinen Kapseln einfach langsam zu Boden rieseln, wo sie über die Pflastersteine kullerten.

– Nützt eh nichts, dieser Mist. Außerdem, was brauche ich große Daumen, wenn sich nach den neuesten Erkenntnissen der Wissenschaft das sexuelle Vermögen im Verhältnis zwischen Ring- und Zeigefinger manifestiert. Ein deutlich längerer Ringfinger (wie bei mir) steht für Potenz und sexuelle Aktivität, während gleiche Fingerlänge Homosexualität bedeutet.

Da kamen Tauben, pickten die Pillen auf.

– Die Menschen in Sumpfing leben wie in einer Landschaftsfalte, in die das ganze Jahr lang keine Sonne kommt, sagte eine.

– Deshalb ziehen sich diese Landeier besonders bunt und geschmacklos an, antwortete eine andere.

– Oder sie verbergen ihre verbitterten Gesichter unter einem Trachtenhut, sagte eine dritte. Aber darunter brüten sie ihre Perversionen aus.

Da war es also wieder: sprechende Vögel. Der Dachschaden. Es war zum Aus-der-Haut-Fahren. Oder sollte ich mir alles das nur einbilden? Warum war ich überhaupt noch hier? Ich hatte doch Bayreuth anrufen und nach Hause fliegen wollen. Was war geschehen? Hatte ich wirklich einem Schulkind ein Heft entrissen, um daraus einen Papierflieger zu falten, ihn einer Schönen in der U-Bahn zuzuwerfen? Hatte sich wirklich der Lehrer Schimpl von der inneren Peterskuppel gestürzt? Wie kam der überhaupt nach Rom? Hörte ich wirklich Vögel sprechen? Oder litt ich an einem Hungerödem? Hunger hatte ich tatsächlich. Diät hin oder her. Ich hatte außer dieser Pizzaschnitte heute überhaupt noch nichts gegessen. Nichts! Zum Glück waren hier an allen Ecken Restaurants. Sollte ich wieder in jenes gehen, wo mir die Taube auf den Kopf gepfeffert hatte? Ich neigte zu Wiederholungen. Nein, heute sicher nicht, entschied ich mich für das andere Ende des Platzes, ging in ein Lokal namens La Carbonara. Das sah gediegen aus, gehoben bürgerlich. Im Inneren ging es zu wie in einem Taubenschlag, da saßen Familien an brechend vollen Tischen, fraßen, sangen, rauchten.

Ich ergatterte im ersten Stock einen Tisch am Fenster mit guter Aussicht auf den Campo dei Fiori.

– Komme schon, sagte der hagere, beinahe dehydriert aussehende Kellner und verschwand. Wenig später brachte er mir Wein und eine Speisekarte. Gut, heute war ein sonderbarer Tag, aber was sollten das für merkwürdige Gerichte sein? Typisches Valtellina eingesackt? Was konnte das sein? Oder Räucherer Schwertifisch? Pasta mit Spargelkralle und Fischlbrühe? Reis mit Kaisergranat Krem? Kalbkugel mit Herbsen? Schweinegrobfleisch mit Lokalsalat? Hähnchen Teufelstil? Jesusmaria, wenn die Küche so war wie die Übersetzung, dann prost Mahlzeit.

– Gut, raunte ich dem ungeduldig wartenden Dürren zu, ich hätte gerne ein mit spezielles Huhn.

– Ah, Faraona con polenta, zog er anerkennend die Augenbrauen hoch. Contorni?

– Beilagen? Ja, Butterherbsen und Reis nach Weisen der Behausung.

Ich naschte etwas Brot, trank Wein und merkte, wie der Alkohol zu arbeiten begann. Bilder tauchten auf: sprechende Vögel, die Schöne in der U-Bahn, der Papierflieger und immer wieder Lehrer Schimpl, sein aufgespießter Kopf wie eine Teufelsfratze, eine Perchte – und hatte dieser Tag nicht wirklich etwas Diabolisches? Sollte tatsächlich der Leibhaftige an diesem Unglückstag meines Leibes haftig geworden sein?

Rausch ist ein unruhiger Geselle, der alles dreht bis zur Übelkeit. Als Heranwachsender war ich oft mit Rufus in die Schnapsbar geschlichen, um die bunten Liköre zu verkosten, nachzusehen, ob die Übelkeit noch in den Flaschen wohnte. Damit dir nichts auffiel, Mama, haben wir immer Wasser nachgefüllt. So blieb die Menge stets dieselbe, nicht der Inhalt. Allmählich bildeten sich Ablagerungen und Schichten, verwandelte sich die Schnapsbar in ein Chemielabor.

Und das wirbelte nun, 25 Jahre später, wie ich auf die dunkle Statue des Giordano Bruno blickte, die da einsam im von milchigem Mondschein übergossenen Campo dei Fiori stand, durch meinen Kopf. Ich hob mein Glas und flüsterte: Prost, Bruno! Prost, Lehrer Schimpl!

Der ausgemergelte Kellner, dieser etwas desorientierte Storch, brachte das Essen, und mir wurde augenblicklich wohler. Mit jedem Bissen schluckte ich die Bilder des aufgespießten Lehrerkopfes hinunter, verdaute ich das verlorene Notizbuch, Almuts Stöhnweigerung, die sprechenden Vögel – kein Wunder, aß ich doch so ein Vieh. Ich fühlte die Blicke der Italiener, die den einzelnen Gast bemitleiden, verachten, als Störung empfinden, als stummen Zeugen ihrer Fress- und Trinklust. Aber das störte mich nicht. Ich war zufrieden, köchelte wie Milch auf kleinem Feuer, ohne Gefahr, überzugehen. Ein Glücksgefühl breitete sich in mir aus. Bis zum letzten Bissen schlang ich alles runter.

Mit dem Kaffee brachte der Kellner einen Grappa, erklärte, wie es zum Namen Carbonara gekommen war, wobei ich die Hälfte nicht verstand. Anscheinend hatte ein amerikanischer Soldat versucht, mit Nudeln Ham and Eggs zu machen. Schwarz soll er gewesen sein, kohlrabenschwarz, daher der Name Carbonara, die von einem Verkohlten Zubereitete. Manche behaupten auch, es käme von Köhler, sei das Leibgericht der Bergarbeiter gewesen. Sicher jedenfalls ist, dass die Carbonari, eine Art Freimaurerloge, nicht zu verwechseln mit den Carabinieri, an der Wiedervereinigung Italiens beteiligt waren, gemeinsam mit Garibaldi … Ich trank aus, dankte und zahlte.

Wieder auf dem Campo dei Fiori, gönnte ich mir ein Eis. Da bemerkte ich drei Tauben, denen ein ungeheurer Schniedelwutz zwischen den Beinen hervorlugte. So riesig, dass alle anderen Tauben vor ihnen flohen. Es waren Fleischpenisse, die die Tauben da mit sich herumschleppten, steife Würstel, die wie kleine Flugzeugdüsen an ihren Unterkörpern hingen. Auch schritten diese Tiere nicht mehr auf ihre Nähmaschinenart, sondern wippten, als ob sie die Luft ficken wollten, was an brasilianische Karnevalstänzerinnen erinnerte. Aber damit nicht genug, sah ich nun auch Täuberiche, die tatsächlich fickten, einer einen schwarzen Müllsack, ein anderer eine alte, vergammelte Ledertasche, ein dritter eine Straßenlaterne. Zustände! Unglaublich. Oder war das schon? Der Teufel?

Die weiße Nacht

Im Hotel saß Ödipus Hornbostel in einer großmaschigen Strickjacke und zog ein mürrisches Gesicht. Am Tresen hatte er blaue Samtpantoffeln neben dem *Respekt!*-Schild stehen. Hatte er nicht morgens noch eine Uniform getragen?

– Nur sonntags, schien er die Frage zu erraten. Sonntags ist Uniformtag, steht auch in der Hausordnung, deutete er auf ein eingerahmtes Blatt. Werktags ist die Wahl der Portierskleidung freigestellt. Er lehnte sich bequem zurück, zündete sich eine kubanische Zigarre an und stieß eine große Rauchwolke aus. Sonntags tragen alle Uniform, dienstags nicht.

– Ist schon Dienstag?

– Was glauben Sie denn? Sein Blick fiel auf meine medizinischen Handschuhe, die er ungläubig fixierte. Wahrscheinlich dachte er, ich hätte eine Hautkrankheit und würde sein ganzes Hotel damit verseuchen.

– Dienstag? Wirklich Dienstag?

– Aber ja.

– Verdammt, da hätte ich zurückfliegen wollen. Ich spürte

Schweiß, der wie ein feuchter, kalter Umschlag auf meiner Stirn lag. Dienstag also? Oder sollte dieser Portier auch eine private Tageszählung haben so wie Oma? Dienstag?

– Was denn sonst? Da greifst du dir ans Hirn. Er fixierte noch immer meine Hände.

– Und telefonieren, warum kann man nirgendwo telefonieren? Italien ist doch ein zivilisiertes Land. Gut, alles, heißt es, ist korrupt. Aber Telefone … nur mit Wertkarten …

– Das liegt am Streik, sog Hornbostel an seiner Montecristo, sodass der braune Stengel rot glühte. Aber lange kann das nicht dauern, dauert nie lange.

– Wer streikt denn? Und wofür?

– Keine Ahnung. Hier streikt immer jemand. Das kennen Sie doch auch?

– Nein. In Österreich gibt es keine Streiks. Nur bei Skiübertragungen steht das Land still, legen alle ihre Arbeit nieder, bekommen die Kinder schulfrei, sperren die Geschäfte zu, ist alles lahmgelegt.

– Sie Glücklicher.

– Das heißt, ich bin hier gefangen, abgeschnitten von der Außenwelt?

– Gefällt es Ihnen nicht? Rom ist wunderbar. Bellissima.

– Hmm. Hier passieren merkwürdige Dinge.

– Merkwürdige Dinge? Was denn? Wo denn? Der Portier trommelte mit seinen Fingern auf den Tresen. Man sah ihm förmlich an, wie er sich über meine vermeintliche Hautkrankheit den Kopf zerbrach.

– Zum Beispiel ein Selbstmord im Petersdom. Da hat sich einer ins Innere der Kuppel gestürzt. Zerrissen hat es den. Aufgeplatzt wie … ein Luftballon … Sein Kopf ist auf den Fingern Petri gelandet. Und wissen Sie, wer? Ein Lehrer aus meinem Heimatdorf. Obmann vom Sparverein Mausebär.

– Davon habe ich nichts gehört. Aber so etwas verschweigt man gern. Angst vor Nachahmern. Selbstmord ist eine Sünde. Ich persönlich würde nie … aber ich würde auch keine solchen Handschuhe anziehen. Es sei denn, ich wollte einen Mord begehen. Ist das nicht unangenehm?

Ich sah dem Portier nun erstmals ins verknuddelte Hasenantlitz, bemerkte seine kleinen Teddybär-Knopfaugen, ein rund zusammenlaufendes Gesicht, in dessen Mitte eine Kinderrutsche als Nase saß. Sein angegrautes Haar war zurückgeklatscht, sodass er im Ganzen aussah wie ein Kaninchen, nein, mehr wie ein fetter Täuberich. Ein Spion aus der Vogelwelt? Nein, das war nur mein Dachschaden.

– Das ist …

– Sie haben eine Hautkrankheit?

– Nein. Eine Terpentinallergie. In meiner Freizeit male ich gelegentlich, und wenn ich übertreibe, bekomme ich wunde, offene Hände. Das war meine Standardantwort. Damit gaben sich in der Regel alle zufrieden. Und auch der Hase atmete erleichtert auf.

– Da bin ich aber froh. Ich dachte schon …

– Nein, keine Angst, nichts Ansteckendes. Aber manchmal habe ich so ein Gefühl, flüsterte ich.

– Was für ein Gefühl?, flüsterte der Karnickel-Täuberich zurück.

– Ein Gefühl, nein, mehr eine Ahnung …

– … dass es doch ansteckend ist?

– Nein, ein Gefühl, dass die Vögel sprechen.

– Da greifst du dir ans Hirn.

– Die Vögel reden!

– Das widerspricht der Hausordnung. Das Halten von sprechenden Vögeln ist genauso nicht erlaubt wie eine ansteckende Hautkrankheit. Keine Beos, keine Papageien! Kein Aids! Keine Sporenpilze! Sie zwitschern manchmal einen, sah er mich streng an.

– Ich? Nein, außerdem denke ich, dass ich sie verstehe, die Vögel meine ich.

– Schau einer an. Und was sagen die?

– Tja, komische Sätze, Sachen, die ich nicht kapiere. Geschichten aus meiner Kindheit. Sogar den Selbstmord im Petersdom haben sie vorhergesehen.

– Aha, räusperte sich der Portier. Hochinteressant.

– Glauben Sie, ich habe einen Vogel?

– Für so einen schrägen Vogel habe ich Sie nicht eingeschätzt. Ich glaube, Sie brauchen was für ihren Piepmatz, aber keine Jod-SL-Körner, wenn Sie wissen, was ich meine. Oder Sie haben die Pilotenkrankheit?

– Aber ich fliege ja gar nicht.

– Besser. In Ihrem Zustand wäre das unverantwortlich, völlig unverantwortlich.

– Ich meine, ich kann gar nicht fliegen.

– Sie meinen, so? Er legte seine Zigarre in den Aschenbecher und flatterte mit den Armen.

– Hören Sie mit diesem Unsinn auf. Ich kann die Vögel reden hören. Können Sie sich das vorstellen? Nein, können Sie nicht. Sie glauben, ich bin plemplem, und wahrscheinlich haben Sie recht. Aber ich kann sie verstehen, die Vögel. Ist das normal? Nein, sagen Sie nichts. Ich habe zu Vögeln keine Beziehung, Vögel haben mich nie interessiert, es ekelt mich vor ihnen. Da, wo ich herkomme, gibt es überall Vogelhäuschen, Kästen mit Löchern für die Meisen, kleine Windmühlen, Vogelteiche, Schwalbennester um die russischen Luster (das sind nackte Glühbirnen), Meisenknödel, Kuckucksuhren, Taubenschläge. Oma hatte Hühner, Papa hat sie geliebt, trotz seiner Sparsamkeit hatte er immer Vogelfutter, aber mich hat das niemals beschäftigt. Ich habe Schwierigkeiten mit Empfindungen. Mich lässt ziemlich alles kalt. Aber sprechende Vögel? Keine Ahnung, was das soll, aber wenn ich zum Arzt gehe, zeigt mir der den Vogel und sperrt mich in eine Nervenheilanstalt. Oder? Was soll ich tun? Helfen Sie mir. Bitte.

– Jetzt gehen Sie in Ihr Zimmer, schlafen sich aus, morgen schaut dann alles anders aus. Hornbostel grinste. Die Schnapsbar haben wir auch nachgefüllt. Sie werden sehen, morgen …

– Und wenn nicht? Wenn ich auch morgen Vögel reden höre?

– Das wird nicht sein.

– Wenn aber doch?

– Dann geben Sie nicht dem Zimmer die Schuld.

– Wieso dem Zimmer?

– Weil wir das schon alles hatten. Er sog an seiner braunen Stange, von der sich ein zwei Finger breites Aschewürmchen löste und auf seiner Strickjacke landete. Zuerst passiert etwas, und dann ist das Zimmer schuld.

– Was?

– Ach, nichts. Wir sind in Rom. Hier gibt es die besten Teufelsaustreiber, blies er sich die Asche aus der Jacke, verrieb den Rest mit seinen dicken Fingern, die er sich anschließend an der Hose abstreifte.

– Teufelsaus… Sie meinen Exorzisten?

– Freilich. Die vertreiben nicht nur Allergien …

– Aber wieso denn, Sie glauben doch nicht etwa …

– Na, man weiß nie. Außerdem bin ich der festen Überzeugung, dass der Teufel Deutscher ist.

– Aber ich bin Österreicher.

– Das ist dasselbe.

– Na hören Sie! Niemals! Wir haben schon Oper gemacht, da sind die Piefke noch auf den Bäumen gesessen. Wir hatten schon Sachertorte mit Schlagobers, da sind die Preußen noch in Sümpfen rumgekrochen. Wir hatten schon siebenundzwanzig Arten der Kaffeezubereitung, da haben die noch …

– Dem Teufel kommt's darauf nicht an. Er zog seine Brauen hoch, machte große Glupschaugen und dämpfte mit einem gewissen Widerwillen seine Montecristo aus.

– Sie machen mir Hoffnung, sagte ich mit ironischem Unterton. Gute Nacht.

– Schlafen Sie sich aus.

Im Zimmer war es wie im Inneren eines Eies. Mir war, als ob ich bald ausschlüpfen sollte, etwas Neues zu beginnen. *Ich wollt, ich wär ein Huhn*. Erschöpft sank ich auf das Bett, roch den Geruch frisch überzogener Bettwäsche, spürte eine Sehnsucht nach frischer Erde, nach Regenwürmern, Sonnenblumenkörnern, Astgabeln und Brunnen. Dann, aua, einen Stich im Rücken.

Ich streifte die Handschuhe ab, trottete ins Badezimmer, wusch mir die Hände, das Gesicht, wusch mir die Umarmungen der Obdachlosen, die sprechenden Tauben, das Weihwasser, den Selbstmörder, alles wusch ich mir ab. Dann überprüfte ich, wie viele Reservehandschuhe ich noch hatte. Zwei Paar. Ich beschloss, mir Leder- oder Stoffhandschuhe zu kaufen, die waren nicht so auffällig. Keine schwarzen, damit wurde man zum Auftragskiller. Bunt ging auch nicht. Weiße Stoffhandschuhe wurden sofort schmutzig … gar nicht so einfach. Im Koffer wäre ein ganzes Sortiment gewesen, aber der war ja vertauscht.

Ich ging zurück zum Bett, blickte in ein Ölgemälde mit üppig fetten Katzen, ein Bild, das mir früher gefallen hätte. Nun war es scheußlich, ein typisches, in seiner Nichtssagendheit beinahe bedrohliches Hotelzimmerbild. Katzen! Widerliche Tiere.

Ich streifte die Schuhe ab, die verschwitzten Socken, roch

daran, käsig, warf sie Richtung Bild. Dann wand ich mich aus der Pilotenhose und griff zur Bibel, die auf dem Nachtkästchen lag. Genesis, Evangelien, die Offenbarung nach Johannes, die Taube bringt Noah den Zweig, der dreimal krähende Hahn, Jesus lässt Dämonen in eine Schweineherde fahren. War es eine Berufung, die aus mir drängte, ausschlüpfen wollte? Hatten nicht auch die meisten Heiligen, bevor sie von ihrer Bestimmung übermannt wurden, ausschweifend gelebt? Und hatte nicht auch ich mit meiner CL-Trinkerin immer so lange GV gehabt, LD, Liebesdienst, an LD gereiht, bis sie vor lauter Ächzen und Stöhnen nicht mehr konnte? Ihr Schauraumimhof barst? Ich hatte mit meinen HR, Handreichungen, selbst dann keine Ruhe gegeben, in ihrem Stöhnen aufzugehen versucht, wenn sie schon völlig wundgerieben war. Von Zuchtnegern hatte ich ihr vorgeschwärmt, die im 19. Jahrhundert auf den Tabak- und Baumwollfarmen im amerikanischen Süden für den Sklavennachwuchs sorgen mussten, sonst aber nichts zu tun hatten, sich derart verwöhnen ließen, dass sogar die weißen Farmer neidisch auf sie wurden. Wozu Almut gemeint hatte, dass auch ich in einem früheren Leben so ein Zuchtneger in Louisiana, Virginia, Arkansas, South Carolina, Texas oder Georgia (die anderen Südstaaten fielen ihr nicht ein) gewesen sein müsse und sie eine Sklavin.

Daran dachte ich jetzt, als ich so in der Bibel blätterte, von Vögeln las. Almuts Irritation, wie sie mir dahinterkam, dass ich Handwerkerhefte besaß, im Internet Bilder schaute, die zur Handarbeit verleiteten. Dabei war das ganz normal, kannte ich nur Männer, die der goldenen Zunft der manuellen Arbeiter angehörten. Mädchen schwärmten von Pferden, Popstars, Priestern. Und Buben? Buben legten sich die Latte tiefer, masturbierten. Mein borneografischer Papa hatte ganze Heftedeponien angelegt. Pornoschauen war in Sumpfing Familientradition, ersetzte alle Aufklärung. An den seit jeher dafür vorgesehenen Plätzen wurden die Handwerkerbroschüren von den Älteren versteckt, von den Jüngeren gefunden und benutzt.

Über kurz oder lang ging einem dieses nackte, nur unten etwas unternehmende Unternehmertum aber auf die Eier. Die dummen, ausdruckslosen Gesichter, die durch ihr dauernd geschäftiges Erigiert-Sein nicht mehr genug Blut ins Hirn bekamen, sodass ihnen mit der Zeit der Unterkiefer runterhing, ihre Augen trüb und blöde glotzten, deren Bilanzen immer alle Löcher stopften, deren ganzes Gewerbe nur aus Abreibungen bestand. Wenn man erst einmal genug davon gesehen hatte, empfand man diese ganze kalbsköpfige Zunft als unmoralisch, als gottlose, vertierte, nur am Vögeln interessierte Kreaturen, deren triebhaften Betrieb man verbieten müsste – sobald man sich einen heruntergearbeitet hatte. Vorher fiel man immer wieder darauf rein, wurde geil beim Anblick ihrer nackten, überall rasierten Leiber. Eine absurde Mode übrigens, die nur Feigwarzen und Infektionen förderte. Aber nicht nur Haare galten neuerdings als unrein, auch dunkle Haut. So hatten schon die Mädchen im Schiefen Turm mit Analbleaching begonnen, einer Aufhellung der dunklen Arschrosette. Manche hatten diese Bleichung sogar auf Schamlippen und Brustwarzen ausgedehnt. In was für einer verlotterten Gesellschaft leben wir? Mädchen lassen sich zum Schulabschluss Brustvergrößerungen oder Schamlippenverkleinerungen schenken. Andere tätowieren sich Schmetterlingsflügel um die mexikanische Madonna, lassen sich die Klitoris oder die Peniseichel piercen. Verrückt, oder? Wo sollte das alles noch hinführen?

Vielleicht war ja ich, der schräge Vogel Hildebrand Kilgus, berufen, die Welt zu verbessern, von diesem Pornotopia zu befreien. Ob aber auch andere Heilige in ihrer Jugend in tote Fische und Bananenschalen ejakuliert hatten? Ob auch sie mit Räucherlachsersatzscheiben einen Schamlippenmund simuliert und von Ausflügen nach Mösendorf phantasiert hatten? Ob auch ihnen ein Kameradschaftsbundobmann zwischen die Beine gegriffen hatte? Ob auch sie mit einem Poldl und seiner Knackwurstnudel aufgewachsen waren? Mit einem Pfarrer, der einem mit seinen ungewaschenen Speckfingern die Hostie bis tief in den Rachen geschoben hatte? In einem Ort namens Sumpfing, den andere gerne mit Zumpfing verunglimpften? Mit einer Großmutter, die, wo immer sie auch hinkam (meistens saß sie ja nur vor dem Fenster und phantasierte von Stalinum und Kalinum), Blumensamen in die Erde gesteckt hatte? Tulpen- und Rosensamen, die ihr in Russland gebliebener Mann gezüchtet hatte und die alle nordische Namen wie Antje, Ingemar, Trine, Göran oder Kalle hatten, womit er das Prinzip des Herrn Kamprad vorwegnahm, die Produktbenennung von Ikea. Was sonst sollte dieses Vogelverstehen? Ich war berufen! Auserwählt! Bloß, wozu? Von wem? *Ich wollt, ich wär ein Huhn.*

Wieder stach mich was im Rücken. Verärgert zog ich das weiße Pilotenhemd aus und merkte, dass im Saum etwas steckte, ein kleiner Streifen. Happalo. Vermutlich ein Sensor, der beim Verlassen eines Kaufhauses Alarm auslöste. Vorsichtig zog ich an der Naht, bekam einen gräulichen Papierstreifen zu fassen, einen kleinen, zusammengefalteten Zettel. Ich entrollte ihn und las die runde Kinderschrift: *Ich haben dieses Hemd genäht. Meine Name ist Yeasmin Kahandahari. Ich haben fünf Kinder, bin krank und sehr arm. Ich verdienen zwanzig Dollar in der Woche. Das reichen für nicht. Diese Nachricht sein letzte Hoffnung. Wer immer diese findet, geben seinem Herzen einen Aufprall und helfen einer armen*

Frau. Gott mögen es danken. Ohne Hilfen sterbe ich. Yeasmin Kahandahari, Hemdennäherin, Straße der Armen, Rangabali, Bangladesch.

Hemdennäherin? Bangladesch? Im Pilotenkoffer? Eine Weile war ich völlig durcheinander, dann formierten sich meine Gedanken und formulierten nur ein Wort: Betrügerin! Betrügerin! Ständig diese Anfechtungen und Betteleien. Jetzt kamen sie sogar schon aus den Hemden, diese unbefruchteten Betteleier. Bald würden sie in den Cornflakes sein, in Pizzaschachteln, im Speiseeis, im Wasser. Überall Anfechtungen. Wenn nun aber doch? Hatten nicht auch KZ-Häftlinge Nachrichten in ihre Kleidung eingenäht, die dann oft erst lange nach ihrem Tod gefunden wurden? Wenn es sich nun wirklich um einen armen Menschen handelte, den das Schicksal ausgerechnet mir zuwies, um am Jüngsten Tag über mein Mitgefühl Gericht zu halten? Eieiei. Bangladesch wird ohnehin im Meer versinken. Die Ozeane heizen sich auf, der Meeresspiegel steigt an. Bangladesch ist ebenso verloren wie der Urwald im Amazonas, die Arktis, Afrika. Dafür braucht es nicht einmal die ATMER, schon der Klimawandel reicht.

Über diesen Gedanken schlief ich ein. Dem Tag brach sein letztes Stück herunter, die Nacht. Ich träumte von der Sixtinischen Kapelle, davon, dass ich den Vögeln predigte wie du, Mama, den besoffenen Saurüssel-Gästen, dass sich die Vögel erst in Paprikahühner, dann in Betrunkene, später in mit Knödelfülle vollgestopfte Japaner verwandelten, die, egal wo man hinkam, alles fotografierten, einen anrempelten, Ikea-Möbel kauften. Im nächsten Augenblick entpuppten sie sich als Ratten in KZ-Gewändern. Hunderte KZ-Ratten, die neben mir herliefen, fiepsten, Knäuel bildeten, ihre Rattenzähne zeigten, ihre riesenhaften Penisse, ständig mehr wurden. Jetzt waren es Tausende, ein großer Knäuel aus weichem, grauem Fell, der herumsprang, *Auf und nieder, immer wieder, so hama's erst gestern g'macht, machma's heut' a,* sangen sie und sprangen auf mich drauf, in mich hinein wie Münzen in die Sparvereinsschlitze, durch mich hindurch. Jetzt waren sie in mir, rannten durch meine Adern, bissen sich in Innereien, ich spürte es deutlich, hatte keine Blutkörperchen mehr, sondern Ratten, nein, Teufel, rangabalische KZ-Teufel mit schnarrenden Goebbels-Stimmen, die mich auffraßen, mein Gehirn, meine Gedärme, gut, dass ich nur aus von Zuchtnegern gezupfter Baumwolle bestand, sie verzehrten mich, fiepsten und blitzten, ja, sie blitzten, weil sie fotografierten, japanische Teufel, Reiseführer in der Hand, *Yeasmin Kahandahari* skandierend und Schnaps bestellend, weil wir nun wieder im Saurüssel waren, der Lehrer Schimpl, ich und Papa. Da schreckte ich hoch, erwachte. Schweißdurchtränkt.

Das Bettlaken war zusammengedreht wie ein Seil, durchnässt, der Mond ejakulierte sein weißes Lichtsperma, und etwas jammerte, nein, schrie. Eine Vergewaltigung? Eine verhungernde Hemdennäherin? Yeasmin Kahandahari? Ein herabstürzender Lehrer? Eine Japanerin mit einem ausgerissenen Bein im Arm? Nein, es stöhnte. Mit lauten, stoßweisen Ja-ja-Schreien wurde mein Zimmer ausgefüllt.

– Gib mir was. Ja, gib's mir. Bitte. Jaaaa!, brüllte es. Schon wieder Bettler? Vögel? Nein, die fetten, naiv gemalten Katzen! Böse sahen sie mich an, fauchten. Nein, die waren stumm. Das Geschrei kam von woanders. Eine Stöhnerin! Wo war mein Aufnahmegerät? Falscher Koffer. Auch das noch. Es waren dumpfe, aufdringliche Stöhner, lästig wie die Zeugen Jehovas, die lassen auch nicht locker. Jesus Christus, erbarme dich. Ja! Ja! Jaaaa! Die Jas wiederholten sich, wurden immer atemloser, immer eindringlicher, verschmolzen zu einer einzigen, beinahe unmenschlich klingenden Klage.

Jaaaaaaaa! Ich fuhr hoch, streifte meine Vinylhandschuhe über, rannte zum Fenster, das einen Spaltbreit offen stand, riss es auf, brüllte in die nach gedünstetem Kohl und verbrannten Eiern riechende Nacht: Nein! Silentium! Prego. Silentium. I wanna sleep. Io dormirò.

– Ja, ja, oh, jaaaa, wurde geantwortet. Jaaa!

– Nein! Jetzt reicht es. Ruhe!

– Ja, ja, gib's mir, ja, oh, jaaa, kam zurück.

– Aufhören! Ruhe! Schlafen!

– Ja, ja. Ich komme! Ich komme!

– Ich komme auch! Saubande! Ich sprang in meine Hose, knöpfte mein Hemd zu, band die Schuhe und stürmte durch das Treppenhaus, eine Tropfsteinhöhle aus Stöhnlauten. Jaa! Jaaaa! Beim Portier wollte ich mich beschweren. Dem Hornbostel würde ich die Meinung geigen. Der aber lag wie ein zusammengekehrter Haufen am Tresen und gab derart authentische Sägegeräusche von sich, dass man förmlich die einzelnen Zacken fühlen konnte, die durchs Holz seiner Träume glitten. Ich hatte schon die Hand auf seiner Schulter, um ihn wachzurütteln, da fiel mein Blick in das vor ihm aufgeschlagene Buch. Kleine, zu Häufchen gebündelte Notizen, die sich wie Ameisen um kleine Zeichen scharten. Mir fiel eine Sechs auf, neben der eine Schwangere gezeichnet war. Kam das Wort Sex von der Darstellung der Sechs (6) und bedeutete, jemanden schwanger machen? Ich zog meinen Blick aus dem Portiersheft, sah neben den Fächern für die Zimmerschlüssel, den Telefonen und Wandkalendern mit Busenmädchen, unter denen *Pumpen für die Industrie* prangte, einen größeren, mit einem Tuch verhängten Kubus. Ein Aschenbecher stand darauf, zwei halb gerauchte Zigarren lagen darin.

Neugierig näherte ich mich diesem Kubus, hörte Ja-ja-jaaa-Schreie, zögerte, hob schließlich den Aschenbecher, schob die rauchgraue Decke etwas zur Seite und blickte einem kleinen, funkelnden Augenpaar entgegen, einer Stimme, die mich anfauchte: Deine Mama ist immer mit einem warmen Ziegelstein ins Bett gegangen. Aber hat sie sich damit gewehrt?

Erschrocken ließ ich den Aschenbecher fallen, der auf dem roten Klinkerboden in viele kleine Teile zerbarst, sah den in seinen Träumen versunkenen Hornbostel zucken und murmelte: Entschuldigung.

Ich fühlte mich wie ein Bröckchen Licht inmitten der Finsternis des ejakulierenden, Ja, ja, jaaa schreienden Universums. Meine Hände zitterten. Eine Feldmaus war ich, die sich vor einem Raubvogel versteckte. Aber seit wann hatte ich Angst vor Uhus? Entschlossen packte ich das Tuch und riss es weg.

– Dein Papa liest nur Autozeitschriften, kreischte es im Käfig, nur Autozeitschriften. Und als du ihm gesagt hast, lies doch mal ein Buch, kam er mit der Biografie von Dieter Bohlen. Kein Uhu starrte mir entgegen, kein kleiner, hakenförmiger Schnabel inmitten eines flachen, einem abgeschnittenen Ast gleichenden Gesichts, sondern ein kleiner, gelber Wellensittich, der wie ein Tischtennisball in seinem Käfig herumhüpfte.

– Dann stimmt es also. Ich verstehe die Vögel! Meine erste Regung war, einfach wegzurennen, alles liegen und stehen zu lassen. Hau ab, Hildy, weg. Lauf, so schnell du kannst. Ich blieb.

– Ja. Ja. Ja. Bitte. Oh. Ja, antwortete das Off mit Stöhnen.

– Nein, sagte Hornbostel, immer noch schlafend. Wir haben nichts mehr frei.

– Du hast geweint, fiepste der Sittich, und deine Frau ist neben dir gelegen und hat nichts verstanden. Dabei hat sie dein Stöhnarchiv zerstört.

– Aber warum? Ich war verwirrt. Warum verstehe ich bloß die Sprache von euch Kreaturen?

– Du hast geweint, schnatterte der Sittich weiter, geweint, weil du wusstest, dass du verloren warst, dass noch Furchtbares geschehen würde. Du hast dein Schicksal gesehen.

– Was?

– Geweint wie damals, als dein betrunkener Vater deine Mutter prügelte.

– Warum?, schlug ich mir auf die Ohren. Warum? Woher weißt du das? Mir war wie inmitten einer Symphonie aus Stöhnen, Schnarchen und Vogelgeschnatter. All meine Sinne waren wattiert, als hätte man mich in Tellwolle eingepackt, sodass ich nicht nur meine Umwelt bloß noch entfernt und schwach wahrnahm, sondern es auch überall juckte, ich mich am liebsten am ganzen Körper gekratzt hätte wie ein Neurodermitiker beim Ausbruch seiner Krankheit.

– Aber warum?

– Warum?, schnatterte der Vogel. Weil es über ihn gekommen ist. Weil der Alkohol ein Gleitmittel ist, alle Gemeinheiten aus ihm herausrutschten.

– Warum? Warum verstehe ich dich bloß? Warum?

– Weil alles belegt ist, brummte der Portier und ließ einen tiefen Grunzlaut folgen. Alles ausgebucht.

– Warum? Weil er selber keine andere Form von Zuneigung gelernt hat. Weil auch ihn sein Vater jeden Tag verprügelt hat. Weil das seine Form von Liebe war.

– Warum versteh ich dich?

– Aber was heißt denn schon verstehen, schnappte beim Vogel plötzlich etwas ein wie bei einer Türverriegelung. Er sah mich skeptisch an, legte seinen kleinen Kopf leicht schräg und sagte: Das gibt es nicht. Nicht du. Du bist nicht der, den wir erwarten. Du nicht.

– Wen erwartet ihr?

– Dich bestimmt nicht!
– Und warum verstehe ich dich dann?
– Tust du nicht. Tust du nicht.
– Leider doch.
– Glaube ich nicht. Glaube ich nicht.
– Ist aber so.
– Beweise es. Beweise es.
– Alles aus, alles ausgebucht, ergänzte Hornbostel, stöhnte wie ein Dampfschiff und verfiel sogleich wieder in sein rumpelndes Schnarchen.
– Und wie soll ich es beweisen?
– Öffne die Käfigtür. Öffne die Käfigtür.
– Bitte, drehte ich am kleinen Hebel, der die weißlackierte Tür verschlossen hielt. Es quietschte zart.
– Danke, sprang der Wellensittich raus, drehte glücklich ein paar Runden.
– Aber warum, brüllte ich ihm nach, du hast mir nicht gesagt, warum! Wer ist es, auf den ihr wartet? Wer? Der Vogel reagierte nicht, setzte sich auf eine Vorhangstange und schwieg. In mir wurde alles weiß und kalt wie das Neonlicht, sogar das warme, angenehme Sägen des Hornbostelschen Schnarchens hörte plötzlich auf, auch das Stöhnen war sehr weit entfernt. Mir war wie einem Ei, das man in eine Schale geschlagen hat und das darauf wartet, versprudelt zu werden.
– Bleibt, bleibt da!, schrie Ödipus Hornbostel, der nun allmählich wieder zu sich kam. In seinem Traum war er wahrscheinlich vom Hotelportier zum Gefängniswärter aufgestiegen, der in den Sekundenbruchteilen einer ewig erscheinenden Traumwelt einen Aufstand niederschlagen, eine Flucht verhindern musste. Bleibt, kam aus seinem speckigen Mund, bleibt, ihr bekommt alle Vergünstigungen, besseres Essen, jeder ein Paar Schuhe, eine Bibliothek!, schrie er nun so laut, dass er selbst darob erschrak, auf-

wachte und verwundert sah, wie sein Wellensittich in die Freiheit flog. Bleibt da, schrie er ihm nach, bleibt da!

– Aber es war ja nur einer, versuchte ich ihn zu beruhigen.

– Nur ein Gefangener? So fängt ein Aufstand an. Da greifst du dir ans Hirn.

– Ein Vogel.

– Ein Strafgefangener, so beginnen die Revolten, murmelte Ödipus und erkannte allmählich die Situation, sah meinen zur Fensteroberlichte gerichteten Blick, den leeren Vogelkäfig, die Scherben des Aschenbechers, zwei Zigarrenstummel, und allmählich kapierte er, dass er kein Wärter war, sondern Hotelrezeptionist und Vogelliebhaber. Er blickte noch einmal zum offenen Käfig, dann zu mir, meinen Handschuhen, und murmelte: Der Spinner mit der Allergie. Ich war verlegen.

– So-o ist das a-also, fauchte er, der bei Aufregung ins Stottern fiel – eine alte, tief in seine Kindheit zurückreichende Schwäche, die in exaltierten Situationen nicht und nicht zu bändigen war. Seine Nasenflügel vibrierten und wie Maschinengewehrsalven kamen die Silben aus ihm rausgespritzt: E-e-erst verschämt-schämt fra-fragen, o-o-ob ma-ma-n-an glaubt, da-dass man mit Vö-ögeln re-re-re-den kann, und da-dann, dann hinterrücks den We-We-We-Wellensittich auslass-lass-lassen. O-oder ha-haben Sie auch eine Vogelallergie? A-aber da-da-damit ko-ko-kommt man hier nicht du-du-durch, Bursche. Hören Sie, ni-ni-nicht bei mir. Ni-ni-nicht bei Ö-Ö-Ödipus Hornbo-bo-bostel! Da-da-das geht nicht. Da greifst du dir ans Hirn. Was sind Sie ü-überhaupt? Ein Tierschützer-zer? Ein Glo-Glo-Globalisierungsgegner-ner? Ge-ge-geben Sie es zu. Aber ni-ni-nicht bei mir. Ho-Ho-Hotels brau-brauchen Touristen. Uns nü-nü-nützt die Globalisierung-ung. Und we-wenn Sie es genau wi-wi-wissen wollen, ich bin Ka-Ka-Kapitalist. Jawohl!

Aber deshalb brauchen Sie nicht meine Vö-Vö-Vögel freizulassen-sen, Sie, Sie, Sie ko-ko-komischer Vogel. Menschenskind. Sie ent-enttäuschen mi-mich. Sie sind do-dodoch ein e-erwachsener Kerl, a-a-aber da-das geht hier nicht. Hö-ören Sie, nicht bei mir. Und wenn Sie zehnmal in diediesem verfluchten Zimmer nächtigen... Li-lieben Sie Sittiche? Uhus? Fühlen Sie sich ma-ma-manchmal versucht, den Flug der Vögel zu beobachten-ten, da-da-daraus die Zu-Zu-Zukunft zu deuten? Wissen Sie, wie es aus-aussieht, wenn ein Vogel auf die Erde herabstürzt? Ei-ein ganzer Schwarm?

– Aber ich wollte doch nur, stammelte ich.

– Ich wo-wollte do-do-doch nur, ich wo-wollte do-doch nur, äffte er mich nach. Da greifst du dir ans Hirn. Was, was wo-wollten Sie?, fauchte er jetzt, schlug sein Buch zu, krempelte die Ärmel seiner hellblauen Strickweste hoch und stellte das *Respekt!*-Schild demonstrativ in die Mitte seines Tresens. A-also? Was? Wa-was wo-wollten Sie? Sie sind total Ba-Ba-Banane-ne-ne-ne. Sie haben den Vogel aus-ausgelassen, o-oder nicht? Idiot. Was passiert denn jetzt mit ihm, was hat er de-denn von seiner Freiheit, o-o-o-ohne O-O-Ordnung, o-o-ohne schützendes System, o-o-ohne Käfig? O-o-ohne Hausordnung? Eine Ka-Katze wird ihn fressen! Gegen eine Gla-Glasscheibe wird er do-donnern und sich das Genick brechen. Raben werden ihn to-tothacken. Erfrieren wird er. Au-Autos werden ihn überfahren. An Rattengift wird er sterben. Tausend To-Tode wird er sterben. Und wer ist schuld? Sie! Sie blöder Vogel.

– Aber ich wollte mich doch nur beschweren.

– Wie bitte? Der Portier bat mich, näherzutreten, flüsterte mir nun wieder völlig flüssig zu: Ich habe ihn wahrscheinlich nicht verstanden, beschweren will er sich? Er sah mich gutmütig an, ja, sogar ein kleines Lächeln huschte über seine Lippen, bevor er wie ein Verrückter losbrüllte: Ja, ist er denn to-to-total übergeschnappt, erst den Vogel auslassen, dann auch no-no-noch beschweren? Und dann alles auf das Zimmer schieben. To-to-total Ba-Ba-Banane-ne-ne. Da greifst du dir ans Hirn.

Ich legte einen Zeigefinger an meine Lippen, deutete nach oben, sodass der Portier verwirrt zur Decke sah.

– Wieso? Wa-Wa-Wasserrohrbruch oder wa-wa-was? Sehen Sie schon Sterne? Fliegt da was? Hä?

Ausgerechnet jetzt war von der Stöhnerei nichts mehr zu hören. Keine Spur von irgendeinem Keuchen oder Brüllen. Stille. I-Idiot, machte der Portier diese Handbewegung der Italiener, die *Verschwinde, hau ab, sei froh, dass ich dich gehen lasse* bedeutet. Dann erhob er sich, schlüpfte in seine Hauspatschen, kehrte mit den Füßen die Aschenbecherscherben in eine Ecke und ging an mir vorbei zur Tür, brüllte hinaus: Po-Po-Pomaranzev. Po-Pomaranzev, ko-komm zurück! Po-Pomaranzev, wo-o bist du?

Pomaranzev? Als Pomaranzev konnte man nur davonfliegen. Dieser Name schoss den Vogel ab, dachte ich, gähnte und trottete erneut die Tropfsteinhöhle von Stiegenhaus hinauf in Richtung meines Zimmers – nur dass diesmal alle Stöhn-Stalagmiten und -Stalaktiten abgebrochen waren. Kaum war ich im ersten Stock, wuchsen mir schon wieder Ja-Stäbe entgegen. Es war wie in einem Haifischmaul, überall lange spitze Zähne, die schrien: Ja, ja. Jaaa. Gib's mir. Ja. Fester! Mehr! Nimm mich! Nimm mich! Dazu der Sound eines quietschenden Bettes. Ich drehte um, zurück Richtung Portier, der würde schauen, dieser Hase, um Verzeihung würde er mich bitten und für Ruhe sorgen müssen. Da wurde es augenblicklich wieder still, versiegten alle Schreie, war das Haifischmaul wie leergeräumt. Als ich mich wieder Richtung Zimmer drehte, war es wieder da, biss zu: Ja. Ja. Jaaa. Jawohl! Gib's mir! Nimm mich! Bitte! Jaaa! Jawohl!

Wieder machte ich kehrt Richtung Portier. Stille. Umdrehen. Gestöhn. Es war wie in einem Slapstickfilm. Das Ganze wiederholte sich so lange, bis es mir zu blöd wurde. Ich beschloss, mich zum Stöhnerinnenzimmer durchzukämpfen und selbst für Ruhe zu sorgen.

Wie in einem reißenden Fluss ruderte ich gegen Stöhnwellen, wurde von Ja-ja-Katarakten zurückgeworfen, gelangte schließlich doch zur Quelle. Eine Cola-light-Flasche stand da vor der Tür. Na bitte! Nummer 26. Als ob das nicht klar wäre, dass hier zwei Sex hatten. Mittlerweile stöhnte es wieder in einer Intensität und Lautstärke, dass einem der Magen hochkam: Ja. Jaaa. Bitte. Ja. Das ist gut. Jaa!

Wie konnte ich nur je gedacht haben, durch dieses Geplärr zu einer Empfindung zu gelangen? Jetzt war es genug. Ich hob die Faust gegen die ochsenblutrote Tür und stand da wie ein Henker, der zum finalen Schlag ansetzt, dem Delinquenten den Schädel abzuhacken, den sich hinter der Tür Verlustierenden ein jähes Ende zu bereiten, die klopfbereite Faust schon angesetzt, den Atem angehalten, mich auf alle möglichen Kreaturen einstellend, die das Klopfen aus ihrem Verschlag sprudeln würde wie das Blut aus einem kopflosen Hals. Ich rechnete mit dem Schlimmsten, mit dummen Pornodarstellergesichtern, hängenden Kiefern, trüben Augen, Abschaum. Die Frau, die Quelle allen Übels, war sicher eine graue Maus, eine dumme Nuss mit Sternchenblick. Egal. Jetzt war es zu spät, jetzt war der Scharfrichter da, jetzt gab es kein Erbarmen. Ich hämmerte meine Faust gegen die Tür und schrie: Aufhören, aufhören. Ruhe!

– Ja! Ja!

– Ruhe! Verdammt! Sofort! Silentium!

Da verstummte das Gestöhn, brachen die Stöhnschreie ab wie ungekochte Spaghetti, konnte man flüsternde Laute hören, leise, irritierte Stimmen rieselten zu Boden.

– Sieg!, stieß meine Henkersfaust in die Luft. Triumph auf allen Linien! Wie Siegfried, der Drachentöter, hatte ich mich vorgewagt in die Höhle des Untiers, zugestoßen und den Feind im Innersten getroffen, besiegt.

Da, ich hatte bereits kehrtgemacht, wollte mich im dicken Blut der Stille suhlen, da fiel ein Eichenblatt auf meinen Rücken, hörte ich ein Schlüsseldrehen, es kam von Nummer 22, ein weißer, halbnackter Körper (weiblich durch und durch) erschien wie eine Schüssel Milch, die man vor einen Igel stellt. Ich wurde zum Stück Brot, eben noch Drachentöter, jetzt von dieser milchigen Brunhilde eingetunkt, aufgeweicht.

– Das Stöhnen, sagte ich verlegen, eine Frechheit. Nicht? Ich sah verschämt auf ihre Zehen, die wie aneinandergereihte Schildkrötenköpfe auf dem kaffeebraunen Teppich standen. Grün lackierte Nägel. Ihre Unterschenkel, die aus zu kurzen Leggins herauskamen, waren schon ein paar Tage lang nicht mehr rasiert worden, kleine Haaransätze spiegelten das Neonlicht der Deckenleuchter wider. Etwas zu dicke Fesseln hatte sie, Gurkenbeine!

– Machst du so einen Lärm?, fragte das in zerrupftes Haar gebettete, rotwangige Gesichtchen. Die Lady hatte moosgrüne Augen mit einem leichten Schmierölfilm, in dem noch etwas Schlaf glänzte, einen vollippigen Mund mit erdnussgroßen, aber weißen Zähnen und einen Schwanenhals. Sie blinzelte wie ein verwirrter Nachtschmetterling, den man mit einer Taschenlampe geblendet hat.

– Lärm? Ich? Um Himmels willen, nein, hob sich mein Igelblick, streifte dabei ihre volle Brust, deren große Nippel sich unter einem Leibchen abzeichneten, Augen eines Tintenfisches. Nicht irgendwelche Blümchen oder Tiere waren darauf abgebildet, sondern der Schriftzug *I love Norway*. Alter Schwede! So stand ich dieser nordischen Walküre gegenüber. Sie roch wie ein Orangenbaum, an den ein Kater seine Markierung gespritzt hat. Mir fiel Island ein, der Regen, die Wochenenden mit Almut, ihre Vulkanausbrüche, Achselhöhlen, unter denen es, wie sie sagte, hormonelte, der Seebaron. Hatte ich diese hünenhafte Norwegerin, deren Geilheitstentakel nach mir fassten, schon einmal gesehen? Ich raste durch die Zettelkästen der Erinnerung, landete im La Carbonara, im Petersdom beim aufgespießten Lehrer Schimpl, im Park beim Esperanto-Erfinder, in der U-Bahn, nein, nein, nochmals nein, es war beim Schwertfischessen, wo mir die Taube auf den Kopf gepeffert hatte. Da war sie am Nachbartisch gesessen, hatte mit einer alten Dame Konversation geübt, Wein gesüffelt, sich beim Zuprosten *Servus* zugeraunt und über das Windelkind gelächelt.

Während ich abwechselnd zu den Hippies und der spinatgrünen Windelsoße gestarrt, dabei auf den Schwertfisch gewartet hatte, hatte die Alte, eine zierliche grauhaarige Kettenraucherin, vom Training ihrer Beckenbodenmuskulatur gegen unfreiwilliges Harnlassen erzählt, davon, dass sie, die jetzt Hände voller Friedhofsblumen (Altersflecken) hatte, in ihrer Jugend eine gefeierte Balletttänzerin gewesen sei. Geschichten von trinkenden Regisseuren und verrückten Inspizienten waren das gewesen, Geschichten von schwulen Tänzern und blinden Portieren, die ich freilich nur nebenbei mitbekommen hatte. Und dass sie, die Alte, Pech mit einer Zweitbesetzung gehabt hatte. Die wollte nicht nur ihre Rolle, sondern war obendrein mit einem Unterweltler namens Kaiman, Kay Gras oder Kaiphas liiert gewesen, der seine Kai-, äh, Kumpane anheuerte, sie, die alte Dame, die damals jung und auf den Bühnen ein Star gewesen war, zu verprügeln. Also lauerten ihr grobe Kerle auf, sie zu verhauen. Doch blieb es nicht bei einer leichten Abreibung, einer sogenannten Lektion, die Typen rasteten völlig aus, machten ein großes Examen daraus, vergewaltigten sie, gerieten in Streit, verprügelten sich gegenseitig. Das war das Ende der Ballettkarriere gewesen, von der sie ungeniert erzählte, um zwischendrin immer wieder der Norwegerin zuzuprosten und *Servus* zu sagen. Dann kam der Taubendreck, der Ich-versteh-die-Vögel-Vogel. Ob sich diese falsche Schwedenbombe daran erinnern konnte? Ich beabsichtigte nicht, ihr diese peinliche Szene wieder ins Bewusstsein zu rufen.

– Mir haben Sie es zu verdanken, dass jetzt Ruhe ist, hob ich meine Brust. Die auf 26 haben nämlich so laut, äh, kopuliert.

– Kopu-was haben die, konferiert?, wollte die Norwegerin wissen.

– Nicht konferiert, wenn, dann körperlich, kopuliert, ge-, äh, verkehrt, gedingst.

– Gewas?

– Gebumst.

– Sauerei, spielte der skandinavische Nachtengel die Erboste. Um drei Uhr in der Früh eine Konferenz? Krass. Schieß mich tot.

– Na ja, wiegelte ich ab, wenn man leise ist. Der Sternchenblick … Kann ich. Ich meine, jetzt, wo wir schon wach sind, aufgeweckt … ich könnte Sie auf einen morgendlichen Nachttrunk einladen, also auf einen nächtlichen Morgentrunk, ein Fluchtachterl aus meiner Minibar.

– Fluchtachterl?

– So nennt man in Österreich das letzte Getränk, auch wenn es nicht das letzte ist …

– Kommst du aus Österreich? Krass. Ich war erst einmal dort, bin mit dem Zug gefahren, der *Kufstein, die Perle von Tirol* hieß. Vor Österreichern muss man sich in Acht nehmen, weil die seltsame Lieder singen und verschlagen sind.

– Wer erzählt denn so etwas?

– Ich habe meine Erfahrungen, pfiff sie durch ihre schönen weißen Zähne und strich sich durchs blonde Haar. Dann umklammerte sie einen ihrer Oberschenkel, zog ihn hinauf zur Brust, sodass sie dastand wie eine Ballerina. Jeder Körpersprachentrainer hätte diese Stellung als unmissverständliche Einladung interpretiert.

– Was haben die Österreicher aus den Adolf-Hitler-Plätzen gemacht? Die heißen jetzt Hauptplatz, dabei müssten sie Drecksfutplatz oder Arschtrottelplatz heißen. Ihre Stimme war hell, beinahe quietschend, aber nicht unangenehm. Und dann noch diese Berge. Sehen aus wie gefrorenes graues Fleisch mit Fettadern. Krass.

– Sie riechen gut, entfuhr es mir.

– Die Berge?

– Nein, Sie.

– Chanel Cristalle. Magst du?

– Wie ein Orangenbaum mit jungen Früchten. Was ist jetzt mit dem Fluchtachterl?

– Ich trinke keinen Alkohol, nie. Nur Bier.

– Bier?

– Aber nur zum Fußball. Bei der letzten Weltmeisterschaft habe ich mir extra einen Beertender angeschafft.

– Gut, dann besorgen wir Bier.

– Bestimmt willst du mit mir bumsen. Sie hatte das angezogene Bein nun ausgestreckt, an den Türrahmen gelehnt und sich mit ihrem ganzen Oberkörper draufgelegt, während sie mit dem anderen, noch am Boden stehenden Bein leicht wippte. Jeder Körpersprachentrainer bekäme bei diesem Anblick einen Steifen. Und ich? Mein Blut geriet in Wallung. Sie stand da wie damals Almut, als ich mir Zucker ausborgte. Ein Spagat im Stehen. Alle Tore offen. Erstaunlich, welche Wirkung ich auf Frauen ausübte. Oder lag es an der Pilotenuniform? Dabei hatte ich die Jacke gar nicht an. Sie sah mich mit großen, hungrigen Augen an wie ein Hund einen Esser. Gleich würde ich mich auf sie stürzen, ohne sie zu berühren, versteht sich, ihr das *Norwegen* von der Brust reißen, ihr aus den Leggins helfen, eine Decke zwischen uns bringen, mich ihrer mexikanischen Gottesmutter nähern, sie zum Beten bringen. Gleich würden wir uns am Boden wälzen und uns Zärtlichkeiten zuflüstern – mit einem halben Meter Mindestabstand. Gleich würde ich diesen weißen Leib in eine Decke hüllen und umklammern, mit meinen Handschuhen ihre Brustwarzen zum Klingeln bringen. Gleich würde sie stöhnen.

– Nur wenn es sich nicht vermeiden lässt, bemühte ich mich cool zu bleiben und zuckte mit den Achseln. Das Stöhngeschrei hatte mich aufgegeilt. Andererseits hatte ich seit Island keinen Sex gehabt. Nur mit äußerster Mühe würde ich den Akt länger als dreißig Sekunden durchhalten können. An Klimakatastrophen und Teilchenphysik würde ich denken müssen, an Professor Bird, von dem ich nicht wusste, wie er aussah, an Beerdigungen und Geburten, Alfred und Hermann Kaguru, die Oberhebamme und ihren Sportwagensitz. Bestimmt würde ich mich trotzdem nicht lange beherrschen, sie nie und nimmer bis zum Gipfel bringen können, sie schon an der ersten kleineren Steigung fallen lassen müssen. Aber davon durfte sie jetzt nichts merken.

– Wir Österreicher sind begnadete Bergsteiger. Kein Gipfel ist uns zu hoch … Und Sex soll gut sein für die Prostata. Sex und Kürbiskerne. Dass es auch ablenken würde von Almut, den sprechenden Vögeln, Selbstmordlehrern und bettelnden Hemden, behielt ich lieber für mich.

– Immer dasselbe. Alle wollen bumsen – und schlag mich tot. Krass. Aber weiß ich denn, ob du es gut machst? Die meisten Männer sind so zärtlich, wie wenn sie einen Sandsack schlagen würden. Andere schlecken einem das Gesicht ab. Oder sie haben so ein langes Glied, das nicht hart bleibt. Es gibt auch dünne Schwänze, dünn wie ein Würstel. Und dann gibt es dicke. Also, die meisten Männer können es nicht gut, auch wenn sie es glauben.

– Ich habe viel Erfahrung.

– Falsche Antwort! Sie befreite sich aus ihrer eigenen Umklammerung, nahm eine stramme Haltung ein und sagte: Außerdem bin ich verheiratet. Ich glaube an Einigkeit, daran, dass man sich in einer Beziehung entwickeln kann, und nicht, dass man mit jedem, der einem über den Weg läuft, bumsen darf. Ich denke, das ist Unmoral. Und gefährlich. Das glaube ich, daher gehe ich jetzt auch nicht auf dein Zimmer mit, bitte dich nicht herein und trinke kein Bier mit dir, obwohl du ein Pilot bist.

– Nicht einmal eine Prärieauster? Ich war verwirrt. Was hatte ich falsch gemacht? Warum hatte sie sich dann so hingestellt, wenn sie gar nicht wollte? Dumme Elchkuh.

– Hääh?

– Eidotter mit Worcestersoße, Essig, Zucker, Salz. Das stärkt.

– Leb du wohl, schloss sie die Tür. Gute Nacht. Such dir eine andere für deine Latexspielereien. (Das war's, sie hatte meine Handschuhe gesehen.) Kauf dir Kürbiskerne und lass dir nicht mehr auf den Kopf scheißen.

– Sie erinnern sich? Haben Sie auch gehört, wie die Taube gesprochen hat? Das müssen Sie gehört haben.

Da ging die Tür noch einmal einen Spaltbreit auf, sah sie mich mit ihren großen grünen Mittsommer-Augen an und sagte: Ich habe nur gesehen, wie du herumgehüpft bist wie ein Irrer und einen Vogel mit Fischteilen beworfen hast.

– Aber der Vogel hat gesprochen. Das müssen Sie gehört haben.

– Jetzt schlaf du wohl, ging sie nicht weiter darauf ein und schloss die Tür.

Ich machte also kehrt, schlurfte enttäuscht in Richtung meines Zimmers, überlegte, ob der üppige Eindruck dieser Norwegerin reichte, um mir einen runterzuholen, spürte, wie in meinem Rücken eine Tür geöffnet wurde, jemand durch den Flur huschte und mäusisch piepste.

Etwas später, ich war eben eingeschlafen und im Traum in Norwegen eingestiegen, um einen Beertender anzuzapfen, weckte mich ein Rumoren am Türschloss. Jemand versuchte bei mir einzudringen. Die falsche Schwedenbombe? Sie war gekommen, um mich zu berühren? Woher wusste sie meine Zimmernummer? Nein, eine fluchende Männerstimme. Ihr Ehemann? Ich zuckte zusammen, bewaffnete mich mit einem Lampenschirm, schlich zur Tür und sah verängstigt durch den Spion. Da standen zwei große Reifen, John-Lennon-Brillen? Der Norweger? Nein, der Buschauffeur mit seinem Zwirbelbart, ziemlich betrunken.

– Was wollen Sie?, öffnete ich die Tür nur einen Spalt.

– Sie! Verlassen Sie sofort mein Zimmer, Zimmer!, grölte der. Sofort! Hicks. Hinaus!

– Warum denn? Das ist mein Zimmer!

– Unmöglich, da sind meine Sachen drinnen, drinnen. Raus mit Ihnen! Weg! Wissen Sie nicht, wer ich bin? Herr, hicks, Vaselina. Und ich weiß auch, wer hier übernachtet hat. Aber das stört mich nicht, mich nicht. Sehr gedehnt kamen die Wörter aus seinem Mund. Er konnte sich kaum noch auf den Beinen halten.

– Ich schlafe, schlug ich die Tür zu.

– Sie, das werden Sie bereuen, bereuen, kam noch durch die Tür. Sie wissen ja nicht, wer hier einst drei Nächte lang geschlafen hat, hat.

– So? Wer denn?

– Ali, hicks, Agca!

– Ali wer?

– Ali Agca! Der Papstattentäter! Hier in diesem Zimmer, Zimmer.

– Mir egal.

Asackallah

Am nächsten Morgen fielen Lichtvorhänge aus verquirlten Wolken. Lange Sonnenstäbe standen wie Stabmixer in der Luft, zersprudelten die frische Feuchtigkeit.

Bei jeder Kniebeuge, ich hatte mit der Morgengymnastik begonnen, um meine Fettleibigkeit zu bekämpfen, bei jeder Kniebeuge also stand der Halbsatz *A Sackerl a* in mir, was wie von einem Muezzin gerufen wurde. A Sackerl a. A Sackerl a. A Sackerl a, Ali Agca a. Und ich erinnerte mich an jenen deutschen Touristen in der Sumpfinger Metzgerei (Butterweck), der die Frage des Fleischers (Rufus' Vater): *A Sackerl a?*, was ins Hochdeutsche übersetzt so viel wie *Ein Tütchen auch?* bedeutet, da er sonst in Österreich wohl nur die ihm unverständlichen Grußformeln *Sgott, Sti, Seich, Dere* und *Teich* gehört hatte, auch dieses *A Sackerl a?* für einen solchen Gruß hielt und also mit dem vermeintlich oriental-austriakischen *Asackallah! Asackallah!* beantwortete.

A Sackerl a dröhnte es bei jeder Kniebeuge. Asackallah. Die Knie ächzten, als ob wirklich kleine gefüllte Tütchen in den Beugen wären, die schlechte römische Luft kratzte. Sie verwandelte nicht nur den Marmor der Denkmäler in Kalk, sondern machte auch die Menschen mürbe, grobporig und zu religiösen Fanatikern. Wie ein Sack stülpte sie sich über alles.

– A Sackerl a, rief es in mir. A Sackerl a. Und bei jeder

Aufstehbewegung war es, als wäre in meinem Inneren eine Stahlfeder, die mich hochdrückte, nach vorn, durch das offene Fenster – wie seinerzeit Ali Agca in den Petersplatz. Eine Kraft, die mich zum Aus-dem-Fenster-Springen drängte, damit ich flöge wie der Lehrer Schimpl durch die Petersdomkuppel. Mir war wie einem Champagnerkorken bei geschüttelter Flasche – wie tags zuvor in der U-Bahn. Mit aller Kraft stemmte ich mich dagegen, um nicht mit einem Plopp hinauszurutschen und davonzufliegen. Doch bevor es dazu kommen konnte, beendete ich meine Gymnastik, schloss das Fenster, duschte, das heißt, ich stellte mich unter den weißen Plastikgriff, der tröpfelte wie die Prostata eines Achtzigjährigen, trocknete mich mit rauhen pfirsichfarbenen Frotteehandtüchern, stieg in die Pilotenkleidung, ging frühstücken und sang dabei *Asackallah! Asackallah!*

Oft verhält es sich derart, dass ein kleines Steinchen einen Hang hinunterrollt, größere Steine, Grasbüschel und Erdklumpen mitnimmt, dabei wächst und als Mure größer, immer größer wird, durch Schneefelder rollt, liegen bleibt, dann weiterrollt, durch eine Geröllwüste, durch Wälder, Felder, Dörfer, Städte Schneisen der Verwüstung schlägt und beständig anschwillt, stetig größer wird, bis es endlich alles mitreißt, selbst zur Erdenkugel wird – als eine neue Welt. Vielleicht kullern ständig solche Steinchen Hänge runter, bilden neue Welten, stellen die alte auf den Kopf. Zumindest in Ali Agca muss 1981 so eine Lawine losgegangen sein. Und der sollte damals im selben Zimmer übernachtet haben? Ob ihm auch eine Taube auf den Kopf geschissen hatte, ob er auch im La Carbonara essen gewesen und nächtens von Stöhnern um den Schlaf gebracht worden war? Egal, ich würde keinen Papst erschießen, da konnte sich der Heilige Vater noch so viel Maggi in die Augenringe träufeln.

Mein Steinchen war das Verstehen der Vögel, das nun

alles mitriss, eine neue Welt erschuf. Oder war es nur ein Wurstknödel? *A Sackerl a* summend schlenderte ich in den Frühstücksraum.

Von den Tübinger-Tupperware-Damen war nichts zu sehen, auch nichts von ihrem nachtwandelnden Busfahrer. Der Portier räusperte sich mehrmals, deutete vorwurfsvoll auf den leeren Käfig, sagte aber nichts, wohl aus Angst vor einem Stotteranfall, drückte mir nur eine Zeitung in die Hand. Die Schlagzeilen sprachen von Wirtschaftsflauten und Konjunktureinbrüchen, von Hungerkatastrophen, Fußballspielen, Korruptionsskandalen, Streiks und Aufständen. Kein Wort vom Wetterkrieg, nichts von sprechenden Vögeln, nichts von Selbstmördern im Petersdom. Noch immer schien niemand die Zusammenhänge der Flutkatastrophen, Föhnstürme, Lawinenabgänge, Erdbeben und Vulkanausbrüche zu begreifen, noch immer, schien es, glaubte man an verrückt spielendes Wetter und nicht an menschliche Versuche, fragwürdige Experimente von durchgeknallten Geoingenieuren, die Salzwasser in Wolken sprühten, um sie aufzuhellen, mit Stickstoff Gletscher festfroren, mit riesigen Anlagen Kohlendioxid aus der Luft filterten oder die tektonischen Erdplatten zum Schwingen brachten. Noch immer konnte die ATMER völlig unbehelligt ihre Experimente durchführen, um sich eines Tages, das war das Ziel, als eine Art Wetter-UNO zu installieren, die Regen ebenso wie Sonnenschein verkaufte. Bis dahin wurden alle, Politiker, Greenpeace-Aktivisten, Grüne, Gewerkschafter, teils ohne ihr Wissen, für die ATMER instrumentalisiert.

Der Frühstücksraum war moosgrün tapeziert. Neben dem Buffet stand ein Wackeldackel zwischen zwei geschnitzten Raben. Auf großen Silbertabletts lagen Schinken- und Käsescheiben, Tomatenspalten, Paprikastreifen. Kleine, auf Eis gelegte Butterstücke, daneben Schüsselchen mit Marmelade, Honig. Joghurtbecher. Ein großer Korb mit Brötchen, eine Karaffe mit Orangensaftimitat.

Kaffee? Balzac soll davon täglich zweiundsiebzig Tassen getrunken haben. Gab es Stilltee? Den hatte ich mir als Hebammer angewöhnt. Nein? Dann grünen Tee, der verhindert Krebs, bekämpft die freien Radikalen, die Ali Agcas unter den Zellen. Während ich mir also grünen Tee eingoss und zu einem freien Platz trottete, dampfte der Traum der letzten Nacht herauf, von dem ich nur noch wusste, dass er mit Bayreuths Frage, ob sich in einer Morgenlatte der Urin sammle und ob in den Schwänzen der Männer auch ein Knochen sei, endete.

Als Kind hatte ich, obwohl ich mit Poldls Knackwurstantenne aufgewachsen war, lange nicht gewusst, was Rufus, der Metzgersohn, meinte, wenn er von einem Ständer sprach. An einen Schirmständer hatte ich gedacht, an Motorradständer, Notenständer oder Ähnliches, und er, der Haxenausreißer, der, wie ich später herausfand, aus Ochsenpenissen Steinschleudern fabrizierte, hatte sich darüber zerkugelt wie ich beim Anblick seines händeringenden Vaters, der sich seinerseits vielleicht nur von dem deutschen Asackallah-Touristen reinwaschen wollte. Aber ein Knochen war bestimmt nicht im Ständer. Oder doch? Dem war nachzugehen. Und wie ich noch völlig in meiner eingetüteten Gedankenwelt versunken war, in Ständern und Liebesknochen, riss mich von hinten etwas an die Oberfläche, blendete mich jäh mit Wirklichkeit.

– Guten Morgen. Das nordische Antidepressivum auf zwei Beinen: die Brunhilde. Alter Schwede! Ich war eben damit zugange gewesen, Kipferl auf Butter zu schmieren (so muss man es nennen), jetzt blickte ich in das fettig glänzende Gesicht der norwegischen Walküre, die sich wohl gerade mit Tagescreme eingeschmiert hatte.

– Tut mir leid, wenn ich zu dir heute etwas unfreundlich war, beugte sie sich vor, sodass ich ihre kleinen Brüste im I-love-Norway-Leibchen wackeln sah. Sie hatte einen Joghurtbecher in der Hand, riss ihn auf, schleckte die Folie ab und trank. Dann sagte sie mit weißem Joghurtbart: Die Stöhner von 26 sitzen da drüben. Krass. Und wegen heute Nacht … Tut mir leid, aber ich habe auch Erfahrungen gemacht.

– Schon gut, ich faltete die Zeitung, sah zu den Stöhnern und brummte: Kann man die erschießen?

Der norwegische Beertender trank das Joghurt fertig, schleckte mit einer langen, spitzen Zunge den Becher aus und quietschte: Du willst sie kalt erwischen?

– Nicht kalt erwischen, kaltmachen. Vor allem will ich einmal schlafen. Ich rieb mir die Augenlider, holte tief Luft und sagte: Und Sie? Was machen Sie heute Abend?

– Sag du nichts, stülpte sie, die noch immer stand, ihren leeren Becher über den Rest meines Kipferls und fuhr damit über den Tisch wie bei einem Hütchenspiel.

– Ich wüsste da ein Restaurant namens La Carbonara. Da gibt es Linguini, Tortellini, Fettuccine, Ravioli, Rigatoni, Vermicelli, Manicotti, Farfalle, Fusilli, Cannelloni, Fagottini, Trompetini, Flötinini, Posaunini, Tubanini, Lasagne, Pappardelle, Penne, Tagliatelle, Stringoli, Strombolini, Tripolini, Tortiglioni, Ciccolini, Pasolininini, Antonioninini und natürlich Spaghetti. Und Bier!

– Wenn das eine Anspielung auf Nudeln sein soll? Krass. Sie streckte ihren Bauch heraus. Ihre kräftigen nordischen Beckenknochen zeichneten sich unter engen Jeans ab. Dann hob sie den Joghurtbecher hoch. Das Kipferl war verschwunden.

– Keine Anspielung. Ich will nur sehen, ob Sie Temperament haben oder Fischblut in den Adern. In Österreich sagt man, die Nordländer seien gefühllose Algen, sexuell unterentwickelt.

– So? Sagt man? Und du? Wie spät bist du überhaupt? Mein Kipferl war in ihrem Mund gelandet.

Bestimmt meinte sie, wie alt. Wahrheitsgemäß sagte ich, neun. Da lachte sie, und ehe ich michs versah, hatte sie auch schon ihre feuchten, vollen Lippen auf meinem Gesicht ausgebreitet, als wollte sie mich verschlingen. Vor Schock bekam ich beinahe einen Kollaps. Ihre rauhe Zunge, dick wie die eines Kalbs, fuhr mir in den Mund, legte sich in meine Mundhöhle wie in eine warme Scheune. Elektrisierend! Wie wenn man einen Kuhdraht angreift. Und als ob das für einen Berührungsneurotiker nicht bereits zum Herzstillstand gereicht hätte, umarmte sie mich auch noch mit ihren an sich zarten Händen, die mir aber wie monströse Gorillapranken vorkamen. Wenn man nichts erwartet, bekommt man was. Jeden Moment würde ich eine Panikattacke bekommen oder zumindest hyperventilieren. Ich kam mir vor wie ein Kaninchen, das von einer Schlange verschlungen wird, wie ein Einkauf, der in eine Tüte fällt. Asackallah! Außerdem zog mich dieses norwegische Wahnsinnsweib nach hinten, drehte meine Halswirbel in eine schmerzhafte Stellung, sodass ich damit rechnete, entweder zu ersticken oder an einem gebrochenen Wirbel zu krepieren. Ihr Atem war warm und schmeckte nach Kipferl mit Joghurtfülle. Es war nicht nur unangenehm, aber wenn sie so weiterdrückte, würde ich jeden Moment die Besinnung verlieren. Ich sah schon meinen Kopf leblos am Hals baumeln, die Augäpfel herausfallen. Die Damen von Tupperware Tübingen würden angewackelt kommen, kreischen und Rettungsversuche starten, mich zwischen ihre schweren Busen nehmen, aber es würde nichts mehr nützen. Die norwegische Walküre hatte mich auf dem Gewissen. Zum

Frühstück hatte sie mich vernascht. Es war aus. Ich war tot.

Da ließ sie los. So plötzlich, wie sie über mich hergefallen war, gab sie mich wieder frei. Sie richtete sich auf, stülpte ihre Lippen wie einen Handschuh nach innen, schleckte sie mit der Zungenspitze ab. Dann wendete sie sie nach außen und schmierte purpurnen Lippenstift darauf. Während ich um Luft rang, mit meiner Genickstarre kämpfte und mir den Schweiß von der Stirn wischte, flötete sie: So, sagt man das in Österreich? Gefühllose Algen? Pffft. Also gut. 22 Uhr? Im Carbonara. Aber nur zum Essen. Höchstens noch zu einem Gutenachtkuss. Keinesfalls auf eine krasse Nudel! Sag du nichts. Sie lächelte, hob neuerlich den Joghurtbecher hoch, unter dem jetzt wieder mein angebrochenes, butterbestrichenes Kipferl lag. Und schon war das blonde Gift abgedampft.

Ich hatte einen Schweißausbruch, zitterte am ganzen Körper. Das war mehr Berührung, als ich in den letzten zehn Jahren zugelassen hatte. Immerhin war ich noch am Leben. Von hinten sah ich noch die langen Gurkenbeine dieser Zauberin, den in die Jeans gezwängten Hintern. Ich klebte an dieser wackeligen Geschichte, musste mir trotz des Schreckens, den ich ihr verdankte, diese fülligen Halbkugeln auf meinem Becken vorstellen. Gleichzeitig ging mir durch den Kopf, wie lange ich nicht mehr Zähne geputzt hatte, ob ich aus dem Maul stank, sie deshalb so schnell abgerauscht war? Zur Überprüfung hielt ich meine Hände vor die untere Gesichtshälfte, atmete hinein, roch daran, war von dem warmen Nestgeruch einigermaßen beruhigt, als ich merkte, selbst Zielscheibe zu sein. Seltsam, wie schnell man fremde Blicke fühlt. Die Stöhner! Verstohlen sahen sie mich an. Das also waren sie, die einem ganzen Hotel den Schlaf geraubt hatten. Zwei aufgedunsene, farblose Gesichter ohne Feuer in den Augen. Sie tuschelten. Streng blickte ich zurück, schüttelte, nachdem ich sie noch einen Augenblick lang vor dem Mund gelassen hatte, meine Hände aus – sicher dachten die Stöhner, ich würde frieren –, fixierte sie so lange, bis sie weich wurden, nachgaben, ihre Blicke abwandten, als hätten Mäuse einen Raubvogel erspäht.

Mäuse, ja, es waren graue, unscheinbare Mäuse, denen man diese nächtlichen Eskapaden gar nicht ansah. Bleiche, selbstverliebte Wesen, leergefickt, blutleer, unscheinbar. Er mit Bürstenhaarschnitt, Schlupflidern, Bauchansatz, weichem, weißem Fleisch, kariertem Hemd, sie mit ungewaschenem Haar, Grübchenkinn, vanillegelber Bluse, dunklem Rock. Eine bleiche, pausbackige Mäusebrut mit stumpfen, hohlen Augen, Pickeln am Kinn. So sahen sie also aus, die Bezirksmeister im Orgasmus, die alle Orgasmometer, wenn es die denn gäbe, zum Durchdrehen brächten.

Da kam mit der dunkelhäutigen Bedienung (ein Schild verriet ihren Namen: Eileen) ein weichgekochtes Ei. Früher waren Eier weiß, jetzt waren sie Make-up-farben, und man hatte sich daran gewöhnt, wie man sich an Handys, Computer oder Weicheier in der Politik gewöhnt hatte, an Werbeunterbrechungen im Fernsehen und das Rauchverbot. An entkoffeinierten Kaffee, Bier ohne Alkohol, Zigaretten ohne Nikotin, Butter ohne Fett, Schinken ohne Fleisch, Sex ohne Körperkontakt – an alles hatte man sich irgendwann gewöhnt. Ich dachte an meine guten Vorsätze, an die FdH-Diät, die Obstdiät, Suppendiät, Reisdiät, Gemüsediät, Keksdiät, Fruchtsaftdiät, Montignac-Diät, Montenegro-Diät (das war die Diät für Arme), wies diese ungelegten Eier alle von mir und klopfte wie der Jo-Jo-Effekt mit dem Teelöffel auf das Ei, klaubte kleine Schalenteile herunter, bekam das durchsichtige Häutchen zu fassen, zog es weg, streute Pfeffer, Salz auf die weiße Kuppe, stach hinein in dieses gallertartige Einerlei, sah, wie der weiche, orange Dotter aus dem gestockten

Weiß floss, den Becher hinunter bis zum Tisch. Eieiei. Dann aß ich einen Löffel voll, ließ die Masse auf der Zunge zergehen, schob ein Stück Brot nach, stach neuerlich hinein, als es mir dämmerte. Ei der Daus! Wie aus dem Nichts brach es aus mir heraus, hob mich wie eine plötzliche Erkenntnis aus den Angeln.

– Vögel, schrie ich laut, denn ich war längst kein kleines Steinchen mehr, sondern schon ein größerer Klumpen, der den Hang hinunterbrauste, alles mitzureißen. Dann überschlug sich meine Stimme wie die einer orgasmierenden Stöhnerin. Ein gellender, alles durchdringender, einzigartiger Eiei-Eier-Schrei, dem eine Suada über Vogelembryos folgte, darüber, dass Frühstückseier einen Vogelgenozid anrichten, Eier nicht umsonst in allen Sprachen die einfachsten Wörter, der Ursprung allen Lebens sind: Ei, egg, ovo, ou, oa, œuf, jajo, muna, wy, ho … Auch dass das Universum, aller Raum, ja selbst die Zeit eiförmig sind. Die Worte stiegen recht ordentlich in mir hoch, aber über der Zunge gerieten sie durcheinander, kamen wie ein Poldlsches Gebrabbel raus. Die beiden Stöhnmäuse, den verklärten Blick immer noch in ihren Tassen und auf dem Schlüssel mit der Nummer 26, verstanden wohl nur Vögeln und Vögler, dachten, Opfer einer Hasspredigt zu sein, erröteten, ließen ihre Löffel fallen, rannten aus dem Frühstückssaal – wahrscheinlich direkt in ihr Zimmer zur Gesellenprüfung.

Von meinem Geschrei aufgeschreckt, erschien Eidipus Hornböstel, nein, Hornbostel, und murmelte, während ich *Eineiige Eier und einäugige Idioten* schrie und an ihm vorbei, das halbverzehrte Ei wie eine Fackel in der Hand haltend, ins Freie stürmte: D-der scho-on wieder, Ei-Eidam, dieser Trottel sapiens, jetzt i-ist i-ihm au-auch das Ei-Ei nicht recht. Da greifst du dir ans Hirn. Dabei i-ist die Qualität der Frühstücksei-eier des A-Albergo Vaselina stadtbekannt.

Ei-Eierkopf! Veranstaltet schon beim-beim Frühstück eine Rei-Reichskristallnacht. Gehört besachwaltet.

– Gusch! Sie Vogelmörder, Sie Terroristenbeherberger! Ich sage nur Ali Agca. Und dann nicht einmal Pay-TV! Ich weiß alles, rief ich ihm im Vorbeilaufen noch zu und sah, wie er verfiel.

Draußen schlug mir ein warmer Luftstoß entgegen. Das Licht war wie zerlassene Butter. Ein Dudelsackpfeifer füllte die Gassen mit langen Tonspaghetti, die sich um die Häuser wanden. Gefleckte Katzen sprangen aus schwarzen Müllsäcken, stimmten ein unerträgliches Miauen an, das bald in ein peinigendes Schreien und Jaulen überging, Mopeds bahnten sich ihren Weg durch Menschenknäuel, Stadtbedienstete montierten mit einem kleinen Hebebühnenkran Weihnachtsbeleuchtung, und Bettler streckten einem flehend ihre Becher entgegen, zogen sie aber angesichts meines offenen Eies sofort zurück.

Ich, der kleine Klumpen Welt, sonst eher phlegmatisch, jetzt aber völlig außer mir, nahe daran, erstmals wirklich etwas zu empfinden, nämlich Empörung, Wut über diesen Eier-Genozid, lief durch die Straße der ungeborenen Kinder, die Straße der an Junggesellenmaschinen umgekommenen Elektrikergesellen, sah plötzlich wie eine Ei-, nein, Eingebung die Schöne aus der U-Bahn. Auch das noch. Was für ein Tag. Eben noch war ich an den Lippen der Norwegerin gehangen, jetzt trieb mir das Schicksal diese Schönheit zu. Wie ein Engel stand sie da. Eine Erscheinung! Ihr kastanienbraunes Haar umrahmte das eiförmige Gesicht. Sie stand mir direkt gegenüber. Vielleicht fünfundzwanzig Meter waren zwischen uns. Ein Blick, als presste es ihr die Eierstöcke bei der Nase raus, als wollte sie sagen, beruhige dich erst einmal, langsam atmen.

Schon waren nur noch zwanzig Meter zwischen uns. Ob sie sich an mich erinnern konnte? An den Papierflieger? Sicher nicht. Sie hätte angerufen. Ich würde ihr also cool entgegengehen, keine Regung zeigen, ihr mit keinem Wimpernschlag verraten, dass sie mich mit dem Morbus Amorus angesteckt hatte. Und dann, plötzlich, vor ihr auf die Knie fallen, um ein Rendezvous bitten, um ein Schäferstündchen, darum, ihre Ovarien zur Weißglut bringen zu dürfen, um die Verlobung, Ehe, Flitterwochen, einen gemeinsamen Hausstand, Kinder, Hund, Sommerhäuschen, eine Pensionsversicherung, Familiengruft.

Nein, das war aussichtslos. Besser, ich würde sie etwas Banales fragen. Aber was? Fünfzehn Meter noch. Ob sie wusste, dass Eier junge Vögel sind? Blödsinn. Was sie von Norwegen und Island hielt? Was von Österreich? Oder ihr die *Herzmaere* des Konrad von Würzburg erzählen? Vom Geliebten, der an einem gebrochenen Herzen starb, es nach seinem Tod der Angebeteten zukommen ließ. Nur bekam es diese nicht, bemächtigte sich ihr Ehemann, der alte Eierdieb, des Herzens, bereitete es zu mit Majoran, Wein, Rahm und einem Spiegelei darüber, servierte es seiner Frau, die davon ganz begeistert war. So hatte sie das Herz, das sie gebrochen hatte, auch verspeist. Wenn das die Schöne nicht zu Tränen rührte, wusste ich auch nicht. Elfmeter.

So ging ich langsam auf sie zu, noch zehn Meter, spürte, wie meine Beine zitterten, mein Speichelfluss versiegte, es im Kopf pochte, und dennoch versuchte ich krampfhaft einen Schlachtplan zu entwerfen. Die Luftwaffe war ja bereits gescheitert. Vielleicht klappte es mit der Infanterie? Zunächst wäre es ratsam, an der Festung dieser Schönen einen Brückenkopf zu errichten, ihre Aufmerksamkeit mit einem kleinen Kompliment zu gewinnen. Ablenkungsmanöver. Nach dem Ausbau einer günstigen Stellung müsste man zuerst die

Versorgung sichern, Fluchtweg, Nachschub, dann, bevor die Belagerung als solche überhaupt erkannt wurde, zum Überraschungsangriff blasen, sämtliche verfügbaren Divisionen an Einladungen und witzigen Bemerkungen zum Einsatz bringen, allen Charme in die Schlacht werfen, den Festungswall durchbrechen und mit Anspielungen und Handgreiflichkeiten in sie eindringen, ihren letzten Widerstand brechen, sie übermannen, niedermetzeln, gnadenlos, bis die weiße Fahne aller Scham gehisst würde, der Feind sich vollkommen ergab. Ihre bedingungslose Kapitulation, das war mein Ziel.

Da, es waren vielleicht noch vier Meter zwischen uns, sie sah demonstrativ an mir vorbei, scheinbar ganz aufs Schreiten in ihren hohen Stöckelschuhen konzentriert, während ich in Gedanken schon in den Krieg gezogen und mit Stellunghalten und Vorhut beschäftigt war, da, kurz bevor ich zum Angriff blasen konnte, kam ein Friedensrichter, ein Arbeiter im blassroten Overall, stellte sich zwischen uns, hob die Hände wie ein Verkehrspolizist, hielt uns an und winkte, so schnell konnte ich nicht schauen, in eine Hauseinfahrt. Ein Knurren, Brummen, Fauchen. Dann presste sich wie Mayonnaise aus der Tube ein drachenhafter Sattelschlepper raus, erst das Führerhaus mit Michelin-Männchen, Stofftieren und einer Nummerntafel, auf der *Pacifico Pax* stand, dann der Motor, verchromte, blankpolierte Auspuffe, die Anhängerkupplung. Ein riesiges, nicht und nicht enden wollendes Ungetüm mit Anhänger, das sich Millimeter für Millimeter aus dem engen Tor quetschte. Minutenlang sah ich nur mannshohe Autoreifen, hörte das Motorbrummen, blickte zu der Anhängeraufschrift *Engeljähringer* hoch. Als sich das Untier endlich herausmanövriert hatte, vor Freude trötete und davonbrauste, war die Schöne wie vom Erdboden verschluckt. Jetzt war mein schöner Schlachtplan unbrauchbar, der Krieg abgesagt, stand ich allein da mit meinem Frühstücksei, meinem Vogelwahnsinn und meinem überhaupt verpfuschten Leben. Gut, ich hatte die Verabredung im Carbonara, aber das war nichts anderes als eine Fortsetzung der Stöhnerei, während diese U-Bahn-Schöne, das spürte ich, meinem Leben eine völlig andere Richtung geben hätte können. Auf die Idee, dass ausgerechnet sie mich in das Fahrwasser des Teufels bringen würde, kam ich natürlich nicht.

Verzweifelt nahm ich die Verfolgung auf, lief in die Richtung, aus der die Schöne gekommen war, glaubte sie zu riechen, eine Mischung aus Rekrutenschweiß, Marketenderin, Badewasser und Boutique, suchte sie – vergeblich. Sie war weg. Wie von Sinnen rannte ich durch eine Straße der vergessenen Kinder, über einen Platz der sauren Milch, vorbei an Gemüsehändlern, Bars, kleinen Cafés, einer Bäckerei, vor der eine riesige Mortadella lag, einer Bank, vor der ein wurstgesichtiger Uniformierter stand, vorbei an Kirchen, die mir einen kleinen Stich versetzten, passierte eine Tierhandlung Warmbein, hörte Vögelschnattern, stoppte (freier Wille oder nicht, es musste sein). Ich betrachtete die Papageien, Beos, Singvögel, zeigte ihnen einen Scheibenwischer. Sauviecher! Die meisten waren in Käfigen, andere angekettet. Lange stand ich vor der Auslage, hörte Hunde jaulen, unheimlich. Ich schnitt Grimassen, bis der Besitzer, eine glupschäugige Erscheinung mit dunklem Bartschatten um den breiten Mund, aufmerksam wurde, herauskam.

– Sehr schöne Vögel, Prachtexemplare, nicht wahr? Kommen aus Brasilien, Neuseeland, Afrika, sehr gelehrsam, aber nicht billig, gar nicht billig. Der Urahne von diesem Graupapagei, zeigte er auf ein unscheinbares Tier, gehörte einst James Cook. Diese Sittiche dagegen stammen aus der Zucht Napoleons, der sich auf St. Helena ganz der Ornithologie hingegeben hat. Sogar einen Kolkraben vom Tower in London habe ich. Dem hat man einen Flügel abgeschnitten, weil die Legende sagt, solange der Tower von Raben bevölkert ist … aber ich habe den Rabenmeister überlistet …

– Hauptsache, sie halten ihren Schnabel!

– Wie bitte? Der Tierhändler verschränkte seine Arme und trat, weil er merkte, dass hier offensichtlich kein Geschäft zu machen war, einen Schritt zurück. Die Vögel aber, diese verdammten Biester, schienen nur auf mich gewartet zu haben.

– Eierschlacht! Mit Rufus hast du eine Eierschlacht gemacht, piepsten die Sittiche. Mach eine Eierschlacht.

– Sechshundert frische Eier, sagten die Papageien. Den ganzen Vorrat des Saurüssels, einfach zerdeppert. Du und Rufus in der Gaststube. Eierkrieg!

– Eierkopf, schrie ein Beo.

– Alles war verkrustet und verkleistert, alles voller Eidotter, furchtbar sah das aus, fielen die napoleonischen Sittiche wieder ein. Eier auf den Kästen, auf den Flaschen, Gläsern, Töpfen, am Boden. Wie riesige Eiterpusteln sah das aus, als ob die ganze Stube in die Pubertät gekommen wäre.

– Ruhe, murmelte ich unwillkürlich zu den Vögeln, die mir gleich gehorchten. Es war eine Ruhe wie nach unserer Eierschlacht. Die plötzliche Stille verfehlte ihre Wirkung nicht. Der Tierhändler, Herr Warmbein, machte ein verdutztes Gesicht, seine Augen schienen noch mehr hervorzuquellen, seine über den ganzen Kopf verstreuten Warzen leuchteten himbeerrot.

– Sachen gibt's.

Man müsste, wollte ich sagen, diese Biester alle umbringen. Erschießen, bevor sie einen völlig in den Wahnsinn trieben. Aber heraus kam nur: Lassen Sie die Vögel frei, sofort!

Der arme Tierhändler war sprachlos, glotzte und lief grün an. Sein breites Maul verzog sich, sodass er nun vollkommen einer qualligen Kröte glich.

Beruhigen Sie sich, wollte ich sagen. Aber heraus kam: Sind Sie taub? Lassen Sie sie frei! Sofort! Sie Tierquäler! Die Sklaverei ist abgeschafft.

– Bin ich blöd? Das merkantile Froschmaul reckte seinen Oberkörper wie eine erschreckte Eidechse, schnappte nach Luft. Bei Ihnen tickt es wohl nicht richtig. Ich werde doch nicht den Zoll bestechen, mich mit Gaunern einlassen, Papiere fälschen, um dann … Wer sind Sie überhaupt? Haben Sie eine Ahnung, was die kosten? Da könnte ja ein jeder kommen.

Was da mit mir vorging, begriff ich selbst nicht recht. Eigentlich wollte ich beschwichtigen und den guten Mann beruhigen, stattdessen schrie ich: Lassen Sie sie frei, auf der Stelle! Zur Demonstration meiner Absichten knallte ich das Frühstücksei auf den Boden. Ich schrie, als säße die Schöne in einem der Käfige, verzaubert und gefangen gehalten von einem scheußlichen Bösewicht.

– Wohl verrückt geworden?, gab mir die Kröte einen Stupser.

– Fassen Sie mich ja nicht an!

– Hier vor meiner Tierhandlung. So etwas ist mir noch nicht vorgekommen, und die Zoologie Warmbein gibt es seit über hundertsechzig Jahren. 1847 hat mein Ururgroßvater damals Tiere aus den Kolonien, in Zusammenarbeit mit dem Hamburger Tierpark Hagenbeck … Aber so etwas ist hier noch nicht vorgekommen. Das gibt einen Skandal. Sie! Sie Nestbeschmutzer! Sie Tierschützer!

Ich wollte ihm die Hand zur Versöhnung reichen, schlug stattdessen wild um mich. Anstatt mich höflich zu verabschieden, versuchte ich zu den Vögeln vorzudringen, wurde aber von dem krötigen Händler nicht an die Käfige herangelassen. Mit einem Reisigbesen hatte er sich bewaffnet, hielt mich auf Distanz und brüllte unablässig: *Skandal! Skandal! Da könnte ja ein jeder kommen!* Seine halslose, von dem Radau aufgeschreckte Frau, die Warmbeinin, eine kleine, aber breit angelegte Person, stand ihm bald zur Seite, schimpfte wie ein Rohrspatz:

Schmarotzer, Pilotenfettarsch, schwuler Anarchist, Ausländer. Zwei wilde Kröten bäumten sich da auf und quakten, um ihren Teich zu retten.

Mich irritierte mein Verhalten selbst aufs äußerste. Während die sumpfige Schimpftirade an mir abprallte, blieb das Wort Rohrspatz hängen, verfing sich zu einem Echo. Ein röhrender Spatz? Ein Spatzenrohr? Ein im Rohr nistender Piepmatz?

Ich wollte, nein, ich musste an den Rohrspatzen vorbei und zu den Käfigen, hatte aber keine Chance. Die schimpfenden Kröten waren stärker. Wild entschlossen, die Tradition der Warmbeins auf Teufel komm heraus zu verteidigen, drohten sie nicht nur mit ihrem Besen, sondern bald auch mit Revolvern. Doch ich stürzte mich auf sie, versuchte trotz aller damit verbundenen Körperkontakte die armen Leute zu entwaffnen. Es kam zu einem Handgemenge. Die Krämer fassten mich am Arm. Ich schlug wild um mich, *fassen Sie mich nicht an!*, erwischte einen Kratzbaum, warf ihn gegen ein Terrarium, das barst und einer verdatterten Spinne die Freiheit schenkte. Wer weiß, was ich noch alles angerichtet hätte, hätte sich nicht ein Schuss gelöst und mich nur knapp verfehlt. Obwohl ich bleiben und alles bereden wollte, lief ich geschockt davon.

– Spinner, wurde mir von den Krämern nachgequakt. Skandal! Skandal! Das ist hier noch nicht vorgekommen. Und die Wellensittiche schrien: Für die Eierschlacht hat man euch grün und blau gedroschen. Sechshundert Eier! Das war euer Waterloo. Dabei hat es Spaß gemacht.

– Ich komme wieder, und dann werde ich Millionen sein, brüllte ich zurück, weil ich bin derjenige, der innewohnt. Ich wusste selbst nicht, wie mir dieser Unsinn über die Lippen kam, was das zu bedeuten hatte, sah ein Straßenschild: Straße der vergessenen guten Vorsätze. Darunter saß eine große schwarze Katze mit einem Monokel, einem weißen Fleck am Auge. Sie miaute. Unheimlich. Egal. Es roch sumpfig, ein verfaulter Teichgeruch mit einem Hauch von Schwefel. Ich schlug mir an den Kopf, schüttelte mich, stampfte rumpelstilzchenartig auf den Boden, schrie *Asackallah* und *Eieiei,* sodass ich wohl aussah wie ein seltener, balzender Vogel.

Die Menschen machten einen weiten Bogen um mich, erkannten instinktiv, dass etwas mit mir vorging, etwas Ungeheuerliches. Sollte ich am Ende gar dabei sein, mich in einen Vogel zu verwandeln? Den Sack des Menschlichen von mir zu reißen, um der Sache als Vogel zu entsteigen? Ja, so musste es sein, ich war dabei, mich in einen Vogel umzumodeln.

Die Fliege fiel mir ein, ein Film, in dem sich ein Wissenschaftler wegen eines Missgeschicks in eine Fliege verwandelt. Ich strich mir über Bauch und Rücken, war mir schon Flaum gewachsen? An die Lippen fasste ich, zu spüren, ob eine Verschnabelung stattgefunden hatte, dann riss ich mir die Schuhe von den Füßen, nachzusehen, ob Schwimmhäute zwischen den Zehen waren, Schuppen auf den Beinen. Nein, nichts. Nur die Temperatur? Hatte ich Fieber? Nein, ich würde mich in keinen Vogel verwandeln, keine Nester bauen, Eier legen, keinesfalls, im Sack der Menschenhaut würde ich bleiben. Ich atmete tief, griff mir an die Brust, strich mir nervös durchs Haar, fuhr mir unter die Achsel, merkte, als ich an den Handschuhspitzen roch, wie sehr ich schwitzte, wie heiß ich war, fünfzig Grad bestimmt, und sah eine kleine weiße Feder. Flaum! Also doch. Es war so weit! Ich vervogelte, wurde ein Vogeltier; der Sack um mich, er riss. Ich gebar mich selbst als Vogel. Die Schale meiner Existenz würde ich durchbrechen und als Vogel ausschlüpfen. Stunde null. Urknall zwei. Ich schlüpfte aus. Sumpfing mit seinen Poldln, Metzgermeistern, Pfarrern und Lehrer Schimpln war nur die äußerste Hülle meines Eies gewesen, meine Zeit als Hebammer, Sargträger, Puffvater, Hospizgehilfe, alles war nur die Vorstufe meiner Verwandlung, Bayreuth, Almut, die ganze Stöhnerei, alles nur Vorlauf zur Verpuppung. Jetzt schlüpfte ich.

– A Sackerl a, asackallah, plärrte, nein, fauchte ich wie ein wildes Tier, a Sackerl a, eieiei, weg mit dem Sack, ich werde Huhn, hab nicht viel zu tun, leg vormittags ein Ei, und nachher hab ich frei, ein Hendl werde ich, a Sackerl a. Meine Finger wurden immer länger, Krallen. Alles an mir war entstellt. Und ich führte einen seltsamen Veitstanz auf, indem ich auf einem Bein hüpfte und mit den Armen wie mit Flügeln schlug, den Kopf ruckartig bewegte und sang: A Sackerl a, asackallah, a Sackerl a. Gackagacka, gackagacka. In einen Vogel wurde ich verzaubert wie eine Figur in der griechischen Mythologie. Oder fuhr der Teufel in mich ein? Jedenfalls war es nun um mich geschehen.

Schnell hatten Touristen einen Kreis um mich gebildet. Sie feuerten mich an, applaudierten und warfen mir Münzen zu. Was für eine seltsame Vorführung, dachten wohl die meisten an Bettler, Musikanten und Rosenverkäufer gewöhnten Passanten. Sie kannten die gold- oder silberbemalten unbeweglichen Menschen, die trotz aller Grimassen, die man vor ihnen schnitt, nicht das Gesicht verzogen, sie kannten die Bussi-Bussi-Frau, die, auf einem umgedrehten Kübel stehend, Küsse in die Menge warf, römische Legionäre, mit denen man sich fotografieren konnte, mexikanische Tänzer, peruanische Panflötenbläser, russische Artisten, aber einen *A Sackerl a, asackallah* kreischenden Indianertanz eines Piloten hatten sie noch nie gesehen. Oder war es ein epileptischer Anfall, ein Drogenrausch?

– Wahrscheinlich eine Ironisierung des Islam-Konflikts, eine Pointierung des Religionsstreits, hörte ich jemanden sagen. Andere warfen Münzen in die Tanzarena. Nur die hinzugeeilten Tierhandlungskröten plärrten: Skandal! Skandal! Ein Irrer! So etwas ist hier noch nicht vorgekommen. Da könnte ja ein jeder kommen.

Ich aber, völlig von meiner Vervogelung überzeugt, in der Annahme, dass mir Federn wachsen würden, ich bald aus dem Sack meiner Existenz steigen, abheben und davonfliegen würde, und mir damit auch die Schaulustigen erklärte, die mir in meiner überdrehten Wahrnehmung auch kein Geld, sondern Brotkrümel zuwarfen, tanzte, tanzte und tanzte, als wäre ich James Brown im Sex-Bomb-Delirium. *A Sackerl a, asackallah, a Sackerl a.* Wie eine Gebärende kam ich mir vor, wenn sie vor lauter Schmerzen nicht mehr denken kann, der Wehenschreiber wie verrückt ausschlägt, sie den Satz der Hebamme *Na Mädel, der Muttermund hat sich schon geöffnet* nicht versteht.

– Pressen. Pressen. Fang sie auf, fang die Wehen auf, schrien wir Hebammen den Gebärenden ins Ohr, die aber waren von den Schmerzen meist wie weggetreten, glaubten unter den Kontraktionen der Gebärmutter, dieser Mischung aus Orgasmus und Furz, aufzuplatzen wie eine volle Wasserflasche im Gefrierfach. Und auch ich platzte jetzt, was Vogeliges drängte aus mir raus. Immer war ich unecht gewesen, ein Zerrbild meiner selbst, ein Kind des Saurüssels in Sumpfing, das Ergebnis mehrerer Schnäpse, Biere und einer daraus resultierenden Drüberkräulaktion eines letzten Gastes. Nun kam mein wahres Naturell zum Vorschein, wurde ich wie ein Ei gelegt, presste sich etwas durch die Kloake meiner Existenz: Der Vogel, der ich immer schon gewesen war, nun kam er raus. Ich drehte mich, stampfte und gackerte.

– A Sackerl a, asackallah, eieiei, tanzte und plärrte ich, a Sackerl a, asackallah, krächzend, bis sich alles in mir drehte, die Leute, die Brunnenfiguren und die Kröten, a Sackerl a, asackallah, eieieieiei, mein Herz raste, und ich tanzte, tanzte, um den Sack zu lösen, auszuschlüpfen, alles hinter mir zu lassen. Tränen stiegen mir in die Augen, und ich lachte, Herrn Mazlenikow zum Trotz, lachte, sang und tanzte, bis mir schwindlig wurde, hüpfte, bis ich taumelte, die Besinnung verlor, umfiel und gerade noch merkte, dass ich auf dem Berg der Brotkrümel landete, die hart wie Münzen waren. Das Publikum, so schien es mir, klatschte und zerstreute sich. Danach war alles schwarz. Allahu Akbar.

Die heilige Familie

Als ich eine unbestimmte Zeit später wieder zu mir kam, die in die Haut gedrückten Münzen fühlte, eine kalte, leblose Zunge im Mund, Zähne wie nasse Kieselsteine, kam ich mir vor wie ein gerupftes, ausgenommenes, aufgetautes Gefrierhuhn, dem man verschweißte fremde Innereien in den Bauch geschoben hatte, dem kaltes Kondensationswasser die weiße, schlaffe Haut hinuntertropfte. Es war still wie nachts in einem Supermarkt.

Ich erhob mich, bewegte die steif gewordenen Beine. Aber von wegen Vogel, von wegen fliegen, Federn, ich war immer noch derselbe dickliche Hildy Kilgus in seiner bescheuerten Pilotenuniform, ohne Krallen, ohne Schnabel, ohne Gefieder – und leider immer noch ohne Fähigkeit, etwas wirklich zu empfinden.

Da begann der den Hang hinabrollende Klumpen wieder Welt zu werden, begann er Wiesen, Felder, Wälder mitzureißen, drang eine Seekrankheit an mein Ohr, ein beständiges Auf und Ab. Erst allmählich konnte ich Worte und Inhalte ausmachen, sah ich eine verschwommene Gestalt, hörte eine samtig rauchige Stimme.

– Ausgezeichnete Idee, hätte von mir sein können. Unsereiner plagt sich jahrelang, kommt so ein schräger Vogel und sahnt ab. Geilio. Aber eines sag ich dir, Kapitän, so leicht geht das nicht, hier kann nicht jeder abkassieren. Der Jimmy sagt immer, heute drücke ich noch einmal alle Hühneraugen zu, aber nächstes Mal bist du dran. Verstanden? Wie heißt du überhaupt? Was? Hilti? Wie der Schremmhammer? Wie? Hinterland? Killkuss? Klingt schottisch. Geilio. Für welche Airline fliegst du?

Eine gebräunte Hand mit Trauerrändern unter den Fingernägeln streckte sich mir entgegen. Ich wollte schon danach greifen, doch da meldete sich meine Haptophobie. Besser nicht. Allmählich begann sich das unscharfe Bild zu klären, wurden die Pupillen wieder scharf gestellt, sah ich etwas, womit ich am allerwenigsten gerechnet hatte. Einen diabolischen Pferdefuß? Nein, es war eine große, gespaltene Nase, die thronte im Gesicht eines römischen Legionärs mit Eisenkleid, Brustpanzer, Helm, Schild und Ledersandalen. In der einen Hand ein Schwert, in der anderen eine Filterzigarette. Ein Zenturio? Er begann, die auf dem Boden liegenden Münzen einzusammeln.

Dann war ich also kein Vogel, sondern hatte eine Zeitreise gemacht. Man würde die Geschichte des Tabaks revidieren müssen … Auch dass die alten Römer schon Airlines kannten, war etwas überraschend.

– Ich, sagte der Römer, während er eine Plastiktüte, ein Sackerl – auch hier wird sich die Geschichtsschreibung an der Nase nehmen müssen –, mit Münzen anfüllte und Rauch ausstieß, ich mache in Brillen, weil das Geld liegt nicht auf der Straße, es sitzt auf der Nase. Er deutete auf seinen großen Zinken, dessen Spitze wie ein kleiner Arsch aussah – eine einzige Obszönität.

– Brillen? Ich dachte, die wären erst im Mittelalter erfunden worden. Musste man auch die Geschichte der optischen Gläser umschreiben?

– Designerbrillen. Unvorstellbar, was die Leute da herumtragen. Und ein brillenloser Mensch kann einen nicht verfolgen. Der Jimmy sagt immer … Gut, die Kontaktlinsen hätten mich fast ruiniert, aber die Familie ist eingesprungen.

– Kontaktlinsen? Dieses alte Rom war wirklich eine Hochkultur. Gut, ich war in Geschichte nicht sonderlich bewandert, aber Filterzigaretten, Airlines, Kontaktlinsen? Allerhand.

– Jetzt hab ich das Kostüm. Bei weitem nicht so lukrativ, aber manchmal findet man etwas, bevor es verlorengeht, machte der Römer die Handbewegung eines Taschendiebs und reichte mir seine Zigarette, an der ich gedankenverloren zog, bevor sich die Haptophobie einmischte. Hildy! Was machst du? Entsetzt warf ich den Glimmstengel zu Boden, trat ihn aus. Ich hatte das Gefühl, einen Leprakranken geküsst zu haben. All die Bakterien und antiken Mikroorganismen, die sich in den Speichelresten dieses feuchten Zigarettenfilters befanden und nun in meinen Körper drangen. Während ich wie verrückt meinen Mund abwischte und mehrmals spuckte, fuhr ein Polizeiauto über den Platz. Styroportassen platzten.

– Auto? Styroportassen? Dieses antike Rom wurde immer rätselhafter. Und ich hatte geglaubt, ihr würdet Christen rösten und Löwen mit Gladiatoren füttern. Außerdem sprecht ihr gar kein Latein? Haben sich das alles die Mönche im Mittelalter ausgedacht?

– Bei dir piept es wohl, Kapitän, meinte der Römer, der nun seine Münzklauberei beendet hatte und freudig den vollen Sack tätschelte. Habe ich gleich gesehen. Bist nicht ganz bei Trost. Der Jimmy sagt immer, nur Idioten kommen auf so etwas Vertrotteltes wie einen Vogeltanz. Oder hast du einen zu viel gezwitschert?

– Dann bin ich nicht im alten Rom? Nicht in der Zeit um Christi Geburt? Das ist ein jüdischer Wanderprediger in Galiläa … Regiert denn nicht Tiberius? Nero?

– Aber woher denn. Berlusconi! Wir schreiben das Jahr 2010.

– 2010? Das haute mich um.

Der Römer hatte seinen Helm abgenommen, sodass ein brünetter, beinahe karamellfarbener Wuschelkopf zum Vorschein kam. Wie eine Pusteblume sah das aus. Sympathisch. Da war eine seltsame Vertrautheit, als würden wir uns schon ewig kennen. Rufus fiel mir ein, der Haxenausreißer. Vielleicht ließ ich es deshalb geschehen, dass mich der Zenturio am Arm packte und durch Rom zog.

– Mitkommen! Aber benimm dich.

Er zog mich vorbei an Porträtmalern, Karikaturisten, parkenden Autos, die ein Fischgrätmuster bildeten, vorbei an Kellnerwesen, die mit Menù-turistico-Ködern in den Tourismusschwärmen fischten, vorbei an einem Messerschleifer, der den Wetzstein an der Lenkgabel seines Motorrades angebracht hatte und zahnlöchrig grinste, vorbei an einem dunkelroten Fleck und einem mit Kreide gezeichneten Umriss eines Menschen.

– Systematisierung, erklärte der hastende Römer, hier hat die Familie einen rumänischen Straßenmusikanten erwischt. Peng. Geilio. Kann dir auch passieren, wenn du dich nicht systematisieren lässt. Da ist er verblutet. Seine Frau und seine beiden Kinder schrien verzweifelt um Hilfe. Aber niemand reagierte. Der Jimmy sagt immer, bei einem Rumänen glauben alle, es steckt Gaunerei dahinter, selbst wenn er stirbt. Eine halbe Stunde hat sein Todeskampf gedauert. Alle haben zugesehen, geholfen hat ihm keiner. Armes Schwein.

– Müssen wir so laufen? Ich will mir keinen Haxen ausreißen. Wohin geht es eigentlich?

– Zur Familie.

– Das ist nett, dass Sie mich Ihren Eltern vorstellen. Aber wenn die nun zufällig gerade am Mittagstisch sitzen … Nicht dass ich keinen Hunger hätte, aber …

– Die meine ich nicht.

– Nein? Wen dann? Die Geliebte?

– Du interessierst dich nicht für Politik, oder?

– Nicht besonders, keuchte ich. Die Lauferei machte mir ganz schön zu schaffen, sodass es immer wieder längere Pausen zwischen den einzelnen Wörtern gab: Politik? Daran glaube ich nicht. Sagen doch alle dasselbe, egal von welcher Partei. Sätze wie *Wir müssen die Herausforderungen annehmen. Wir werden das Beste geben …* Lauter Nullsätze, wie sie auch Wirtschaftsmenschen sagen. Vor der Wahl Versprechungen … Und nachher? Ich gehe auch nur selten wählen. Und wenn, dann schreibe ich quer über den Stimmzettel: *Meine Stimme kriegt ihr nicht!* Manchmal lege ich noch eine Benzinrechnung ins Kuvert.

Der Römer lachte, blieb stehen und zeigte auf eine schwarze Limousine: In Italien wird Politik von Familien gemacht. Alles systematisiert. Der Jimmy sagt immer, entweder bist du für oder gegen sie. Ein Neugeborenes legt man zwischen ein Messer und eine rohe, geschälte Zwiebel. Wenn das Kind zum Messer greift, kommt es später zur Familie. Greift es aber zur Zwiebel, wird es viel zu weinen geben, dann geht es nämlich mal zur Polizei.

– Bei uns, keuchte ich, der ich nicht verstand, was das alles mit der Luxuskarosse zu tun haben sollte, und gleichzeitig froh war, dass die Rennerei ein Ende hatte, bei uns ist das Erste, was ein Neugeborenes zu Gesicht bekommt, die Hebamme. Und das Erste, was es lernt, ist das Wörtchen *Nein*. Ich hatte einen Freund, Rufus, der hat mit fünf Jahren geglaubt, sein Name sei Lass-das-Nein, weil er nie was anderes zu hören bekam. Rufus, lass das, Rufus, nein! Fast hätte ich dem Römer meine Hebammer-Erlebnisse erzählt, von der Oberhebamme und ihrem Tick mit dem Sportwagensitz, vom solariumbraunen Kaguru, aber dann besann ich mich eines Besseren, sagte mir selbst *Lass das! Nein!* und erkundigte mich neuerlich nach unserem Ziel.

– Zum Kopf, war die verschmitzte Antwort. Der Jimmy sagt immer …

– Kopf? Du meinst das Oberhaupt deiner Familie? Und wer ist dieser Jimmy?

– Wirst gleich sehen, aber reiß dich zusammen, drückte mich der Römer in ein Haushaltswarengeschäft, das sich die ganze Zeit hinter der Limousine versteckt gehalten hatte. Es quoll über vor lauter Stahltöpfen, Käsereiben, Kasserollen, Kochlöffeln, Putzschwämmen, Teflonpfannen, Lösungsmitteln, Farben, Gartenwerkzeugen, Lampen, Lumpen, Lappen … So etwas hatte es in Sumpfing früher auch gegeben, Kaufhaus Korischek, wo es alles gegeben hatte, vom Strumpfbandhalter bis zum Fahrradschlauch, von Gmundner Keramik bis zum Meißner Porzellan, Teller mit tschechischem Zwiebelmuster, Augarten-Porzellan, Fondue-Töpfe, Gaskartuschen, Schnitzelklopfer, Kinderwagen, Heizdecken. Es gab nichts, das es beim alten Korischek nicht gegeben hätte.

Sogar kleine Feuerwerksböller, die wir Kinder Piraten oder Lady Cracker nannten und in Frösche, Meerschweinchen und Schildkröten steckten (Rufus!), hatte er gehabt. Schulsachen, Fußbälle, Modellbausätze, Panini-Alben. Der Korischek war das reinste Paradies. Ganz Sumpfing ging hier ein und aus, kaufte und hörte sich die politischen Reden vom Besitzer an. Der Korischek war zwar ein alter Nazi, wählte aber dennoch, weil es seinem Kaufmannsstand entsprach, die christlich-bürgerliche Volkspartei und war besonders bei den Arbeitern beliebt, weil er anschreiben ließ, Rabatte gab und auch den Kindern, besonders den ärmeren, immer etwas schenkte, einen Lutscher aus Traubenzucker, Lakritzeschlangen, Pez-Zuckerl oder Karamellbonbons der Marke Stollwerck. Aber irgendwann fuhren die Leute trotzdem lieber in die Stadt, wo sie zwar mit niemandem reden konnten, weder einen Preisnachlass noch Geschenke für die Kinder bekamen, ihnen niemand was erklärte, beim Einpacken half oder sonst wie zur Hand ging, einfach aus dem Grund, weil es dort billiger war. So nahmen sie eine eineinhalbstündige Fahrt in Kauf, weil irgendein archetypischer Sammlertrieb in ihnen durchbrach, sie der festen Überzeugung waren, in den neuen, aber unsäglich hässlichen Einkaufszentren Geld und Zeit zu sparen, da sie in den integrierten Fastfood-Restaurants gleich essen gehen konnten und damit auch das wöchentliche Quantum Familienausflug absolvierten.

Das Kaufhaus Korischek ging vor die Hunde, und der alte Besitzer musste schließen. Ein paar Jahre lang ist er noch stolz in seinem weißen Mantel durch den Ort spaziert, bald aber war er nur noch beim Kirchenwirt – als Angehöriger des Kaufmannsstandes fühlte er sich immer noch, selbst als Bankrotteur, den höheren Wesen (Lehrer, Pfarrer, Arzt) zugehörig –, der Saurüssel war ihm zu minder, da hingen bei der Garderobe keine Bilder von den hier verkehrt habenden Halbprominenten wie im Kirchenwirt, wo schon einmal Udo Jürgens, Felix Dvorak, Rosemarie Isopp oder Paul Löwinger zu Gast gewesen waren. Persönlichkeiten, mit denen sich der alte Korischek auf einer Ebene wähnte. Schließlich war er davon überzeugt, dass sein Name, wenn auch tschechischen Ursprungs, nichts anderes als *Der Korse* bedeutete. Irgendwann aber muss ihm, dem stolzen Korsen, das Scheitern seines Lebenswerks zu Kopf gestiegen sein, er erkrankte und kam nicht wieder auf die Beine. Sein Kaufhaus verfiel. Bald waren die Auslagen mit Plakaten zugepflastert, die Fenster eingeschlagen, der kleine Parkplatz überwuchert. Heute sind, soviel ich weiß, dort Asylbewerber untergebracht. Auf der graublauen Frontwand aber hebt sich immer noch, auch wenn die Neonbuchstaben längst abgefallen oder heruntergerissen sind, der etwas hellere, von dreißig Jahren Verkehrsqualm verschont gebliebene Schriftzug *Kaufhaus Korischek* ab.

Aber was für ein Kopf sollte das sein, der in so einem noch nicht der Modernisierung zum Opfer gefallenen Geschäft residierte – vielleicht ein Kohlkopf? Ein Korischek? Wir wurden von einem Spalier weißbeschürzter Verkäufer in ein Hinterzimmer gelotst, in dem unzählige Computer, Faxe und Telefone ihre Papiere und Töne absonderten, wo es nur so wuselte von geschäftigen Menschen, die wie Zoowärter zwischen wilden Tieren herumliefen, die Geräte mit Daten fütterten. Doch es ging noch weiter, durch einen schmalen, unverputzten dunklen Gang, eine Treppe hinunter in einen modrig riechenden Weinkeller, vorbei an verstaubten Flaschen, durch eine Geheimtür, ein aufklappbares Weinregal, vorbei an einer Halle, aus der wilde, unheimliche Schreie kamen.

– Hahnenkampf!, beantwortete der Römer meinen verstörten Blick. Weiter in ein kleines, aber luxuriöses Büro, wo es nicht mehr modrig, sondern angenehm nach einer Mischung aus Rosenöl und Teebeutel duftete und wir dem Rücken eines großen ledernen Bürosessels gegenüberstanden, an dem zwei kleine Beine baumelten. Ein großer Tisch mit Kirchenbrokat. Darüber hing ein mit gepinnten Stecknadeln übersäter Stadtplan. Daneben Fahndungsplakate, die Ordensregel des heiligen Benedikt, Kruzifixe und ein Foto von der U-Bahn-Schönen. Wie kam die hierher? Eine Spionin? Undercover-Agentin? Eine Eingeschleuste, die, wenn es darauf ankam, *Tosca, Tosca* schrie und hoffte, selbst davonzukommen?

Eine Kommandostimme plärrte Befehle in ein Telefon.

– Kaufen! Kurzen Prozess! Definitiv! Wenn es sein muss, mit Gewalt. Wenn er nicht zahlen will, erschießt ihn … Das ging ein paar Minuten so, dann wurde der Hörer in die Gabel geworfen, geflucht. Wo waren wir? Im Hauptquartier eines Geheimbundes? Im Zentrum der Macht? Oder in Zoroasters Reich? Und ich war Papageno? Der Vogelfänger bin ich ja? Jedenfalls fühlte ich mich unwohl, und wäre ich zu Gefühlen fähig gewesen, hätte es mich wohl leicht gegruselt.

Der Wuschelkopf räusperte sich, der Chefsessel drehte sich, und unter ungeheurem Gequietsche erschien, nein, nicht Korischek, sondern ein kleines altes Männlein mit einem Pekinesengesicht, rot wie gekochte Rindszunge. Der Zauberer von Oz? Sein Kopf war (verglichen mit dem zierlichen Körper) außerordentlich, die Hängebacken flankierten ein spitzes Mündchen, auf dem ein schelmisches Lächeln saß.

– Wann ölt man das? Wo ist dieser verfluchte … Ah, Jimmy, was'n los, murrte der Alte, sah uns an und lachte.

Jimmy? Dann war also der Römer dieser ominöse Jimmy?

– Ihr seht zum Schießen aus. Sehr komisch, brüllte der Alte.

Tatsächlich stellten wir ein absonderliches Paar dar, Zenturio und Pilot.

Der Alte lachte. Das also war der Kopf, der Chef? Ein kleines, feingliedriges Männchen mit tatsächlich großer Birne. Braune Flecken auf der Haut, ein Kranz weißgelber Haare und eine schmale, rot geränderte Brille, wie sie Anwälte oder Zeitungsjournalisten tragen. Dahinter verbargen sich hässliche grüngelbe Hundeaugen. Cordhose, englisches Hemd und (wie bei allen Chefs) eine tiefe, sonore Stimme. Das Eigentümlichste aber war seine linke Gesichtshälfte, geschwollen, als hätte er ein Vogelei im Mund, aber nicht nur das, auch seine linke Hand war aufgeblasen, als wäre sie mit Vogeleiern angefüllt, sogar seine Brust war linksseitig dicker. Es war, als würden eine dicke und eine dünne Variante ein und desselben Menschen gleichzeitig verwirklicht. Eine normale und eine Vogelei versteckende.

– Was starrt mich denn der Kerl an?, bemerkte der großkopferte, kleinwüchsige Nesträuber meine Neugierde. Hat er noch nie etwas von einseitiger Schilddrüsenüberfunktion gehört? Das ist kein Spaß, mein Kleiner, besonders im Sommer, erst recht für jemanden wie mich, der das frische englische Klima gewöhnt ist, Ipswich, Southampton und Portsmouth liebt. Definitiv. Dauernd diese Bandagen und Umschläge, ständig schwillt die ganze rechte Seite an, in Schuhe komm ich nur, wenn ich zuvor in kaltes Wasser steige. Meist muss ich verschiedene Nummern tragen, 38 links, 42 rechts, die Hosen und Hemden, alles platzt, definitiv, aber nur auf der einen Seite, während es auf der anderen schlaff herunterhängt. Aber egal, was gibt's? Und während der Römer noch nach Worten rang, hatte sich der Alte ein Glas Bordeaux eingeschenkt und gleich ausgetrunken.

– Dieser Kapitän da, stolperten nun erste, schüchterne

Worte aus dem Römer, der Jimmy sagt immer … dieser Kapitän da hat gerade einen Veits-, äh, Vogeltanz aufgeführt. Geilio. Achthundert Euro in der halben Stunde, das verdienen sonst nur Edelnutten oder Spitzendealer.

– Effektiv? Und wofür? Der Alte winkte mit dem Zeigefinger, und der Römer überreichte ihm die Tüte mit den Münzen.

– Dafür, imitierte der Wuschelkopf meinen Vogeltanz, was einem Schamanen in Trance glich, wenn er von einem bösen Geist befallen wird. Er wackelte mit Ellbogen und Hüften, flatterte herum, stampfte mit den Füßen, sodass die Ledersandalen auf dem Steinfußboden klatschten, seine ganze Rüstung schepperte, und begann nun auch noch zu singen: A Gackerl a, agackallah. Aiaiayayay.

– Hmm, formte sich ein breites Grinsen in dem Alten. Schaut aus wie jemand, der in ein Wespennest gestiegen ist. Definitiv. Und das bringt Geld? Seine Erwachsenenfassade fiel von ihm ab, und er lächelte wie ein Kind vorm Weihnachtsbaum, wenn es die Geschenke sieht. Voller Freude trank er noch ein Glas. Hast du ihm die Bedingungen erklärt?

– Noch nicht, Kaiphas, wurde der Römer etwas leiser, lächelte verlegen, verkrampfte seine Zehen, die nun aussahen wie die krummen Äste eines Olivenbaums, kratzte mit der großen den Rücken der Zeigezehe.

Kaiphas? Hatte ich diesen Namen nicht schon einmal gehört?

– Wir sind ein Konzern, eine Systematisierungsfirma, hob der Alte, nun wieder ganz erwachsen, an und begann Satz für Satz die tiefe Grube der Statuten auszuheben. Schaufel für Schaufel warf er mir die trockene Erde seiner Vereinsregeln hin, bis ich ganz in seinem Acker stand, komplett zugeschüttet und doch kein Wort verstanden habend. Während der Alte von Moral und Ehrenkodex sprach, von der Regula Benedicti, vom Versuch, dauernde Reinheit zu erlangen, vom Glauben und gültigen Werten wie Recht und Pflicht und Freiheit, vom rechten Maß der Dinge, während all dieser Plauderei, während der er zwei, drei weitere Gläser trank, überlegte ich, ob die rechte (von mir aus gesehen linke) Pobacke des Kaiphas gleichermaßen angeschwollen war. Vielleicht war sogar sein Schwanz rechtshälftig dicker. Womöglich auch sein Hoden? Und ob diese ungleichen Körperhälften die beiden Seiten dieser Gesellschaft symbolisierten, Familie und Polizei, Messer und Zwiebel, Arm und Reich, Egoist und Altruist, Microsoft und Apple, Coca und Pepsi?

Davon nichts ahnend, grub der Alte in den Tücken der Menschwerdung, die an Gesetzestreue nicht zu binden sei, ja, im Gegenteil nur in einer fortwährenden, dauerhaften Überprüfung des eigenen Handelns stattfinden könne, weshalb es auch ungemeine Tugenden voraussetze, sich dem idealen Menschenbild zumindest anzunähern, und genau das (und nur das!) sei der Sinn ihrer Familie, bei der das materielle Wohl bloß die Basis darstelle, sich moralisch zu vervollkommnen.

– Jimmy Tschurri etwa, deutete er auf den Römer, ist ein Suchender nach dem Schönen, nach einer neuen gültigen Ästhetik. Definitiv. Ein an der Form interessierter Mensch. Wenn es also aussieht, als ob einzelne Mitglieder der Organisation stehlen, entführen oder gar morden um des Finanziellen willen, dann ist das nur der äußere, oberflächliche Anschein. Tatsächlich geht es in der Tiefe nur um geistige Vervollkommnung, die sich erst aus dem Sumpf der Unmoral herausbilden kann. Erst wenn man die Exzesse der fleischlichen und geistigen Lüste kennengelernt hat – er öffnete eine weitere Flasche –, kann man der Reinheit und der ihr innewohnenden Leere standhalten. Effektiv. Das verbindet die Familie mit allen großen Religionsgründern. Erst wenn man durchschaut hat, dass unsere Gesellschaft von Juden durchsetzt ist, die nur daran arbeiten, möglichst viele Asylanten in unser Land zu bringen, um die reine Rasse der Italiener zu zersetzen, erst wenn man erkannt hat, dass sie, die Juden, hinter diesem Multikulti-Blödsinn stecken, um alle Rassen zu zersetzen, zu verderben, damit sie selbst als Einzige übrig bleiben, kann man sich der Vervollkommnung der Moral widmen, die dem Einzelnen immer das Äußerste abverlangt – vor allem im Kampf gegen die Juden. Das Äußerste, das Maß aller Dinge, machte der alte Nesträuber eine kleine, quietschende Drehung mit seinem Sessel, nahm die Tüte mit den Münzen, um sie mit der Hand zu wiegen.

Genau das, lächelte er, ist die Basis einer offenen italienischen Gesellschaft jenseits all des jüdischen Schmutzes und der niederen Triebe, einer Gemeinschaft der Glaubensfestigkeit und der sittlichen Werte, der Moral. Definitiv. Und wie er das sagte, spürte er, dass mein Blick weder reumütig zu Boden gesenkt war noch an der Decke eine Entsprechung suchte, sondern ganz woanders sich verfangen hatte, nämlich an der Innenflanke einer offenen Schranktür, die nackte Maghreb-Jünglinge mit halberigiertem Glied als Maß aller Dinge zeigte. War das die moralische Vervollkommnung, die Reinheit? War er, dieser kleine, antisemitische, schilddrüsenkranke Lustmolch, ein gealterter Pasolini?

Verlegen räusperte sich der anscheinend auch an anderen Eiern interessierte Kaiphas und schloss die Schranktür. Er versuchte fortzufahren, war aber aus dem Konzept geraten. Eine Sturmflut, die die ganze, mühevoll ausgehobene Grube wieder zugeschüttet hatte, war über ihn hinweggebraust.

– Kaiphas! Jetzt fällt es mir wieder ein, Sie haben eine Ballerina auf dem Gewissen!

– Wie bitte?

– Geben Sie es zu! Sie waren mit einer Zweitbesetzung liiert und haben die Erstbesetzung verprügeln lassen. Ich hab es selbst gehört. Jetzt ist sie eine kettenrauchende Alte mit Friedhofsblumen, aber damals …

– Pst, zischte der Römer. Benimm dich! Jimmy sagt immer …

– Lass ihn doch, das sind uralte Kamellen, lachte der Alte und biss vor Freude in sein Weinglas. Ich würde mir natürlich nie anmaßen, mich in künstlerische Dinge wie Besetzungsfragen einzumischen. Definitiv. Aber ich war damals in einer ungünstigen Situation, praktisch gezwungen, gewisse Initiativen zu ergreifen. Meine Leute haben also ein Angebot gemacht.

– Ein schlagkräftiges?

– Das wirst du bald verstehen, wenn du erst einige Zeit für uns gearbeitet hast.

– Aber ich will gar nicht für euch arbeiten, bemerkte ich trocken. Wie stellen Sie sich das vor? Ich will nicht in Rom bleiben. Und mit Antisemiten will ich schon gar nichts zu tun haben. Ich …

– Wie bitte?, lief der Alte knallrot an wie eine Ampel, seine rechte Körperhälfte schien zu platzen, während die linke ganz normal war. Er setzte die Weinflasche an, trank sie aus und rülpste. Jimmy? Was schleppst du mir da an? Einen Juden?

– Aber nein. Natürlich will er. Das ist nur die Aufregung, sprang Jimmy auf mich zu, umarmte mich so fest, dass es mir die Rüstung ins Fleisch bohrte. Sofort bekam ich einen Schweißausbruch. Natürlich will er arbeiten. Nicht wahr?, tätschelte er meine Wangen, lächelte gezwungen.

– Nein, sagte ich. Bestimmt nicht. Noch dazu für einen Antisemiten? Nie im Leben!

– Ach was. Er ist derart überwältigt, dass er nicht weiß, was er sagt. Jimmy sagt immer …

– Nein, versuchte ich mich loszumachen, was mir aber nicht gelang.

– Na, na, na, was ist denn? Sag, du arbeitest für uns, flüsterte Jimmy. Oder du bist tot. Wir ficken deinen Gott, danach stopfen wir dich aus. Denk an den Rumänen. Und ich sah ihm in die Augen, Mama, und hatte das untrügliche Gefühl, der meint es ernst. Die bringen es fertig. Nicht, dass es mich wirklich berührt hätte, aber irgendetwas sagte mir, dass es angebracht wäre, einzulenken.

– Wissen Sie, ich habe Probleme mit Gefühlen. Nichts trifft mich, alles prallt an mir ab wie Wasser von einem Gummistiefel. Zum Beispiel der tote Rumäne, ich weiß, dass ich Mitleid haben müsste, ich setze mir sogar ein Betroffenheitsgesicht auf, aber eigentlich kratzt es mich nicht, um ehrlich zu sein, ist es mir scheißegal. Insofern würde ich wohl gut zu Ihnen passen. Um auch einmal etwas zu empfinden, habe ich mich seit jeher für die größte Gefühlsregung interessiert, zu der ein Mensch seit Abschaffung der Folter fähig ist, den Orgasmusschrei. Aber jetzt bin ich draufgekommen, holte ich tief Luft, dass ich die Sprache der Vögel verstehe.

– Ein Spinner, entfuhr es Jimmy Tschurri. Er klopfte sacht gegen seinen Helm, blies die Backen auf, atmete schwer. Ein Narr! Oder ein Pilot vorm Nervenzusammenbruch?

– Vögel? Sprechen? Und wie kommt er darauf?, zog der Alte ein freundliches Gesicht. Mir ist nur Orpheus bekannt. Der heilige Saccharin, wie ich Franz von Assüßi zu nennen pflege. Konrad Lorenz kenne ich, der den Gänsen vorgewatschelt ist. Man kann sie essen. Definitiv. Die Leber von einer Lerche, von einer Schnepfe den Darm, Wachteleier … Aber sie verstehen? Was sagen sie? Die Lottozahlen? Fußballergebnisse? Ich meine, was können Vögel wissen? Oder, hmm, überlegte der alte Eierdieb, vielleicht, vielleicht doch? Ich habe mal von Honigmardern gehört, die sich von Vögeln Bienenstöcke zeigen lassen. Morde könnten sie bezeugen. Bei Einbrüchen wären sie vielleicht ganz nützlich.

– Mir egal, was Sie glauben, brummte ich. Ich verstehe sie.

– Er weiß nicht, wo er hier ist, bemühte sich der Römer, diese Unverschämtheit abzuschwächen. Jimmy sagt immer …

– Na ja, lächelte der Alte, vielleicht ist er besessen. Der Teufel steckt manchmal im Detail. Dann verdrehte er die Augen und begann ein Gedicht zu rezitieren. *Eines Nachts, aus gelben Blättern mit verblichnen Runenlettern tote Mären suchend, sammelnd von des Zeitenmeers Gestaden, müde in die Zeilen blickend und zuletzt im Schlafe nickend, hört' ich plötzlich leise klopfen, leise, doch vernehmlich klopfen. Und fuhr auf erschrocken stammelnd: Einer von den Kameraden. Einer von den Kameraden.* Weiter weiß ich nicht.

– Bravo, applaudierte der Römer. Wunderbar.

– Wie kommen Sie eigentlich nach Rom? Oder sind Sie wie Nils Holgersson mit den Wildgänsen hergeflogen? Der Alte lachte, lachte heftig, verschluckte sich dabei, begann zu röcheln, zu kutzen, machte krächzende Geräusche, rang um Luft, sodass ihm Jimmy Tschurri zu Hilfe eilen und ihm auf den Rücken klopfen musste.

– Geschäftlich, murmelte ich in das Husten. Ja, geschäftlich, versuchte ich das Röcheln und Schulterklopfen zu ignorieren. Ich habe mein Notizbuch verloren wie Peter Handke auf einer Grillparty – kennen Sie? Das ist der … Hatte mal eine Frau, Maria Kolbinger oder Kölblinger, aus Gmunden, die als Marie Colbin Karriere machte … ein großer Dichter, aber ein Faschist … Egal, also dachte ich, Hildy – Hildy ist die Abkürzung von Hildebrand –, Hildy, dachte ich, nütze die Zeit, um auszuspannen, dir über dein Leben klar zu werden. Sie müssen nämlich wissen, ich war immer dem Stöhnen hinterher. Nicht wegen dem Sex, mir ging es ums Gefühl. Sie verprügeln Ballerinen, aber ich hatte mir eine Freundin angeschafft, neben der mit Frau und Kind gefüllten Käseglocke, eine Freundin, Almut, die immer mit einem SN, einem Spucknapf, herumlief, weil ihr ein Quacksalber eingeredet hatte, dass ihr eigener Speichel sie vergifte, spucken gesund sei. Davor hatte sie drei Jahre lang nur Shiitake-Pilze gegessen, weil ihr ein anderer Salbader eingeredet hatte, diese Pilze seien die Lösung all ihrer Probleme. Sie hat die Hälfte ihres Lebens – kennen Sie übrigens das gleichnamige Hölderlin-Gedicht? Nein? Egal. Sie hat also die Hälfte ihres Lebens wegen irgendwelcher Krankheiten in Spitälern zugebracht. Und da heißt es immer, nur Männer wären Hypochonder. Da hat man Almut nicht erlebt – und ich rede hier noch nicht einmal von ihrer Angst, als Ladung Pommes frites in ein Kanalgitter zu fallen. Dafür stöhnte sie, weil sie dauernd Cola light trank. Deshalb war sie auch meine Geliebte, weil es aus ihr stöhnte wie aus einem Kellerfenster, hinter dem gerade eine Vergewaltigung passiert. Weil ich mir von diesem Stöhnen was erhoffte, einen Quantensprung, ein wahrhaftiges Gefühl. Empfindung! Ich glaube nämlich, alles ist vorherbestimmt, in einem angelegt. Man kann sich überhaupt niemals entscheiden, bloß wenn es einen rauskatapultiert. Darum Almut.

– Ein jüdischer Name, kam es aus dem Alten rausgehustet. Definitiv.

– Nein! Schauraumimhof ist nicht jüdisch. Nur wurde allmählich auch die Zeit mit ihr zur selben Käseglocke wie mit Bayreuth, das ist meine Frau, die ständig *Ich steh kurz vor der Menstruation und möchte schreien* … Sonderbarer Name, nicht wahr? Kommt daher, weil man sie als Kind immer zur Oper – kennen Sie Wagner?

– Kennen? Ich liebe ihn!, röchelte der Alte zwischen zwei Hustenausbrüchen. Effektiv.

– Dachte ich mir. Bayreuth war die Frau eines Sargträgers, während ich zuerst Hebammer, wegen dem Stöhnen müssen Sie wissen … dann Sargträger, ich habe da übrigens bei einem pensionierten Schauspieler Unterricht genommen, um meine Lachkrämpfe zu bändigen. Sie sehen selbst, wie gefährlich so was ist. Sein Name ist Mazlenikow. Kann ich nur empfehlen, obwohl er immer von Burrrgtheaterdeutsch und schönem Sprrrechen schwadroniert … Jedenfalls überlegte ich jetzt, ob das Ganze nur eine Nestbauergeschichte ist, ob es wahr ist, dass Männer immer Brutplätze bauen müssen, um sich danach sofort eine Geliebte zu suchen, mit der sie den nächsten Brutplatz bauen können. Jedenfalls habe ich hier in Rom zuerst mein Notizbuch nicht gefunden wie der Handke, dann ein Hotel mit einer Stöhnerin erwischt, ein vertauschter Koffer, den Sittich des Portiers freigelassen, Pomaranzev heißt der Vogel, einen Beertender, also eine Norwegerin kennengelernt, die glaubt, ich will sie bumsen, was ja angesichts der Nestbautheorie gar nicht so abwegig ist, jedenfalls interessiert sie sich nicht sonderlich für mich, obwohl sie heute Abend mit mir essen geht. Und dann war da noch die Schöne in der U-Bahn. Ich deutete auf das Foto, was aber weder Jimmy noch der hustende Alte registrierten. Also habe ich, wenn man es recht besieht, doch so einiges erlebt, aber nichts rechtfertigt das Verstehen der Vögel. Nichts.

– Ein Spinner, klopfte Jimmy noch immer heftig auf den Rücken des Alten. Total vertrottelt. Oder doch Besessenheit? Dann müsste man ein Ritual … den Befreiungsdienst … Jimmy sagt immer …

– Dispens, röchelte der Chef, jetzt ist es genug, dann folgte ein langer, nicht zu verstehender Krächzlaut, das Wort Arzt, und sein dunkelroter Kopf kippte auf den Schreibtisch, traf einen offen liegenden Füller, der ihm ein sonderbares Zeichen an die Stirn malte.

– Ein Arzt. Er hat gesagt, ich soll dich zu einem Arzt bringen, zerrte Jimmy mich hinaus. Wer weiß, was mit dem Kopf los ist. Schnell, komm, bevor er es sich anders überlegt. Ich will da nirgendwo hineingezogen werden.

– Wiedersehen und gute Besserung, sagte ich in Richtung röchelnder Kaiphas. Und wenn etwas ist, Sie können mich jederzeit anrufen, auch wenn mein Handy im vertauschten Koffer ist … Und noch etwas, gewöhnen Sie sich den Antisemitismus ab, der ist wirklich nicht mehr in … Aber da waren wir schon in der Tür.

Die Begegnung

Jimmy zündete sich eine Zigarette an, blies mir Rauch ins Gesicht und schnitt eine zornige Grimasse. Er hatte braune, nicht besonders tief liegende, mandelförmige Augen unter einer runden Stirn, die dem Kopf etwas Kindliches verlieh. Eine glatte Haut mit dunklem Teint, Bartstoppeln an Kinn und Oberlippe. Während ich noch seine leicht gebogene, geschlitzte Nase studierte, die nichts von ihrer Obszönität verloren hatte, begann er zu lachen, riss mir die Pilotenkappe vom Kopf, setzte sie sich auf, stülpte mir den Römerhelm-Suppentopf mit verschwitzten Lederlappen an den Ohren über und klopfte mit dem Knöchelchen seines Zeigefingers darauf.

– Mit Vögeln reden? Das ist ja wohl der größte Schwachsinn überhaupt. Wie bist du denn auf das gekommen?

– Weil es stimmt.

– Geilio! Ich hab ja schon gehört, dass Vögel die Seelen Verstorbener sind, aber mit ihnen reden? Wenn das mir passieren würde, wäre keine Schnapsflasche mehr vor mir sicher. Ich würd mich so dermaßen volllaufen lassen, dass ich, wie die Iren sagen, ohne fremde Hilfe nicht mehr auf dem Rücken liegen könnte.

– Funktioniert bei mir nicht. Bin ein Wirtshauskind, ich habe zu viele Alkoholleichen gesehen. Außerdem würde es nichts ändern.

Er sah mich zweifelnd an, kniff die Augen zusammen wie ein Maler, wenn er Maß nahm. Vögeln? Jederzeit! Aber mit Vögeln reden? Schon Menschen, die beim Vögeln reden, sind mir suspekt. Es gibt ja Frauen, die glauben, sie müssen einem die Familienchronik erzählen … Aber? Jetzt ging ein Engel durch den Raum. Er zog an seiner Zigarette. Weißt du, dass plötzliches Verstehen fremder Sprachen eines von vier Merkmalen ist?

– Merkmale wofür?

– Weißt schon, machte er mit seinen Zeigefingern Hörner an der Stirn.

– Dass man betrogen wird? Ich kenne meine Frau, die keift zwar ständig, aber …

– Nein! Besessenheit!

– Besessenheit? Was soll das heißen? Meinst du etwa …? Ich bin schizophren?

– Aber nein. Der Jimmy sagt immer …

– Und die anderen drei Merkmale?

– Ungewöhnliche Kräfte, Angst vor heiligen Dingen und … Das Letzte weiß ich jetzt nicht mehr.

– Brauchst keine Angst zu haben. Ich war gestern erst im Petersdom – mein mulmiges Gefühl dabei verschwieg ich ihm ebenso wie den Lehrer Schimpl –, und besondere Kräfte habe ich bestimmt nicht. Nur mit Vögeln spreche ich. Das heißt, sie reden mit mir, aber deshalb bin ich noch lange nicht besessen.

– Ich glaub, du spinnst. Oder nimmst du Drogen?

– Nein, es stimmt!

Stimmte es tatsächlich? Konnte so was sein? Oder war diese Vögelei vielleicht doch nur ein Lapsus magnus, Produkt meiner Einbildung? Männliche Hysterie? Die Hysterie kommt aus dem Griechischen und heißt ursprünglich Gebärmutter. Gell, da staunst du, Mama, was dein Hildy alles weiß. Manchmal waren halt auch meine Stöhnforschungen zu etwas gut. Die alten Griechen dachten, die Gebärmutter, wenn sie nicht verwendet werde, ziehe sich beleidigt zurück, wandere rastlos und auf der immer verzweifelter werdenden Suche nach Sperma durch den ganzen Körper, setze sich schlussendlich im Gehirn fest und mache hysterisch. Aber ich hatte keine Gebärmutter, sondern wie alle Männer Gedärme, die schon bei kleinen Knaben für eine verstärkte Gasproduktion und dementsprechende Koliken verantwortlich waren. Nein, hysterisch war ich nicht, nur von einer rätselhaften Sache herausgefordert.

Mir ging es wie dem Totengräber Wastl, der wegen einer Unbedachtheit ein falsches Grab ausgehoben hatte. Das geschah während meiner Zeit als Sargträger. Ich war damals ziemlich frisch, erst kurz zuvor vom Hospiz gekommen, rausgeschmissen von Professor Kaguru, dem bleichen, weil das Extrazimmer, in das die Toten kommen sollten, immer leer geblieben war, weil ich meine Kurse immer verrückter gestaltet, mich geweigert hatte, mit den Todgeweihten Nordic Walking oder in die Kraftkammer zu gehen, ihnen stattdessen Geschichten vom Nichts erzählt hatte.

Ich kam gerade vom verhinderten U-Bahn-Selbstmörder, der unter einem Lastwagen sein Ende gefunden hatte, war also etwas aufgewühlt, verärgert über die Bahnaufsicht, irritiert von einem Jausenbrot. Außerdem kam ich zu spät, schaffte es gerade noch zu den Schlussworten der Totenmesse, half, den Sarg hochzuhieven, und schritt mit den anderen Sagträgern bedächtig Richtung Grab.

Der zur Einsegnung bereite, pomadig einherschreitende Leichenzug landete aber zur allgemeinen Verwunderung nicht an einem frisch geöffneten Grab, sondern an einem mit Unkraut und Blumen bewachsenen, das seit Jahren keiner angerührt hatte. Unter den Trauernden breitete sich Unruhe aus, man tuschelte. Nur die ganz am Ende des Trauerzugs marschierende Blasmusik spielte unverdrossen *My Way*. Die Ministranten lächelten verlegen, der Pfarrer wurde unruhig, versicherte sich mit langen Blicken auf den Grabstein, dass man richtig war, und fing bald darauf zu fluchen an, *Himmelherrgott Sakrament! Saubande, verfluchte,* verpasste er den Ministranten, die nun wirklich nichts dafür konnten, ein paar präventive Ohrfeigen. Noch Stunden später sah man die Abdrücke seiner hochwürdigen Würstelfinger auf den pausbäckigen präpubertären Kindsgesichtern.

– Und die Blasmusik soll endlich aufhören! Trottel. Da wird man ja taub.

Wir durften den Sarg auf dem Kiesweg abstellen. Ich (Lachkrampf) wurde losgeschickt, den Totengräber, Wastl Godschani-Semmelmeier hieß der, aus dem *Vernichterhaus* zu holen, wo er in Vorfreude auf das Konduktessen schon mit dem Vernichten mehrerer Liter Bier begonnen hatte, sich bereits im Stadium fortgeschrittener Präilluminierung befand. Er hatte gerade eine frische Halbe (Ahoi-be) bestellt, als ich ihm atemlos vom geschlossenen Grab erzählte. Da kam ihm das Bier fast bei der Nase heraus. Unmöglich! Er hatte doch, beteuerte der alte Illuminat, das Grab erst am Vormittag ausgehoben.

– Bestimmt ein böser Streich, oder ging da etwas nicht mit rechten Dingen zu?, faltete er seine groben Totengräberhände und sah mit seinem klobigen Nussknackergesicht beteuernd Richtung Himmel. Das war eine harte Nuss. Geschah hier etwas Mysteriöses? Geisterwerk? Wurde die Ruhe der Toten gestört? Waren Leichenschänder unterwegs?

Der Totengräber war völlig durcheinander, glaubte an Verschwörung, übersinnliche Mächte, Außerirdische – zur Beruhigung trank er einen Schnaps. Wie Mäuse in einem Krokodilsterrarium rannten seine Gedanken wild herum, suchten verzweifelt einen Ausweg. Immer wieder schwor er bei seinem Leben, das Grab ganz gewiss ausgehoben zu haben, sogar seine mit Schwielen überzogenen Hände hielt er als Argumente in die Höhe. So etwas bildet man sich nicht ein, lamentierte er, so etwas könne nicht sein. Ein böser Streich oder ein Zeichen Gottes? Vielleicht die Burschen von der Feuerwehr? Oder der Lebersorger? Der Wamperl? Der Gogola? Und schon begann er sie alle aufzuzählen, die er einer solchen frevlerischen Unverfrorenheit für fähig hielt. Niemanden ließ er aus. Die ganze ihm bekannte Bevölkerung, die über kurz oder lang auf ebendiesem Gottesacker landen würde, war zumindest nach der bescheidenen Meinung des Totengräbers Wastl Godschani-Semmelmeier zu einer solchen frevlerischen Schandtat fähig. Einfach das Grab wieder zumachen! Noch bevor der Tote drinnen ist. Eine gottlose Sauerei war das.

– Was denken sich die? So ein Grab ist doch kein Maulwurfshügel, den man einfach niedertreten darf.

– Aber das Grab ist völlig unberührt. Giftiger Goldregen und Rittersporn wuchern darauf.

– Unmöglich. Das will ich sehen. Aus lauter Angst trank er aber zuvor noch ein paar Schnäpse, bis er endlich so weit war, mir zu folgen.

Am Friedhof klärte sich rasch alles als Verwechslung auf, als Namensgleichheit. Da war der Wastl erst erleichtert, dann beschämt ob seiner haltlosen Verdächtigungen, schließlich aber verzweifelt, musste er doch stante pede ein neues Grab ausheben. Zu seinem Glück war wenigstens der Boden nicht gefroren. So schnell hatte der Godschani-Semmelmeier, der wirklich ein Schani oder, wie die Deutschen sagen, Büttel Gottes war, in seinem ganzen Leben noch kein Grab ausgeschaufelt. Den Trauerzug schickte man inzwischen in das Vernichterhaus, weil beim Katafalk konnte man die Angehörigen, Freunde und Nachbarn des Toten ja nicht stehen lassen, noch dazu, wo gerade ein kalter Nieselregen einsetzte. Manche Trauergäste erboten sich, beim Grabschaufeln zu helfen, aber darauf ließ sich Wastl nicht ein.

– Ein Grab, sagte er, ist ein Meisterwerk. Da brauch ich keine Dilettanten. Das stürzt ein, wenn es nicht fachgerecht verschalt ist. Also ließ man ihn allein mit dem Katafalk voller Kränze, dem Sarg, auf dem eine Tasse Kaffee, das Lieblingsgetränk des Toten, und sein Bild standen, das durch den Regen feucht wurde und Wellen schlug. Der Wastl aber riss den Goldregen und den Rittersporn aus und schaufelte um sein Leben. Außerdem trank er den längst kalt gewordenen Kaffee, der doch dafür bestimmt gewesen war, den Toten in seine letzte Ruhestätte zu begleiten, las die Aufschrift auf der Tasse und dachte sich seinen Teil.

Zwei Stunden später spielte man wieder *My Way*, wand sich eine stark angeheiterte, zum letzten Geleit formierte Trauergemeinde unter Lachkrämpfen, weil ich, ebenfalls schon feuchtfröhlich, auf einem nassen Pfosten ausrutschte, wild mit den Armen ruderte, *Notschalter, drückt den Notschalter* und *plötzliche Erkrankung eines Fahrgastes, sonst kommt der Lastwagen* brüllte und mein Kollege, Bayreuths Mann, ins Grab stürzte, den Sarg durchschlug, sich das Genick brach und dann friedlich auf dem Toten lag. Da setzte starker Regen ein, prasselte Wasser auf die Leiber der Toten, auf die Köpfe der Trauernden, den Pfarrer, die Ministranten, schoss Wasser durch Regenrinnen, überflutete den Boden, sammelte sich im Grab und in der leeren Tasse. Selbst die betrunkenen Musiker hatten es jetzt eilig, ihre Instrumente in Sicherheit zu bringen.

Würde sich auch das Vogelverstehen als Missverständnis herausstellen? Vielleicht sollte ich doch zu einem Arzt gehen, bevor ich wieder ausrutschte und jemanden in die Grube riss. Vielleicht würde dann ja alles gut? Der Arzt würde meine Zunge ansehen, meinen Rücken abhorchen, den Blutdruck messen, mir eine Spritze in den Hintern geben und dann das Gespenst der Vogelversteherei in die dafür ausgehobene Grube stoßen, Erde darüberschaufeln, sie feststampfen, darauf herumspringen und schließlich schwere Marmorplatten drauflegen, um zu verhindern, dass es jemals wieder zum Vorschein käme. Ich würde keine Vögel mehr verstehen und weiterleben wie bisher – mit Bayreuth, Heinrich und einer stöhnenden Geliebten samt Cola light, AVK, Angst vor Kanalgittern, SFT, sexfreien Tagen, oder was auch immer. Obwohl es schon ein sonderbarer Vogel war, der mir da durchs Oberstübchen flatterte. Da halfen weder Spucknapf noch Shiitake-Pilze.

Wenn ich wenigstens Schmerzen gehabt hätte. Schmerzen, sagte Oma immer, sind ein sicheres Anzeichen dafür, dass man nicht krank ist. Wirklich krank ist man nur, wenn man keine Schmerzen hat. Ich, ohnehin gefühlstaub, spürte nichts. Gut, ein leichter Tinnitus, etwas Sodbrennen, das übliche Drücken in der Brust, ein leichter Stich in beiden Knien und die Haptophobie. Aber das waren alles keine Schmerzen. Wenn ich zumindest Fieber oder Zahnweh gehabt hätte, da breitet sich der Schmerz in Wellen aus, wie um einen ins Wasser geplumpsten Stein. Alles wird davon überschwemmt. Am Ende ist man ein Nusskern in der Schale seiner Schmerzen, bewegungsunfähig, holzig, trocken, ein letzter Rest von einem selbst. Trotzdem arrangiert man sich, redet den Schmerz so lange klein, bis man es nicht mehr aushält, sich den Nussknackern anvertrauen muss, damit sie einen aufbrechen, die Schmerzkrusten von einem runterkratzen. So wird es auch diesmal sein, war ich überzeugt und rief: Ich geh zu keinem Arzt! Niemals! Lang lebe Hippokrates! Aber ohne mich! Prompt rutschte ich aus. Happalo. Mein Gleichgewichtssinn war noch nie besonders ausgeprägt gewesen, schon als fettleibiges Kind hatte ich die Neigung gehabt, allenthalben zu stolpern. Zum Glück war diesmal keine Grube in der Nähe.

– Hoppala, lächelte Jimmy Tschurri, das kommt vom öligen Kopfsteinpflaster. Nirgendwo sind die Katzenköpfe so fettig wie in Rom – als habe man sie eben erst mit Butter abgerieben. Und wieso?, hob er seine Sandalen. Weil die Römer alle glatte, eingefettete Sohlen tragen. Der Jimmy sagt immer, alles Pflastersteinpolierer. Er grinste. Schon komisch, dass ich heute einen Piloten kennenlerne. Gestern erst hat meine Verlobte … gut, kennengelernt ist übertrieben, stell dir vor, steht sie in der U-Bahn-Station Ottaviano, wartet, da sieht sie auf dem gegenüberliegenden Bahnsteig einen Piloten, der sie anstarrt. Geilspecht, denkt sie sich. Plötzlich springt der Wichser zu einem Schulkind, reißt ihm ein Heft aus der Hand, faltet einen Papierflieger, schreibt seinen Namen und seine Adresse drauf und wirft ihn zu meiner Verlobten. Auf so etwas muss man erst mal kommen.

Ich traute meinen Ohren nicht, reckte meinen Hals wie eine Gans. Die U-Bahn-Schönheit war die Verlobte von diesem Jimmy Tschurri! Oder sollten auch andere Piloten mit Papierfliegern werfen? Nein, unmöglich. Ich war völlig von den Socken. Freudig erregt, weil ich nun einen Zugang zu der Schönen hatte, verzweifelt, weil sie schon vergeben war. Allerdings an diese lächerliche, krausköpfige Witzfigur? Bemüht, mir meine Verwirrung nicht anmerken zu lassen, fragte ich scheinbar gleichgültig: Und? Hat sie ihn bekommen?

– Den Piloten?

– Nein, den Papierflieger.

– Natürlich.

– Und? Wird sie ihn anrufen?

– Diesen Spinner? Natürlich nicht. Warum sollte sie?

– Vielleicht, weil …? Wär doch interessant …

– Blödsinn.

– Wie sah er denn aus?

– Groß und blond, muskulös, wahrscheinlich ein Amerikaner.

Schau einer an, dachte ich, selbst überrascht, was für einen Eindruck ich auf Frauen machte. Oder sollte sie geschwindelt haben, um ihn eifersüchtig zu machen? Egal, jedenfalls musste ich mich an diesen Jimmy klammern, um ihm die Verlobte auszuspannen. Sofort versuchte ich ihr Verhältnis zu ergründen.

– Und deine Verlobte? Sie ist sicher hübsch?

– Eine typische Römerin. Nicht besonders groß. Zahnspange. Eigentlich ganz okay.

Ganz okay? Da haben wir's, er liebt sie nicht. Er ist nur noch mit ihr zusammen, weil er sich an sie gewöhnt hat, keine Augen mehr für ihre Reize hat. Es würde also ein Leichtes sein, sie ihm abspenstig zu machen, mit ihr durchzubrennen. Ich zitterte vor Freude, fühlte, nahe an einer wahrhaftigen Empfindung zu sein. Ich war ob dieser freudigen Aussicht so außer mir, dass ich meine medizinischen Handschuhe auszog und in die Hände klatschte.

– Weil du vorhin bei Kaiphas eine Norwegerin erwähnt hast, nahm mir Jimmy die Handschuhe ab, steckte sie in eine Mülltonne. Ich habe eine Lettin, ein elfenhaftes Wesen, an dem die Italiener in Schwärmen hängen. Geilio. Ein wandelnder Scheidungsgrund, eine mit grün lackierten Fußnägeln.

Na bitte, da hatten wir es. Er betrog sie!

– Du fährst zweigleisig? Und deine Verlobte?

– Das ist was anderes! Vorgestern, er schnalzte mit der Zunge, vorgestern bin ich, der kleine Jimmy Tschurri, mit dieser blonden lettischen Göttin, dieser Milchdrüsengöttin im Bett gelandet, was wie immer ein Ereignis ist, wenn zwei Menschen beschließen, sich einander zur Entdeckung freizugeben. Das Glück weht einen an, es kribbelt von den Zehen bis unter die Zähne wie ein leichter Stromschlag, wenn man auf einen Kuhdraht pinkelt. Leider hat es mich gebeutelt, und sie hat nichts gespürt. Ich habe genau so einen Vogel wie du. Wenn ich jemanden liebe, geht das Vögeln nicht. Durchschnalzen hätte ich sie können, bis sie abgespritzt hätte, doch nichts ist geschehen. Und dabei wäre ich so gerne ein Lettin Lover. Ich glaube an die Begegnung zweier Menschen und deren Einigkeit.

– Etwas Ähnliches hat auch die Norwegerin gebrabbelt. Die hat übrigens auch grün lackierte Zehennägel. Ist das jetzt in? Aber was heißt, sie hätte abgespritzt? Verwechselst du da nicht etwas? Ich sah den Römer an, der aussah wie eine Comicfigur. Jimmy Tschurri hatte einen schmalen Körperbau, eine schlaksige Art, sich zu bewegen, und ein rundes, babyhaftes Gesicht. Nur die krausen Haare waren eine Explosion, und die Nase war nicht jugendfrei – wie eine Aufforderung. Und das sollte der Verlobte meiner U-Bahn-Schönheit sein?

Bayreuth wäre eingefallen, dass manche Männer ihr Leben lang nichts von ihrer Schwulheit merken und es trotzdem sind. Aber für Bayreuth war die halbe Welt homophil. Und Jimmy? So wie er schaute, wie er von seinem Vater, einem Kulturattaché in Algerien, sprach, von Kolonialbauten in Algier, musicalblauen Balkonen und Fensterläden, von der Wüste, Karawansereien, und so wie er von sich selbst erzählte, von seinem Schulschwänzen, seinem Interesse für die Niederländer des 17. Jahrhunderts, seiner Leidenschaft für Johann Sebastian Bach, für die frühchristlichen Kulturen, den Faschismus, Horrorfilme, gutes Essen und sein Faible für den Maghreb, die Menschen Algeriens, hatte er tatsächlich etwas Weichgespültes, merkwürdig Unsexuelles. Kein Wunder, dass ihn die göttlichen Reize seiner Verlobten nicht mehr interessierten. Obwohl er nichts studiert hatte, schien er doch gebildet, mit Diplomatenwissen vollgestopft. Aber wer von abspritzenden Frauen faselte, verwechselte etwas, musste einfach schwul sein. Vorsichtshalber hielt ich etwas Abstand.

– Schwulsein ist sonderbar, entkam es meinem Mund.

– Wie bitte? Wer ist schwul? Er hob seine Fäuste und boxte mich leicht.

– Ach nichts, hob ich beschwichtigend die Hand.

– Meinst du, ich bin eine Tunte? Er schlug in meine nackte Handfläche. Da fiel mir erst auf, dass ich keine Handschuhe mehr anhatte. Vor Entsetzen wollte ich schreien.

– Und? Bin ich jetzt schwul? Bin ich es? Er schlug noch einmal zu. Leicht, aber für einen Berührungsneurotiker schon zu viel.

– Handschuhe! Ich brauche sofort Handschuhe!

– Willst du jetzt noch einen Mord begehen? Ob ich schwul bin, will ich wissen. Der Römer tänzelte um mich herum.

– Du doch nicht! Zeig mir einmal deine Finger.

– Hier, hielt er mir seine Hand hin, womit wenigstens die Boxerei ein Ende hatte.

Tatsächlich waren Ring- und Zeigefinger gleich lang.

– Und?

– Alles in Ordnung. Bist nicht schwul.

Dabei war ich vom Gegenteil überzeugt, davon, dass die Homosexualität wie ein Kern sei, der bei manchen wie bei einem Pfirsich unweigerlich zum Vorschein kam, während er bei anderen wie bei einer Kokosnuss immer versteckt blieb. Sonderbar war nur, dass es manchmal auf der Hand lag, die Betroffenen selbst davon aber nichts merkten, nicht einmal dann, wenn man sie mit der Nase darauf stieß. Ich sah Jimmy an, sein weiches Gesicht, die schlaksige Figur, seinen typisch schwulen Gang, und hatte keine Zweifel mehr: ein Warmer. Ich jubilierte, fast empfand ich was. Die Schöne gehörte praktisch mir. Ich brauchte nur Handschuhe, sonst würde ich demnächst kollabieren. Einstweilen vergrub ich meine Hände in den Hosentaschen.

– Das Norwegerproblem, begann der Schwule zu dozieren, sie lassen sich zu Hause vollllaufen, weil in Norwegen ein Rausch nur daheim erschwinglich ist. In den Lokalen ist es viel zu teuer. Dabei ist Norwegen eines der allerreichsten Länder. Erdöl, erklärte Jimmy. Trotzdem müssen sie sich zu Hause ansaufen. Verrückt oder?

– Das ist wie mit den Sumpfingern, die fahren auch drei Stunden, um sich beim Einkaufen ein bisschen was zu sparen, während der Korischek bankrottgeht.

– Wer?

– Ach nichts. Aber was ist mit dem Abspritzen?

– Sag bloß, das weißt du nicht? Paraurethraldrüse! Kannten schon die alten Griechen!

Ja, ja, die alten Griechen, dachte ich. Auch lauter Päderasten.

– Das ist, fuhr der römische Hinterlader fort, wie wenn du nach Öl bohrst und fündig wirst, wie wenn du ein Bierfass anschlägst. Bei manchen Frauen, leider nicht bei allen, eigentlich nur bei wenigen, entlädt sich beim Orgasmus ein Sekret, aber nicht bloß ein paar Tröpfchen, nicht bloß die übliche Scheidenflüssigkeit, sondern ein wahrhafter Erguss, ein halber Liter oder mehr. So viel, dass sie zur Freiwilligen Feuerwehr gehen könnten, falls einmal ein Hydrant verstopft ist. Das schießt heraus wie eine Ölquelle, der ganze Körper schreit *O'zapft is, o'zapft is*. Das ist wie ein Oktoberfest der Drüsen.

Ich stellte mir das vor und war nahe daran, mich zu übergeben. Da bemühte man sich, Decken zwischen die Körper zu bekommen, Handschuhe anzuhaben, nirgendwo anzustreifen, und dann gab es Weiber, die losgingen wie ein Rasensprenger, einen hinterrücks mit einer Art eingebauter Spritzpistole anmachten. Das war so widerwärtig, so gemein, dass es unmöglich stimmen konnte.

– Und du sagst mir, ich bin verrückt? Das ist der größte Blödsinn, den ich je gehört habe. Oktoberfest der Drüsen? O'zapft is, o'zapft is? Ich kenne nur die Zirbendrüse für den Zirbenschnaps, sagte ich betont sachlich. Dabei war ich aufgewühlt. Sollte dieser kleine Scheißer an meiner Schönheit etwas entdeckt haben, das sie ewig an ihn band? Einen Lustknopf? War sie so eine Art Mensch gewordener Hydrant?

– Ich kenne das auch nur aus dem Internet. Squirting!

Gott sei Dank, atmete ich erleichtert auf. Er kennt es nicht von seiner Freundin. Wie heißt das?

– S-q-u-i-r-t-i-n-g! Keine Ahnung, wie das ausgesprochen wird. Porno ist ja nur englisch. Immer, wenn ich Englisch höre, muss ich an Pornos denken, sagte er und imitierte ein paar pseudoenglische Sätze.

– Und deine Verlobte? Spritzt die auch ab? Die Frage war jetzt rein rhetorischer Natur.

– Ach die, nein, natürlich nicht, lächelte er leicht verlegen.

Triumph! Ich ballte meine Faust und stieß einen Jubelschrei aus. Da mich der Römer nun völlig verblüfft ansah, war ich sofort wieder um Sachlichkeit bemüht.

– Was mich interessiert, stöhnen diese abspritzenden Frauen anders?

– Stöhnen? Keine Ahnung. Wenn du dich fürs Stöhnen interessierst, solltest du zum Damentennis gehen. Ich weiß zwar nicht, wie das heute ist, aber früher, diese Monica Seles …

Natürlich, wie soll auch ein Schwuler etwas von der Stöhnerei verstehen. Aber Damentennis? Ich war verwundert, dass ich selbst noch nie auf die Idee gekommen war.

– Und deine Verlobte? Stöhnt die?

– Was geht denn dich das an? Er sah mich skeptisch an.

Bevor er noch misstrauischer wurde, versuchte ich vom Thema abzulenken.

– Was ist das eigentlich für eine Organisation, von der Kaiphas gesprochen hat? Ein Syndikat?

– Na, was glaubst du? Küchengeräte, Bettwäsche, Babywindeln.

– Im Ernst?

– Wir finden Sachen, bevor sie verlorengehen.

– Wie?

– Na, das Übliche, Drogen, Rotlicht, Wettknirpse.

– Wettknirpse?

– So nennen wir die Spielsüchtigen, die nichts mehr zu verspielen haben. Die setzen ihre letzten Zentimeter, bis sie ganz verschwunden sind.

– Für wie blöd hältst du mich? Erst abspritzende Frauen und jetzt das?

– Das ist nicht weniger wahrscheinlich als sprechende Vögel. Jimmy lachte.

– Und man würde mich tatsächlich umbringen? So wie den Rumänen?

– Ausstopfen! Kaiphas hat ein ganzes Haus mit Ausgestopften. Die sehen alle sehr lebendig aus. Eine Hure in

Fellatiobereitschaft, ein wie eine chinesische Grinsekatze winkender Geschäftsfreund, dem ist ein Motor in der Schulter eingebaut. Vielleicht nehme ich dich einmal mit. Es riecht nur sehr nach Mottenpulver. Bei manchen Ausgestopften rinnen Sägespäne raus. Kaiphas sagt, das ist die zukünftige Bestattungsform. Man muss seine Liebsten nicht mehr verbrennen oder eingraben, nein, man stopft sie aus und setzt sie dann an ihren angestammten Platz. Wenn man genug von ihnen hat, mottet man sie ein.

– Na, ich weiß nicht. Auf so etwas können nur Antisemiten kommen. Ausstopfen? Glaub ich nicht. Und was wird dann aus den Wastln dieser Welt?

– Unterschätz den Kaiphas nicht.

– Wirkt doch ganz nett. Nur diese halbseitige Ausbuchtung ist etwas seltsam.

– Man sagt ihm nach, dass er seine eigene Scheiße einfriert, um sie sich nachher wieder in den Arsch zu stopfen.

– Und wozu?

– Geiz. Der lässt nichts aus. Jimmy hob seine Hand und betrachtete nachdenklich seine Finger. Wahrscheinlich dachte er an sein Schwulen-Outing.

Da setzte ein Rabe neben mir zur Landung an, blickte mich mit seinen schwarzen Knopfaugen an und sagte: Alleluja. Weißt du noch, wie der betrunkene Poldl immer mit dem Rad nach Hause gefahren ist? Und weißt du noch, wie er dabei auf seiner Trompete den *Walkürenritt* gespielt hat?

– Was willst denn du? Verschwinde, ich versteh dich nicht, versuchte ich ihn zu verscheuchen. Lass mich zufrieden.

– Trompeter von Säckingen habt ihr ihn genannt. Und kannst du dich noch an seine Liebesbriefe erinnern? An den Tag des Fußballspiels? Córdoba! Davon abgesehen warten wir, krähte der Rabe.

– Halt dein Schnullerloch! Verschwinde. Ich will das gar nicht hören.

– Der Wellensittich Pomaranzev hat es den Tauben an den Tag gelegt, die es wiederum den Möwen kundtaten, die konnten es den Schwalben nicht verheimlichen, und jetzt pfeifen es die Spatzen von den Dächern.

– Was?

– Dass du da bist.

– Aber ich bin nicht da, ich verstehe dich nicht, und ich will von all dem vervögelten Unsinn auch nichts wissen. Tatsächlich wollte ich mich nur irgendwo hinsetzen, um mich beim Gedanken an die U-Bahn-Schönheit sinnlos aufzugeilen. Trotzdem sprach ich weiter: Mein Körper hat immer das gemacht, was ich wollte, schlafen und Klo gehen, wann ich will, so lange einen Steifen wie notwendig, ich habe, wenn man von der Unfähigkeit zu fühlen einmal absieht, immer funktioniert. Und weißt du, warum? Weil ich keine Gebärmutter habe, sondern Gedärme. Ich brauche keine sprechenden Vögel. Ich will nicht schizophren sein! Basta! Und abspritzende Weiber gibt es auch nicht!

– Aber wir, krächzte der Rabe, wir brauchen dich. Du bist unser Licht, du verstehst uns.

– Ach so? Dann schau mich einmal an. Ein dickleibiger Möchtegernpilot, ungebildet, faul, charakterschwach, gefühlskalt, nur am Stöhnen interessiert. Eher gehe ich zum Damentennis als in einen Vogelkäfig … Einer, der seinem Bekannten die Verlobte ausspannen will. Ich soll euer Licht sein? Lächerlich.

– Jeder will das sorglose Leben eines Spießers führen, krähte der Rabe. Keiner will hören, wenn ihn der Ruf ereilt. Keiner glaubt mehr, keiner fühlt mehr, alle innerlich verfault, das ist ganz normal. So stell dich also taub, leb weiter dein Käseglockenunglück mit deiner Wetterfroschkarriere, deiner Cola-light-Geliebten, aber eines Tages kommst du drauf, dass du alles versäumt hast, weil du deiner Bestimmung nicht gefolgt bist, dich gedrückt hast. Dann wird es zu spät sein.

– Blödsinn, was weißt denn du schon von Bestimmung? Ganz egal, was man macht, die Bestimmung holt einen ein, und wenn sie einen nicht einholt, dann ist sie eben auch keine Bestimmung, sondern eine lahme Ente. Kennst du die Geschichte von dem Ehepaar, das sein Flugzeug versäumt hat, welches abstürzt? Sie nehmen den nächsten Flieger, kommen sicher an, setzen sich ins Auto und verunglücken. Nein, seinem Schicksal entgeht man nicht. Außerdem glaube ich, dass man sich verändern und entwickeln kann.

– Deine Bestimmung sind die Vögel, schüttelte der Rabe sein blauschwarzes Gefieder.

– Meine Bestimmung hat langes kastanienbraunes Haar, nutellabraune Augen, aber sicher keine Flügel oder Federn. Was wollt ihr überhaupt von mir?

– Wirst schon sehen, begann der Rabe zu hopsen. Die Welt der Vögel ist so voller Schönheit, so voller Wunder, dass man überhaupt kein Stöhnen braucht. Du wirst merken, der Flügelschlag von Schwänen ist das schönste Geräusch auf Erden. Es ist alles so erhaben und erhebend, alles ist unglaublich phantastisch, es wird dir gefallen.

– Und ich?

– Du bist der Auserwählte, du musst uns … Doch in diesem Augenblick drehte sich Jimmy Tschurri um, bemerkte den Raben und versetzte ihm einen Fußtritt. Geilio. Damit hatte der Vogel nicht gerechnet. Er konnte nicht mehr ausweichen, wurde in die Luft geschleudert, fing sich dort, flog laut fluchend zu einem nahen Fenstersims.

– Rabenvieh!, brüllte ihm der Schwule hinterher. Seine

Zehe war geschwollen, er hatte selbst nicht geglaubt, das Tier zu treffen.

Ich sah dem Vogel nach, machte entschuldigende Gesten.

– Das kannst du dem Doktor erzählen, brummte Jimmy.

– Ich geh zu keinem Doktor.

– Kein Aber. Der Vogeltanz wird uns beide reich machen. Aber vorher müssen wir deinen Geisteszustand prüfen und nachsehen, ob du nicht vielleicht doch besessen bist. Außerdem ist der Doktor ein Freund der Familie. Der Schwule grinste. Ich dachte an seine Verlobte und ging mit.

So waren wir also unterwegs, die große Weltkugel wieder zu einem kleinen Klümpchen zu schleifen. Wir gingen durch karamellbraune Gassen mit kamelbraunen Häusern, vorbei an einem Karmeliterkloster, einem Denkmal für Kara Ben Nemsi, weiter durch die Straße des unerfüllten Karmas, die Straße der sitzengelassenen Geliebten, die Straße der verschwundenen Kastratenschätze, vorbei an einem Katasteramt, an Bauarbeitern, singenden Straßenkehrern, Autos, deren Alarmanlagen losgingen, worum sich aber niemand kümmerte, durch Tische eines Restaurants, an denen Menschen große Polentaziegel mit dunklen Soßen verzehrten, hinein in einen mit maurischen Kacheln verfliesten, von Efeu und wildem Wein überwachsenen Innenhof, wo Pelargonien von den Balkonen hingen, PVC-Schaum wie Kuchenteig aus Fensterritzen quoll. Der schwule Römer drückte eine Klingel, neben der *Dentist* stand, was mich an meine Zahnschmerznacht erinnerte. Mit der Zunge wühlte ich im Zahnfleisch, schmeckte den Modergeschmack eines alten, lange eingespeichelten Speiserestes.

Sollte ich doch ein Vogel werden, wäre ich zumindest von den Zahnschmerzen erlöst. Vögel haben keine Zähne, sondern Mahlsteine im Magen.

– Komm!

Jimmy ging durch ein enges Treppenhaus, ich hinterher, sah, dass der Römer unterm Lederrock nur einen rosaroten Slip mit einem Snoopy drauf anhatte. Typisch!

– Was glotzt du so?

– Läufst du immer so herum? Gefällt das deiner Verlobten?

– Sonst in Jeans. Der Jimmy sagt immer …

– Hab ich mir gedacht. Enganliegende?

Jeans konnte ich nicht leiden, dieser grobe, geschmacklose Stoff, der die ganze Welt uniformierte, war mir ein Greuel. Ikea-Möbel zum Anziehen. Aber für einen Schwulen?

– Das gibt's nicht!, fluchte Jimmy. Wo ist denn dieser Quacksalber? Wir waren bis zum obersten Stock gegangen, vorbei an schweren Türen, Fußabtretern, Schuhen, Postkästen und Schildern, die vor Hunden warnten, Namen wie Rossi, Rossini, Ross, Rosario, Rosebud, Rosberg, Roth, nur von dem Arzt war nichts zu sehen. Aus einer Tür, es war die letzte und oberste, drang ein Brei von Stimmen. *Hornbostel* stand auf dem Türschild. Ich übersah es, sonst hätte ich den Römer zurückgehalten. Der horchte kurz, klopfte dann und stieß, ohne eine Antwort abzuwarten, die schwere Eichentür auf.

Im Inneren qualmte es. Ein Esstisch tauchte auf, an dem man sich auf dem Höhepunkt eines Menüs befand. Töpfe voller Erbsen in Tomatensoße, Saubohnen, Fisolen, Taubenstücke in Rosmarin, weißes Brot. Verschiedene Duftreize strömten ungefiltert in mein limbisches System.

Hunger, durchfuhr es alle meine Muskeln, schrie es aus jeder meiner Poren. Hunger, spürte ich die unterbeschäftigte Muskulatur meines Verdauungstraktes. Ich hatte gerade einmal ein halbes Kipferl und zwei Löffel Frühstücksei intus. Hier lachten mir volle Töpfe entgegen, ein angenehm sämiger Essensgeruch erfüllte meine Nase, der Gaumen wurde leicht gekitzelt. Soßen!

Meine Augen, ganz auf ein üppiges Menü gerichtet, blickten in eine Schlucht. Schroffe Felsen waren das, Geröllbrocken, aus denen kleine, kaktusartige Pflanzen wuchsen: das faltige Gesicht einer alten, pygmäenhaften Italienerin. Die Ballerina! Die Konversationspartnerin der Norwegerin! Und wie ich noch fasziniert und angeekelt auf die großen Wangenwarzen starrte, aus denen büschelweise Haare sprossen, kam auch schon ein Schrei aus diesem Abgrund. Nein, der Schrei wurde in die Schlucht gebrüllt, kam als staunendes Echo zurück.

– Da-a ist er ja-a, de-der Kerl. Der O-Ohrwaschelkaktus! Da-a ha-aben wir ihn, diesen Ve-Verbrecher! Di-diesen fetten Pi-Pi-Piloten! Da greifst du dir ans Hirn.

Die Ahnungen

Das Leben ist eine einzige Soße, eingedickt, mehlig und vorhersehbar. Aber der um Abwechslung bemühte Mensch kann sich damit nicht abfinden, will sich erheben, abheben, einmischen, unterrühren. Seine sogenannte Abschmeckung (die menschliche Veredelung) ist eine einzige Umrührung, eine Entwicklung in die geschmäcklerische Vielfalt. Und was kommt dabei heraus? Ein Einheitsbrei!

War es früher möglich, einen Charakter zu bilden und dem dann ein Leben lang treu zu bleiben, ihn einzudicken, wurde man nun ständig von neuen Vorbildern durchsetzt, die die alten stürzten, übertönten wie immer noch schärfere Zutaten. Der Mensch, dieses um Konsistenz bemühte Soßenwesen, befand sich ständig im Umbruch, musste Revolution um Revolution über sich ergehen lassen, war aufgeweicht, gargekocht, inhomogen, sich seiner selbst nicht mehr gewiss. Eben deshalb war es wichtig, Strukturen zu haben, Ordnungen, Geschmacksnerven, auf die man sich verlassen konnte, einen Topf. Aber wann ging das schon? Wann konnte man schon sagen, ich verlasse mich – austreten aus sich und sich dennoch nicht verlassen fühlen?

Ödipus Hornbostel war darauf ausgelegt, er hatte eine Richtschnur, die er um alles spannte, ein Lot, mit dem er alles maß, womit er sich das Chaos richtete. Und wie hieß dieser Maßstab, den er über alles legte? Was war das Instrument seiner alles verrichtenden Berichtigung? Der Hornbostelsche Urmeter? Richtig! Seine Hausordnung! Die Hausordnung war sein Dekalog, sein Gesetzbuch, seine Regula Benedicti. Ohne sie, war er überzeugt, würde der Zeitgeist ihn verschütten, ihn wie alle anderen haltlosen Menschen fortreißen, ins Chaos der Unbeständigkeit spülen. Er aber wollte in sich bleiben, nichts zu tun haben mit dem Zeitgeist, homogen sein.

Ödipus Hornbostel war das Phänomen einer rechten Interesselosigkeit. Er sammelte nichts, interessierte sich weder für Fußball, Autos noch Politik, las nichts, hatte keinen Bedarf an Musik oder Kunst, wollte nicht segeln oder jagen, glaubte auch an nichts – außer an seine Hausordnung und gutes Essen. Nicht einmal Frauen bedeuteten ihm was – einmal abgesehen von seiner Mutter, der verdorrten Ballerina, diesem kleinen Gerippe mit erstaunlich großem Busen. Das Einzige, was ihn neben seinen eingesperrten Vögeln interessierte, war der Mensch. So stellte er in seiner Portiersloge seltsame Berechnungen an, phrenologische Untersuchungen, die den Zusammenhang zwischen Kopfgröße und Schlafenszeit, Kopfform und Sprachgefühl, zwischen Fingerbeschaffenheit und Redseligkeit, Beckenbreite und Humor ergründen wollten. Ödipus Hornbostel registrierte alles und trug es in seltsame Tabellen ein. Er glaubte, einem System des Menschen auf die Schliche gekommen zu sein. Umso mehr irritierten ihn die Ausreißer, die sich seinen Klassifizierungen widersetzten, sich als gutsituierte Menschen bei ihm einschlichen, dann aber plötzlich verrückt waren.

– Globalisierungsgegner, hatte er eben seiner Mutter gesagt und sich große Bissen Taubenfleisch in den Mund gestopft, Fortschrittsgegner gefährden die Gesellschaft und damit den Hotelbetrieb. Da greifst du dir ans Hirn. Wo kämen wir hin? In eine Anarchie, in eine Gesellschaft der Couchvermieter, die ohne Hotels und Hotelangestellte auszukommen glaubt. Solche Leute gefährden unsere Existenz! Die halten sich an nichts, an keine Regeln, keine Hausordnung. Globalisierungsgegner gehören alle eingesperrt, gefoltert, verdroschen, wieder auf den rechten Weg gebracht.

Seine Mutter freilich, die Alte mit den behaarten Warzen im Gesicht, eine kleine, aber resolute Frau, die alte Hornböstelin also, war von seiner Version der nächtlichen Pomaranzev-Befreiung wenig überzeugt. Ihrer Meinung nach hatte ihr Sohn, der verfressene Ordnungsfanatiker, einfach vergessen, den Käfig abzuschließen.

Sie hielt ihren Sohn für zerstreut, vergesslich und unzuverlässig. Warum sonst bestand er so sehr auf Ordnung? Warum sonst brach immer wieder das Stottern aus ihm heraus? Warum hatte er noch keine Frau? Nur Vögel. So etwas Vertrotteltes. Wäre er nicht ihr Sohn gewesen, gezeugt in einer Garage, Kind von fünf Vätern, das Produkt einer Massenvergewaltigung, eines Gangbangs, hätte sie mit so einem nichts zu tun haben wollen. So aber war er ihr einziger Sohn, an den sie ihre ideelle Zukunft klammerte, ihre Hoffnung auf ein Weiterleben über den Tod hinaus. Auch wenn er sie ständig an den schlimmsten Tag ihres Lebens erinnerte, an die fürchterlichen Augenblicke damals in der

Tiefgarage, die vom Freund der Zweitbesetzung bestellten Schlägertypen, auch wenn er keine Anstalten machte, dieses Weiterleben mit Kindern zu bestätigen, blieb er doch ihr heißgeliebter Sohn, der, den sie unter allen nur denkbaren Entbehrungen großgezogen, ja durchgebracht hatte durch die harten Jahre, die erst zu Ende gingen, als der alte Vaselina, der sie, die Aushilfskraft, trotz dieses unehelichen Balgs geheiratet hatte, sich danach aber wie ein Tyrann benahm, starb. Für ihren Sohn hatte sie alles ertragen, die Demütigungen, den Sex, das Wasser vom Mund sich abgespart. Und was war dabei herausgekommen? Ein gelehriger und braver Junge? Nein, ein unförmiger, unfähiger Trottel, ein Fleischklumpen mit Augen, der gar nicht wusste, was er ihr alles verdankte.

Gerade war sie dabei, eine Vase voller Totentrompeten vor den Marienaltar zu stellen. Sie sagte, er solle lieber beten, dass ihm nicht auch noch Boglomov davonflöge, und nicht solchen Unsinn von verrückt gewordenen Hotelgästen erzählen.

– Globalisierungsgegner? Piloten? So etwas wirft ein schiefes Licht auf das Hotel.

– Hmm, stimmt schon, schmatzte Ödipus und war froh, dass Boglomov, sein zweiter Sittich, hier bei ihm zu Hause und in der Sicherheit seines Käfigs war. Da klopfte es.

– Hast du wen eingeladen? Ohne deiner Mutter was zu sagen? Der Bub soll sich schämen. Schämen soll er sich.

– Nein.

– Hast du auch nichts vergessen?, beeilte sich die alte Hornböstelin, ihre Schürze abzunehmen und in ein Plastiktütchen (a Sackerl a) zu stopfen, das sie im untersten Fach einer massigen Etagere verstaute. Im Geheimen hoffte sie, die einmal eine hübsche Frau gewesen, jetzt aber ausgetrocknet, fast skelettiert war und mit ihrem unförmigen Sohn und seinen Vögeln in einer seltsam symbiotischen Beziehung lebte, auf einen Verehrer, einen Kavalier, auf einen, der sich an ihre Ballettabende erinnern konnte, an ihre Triumphe im *Nussknacker* und *Schwanensee*, der sie herausholen wollte aus dieser Mutter-Sohn-Hölle, dieser mit dunklen Möbeln und hellen Nippesfiguren angefüllten Wohnung, dieser versoßten Existenz, aber da war ihr Sohn schon aufgesprungen und schrie in ihre Schlucht, die sich für den erwarteten Hausfreund erwartungsfroh aufgetan hatte: Da-da ist er ja, der Ke-kerl. Der O-O-Ohrwaschelkaktus! Da ha-haben wir ihn, diesen Verbrecher! Der Po-Po-Pomaranzev-Befreier! Da greifst du dir ans Hirn. In Hornbostels Gesicht stand das Entsetzen, wie es in keiner Hausordnung vorgesehen war, er muss sich gefühlt haben wie der Totengräber Wastl, als er von dem unberührten Grab erfuhr, wie ich, als ich das Notizbuch nicht mehr fand, erstmals Vögel reden hörte, oder ich, als mir im Saurüssel während des Ausschanks der Kameradschaftsbundobmann zwischen die Beine griff und ich voller Ekel, Entsetzen und Verwunderung zu dir in die dampfende, mit lauter Soßengerüchen erfüllte Küche lief, um zu kreischen: Stell dir vor, Mama, was der Pofinger Anton gemacht hat, stell dir vor, zwischen die Beine hat er mir gegriffen, in die Hose hat er mir gelangt und gesagt: Schaun ma mal zum Spatzi. Und dir, Mama, dir ist dazu nichts Besseres eingefallen als: Ja, so ist das, Hildy, ganz normal, daran musst du dich gewöhnen, so verdienen wir uns unser Geld. So war's schon bei der Oma, bei mir, und bei dir und deinen Schwestern wird es nicht anders sein. Bild dir bloß nichts ein.

Und du hast in die Stube, auf das Bild über dem Sofa gedeutet, auf die vielen Brustbilder der Freiwilligen Feuerwehr, von denen alle einen, zwei oder drei Sterne auf dem Kragen hatten, große Schirmkappen wie russische Polizisten, kleine goldene Epauletten, manche einen Orden, als wolltest du sagen, präg sie dir nur gleich alle gut ein, bevor du ihr Opfer wirst. Kleine, milchgesichtige Jungen waren das neben alten, rotköpfigen Männern, Bauernschädel allesamt, manche mit geplatzten Adern auf den Wangen, andere mit großen Knollennasen, wulstigen Lippen unter Schnauzbärten, verwachsenen Zähnen, kleinen, wässrigen Augen. Mehrere Brüderpaare, von denen einige wie ein Ei dem anderen glichen, andere völlig verschieden waren. Meist verriet sich die Vaterschaft von selbst, war die Ähnlichkeit so offensichtlich, dass sie alle sahen. Nur die Betroffenen konnten oder wollten sie nicht wahrhaben.

Aber vielleicht hat sich Ödipus Hornbostel, als da wie aus heiterem Himmel der verrückte Vogelbefreier erschienen ist, auch gefühlt wie der kleine Hildy, als er noch zwischen euch im Ehebett geschlafen hat und plötzlich Papas Hand an Stellen spürte, an denen sie nicht hingehörte, wo sie nichts zu suchen hatte. Der kleine Hildy wusste, dass da etwas Ungehöriges geschah, etwas, das nicht sein durfte – obwohl er sich einredete, dass das ganz normal sei, ganz normal, so normal, dass es noch nicht einmal einen Namen hatte. Also hat sich der kleine Hildy schlafend gestellt, weil dieses Ungehörige noch unmöglicher werden würde, wenn der Papa merkte, dass sein Hildy wach war, mitbekam, was da geschah. Der Urknall! Energie verwandelte sich in Materie. Der Beginn von Raum und Zeit. Und der kleine Hildy hat wie wild zum Jesukindlein gebetet, es möge ihn einschlafen oder auf der Stelle im Erdboden verschwinden lassen – ihm aber auf keinen Fall einen Namen für die Sache geben. Doch die Gebete blieben unerhört, und Papa, weil es wahr ist, hat seine Hand noch eine Weile weiterwandern lassen, da hat alles Beten nichts genützt. Und irgendwann war auch der Name dafür da, aber kein Name, wie ihn junge Eltern in der Gebärklinik ersinnen, kein Kevin Haupt, keine Yvonne

Daham, kein Emil, der in Amerika wie E-Mail ausgesprochen wird, keine Tessa Mit oder Claire Anlage, kein Bertl Herr und auch keine Ida Lap, sondern ein Name, schlimmer als das, was eigentlich geschah. Jetzt war er da.

Aber Ödipus Hornbostel brauchte keinen Namen, er konnte sich nicht schlafend stellen und zum Beten fehlte ihm die Zeit. Ödipus konnte höchstens darauf hoffen, aus einem Albtraum zu erwachen, als er *Der Po-Pomaranzev-Befreier, der Po-Pomaranzev-Befreier* brüllte und sich dabei am Taubenfleisch verkutzte und zu röcheln anfing wie Kaiphas (du erinnerst dich, der Lektionenerteiler seiner Mutter) kurz zuvor.

– Ein römischer Legionär, war die Mutter erschrocken. Und ein Pilot! Was ist hier los? Maskenball? Oder doch Verehrer? Nein, zu jung. Die können nicht im *Nussknacker* und auch nicht in *Schwanensee* gewesen sein. Was haben die dann hier zu suchen? Freunde von Ödipus? Der Bub soll sich schämen. Was hat der da wen einzuladen? Hat er nicht. Sie drohte mit den Totentrompeten und versuchte die neue Welt, die sich da so unvermittelt vor ihr auftat, in ihre Schlucht stürzen zu lassen. Aber dafür war die Welt bereits zu groß.

– Wir suchen den Arzt, sagte Jimmy Tschurri.

– Das glaube ich, kam es aus der Alten barsch zurück. Was hat der da zu reden? Eine Mutter hat einen Anspruch. Eine Mutter darf doch auch etwas erfahren. Einer Mutter muss man nichts verschweigen. Soll sich schämen.

– Da-da si-siehst du es, kreischte ein hustender und stotternder Hornbostel, der O-O-Ohrwaschelkaktus hat Verstärkung mi-mi-mitgebracht, die ga-ga-ganze römische Armee. Und sie wo-wo-wollen a-a-alle Vögel befreien. Aber meinen Bo-Bo-Boglomov nicht, nicht meinen Bo-Boglomov, richtete sich Hornbostel auf und breitete seine Arme schützend um den Käfig aus. Nicht meinen Bo-Boglomov. Den nicht!

– Ich habe immer gesagt, dass es ein Fehler ist, Vögel einzusperren, kreischte die Alte. Immer. Was hat man da wen einzusperren? Hat man nicht. Auch ein Vogel hat einen Anspruch. Auch ein Vogel hat ein Leben. Das haben wir jetzt davon. Nur Scherereien. Statt dass er sich für Frauen interessiert … Soll sich schämen. Schämen soll er sich. Jetzt haben wir den Salat. Eine Mutter hat so etwas nicht verdient.

– Mi-mi-misch di-dich nicht ein. Ma-ach lieber etwas, flehte Hornbostel mit Tränen in den Augen, die allerdings vom Hustenreiz herrührten.

– Sie wissen also auch nicht, wo der Doktor Neunteufel ist?

– U-unten links, krächzte der Hotelportier und sah streng in meine Richtung, der ich dem Wellensittich mit kleinen Handbewegungen zuwinkte.

– Was hat der da zu reden? Eine Sünde ist es trotzdem, hatte die Alte inzwischen den Käfig geöffnet. Eine Sünde wider Gottes Schöpfung. Soll sich schämen. Mädchenbeine steckt man in Ballettschuhe und Vögel in Käfige. Das ist nicht recht. Auch ein Vogel hat ein Leben.

Da war der Sittich Boglomov herausgehopst, flog verwirrt durchs Zimmer, setzte sich auf den über und über mit Rosenkränzen behängten Altar, dann auf einen Topfrand, schließlich auf den Rahmen eines Ölbildes, das einen Mönch zeigte, der ein kleines Kruzifix küsste, und naschte von den Erbsen in Tomatensoße.

– Nein, Bo-Bo-Bogi, plärrte der verwirrte Portier, ohrfeigte seine Mutter, die ihm derart in den Rücken gefallen war. O-Ohrwaschelkaktus! Da greifst du dir ans Hirn. Er versuchte den Vogel wieder einzufangen, was ihm nicht gelang. Bo-Boglomov, ko-omm zurück! Zurück. Geh her da!

Brav. Mit seiner unförmigen Gestalt tapste Hornbostel durchs Zimmer, folgte dem Sittich, der nun, tausend Herzschläge in der Minute, auf einem Bild der jungen Ballerina Zuflucht suchte. Seine Mutter betete *Gegrüßet seist du Maria, gebenedeit unter den Weibern … auch eine Mutter hat ein Leben … soll sich schämen … jetzt und in allen Zeiten …*

– Bo-Bogi! Bo-Bogi!, stolperte Hornbostel durchs Zimmer. Ko-komm her. So-so-sofort!

– Schnell, lass uns aus diesem Irrenhaus verschwinden!, packte Jimmy meinen Ärmel, zerrte mich hinaus. Ich wollte mir noch ein Stück Taubenfleisch nehmen, wurde aber fortgerissen. Wahrscheinlich ahnte Jimmy, dass sich Hornbostels Entsetzen über sämtliche Hausordnungsübertretungen bald als kuriose Wut entladen würde. Und während wir das Stiegenhaus hinunterrannten, hörten wir, dass oben Töpfe flogen, etwas krachte, als würde jemand Holzlatten, nein, Ballerinenbeine brechen. Ein Schrei der Alten, ein Schrei aus einer tiefen, unerforschten Schlucht füllte alles aus, durchdrang die Wände, die Marmortreppe, mein Ohr, tränkte alle meine Zellen, klang schrill und unbarmherzig – wie das Entsetzen über eine maßlose, nicht für möglich gehaltene Undankbarkeit. Es war, als ob ein Felshang in sich selbst zusammenstürzte, eine Mure niederging, ganze Dörfer verschüttete. Dann wurde es still, beängstigend still. Still wie nach jeder Katastrophe. Totenstill.

Und ich wusste auch sofort, was das bedeutete, Ödipus Hornbostel hatte das getan, was seine fünf Väter verabsäumt hatten, er hatte seine Mutter erschlagen. Da greifst du dir ans Hirn. Ich war entsetzt, schockiert, so eine gute Köchin!, aber berührte es mich? Konnte dieser Muttermord meinen Gleichmut stören? Nein. Wurden Stimmen laut, die nach Umkehr und Erster Hilfe riefen? Nein, in mir drinnen blieb es still. Totenstill.

Still wie damals im Saurüssel nach der Geschichte mit dem Kameradschaftsbundobmann Pofinger. Das war ein paar Jahre nach der Scheidung, Mama, als schon wieder Leute in den Saurüssel gekommen waren. Frühschoppen war, die Gaststube voll mit Bratendampf, Bierdunst, Testosteron, säuerlichem Schweiß, beißendem Harngeruch und dumpfer Dummmusik – irgendwer sagte einmal, dass die Seele, wenn sie ständig mit solch stumpfsinnigen Rhythmen beschallt wird, sich aufzulösen beginnt und verkümmert.

Der Poldl war eben dabei, seine Moslemweiber-Nummer abzuziehen. Ich habe Bier eingeschenkt, dem Kameradschaftsbundobmann Pofinger ein volles Glas gegeben, und der hat seinem Namen alle Ehre gemacht und unten voll hingelangt, mir mit seinen Pofinger-Pofingern aufs Spatzi, wie er es nannte, und in den After gegriffen wie im Supermarkt nach einem Sonderangebot.

Ich hab das erst für ein Versehen, dann für einen derben Scherz gehalten. Als ich aber sein geiferndes Gesicht und diesen gemein-geilen Blick gesehen habe, diesen Blick, den ich sonst nur von Rufus kannte, wenn er Käfern Haxen ausriss, diesen Blick, wie ihn der Pfarrer hatte, wenn er im Religionsunterricht hilflose Kinder prügelte, da war mir klar, dem war es ernst, dem Pofinger, der verstand unter Kameradschaft etwas anderes als wir, vergreifen wollte sich der an mir, zur Sache kommen, seine Pofinger, rauh wie Hundepfoten, in mich hineinstecken, der wollte mein Spatzi, mich ausgreifen, abgreifen, ob ich schon ausgereift war. Mir war, als ob sich alle Ungerechtigkeiten der letzten zweitausend Jahre, alle Formen von Niedertracht und Unterdrückung, alle unrechtmäßigen Eroberungen und Gewaltherrschaften, alle Tyranneien zu diesem einen Pofinger-Augenblick verdichteten.

Damals fühlte ich noch was. Wut! Entsetzen! Empörung!

Also hätte ich ihm am liebsten ins Gesicht und in seine Bierfahne gespuckt, ihm auf seine Wangen mit den vor lauter Geilheit aufgeplatzten Adern geschlagen oder ihm einen Teller heißer Gulaschsuppe über den Schladminger Anzug geleert. Aber ich wusste, das ging nicht. Das ging nicht, weil der ganze Ort da war, und das wäre ein Skandal gewesen: Der Bankert von der geschiedenen Wirtin, der kleine Kilgus, schlägt den Obmann vom Kameradschaftsbund! Also hab ich ihn nur böse angeschaut, worauf er, der freche Kerl, seine hirschhorngelben Zähne entblößt und mit sämig-süßer Stimme geflötet hat: Was ist denn, Hildy, kleiner Ruamzuzler, bist mit dem falschen Fuß aufgestanden? Hast heut einen schlechten Tag? Da hab ich nur blöd geschaut, bin in die Küche gerannt, wo es gedampft hat, weil du bei den Töpfen gestanden bist, Mama, und ich, damals noch voll wahrhaftiger Empfindungen, hab auch gedampft, hab gesagt: Stell dir vor, Mama, was der Pofinger Anton mit seinen Pofinger-Klofingern gemacht hat. Was sich der herausnimmt! Ruamzuzler hat er mich genannt. Darauf du, ohne von deinen Töpfen aufzuschauen: Ja, so ist das, Hildy, so verdienen wir uns das Geld. Daran wirst du dich gewöhnen müssen.

Du warst immer zynisch. Wenn sich ein Gast beschwerte, weil ihm das Essen zu lange dauerte, hast du gesagt: Soll ich mich vielleicht draufsetzen auf das Schnitzel, damit es schneller geht? Beschwerte sich einer wegen einer Fliege in der Suppe, bekam er von dir zu hören: Was willst, soll ich dir für vier Schilling gleich ein Huhn reinhauen? Besonders anspruchsvollen Gästen wurde als Spezialität des Hauses eine Zischsuppe serviert, heißes Wasser, in das ein glühender Schürhaken gehalten wurde. Wollte einer eine Eierspeise, wurde er gefragt, ob mit oder ohne. Entschied er sich für mit, was der Normalfall war, bekam er das Gericht samt den Eierschalen. Und wenn sich einmal ein Besserer zu uns in den

Saurüssel verirrte, einen Wein bestellte, deinen nach der Menge fragenden Blick, es gab nur Viertel oder Flaschen, nicht verstand und mit *Cuvée* beantwortete, warst du dir nicht zu blöd, einen Plastikkübel (der in Sumpfing einfach Küwe hieß) zu holen und ihm unter dem Gelächter aller Anwesenden einen Doppler Weiß und einen Doppler Rot reinzuleeren, obwohl du ganz genau wusstest, was ein Cuvée war, aber so etwas hatte deiner Meinung nach im Saurüssel nichts verloren. Hier hatte es nur Rot und Weiß zu geben, in Vierteln, Flaschen oder deinetwegen auch in Kübeln. So neumodisches Zeugs wie Chardonnay, Sauvignon Blanc, Zweigelt oder Merlot gab es im Saurüssel nicht, nur Müller-Thurgau und Blauburgunder, aber auch das war auf den unetikettierten, mit Kronkorken verschlossenen Flaschen, die wir von einem Winzer aus Brunn am Gebirge bezogen, nicht vermerkt. Außerdem galt Wein als frankophiler Luxus, als urbane Attitüde. In Sumpfing trank man im Wirtshaus Bier und Schnaps, zu Hause Most. Das Bier stammte aus der örtlichen Brauerei, war wie die meisten nach einem Ort benannt und hatte als Suffix ein *er* im Namen. Die Schnäpse, ich kannte sie von den Einbrüchen in die Schnapsbar, kamen aus dem Großhandel und hießen Bailoni Marillenbrand, Obstler, Asbach Uralt, Himbeergeist, Amaretto, Baileys, Averna, Becherovka, Campari, Waldmeister, Jägermeister, Underberg, Cointreau, Cynar, Fernet Branca, Grand Marnier, Gurktaler Alpenkräuterlikör, Malibu Kokosnusslikör, Ramazotti, Verpoorten Eierlikör, Smirnoff Vodka, Inländerrum, Vat 69, Johnnie Walker, Ballantines, Chivas Regal, Blue Curaçao, Bols Minzlikör, Bombay Sapphire London Dry Gin, Gordon's Dry Gin, Pastis 51, Ouzo, Pimm's Nr. 1, Martini Bianco, Martini Rosso, Sierra Tequila, Bacardi. Was für eine Auswahl. Die meisten aber tranken den nach Schmirgelpapier schmeckenden Selbstgebrannten.

Jetzt aber, wo ich deinen Zynismus gebraucht hätte, hast du einfach gebrummt: Ja, so ist das, Hildy, so verdienen wir uns das Geld. Daran wirst du dich gewöhnen müssen. Und damit habe ich schlagartig aufgehört, noch weiter etwas zu empfinden. Ab nun war es vorbei mit jeglichem Gefühl. Ich war sprachlos. Du aber hast ungerührt weitergerührt und gesagt: Glaubst du, mir gefällt es, wenn der Speckbacher Erwin hergeht und mir mit seinem nach Schnapsbar riechenden Mund einen Zungenkuss gibt, glaubst du, mir gefällt dieses Gemisch aus verdautem Kümmelschnaps, Mintlikör und Speckbacher-Erwin-Kotze, und glaubst du, mir gefällt es, wenn der Kübelböck Reini mir einen Zungenkuss gibt, mit seinem nach faulen Zähnen riechenden Atem? Bild dir bloß nichts ein. Glaubst du, mir gefällt es, wenn ein letzter Gast drüberkräult?

Da war klar, wehren war zwecklos, Hildy, das war halt so. So verdienten wir uns das Geld, daran musste man sich gewöhnen. Wir waren der Puffersatz, das Auffangbecken für den Abschaum. Bei uns durfte man hinlangen, sich was herausnehmen, drüberkräuln. Wir hatten niemanden, der uns beschützte, nicht einmal Zynismus, nur die Maria Magdalena, die Schutzheilige der Prostituierten.

Später, kurz bevor ich aus Sumpfing geflohen bin, hab ich dich damit konfrontiert, Mama. Kannst du dich erinnern? Du hast gesagt: Ja, so verdienen wir uns unser Geld, daran wirst du dich gewöhnen, Hildy.

– Aber wieso hast du mich nicht beschützt?, hab ich gefragt. Wieso hast du Alma und Irmi den Pofingern und Poldlschwänzen und Speckbachermündern und Kübelböcksprüchen ausgesetzt? Warum hast du zugelassen, dass sie ihre dreckigen Wörter auf uns abladen, uns herrichten fürs Drüberkräuln? Warum hast du gegen diese Soße nie etwas unternommen? Nie umgerührt?

Daraufhin hast du, Mama, mir deine Geschichte erzählt, warum du keine Soßen magst. Nicht nur, weil es in der Nachkriegszeit kaum Fleisch gegeben hat, das, wenn, dann dein Bruder, der Krautstampfer, bekam, dass für dich nur Soßen übrig geblieben sind, Soßen und wieder Soßen, nein, auch dass das Leben immer schon wie eine einzige fade, tausendfach verdünnte Soße war, Sumpfing besser Soßing heißen sollte. Du hast mir erzählt, dass die Oma auf das Gasthaus geheiratet hat, ja, so sagt man in Sumpfing, Soßing, man heiratet wo hinauf, weil man sich auf den Besitz draufsetzt wie auf ein Klo, in das man dann ein Leben lang hineinkackt. Die Ehe ist nichts anderes als lebenslängliche Codierung – und wenn man keinen Besitz hat, auf den man sich draufhocken kann, versinkt man irgendwann in der Scheiße, äh, Soße.

1938, in der Nacht des Einmarsches, als sich die braune Soße über unser Land ergoss, hat sich der Sohn vom Saurüsselwirt, mein zukünftiger Opa, aus lauter Freude über den schönen Adolf und die Nazisoße eine Fahne angetrunken und seinen Saurüssel in die Oma einmarschieren lassen, sodass sie einen Bauch und neun Monate später (wie zur Vorwegnahme des Hitler-Stalin-Paktes) ein Kind bekommen hat, den Igor, deinen Bruder, der sich 1958 mitsamt seinen liebevoll gepflegten Krautstampferbeinen mit dem ebenfalls liebevoll gepflegten Motorrad (wie man in Sumpfing euphemistisch sagt) derstessen oder derrennen sollte. Omas Vater, ein Zollamtsmeister, der sie, die unehelich, in Schande Geborene, selbst erst durch eine späte Eheschließung legitimierte, der nicht wissen konnte, dass sich sein Enkelsohn zwanzig Jahre später das Genick brechen würde, war erzürnt – nicht nur über den Hitler, diesen irren Soßenmeister und Zöllnersohn, der seine liebe Grenze aufgehoben und ihn somit überflüssig gemacht hatte, nicht nur über die Fahnen, die nun aus allen Häusern und aus allen Mündern hingen, nicht nur über die albernen, allenthalben zu hörenden Heil'tler-Schreie, sondern auch und vor allem über den Anbrater, den jungen Saurüssel. Seine Tochter, die Oma, hat er getobt, seine Tochter müsse die letzte Festung in Europa sein, seine Tochter, die ihn ihr Leben lang zu siezen hatte, müsse auf ein Haus heiraten und nicht auf ein Bankert! Seine Tochter dürfe kein uneheliches Kind bekommen, sondern eine Wirtschaft, seine Tochter müsse auf einen Besitz hinaufheiraten, auf …

Erstens war nicht klar, ob und wann der junge Opa den Saurüssel erbte, und zweitens, ob er heiraten durfte, drittens, eine wie die Oma. Schließlich hat sich alles aufgeklärt, der alte Saurüssel ist gestorben, es heißt, an einer verschluckten Fischgräte, dein zukünftiger Vater hat geerbt und die mit dem Igor, deinem Bruder, schwangere Oma geheiratet. Neben der Gastwirtschaft hat er Rosen und Tulpen gezüchtet, nach skandinavischen Vornamen benannt, sich für Obstbau, Baumveredelung und englische Gärten interessiert. Sie waren glücklich – lange genug, um sich daran zu gewöhnen, zu kurz, um es zur Soße werden zu lassen.

Dann hat der Krieg angeklopft. Erst leise, denn der Opa war als Wirt ja unabkömmlich. Dann lauter, später dröhnend, lief etwas aus dem Ruder, wurde der Opa eingezogen wie eine alte Zuggarnitur, die nicht mehr fahren darf, schon gar nicht mehr einfahren in die Oma. Dafür ist die Oma eingefahren, aber wörtlich.

Der Hitler hat ihr den Mann eingezogen, gestohlen, hat sie gesagt. Nach Russland hat man ihn geschickt, und er hat gespurt, sich schicken lassen mit zwei Paar dicken Socken, Schokoladekuchen, einer Flasche Zwetschkenschnaps, einem Löckchen seines Sohnes Igor, einer Erbsenwurst und Blumensamen. Anfangs hat er Glück gehabt, Verwundung,

Lazarett, zur endgültigen Genesung Heimaturlaub – da bist du gezeugt worden, Mama. Aber statt dass er nun, wo er sehen musste, dass alles den Bach hinunterging, die Fahnen in den Rausch und dieser in die große Übelkeit, dass man über kurz oder lang alles einschließlich sich selber übergeben musste, statt dass er also dageblieben wäre, sich versteckt hätte, hat er noch einmal, obwohl er alles Weitere längst ahnte, gar kein überzeugter Nazi mehr war, sich schicken lassen und ging prompt verloren. Achsenbruch.

Nie mehr ist er zurückgekommen. Ihr habt euch nie gesehen, du kennst ihn nur von Fotos: Opa beim Heckenschneiden, Opa in einer Wiese, lachend, Opa mit seinem Motorrad, Opa im Krieg. Dabei ist er offiziell nicht einmal gefallen, nur vermisst in Stalinum. Dort, wo seine Rosen und Tulpen wachsen, seine Björns und Pernillas, seine Attles und Wenkes, dort muss er liegen. So stelle ich's mir vor: Eine braune, unwirtliche Gstätten, voller Müll und Dreck, irgendwo zwischen Plattenbauten, kleinen Gemüsegärten, sozialistischen Denkmälern, verrosteten Soldatenhelmen, Datschas und Atomkraftmeilern muss es sein, dort blühen ein paar seltene Tulpen und Rosen, weil ihre Samen in den Taschen vom Opa aufgegangen sind, sich in seinen verrotteten Uniformresten, ja selbst in seinen Knochen verwurzeln, ihre Knollen sich zwischen seine Rippen drängen, wo sie aufgegangen sind, weil er in seinen letzten Stunden vor lauter Hunger und Verzweiflung sogar die Blumensamen aß, die dann in seinen toten Gedärmen ausgetrieben haben. Manchmal werden sie gefunden, ausgerissen, um auf Friedhöfen, in niedrigen Spitalszimmern oder Wohnzimmern zu landen, wo man Wodka trinkt, sich liebt und schlägt.

Und die Oma? Mitten im Krieg hat sie dich bekommen – und Polina (Polja) getauft. Dann war der Krieg zu Ende. Sie, eine junge Wirtin mit einem Mann, von dem keiner wusste, ob er je wieder zurückkommt, hat gewartet. Ihr ganzes Leben lang hat sie gewartet. Einige kamen ja, manche sind nach zehn Jahren erst zurückgekommen, andere noch später, aber nicht der ihre, der Opa ist mit seinen Blumensamen und dem Igor-Löckchen in Stalinum geblieben. Die Oma aber ist am Fenster gesessen und hat gewartet, Blumensamen gesät, den Saurüssel bestellt, Scheunen mit Frittierfett angestrichen und sich Schnupftabak ins Hirn geschossen.

Irgendwann hat sie es nicht mehr ausgehalten, hat sie sich unter einen russischen Koch gelegt wie ein Nudelbrett unter den Teig, damit er kräftig über sie drüberwalke mit seinem russischen Nudelholz, ordentlich in ihr umrühre, ihr seinen Kochlöffel bis zum Anschlag hineinstecke. Der Saurüssel war das Hauptquartier der Russen. Und die Oma hat sich vom Koch einen Braten in die Röhre schieben lassen. Obwohl sie doch schon dich und deinen Bruder hatte, hat sie noch ein Kind gekriegt, es auf den Namen Charlotte getauft und sofort zur Adoption freigegeben.

Wie sie nach dem Krieg (Besatzungszeit) inmitten lauter Russen auf Charlotte gekommen ist, während du mitten im Krieg, gezeugt von einem gegen die Russen kämpfenden Vater, auf Polina getauft worden bist, weiß nur sie. Vielleicht ja nur, damit es zu deinem Bruder Igor passt? Viele Frauen hatten damals einen russischen Braten in der Röhre, aber die wenigsten haben ihn auch ganz hervorgebracht. Die meisten haben ihn vorher aufgeschnitten, ihn sich rausnehmen lassen. Nicht die Oma.

Die Oma war eine junge Wirtin ohne Mann. Umgerührt musste sie werden, sonst hätte sie sich verstockt, wäre sie sitzengeblieben, angebrannt und hysterisch geworden (beleidigte Gebärmutter!). Außerdem musste sie über die Runden kommen. Also hat sie das Notwendige mit dem Angenehmen verbunden und sich so daran gewöhnt, bis die Nudelholzerei nur mehr notwendig, aber nicht mehr angenehm gewesen ist, sie wie jede Frau von jedem Mann gedemütigt worden ist, nur eine Waffe hatte, die der Verweigerung – aber Oma war Pazifistin.

Männer gab's genügend. Damals sind ja nur Mannsbilder ins Wirtshaus gegangen. Puff war keines da, nicht in Sumpfing. Also blieb nur der Saurüssel, das dritte Wirtshaus im Ort, das letzte in der Hierarchie. Es hat ein nur sonntags geheiztes Gastzimmer gegeben, einen Saal für die Hochzeiten, Bälle und Beerdigungen. Sonst waren immer alle in der sogenannten Kuchl. Da war ein Tisch für die Stammgäste, ein Ofen, ein Sofa, darüber immer schon die Freiwillige Feuerwehr, Krickerl an den Wänden, Bilder von Stalin, Lenin. Der Sparvereinskasten (Mausebär). Über der Tür ein Regalbrett mit Pokalen vom Eisstockschützenverein. Karierte, fetttriefende Vorhänge vor den kleinen Fenstern, übervolle Aschenbecher, kleine Gewürzhalter mit Pfeffer- und Salzstreuern, meist verklumpt, eine Maggi-Flasche mit festgetrockneten braunen Klümpchen an der zugespitzten Öffnung. Brezelständer. Bierdeckel voller Kritzeleien. Spielkarten.

Du warst ein ängstliches Kind, Mama, hast nie allein ins Bett wollen, und da war das Sofa, auf dem du gelegen bist, und da war der Tisch mit den Stammgästen, und du hast auf die Oma gewartet, bis sie die Gäste rauswarf, abschloss. Und da war ein Gast, nicht einmal der letzte, der hat gemeint: Wie schaut's aus, geht's bei der Polja schon? Und dann hat die Oma, die die ganze Zeit *Fliegt der Schmetterling auf einer bunten Wiese, Gänseblümchen, hab mich lieb …* gesungen hat, kurz ihr Liedchen unterbrochen und gesagt, das wisse sie nicht, wie es ausschaue, müsse er halt hingehen und nachschauen, ob's schon gehe.

Und dann ist er hingegangen, hat nachgeschaut und die

Soße aufgerührt, verspritzt. Da ist es still geworden, so still wie in der alten Hornböstelin, still, wie es die Hausordnung der Hölle vorschreibt, totenstill. So war das. Deshalb magst du keine Soßen mehr.

Papacanyouhearme

Inzwischen waren der Römer und ich bei dem Dentisten gelandet, saßen allein im Wartezimmer dieses Doktor Ariel Neunteufel. Ich war nur mitgegangen, weil ich hoffte, hier ein paar Vinyl-Handschuhe zu ergattern.

An den Wänden hingen ausgestopfte Eulen, Falken, Adler. Eine angestaubte Schwarzwälder Kuckucksuhr, daneben eine schwanger aussehende Barock-Vitrine mit versteinerten Eiern von prähistorischen Vögeln wie dem Archaeopteryx. Auf einem Tischchen lagen Zeitungen, zwanzig Jahre alt, vergilbt. Auch die Schautafeln von der richtigen Handhabung der Zahnbürste sahen altertümlich aus. Und dann hing da noch die ebenfalls vergilbte Fotografie eines jungen Mannes, der mir bekannt vorkam. Kaiphas! Wie kam der hierher? Ich wollte Jimmy fragen, aber der schwule Römer stand vor den ausgestopften Vögeln, blies ihnen Staub vom Kopf und flötete: Los, los, ihr Viecher, sprecht mit mir. Zeigt mir, was ihr draufhabt. Redet! Redet! Oder wollt ihr mich vergackeiern?

– Hör auf, bat ich ihn. Hör auf.

– Warum? Hast du Angst, die könnten etwas sagen? Ich bin der alte Uhu, verstellte er seine Schwuchtelstimme. Und jeder, der in meine Nähe kommt, jeder, der mein Nest bedroht …

– Ruhe!, brüllte ich. Hör mit dem Unfug auf!

– Ist recht, Herr Specht, legte sich der Römer einen Zeigefinger auf die Lippen. Aber jeder, der in meine Nähe kommt …

Nein, ich hatte keine Angst vor diesen ausgestopften Viechern. Aber diese Präparate erinnerten mich an Sumpfing, an den Saurüssel, wo auch überall Krickerl und Geweihe hingen, die mit Senkkopfschrauben an gebeizten Jausenbrettchen montiert waren, sodass die verzinkten Schraubenköpfe wie silberne Augen aus den gebleichten Knochen leuchteten. Und sie erinnerten an Fotos von Treibjagden und Angelwettbewerben, an Bilder von Jägern, die ihre Gummistiefel auf ein Dutzend toter Hasen stellten, in den Händen ein Bündel toter Rebhühner und Fasane, über der Schulter das Gewehr, auf dem Kopf ein grüner Lodenhut mit Kordel, Gamsbart. An Bilder von breit grinsenden rotgesichtigen Fischern mit riesigen Barschen oder Karpfen in den Händen. Jäger, Fischer, für die wir Saurüsselkinder auch nichts anderes waren als Kreaturen, die es zu erlegen galt.

Hier aber, in der Praxis des Doktor Neunteufel, blickten einen aus Glasaugen arme Seelen an, die auf ewig in ihren ausgestopften Vogelkörpern gefangen bleiben mussten. Nein, ich fürchtete mich nicht, obwohl es nachts bestimmt unheimlich wäre.

– … bekommt von mir, flüsterte Jimmy mit immer noch verstellter Stimme, eine Spezialbehandlung. Ich hacke ihm die Augen aus. Geilio.

Und wie er so kleine Luftsprünge vollführte, mit seiner obszönen Nase in die Luft pickte und mit seinem kleinen Hintern wackelte, ich den Eindruck hatte, als würden sich alle Glasaugen auf diesen verkleideten Römer richten, erschien zuerst ein Azetongeruch, dann die dazugehörige Sprechstundenhilfe. Sie sah ihn verwundert an, räusperte sich und sagte mit heller, beinahe quietschender Stimme: Der Doktor lässt bitten. Wenn Sie mir folgen.

Also trotteten wir ihr hinterher, sahen, wie schäbig diese Praxis war. Alte perlweiße Metallkästen, von denen der Lack blätterte, vergilbte Lampenschirme, gelb wie Raucherzähne, Staubflechten, ein abgetretener Teppichboden. Die Wände schmutzig, grau, bestimmt schon dreißig Jahre nicht mehr geweißelt. Noch ein Bild von Kaiphas. Weitere altertümliche Schautafeln mit Zähnen. Gipsgebisse, vierzig Jahre alte Zahnpastawerbungen: Strahler 70, Dentabest, White Star. Auch die Sprechstundenhilfe, der man ansah, dass sie einmal eine Schönheit gewesen war, passte gut in diese Praxis, ein verschrumpeltes Überbleibsel ihrer selbst. Blonde Perücke, braunes, von Falten zerfurchtes Gesicht mit rissigen, aber rosa angemalten Lippen, schwarz unterstrichenen Pandabär-Augen mit tiefen, überschminkten Ringen – wie leicht beschneite Spuren von Traktorreifen. Aus dem fleckig weißen Kittel kamen dünne Ärmchen und Beinchen, auf denen sich bläulich-grüne Krampfaderngebirge türmten. Ihre Stimme war zum Gänsehautkriegen, und sie roch intensiv nach Azeton, was auf eine schlecht eingestellte Diabetes hinwies.

– Das hat die Frau vom Doktor gemalt, deutete sie auf scheußliche Ölbilder. Pferde, Landschaften, Boote in falschen Proportionen, stumpfen Farben. Dagegen waren selbst die Katzen im Hotelzimmer Meisterwerke.

– Schön, lächelte Jimmy. Talentiert. Der Jimmy sagt immer …

– Schön? Die Sprechstundenhilfe sah ihn verächtlich an. Schön bestimmt nicht, aber schön teuer. Ärzte, Leute von der Familie, alle reißen sich darum.

– Wo hast du mich hingeschleppt?, flüsterte ich Jimmy zu, das ist ja ein Museum.

– Vielleicht nicht der modernste, aber der billigste Arzt, säuselte der Römer. Wenn du für die Familie arbeiten willst …

– Will ich nicht! Außerdem ist das ein Zahnarzt! Wie soll der mich heilen? Ich wollte abhauen, dachte aber an Jimmys Verlobte und blieb.

– Leider ist sie voriges Jahr von uns gegangen, seufzte die Alte. Kehlkopfkrebs, so eine sympathische Frau. Eine Dame! Und talentiert.

– Und was ist das?, deutete ich auf ein besonders hässliches Bild, das einen Menschen zwischen lauter Vögeln zeigte.

– Sehen Sie das nicht? Der heilige Franziskus. Und wie sie das sagte, löste sich der Haken aus dem Rahmen, glitt das Bild wie in Zeitlupe zu Boden, wo der goldene Rahmen brach und förmlich vom Bild sprang, das seinerseits langsam wie ein Murphys Gesetz befolgendes Butterbrot auf die bemalte Seite kippte. Auf der Rückseite der Leinwand war mit Bleistift ein Kopf skizziert. Für einen Moment erschien es mir, als wäre dieses weiche, leicht schwammige Gesicht mit der Schirmkappe ein Porträt von mir. Doch bevor ich es näher betrachten konnte, hatte die Arzthelferin das Bild schon wieder aufgestellt. Jetzt leuchteten die Farben, war der heilige Franziskus wie in einem Feuerkegel, selbst die Vögel, schien es, brannten. Unheimlich.

– Sind wir die einzigen Patienten?, wollte Jimmy wissen. Geilio.

– Oh nein, wandte sich die Sprechstundenmumie um, oh nein, drehte sie ihre Augen zur Decke und schaute ätherisch. Einmal im Monat kommt der blinde Alte, und früher gab es noch Zwillinge, aber die sind mittlerweile übersiedelt. Dann gibt es noch die Frau mit dem Hamster und den … Wir sind wahnsinnig überlaufen. Am besten, wir machen uns gleich einen Termin für nächste Woche aus. Sie nahm einen Kalender zur Hand, murmelte *voll, voll, geht nicht, voll,* obwohl kein einziger Eintrag darin stand.

– Nächsten Montag, sieben Uhr, sonst haben wir nichts mehr frei.

Ich nickte. Bis dahin war ich ohnehin nicht mehr in Rom. Jetzt galt es erst einmal, Handschuhe zu besorgen. Aber so verzweifelt mein Blick auch durch die Zimmer eilte, ich konnte nirgendwo welche entdecken.

– Kein Grund zur Panik, lächelte Jimmy. Seine obszöne Nase glänzte. In diesen Schlitz, dachte ich, könnte man Briefe werfen, aber ordinäre, Poldlbriefe.

Da standen wir einem alten Mann mit weißem Kittel und in Schildpatt gefassten Flaschenbodenbrillen gegenüber, der uns seine runzelige, nur aus Knochen, Adern und Altersflecken bestehende Hand entgegenstreckte. Achtung, schrie meine Haptophobie. Nicht berühren! Während Jimmy die Pranke nahm und drückte, hob ich meine Hand abwehrend und grüßend zugleich. Der Doktor, entweder verstand er diese Geste nicht, wollte Macht demonstrieren oder einfach nur besonders herzlich sein, streckte sein Greifwerkzeug auch mir entgegen. Bestimmt, rasten mir Hunderte Gedanken durch den Kopf, war diese Pranke schon in Tausenden Mündern gewesen, in den intimen Öffnungen seiner Frau, der Arztgehilfin, an seinem eigenen Glied und weiß der Teufel, wo noch überall. Und dieses Ding hielt er mir jetzt zur Berührung hin. Ein kurzer Moment der Stille. Die Zeit verging wie in Zeitlupe. Drei Augenpaare richteten sich auf die wie ein Klappmesser ausgefahrene Hand des Doktors. Da drehte ich mich blitzschnell weg, hob meine Hände und verkündete: Wunderschöne Praxis!

– Alles antiquiert, lächelte der Doktor. Er schien mein Manöver gar nicht mitbekommen zu haben. Sein Kopf war ziemlich kahl, Stufe fünf auf der Glatzenskala, große Nase, grauer Mund, der sich bis über die Ohren zu dehnen schien, buschige Augenbrauen.

– Doktor Ariel Neunteufel, lächelte die Assistentin.

– Ein Jude, flüsterte ich Richtung Jimmy.

– Aber woher denn.

– Bitte, bat uns der leicht blutschelnde Doktor ins Behandlungszimmer, in dessen Mitte ein alter, kaffeebohnenbrauner Zahnarztstuhl stand, daneben ein kleines Tischchen mit Flaschen und allerlei Zangen. Eine Neonröhre, von der schwarze Staubfäden hingen, leuchtete alles aus.

Der Doktor schob seine Brille von der Nase auf die Stirn, wieder zurück und fragte: Also, wer ist der Patient?

– Der da, deutete die Assistentin auf Jimmy.

– Nein, protestierte der Römer und griff wie zur Verteidigung zu seinem Schwert.

– Nicht? Dabei war ich sicher …

– Ich habe ein … Problem, würde ich es gar nicht nennen … trat ich einen Schritt vor. Gleichzeitig hielt ich Ausschau nach medizinischen Handschuhen. Normalerweise standen die kleinen, hundert Stück enthaltenden Kartons immer in Griffweite. Nichts zu sehen.

– Also? Wo fehlt's?

– Handschuhe, entfuhr es mir.

– Werden wir nicht brauchen. Der Doktor musterte mich von oben bis unten. Es sah so aus, als ob sein rechtes Auge oben feststeckte. Mir fiel die Untersuchung für meine Sargträgeranstellung ein. Die war unmittelbar vor dem U-Bahn-Selbstmörder, der Wastl-Geschichte, dem Bayreuth-Kennenlernen. Auch damals hatte mich der Doktor gründlich gemustert, dann musste ich meine Hose runterlassen, mich umdrehen und mit den Unterarmen auf seinen schweren Eichenschreibtisch stützen, die Zähne zusammenbeißen und entspannen. So schnell konnte ich dann gar nicht schauen, hatte er auch schon aus einer Fisherman's-Friend-Dose ein Kondom hervorgeholt, es sich über den Mittelfinger gezogen, ihn in einen Tiegel Vaseline getaucht und ihn mir reingerammt, dass ich glaubte, die Augen sprängen mir heraus. Seither hasste ich Eichenmöbel.

– Ich ziehe mich bestimmt nicht aus, brüllte ich, dasselbe Ritual fürchtend. Bestimmt nicht.

– Verlangt ja keiner, brummte der Doktor mit tiefer Stimme.

– Nicht?

– Aber nein. Also, wo fehlt's?

– Ich habe so einen Hunger, dass ich vor lauter Durst gar nicht weiß, wie viel ich rauchen soll, damit ich zu gutem Sex komme und nachher etwas schlafen kann.

– Ein Spaßvogel, seufzte die Assistentin. Tss tss tss.

– Vielleicht doch ausziehen?

– Bloß nicht. An den Zähnen, beeilte ich mich zu sagen, an den Zähnen nicht. Aber auch mein Enddarm ist gesund.

– Er glaubt, mit den Vögeln sprechen zu können, erklärte der homophile Römer und strich sich über das Gesicht, in dem gerade rote Flecken wie Erdbeeren im Sommer wuchsen.

– Ich lasse mir doch nicht von so einem alten Kurpfuscher in den Arsch, äh, Mund greifen, flüsterte ich zu Jimmy und bemerkte die schmutzigen Geschirrtücher, die hier überall hingen. Der hat nicht einmal Handschuhe. Ich leide unter einer Haptophobie. Das geht nicht.

Das einzige Fenster führte in einen kleinen Innenhof, in dem in Alufolie verpackte Lüftungsrohre eine Wand hochliefen.

– Soso, blitzten goldene Zähne in Doktor Ariel Neunteufels Lächeln. Versteht die Vögel? Das ist schlecht! Besonders, wenn er wieder fliegen will.

– Aber ich fliege doch gar nicht. Ich …

– Nicht?, nahm er den Rand meines Ärmels zwischen

die Finger, rieb über die drei applizierten goldenen Streifen. Aber keine Angst, das wird schon wieder, sagte er beinahe väterlich. Er hat was im Kopf, da ist was nicht in Ordnung. Das wollen wir nicht weitererzählen.

Er drückte mich in den Zahnarztstuhl und begann, während sich seine Brauen wild bewegten, mit feuchter Aussprache zu rezitieren.

– Seltsame, phantastisch wilde, unerklärliche Gebilde, schwarz und dicht gleich undurchsicht'gen, nächtig dunklen Nebelschwaden huschten aus den Zimmerecken, füllten mich mit tausend Schrecken, sodass ich nun bleich und schlotternd, immer wieder angstvoll stotternd, murmelte, mich zu beschwicht'gen: Einer von den Kameraden. Einer von den Kameraden!

– Aber mir fehlt nichts, versuchte ich mich zu wehren. Ehrlich! Ich bin vollkommen gesund! Alles bestens! Gut, ich habe Schwierigkeiten, etwas zu fühlen. Und dann die Sache mit den Vögeln … Aber ausziehen werde ich mich nicht. Sie können Ihren Finger … Doch es half nichts, die aderndurchzogene Hand drückte mich unerbittlich in den Stuhl. Wehrlos war ich, wehrlos wie damals im Saurüssel, als mir der Pofinger zwischen die Beine griff, wehrlos wie in der Sakristei, als mich der wie Hermann Hesse aussehende Pfarrer, der Nachfolger des Kanzelpredigers, auszugreifen versuchte, nachdem ich ihm gebeichtet, ihm von meiner Liebe zur Maria Magdalena und von allen Saurüsseleien, ja sogar vom Flaschendrehen mit Rufus' Schwestern samt der ersten und zweiten Steigerungsstufe erzählt hatte. Erst hatte er mir durch das Beichtstuhlgitter kluge Dinge über das Leben zugeflüstert, dass die Dummen ihr Dasein mit Lappalien vergeuden, die Klugen aber versuchen, durch die Lappen, die den anderen nicht entgehen, zum Wesentlichen vorzudringen. Ich glaubte, einen Seelenverwandten gefunden zu haben, bis er in meine Beichtzelle stürmte, mir so durchs Haar strich wie Papa im Ehebett, bis dasselbe Wort zum Vorschein kam.

So wie damals diesem nach käsiger Intellektualität riechenden Pfarrer war ich jetzt dem Zahnarzt ausgeliefert. Wie Almut, als sie einmal letzter Fahrgast in einem Linienbus gewesen war, dem Fahrer AZW zu verstehen gab, aussteigen zu wollen. Aber da war der schon an den Straßenrand gefahren, aufgesprungen und, oha, mit OH, offenem Hosenschlitz, EBG, entblößtem Busfahrerglied, und dem Schrei *Bonbon aus Wurst, der Schaltknüppel im Schoß ist mein Bonbon aus Wurst! Jetzt geb ich Gas! Ich will Spaß!* auf sie zugerannt. Ein dicker, rotgesichtiger, LD-(Liebesdienst-) hungriger Kerl mit Bierbauch, aus dem das Glied wie ein Zapfhahn vorstand. Im Vergleich dazu war dieser geriatrische Doktor Neunteufel harmlos.

– Alle, junger Mann, sagte er mit nassen Lippen, alle machen immer das, was sie am wenigsten können. Das Leben ist eine Dauerkompensation. Wenn jemand einen Sprachfehler hat, wird er Redner oder Politiker. Ich zum Beispiel habe seit jeher zittrige Hände, also bin ich heute Zahnarzt. Mein Schwager war immer der Schlechteste in Darstellender Geometrie und Mathematik. Was ist er geworden? Architekt. Und Putzi, äh, Frau Mastrojani, blickte er seine Sprechstundenhilfe gutmütig an, Frau Mastrojani ist die unorganisierteste Person auf Erden. Aber um zu beweisen, dass sie trotzdem lebensfähig ist, musste sie Sprechstundenhilfe werden. Wir können uns nicht damit abfinden, etwas nicht zu können. Tut das weh?, klopfte er mir plötzlich mit einem Hämmerchen aufs Knie.

– Au! Verdammt.

– So, jetzt brav den Mund aufmachen.

Nein, nicht, nur mit Handschuhen, wollte ich brüllen.

Nicht mit diesen Händen, die schon weiß Gott wo gewesen sind, mit denen Sie beim Pinkeln Ihr Glied halten, in Nase und Ohren bohren, sich den Hintern wischen … Nein! Doch blieb ich stumm.

– Schön, wurde mir ein langes, flaches Holzstäbchen, ein Eisstiel ohne Eis, in den Rachen geschoben. Jetzt *Ahh* sagen.

– Ahhh, dachte ich an Jimmys Verlobte, machte den Mund auf und konnte hören, wie sich der Raum mit *She loves me, yeah, yeah, yeah, she loves me yeah, yeah, yeah* füllte. Verwundert sah der Doktor einen Moment lang auf. Er war dermaßen verblüfft, dass er sich mit der Hand am Ohr kratzte, so lange, bis er draufkam, dass die Beatles nicht aus dem Inneren seines Patienten, sondern aus irgendeinem Radio im Innenhof kamen.

– Hmm, runzelte er seine Stirn, da haben wir ja ein zweites Pompeji, so viele Scherben.

– Meinen Sie die Plomben? Meine Frau sagt immer, ich bin eine kariesmatische Erscheinung.

Er verstand das Wortspiel nicht, klopfte mit dem Hölzchen an die Zähne, bat mich, das Hemd aufzuknöpfen, steckte die metallischen Enden der Stethoskopschläuche in seine buschig bewachsenen Ohren und drückte mir die kalte, metallische Platte des Abhörgerätes an die Brust.

– Und jetzt tief durchatmen.

She loves me, yeah, yeah, yeah klang durchs Zimmer. Kaum zu glauben, dass bei so einem einfältigen Liedchen einmal reihenweise Mädchen in Ohnmacht gekippt waren. Mir fiel Bayreuth ein, die sich nach ihrer Schwangerschaft geweigert hatte, wieder Frau zu werden, im Zustand der Schwangerschaft geblieben war, sich weiter wie eine Schwangere benahm, Umstandskleider trug, Esoterikbücher und Ratgeber las, sich über die Einflüsse der Umwelt auf Föten informierte, über Schwangerschaftsgymnastik, obwohl Heinrich längst schon auf der Welt war, Femibion-Schwangerschaftspillen schluckte, Folsäuretabletten, und nur noch Schwangerschaftstee trank.

Während ich durchatmete wie ein Blasebalg, panische Angst vor den Griffeln dieses Doktors hatte, war mein Kopf ein Glücksspielautomat, der je nach Lust und Laune Bayreuth, Heinrich, Almut, Beertender, Kaiphas, Yeasmin Kahandahari, den Pofinger oder irgendwelche anderen Gesichter anzeigte, die nicht zusammenpassten. Aus- und einatmen.

Die Symbolscheiben im Kopf rotierten. Hornbostel, Poldl, Pfarrer, Oma. Plötzlich drei gleiche Symbole. Papa. Das Wort. Papa. Das Wort, das er auslöste im Ehebett, das Pofingerwort, den Urknall. Papa, Sprössling einer Bürgerfamilie, Mutter bald gestorben. Sein Vater, ein versoffener Landbriefträger, hatte ihn nicht nur täglich mit dem Gürtel durchgeprügelt, sondern auch mitgenommen in die Wirtshäuser, weil das damals zu den Initiationsriten des Erwachsenwerdens gehörte. Rauchen, Trinken und Drüberkräuln. Der Papa hat mit allem angefangen, ist in eine Clique gekommen, eine Trinkerclique, eine Mopedclique, Zündapp, Honda, KTM, später Ford Escort, Ford Mustang mit Fuchsschwanz an der Antenne, Ford Taunus, so hat er dich kennengelernt, Mama, wenigstens in seiner Version. Da sind sie als junge Burschen herumgezogen von einem Wirtshaus ins andere und besoffen wieder heim, da hat dazugehört, dass man mal dort und mal da mit einer etwas anfing. Irgendwann hat wer gesagt: Jetzt fahren wir nach Sumpfing, dort gibt es ein Wirtsmensch, und wenn du da der letzte Gast bist, kannst du drüberkräuln, weil es wahr ist. Das waren die Worte meines Papas. Wirtsmensch. Drüberkräuln. Wurscht, wer überbleibt, mit dem geht sie ins Bett, den lässt sie drüberkräuln. Und das warst du, Mama. Du warst das Wirtsmensch zum Drüberkräuln.

– Und, was erzählen Ihnen die Vögel?, spritzten ein paar Speicheltröpfchen aus dem Doktor, während er mit seinen nackten, knochigen, mit Tausenden Bazillen in Berührung gekommenen Fingern meinen Kopf abtastete wie einen Fußball nach einer undichten Stelle. Es war entsetzlich. Ich war kurz davor, in Ohnmacht zu kippen.

– Kochrezepte? Märchen? Flugpläne? Oder von der Windblindheit? Sagen sie die Börsenstände voraus oder wie das Wetter wird?

– Nein, nichts davon, schüttelte ich den Kopf und sagte mit gepresster Stimme: Sie sprechen recht vernünftig, nur glauben sie, dass ich ihr Erlöser bin.

– Heiliger Memoriam, klopfte sich Jimmy an die Stirn, ein Vogelmessias. Auch das noch. Er hat bestimmt etwas am Kopf. Vielleicht Fruchtwasser im Gehirn? Womöglich ist es schon vor der Geburt hineingekommen? Der Jimmy sagt immer …

– Seltsam, murmelte der Doktor, der sich jetzt erhoben und seinem Schreibtisch zugewandt hatte. Man müsste eine Tomoskopie machen, wenn nicht gar eine elektroenzephalografische Untersuchung, aber dazu bräuchte man eine Überweisung. Die kann nur ein Facharzt ausstellen.

– Kein Zahnarzt, bemerkte Jimmy mit spöttischem Unterton.

– Nein, kein Zahnarzt, brummte der Doktor, um mir gleich darauf ein paar Fragen nach meiner Herkunft zu stellen. Vielleicht ein ödipaler Konflikt, murmelte er.

– Kommen Sie mir nicht mit Schweinereien über meine Mutter.

– Haben Sie Potenzstörungen?

– Nein!, protestierte ich entschieden. Es soll zwar schon vorgekommen sein, dass ich ihn nicht hochbekommen habe, aber das hat mit den Vögeln nichts zu tun.

– Wie oft?

– Einmal, zweimal, dreimal, zählte ich. Und einmal war ich besoffen, das zählt nicht. Also insgesamt achtmal, da ist aber die Sache mit Bayreuth und dem zusammengebrochenen Bett noch nicht mitgezählt. Das ergibt dann … sicher nicht mehr als zwanzigmal … ein paarmal ist es auch zu unvorhergesehenem Körperkontakt gekommen, da spielt dann meine Haptophobie verrückt … also wenn wir fünfzigmal sagen …

Die Sprechstundenhilfe kicherte, und der Doktor murmelte etwas von Kompensation.

– Woran haben Sie gedacht, als das beklemmende Ereignis zum ersten Mal einsetzte?

– Die sprechenden Vögel? Da war ich gerade essen. Schwertfisch in Kapernsud. Woran habe ich gedacht? An eine Babywindel, aus der eine grüne Soße tropfte.

– Aha. Er machte sich Notizen.

– Was heißt da *Aha?* Ärzte erzählen einem ständig mit ernster Miene die fürchterlichsten Diagnosen. Was meinen Sie?

– Gestörte Analphase im frühkindlichen Alter. Der Alte erhob sich unvermittelt und tätschelte mir mit seinen Schweinefingern die Wangen. Ich bekam einen Schweißausbruch.

– Ist das schlimm?, wollte Jimmy wissen.

– Aber nein, nahm der Doktor das Holzstäbchen, mit dem er mir zuvor die Zähne abgeklopft hatte, und warf es in den zum Müllschlucker umfunktionierten Speiseöleimer.

– Muss er in eine Anstalt?

– Um Himmels willen, nein. Zumindest nicht sofort.

– Und was sollen wir jetzt machen?

– Er müsste ins Spital. Gestörte Persönlichkeit mit histrionischen und narzisstischen Tendenzen. Dissoziative Zustände, also die Fähigkeit, Teile des Bewusstseins schlichtweg abzuschalten. Damit ist nicht zu spaßen. Tritt vor allem bei Menschen auf, die in der Kindheit missbraucht worden sind.

– Was soll das heißen? Meine Kindheit war ganz normal! Ganz, ganz normal!, sprang ich hoch und wollte auf den Alten losgehen. Jimmy und meine Angst vor Berührung hielten mich zurück.

– Haben Sie Schmerzen?, mischte sich die Arzthelferin ein, die während meiner sogenannten Untersuchung die Kärtchen der Karteikästen geordnet hatte, damit ihr nichts entging. Dabei stammten die Kärtchen, nach dem Zustand der Praxis zu schließen, alle aus vergangenen Jahrhunderten. Lauter Leute, die nicht wiederkamen, weil sie verstorben, verzogen, verärgert oder angeekelt waren. Frau Mastrojani kannte sicher jeden Einzelnen und stellte ihn, wenn sie ihn zufällig auf der Straße traf, zur Rede, weshalb er denn nicht wiederkam, beziehungsweise wann er vorhatte, das nächste Mal zu kommen. Wahrscheinlich machte sie dann sogar Termine aus.

– Haben Sie Schmerzen?, entfuhr es ihr also, während sie in alten Krankengeschichten stöberte, die Beatles immer noch *She loves me, yeah, yeah, yeah* sangen, obwohl sie doch fast alle tot waren. Die Körper der Beatles verfaulten längst in mit goldenen Schallplatten verzierten Särgen, wurden von Würmern und Maden irgendwelcher Insekten gefressen, ihre Stimmen aber sangen immer noch *She loves me, yeah, yeah, yeah, she loves me, yeah, yeah, yeah*. Und so ähnlich war es auch mit den Patienten in den Karteikästen des Doktor Ariel Neunteufel, sie waren tot, verzogen oder zahnlos, aber die Karteikästen sangen noch ihre Krankengeschichten, und die Sprechstundenhilfe, deren schönster Teil ihr Name war, Frau Mastrojani, liebte sie alle (*she loves me, yeah, yeah, yeah, she loves me, yeah, yeah, yeah*), auch wenn sie fragte: Haben Sie Schmerzen?

– Nein, durchfuhr es mich, Schmerzen verursacht das Vogelverstehen nicht.

– Spüren Sie keinen Druck hinter den Augen? Sehen Sie manchmal unscharf? Ist Ihnen öfter schwindlig?

– Nein!

– Schlafen Sie hin und wieder schlecht?

– Nur, wenn es stöhnt.

– Wenn was stöhnt?

– Na, eine Stöhnerin. Eine Emissärin in Sachen Lust.

– Er hat ein Faible für Damentennis, mischte sich Jimmy ein.

– Aha. Hochinteressant, runzelte der Doktor seine Stirn von den Augenbrauen bis zum Nacken. Es stöhnt also? Eine typische Kompensation. Und was ist mit einem Pochen an den Wänden? Was mit einem Poltern in der Wohnung? Nein? Leiden Sie unter Müdigkeit? Appetitlosigkeit? Trinken Sie? Drogen? Bewusstseinserweiternde Pilze?

– Nein. Nein. Nein.

– Ein schlechtes Gewissen?

– Wegen meiner Freundin, ihrem Stöhnen …

– Sie haben eine Freundin? Eine Tennisspielerin?

– Nein, eine Schauraumimhof.

– Sie sind doch verheiratet! Ich sehe es am Ehering. Warum also auch noch eine Freundin?

– Weil …

– Immer nur heraus damit. Weil Sie mit ihr Dinge machen können, die mit Ihrer Frau nicht möglich sind? Frau Mastrojani lächelte. Um ihre frisch beschneiten Traktorreifenspuren breiteten sich jetzt jede Mengen kleiner Falten aus – wie Vogelspuren im nassen Sand.

– Nein. Meine Familie hat mit den sprechenden Vögeln nichts zu tun. Außerdem habe ich einen Sohn, den Diktator Nordkoreas, der nur PU-Schaum-Würstchen frisst. Ich bin zwar vielleicht ein Sonderling und etwas menschenscheu, auch habe ich Probleme, etwas wahrhaft zu empfinden, aber das Vogelverstehen ist keine Einbildung, sicher nicht, kein Ödipus und auch keine Kompilation!, brüllte ich.

– Kompensation, verbesserte mich die Mastrojani.

– Und was haben Sie davon, wenn ich Ihnen Verrücktheit attestiere? Gehen Sie dann in Frühpension? Versicherungsbetrug? Oder? Ah, jetzt hab ich es, Sie machen auf unzurechnungsfähig. Der Alte zwinkerte Jimmy zu, murmelte etwas von Hippokrates-Eid, zog seine buschigen Augenbrauen hoch und schrieb ein Attest. Trotzdem würde ich in ein Spital ...

– Aber ich will gar kein Attest. Ich bin nur wegen dem schwulen Römer hier ... eigentlich wegen seiner Tussi ... damit ... Ich meine, so schlimm ist das mit den Vögeln gar nicht, nur ...

– Wer ist hier schwul? Jetzt wollte Jimmy auf mich losgehen, wurde aber vom Arzt zurückgehalten.

– Ach nichts. Alles bestens. Eigentlich wollte ich nur Handschuhe.

– Was belästigen Sie mich dann?, wurde der Doktor barsch. Glauben Sie, ich habe keine Arbeit? Wenn Sie das nächste Mal mit den Vögeln reden, richten Sie ihnen einen schönen Gruß aus und sagen Sie ihnen, dass sie mich am Arsch lecken können, wenn sie das können. Und jetzt auf Wiederschaun.

– Aber, wollte Jimmy widersprechen.

– Verschwindet!

– Wiedersehen, nahm mich Jimmy am Ärmel. *She loves me, yeah, yeah, yeah, she loves me, yeah, yeah, yeah* war zu hören, die zuckerkranke Sprechstundenhilfe lief wieder den schmalen Gang voran, vorbei an den scheußlichen Bildern der verstorbenen Frau Neunteufel, vorbei an Kaiphas, vorbei am wieder umgekippten Franziskusbild, auf dessen Rückseite jetzt nichts mehr zu sehen war, geleitete uns zur Tür, grinste uns nach, bohrte ihren Zeigefinger in die Stirn.

– Mit den Vögeln reden. Tsss tsss.

Ich drehte mich noch einmal um, sah ihre bleichen, von dunkelblauen Krampfadern entstellten Beine, hatte den Geruch von Aceton in der Nase und das für Dentisten typische Kosewort, mit dem sie der Doktor einmal versehentlich bezeichnet hatte: Putzi.

– Was jetzt?, fragte Jimmy, zündete sich eine Zigarette an. Sein Gesicht war voller roter Kontinente wie bei einem aufgeregten Mädchen, das zum ersten Mal geküsst wird. Wirklich krank scheinst du nicht zu sein. Das heißt, du kannst für uns arbeiten mit deinem Vogeltanz.

– Was hast du da für Flecken? Du qualmst zu viel, nickte ich in seine Richtung und zog meine Hose hoch, spürte eine dunkle Macht, nein, nicht aus der Hose und auch nicht von den roten Kontinenten in Jimmys Gesicht, sondern aus weiter Ferne, eine Kraft, die mich zu sich zog. Ein dunkles Tier, das mich schicksalsmächtig *Hildy! Hildy!* rief, doch ich (freier Wille!) verschloss die Ohren.

– Das macht die Aufregung. Er ging *Ich liebe und ich akzeptiere mich* murmelnd zu einem Moped und besah im kleinen, runden, an einer verchromten Stange steckenden Rückspiegel sein Gesicht. Die Kontinente waren gewachsen, hatten ihn nun komplett rot gefärbt – rot wie manche Brustwarzenhöfe, rot wie ein Hahnenkamm. Vielleicht liegt es an dir? Er sah mich skeptisch an. Vielleicht bist du ja doch besessen? Ein Pandämonium auf zwei Beinen? Eine Wohnung für den Teufel? Du hast selbst gesagt, dass du manchmal so ein Fauchen hörst.

– Stöhnen!

– Das ist dasselbe. Der Jimmy sagt immer …

– Ist es nicht.

– Und warum ist das Bild runtergefallen? Die Glühbirne durchgebrannt? Kaiphas fast erstickt?

– Zufall. Was weiß ich, hob ich die Schultern. Dabei war ich überzeugt, es waren nur meine Gedanken an die U-Bahn-Schönheit, die diese merkwürdigen Dinge geschehen ließen.

– Die Dämonen sind organisiert wie eine Armee. Sie lügen, um uns zu verwirren. Die Dämonen wollen, dass wir sie negieren. Auch wenn du nicht an den Teufel glaubst, es gibt ihn. Er ist überall. Der Jimmy sagt immer … In diesem Moment fingen die Kirchenglocken ein langgezogenes Geläut an. Hunde jaulten. Ich hielt mir die Ohren zu.

– Außerdem, brüllte Jimmy, hast du selbst gesagt, dass du eine Hagiophobie hast, eine Angst vor heiligen Dingen.

– Ich habe, brüllte ich zurück, eine Haphephobie, Angst, berührt zu werden.

– Sollen wir nicht doch zu einem Exorzisten gehen? In Italien gehen zwei Prozent der Bevölkerung zum Befreiungsdienst, das sind …

– Blödsinn! Dann schon lieber in ein Krankenhaus.

– Damit man dir Blut abzapft, dir in den Bauch drückt, dich mit Spritzen sticht, dir mit einer ekligen Paste, die du später nicht mehr aus dem Haar bekommst, Elektroden an den Kopf klebt? Gut, wenn du dich so gern berühren lässt, gehen wir also in ein Spital.

– Was regst du dich auf? In meinem Bauch gurgelte es,

Magensaft war auf der Zunge. Mein Blutzuckerspiegel musste irgendwo weit unter null sein. Vielleicht habe ich mir das mit den Vögeln nur eingebildet? Vielleicht ist es eine Fehlleistung des Gehirns? So ähnlich wie das Finden vierblättrigen Klees.

– Was? Der Schwule stand noch immer vor dem Mopedspiegel, machte seine Lippen lang, klopfte sich auf die roten Wangen und murmelte wieder: Ich liebe und ich akzeptiere mich.

– Manche Menschen brauchen nur durch eine Wiese zu laufen und finden büschelweise vierblättrigen Klee. Almut etwa.

– Armut? Keine Armut! Reich werden wir sein! Millionäre! Du musst nur deinen Vogeltanz …

– Almut! Meine Freundin. Ich will sie nicht über den grünen Klee loben, aber sie ist nicht nur eine Meisterin im Stöhnen, zumindest war sie das bis vor ein paar Tagen, sondern auch im Vierblattkleefinden. Ständig schleppt sie welchen an. Alle meine Bücher sind voll mit diesen gepressten Glücksbringern, denen man günstige Effekte nachsagt. Warum? Weil vier eine heilige Zahl ist? Es gibt die vier Jahreszeiten, vier Himmelsrichtungen, vier Charaktere, vier Musketiere, vier Kerzen am Adventkranz, Vierkanthöfe, vier Räder am Auto, die vier Heiligen Drei Könige.

– Was? Vier Heilige Drei Könige? Du hast wirklich einen an der Waffel.

– Du vergisst den Sternträger! Vier! In Sumpfing sind es immer vier, mindestens, es sei denn, ich und Rufus … Egal. Vier! Die erste Nichtprimzahl! Vier Dimensionen, Viervierteltakt, Vier gewinnt, die Vier im Jeep, Vierschanzentournee, Vierwaldstättersee, vier Säulen der Wissenschaft. Viren! Darum also ist ein vierblättriges Kleeblatt ein Glücksbringer. Und Almut schleppt ständig welche an. Ich stand jetzt auch beim kirschroten Moped, strich über den Ledersitz, über den gepolsterten Kofferaufsatz, zog jedoch angesichts der sich darin befindlichen Partikel meine Hand sofort zurück.

– Schon ihre Mutter und Großmutter hatten diese gestaltdifferenzierende Fähigkeit. Dabei sucht sie nicht einmal, schaut nur in ein Wiesenstück und erblickt sofort jede Menge genetisch deformierter Kleemutanten. Ich dagegen kann stundenlang durch Kleefelder waten, ohne ein einziges zu sehen. Nur einmal hat es funktioniert, hat sich im Kopf ein Schalter umgelegt. Das war, als würde ich plötzlich eine andere Sprache sprechen, plötzlich war ich in der Lage, vierblättrigen Klee zu finden. Lange hat das nicht angehalten. Aber seither weiß ich, Kleefinden ist eine spezielle eidetische Fähigkeit – genau so wie das Vögelverstehen. Mein Fuß strich über die vier verchromten Auspuffrohre der Vespa, über den eiförmigen Kotflügel. Der rote Lack glänzte wie das Gesicht der Norwegerin. Ein Ineinanderfließen sanft geschwungener Linien. Formvollendet.

– Möglich ist natürlich alles, dämpfte Jimmy seine halbgerauchte Zigarette aus, hustete und spuckte. Aber ich will Erde fressen, wenn du nicht besessen bist. Weißt du, was mir die Mastrojani zugeflüstert hat?

– Die Putzi?

– Der Antichrist! Der Antichrist!

– Sehe ich so aus?

In seinem Gesicht erblühte ein bestrickendes Lächeln: Nein. Aber ein solcher Grad von Ahnungslosigkeit ist hochgradig gefährlich, besonders … Der Jimmy sagt immer … Wieder setzten Kirchenglocken ein, sodass ich seine weiteren Ausführungen nicht mehr verstehen konnte. Als die Glocken wieder ausklangen, brüllte ich: Gegen das Kleefinden habe ich ja nichts, aber diese Vögel brauch ich nicht.

Verstehst du? Und diesen blöden Vogeltanz schon gar nicht.

– Bringt aber Kohle, brüllte er zurück, tätschelte das Moped wie ein Kleinkind und ging davon.

– Brauch ich nicht, rannte ich ihm nach. Ich bin ein bescheidener, aber furchtsamer Mensch. Angst wird ebenso vererbt wie die Gabe des Kleefindens oder der Haarausfall. Ich brüllte immer noch, obwohl die Glocken längst verklungen waren.

– Ich hab außer meiner Nase nur die Rotgesichtigkeit geerbt. Schon meine Mutter, wenn sie Wein getrunken hat … Der Römer stieß einen lauten Protestseufzer aus, holte Schwung und trat gegen einen am Boden liegenden Starbucks-Becher.

– Dafür hast du Haare. Ich dagegen habe längst Stufe zwei der männlichen Glatzenskala erreicht. Zum Beweis nahm ich meine Kappe ab, strich mein schütteres Haupthaar nach hinten und zeigte ihm die beiden oberhalb der Stirn aufgehenden Vollmonde. Schuld ist mein Vater. Ein Hosenscheißer!, hat sich immer geduckt, wenn er unter einer Autobahnbrücke durchgefahren ist, weil er meinte, jemand könnte ihm einen Pflasterstein auf die hohe Stirn (Glatzenskala Stufe vier) donnern. In einer Stadt fürchtete er, ein Dachziegel könnte sich lösen, ihm auf den haarlosen Kürbis fallen, im Gasthaus, dass man ihn vergiftet, im Theater, dass ihn ein herabstürzender Scheinwerfer erschlägt.

Da machte es einen Schepperer, als ob sich irgendwo eine Regenrinne gelöst hätte und auf die Straße gefallen wäre. Beide zuckten wir zusammen, drehten uns um und sahen, dass die wunderschöne Vespa, an der wir eben noch gestanden waren, umgefallen, der glänzend polierte, feuerwehrrote Lack im Straßendreck gelandet war.

– Da haben wir's. Mein Papa!

– In Wahrheit, sagte Jimmy, hatte er vor ganz etwas anderem Angst.

– So? Vor was denn?

– Vor dem Teufel!

– Nur, wenn der Teufel heute Kontrollverlust heißt. Im Flugzeug fürchtete er, dass es auseinanderbricht, in der Sauna, dass beim Aufguss Steine springen, ein Splitter ihn erblinden lässt, beim Kacken hatte er Angst vorm Drücken, weil er mal gehört hatte, dass man dabei einen Gehirnschlag bekommen kann, Spiegeleier vermied er ebenso aus Angst vor Salmonellen wie Tiramisu, Eierlikör und Weinschaumcreme, beim Käse fürchtete er die Listerien – nur vor einem hatte dieser versoffene Kahlkopf keine Angst, davor, als Pädophiler verhaftet zu werden. Mein Papa hatte einen Klopfer.

– Was?

– Na, einen Hieb! Weich in der Birne, hart in der Leber. Plemplem. Schrummschrumm. Brrrbrrr. Im Auto hatte er immer einen Kochlöffel dabei, mit dem er Frauen drohen konnte.

– Ein Verrückter? Geilio.

– Nein, das nicht. Und wie um zu beweisen, dass ich doch nicht wahnsinnig war und auch keiner Familie von Narren entstammte, stopfte ich den armen, rotgesichtigen Jimmy mit allerlei Geschichten aus meiner Kindheit voll. Alles erzählte ich ihm, dass ich als Baby so dick gewesen war, dass dich, Mama, alle fragten, ob du mit mir schon bei einem Arzt gewesen seist. Dass du immer ganz in Weiß gekleidet warst, weil man damals dachte, das sei steril. Sogar Rufus' Geburtstagspartys stopfte ich dem armen Jimmy rein, Partys, die immer damit endeten, dass wir mit Rufus' Schwestern Flaschen drehten. Wir saßen im Kreis und derjenige, auf den die Flasche zeigte, musste etwas ausziehen – bis der Erste nackt war. Einmal endete es damit, dass alle drei Rufus-Schwestern einen Striptease machten. Und dann gab es noch die erste und zweite Steigerungsstufe.

Jimmy grinste und wollte wissen, ob sie unten schon behaart gewesen seien. Er hatte einmal eine deutsche Freundin gehabt, die trug als Schambehaarung einen Hitlerbart.

– Das nicht, aber es waren Metzgerstöchter, und ihr Vater hatte beim Verkaufen einer Leberkäsesemmel immer gesagt, dass die Semmel nur dazu da sei, sich die Finger nicht fettig zu machen. So ähnlich sahen ihre mexikanischen Marien aus – wie Leberkäsesemmeln.

Er lachte, obwohl er den Zusammenhang nicht recht verstand.

– Siehst du, jetzt lachst du wieder. Die Vogelversteherei ist also überhaupt kein Grund, um rot anzulaufen wie eine Tomate. Ist ja nicht ansteckend.

– Deshalb ist es auch nicht.

– Nicht?

– Angst, sagte Jimmy. Aber nichts Vererbtes. Auch nicht vor plötzlich umfallenden Mopeds. Ich muss den Vater meiner Braut anrufen, damit ich erfahre, ob man in die Hochzeit einwilligt oder nicht.

Hochzeit? Dann war er also nicht schwul? Oder eine Scheinheirat? Jedenfalls durfte er meine Schönheit nicht heiraten. Auf keinen Fall!

Er bekam einen sentimentalen Schleier um die Augen und erzählte, dass er seit fünf Jahren mit seiner Flavia liiert sei, aber ihre Eltern ihn für zu gering hielten, für nicht fähig, eine Familie durchzubringen. In ihren Augen sei er zu unstet, weil er sich immer für was anderes begeisterte, mal für Wittgenstein, dann für Karl Marx oder das Vaterunser, jetzt für den Exorzismus.

Recht hatten sie. Ich schnalzte vor Freude mit der Zunge.

Alles, was er anpackte, so der Römer, betrieb er gründlich, ausdauernd, bis zum Exzess. So sei er nun einmal. Er wisse selbst nicht, von wem er das habe. Sonst sei niemand in seiner Familie so. Er hatte eine unverheiratete Schwester, einen dicken, arbeitslosen Bruder, dessen ganze Freude ein fettes, alles rammelndes Kaninchen war, und eine Mama, die nicht wollte, dass er eine Flavia ins Haus brachte.

Bravo! Gute Frau.

Für eine Flavia hatte sie das Ansehen ihres Mannes, des Kulturattachés in Algerien, nicht hochgehalten. Doch wie sollte er sie ins Haus bringen, wenn ihr Vater sie nicht freigab? Wie sollte er für sie sorgen, wenn nicht …?

Eben, dachte ich, vergiss sie. Gib sie frei.

Gut, zurzeit war er aufgrund akuten Geldmangels wie Prometheus an diesen Verkleidungsjob hier festgeschmiedet, er klopfte sich auf die Rüstung, aber bald würde er mit Kaiphas' Hilfe und dem Vogeltanz, den er mit meiner Hilfe … Schließlich sei die Familie die Keimzelle des Staates, der Nährboden, die Gralsschale des Menschseins … Er hielt sein Handy in der Hand und schickte sich an, diesen Verlobten-Vater anzurufen, verfiel aber immer wieder in Selbstmitleid, jammerte, bekam Tränen in die Augen.

– Schau, versuchte ich ihn abzulenken, nicht alle Menschen sind in den Zaubertrank gefallen, nicht jeder kann ein Glückspilz sein, meine Mama hat auch nie vierblättrigen Klee gefunden, meine Mama hatte immer Minderwertigkeitskomplexe, traute sich nicht aus dem Haus, weil sie sich dreckig fühlte, durch die Scheidung gesellschaftlich exkommuniziert, ein Wirtshausmensch. Auf Polina getauft, Polja oder Polinotschka genannt, das ist die Kurzform von Apollinaria, nach Apollo, dem Gott des Lichts, in das sich mein Mama vor lauter Scham und Schuldgefühl aber nie getraut hat. Meine Mama sagte immer: *Bild dir bloß nichts ein* und *Mach nur weiter so, dann wirst du schon sehen, wohin es dich bringt*. Sie wusste, dass über sie geredet wurde, und sie hat sich schmutzig gefühlt, weil mein Papa ein Säufer war, das Wirtshaus eine Sumpfwirtschaft, wohin Gäste nur zum Drüberkräuln kamen, um ihre Geschlechtsteile auszupacken. Lehrerin hätte sie werden wollen, da Pfarrer für eine Katholikin nicht möglich war, Frau Lehrerin, Staatsbeamte, aber der Schimpl wollte oder durfte sie nicht nehmen, weil Lehrer damals standesgemäß heiraten mussten – und auch sonst wollte sie keiner. Also musste sie den halbglatzigen Papa heiraten, der kein Lehrer war, sondern ein pädophiler, gewalttätiger Postbeamter, Melchior Kilgus, einer, der gerade mal die Hauptschule geschafft hatte, B-Zug, ein Säufer, dessen einziges Glück es war, dass bei der Post alle dauerilluminiert waren. Da ist er nicht aufgefallen. Nein, nicht alle sind in den Zaubertrank gefallen, nicht alle sind unter einem glücklichen Stern geboren, nicht alle finden vierblättrigen Klee. Meine Mama hat bis zur Scheidung ständig Angst gehabt, dass der Papa wegen seiner Saufexzesse entlassen wird, sie mit ihrem schlechtgehenden Wirtshaus alle ernähren muss.

– Schon gut, begann Jimmy zu wählen.

– Moment, hielt ich ihn zurück. Hast du dir das wirklich gründlich überlegt? Die Ehe ist eine Käseglocke, unter der die Luft bald stickig wird. Gut, manchmal ist es auch notwendig, Kompromisse einzugehen, aber was hat man noch vom Leben, wenn man … Vielleicht solltest du sie ganz einfach vergessen.

– Ich liebe Flavia.

Tust du nicht, dachte ich und sagte: Und die Lettin?

– Bitte! Das ist keine Frau fürs Leben.

– Und Flavia? Warst du schon einmal mit ihr im Bett?

Weißt du, ob sie stöhnt? Was ist mit ihrer Paraurethraldrüse? Vielleicht ist sie heimlich bei der Freiwilligen Feuerwehr? Spritzt dir alles voll? Ein Gartensprinkler?

– Noch so ein Spruch, Kieferbruch. Wenn du meine Braut beleidigst, gibt es etwas auf die Nüsse, Kapitän. Der Jimmy sagt immer …

– Schon gut, hob ich beschwichtigend die Hände, die weiß waren wie Maden. Vom ständigen Handschuhtragen waren sie weich und dünnhäutig geworden. Und mit diesen farblosen Würsten wollte ich die U-Bahn-Schöne erobern, die noch dazu mit diesem Jimmy liiert war, von dem ich Esel gedacht hatte, er wäre schwul? Ich sah zu, wie er in sein Handy tippte. Warte, hielt ich ihn zurück. Ich mache dir Magie.

– Magie?

– Das habe ich von meiner Frau gelernt. Tatsächlich schrieb Bayreuth jeden ihrer Wünsche auf, um ihn dann in einen Altar zu stecken. Sie hatte unsere Wohnung in einen einzigen sakralen Raum verwandelt. Überall hingen Devotionalien oder Heiligenbildchen, kein Regal, in dem nicht eine indische, balinesische, senegalesische, polynesische, sudanesische oder sonst eine Göttin stand, eine Maria oder sonst eine Heilige. Überall klebten Zettel mit Inschriften wie *Bitte liebe Göttin, mach, dass sich Heinrich in der Schule wohlfühlt* oder *Bitte liebe Göttin, mach, dass es dieses Kleid auch in meiner Größe gibt*. Das Seltsame war, dass sich die meisten dieser Wünsche auch erfüllten.

Ich schrieb also *Jimmy und Flavia werden nicht heiraten* auf eine Serviette, spuckte dreimal drauf und steckte sie Jimmy in den breiten Ledergürtel, der seinen Bauch umfasste. Der Römer lächelte ungläubig, klopfte dreimal auf den Zettel und wählte dann hochroten Kopfes die Nummer von Flavias Vater. Mit dem krausen dunkelblonden Haar sah er wie ein kleiner Teufel aus. In seinem Gesicht war etwas

Weiches, das nun zu einer schleimigen Masse wurde – nur die Nase stand hervor wie ein Hundeknochen. Ich ließ etwas Abstand und konnte trotzdem verstehen, wie er *Papa, Papa can you hear me?* in sein Telefon plärrte. Plötzlich ekelte es mich vor diesem unterwürfig gekrümmten Körper, vor diesem Papacanyouhearme. Für so kriecherisch hätte ich ihn gar nicht eingeschätzt. Nicht nur, dass er die mir bestimmte Frau vögelte, nein, er war auch noch ein Schleimer.

Mittlerweile, während Jimmy noch immer telefonierte, waren wir bei der Piazza Navona angelangt, wo eine gewisse Unruhe herrschte. Zahlreiche Menschen bildeten Kreise, sodass der Platz aus der Vogelperspektive wie ein gigantisches Getriebe aussehen musste. Nur, was trieb diese Kreise an? Was zog die Schaulustigen in ihren Bann? An welchen Achsen hingen alle Blicke? Ich drängte mich hinzu und sah einen Kerl, der eine Art Vogeltanz aufführte. Er stampfte mit den Beinen, flatterte mit den Armen, gackerte und schrie *Sackera, Asackerla, asackerah, Ayeieiay*. Das war doch die Höhe! Mein Tanz! *Ayeieiay!* Ich hatte ihn erfunden. Geklaut! Und er war nicht der Einzige. In allen Kreisen fanden solche Vogeltänze statt.

– Das ist doch …? Papacanyouhearme hatte eben sein Gespräch beendet, noch einen freundlich-demütigen Ausdruck im Gesicht, der ihm beim Anblick dieser allgegenwärtigen Vogeltänze förmlich aus dem Antlitz rann.

– Schweine! Verbrecher, alle von der Konkurrenz!, brüllte er. Meine Idee! Mein Geld! Meine Zukunft! Flavia! Die Familie! Das ist … Er spuckte, stampfte, wollte sein Handy auf den Boden schleudern. Dann fasste er sich wieder, küsste sein Telefon, umarmte mich und reckte eine geballte Faust in die Luft.

– Mit der Karriere als Straßenkünstler war's das wohl. Tja, Capitano, klopfte er mir auf die Schulter, wie gewonnen so zerronnen. Nicht jeder ist ein Glückskind. Nicht jeder findet Klee.

– Und Flavia?

– Ah so. Alles wunderbar. Ihr Vater will mich treffen. Es könne ja nicht sein, dass man im Geheimen heiraten müsse, es könne ja nicht sein, dass zwei offensichtlich füreinander gemachte Menschen wie Flavia und er … Jimmy machte Luftsprünge, küsste die Luft, sein Handy, mich und meinte, dass ich zwar etwas Unsympathisches und Verrücktes an mir hätte, ich mich außerdem ein bisschen viel für seine Verlobte interessiere, er mich aber trotzdem möge, ich es nicht tragisch nehmen solle, nicht jeder könne die Gabe des Kleefindens haben, er müsse jetzt Geld besorgen, um Flavias Vater zu beeindrucken. Außerdem müsse er dringend auf ein Klo. Scheißen, flüsterte er. Geilio.

Gut, dachte ich, solange er es nicht wie Oma machte, die im Falle des Falles immer gleich die Hüllen fallen ließ, lauthals *Es ist so weit, es ist so weit* brüllte und später die ganze Familie über ihren erfolgreichen Stuhlgang informierte, sollte es mir recht sein.

– Ciao, Capitano.

– Ciao. Ich hab jetzt eh so einen Hunger, dass ich vor lauter Durst gar nicht weiß, wie viel ich rauchen soll, damit …

Und bevor ich ihn fragen konnte, ob und wann wir uns wiedersehen würden, war er auch schon in der Menschenmenge untergetaucht. Ich dachte an den Name Flavia, rollte und drehte ihn herum, ließ ihn auf der Zunge zergehen, rieb ihn mir in die Nase. Flavia! Wie konnte die mit diesem Kerl? Gemeinheit! Eine Weile sah ich noch den funkelnden Römerhelm in den marmorierten Schichten römischer Luftfeuchtigkeit, aber irgendwann war auch der verschwunden, auf der Suche nach dem nächsten Starbucks. *Einen Starbucks machen* war die Umschreibung Almuts für das große Geschäft, die große Seite, die Growu, wie Oma, die zeitlebens an Verstopfung litt, zu sagen pflegte: große Wurst.

Almut hatte mal in einer Firma mit unzumutbaren Toiletten gearbeitet, in denen es den Mitarbeitern ganz unmöglich war, ihr Business zu machen, also gingen sie, weil es nahe und sauber war, alle zu Starbucks. Seither nannte sie (und mit der Zeit auch ich) die meist festen Produkte menschlicher Ausscheidung Starbucks. Starbucks? Hatten die nicht auch vierblättrigen Klee in ihrem Logo? Oder war das diese irische Fluglinie? Aber war es nicht ein unvergleichliches Glücksgefühl …? Da fiel mir ein, dass ich diesen Römer brauchte, um zu seiner Flavia zu kommen. Zumindest sein Handy konnte er mir borgen, um Bayreuth anzurufen. Verzweifelt brüllte ich ihm nach, aber er war längst verschwunden.

Kleine Epiphanie

So stand ich allein inmitten geschäftig-hektischer Menschen, die alle ein Telefon (wie Verband auf eine Wunde) ans Ohr pressten. Radfahrer, Bettler, Leute mit Einkaufstaschen, auf denen *Kampf dem Preis, Luxus sofort* oder *Sack mal* prangte, Mütter mit Kinderwägen, Studenten mit Taschen aus Lastwagenplanen, Straßenkehrer, Polizisten, Mopedfahrer, alle waren sie in ein Gespräch vertieft, hofften, mit diesen Handys die sinnlos eiternde Wunde ihrer Existenz zu heilen, ihr Dasein zu verankern – und dabei rösteten sie doch nur ihr Gehirn, verseuchten sich mit Handystrahlen ihre Zellen, wurden krebsanfällig, blöde, unfruchtbar, was die Handyindustrie mit millionenteuren Studien zu vertuschen suchte. Schon seltsam, diese Telefonitis. Früher galt es als cool, wenn man sich in der Hosentasche eine Zigarette drehte, heute, wenn man dort ein SMS schreibt.

Derweil die Menschen also alle mit ihren Anschlüssen beschäftigt waren (weil sie Angst hatten, den Anschluss zu verpassen), pulsierte am dunstigen, von Handystrahlen verseuchten Himmel ein Schwarm hell quietschender Schwalben – oder Stare oder Meisen? Vogelvieh! Gott sei Dank verstand ich nichts, nur ein hysterisch helles Schreien (ein Knistern in der Leitung?). Die Telefonierer beachteten das nicht, hingen an ihren Handys wie ein Fötus an der Gebärmutter. Einst in grauer Vorzeit soll es Telefone mit Kabel gegeben haben, einer Ersatz-Nabelschnur, mit Wählscheiben und an der Wand montierten Kästen, Ersatz-Mutterkuchen. Damals konnte man noch auflegen, was man heute wegdrückt. Vielleicht sollte man die Mäeutik, die Hebammenkunst, nicht nur wie Sokrates auf die Rhetorik anwenden, sondern auch auf die Telefoniererei. Ein Handy birgt heutzutage ja mehr Wahrheiten als der Mensch, dem es gehört. Außerdem ist es ein Rohstofflieferant.

Ich schlenderte also durch die Telefonjunkies Richtung Albergo Vaselina, dachte an Hornbostel, seine Sittiche, die Töpfe mit dem Taubenfleisch, die Haare aus den Gesichtswarzen seiner Mutter, und überlegte, ob ich nicht, sobald mein Vogel mit den Vögeln geheilt war, was nicht mehr lange dauern konnte, der bengalischen Hemdennäherin helfen sollte, ein menschenwürdiges Leben zu führen, indem ich ihr einen kleineren größeren Betrag schickte – früher hatten die Menschen auch, wenn sie errettet wurden, eine Kapelle oder Kirche bauen lassen, was für mich natürlich nicht in Frage kam. Allenfalls ein Marterl.

Wusstest du, Mama, dass die meisten Marterln aus der Keltenzeit stammen und Kraftorte bezeichneten, also so eine Art prähistorischer Telefonzellen für übersinnliche Schwingungen? Aber was sollte man in Sumpfing noch ein Marterl aufstellen. Erstens war die Landschaft völlig von Baumärkten und Diskontern entstellt, von flachen, ihre Sonderangebote hinausschreienden Betonquadern, modernen Westernstädten mit Werbefahnen, Parkplätzen, Ställen für die Einkaufswägen, von Fertigteilhäusern mit hässlichen Wintergärten, die wie Gewächshäuser aussahen, von grünen Plastikkomposttonnen, videoüberwachten Altglascontainern (damit niemand Buntglas zum Weißglas warf oder umgekehrt) und unverputzten Bauernhäusern, denen man die traditionellen kleinen Holzfenster durch große dreischeibige Auslagen ersetzt hatte, weil das den Landwirten von provisionsgeilen Fenstervertretern eingeredet worden war. Genauso hatte man ihnen Saatgut, Mastdünger und große Erntemaschinen eingeredet, deretwegen sich die meisten Bauern hoch verschuldeten, ihre Höfe, Felder, Tiere, Landwirtschaftsmaschinen jetzt alle Raiffeisen gehörten. Zweitens waren die Menschen ohne Glauben, ohne Achtung für das Religiöse, war allen alles wurst, gefühlstaub alle, nicht nur ich, drittens war alle Kraft in Sumpfing eine negative, das Leben verneinende, verstopfende. Wenn also ein Marterl, dann eines auf zwei Beinen, eines, das die Wohltätigkeit verkündete, die Demut und das rechte Maß. Warum keine Hemdennäherin namens Yeasmin Kahandahari? Wie die wohl aussah? Wie ein Marterl?

Und wie ich so an dunkle Ebenholzhaut und Bangladesch dachte, an billigen Sex, Lassi, Chutney und Mango-Hühner-Curry, blickte ich plötzlich in ein hübsches, mir bekanntes Gesicht. Yeasmin? Nein! Die U-Bahn-Frau! Flavia! Die Göttliche! Der Gedanke an sie hatte mich ihren Verlobten ertragen lassen, ihretwegen war ich mit ihm durch die halbe Stadt gelatscht. Nun sah ich sie leibhaftig. Wieder trennten uns nur wenige Meter. Wieder erschien sie mir wie das Licht am Ende eines Tunnels. Wieder winkte ich, lächelte, hüpfte. Wieder spürte ich Wahrhaftigkeit. Gott, war sie schön. Diesmal würde uns keine U-Bahn trennen, diesmal würde kein Sattelschlepper samt Anhänger zwischen uns fahren, diesmal würde ich sie kennenlernen – und sie mich. Beim Gedanken daran lief mir bereits ein wohliger Schauer über den Rücken. Als Pilot würde ich mich vorstellen. Piloten, hieß es, kamen gut bei Frauen an, weil sie sie zum Fliegen brachten, zum Abheben. Und ich würde ihr Geschichten vom Auftrieb erzählen, vom Schweben, Gleiten und dem ganzen Freiheitsschmonzes, aber auch von Flugzeugabstürzen, von großen Gefahren, denen ich nur knapp entgangen war, von weiten Reisen, mutig bestandenen Abenteuern, Entführungsversuchen – und gar nichts von den Vögeln, nichts vom Stöhnen, nichts von Sumpfing, nichts vom Poldl, seiner Wurstantenne, nichts vom Pofinger und auch nichts vom Lehrer Schimpl. Und vielleicht würde sie schon bald auf mir sitzen, sich meinen Zapfen in den Leib bohren, mich von meiner Haphephobie heilen, an den knochigen Grat zwischen ihren Brüsten pressen, sodass ich ihren Schweiß lecken könnte, kein füchselnder Transpirationssaft würde das sein, sondern römischer, von Deodorants denaturierter Kolosseum-Lasagne-Cappuccino-Schweiß. Und bestimmt würde sie stöhnen, abspritzen wie die Feuerwehr. Bald würde ich die kleinen Härchen auf ihren Unterarmen kennenlernen, ihren schmalen Hals, die Öhrchen, Kniekehlen, Zehen … würde ich keine Angst mehr vor einem fremden Körper haben … Bald würde ich in diese Körperteile hineinrufen wie in ein Telefon, und überall würde sich ein Anschluss finden, sich eine Verbindung herstellen lassen, am Nabel, dort, wo die Brüste zusammenliefen, an der Stelle über ihren Pobacken, diesem meist hellen Fleck (Hasenbommel), überall würden sich Gespräche auftun, ungeahnte Funktionen, um bald in den Härchen zwischen ihren Beinen Speicheltropfen abzusetzen wie eine Nachricht auf einem Anrufbeantworter, ich würde sie trotz des erhöhten Risikos auf Mundhöhlenkrebs mit einer Ansage erfreuen, alle meine Ängste überwindend ihr die Zunge in den Schlitz stecken wie eine Münze in einen öffentlichen Fernsprechapparat, sie zum Tuten bringen, zwar war Krebs nicht ansteckend, aber die Bakterien im feuchten Biotop der Scham begünstigten ihn auf der Zunge und am Gaumen. Egal, diese Flavia war es wert, mit der Nase über den Damm rutschen, den frischen Verdauungssaft aus ihrer Rosette saugen, enttäuscht sein über die untrainierten Oberschenkel, die voluminösen schlaffen Pobacken, darauf einen großen Pickel entdecken, ihn sofort, wie ein Kind ein neues Spielzeug ausprobiert, ausdrücken wollen, mich nicht trauen, Pickel waren Fettdepots des Blutes, bevor es auf seine Reise ging, ähnlich den Vorratslagern, die Bergsteiger oder Polforscher anlegten. Wie enttäuscht wäre das Blut, wenn es zurückkäme von seiner Körperweltreise und alle Fettdepots ausgeplündert wären. Aber dieser Pickel war wie ein Anruf, der einen hochschrecken ließ. Daneben ein kleiner Leberfleck, aus dem dunkle Härchen sprossen. Ihre Hände waren schlaff, die Fingernägel abgekaut, eine große Blinddarmnarbe, merkwürdig blasse Stimme, Schuppen, Doppelkinnansatz … außerdem machte sie ihre Beine für diesen Jimmy breit … Irgendetwas gab es immer, das einem das Gespräch versaute, aber nein, nicht bei der U-Bahn-Frau, nicht bei Flavia, die war makellos, perfekt, eine Freisprechanlage aus Fleisch und Blut.

Und wie mir all diese Gedanken durch den Kopf eilten, hatten sich zwei Schüler mit Rollkoffern zwischen uns geschoben. Zwei? Nein, vier, acht, eine ganze Schulklasse, mehrere. Eine Horde grölender Kinder, schreiender Jungen, singender Mädchen, alle mit Trolleys und fahrenden

Taschen bestückt, die es unmöglich machten, an ihnen vorbeizukommen. Es musste eine ganze Schule sein, eine Art Almauftrieb mit Kindern. Seit die Prügelstrafe abgeschafft worden war, hatten die alle kein Benehmen mehr.

Meine eigene Schulzeit fiel mir ein, dieses finstere, von Barbarei dominierte Mittelalter, in dem getreten, geschlagen und gewürgt wurde, man die Gewalt der Lehrer und des Elternhauses gerecht unter den Mitschülern verteilte, die Turniere in den Pausenhöfen, um von hübschen Mitschülerinnen wahrgenommen zu werden, was aber nur gelang, wenn man ihre Hefte stahl, sie im Winter mit einem Schneeball traf oder ihnen mit dem Gummiring eines Einmachglases ein aus dickem Draht gebogenes U-Hakerl auf die nackten Beine pfefferte. Die Kreuzzüge durch das Kaufhaus Korischek während des Schwänzens, des sogenannten Stangelns. Die seltsamen Beschäftigungen, die man sich einfallen ließ, damit während des Unterrichts die Zeit schneller verging – etwa mit der Stoppfunktion der damals aufkommenden Digitaluhren eine Null bei den Hundertsteln zu erwischen, Vier gewinnt, Kritzeleien, Radierer plattradieren, aus eingetrockneter Uhu-Alleskleber-Masse Figürchen formen. Meine Schulzeit war ein einziges, mit Brutalität garniertes Zeittotschlagen. Und jetzt?

Ein nicht enden wollender Strom von *Ragazzi, Ragazzi* kreischenden, Koffer schleppenden, teilweise telefonierenden Kindern, der mich von der U-Bahn-Frau abschnitt wie eine Insel vom Festland. War das die Rache für das gestohlene Schularbeitsheft? Während sich nämlich dieser Strom als unüberwindlicher, zäher Brei an mir vorbeischob, verschwand die Schöne. Sie bog in eine andere Richtung und versickerte in der Menge. Kein Anschluss unter dieser Nummer. Ich schrie ihr nach: Halt! Stehen bleiben! Bitte! Flavia! Ich bin ein Freund von Jimmy! Hallo, Flavia! Nicht auflegen!

Abheben! Abheben! Abheben! Doch half es nichts, nur ein paar Kinder sahen mich verdattert an, glaubten wohl, ich wolle ohne Flugzeug fliegen, aus dem Stand heraus abheben.

Als mich die Jeunesse-dorée-Horde endlich passiert hatte, war Flavia verschwunden, stand ich wieder allein da in meiner Pilotenuniform, mit meinem Vogel und der Idee, dieser Yeasmin Kahandahari zu helfen. Bette Davis fiel mir ein und ihr Satz mit der Bumpy Night. Wieder läuteten die Kirchenglocken, vereinzelt heulten Hunde mit.

Da sah ich einen völlig verwahrlosten Menschen mit einer Cowboykrawatte um den schmutzigen Hemdkragen und wusste instinktiv, das war Doktor Bird. Physiker und Risikoforscher tragen oft Boloties statt Krawatten. Erstens ist das Anziehen zeitsparender, zweitens sind sie viel in Amerika und drittens kann man, falls man im Urwald ausgesetzt wird, so ein Lederband vielseitig verwenden – etwa für Tierfallen, Schleudern oder als Kletterhilfe. Professor Bird war aber nicht im Urwald, sondern im Großstadtdschungel. Lebensunfähig war er hier wie dort, da nützte ihm auch sein Stierkopf-Bolotie nichts.

Teilchenphysiker sind zwar hyperintelligent, gleichzeitig aber in den praktischen Dingen des Lebens völlig hilflos. Nicht wenige sind schon verhungert, weil sie die Nahrungsaufnahme vergessen oder an ihrem Institut den Weg zur Kantine nicht mehr gefunden haben. Doktor Birds Blick war irre. Eingerissene Mundwinkel mit Speiseresten, Bartstoppeln, zerzaustes Haar, Rotweinflecken auf dem karierten Hemd, Manuskripte unter den Arm geklemmt oder in den Hosenbund gestopft. Beide Schuhbänder waren offen, im Schritt war seine Hose nass. Ein Wahnsinniger. Einer, der an etwas glaubte, an Formeln und Tabellen, an Supersymmetrie, Stringtheorie, Standardmodell. Einer, der etwas empfand, wenn er sich in seinen Rechnungen verlor. Dafür beneidete ich ihn von ganzem Herzen. Andererseits war er ein lebensunfähiger Trottel.

Jährlich gingen der Teilchenphysik die besten Köpfe verloren, weil sie sich irgendwo verliefen, nicht zurechtfanden in der Welt. Diejenigen unter ihnen, die sich intensiv mit Quantenphysik beschäftigten, hofften, an einem ganz anderen Ort wiederaufzutauchen. Alle anderen waren davon überzeugt, überhaupt nicht da zu sein, wenn sie keiner beobachtete. So verschwanden sie oft einfach, verliefen sich, landeten in einem Männerwohnheim oder gingen sonst wo jämmerlich zugrunde. So würde es bald auch Professor Bird ergehen. Ich war als sein Beobachter vorgesehen gewesen, als sein Betreuer, doch ich hatte versagt. Almuts Stöhnverweigerung und mein verlorenes Notizbuch brachten die Welt und vor allem die ATMER um einen ihrer besten Teilchenphysiker und Nobelpreiskandidaten. Wirr rannte er herum wie ein zerfallender Atomkern, er war am absoluten Nullpunkt seiner Existenz. Ich hörte ihn Sätze stammeln wie: Higgs existiert nicht. Einbildung! Es gibt kein Gottesteilchen. Higgs bekommt keinen Nobelpreis. Das Higgs-Teilchen ist Phantasie. Eine ganz neue Physik werden wir finden. Alles umschreiben. Es gibt kein Higgs! Nur Neutrinos, die schneller als das Licht sind, aber kein Higgs!

Er war verloren. Ich hätte ihm helfen sollen, jetzt wäre es noch nicht zu spät gewesen, aber es ging nicht. Eine dunkle Energie zog mich fort, ich musste weiter. Armer Professor Bird.

Während das Glockengeläut rasch versickert war, schwoll nun das Hundebellen an, wurde zu Geheul. Es schien, als stimmten alle Hunde Roms in ein Konzert ein, das bald mehr und mehr in ein ohrenbetäubendes peinigendes Jaulen überging. Dieses Wehklagen flog über die Stadt, schlich durch Gassen, bohrte sich in alle Ritzen. Unheimlich. Dabei sind Hunde nur verzauberte Menschen, die uns prüfen wollen. Zumindest hat mir die Dackeldame Hexi das erzählt, wenn auch nur in einem Traum.

Ich stand vor einer Kunstgalerie, in der neben einer roten englischen Telefonzelle ein großer Bacon hing, ein Kardinal mit Purpurtracht und Hundezähnen. Francis Bacon war mein Lieblingsmaler, aber das Geheul verdarb ihn mir. Verfluchte Köter. Warum taten die das nur? Um uns zu prüfen? Oder hielten die das gar für Kunst? Reichte es denn nicht, dass sie überall Kotfallen hinterließen, sich in aller Öffentlichkeit vereinigten? Mussten sie einem noch mit ihrem Heulen den letzten Nerv töten?

Und da war auch wieder diese dunkle Macht, die mich schon morgens bei den Kniebeugen fast aus dem Fenster hatte springen lassen, mich zu einem A-Sackerl-a-Tanz genötigt, durch ganz Rom getrieben hatte. Jetzt zog sie mich zu sich hin, weg vom Albergo Vaselina, weg von dem hündischen Geheule.

Es roch nach Zwiebeln – wie unter der Achselhöhle eines Riesen. Almut hätte ihren Arm gehoben, an ihrem Haarbüschel gerochen und *Puh* gesagt, *da hormonelts*. Einer ihrer Lieblingssprüche war: *Der liebste Monat ist mir der Hormonat*. Aber Almut war nicht da, Bayreuth war nicht da, die U-Bahn-Frau war nicht da, nicht einmal ein Starbucks. Achtzehn Uhr. In vier Stunden würde ich den skandinavischen

Beertender treffen, mit ihr essen und dann über sie herfallen, um mit ihr (geschützt durch eine Decke) Schambein an Schambein zu reiben, mit ihren Zehen spielen, sofern es mir gelänge, bis dahin Handschuhe aufzutreiben, verzweifelt auf einen Orgasmus hinackern, bis sie *O'zapft is, o'zapft is* brüllte, um dabei an Flavia zu denken. Wie ich umgekehrt mit Flavia an die Norwegerin denken würde, mit Bayreuth an Almut, mit Almut an ... Der Mensch (wenigstens der männliche) sehnt sich nach virtuellen Welten, auch beim Sex. Der Mensch will die Schwerkraft überwinden, sich aufschwingen und davonfliegen.

Rom hockte im Dämmerlicht zwischen seinen Hügeln – wie ein Kuhfladen auf der ungemähten Wiese. Golden umrandete Wolken, Puzzleteile eines nie vollendbaren Bildes. Ein rötlicher Schein umhüllte alles, mächtige Vogelschwärme pulsierten am Himmel, zu hoch, als dass ich etwas hätte verstehen können. Ich war wie magnetisiert. Sie, die Vögel, waren also diese dunkle Macht, der ich folgen musste. Ich wurde von einer grundlosen, aber derart heftigen Angst gepackt, dass ich am liebsten davongelaufen wäre. Aber es half nichts. Ich musste diesen Vögeln hinterher. Den Kopf gereckt, lief ich ihnen nach, krachte aber prompt in einen Laternenmast, gelangte mit dumpfem Schädel zum Trevi-Brunnen, jenem bühnenhaften Eisbärengehege, in das einst die drallen Titten der nordischen Anita Ekberg gestiegen waren. Jetzt saßen da telefonierende Touristen. Rosenverkäufer pendelten zwischen ihnen hin und her, im Eisbärentrott wie einst, nachdem er sein Glas Milch abgestellt hatte, Marcello Mastroianni, verstört, debil, immer nur *Sylvia,* nein *Rosa, Rosa* flüsternd. Bereit zum Kuss, nein, Geschäft.

Manche Touristen warfen Geld über die Schultern, was Glück bringen sollte. Und Glück brachte es auch – nämlich den Rosenverkäufern, die es nachts wieder herausfischten.

Ob sie Yeasmin Kahandahari kannten? Vielleicht kam ja einer aus demselben Dorf? Sollte ich fragen? Nein, ich musste den Vögeln hinterher. Nur kurz.

– He, Rettichnase, rief ich einem zu. Du kennen Yeasmin Kahandahari?

Der Rosenverkäufer lächelte erst, dachte wohl, ich sei ein *La-Dolce-Vita*-Fan, bräuchte Marihuana, dann wiederholte er langsam den Namen Yeasmin Kahandahari, bekam große Augen, ließ die Rosen fallen, begann wild zu gestikulieren, zu schreien, und lief davon. In einer mir unbekannten Sprache rief er seinen Kollegen etwas zu, die ebenfalls hysterisch brüllend das Weite suchten. Was war mit denen los? Yeasmin Kahandahari!, brüllte ich ihnen hinterher. Was bedeutet das? Ihr kennen? Erzählen! He, Nutellagesichter, bleibt hier … Aber da waren sie schon weg. Unfreundliches Pack! Warum hatten die Angst vor einer Hemdennäherin?

Ich, freier Wille oder nicht, gezogen von dieser dunklen, immer stärker werdenden Macht, wurde fortgetrieben aus dem Trevi-Kitsch, musste den Schwalben (oder was sie waren) folgen, verlor mit der Hemdennäherin auch das Albergo Vaselina aus dem Sinn, den Hornbostel, die Norwegerin, die grauen Stöhnmäuse, Tupperware Tübingen, den fremden Koffer in meinem Ali-Agca-Zimmer, das Notizbuch, Papacanyouhearme, Flavia. Sogar der Hundelärm verstummte. Einen Moment lang war mir, als sei die ganze Stadt ausgestorben, ich ganz allein auf der Welt. Aber nein, wurde ich von wem geschubst, drängten Schnepfen, Wachteln, Gänse an mir vorbei. Schert euch doch zum Teufel!

Ich drängte mich durch Horden angeheiterter, sich auf Paarungssuche befindender Jugendlicher, durch Sekretärinnen, die sich nach Sonderangeboten auf dem Kosmetik- und Schuhsektor erkundigten, Sushi essende Eliteuni-Absolventen, durch ein Gewirr an Stimmen, die weich und bauchig klangen, gar nicht mehr hysterisch, durch fluchende Arbeiter, die Hütten für die Weihnachtsmärkte bauten.

Bayreuth hatte mal behauptet, dass die Südländer sich zwar machomäßig gaben, hart und unnahbar, letzten Endes aber weich wie überkochte Nudeln waren, gegenüber ihren Frauen nachgaben, sie vergötterten. Krustentiere mit weichem, bekömmlichem Fleisch in einer festen Schale. Nicht zufällig hatten diese südländischen Machos meist Lederjacken-Panzer an. Dagegen waren die Cord und Stricksachen bevorzugenden Nordländer äußerlich weich, fast flauschig, gaben sich als Softies, setzten dann aber, weil sie gefühlskalt waren, stur und unerbittlich ihren Willen durch, wie Schwäne, die man auch für elegant und anschmiegsam hält, bis man ihr zähes, hartes Fleisch gekostet, ihre großen, ungustiösen Flossen gesehen hat – so auch die Nordländer, deren mehlweiße Füße in Birkenstock-Sandalen oder klobig geformten Gesundheitsschuhen steckten. Also waren weichgespülte Nordländer die viel intoleranteren Machos, trotz oder gerade wegen ihrer scheinbaren Sanftheit. Oder waren das die typisch chauvinistischen Vorurteile eines kleingeistigen Österreichers?

Mittlerweile stand ich auf einer Brücke, sah den dunklen Tiber, auf dem orange Flipflops trieben, den im Abendrot gleißenden Petersdom, dachte an die Petrus-Klumpfüße, den Selbstmörder Lehrer Schimpl, das Papstwappen mit den drei Bienen, das ich damals noch für das Wappen des Vatikans hielt, für ein Symbol des Fleißes und Bemühens um den rechten Glauben. Glich nicht auch die Papstkrone einem Bienenstock? War nicht der Papst selbst ein geiler Imker des Glaubens, der vom Nektar der Gläubigen lebte, von der Kirchensteuer seiner Schafe?

Die Vogelschwärme am Himmel wurden immer ungeheuerlicher – und auch die treibende Macht wurde stärker, flüsterte: Komm nur, folge mir. Wenn du fliegen willst, dann komm! Tausende, Zehntausende Tiere zeichneten abstrakte Bilder (Twombly) in den Abendhimmel. Wie logarithmische Kurven flossen sie ineinander, vermengten sich, stoben auseinander, wieder zusammen – ein gigantischer Monitor aus Tausenden Pixeln. Ein Tanz des Lebens, als drehte eine unsichtbare Macht am Himmelskaleidoskop, versuchte sich die Natur in Kalligrafie. Abertausende Vögel, die einer surrealen Choreografie folgten. Sie bildeten Wirbel, drehten sich ineinander, verschlangen sich, lösten sich zu kleinen Gruppen, die herunterstürzten, in Bäumen landeten, wieder abhoben, Formationen bildeten. Was für ein Spektakel! Ein Bildschirmschoner des Himmels. Immer wieder schraubten sich Vogelkörper hoch, formierten sich zu Figuren, Kurven, schwärmten in kleinen Gruppen, tangierten die Baumwipfel, zogen hoch, trafen andere Schwärme, vermengten sich mit ihnen, liefen wieder auseinander. Was für ein Schauspiel, eine Flugshow der Elemente, als würden alle Athleten der Vogelwelt die Olympischen Spiele der Schöpfung eröffnen. Dabei ging es nur um einen Schlafplatz.

Ich spürte die dunkle Macht, die mich zu sich zog und flüsterte: Weiter, weiter, komm nur, wenn du die Schwerkraft überwinden willst, dann komm.

Und ich kam. Freier Wille oder nicht, ich, der kleine Klumpen Welt, rollte wieder, wurde von den Vögeln angezogen, konnte gar nicht anders, als ihnen zu folgen. Jawohl, ich kam.

Auf der Tiberbrücke liefen mir Menschen mit aufgespannten Schirmen oder gelben Fischerjacken entgegen. Aber es regnete gar nicht. Manche blieben stehen und beobachteten die Himmelszeichnungen der Vögel. Das Spektakel der Schöpfung. Anderen war es unheimlich, das Vorzeichen einer nahen Katastrophe. Aber alle bewegten sich von den Vögeln weg, flüchteten wie damals 2001 die New Yorker vor den einstürzenden Twin Towers, wie Anwohner vor einem ausbrechenden Vulkan. Nur ich fühlte diese Kraft, dieses *Komm nur, komm, wenn du die Befangenheit der Erdanziehung satthast, wenn du hoch hinauswillst, komm, wenn du das große Stöhnen suchst, endlich etwas fühlen und begreifen willst, dann komm …* Nur ich ging direkt darauf zu – mitten hinein ins Herz der Finsternis, in einen Platzregen. Ja, Mama, unter den Vögeln regnete es wie in Salzburg – aber keine jungen Hunde, sondern kleine Patzen. Je näher ich kam, desto mehr glich es einem Hagel. War das ein Verdauungstanz? Rannte ich mitten hinein in einen gigantischen Vogel-Lokus? In den Starbucks der Gefiederten?

War nicht mein ganzes Leben ziemlich verschissen? War ich nicht in einem einzigen großen Kothaufen gelandet? Nach meiner Flucht aus Sumpfing hatte ich inmitten meiner Stöhnforschungen Einbrüche gehabt: Depressionen, Suizidgedanken, Psychiatrie, Therapien. Manchmal war mir selbst das Stöhnen als ein Röcheln meiner Vergangenheit erschienen. Und waren nicht auch meine Berufe Hebammer, Puffvater, Sterbebegleiter, Sargträger, Wetterkrieger vor allem dazu gut, um meiner Vergangenheit ans Tageslicht zu helfen, etwas aufzugraben, das böse Wort? War nicht alles Urknall-Forschung? War ich nicht mein eigener Teilchenbeschleuniger? Indem ich über Putzfetzen redete, kam ich darauf, ich war der Putzfetzen, ich war der Fetzen, an dem sich die Saurüssel-Gäste ihre Hände abwischten. Und der erste Mann, der seine Hände in den Fetzen gerieben hat, der ich war, war mein kahler Vater. Der Erste, der mich als Objekt gesehen hat. Ich bin zwischen euch im Bett gelegen, es war Nacht, und in dem Moment, als mich der Papa berührt hat, bin ich aufgewacht und hab gewusst, da passiert etwas Ungeheuerliches, etwas, das nicht passieren darf, etwas, wofür es nie ein Wort geben wird. Das war der Urknall, die Entstehung von Raum und Zeit, die Begründung sämtlicher Gesetze. Davor hatte es im Hildy-Universum nur reine Energie gegeben. Seither dehnte sich alles aus, kam es zu einer Abfolge von Ereignissen. Seither bildeten sich Galaxien mit Sonnen und Planeten, gab es Masse und Materie, sausten Photone durch den Raum und transportierten Licht.

Später, in der Ursuppe namens Pubertät, sind Erinnerungen hochgekommen, habe ich gedacht, du bist verrückt, Hildy, das kann nicht sein, du bildest dir das alles ein. Es gab gar keinen Urknall, die Welt war schon immer so. Ich habe den Papa damit konfrontiert, so wie dich, Mama, mit dem Pofinger Anton und seinem übergriffigen Untergriff. Wir waren in Papas Wohnung, Borneo, weil er Angst hatte, auf der Straße könnte ihm etwas auf den Kopf fallen, ein Stück Häuserfassade, ein Baugerüst oder ein Wettersatellit. Wir tranken Tetrapack-Wein und aßen Kuchen vom Supermarkt, da hob ich an: Sag einmal, Papa, ist es wahr … Hast du wirklich? Der Urknall muss ja leise und finster gewesen sein, weil weder Raum noch Zeit da waren, wo der Schall oder das Licht sich hätten ausbreiten können. Außerdem lag Mama daneben. Und hat der Urknall wirklich an einem Montag stattgefunden? Auch in der Bibel heißt es, am ersten Tag schuf Gott … und das war zweifellos ein Montag. Also weiß man auch, was vor dem Urknall war, ein Wochenende.

Er aber leugnete, wollte davon gar nichts wissen, er kenne dieses Wort auch nicht, noch nie gehört, und wenn wer einen Urknall habe, dann wohl ich, ist er mitten im Gespräch aufgesprungen, hat einen Kübel mit warmem Wasser angefüllt, Abwaschhandschuhe angezogen und begonnen, den Küchenkasten zu putzen. Wie bescheuert hat er die weißen Hängekästen gescheuert, aber nicht mit dem Putzfetzen, der ich war, sondern mit Schwämmen, Desinfektionsmitteln und großen Ausreibfetzen, als wollte er alle Sätze, Buchstaben, Satzzeichen, die von diesem Urknall handelten, mit Gewalt herunterreiben. Ich habe geheult. Wie er angefangen hat, den Kühlschrank auszuräumen, um auch diesen gründlich abzuwaschen, habe ich mich entschuldigt, beteuert, mir diesen ganzen Urknall ausgedacht zu haben. Um ihn nicht zu kränken, log ich, verleugnete das Wort, den Urknall, alles. Während er verzweifelt die Fettschicht von der Dunstabzugshaube scheuerte, den braun gewordenen Luftfilter wechselte, auf diese ganze Verschmutzung und alle gedankenlosen, nur auf ihre Bequemlichkeit bedachten Verschmutzer (mich eingeschlossen) fluchte, habe ich beteuert, ihn nie wieder damit zu konfrontieren. Da hat er mir, anstatt mich zu umarmen, die Putzsachen in die Hand gedrückt und gesagt: Jetzt putzt du das Klo! Aber gründlich, damit es wahr ist.

Sobald ich damit fertig war, brachte er mich, ohne ein einziges Wort über die Urknall-Sache zu verlieren, zum Bahnhof.

Der borneografische Papa fühlte sich immer zu Prostituierten hingezogen – obwohl er letztlich zu feig und zu geizig für sie war. Dieselben Hormone, die ihm den Schädel kahlfraßen, trieben ihn auch zu den Huren. Jedes Mal, wenn er mich mit seinem militärgrünen Moped (Pony) zum Bahnhof fuhr, mussten wir durch das Rotlichtviertel, sahen ein Puff neben dem andern, Striplokal neben Bordell – mit Namen wie: *Das Verderben, Herzerlbar, Maison de Plaisir* oder *Sultan von Was*. Wenn Nutten an den Hauswänden lehnten oder am Straßenrand stolzierten, fuhr er extra langsam, um sie sich anzusehen. Manchmal lobte er Netzstrümpfe und BH, sagte, dass das die wahre Kunst sei und nicht der Krempel, der im Museum hänge, oder er verriss das Moped und plärrte laut: *Die kenne ich, die kenne ich,* weil er sie bereits in einem Kontaktmagazin gesehen hatte und sofort Griechisch, Französisch, S/M, Natursekt, Lecken und all die anderen Dienste, die ihn sein Leben lang fasziniert hatten, damit verband. Vielleicht war ich nur deshalb im Schiefen Turm von Pisa gelandet, weil Kinder die unerfüllten Wünsche ihrer Eltern ausleben müssen? Der Papa war zu ängstlich und zu geizig für die Huren. Er ging aus lauter Gier nicht einmal in ein Kaffeehaus, sondern trank billigen Automatenkaffee an einer Tankstelle.

Während der Papa also immer an Puffs, Huren, Heimwerkerei und Selbstabholung interessiert war, hast du, Mama, nur vom Umbringen geredet, vom schönen, schnellen Tod. Davon, dass du eh niemandem abgingest, dein Leben eine einzige Qual sei, du dich längst schon aufgehängt hättest, wenn du dich nicht vor den Schmerzen fürchten würdest. Sollte ich deshalb, weil Kinder die unerfüllten Wünsche ihrer Eltern ausleben müssen, im Hospiz gelandet sein, in der Palliativmedizin?

Irgendwann habe ich dir zu Weihnachten ein Buch geschenkt: *Anleitung zum Selbstmord,* mit Lachgas, Erfrieren, einem Rucksack voller Steine, Giftcocktails und so weiter, weil ein Leben lang hast du nur vom Umbringen geredet, immer einen Strick im Nachtkästchen gehabt. Oft bist du mitten in der Nacht einfach verschwunden. Dann hat der Papa uns geweckt: Auf, auf, schnell, schnell. Kinder! Kommt! Wir müssen Mama suchen, vielleicht hängt sie irgendwo, vielleicht ist sie schon kalt. Dann haben wir, die Irmi, die Alma, die Oma, der Papa, Hexi und ich, das ganze Haus umgekrempelt – immer in der Erwartung, dass wir dich wo finden, du an einem Balken hängst und dir die Augen raushängen wie Eier aus Hühnerärschen.

Im Keller haben wir dich meist gefunden, in einem dunklen Winkel, den Strick und einen Melkschemel daneben.

Und du hast geflennt, du kannst nicht mehr, du magst nicht mehr, es hat alles keinen Sinn, du willst ins schwarze Loch, dich aufhängen. Wir haben dich getröstet, dich gestreichelt, nur der Papa hat gesagt: Mach keinen Tanz, sonst vergeht es mir. Weil es wahr ist. Er hat immer nur an sich gedacht. Wenn er uns geschlagen hat, wollte er nachher, dass wir ihm verzeihen. Und wenn dir schlecht gewesen ist und du gespien hast, hat er nur gefragt: Und wer denkt an mich?

Dem Papa habe ich auch ein Buch geschenkt, den Bericht einer Soziologin, die als Stripperin gearbeitet und Männer beim Onanieren fotografiert hat. Das hat ihn gar nicht überzeugt. Kunstquatsch! Ihr habt mir beide diese Bücher bald wieder zurückgegeben, und ich habe sie entsorgt.

Und so wie ich die Konfrontation mit Papa gesucht habe, weil ich gehofft hatte, die Antimaterie zu sein, die sich beim Urknall gebildet hatte, und dass sich beim Aufeinandertreffen mit der Materie, die Papa war, diese Antimaterie wieder auflösen und in reine Energie verwandeln, ich wieder in den Vorurknall-Zustand fallen würde, so wie ich ihn also auf seine nächtlichen Berührungen ansprechen musste, konnte er gar nicht anders, als mit Putzen anzufangen, mit einem Fetzen, der ich in seinen Augen war, die Küchenkästen, die er war, seine Vergangenheit aufzuwischen und blankzuscheuern. So musste ich jetzt mit derselben Sehnsucht, die die Materie nach ihrer Antimaterie hat, über die Tiberbrücke zu den wild kreischenden, scheißenden Vögeln, mitten hinein in diese Bumpy Night.

Die orange Dämmerung zerfloss in dunklen Rändern. Es war rätselhaft und furchteinflößend. Ich sah den aufgehenden Erdtrabanten. Vollmond! Sollte der an allem schuld sein? Bayreuths prämenstruelle Launen fielen mir ein. Immer zu Vollmond brach sie grundlos einen Streit vom Zaun, warf mir alles Mögliche vor und nach, drohte mit Scheidung, Umbringen, einem neuerlichen Ausmalen der Wohnung, war die reinste Furie. Almut dagegen war mondphasenresistent, sie hatte mal gemeint, dort oben müsse man den ganzen Müll (also alle leeren Colaflaschen) entsorgen, der würde dann herumpurzeln wie die Steinchen in einem sich drehenden Kaleidoskop. Mittlerweile war Müll ein viel zu kostbarer Rohstoff, um ihn wegzuwerfen. Und der Mond? Wahrscheinlich arbeitete dieser rumänische Verpackungskünstler längst daran, ihn mit rosa Stoffplanen zu verhüllen. Wenn ihm nicht der österreichische Aktionist mit dem bärtigen Weinbauerngesicht zuvorkam und ihn in einer Mondschlachtung mit Schweineblut bespritzte. Diesen Künstlern fiel immer irgendein Blödsinn ein, den sie dann Kunst nannten, nur mit den wirklich sinnvollen Sachen, den Vögeln, beschäftigten sie sich nicht.

Und diese Vögel jauchzten und frohlockten. Unter den Platanen spannte sich ein derartiges Gezwitscher und Gekreische, dass ich keinen einzigen Sinnfaden aus diesem Geräuschknäuel ziehen konnte. Es war, als würden Hunderte, nein, Tausende Kehlen gleichzeitig schreien und einen verhedderten, unentwirrbaren Stimmkabelsalat ergeben. Außerdem regnete es Starbucks. Und zwar wortwörtlich. Die Vögel waren große Geschäftsleute.

Überall am Boden, auf den geparkten Autos, den Bänken klebten kleine schwarze und weiße Kotpatzen. Es war, als stünde man auf einer Leinwand unter Jackson Pollock. Kennst du den, Mama? Das war ein amerikanischer Maler, der für seine ekstatische Spritztechnik berühmt geworden ist – so eine Art Paraurethraldrüsen-Stil. Was mir das Stöhnen, war ihm das Spritzen. Na, egal. Er würde dir kaum gefallen.

Jedenfalls stand ich da unter dem geschäftigen Vogelstaat und kam mir vor wie ein Turmspringer, der feststellte, dass sein eleganter Kunstsprung eine Arschbombe, nein, ein Bauchfleck wurde. Eine schreckliche Demütigung durch die Elemente, ein Vorbote der Apokalypse: Vogelscheiße und wieder Vogelscheiße, ein einziger Platzregen, der mich völlig zudeckte. Ich spürte, wie sich ein dunkler Schleier um meinen Verstand legte, und ich brachte nichts hervor als den Satz: Da scheißt du dich an. Da scheißt du dich an. Trotzdem durchflutete mich ein wohliges, ja, ekstatisches Gefühl. Und auch die Berührung mit dieser Scheiße machte mir überraschenderweise nichts. Im Gegenteil, meine jahrelange Haptophobie schien völlig verschwunden. Ich hatte sogar Lust, etwas zu berühren. Mit beiden Händen griff ich in den Dreck – und es gefiel mir. Ich fasste in die lehmige Masse und lachte.

Seltsam ist das menschliche Gedächtnis eingerichtet. All das scheint doch erst vor kurzem stattgefunden zu haben, und doch kommt es mir vor, als wäre es unendlich lange her. Heute kann ich es selbst nicht mehr begreifen, aber damals machte mir dieser Regen nichts, die dunkle Macht war stärker, befahl mir, wie der Papa Klo zu sein, und also war ich Klo. Furchtlos. Da gab es mir einen Ruck, stellte ich mich mitten hinein in den Erguss, erhob die Arme und brüllte, nein, nicht *I am singing in the rain,* sondern so wie nachts in den Hotelinnenhof, als die Stöhner keine Ruhe gaben: Aufhören! Pronto! Silentium! Ruhe! Pronto. Ich verstand zwar die Vögel, aber kaum Italienisch. Pronto hieß für mich *Hallo,* weshalb ich mich auch in Lokalen, sowohl im Schwertfisch-Restaurant als auch im Carbonara, mit *Pronto, Pronto* bemerkbar gemacht hatte – anstatt mit dem in Österreich üblichen *Entschuldigung,* aber in Österreich entschuldigt man sich ja sogar für die eigene Existenz. Dass ich mit diesem *Ich bin bereit, ich bin bereit* die Kellner, den dicken wie den dürren, ziemlich verwirrt haben musste, war mir gar nicht aufgefallen.

Nun war ich also bereit, nicht aber die Vögel. Die schienen mich nicht wahrzunehmen, zwitscherten und schissen fröhlich weiter, ja, sie feuerten aus allen Rohren, sodass ich bald aussah wie ein Golem, ein Homunkulus aus Vogelkot, die Schöpfung eines miserablen Bildhauers, die notdürftig mit Gips beschmierte Leiche in Louis de Funès' *Hasch mich, ich bin der Mörder*. Eine brüchige, verkrustete Kalkschicht bedeckte mich am ganzen Körper. Was würde die Norwegerin von mir denken, wenn ich so im Carbonara aufkreuzte? Doch ich war unbeeindruckt, fühlte, wie mir ein warmes Gefühl die Kehle hochkroch, mich alles angenehm durchflutete. Da, mitten in der Scheiße, geschah etwas Unerhörtes, etwas ganz und gar Unerwartetes. Es kam aus den Tiefen meiner Seele, überwand Hindernisse, knackte Schlösser, irrte durch den Körper, und plötzlich war es da. Das Merkwürdigste war, dass ich zuerst selbst gar nicht begriff, was da genau mit mir passierte. Ich wurde gewendet, ausgewrungen, auf den Boden geworfen, kleingehackt, zerrieben, ausgewalzt, mit Flüssigkeit beträufelt. Und plötzlich war es da, das lang Gebrütete schlüpfte aus: ein Gefühl! Jawohl! Eine wahrhaftige, ehrliche Empfindung, stärker als alles, was ich je erlebt hatte. Unbeschreiblich. Sagenhaft! Oh, wie ich es geahnt hatte, oh, wie ich es erhofft hatte. Ich war meinen Ahnungen gefolgt, und nun, über und über mit Vogelkot verschmiert, inmitten eines beißenden Geruchs, wurde mir recht gegeben. Man musste auf seine inneren Stimmen hören, man musste seinen Eingebungen folgen. Ich trat ins Leben. Ich war erwacht, ich war da, ich fühlte! Materie traf auf Antimaterie. Ich löschte den Urknall aus. Das Universum Sumpfing sank in sich zusammen, all die Planeten, die da jahrelang um mich gekreist waren, die Poldls, Pofingers,

Papas verschwanden. Ich lebte! Ich war frei! Ich konnte begreifen und angreifen und fühlte! Jawohl! Ob es an der Vogelscheiße lag? Sollte sie heilende Wirkung haben? So wie eine Moorschlammpackung?

– He, Vogelvolk, brüllte ich hoch, ich danke euch! Es war richtig, mich euch zu stellen! Danke! Davon ungerührt schissen sie mir unentwegt auf Mütze, Jacke, ins Gesicht, sodass ich ständig spucken musste, meine Augen tränten, die Schleimhäute juckten, doch das machte nichts. Ich fühlte. Meine Berührungsangst war weg. Glorreiche Zeiten brachen an. Ich fühlte beißenden Geruch, ein Kratzen auf der Haut, und ich fühlte Scham über meinen Zustand. Aber ich fühlte. Und ich griff zu, genoss den Gatsch zwischen meinen Fingern, den Dreck unter meinen Nägeln.

– Danke! Ich liebe euch!

– Ist es richtig, kam von den Vögeln zurück, dass du von deiner Mama nur zweimal eine Ohrfeige bekommen hast? Einmal, weil du einen toten Vogel in eine Suppe geworfen hast?

– Ich dachte, sein Fleisch würde gut schmecken, lachte ich. Wie dann meine Mutter die Federn in der Rindsuppe gesehen hat, ist sie ausgezuckt. Patsch! *Mach nur weiter so. Wirst schon sehen, was du davon hast*. Dabei hatte ich es doch nur gut gemeint. Leider ist sie erst draufgekommen, wie wir schon davon gegessen hatten.

Da kam ein kleiner Vogel angeflogen, setzte sich neben mich und meinte lapidar: Klatsch einmal.

– Klatschen? Wieso klatschen?

– Weil ihr Menschen klatschend uns ähnlich seid. Also los, mach Patschhändchen.

– Na gut, begann ich in die Hände zu klatschen, dass kleine, hart gewordene Scheißeplättchen wegsprangen, aber es war nicht das übliche eins-zwei, eins-zwei, eins-zwei, und es war auch nicht im Herzrhythmus, bam-bam-bam, kein Marsch und auch kein Bierzeltklatschen, sondern eine eigene, seltsam berührende Melodie. Es war, als ob meine Hände von allein den Takt fanden, ein zartes, schnelles Schnappern, kein verscheuchendes Patschen, kein Einklatschen, sondern eine komplexe, unerhörte Melodie, die das Geschnatter und Gescheiße, das Geschreie und Gekreische der Vögel bald zum Verstummen brachte. Erwartungsvoll und irritiert blickten mich Tausende Vogelaugen an. Hunderte Schnäbel standen offen.

– Wer bist du, der es versteht, unser Herz so zu erwärmen?, fragte der kleine Vogel. Bist du ein Scharlatan, ein falscher Prophet, oder bist du der, dessen Namen ich nicht auszusprechen wage? Bist du einer von diesen Vogelforschern, der uns beleidigende Namen wie Tölpel, Reiher, Schleiereule oder Trottellummen gibt? Oder bist du ein Verhaltensforscher, der will, dass wir ihm nachlaufen? Oder gar ein Komponist, der unsere Melodien klaut?

– Weiß nicht, sagte ich voller Glücksgefühl und sah, wie sich Hunderte, vielleicht Tausende Vögel vor mir auf dem Boden scharten – ein Meer von hüpfenden Wollknäueln.

Kannst du dich erinnern, Mama, wie ich mich als Kind, wenn du Siestaschlaf gehalten hast, oft angeschlichen habe, um dir beim Schlafen zuzusehen? Ganz nahe war da mein Gesicht dem deinigen, und ich dachte immer, seltsam, ganz ein anderer Mensch, aber trotzdem meine Mutter, und sie lebt – lebt, um eine Leber in Cola zu legen, lebt für den Saurüssel, für Umbauten, lebt für ihre Gäste, um der Oma abends einen warmen Ziegelstein ins Bett zu legen, um mir, wenn ich krank bin, Essigpatschen und Apfelschalentee zu machen oder mir heißes Schmalz mit gerösteten Zwiebelringen auf die Brust zu schmieren, lebt, um im Herbst das Laub aus den Dachrinnen zu klauben, um mit dem Poldl Weihnachten zu feiern, um dem Pfarrer die Hand zu küssen, lebt, damit wer drüberkräult, lebt, um sich schlagen zu lassen, sich schuldig zu fühlen, sich aufhängen zu wollen, weil sie immer noch nicht fliegen kann, gefangen von der Sumpfinger Erde ist, immer noch vom Lehrer Schimpl träumt, lebt mit ihrem Strick im Nachtkästchen und lebt mit einem Minderwertigkeitskomplex.

Ich habe mich bemüht, nicht zu atmen, kein Geräusch zu machen, und trotzdem hast du mich gefühlt, bist du aufgewacht und hast jedes Mal, wenn du die Augen aufgemacht und in mein staunendes Gesicht gesehen hast, gebrüllt: Schleich dich, lass mich in Ruhe, grins nicht so blöd, du fetter kleiner Trottel! Verschwind!

Und auch die Vögel, die erst nur geschissen und gezwitschert hatten, schienen mich gefühlt zu haben. Auch sie waren nun wie aus einem Schlaf erwacht. Dich habe ich angestarrt, weil ich nicht begreifen konnte, dass du mich dem Saurüssel opfertest, dass dir deine Gäste wichtiger waren als dein Kind, dein eigen Fleisch und Blut. Dass du immer, wenn ich dir von Übergriffen erzählt habe, von Pofinger-Pofingern, nur ein *So ist das nun einmal, so verdienen wir uns das Geld* bereit hattest. Aber die Vögel?

– Wie heißt du?, fragte der Vogelchef, der sich von den anderen nicht unterschied – auch die Chinesen sehen sich anfangs ähnlich und sind komplett verschieden –, und doch hatte er eine andere Ausstrahlung, vor allem aber (wie alle Chefs) eine tiefere Stimme. Wie heißt du also?

– Hildy, äh, Hildebrand Kilgus, sagte ich, immer noch im Glückstaumel über mein Gefühl, woraufhin sofort ein Gemurmel einsetzte, das ich aber nicht beachtete. Mich durchströmte die angenehme Illusion, die ganze Welt zu mögen. Alle hätte ich jetzt umarmen, ja berühren können.

– Und was willst du, Hildykildy? Uns von deiner zweiten

mütterlichen Ohrfeige erzählen? Davon, dass man dir eingetrichtert hat, immer brav die Wahrheit zu sagen? Und wie man dich dann gefragt hat, wie dir deine beiden Schwestern so gefallen, hast du, ganz bei der Wahrheit bleibend, mit *schiach sind sie und stinken tun sie* geantwortet. Patsch! Oder willst du uns predigen wie der Franzl von Assisi? Als ob wir uns nicht selbst Schöpfung genug wären.

Ich weiß noch, wie still es war, ehe ich zur Antwort den Kopf schüttelte und grinste. Ich hätte die ganze Welt anfassen können, war versöhnt mit allem. Die Worte dieses Vogels drangen nur langsam wie durch dicke Watte zu mir durch.

– Willst du uns deinen Gott aufschwatzen, der kein Herr der Schöpfung, sondern ein Menschengott ist? Ein Gott des Selbstmordes und der Gleichnisse, ein Gott der Gravitation, der Bildnisse und geraden Linien, ein Gott der Perspektiven, ohne Humor, ein Gott des Urknalls und der Teilchenkollisionen, der zulässt, dass sich Väter auf ihre Kinder stürzen.

– Nein, mir war das Jesukindlein immer schon …

Der Vogel steigerte sich mehr und mehr in seine Predigt hinein. Es war wie die Brandrede des Pfarrers nach der Scheidung, nur mit anderem Inhalt, nicht gegen die Geschiedenen, sondern gegen Gott. Am Himmel zuckten Glutfäden, und ich war nahe dran, loszuprusten, als ich hörte: Ein Märtyrer, der den Leib verachtet, sich als Gekreuzigter anbeten lässt, und dem es gefällt, wenn man Frauen die Brüste abzwickt wie der heiligen Agathe, ein Gott, der frohlockt, wenn man welche köpft wie die heilige Cäcilia, einer, der über das Fleisch triumphiert, Männer über Frauen, eine Religion der Linie, ein Gott der Autobahn und des Gehorsams, ein Gott des Duckmäusertums und Dienens, einer, der Schlachthöfe und Mastfutter ersinnt, Gemüse, das auf Gelee wächst, Perversionen, Kriege, Folter, schrumpfende

Gletscher, sich ausbreitende Wüsten, versinkende Städte. Obsculta – höre, nicht das Leben wird angebetet, nicht das Mysterium der Entstehung von allem, sondern der Schmerz, die Überwindung, der Verzicht, das Ungeschlechtliche, die Selbstbeschneidung, Selbstaufgabe.

Ohne das Training bei Mazlenikow wäre ich bei diesem moralischen Gequatsche in ein furchtbares Gelächter ausgebrochen. Ich fühlte, aber ich hatte mich kaum noch in der Gewalt. Die Vögel schienen davon nichts mitzubekommen, nickten beipflichtend, als sie hörten: Eure Religion ist eine Religion der Verneinung und der Rache, eine Religion des Digitalen. Wir Vögel aber kennen keine Schwerkraft, wir haben ein anderes Raumgefühl. Wir fliegen! Unsere Mathematik ist nicht linear, sondern eiförmig, wie wir auch an einen eiförmigen Weltraum glauben, an eine Schale, in der unser Kosmos steckt. Wir glauben nicht an Null und Eins, sondern an Eiklar und Dotter und Luftblase, wir glauben nicht an eine Menschenwelt, in der sogar der Marmor Osteoporose hat, klopfte er ad demonstrandum auf eine zerfressene Marmorbank, die wirklich aussah, als hätte sie Knochenschwund, wir glauben nicht an eine Welt, in der man sich fürs Scheißen schämt, nicht in Bäumen schläft, künstliche Felle trägt, Tiere aus Metall baut, Nester aus Stein und Glas, Katzen hält, Depressionen hat, sich nur für Fußball interessiert, dem Geld nachrennt und Angst hat vor dem Tod.

Ich war so freudig erregt, so voller Gefühlswallungen und Berührungslust, dass ich diese Vogel-Predigt, die von einem Oberstufenschüler hätte stammen können, mit Wohlwollen ertrug. Ich muss dämlich gegrinst haben, als ich sagte: Und ihr? Bei euch kommt auch nur Scheiße raus. Shit in und Shit out ist die Devise. Starbucks!

Aber der Vogelchef ließ sich nicht unterbrechen: Obsculta – höre, Hildykildy, euren Gott kennen wir und auch die Menschen, die zu ihm beten. Alle verholzt, ungeliebt wie verdaute Pflanzen, die all ihre Liebe in den Himmel geschickt, aber nichts dafür bekommen haben, nur Hoffnung. Und diese monotheistischen Machtheinis sind schuld, wenn ihr die Welt nicht mehr versteht, im Recht euch wähnt, alles digitalisiert, euch Computern und Rechenmodellen verschreibt, dabei seid ihr doch nur unten. Ihr könnt euch nicht erheben, kriecht in euren Winkeln und Kanälen wie die Würmer, seid besorgt wegen der Währungskrise, misstrauisch gegenüber der Natur, voller Angst vor Terror, Katastrophen und euch selbst, glaubt, ihr wärt die Herrscher – dabei, was wisst ihr schon? Was könnt ihr? Menschen! Was habt ihr gemacht? Keine Moral und kein Gewissen. Nur Wissen, Wissen, Wissen. Aber kein Überblick! Ihr industrialisiert sogar euer Gehirn, versklavt euch selber, indem ihr jederzeit erreichbar und verfügbar seid. Ihr verleugnet alle Intuition.

Eben noch hatte ich gelacht, jetzt, wo ich endlich fühlte, spürte ich, dieser kleine Vogel hatte recht. Gebannt hörte ich weiter zu.

– Bald habt ihr implantierte Nanobots, die mit euren Neuronen interagieren, damit ihr ständig alles wisst, bald sind euch alle Daten eingepflanzt, und jeder ist berühmt, unsterblich in der Welt der Speicherplatten. Aber, was das Schlimmste ist, ihr fühlt nichts mehr. Ihr habt nur noch Empfindungsattrappen, Gefühlsdummies.

– Genau!, rief ich begeistert. Überall Gefühlskälte! Weil keiner mehr bereit ist, etwas auszubrüten.

– Bald habt ihr alle Intimität vernichtet, die letzten Geheimnisse gelüftet, aber Hauptsache, ihr funktioniert. Und alles das ist legitimiert von einem faden, falschen Gott, einer unberechenbaren Transzendenz. Ihr fällt die Bäume, grabt die Erde um, schießt Kohlenmonoxid zur Sonne, pumpt Öl ins Meer, verändert das Wetter, aber ihr habt nichts begriffen, nichts. Die chemischen Futterzusätze eurer Massentierhaltung sind so voller Östrogene, dass die ganze Welt verweiblicht, Fröschen und Fischen weibliche Geschlechtsteile wachsen, eure Männer nicht mehr zeugungsfähig sind. Ihr bringt alles Gleichgewicht durcheinander, ihr …

Jetzt spürte ich schon wieder was, ein Grummeln rannte mir durch den Bauch. Was war da los? Reaktive Hyperperistaltik? Kam ein Starbucks? Musste ich aufs Klo?

– Aber Jesus, versuchte ich den aufgebrachten Vogel zu beruhigen. Die Bergpredigt!

– Der hat Liebe gepredigt, Toleranz, Lust und Lachen und Oralsex. Aber was habt ihr daraus gemacht? Wie hört sich das Vaterunser bei euch an? Ich! Ich im Egoistenhimmel. Geheiligt werde mein Name! Mein Reich komme. Mein Wille geschehe! Wie im Himmel so auf Erden. Mein tägliches Brot verdiene ich mir heute. Und ich vergebe keinem Schuldner, wie auch mir keiner vergibt. Ich bin die Versuchung und die Erlösung von dem Bösen. Mein ist das Reich und die Kraft und die Herrlichkeit in Ewigkeit. Amen.

– Vogel, Sie beschämen mich. Ich drückte voller Freude meine Arschbacken zusammen, um mich nicht anzuscheißen. Aber egal. Hauptsache, ich spürte was. Ich verbeugte mich leicht, griff dabei neuerlich nach einer Ladung Kot, zerdrückte ihn wollüstig in meiner Hand und sagte: Nun, Sie und ich, wir wissen natürlich, dass einiges schiefgelaufen ist. Nur, was wollen Sie dagegen unternehmen? Revolution? Ich bin hergekommen, weil man mir erzählt hat, ich würde erwartet. Warum? Weil ich etwas gespürt habe, eine dunkle Macht, die mich hergezogen hat. Aber Revolution? Ich habe mich immer nur für eines interessiert, für eine wahrhaftige Empfindung, ein wirkliches Gefühl. Und jetzt, mitten unter Vögeln und Vogelkot, habe ich es gefunden. Das ist so wunderbar, so erhebend, dass ich es nicht in Worte fassen kann.

Dabei hatte ich für Vögel nie was übrig, habe Backhendl, Martinigänse und Chicken Wings gegessen, mit der Steinschleuder auf Krähen geschossen, im Winter Vogelhäuschen umgeschmissen. Und jetzt dieses Gefühl! Ich bin ins Leben eingetreten. Aber das will ich doch nicht gleich als Revolutionär wieder verlassen. Was erwarten Sie von mir? Soll ich Amok laufen? Gegen die ganze Menschheit rebellieren? Na also. Darum ist es besser, wenn ich wieder gehe. Wiedersehen! Ich ließ den Kotklumpen fallen, hob die Hand zum Gruß und wollte mich verdünnisieren. Ich fühlte, das war das Beste jetzt. Doch ließ man mich nicht durch, wich nicht zurück.

– Der Test, der Test, der Test, schrien Tausende Vogelkehlen. Herbei, ihr Mitgefiederten, die ihr auf Feldern weidet, Körner aus den Äckern pickt, herbei, ihr Samenbeißer, Wurmzuzler, herbei, ihr schnell fliegenden Zirper, die ihr nach Mücken schnappt, herbei, ihr Vögelbrut, die ihr in Schwärmen fliegt. Herbei, ihr Schilfbrüter, Felsbrüter, ihr Wasser- und ihr Wüstenvögel, herbei, ihr Waldvögel. Herbei. Herbei. Herbei. Ein ungeheures Geschnatter begann, ein Tirrititi und Kikikaku, ein Pirripirrr und Tschieptschieptschiep, das sich zu einem einzigen, hohen Ton bündelte, zu einer Flutwelle, die über alles hinwegstürmte, bis sie brach. Dann gickste es noch etwas, kamen einzelne, schillernde Laute rausgehüpft.

– Der Test? Was für einen Test meinen Sie?

– Der Messiastest, setzte sich der Vogelchef auf meine Schulter. Wenn du ihn bestehst, bist du der weiße Rabe, der schwarze Schwan, unser Erlöser.

– Und wenn nicht? Was dann?

– Das wäre schlecht für dich, piepste der Galgenvogel. Er sah mich an, als wäre mein Gesicht von einer Geschwulst entstellt, und gluckste: Wer Federn lässt, wird bald gerupft.

Ich spürte, wie mir heiß wurde, sah Hunderte Schnäbel, Krallen und kleine schwarze Augen. Die Vögel schwiegen. Ich dachte an die mittelalterlichen Gottesurteile, bei denen man literweise Wasser trinken musste, bis man platzte, mit Steinen beschwert schwimmen oder eine Hand in siedendes Öl tauchen musste.

– Aber ich habe eine Verabredung mit dem Beertender. Jetzt, ohne Berührungsangst, würde ich gerne zu einem Angriff kommen, zulangen.

– Beertender? Willst du uns verarschen?

– Eine Norwegerin. Es ist eine Angewohnheit von mir, allen Spitznamen zu geben, so wie Almut alles abkürzt. Meine Stimme klang jetzt leise, schwächlich. Ich kannte jetzt zwar das Gefühl, gleichzeitig hatte ich Angst, es wieder zu verlieren. Und vollends sank mein Herz in die Hose, als ich hörte: Kann warten.

Hunderte Vögel saßen jetzt auf mir, pieksten und schoben mich vorwärts. Wie der Vogelhändler in der *Zauberflöte* kam ich mir vor, ein wandelnder Vogelbaum, der durch die Stadt getrieben wurde. Die eingetrocknete Vogelscheiße brach in der Armbeuge, im Schritt und an den Fingern, kleine Klümpchen und Blättchen fielen von mir ab. Ich griff mir ins schüttere Haar, das sich anfühlte wie ein Gipsklumpen.

Vor lauter Vögeln und Vogelkot konnte ich kaum etwas sehen, wusste nicht, wie andere Leute auf mich reagierten, tapste blind herum, hörte nur wildes Gehupe und das eine, immer wiederkehrende Wort: Messiastest, Messiastest.

Messiastest? Ich hatte eine Verabredung! Zweiundzwanzig Uhr im *La Carbonara*. Das wollte ich nun wirklich nicht verscheißen. Doch ich hatte keine Chance, die Vögel ließen mich nicht aus, trieben mich an.

Es grenzte an ein Wunder, dass wir nicht überfahren wurden, aber die chaotischen Römer waren rücksichtsvoll, hielten das Ganze wohl für eine Kunstaktion. Während die Österreicher im Verkehr auf ihrem Recht beharren und fürchten, dass es beschnitten wird wie ein jüdischer Knabenpenis bei der Brit Milah, was in Österreich, diesem durch und durch antisemitischen Land, noch nie gut angekommen ist, stört das Jeder-macht-was-ihm-gerade-Einfällt die italienischen Verkehrsanarchisten nicht im Geringsten. Die Österreicher fühlen sich persönlich angegriffen, wenn jemand eine leichte Geschwindigkeitsdrosselung oder gar ein Ausweichen verlangt. Sie loben nicht, können mit Lob nicht umgehen, werden nicht gelobt, und im Verkehr sind sie stur. Auch im Geschlechtsverkehr, da kommen achtzig Prozent der österreichischen Männer innerhalb einer Minute, nämlich der ersten – eigentlich ein Wunder, dass es trotzdem Stöhnerinnen gibt. Aber vielleicht stöhnen die österreichischen Frauen ja vor allem auf den Beifahrersitzen, stimuliert sie gerade das um keinen Preis vom Kurs oder der Geschwindigkeit abweichende, starrsinnige Fahrverhalten ihrer Männer?

Die Italiener dagegen glauben nicht ans Recht, nur an das, welches man sich nimmt. Der Führerschein wird nicht gemacht, sondern gekauft, wofür man kein Gesundheitszeugnis, aber einen Magenbefund sowie einen Gehörtest braucht. Jeder fährt da, wo er gerade Platz hat, gibt aber auch, so gut es geht, auf alle anderen acht. Hier hat niemand recht, es gibt nur eine Fülle von tolerierten Übertretungen. Jedenfalls kamen wir nur langsam vorwärts, der Starbucks-Tropfstein auf zwei Beinen und die Vogelschar.

Ich bat, kurz anzuhalten, um mir wenigstens die Augen auswischen zu können. Kaum war der beißende Kot heraußen und konnte ich wieder einigermaßen sehen, erkannte ich einen riesigen Täuberich mit Hasennase. Nein, es war ein feister Mensch, seltsam alters- und geschlechtslos. Kariertes Baumwollhemd, darüber Strickjacke, Cordhose, Sandalen, zurückgeklatschtes, angegrautes Haar, teigiges Knetmassengesicht mit zwei vorgepressten Augen, aus denen der Wahnsinn funkelte: Hornbostel! Ödipus, der noch mit fünfzig darauf wartete, endlich den Babyspeck zu verlieren.

Der Hotelrezeptionist war eben dabei, im Schutz der Dunkelheit schwarze Müllsäcke in einen Container zu stopfen, fluchte und sagte Sätze wie: Das hast du jetzt davon. Du bist selber schuld, dass es so weit gekommen ist. Alles deine Schuld. Da greifst du dir ans Hirn. Hättest du dich an die Hausordnung gehalten, auf Boglomov aufgepasst. Aber nein, du musstest ihn freilassen, hat dir niemand angeschafft, musstest dich von diesem uniformierten Hippie einschüchtern lassen. Das hast du jetzt davon. Blöde Kuh! Von wegen, ein Vogel hat einen Anspruch, ein Vogel hat ein Leben. Soll sich schämen. Schäm dich selber! Du hast dir alles selber zuzuschreiben. Hättest du dich nur nicht eingemischt, hat dir niemand angeschafft. Wofür gibt es eine Hausordnung? Aber es ist völlig richtig, dich zu entsorgen. Geschieht dir recht. Jetzt bist du abgeschafft. Da greifst du dir ans Hirn. Und wenn sich wer erkundigt, werde ich von einem Schwächeanfall sprechen, sagen, du seist in die Schweiz gefahren, in ein Sanatorium, auf Kur nach Chur, zur Reinigung nach Solothurn, auf einen Spinat nach Leukerbad. Und später wirst du dann dort gestorben sein. Das hat dir niemand angeschafft. Da greifst du dir ans Hirn. In der Schweiz sterben ohnehin alle, die Schweiz ist ein riesiger Friedhof, nicht nur für Geld und Gold und Schokolade, auch für Menschen. Alle Schriftsteller, die etwas auf sich hielten, fuhren zum Sterben in die Schweiz. Und was für Mann, Joyce, Musil, Büchner, Canetti und wie sie alle heißen, recht und billig ist, kann auch für dich …

Er war derart beschäftigt, dass er gar nicht wahrnahm, was um ihn herum geschah. Weder sah er die Vögel noch mich, noch sonst etwas. Nur die schwarzen Müllsäcke, die er Stück für Stück (a Sackerl a) in den Container stopfte.

Irgendwie musste er jedoch gefühlt haben, dass um ihn herum etwas passierte. Er drehte sich also flüchtig um, fuhr aber vorerst, weil es dauerte, bis die Information in seinem Hirn ankam, fort in seinem Tun. Dann kam das subkutan Geschaute endlich an in seinem Oberstübchen, wurde verarbeitet, mit einem neuerlichen Blick geprüft und löste schließlich eine fürchterliche Explosion aus. Peng! Eine Mischung aus Entsetzen und Wut hatte binnen kürzester Zeit sein gutmütiges ödipales Knetmassengesicht verzerrt, die Augäpfel kamen fast vollständig aus ihren Höhlen, und sein Mund schrie etwas von Jü-Jü-Jüngstem Ge-gericht und E-E-Erzengel, Gnade-de und Ver-Vergebung-ung. Und ja-a, er ge-gestehe a-a-alles, verheimliche ni-ni-nichts und sei-sei a-a-auch bereit, seine ge-gerechte Strafe, wie sie in der Hau-Hau-Hausordnung Go-Gottes vorge-gesehen war, zu e-empfangen. Ja-a, schrie es aus ihm, er habe seine Mu-Mu-Mutter aus Wut über so-o viel Blö-Blödheit mit einem Schni-Schni-Schnitzelklopfer erschlagen, und ja, mit ei-einem e-e-elektrischen Flei-Flei-Fleischmesser habe er sie fa-fa-fachgerecht zerteilt und in schwa-arze Mü-Mü-Müllsäcke gepa-a-ackt, die er jetzt e-e-entsorge, weil sie o-o-ohnehin schon längst auf den Mist gehört habe, diese A-A-Alte, diese Me-Megäre, die nur in ihrer Ba-Ba-Ballerinenvergangenheit lebte, sich nur für ihn, ihren Ö-Ö-Ödipus, und das Hotel i-i-interessierte, sich au-au-aufopferte, ihn u-u-umsorgte, bekochte, zerliebte. Ihn vertantete, verzweckte. A-A-Aber wozu? Um vo-on i-ihrem u-u-undankbaren Sohn erschlagen und auf den Müll geschmissen zu werden! Habe ihr niemand angeschafft. Aber do-do-doch nur, weil er pro-

provoziert wo-wo-worden sei, au-aufs äu-äußerste pro-provoziert, nur, weil man i-ihm seine Li-Liebsten, seine Vögel Po-Pomaranzev und Bo-Bo-Boglomov, freigelassen habe, er mit einer Si-Si-Situation ko-ko-konfrontiert worden sei, die in kei-kei-keiner Hau-Hau-Hausordnung beschrieben stehe, weil er nicht a-ahnen habe können, dass der so u-u-unscheinbare Pilot, er zeigte jetzt auf mich und röchelte wie ein überlasteter Heizkörper, lachte, lachte völlig wahnsinnig, eigentlich ein E-E-Engel sei, ein E-E-Erzengel. Da greifst du dir ans Hirn. Und ja-a, er habe immer Vögel ei-ei-eingesperrt. Und ja-a, er wolle dafür bü-büßen, wolle, dass man i-i-ihm dafür das Herz herauspicke, i-i-ihm mit Kra-Kra-Krallen die Ko-Ko-Kopfhaut vom Schädel reiße, so wie es in der Hauso-ordnung der Schöpfung …

Mehr konnte ich nicht verstehen. Die Vögel schoben mich weiter, ließen den verdutzten Hornbostel einfach stehen. Ich blickte mich noch einmal um und sah, wie er, dieser riesige, tölpelhafte Mensch, sich mit einem abgetrennten Arm seiner Mutter selbst streichelte und *Ha-at dir niemand a-angeschafft, ha-hat dir niemand a-angeschafft* sagte. Dann versperrten mir Vögel die Sicht, schoben mich weiter, flüsterten schon wieder: Messiastest, Messiastest.

Der Gottesbeweis

So kamen wir bald bei einem steinernen Nachtkästchen an. Aber blätterte die Farbe ab, lag ein Strick darin? Nein, es war eine Kirche, die Chiesa del Gesù, das Nachtkästchen des Messias, ein äußerlich schlichtes, graues Barockjuwel. Zwölf Säulen, davon zehn plattgedrückt. Steinerne Kontrabassstege (samt Schnecken) an den Fassadenflanken. Über dem Portal ein gefasstes Ei: IHS samt Kreuz. Ein Schriftzug, der, soweit ich ihn erkennen konnte, auf ALEXANDER CARDINALIS FARNESIVS samt einer Jahreszahl um 1650 lautete.

Ich wurde über Marmortreppen und den kleinen Vorplatz, durch die eisenbeschlagene, mit Kassetten besetzte, dunkelgrüne Tür richtiggehend in das Gotteshaus hineingespült. Es roch nach Weihrauch, ekelhaft, nach inkontinenten alten Weibern und Gesundheitsschuhen. Ich spürte Widerwillen, wollte wieder raus, doch man ließ mich nicht. Kleine schwarze Vögel säumten den Boden, der jetzt weich und pelzig wirkte. Nun erst sah ich, dass auch Möwen mitgekommen waren, bunte Papageien, Wellensittiche, Uhus, Falken, Reiher, Bussarde, Geier, Rotkehlchen, Rotschwänzchen, Spechte, Enten, Rebhühner, ja, es schien, als wäre die ganze aufgeganselte Vogelwelt gekommen. Das Volkslied *Alle Vögel sind schon da* lag mir auf der Zunge, hallte durch all meine Kanäle, kribbelte in den Füßen, wälzte sich durch die Innereien, steckte in der Kehle. *Alle Vögel, alle*. Und sie saßen ja wirklich alle auf den Kirchbänken, den Gebetbüchern, an den Wänden, in den Altären, auf den Säulen, den dunkel gebeizten Beichtstühlen, im Weihwasserbecken, auf der Figur des Ignatius von Loyola, im Seitenaltar, der die Beschneidung Christi zeigte, auf dem Schrein mit dem heiligen Präputium, den elektrischen Lustern, dem Baldachin über der Kanzel, der Orgel, den Marmorsimsen, Apostelstatuen, überall Schnäbel, Krallen, Flügel, Vögel überall, die schrien: Messiastest, Messiastest.

– Psst, zischte der Vogelchef, ein kleiner Eisvogel. Silentium! Schnabel halten! Augenblicklich wurde es gespenstisch ruhig. Einzelne Federn schraubten sich durch den Kirchenraum. Kein Mucksen. Ich sah dem Vogel in die Augen und bemerkte einen Ausdruck, der mir Sorgen machte. So als hätte man mir unvermittelt mitgeteilt, ich sei unbekleidet und müsse als Aushilfslehrer in einer Schule für Schwererziehbare einspringen. Dabei war ich mit meiner schweren, verklumpten Uniform alles andere denn nackt. Wie ein eingegipstes Unfallopfer kam ich mir vor.

Gespannt, was nun geschehen und was man danach, wenn ich diesen Test nicht bestanden hatte (etwas anderes kam für mich nicht in Frage), mit mir vorhaben würde, spürte ich ein leichtes Zittern und Unwohlsein. Ob sie daran dachten, mich mit ihren spitzen Schnäbeln aufzuspießen wie die Pfeile den heiligen Sebastian? Ob sie mir die Augen aushacken, mir das Fleisch von den Knochen reißen wollten, um meine Überreste zu den mit Hornbostels Mutter gefüllten Müllsäcken zu werfen? Oder ob sie vorhatten, mich an einen Felsen zu ketten, um mir täglich ein Stück Leber rauszureißen wie der Adler dem Prometheus, weil der den Menschen das Feuer gebracht hatte? Aber ich hatte kein Feuer gebracht, keine neue Hausordnung, nur mich selbst, eine kleine, lächerliche Hildy-Existenz.

Schweißtropfen tauten auf meiner kalkigen Stirn. Um mich waren nur Vögel, eine gigantische grauschwarze Flaummasse, die noch immer *Messiastest, Messiastest* intonierte.

Stare, Schwalben, Amseln, Spatzen, Kohlmeisen, Raben, Elstern, Krammetsvögel, Hühner, ja, sogar Ziervögel waren dabei, Pfaue, Beos, Kakadus. Vögel, Vögel und wieder Vögel. Sie saßen auf den dunklen Kirchenbänken, Beichtstühlen, Opferstöcken. Selbst der Altar war voller Vögel, sein goldener Strahlenkranz, in dem IHS prangte. Unheimlich. Aber wozu? Was um Himmels willen sollte hier ausgebrütet werden?

– Alle Vögel sind schon da, begann ich zu summen, alle, alle, alle, und sah, da die Kirche einer überquellenden Voliere glich, zur halbrunden Decke. Darin tollten sich in barocken Fresken dicke Engelsärsche und kleine Puttipimmel, Engelszehen, muskulöse Heilige, die Tausende Stunden im Fitnesscenter verbracht haben mussten, aufwendig frisierte Madonnen, die Harfe oder Gitarre spielten, Lämmer, Stiere, Löwen, und alle drängten sich (wie der Sand in einer Eieruhr) in die Richtung eines goldenen Dreiecks, wollten höher zu, hinauf zu Gott, in ihn hinein wie eine Leiche in die Grube, ein Embryo ans Licht, ich ins Stöhnen, du, Mama, in den Lehrerstand oder Papa zu den Huren.

An den Rändern der Decke stürzten frisch restaurierte Sünder in die Hölle. Eine rundgesichtige Frau mit sechs drallen Brüsten und Löwenunterkörper, eine andere, heidnisch nackt mit überraschend üppigem Schamhügel, einer, der ein Buch las, sich mehr dem Wissen hingab als Gott. Faune mit bernsteinblondem Haar und satanische Satyre in Satin. Sie alle waren an die Decke gepresst wie das von Onkel Igor gestampfte Kraut an den Fassboden, der grünbraune Ausfluss einer berstenden Kinderwindel.

Und was war mit dem Test? Was musste ich tun? Ich war in exaltiertem, überreiztem Zustand. Auch unter den Vögeln breitete sich Unruhe aus.

Ich, immer noch in die Mitte des hellgelben Himmels sehend, sang oder vielmehr summte: *Amsel, Drossel, Fink und Star – und die ganze Vogelschar. Alle Vögel, alle*. Da, ein unvergleichlicher Geruch stieg in mir hoch, plötzlich bekamen die gemalten Figuren an der Decke eine ungeheure Plastizität, einen verdächtig lebendigen Glanz – als würden sie in Gelatine schwimmen, als wäre die ganze Decke eine wabernde Sülze, die gleich, weil ein Messer reinstach, in sich zusammenfallen würde. Ich dachte an Schwangere kurz vor der Geburt, diesen seltsamen Gebärendenblick, an leichte Mädchen, kurz bevor sie mit den Freiern auf das Zimmer gingen, an Almut vor dem Stöhnen, Papa, wenn er besoffen heimkam, ich zum Jesukindlein betete, Oma, wenn sie *Es ist so weit, es ist so weit!* brüllte und mitten auf der Straße ihren Rock hinunterließ, um sich zu erleichtern.

Ein leises Kratzen war zu hören. Mein Herz tat einen Sprung. Im nächsten Moment musste ich rülpsen, dann machte es einen Knacks, wie wenn sich jemand einen Zahn ausbeißt, einen Rumpler, ein fürchterliches Krachen, die übervolle Kinderwindel barst, die Schwangere erlebte eine Sturzgeburt, Papa begann zu prügeln, der Freier zu stoßen, Oma zu scheißen, nein, aber die gemalten Fleischmassen wurden in den Himmel hineingeschossen, nein, umgekehrt, nicht geschossen, sondern geblasen, als habe man die Eieruhr umgedreht, das Magnetfeld gewendet oder den Krautbottich umgeleert, wurden alle Deckenkleber gravitätisch abgestoßen, fielen, ob du es glaubst oder nicht, Mama, sämtliche Figuren aus dem Fresko, landeten als lebendige, jawohl, lebendige Wesen auf dem von Vögeln gesäumten Boden. Es polterte und staubte: Löwen, Ziegen, Heilige, Madonnen, Putti, Sünder, die Rundgesichtige mit den sechs Brüsten, die bernsteinblonden Faune – alles fiel herunter. Manche klammerten sich noch fest, rutschten zum Kuppelrand, den Säulen, klammerten sich an Zierleisten, schneckenförmige Kapitelle, doch auch dort konnten sie sich nicht lange halten, purzelten herunter. Ich schwöre dir, Mama, ich war weder eingeraucht noch betrunken, auf Koks, Amphetaminen oder sonst wie von Sinnen. Die gemalten Figuren der Chiesa del Gesù fielen einfach von der Decke. Und sie lebten. Ja, sie lebten. Es war wie in einem Animationsfilm. Und das Seltsamste war, ich kannte sie alle. Da war der Märtyrer Wastl Godschani-Semmelmeier mit einer Schaufel in der Hand. Er fluchte, so eine gottlose Sauerei traue er allen zu. Einfach das Grab zuzuschaufeln. Frevel! Und da waren die Mädchen vom Schiefen Turm, die Mentholzuckerl verteilten. Am Boden kauerte die Oberhebamme, murmelte etwas von Sportwagen, Geburt, und versuchte verzweifelt aufzustehen. Alfred und Hermann Kaguru waren da, braun und bleich wie eh und je, die Sargträger, der Pfarrer, Hebammen, Todgeweihte vom Hospiz. Die meisten atmeten schwer, waren puterrot. Wie kamen die hierher? Meine Haare sträubten sich, winzige Schweißtröpfchen bildeten sich auf der Stirn. All die Menschen, die mich begleitet hatten, als ich noch gebrütet, noch geglaubt hatte, die Weltformel in der Stöhnerei zu finden. Das also war der Strick in diesem Nachtkästchen. Daran musste ich mich aufhängen.

Bevor ich dazu kam, darüber nachzudenken, entstand schon ein Tumult. Die Vögel flogen hoch, schnatterten, piepsten, tirilierten. Die völlig verdatterten Figuren aber konnten das Geschehen nicht begreifen, griffen sich an, klopften einander auf den Rücken, zwickten oder rissen sich an den Ohren. Ja, sie waren keine Malerei mehr, hatten plötzlich einen Körper, eine dritte Dimension. Und ihre Köpfe schienen ausgewechselt. Sie rappelten sich hoch, knacksten mit den Fingern, ließen Winde fahren, machten ungelenke Schritte wie Einjährige, die ihre ersten Gänge wagen. Sie fluchten in fremden Sprachen, verlangten nach Eitempera und Kalkgrundierung, nach Pinsel und Palette, schrien *Gaulli,* den Namen ihres Malers, deuteten auf die Decke und betrachteten ungläubig (wie Erdbebenopfer Ruinen ihrer ehemaligen Stadt) die weiße Fläche, diese Überdosis Nichts, die sie eben noch bevölkert hatten. *Gschgsch, Gschgsch* machten sie zu den Vögeln, die sich aber davon nicht beirren ließen, den gemalten Gesellen nur unwillig auswichen. *Gschgsch, Gschgsch.* Ein Engel mit dem Kopf von Alfred Kaguru (samt Kartoffelnase) wollte etwas befehlen, hatte aber eine piepsend helle Stimme, sodass ihn kaum jemand beachtete. Die Oberhebamme mit irren, fast kranken Augen umfasste mich mit beiden Armen und fragte: Was ist geschehen? Was ist geschehen?

Ich fühlte ihre kalten Hände, griff ihr genüsslich auf die Schulter und sagte: Werden Sie auch nicht durchdrehen, wenn ich es Ihnen sage? Wird man auch nicht die Rettung kommen lassen müssen?

– Nein, bestimmt nicht, beteuerte sie. Ich habe das Aus- und Einsteigen jahrelang geübt.

– Werden Sie ruhig bleiben? Erregt tätschelte ich ihre Wange.

– Bestimmt.

– Na schön. Ich glaube, Sie sind alle von der Decke herabgefallen. Da sah sie hoch und begann zu jammern. Außerdem prügelte sie auf mich ein, wurde aber gleich von ein paar Vögeln weggerissen.

Geile, großmäulige Faune mit Sargträgergesichtern stürzten sich auf erstaunlich üppige Hebammen, die entsetzt oder verzückt kreischten. Die Nackte stellte ihren Schamhügel unzüchtig zur Schau. Bärtige Propheten, die aussahen wie Teilchenphysiker, klemmten angewidert ihre Gebote unter den Arm und stürmten zur Kirchentür, drängten hinaus, andere hinterher. Kurz darauf konnte man den Lärm bremsender, hupender und zusammenkrachender Autos hören. Damit hatten selbst die italienischen Verkehrsanarchisten nicht gerechnet – und die waren vieles gewohnt.

Zwei Zuhälter und vier Ärzte versuchten an den thunfischbraunen Marmorsäulen wieder zu ihren alten Plätzen hochzukraxeln, konnten sich aber nicht festhalten, stürzten herab und jammerten in farbenfrohen Tönen. Es war erheiternd und traurig zugleich, diesen verzweifelten Versuchen zuzusehen. Als wären sie in eine andere Welt gefallen, waren sie trotz ihrer großen, kräftigen Körper verwirrt und unsicher. Die meisten Heruntergefallenen waren nackt und versuchten krampfhaft ihre Blößen zu verstecken, nur die Sargträger-Faune und Huren zeigten, was sie hatten. Einige Heilige husteten, die Hebammen schrien, manche beteten, zupften an ihren Frisuren, und alle fluchten auf die Vögel, die ihrerseits *Er ist's, er ist's* schrien.

– Der Erwartete! Das Licht! Die frohe Botschaft! Der bringt Sachen fertig, dass man die Ohren anlegt, wenn man welche hat.

– Er ist's, sagte auch der Vogelchef und setzte sich auf meine verkotete Schulter. Freunde, unser Warten hat ein Ende. Auf diesen Felsen hier werden wir bauen. Es besteht kein Grund mehr, das Wirken Gottes in der Welt zu leugnen. Wir haben den Beweis. Er ist zu uns gekommen. Die Erlösung naht! Es ist so weit! Es ist so weit!

Auf seinem exponierten Posten, nämlich auf mir, begann er nun zu summen. Ein wohltuender Ton, der überging in leisen, sämigen Gesang. Bald begannen alle Vögel darin einzustimmen. Sogar die Heruntergefallenen beruhigten sich bei dieser süßen Melodie, verzückt hörten sie zu und schunkelten mit ihren Becken. So muss das Paradies sein. Ein langsamer, melodischer, das Herz zerreißender Gesang von solcher Schönheit und Anmut, dass es im Magen wohlig kitzelte, einem ein warmes Lachen in die Kehle stieg, wie wenn man an warmem Cognac, Pudding oder Kuchen roch. Wunderbar. Ein himmlisches Glücksgefühl stieg in mir hoch, Tränenwasser füllte meine Augen. Jetzt war alles gut, alles gut. Opa kam aus Stalinum zurück, dir wurde die Scheidung vergeben, Pofinger entschuldigte sich, Almut stöhnte wieder, mein Notizbuch tauchte wieder auf und sogar Professor Bird wurde gerettet. Nein, besser, viel, viel besser. Alles gut.

Da aber, wie in billigen Filmen, wenn das Böse scheinbar besiegt daniederliegt, das Gute triumphiert, stand im

Moment des Sieges das Böse nochmals auf und krächzte: Ich nicht, schrie eine alte Krähe. Mich hat das gar nicht überzeugt. Gar nicht. Das kann auch Zufall sein. Kann sein. Eine bittere Falte kerbte ihr Gesicht, und ihre Augen waren böse.

– So etwas ist kein Zufall!, schrie eine Taube.

– Sicher nicht, bekräftigte ein Huhn.

– Und wenn? Wenn doch?

– Ja, und wenn?, fielen manche ein, gaben der Krähe recht. Was dann? Irreversible Folgen! Untergang!

– Dann? Dann müssen wir das Höchste wagen, sagte der Vogelchef.

– Wie bitte? Ich war entsetzt und verwirrt. Kalk rieselte aus meiner Uniform, kleine Bröckchen lösten sich, meine Knie knickten ein. Das Höchste? Was?

– Vatikan, riefen die Vögel.

– Vatikan, sagten Taube, Krähe, Huhn und Eisvogel.

– Vatikan? Auf keinen Fall. Ich dachte an den Selbstmörder Schimpl im Petersdom. Außerdem muss ich um zehn im Carbonara sein. Beertender! Schambeinreiben. Frontalangriff! Zehen lutschen. Sie begreifen. Heute gehe ich sicher nicht mehr in den Vatikan. Sicher nicht! Ich laufe nämlich jetzt in mein Hotel, weil ich eine Dusche brauche. Dringend!

Man hörte mich an, wie es Bäuerinnen auf dem Markt tun, die wie versteinert hinter ihren Waren stehen und an denen jegliche Kritik abprallt.

– Wir können meinetwegen morgen … ich verzichte auf meine Gymnastik, dann bin ich schon um …

Doch die bauernschlauen Vögel reagierten nicht, brüllten nur, dass es durch Mark und Bein ging, *Vatikan, Vatikan* und *Zur Sache kommen*. Wieder setzte sich die flatterhafte Springflut in Bewegung, die diesmal nicht nur mich, sondern auch einige der heruntergefallenen Freskofiguren transportierte. Die Oberhebamme beschwerte sich, Wastl verlangte einen Schnaps, die Nutten kreischten. Es war wie im Inneren einer Daunendecke, als wäre ich Frau Holle in die Tuchent geraten und werde ausgeschüttelt.

Kaum waren wir wieder auf der Straße, quietschten Reifen, blendeten Scheinwerfer auf, gellten hysterische Frauenschreie durch die Gassen. Es kam zu kleinen Kollisionen, und ich sah (was für ein Zufall!) Papacanyouhearme Jimmy Tschurri, der, ganz entrückt von seiner kommenden Hochzeit, vielleicht auch nur erleichtert von einer Growu, sich einen Weg durch den Tumult bahnte, in die Kirche vom Heiligsten Namen Jesu wollte und dabei *Ich liebe und ich akzeptiere mich* murmelte.

Zur Sache kommen

Draußen war es mittlerweile dunkel. Lange Schatten fraßen alles auf. Die hereinbrechende Dämmerung hatte sich wie eine leichte Decke über die Stadt gelegt. Leidenschaftslose, warme Luft wehte einen an. Wolkenmassive verdeckten den Mond, während die orangen Lichter der Straßenbeleuchtung kümmerlich wirkten. Mopeds hupten, Hunde heulten, Busse rasten, in den Häusern gingen Lichter an, und die Kreaturen der Nacht schlichen hinaus.

Trotzdem wollte der aus unzähligen Vogelkörpertrauben bestehende Weinberg nun zur Sache kommen, zum Keltern. So schoss der gärende Vogelstaat samt dem Winzer Hildy über Plätze, tränkte Gassen, näherte sich als Tsunami-Welle dem Weinkeller Vatikan, ihn zu überschwemmen, Erntedank zu feiern. Mit derselben Sicherheit, mit der man früher den nackten Onkel Igor in den Keller zum Krauttreten getragen hatte, mit der Oma ihr ungarisches Liedchen gesungen hatte: *Gutja gutja torko / sche füle sche forko / o do medje glokni / ohol tschokot gopni.*

Je näher wir aber kamen, desto kleiner wurde das gefiederte Knäuel. Immer mehr Vögel fransten aus, um sich kreischend in die Lüfte zu schwingen. Bald waren bloß noch ein paar Dutzend Schwalben, Krähen, Tauben und einige heruntergefallene Ölgötzen übrig, die sich an den Händen hielten, um nicht überfahren oder vom warmen Schirokko verblasen zu werden. Nur Wastl drohte jedem, der ihm zu nahe kam, mit seiner Schaufel. Die Oberhebamme, Nutten und ein paar Sargträger bildeten eine kleine Kette. Obwohl die Ölgötzen allesamt Titanen waren, zwei Meter fünfzig oder mehr, hatten sie praktisch kein Gewicht. Kein Wunder, waren sie doch innen hohl wie Krautrouladen ohne Füllung. Manchen hatte es einen Arm, den Kopf oder etwas Schulter abgerissen, sodass man das Nichts in ihrer Hülle sah. Sie waren wandelnde leere Einkaufstaschen, Asackerla.

Als Hebammer hatte ich oft gedacht, dass jeder Mensch, egal wie verklemmt, missmutig, lustfeindlich, intolerant und geizig er auch immer war, irgendwann einmal als liebenswerter kleiner Fleischklumpen aus einem Muttermund gepresst oder wenigstens aus einer Gebärmutter herausgeschnitten worden war. Und jeder Mensch hatte einmal Eltern gehabt, die sich Sorgen machten, wenn sein Herz nicht richtig funktionierte, systolisch oder diastolisch schnarchte, wenn er ein Grübchen im Rücken hatte oder der sogenannte Storchenbiss nicht und nicht verschwand. Und sie machten sich auch Kopfzerbrechen, wenn der kleine Mensch nicht richtig trank, einen Blutschwamm oder gebrochenen Nabel hatte, verzweifelten, wenn man Wasser im Hirn fand, es zu Gehirnblutungen, Stoffwechselerkrankungen kam oder sonst etwas Unvorhergesehenes geschah. Nicht diese Ölgötzen, die hatten keine sich sorgenden Eltern, keine Biografie, nur einen schön gemalten Körper – also waren sie hohl wie Klone, unfruchtbar wie Hybride. Krautköpfe!

Kurz vor dem Petersdom kam uns eine alte, bucklige, ganz in dunkle Lumpen gehüllte Bettlerin entgegen, einen Starbucks-, nein, McDonald's-Becher in der Hand, als ob McDonald's ein Zeichen für die neue Armut wäre, als ob das M, das mich immer an einen Spitzarsch denken ließ, für Mitleid, Misericordia und milde Gabe stünde. Mit langsamen, zittrig kleinen Schritten schleppte sie sich vorwärts, sonderte Jammerlaute ab. Kaum waren wir in ihrer Nähe, verstärkte sich das Zittern, vibrierte sie voller Hoffnung auf die milden Gaben und stammelte: Bitte. Bitte. Hunger. Bitte. Geben. Zwei Euro. Du haben. Bitte.

Bestimmt hatte sie eine Gruppe pilgernder Bustouristen erwartet, geldfette Büßer; keinen Vogelschwarm mit einem kalkverkrusteten Golem in Pilotenuniform. Eine Schwindlerin, trotzdem wollte ich ihr ein paar Münzen in den Becher werfen, fand aber nur bröseligen grauen Vogelkot in meinen Taschen.

Ich war immer großzügig gewesen, habe nie auf Sonderangebote geachtet, das Geld stets beim Fenster rausgeworfen. Wahrscheinlich als ödipale Rebellion gegen den Papa, der über alle Maßen geizig war, Kondome, Taschentücher, selbst Kaffeefilter dreimal verwendet, alte Zahnpastatuben, um an die Reste ranzukommen, aufgeschnitten hat. Papa hat, weil es billiger war, im Supermarkt abgelaufene Waren gekauft, stundenlang Prospekte mit Sonderangeboten studiert, im Urlaub Muscheln von Bojen gekratzt und immer den Privatkonkurs gefürchtet – dabei war genug Geld da. Ich dagegen hatte kaum Bezug dazu, warf es raus, wo ich nur konnte, und lebte nach dem Grundsatz, bloß den Geldfluss nicht stoppen, wenn man will, dass etwas auf einen zukommt.

So stand ich also vor dem klimpernden, um Almosen flehenden McDonald's-Becher, kramte in meinen Taschen – und brachte doch nur bröseligen weißen Lehm hervor, Vogelkot.

– Was kümmert dich die Alte?, fragte eine Elster. Eine Bettlerin.

– Weil ich gerne gebe, sagte ich. Auch wenn ihr gar nichts fehlt, sie junge Füße hat, die Haut frisch ist und sie nicht nach Eiter, aufgekratzten Wunden oder Urin riecht, sondern nach Wohnwagen, Waschpulver und Satellitenfernsehen, auch wenn sie eine falsche Leprakranke ist, eine Betrügerin, ist es doch entwürdigend, was sie hier macht. Auch sie hatte einmal Eltern, die sich um sie sorgten, Hebammen, die den Säugling voller Hoffnung auf die Welt brachten, Onkeln und Tanten, die ihr zu Ehren Schnäpse tranken, sich ihr zu Ehren später übergaben, alles vollkotzten. Deshalb, weil ich fühle, will ich ihr was geben, um mich im Bonus-Malus-System meines Sündenregisters zu verbessern.

Doch da flogen schon Vögel hin, piekten dieser Alten mit Geschrei, denn sie wehrte sich, die Lumpen vom Leib, erst die groben, alsbald feinere, sodass sich ein Mädchen mit langem schwarzen Haar und einem auf die Schulter geschnürten Polster herauspellte. Ihr Gesicht war hübsch, große Kohleaugen, schwarze, zusammengewachsene Augenbrauen als Trennungsstrich zwischen der Stirn und dem Darunter, volllippiger Mund, leichter Oberlippenbart. Zuerst wollte sie die Vögel noch verscheuchen, aber bald schon klatschte sie und zischte zynisch: Na schön, seht ihr also, was ich bin. Sie reckte ihren Busen vor, der in einem weißen Büstenhalter steckte. Und? Seid ihr jetzt zufrieden? Biester!, fluchte sie in einem hellen Ton. Was habt ihr denn erwartet? Weiß doch jeder, zischte sie. Wenn Schlangen sprechen könnten, hätten sie so eine Stimme.

Da begannen die Vögel samt und sonders ihre Schnäbel zu öffnen, die Flügel zu spannen, die Hälse zu recken. Ehrfürchtig neigten sie ihre Köpfe und bekundeten mit Gesang und Gebärden ihr Entzücken.

– Ein Wunder, schrien sie, ein Wunder, Hildy hat eine Alte jung gemacht. Eine Bucklige geheilt. Seht alle her, er hat was Heiliges getan.

– Blödsinn, das war eine Schwindlerin. Das war völlig offensichtlich, brummte ich. Es waren aber meine Worte nicht leer und lächerlich, sondern durchdrungen von einer fast heiligen Kraft, sodass sie ins Innerste der Vogelherzen drangen.

– Du hast sie geheilt, jubelten die Vögel. Du hast sie erlöst. Sieh nur, zeigten sie auf die Straßenflucht, in der alle fünfzig Meter ein zittriges Buckelweib stand. Sieh nur! Und ich sah, wie sich alle Bettlerinnen – als wären sie in einer vom Umfallen erfassten Dominosteinreihe – in hübsche junge Zigeunerinnen verwandelten. Eine Massenverwandlung?

– Wunder!, kreischten die Vögel. Ein Wunder!

Ich blickte der ersten in die schwarzen, verschüchterten Augen und erkannte etwas Hemdsärmeliges, etwas Niedergebügeltes, Zusammengenähtes. Auch sie war einmal die Hoffnung ihrer Eltern gewesen. Und ich weiß nicht, weshalb, aber plötzlich hatte ich diesen Namen im Mund. Ich sah also die junge Frau mit ihrem Oberlippenbart an, dachte: Hast du dich schon einmal im Spiegel gesehen? Wann gedenkst du dich endlich zu rasieren? Oder meinst du, dieser Flaum ist attraktiv? Vielleicht für einen Möchtegernschwulen wie den Papacanyouhearme, aber sonst für niemanden. Hat man dir denn nicht gesagt, dass du ein Weib bist, keinen Bart zu tragen hast?

Und dabei (noch während dieser gedanklichen Suada) kamen mir, ohne es zu wollen, Silben auf die Zunge, sagte ich sehr gedehnt: *Yeasmin Kahandahari*, woraufhin sie große Augen machte, rot anlief, was ihre schokoladebraune Haut nur etwas dunkler machte. Sie fing zu zittern an und jammerte: Woher? Was wissen Sie? Sie Fremdenamt? Sie Papiere? Abschiebung? Arbeitsamt? Nix! Bitte nix. Und wie um ihren einzig verbliebenen Trumpf auszuspielen, zog sie ihren Seidenrock in die Höhe und gewährte einen kurzen Blick auf ihr blaues, von Schamhügel und Schamhaar gewölbtes Unterhöschen. Das war ein unfehlbares Argument. Kost nix. Für dich Spezialpreis! Du ruhig hinlangen, Gipspilot. Schau, zog sie ihr Unterhöschen in die Tiefe, gab den Blick kurz frei auf ein krauses schwarzes Haarbüschel, hier findest du dein Auslangen. Nicht lang gaffen, herlangen. Komm schon, Gipsmensch, worauf warten du?

Nun war ich irritiert, an den Schiefen Turm von Pisa erinnert, wo sich die Prostituierten auch den Männern vom Gesundheitsamt und der Polizei hingaben, wenn mit ihrem Deckel (Gesundheitszeugnis) was nicht stimmte. Ob diese verkleidete Bettlerin tatsächlich meine mir vom Schicksal zugewiesene Bedürftige war? Um ihr verständlich zu machen, dass ich an der Hemdennäherin Yeasmin Kahandahari interessiert war und nicht an einer schnellen Nummer, kratzte ich Vogelkot von einem Hemdärmel, um ihn ihr zu zeigen, aber als ich endlich ein Stück Stoff frei bekommen hatte, war sie schon fort. Die Vögel hatten sie verscheucht. – Yeasmin! Yeasmin Kahandahari, brüllte ich ihr nach. Bleib da!

Was fällt Ihnen ein, schimpfte ich mit den Vögeln, die mich anstarrten wie Bäuerinnen auf dem Markt: gleichgültig und dumpf.

So brach ein Wirtschaftszweig zusammen. Die Buckelweiber. Ein florierendes Subunternehmen der Tourismusbranche. Nicht wenige Zigeunerfamilien wären in gewaltige Existenzsorgen geraten, hätten nicht ausgerechnet heute, als der weibliche Betteleibetrieb beim Vatikan eine unerwartete Rezession erlitt, die sonst eher zum Trinken und Herumlungern disponierten Männer einen abrupten wirtschaftlichen Aufschwung erlebt, gelang es ihnen doch, mit einem völlig neuartigen Vogeltanz den Touristen ebenjenes Geld aus der Tasche zu ziehen, das sonst die Buckligen vor dem Petersdom erbettelt hätten.

Für mich aber ging es weiter im Spalier der Vögel, vorbei an Pizzaschnitten essenden, Bierdosen zerdrückenden oder ein Klo suchenden Touristen, vorbei an Frauen mit keck gerundeten Waden, die im Sturmschritt zu ihren Rendezvous eilten, vorbei an grauen, weißen, grünen Nonnen mit ebensolch kecken Waden, die im Stechschritt zu ihren Abendmessen eilten, vorbei an schwarzen Taschenverkäufern mit Vuitton-Imitaten, die wie schwarze Rosenkranzperlen am Tiberufer standen und deren Polizeifrühwarnsystem so funktionierte wie das der Tauben, wenn sie Körner von der Straße pickten. Einer hielt Ausschau und gurrte bei Gefahr.

Mir war dieses ganze Wirtschaften egal. Inmitten des Vogelschwarms kam ich mir vor wie in einer geschüttelten Schneekugel. Ich trieb dahin, wurde getrieben, mit dem ständigen Gefühl, von etwas gestreift zu werden, von Flugfäden des Altweibersommers, von Spinnweben, Vogelschwingen, Schwanzfedern. Einmal hatte ich den Eindruck, Irmi, Alma und ihre schwarzen Jungs zu sehen. Beide hatten sich zum Zeichen ihre Abscheus vor Sumpfing und den Sumpfingern von Afrikanern schwängern lassen und trugen diese dunklen Kinder nun wie Stigmata, nein, wie Symbole ihrer Freiheit mit sich herum. Aber wie sollten meine Schwestern nach Rom gekommen sein? Wir hatten nie viel miteinander geredet, nicht, weil wir uns nicht ausstehen konnten, sondern weil wir uns nichts zu sagen hatten, weil wir uns zeitlebens fremd geblieben waren. Ihr Auftauchen hatte meine kindliche Idylle nicht bereichert. Am liebsten hätte ich ihnen schon früh die Haxen ausgerissen und sie elendiglich verrecken lassen. Jetzt hatten sie ihre Negerbuben, deren Väter abgehauen waren, freuten sich an den bösen Blicken der Sumpfinger, die sie als schamlose Weiber, schwanzgeile Negerhuren, rassistische Überläuferinnen betrachteten – auch wenn sie nur neidisch waren auf dieses kleine Glück. Aber in Rom? Nein, in Rom konnten die nicht sein.

Ich wurde in Richtung Petersdom geschoben, dachte, dass ich nun auch bald von der Kuppel springen würde, jetzt, wo ich zwar das Geheimnis des Stöhnens nicht gelüftet hatte, aber dafür etwas fühlte, jetzt, wo ich Bayreuth und Almut nicht mehr liebte, mit Heinrich Kim Jong-il, meinem Sohn, nichts anzufangen wusste, mir sein Leben so fremd und unzugänglich war wie Nordkorea, mein ganzes Leben in einer absurden Vögelei kulminierte, jetzt, nachdem ich meine Haptophobie überwunden hatte, jetzt würde ich hier im amtlichen Epizentrum des Nabels der christlichen Welt meiner Bestimmung zugeführt werden, von der Peterskuppel springen und zerplatzen, sodass nichts als ein leerer Hautfetzen von mir übrig blieb. Recht so!

Nur führte mich der Vogelschwarm gar nicht in den Petersdom, sondern rechts vorbei, durch einen Bogen, eine Ziegelwand entlang, um Ecken, vorbei an Wappen, den Knödeln der Medici, den Bienen der Barberini, einem Bienenkorb, gekreuzten Schlüsseln, mitten hinein in den Schauraum der Ausbeutung, in die Vatikanischen Museen, wo sämtliche versteinerten Blähungen irgendwelcher egomanischer Päpste lagerten, die ihrerseits ihre Gebeine in der Papstgarage unterhalb des Petersdomes parkten.

– Zwanzig Uhr zwanzig, sah die Dame an der Kasse auf die Uhr. Die Unterlippe verschwand unter ihrer Zunge. Ihre Augäpfel drehten sich nach oben. Um einundzwanzig Uhr schließen wir!

– Messiastest, Messiastest, antworteten die Vögel. Und anstandslos bekam ich eine Karte. Vierzehn Euro. Ein Vogel zahlte.

Obwohl nur wenige Gefiederte mit hineingekommen waren, sich auch die verbliebenen Ölgötzen keine Eintrittskarte leisten konnten, es nur den Kleinsten, den Putti (Ministranten) und der sechsbrüstigen Frau mit dem Löwenunterleib (Oberhebamme), gelungen war, sich unter den Drehkreuzen durchzumogeln, wurde ich von den vielen, bei den offenen Fenstern hereingeflogen gekommenen Vögeln durch all die Raffaels und Tizians geleitet. Bei einer Darstellung von Platons Höhlengleichnis blieben wir stehen. War nicht auch meine Geschichte so eine Art Höhlengleichnis? Erst die Sehnsucht nach der Höhle, das darin Gefangensein, dann der Ausbruch in eine völlig neuartige Welt und dann … Während ich noch überlegte, ob mein Leben ein gutes Beispiel für das Höhlengleichnis abgab, schob man mich schon weiter, vorbei an der päpstlichen Riesenpinie, durch diverse Sammlungen, Ägypter, Griechen, Etrusker, um endlich eine Art Abfahrtshalle zu erreichen: die Sixtinische Kapelle! Es roch, als sei hier noch der Sommer eingeschlossen. Ich kippte sofort aus den Latschen, war völlig besoffen von diesem Blau, Michelangelos Blau des Jüngsten Gerichts.

Was für ein Blau! Ein Blau wie mein Gefühl! Es war das Blau des Himmels im August, das Blau der Ewigkeit, der Ägäis, das im Rock Marias in seiner schönsten Reinheit kulminierte. Blau, blau, nicht wie die Gäste im Saurüssel, nicht wie die blauen Postlerhemden Papas, wenn er zur Arbeit ging, blau, nicht wie die hervortretenden Adern auf der Poldlschen Wurstantenne, nicht wie dein Gesicht, wenn Papa spätnachts zurückkam und dich verdrosch, sondern blau, was für ein Blau, Blaubeerkuchenblau, Yves-Klein-Blau, Romantikblumenblau, das Blau der Unendlichkeit – ein Blau wie das Stöhnen einer Frau, ein Klimax von Farbe. Ein Schrei der Entzückung. So blau, so blau, so blau …

Schinkenfarbene Fleischmassen hoben sich davon ab, Körperknäuel, muskulöse Wolken, ein frühneuzeitlicher Porno, in dessen Mitte wie im Auge eines Hurrikans ein tanzender, berauschter Jesus stand. Der wackelte herum wie auf einem Surfbrett – kesser Hüftschwung. Daneben, als eine der wenigen komplett verhüllt, die sich großmütig abwendende Maria. Als eine solch unzüchtige Ansammlung muskulöser Fleischberge, als solch anrüchigen Swingerklub hatte sie sich den Himmel nicht gedacht, wohl nicht einmal als Figur der Pietà. Die Himmlischen sahen alle schrecklich ungebildet aus, provinziell, proletarisch, laut. Sogar die Frauen glichen Bodybuilderinnen – wie lauter verkappte Arnold Schwarzeneggers. Als wäre das Jüngste Gericht ein Bodybuilderwettbewerb kurz vor einem Gangbang. Lauter aufgepumpte Körper. Der heilige Bartholomäus, der roh seine eigene, ihm abgezogene Haut hielt, angeblich ein Selbstporträt Michelangelos, der ebenfalls rohe heilige Laurenz mit dem Rost, Petrus mit dem Schlüssel, Katharina mit dem Rad, Sebastian mit Pfeilen und Blasius mit Rechen. Darunter der Verdammte (Frank-Schirrmacher-Gesicht), der von Dämonen in die Hölle hinabgerissen wurde, sich ein Auge zuhielt. Und unten die ausgekochten Teufel, die sich höllisch grinsend an die Schwänze der verdammten Rohlinge hängten oder Fäuste in deren dampfenden Anus trieben, dass ihnen vor Schmerz und Begeisterung die Augäpfel aus den Höhlen sprangen, sie pfiffen wie ein Druckkochtopf. Minos, der Richter der Verdammten, wurde von einer Riesenschlange in den Schwanz gebissen. Daneben sah ich Mark Zuckerberg, Bill Gates, Ingvar Kamprad, Dietrich Mateschitz, Sergey Brin und Larry Page, Hugh Hefner, Silvio Berlusconi, Rupert Murdoch, Frank Stronach, Julius Meinl und all die anderen zeitlosen Wirtschaftskapitäne bei den Teufeln. All die brodelnden Perversionen, die sich die Lebenden so gerne ausdachten, hier waren sie am Siedepunkt, hochgeköchelt von dem schwulen, altersgeilen Michelangelo.

Es ist den Menschen immer leichtgefallen, sich die ewige Verdammnis in all ihren überbordenden Abscheulichkeiten und Grauslichkeiten vorzustellen, während ihnen jeder Himmel als unspektakuläre Ansammlung von öden, lauwarmen Selbstkasteiungsfadlingen und betenden Beweihräucherungsmeistern stets misslungen ist. Nicht in der Sixtinischen Kapelle, da umarmten sich die Liebenden wie Überlebende einer Katastrophe. Sternchenblick, hie und da eine eigentümliche Hingeschmolzenheit. Einige Männer küssten sich ganz unverhohlen, andere hatten die Gier im Blick – und alle dralle Ärsche. Eine große, einzigartige Schwulenphantasie. Während es oben zur Anbetung des Phallus (dargestellt als Säule) kam, umarmten unten sich die Männer, griffen in Achselfalten. Nur die an den Schächer gelehnte Veronika durfte sich gelangweilt selbst im Schoß kitzeln. Maria Magdalena, dargestellt mit kurzem, blauem Haar und den dicken sehnigen Beinen einer Achthundert-Meter-Sprinterin, faltete ihre Hände wie zur Masturbation. Unten spielten Bläser auf, Posaunisten und Trompeter, gab es ein großes Buch der Sünden und ein kleines für die guten Taten.

Das also war das beeindruckende Jüngste Gericht des Michelangelo Buonarroti. Ein Wirbel von Gut und Böse, ein die Menschen erfasst habender Strudel. Einzigartig. Der Beginn der Renaissance.

Heute, im aperspektivischen Zeitalter, findet das Jüngste Gericht nicht mehr im von Raum und Zeit losgelösten blauen Raum statt, sondern in einer profanen, geschmacklos eingerichteten Arztpraxis wie der des Doktor Neunteufel, hier wird einem aber genauso peinlich das Sündenregister hochgerechnet wie an jeder Himmelspforte: Rauchen Sie? Alkohol? Fette Ernährung? Drogen? Erbkrankheiten? Stress? Und die guten Taten? Treiben Sie Sport? Trinken Sie zwei Liter Wasser täglich? Obstrationen? Mit dem unfehlbaren Befund wird dann das eherne Urteil ausgesprochen, Leben, Tod oder ein Fegefeuer in den Fängen der Medizin.

An so etwas musste Michelangelo nicht denken, er konnte noch glauben und idealisieren. Ursprünglich waren seine Figuren alle nackt. Erst ein Schüler Michelangelos musste später dem Drängen lustfeindlicher Kardinäle nachgeben und ihnen Lendenschürzen malen.

Und über allem, nein, kein gottgleicher Primararzt, kein Neunteufel, kein Kaguru, sondern Jonas. Nicht der ehemalige österreichische Bundespräsident und Namensgeber des Jonas-Reindls, eines Straßenbahn-Roulettes an der Wiener Universität, sondern Jonas, der Prophet. Er krümmte sich, als ob er eine Fischvergiftung hätte und die ganze Szenerie brühwarm ins Blaue schiss – weil es ihn, wie man in Sumpfing zu sagen pflegte, ordentlich ausräumte. Vielleicht hatte er zu viel Kraut gegessen? *Gutja gutja torko.* Das Jüngste Gericht ein einziger Jonasscher Durchfall, der die halbverdauten, gargekochten Sünder und aufgetauten Heiligen gleichermaßen in die Tiefe riss? Ein gigantischer Starbucks? Oma hätte daran ihre Freude gehabt. Daneben das, was Jonas schaute, der göttliche Comicstreifen von der Trennung des Lichts und der Finsternis, der Hervorbringung der

Sonne und des Mondes, bei der man den gigantischen Gluteus maximus Gottes zu sehen bekam, bis zur Erschaffung Adams, der Vertreibung aus dem Paradies und dem besoffenen Noah.

– Bloß jetzt nichts sagen, nur nichts singen und nicht rülpsen, setzte ich mich auf eine von unzähligen Touristenärschen vorgewärmte Bank, sonst fallen auch hier die würfeligen Nackedeis mit ihren Blockmalzmännchen-Leibern, die an das von Wachstumshormonen aufgequollene österreichische Skiteam erinnerten, herunter. Bloß nicht singen. Bloß nicht. Mund zu, Hildy. Mund zu.

– Seht ihr?, lächelte ich verlegen zu den Vögeln. Nichts passiert. Ich bin kein Messias, kein Erlöser, nur ein jämmerlicher Hildy. Sorry.

Da, wie ich noch triumphierend stöhnte, erblickte ich inmitten der Touristen, die sich erschrocken ob der vielen Vögel wunderten, dass ihnen ihre Kopfhörer und Reiseführer nichts von dieser Sixtinischen Voliere erzählt hatten, einen abgekämpft dreinschauenden Hasen von amorpher Weichheit: Hornbostel! Sofort fiel mir *Here comes the sun* ein. Da greifst du dir ans Hirn. Ich versuchte es mir zu verbeißen, war aber chancenlos, wie bei einer Geburt die Plazenta drängte *Little darling* nach. Die Buonarroti-Figuren blieben davon unbeeindruckt, ebenso die Bilder von Botticelli und Rosselli an den Seitenwänden. Nichts rührte sich. Die frisch restaurierten Kraftmeier ruhten mitsamt ihren Farbschichten im Putz – und der klebte fest auf dem Gestein, ließ sich von einem *Here comes the sun* nicht aus der Fassung bringen. Nichts rührte sich, nichts fiel herunter. Gott sei Dank.

Die Vögel starrten erst erwartungsfroh zur Decke, schwiegen dann ernüchtert. Bald verzogen sich ihre Gesichter. Kein Zweifel, der Messiastest war fehlgeschlagen, die alte Krähe hatte recht behalten. Ich war ein ausgekochter, aufgekochter Scharlatan. Sofort begann eine heftige Diskussion, was das für ein kleingläubiger Glaube sei, wenn es solcher Wunder bedürfe.

– Billige Zaubertricks!, brüllten die einen.

– Gottesbeweis!, die anderen. Wieder andere meinten, man solle den Schnabel nicht so voll nehmen, sie erklärten alles mit Symbolik, wollten auch so ein Wunder sehen. Schließlich, was war in der Jesuskirche geschehen? Da war doch …

– Vielleicht Täuschung? Ein paranormales Phänomen, krächzten welche. Massenhypnose. Andere hatten es gleich gewusst: Mit Menschen sprechen. So etwas Vertrotteltes hat doch die Welt noch nie gehört. Menschen können nun einmal nicht sprechen, höchstens ein paar Laute imitieren.

– Aber?

Alle stritten. Nur mir fiel ein Stein vom Herzen. Ich lächelte dem Portier zu, wunderte mich, was der schwammige Muttermörder hier zu schaffen hatte, und sang nun etwas lauter: *Here comes the sun, little darling*. Da war an der Decke ein kleines Krachen zu vernehmen. Erschrocken blickte ich hoch und sah das Unvermeidliche: Der den ersten Menschen erschaffende Gott (mit ausgestrecktem Zeigefinger, der sich wie ein halberigierter Penis zu Adams Fingerscham streckte) zitterte. Die ihn umgebenden Engel und Jungfrauen hatten Mühe, ihn zu halten. Ich sah ihre Anstrengung, wie das ganze Ensemble wackelte. Sie sahen aus wie ausgestochene Kekse, die noch im ausgerollten Teig bleiben wollten – obwohl dieser schon hochgehoben wurde. Da merkten auch die Vögel auf, zwitscherten und piepsten voller Hoffnung ob dieser ungeahnten Wendung, einer flog hinauf und zwickte einen Engel in den großen Zeh.

– Engel, sagte eine Amsel, sind unsere Feinde. Engel legen keine Eier, bauen keine Nester, schlafen nicht in Bäumen. Sie haben Kiemen, aber anstatt im Wasser zu tauchen, machen sie uns Konkurrenz.

– Engel sind eingebildete Idioten, meinte eine Taube.

– Mir egal, winkte ich ab. Für mich zählt nur: Ich bin es nicht. Kein Messias der Gefiederten! Kein Vogelerlöser! Kein Geflügelschützer. Ich muss nicht eintreten in euren Swingerklub, ich bleibe erdverbunden. Ihr seht ja selbst, nichts rührt sich. Nichts! Zaghaft blickte ich hoch zu den zitternden Figuren. Eine trockene Hitze umgab alles, kam vom Boden, stieg hinauf zur Decke, wo sich die Buonarroti-Figuren nur noch mit Mühe halten konnten. Überall knackste und zitterte es. *Here comes the sun*, sang ich leise. Ich will und kann es gar nicht sein, ich bin der Sohn von Wirtsleuten, die sich irgendwann trennten, weil sich der Vater versoffen hat und die Mutter nur an ihren Gästen, am Malterrühren und ihrem Strick im Nachtkästchen interessiert gewesen ist. Ich komme aus einer kleinen Gemeinde namens Sumpfing, einer verklemmten Gegend voller verkrampfter Menschen, die nicht sprechen, nur keppeln, sich gegenseitig mit Wörtern wie Ruamzuzler, Jausenblutzer oder Hurenwuzl bedenken. Alles unspektakulär, nichts Herausragendes.

Ein kleiner, verschüchterter Hildy aus einer vergessenen Landschaft, dem man oft gesagt hat, dass er, wenn er so groß wäre, wie er blöd sei, aus der Regenrinne trinken könnte. Und dem man gesagt hat, dass er, wenn er so klein wäre, wie er hässlich sei, sich auf ein Blatt Papier setzen und die Beine baumeln lassen könnte. Ein kleiner, fetter Feigling, dessen Schlankheit und Kühnheit in einem Speckmantel residieren, ein Hildy, der nie etwas riskiert, nur einmal durch Zufall in eine heikle Sache hineingeraten ist, in eine Schlacht, die sich dann später als Demonstration gegen den Opernball herausstellte. Außerdem will ich auch gar nicht, nein. Tut mir leid. Auf Wiedersehen.

– Stell dich nicht so an, sagte ein Vogel.

– Aber ich kann wirklich nicht, beharrte ich, zitterte wie die Figuren an der Decke. Schweiß stand auf meiner Stirn, meine Augen waren weit aufgerissen, erschrocken. Nein, ich kann nicht. Außerdem muss ich jetzt nach Norwegen. Tschüss.

– Und ob du kannst, sagte ein Rotkehlchen, mach ein Seiltänzerinnengesicht.

– Ein bitte was?

– Es war einmal ein Mädchen, das unbedingt Seiltänzerin werden wollte, aber es ging nicht, kaum stand es auf dem Seil, begann es zu wackeln, bekam Übergewicht und fiel herunter. Das Mädchen war hartnäckig, fleißig und ehrgeizig, aber es nützte nichts. Egal, wie sehr es sich auch anstrengte, es fiel doch immer wieder runter. Das ging so lange, bis sein Lehrer sagte: Mach ein Seiltänzerinnengesicht. Hmm, fragte das Mädchen, was soll das sein? Na, ein Gesicht, wie es Seiltänzerinnen eben machen, etwas hochnäsig, leicht geziert. Und siehe da, es rümpfte die Nase, hob die Augenbrauen, und von nun an ging es, wanderte es grazil und sicher übers Seil, als hätte es nie etwas anderes getan.

– Nichts, sprang ich auf, kein Seiltänzerinnengesicht. Da kann ich gleich ein Tutu anziehen. Aber nicht mit mir. Bestimmt nicht. Sprechende Vögel? Und dann sollen vielleicht noch Figuren aus den Bildern fallen? Das wäre ja wie in einem Horrorfilm. Aber an solche Dinge glaube ich nicht mehr. Gut, nachdem ich als Kind *Alien* gesehen hatte, konnte ich wochenlang nicht schlafen, weil ich dachte, der Alien würde sich in unserem Haus, im Saurüssel, verstecken, mir nachts in den Bauch kriechen, aber da war nur die Papahand. Nach dem *Weißen Hai* war ich felsenfest davon überzeugt, dass der Killerfisch jetzt in Sumpfing im Freibad lebte und nur darauf wartete, dass ich mich zu ihm ins Becken wagte. Im Wald vermutete ich Frankenstein, Godzilla, Killerspinnen und in jedem verfallenen Haus Graf Dracula. Ganz zu schweigen von *Halloween, Freitag der 13.* und all den Kettensägenmassakern. Aber damit war jetzt Schluss. Nicht mit mir.

Auf Wiedersehen, drängte ich zum Ausgang. *Here comes the sun.* Doch kaum war ich bei der Tür, hörte ich schon, wie kleine Putzbröckchen herunterrieselten, kurz darauf kamen Pantoffeln angeflogen, die Schriftrolle der Sibylle von Delphi, die Eichelkränze der Statuenfiguren, Jonas mitsamt seinem Fisch, die Schlange, der halbverhüllte Gott, sein Gluteus maximus, die ganzen fetten, schon im Saft stehenden Kinder, Adam und Eva, einmal jung, einmal alt, die eingekochten Massen aus der Sintflut, sämtliche halbgaren Figuren aus dem Jüngsten Gericht, die um einiges kleiner waren als die rohen Propheten und Sibyllen, aber auch die Päpste und sämtliches Volk aus den Botticelli- und Rosselli-Bildern.

1989 waren Prügelpolizisten auf uns zugekommen, jetzt fielen massive Ölgötzen auf Touristen, Vögel, auf sich selbst. Ein ungeheurer Körperhaufen. Alles war mit kalter, glitschiger Haut bedeckt. Es fühlte sich an, als wäre ein großes Zelt eingestürzt. Lauter Körperschichten, Farbschlieren, Hüllen. Das gab erst ein Getöse, Gestöhne, dann ein Gedränge und Geplärre. Panik. Weltuntergangsstimmung. Der reinste Gruselfilm. Ich schrie *Tosca! Tosca!*, worauf aber niemand reagierte. Nur die japanischen Touristen fühlten sich wohl. Für sie war es wie in einer U-Bahn ihrer Heimat. Sie jauchzten begeistert *Hei hei hei, domo arigato gozaimasu*, verbeugten sich vor jedem und versuchten die Heruntergefallenen zu fotografieren.

Und jetzt erkannte ich diese Heruntergefallenen. Halte dich fest, Mama, du wirst es nicht glauben, es waren lauter Sumpfinger. Da war der Poldl im Gewand der Maria Magdalena, brabbelte etwas von Moslemweibern. Kaufmann Korischek hatte den Rost des heiligen Laurenz unter die Achsel geklemmt und wollte ihn verkaufen, der Pofinger, im Gewand vom lieben Gott, hielt seinen Finger in die Höhe, erkannte mich, schrie *Hildy, Hildy, kleiner Ruamzuzler!* Diese Worte waren so unerwartet und blöd, dass ich beschloss, mich verhört zu haben. Da sah ich den Speckbacher Erwin mit einer Flasche Kümmelschnaps, den Schweinhammer Karl, den Kübelböck Reini, alle Gesichter von der Freiwilligen Feuerwehr. Eine widerliche Geschichte. Wie kamen diese Sumpfinger in das Jüngste Gericht? Man würde die Sixtinische in Sumpfinger Kapelle umbenennen müssen. Alle waren nackt, dachten an Drüberkräuln. Plötzlich, völlig unerwartet, wurde mir bewusst, dass ich diese ordinären, aber einfachen Menschen, die doch nur ihren Trieben folgten, diese Beschädigten, die ihre Beschädigung an Unbeschädigte weitergaben, diese groben Menschen, die nichts taten, außer sich in die Sprachlosigkeit zu trinken, um nicht mehr reden zu müssen über die Ungerechtigkeiten, die ihnen angetan worden waren und die sie anderen antaten, plötzlich also wurde mir bewusst, dass ich diese Menschen ein Leben lang geliebt hatte. Erstaunlich, was? Und wie ich noch darüber grübelte, sah ich den Oberteufel mit einer großen Mistgabel einer Lehrerin nachjagen: Papa.

Ich war sprachlos, wurde aber von der ungeheuren Menschen-, Sumpfinger Ölgötzen- und Vogelmasse fast erdrückt, kam mir vor wie unter einer Bettdecke. Mein *Tosca, Tosca* nützte nichts. Ich war gefangen, sah, wie der heilige Bartholomäus Speckbacher seine Haut über einen Teufel stülpte und dabei lüstern lachte, wie sich Maria immer noch von allem abwandte und *Bildet euch bloß nichts ein* flüsterte. *Macht nur weiter so.* Aber wer war diese Maria? Ja, das warst du, Mama. Und ich sah, wie die Trompetenbläser des Jüngsten Gerichts versuchten, Töne aus ihren farblosen Instrumenten hervorzubringen. An der Decke waren nur die leeren Sockel zurückgeblieben, ein ungeheures Nichts. Dort, wo vormals das Jüngste Gericht gestrahlt hatte, war nun eine leere blaue Fläche. Was für ein einsames Blau. So blau, so blau … So blau wie das Meer, wenn man all seine Bewohner herausgefischt und in einen Kochtopf geworfen hätte. Blau wie die Gerechtigkeit. Blau wie die Angst. Gefühlsecht, wie es auf Kondomen, auf Blausiegeln stand. So blau …

Ich traute meinen Augen nicht. Erst recht, als nun, von dieser ganzen tumultuösen Szene völlig unberührt, die Aufseher kamen. Doch sorgten die für Ordnung? Sahen sie auf? Befahlen sie die Heruntergefallenen zurück an ihren angestammten Platz? Schickten sie die Sumpfinger zurück in ihre Heimat? Nein! Wie ein Rudel buckliger Kellner waren sie, riefen *Sperrstunde! Wir schließen!* und drängten alle raus.

Diesen vertrottelten specknackigen Wärtern fiel gar nicht auf, dass etwas Ungeheuerliches geschehen, die Decke leer war wie ein abgeräumter Tisch. So war auch den Polizisten damals nicht aufgefallen, dass die eigentlichen Chaoten, Verbrecher und Staatsfeinde nicht vor der Oper randalierten, sondern in der Oper feierten. Doch die Wärter konnten nicht einmal in der Ansammlung von Nackedeis, Bodybuildern, Drüberkräulern, Rauschgesichtern und Vögeln etwas Ungewöhnliches erkennen. Nicht einmal die plattgedrückten, eingerollten Ölgötzen fielen ihnen auf, nicht einmal der *Moslemweiber* glucksende Poldl. Oder sollten diese Aufseher, die ihr halbes Leben in den Vatikanischen Museen verbracht hatten, überhaupt noch nie aufgeschaut haben, um sich die Kunstwerke anzusehen? Waren ihnen diese Bilder so gleichgültig wie einem Totengräber die Leiche, einem Kellner das Menü oder einem Prügelpolizisten *Tosca*? Sie weigerten sich einfach, die auch für ihre Wärterexistenz brenzlige Situation wahrzunehmen, das Verschwinden der Dargestellten zu bemerken. Wie ein plötzlich an Alzheimer Erkrankter es ablehnt, seine Krankheit anzuerkennen, und sich prompt verläuft, weigerten sich diese uniformierten, nur an ihren Feierabend denkenden Aufseher, hinaufzusehen, die Leere zu erblicken, das beängstigende Nichts. Nicht einmal die Heruntergefallenen fielen ihnen auf, nicht einmal die Schabernack treibenden Teufel mit den Feuerwehrgesichtern, nicht einmal die Schlange des Minos, die jetzt einen Japaner biss, und auch nicht, dass einigen Touristen große Farbfetzen auf dem Kopf klebten, andere mit lebensgroßen bunten Decken rangen, manche darauf herumtrampelten, andere keine Luft bekamen. Eine seltsam ruhige Panik hatte die Menschen erfasst, eine Panik wie in einem Horrorfilm, wenn sich das Grauen erstmals zu erkennen gibt. Und die Wärter? Diese Zombies ihrer eigenen Routine merkten nichts. Wie Kellner, die nach der Sperrstunde alle Stühle auf die Tische stellen, sorgten sie für besenreine Ordnung, kehrten sie die verstörten Touristen, geilen Sumpfinger Ölgötzen und begeisterten Vögel durch die Pinakothek ins Freie. Ein Hetzen wie bei einem Almabtrieb. Die Wärter scheuchten, klatschten, riefen *Sperrstunde! Wir schließen!*, und die Touristen und Runtergefallenen rannten, während die Vögel über ihnen eine große dunkle Wolke bildeten. Wie Viecher wurden alle vor die Tür gesetzt. Riegel zu und fertig.

Draußen stand schwere, warme Luft. Außerdem ein Getränkewagen, dessen bunte Glühbirnenschlangen und Neonschriften in der Finsternis glitzerten.

– Hunger!, brüllten die Ölgötzen. Hunger! Wir haben seit vierhundertfünfzig Jahren nichts mehr zwischen die Rippen bekommen. Und auch damals nichts als Steine, Kalk und Putz.

– Gulasch, brüllte Pofinger.

– Knackwurst, ergänzte Poldl.

– Habt ihr Geld?, fragte der Besitzer.

– Geld? Was ist das?

– Könnte man nicht Vögel fangen und grillen? Ich hätte einen Rost, sagte der heilige Laurentius mit dem Korischekgesicht.

– Und ich einen Spieß, war der heilige Sebastian Kübelböck zu hören.

– Ich erschlag sie mit dem heiligen Buch, brummte Johannes.

– Ja!, brüllten alle. Grillen! Grillen!

– Schweine, piepsten die Vögel. Rohlinge! Sie zogen es vor, in der Luft zu bleiben.

– Gehen wir in ein Wirtshaus, brummte Petrus – das war der Metzger Butterweck. Er hielt einen gigantischen knochenfarbenen Schlüssel in der Hand, mit dem er unaufhörlich auf den üppigen Popo der jungen Eva, die seltsamerweise Omas Kopf trug, klopfte.

– Ja, in ein Wirtshaus!, brüllten sie jetzt und rannten wie Viecher zum Futtertrog in die erstbeste Wirtschaft. Eine Touristenfalle, wo man unter grünen Plastikmarkisen auf billigen Stahlrohrmöbeln saß, wo man für aufgewärmte Nudeln und ungenießbaren Fusel, der den Namen Frascati nicht verdiente, Unsummen verlangte, aber egal, die Heruntergefallenen hatten ohnehin kein Geld.

Ich wäre auch gerne in die Touristenfalle gegangen und hätte eine lauwarme Lasagne mit viel billigem Parmesanstaub gegessen, doch eine starke Hand hielt mich zurück. Erst dachte ich an eine Michelangelo-Figur, dann an einen Polizisten, doch nein, es war Hornbostel. Der Muttermörder! Ein Blick wie Jack Nicholson in *Shining*.

– Ödipus? Sie? Sie verfolgen mich? Was wollen Sie von mir? Wenn es wegen der Hotelrechnung ist … Wollen Sie mich auch wie Ihre Mutter … Oder wegen diesem Wellensittich?

Der dicke Hase fixierte mich mit heißen Augen, nahm mich an den Schultern und rezitierte mit monotoner Stimme: I-in mein Zimmer wiederkehrend und zu-um Sessel flüchtend, während Scha-atten meinen Blick umflorten, hörte ich von neuem klo-klopfen, diesmal aber etwas lauter, gleichsam kecker und vertrau-auter. A-an dem Laden ist es, sagt' ich, und mich zu erheben wagt' ich, sprach mir Mut zu mit den Wo-orten: Sicher sind es Regentro-tropfen, weiter nichts als Regentro-tropfen.

– Ödipus! Mensch! Kommen Sie zu sich! Denken Sie an Ihre Hausordnung!

Jetzt vibrierte seine Nase, und er begann mich zu schütteln.

– I-ich weiß nicht, was Sie hier treiben, do-do-doch es geht zu weit. Da greifst du dir ans Hirn.

– Hornbostel! Hören Sie zu. Sie müssen mir helfen, man glaubt … Die Vögel … Und in allen Kirchen … Alles fällt herunter … Happalo … Sie haben es selbst gesehen … Und dann sind es Sumpfinger … Leute aus meinem Heimatdorf …

Doch er ließ mich gar nicht ausreden, sagte, dass ihn das

ü-ü-überhaupt nicht i-interessiere, a-aber wenn hier schon für das Jüngste Gericht geprobt würde und ich o-ohnehin von seiner Schuld wisse, wobei die Mutter a-alles selbst zu verantworten habe, alles! Bo-Bo-Boglomov, blinzelte er mir zu, jawohl, selbst schuld, der alte Drachen, soll sich schämen, so könne er, der a-alles auf sich nehme, sich jetzt wie Judas einen Bau-Baum suchen, mir do-doch nichts schuldig bleiben und müsse mir daher, bevor es Frösche regnete, Heu-euschrecken, Jauche, Na-Na-Nasenrammel, und überhaupt a-alle sieben Plagen der a-a-apokalyptischen Hausordnung über u-uns hereinbrächen, sagen, dass im Hotel eine Frau für mich a-angerufen habe. Da greifst du dir ans Hirn. A-abgesehen davon habe er schon viel erlebt, a-aber so-o etwas, schon bei der bis zum letzten Fläschchen geleerten Minibar hä-hätte er stutzig werden mü-müssen, spätestens bei der nächtlichen Po-Po-Pomaranzev-Befreiung wäre es a-angebracht gewesen, die Po-Po-Polizei zu rufen, aber man sei zu gut, zu gut, und da-dann noch die ungeheuerliche Sache mit dem Frühstücksei. Glo-Globalisierungsgegner! Da, da greifst du dir ans Hirn. Man sei zu gu-gut. Jeder a-a-andere hätte längst die Po-Po-Polizei … Gut, nicht a-alle Gäste könnten so-o a-angenehm sein wie die Damen von Tutut, Tu-Tu-Tupperware Tü-Tübingen, o-obwohl au-auch die einen lästigen Chauffeur hätten, Va-Va-Vaselina, aber … gut, A-Ali A-Agcas Zimmer, hätte man ga-gar nicht mehr vermieten dürfen, a-aber trotzdem … Schau … Man sei zu gut … zu gut …

– Eine Frau? Für mich? Wie hieß sie? Bayreuth? Almut? Die Norwegerin? Es war einundzwanzig Uhr, in einer Stunde sollte ich im La Carbonara sein. Hatte sie abgesagt?

– I-ich weiß ni-icht, nein, sie hat etwas von einem Papierflieger-ger in der U-U-U-Bahn erzählt und gela-acht. Pilot – Pa-Papierflieger. Jetzt lächelte auch Hornbostel.

– Ein Papierflieger? In der U-Bahn? Und? Wie sah sie aus? Langes braunes Haar? Ach so, das können Sie ja gar nicht wissen, aber ... Sie müssen wissen, diese U-Bahn-Frau, zweimal bin ich der begegnet, einmal gestern nach dem Frühstück, ich mit dem Frühstücksei, da schob sich ein Sattelschlepper zwischen uns, das andere Mal, eine Horde Schulkinder, und jedes Mal war sie nachher wie vom Erdboden verschluckt ...

Doch da hatte sich der Hotelportier schon umgedreht und war verschwunden.

Ich wollte ihm hinterher, wurde aber von entsetzlichen, aus dem Vatikan kommenden Schreien zurückgehalten. Hubschrauber surrten wie Libellen durch die Nacht, und im kleinen, an einem Sonnenschirm des Restaurants montierten Radio wurde durchgegeben, dass soeben ein entsetzlicher Terrorakt gegen die gesamte Christenheit, ein Anschlag auf die Sixtinische Kapelle und die Kirche vom Heiligsten Namen Jesu stattgefunden habe, bei der alle Freskengemälde übermalt worden seien.

Man verwendete das Wort übermalt, weil man sich nichts anderes vorstellen konnte. Hätte man verkündet, dass die Bilder einfach verschwunden waren, herausgelöst aus dem Verputz, abgehauen, desertiert, man hätte damit rechnen müssen, dass Ufogläubige, Weltuntergangsfreaks und andere Sektierer das nahe Ende prophezeiten, viel Staub aufwirbelten und alle verrückt machten. Tatsächlich fanden die apostolischen Wissenschaftler keine Erklärung, vermutete man einen dramatischen, bisher unbekannten Zerfall der Farbpigmente, eine Art beschleunigter Farbthrombose, Gemäldekrebs, und war verwundert, dass keine Staubhäufchen zurückgeblieben waren, nur, was man sich nun gar nicht erklären konnte: Federn. Sollten etwa die Vögel? Raubelstern? Oder Indianer? Vielleicht auch Parasiten? Winzige Farbfresserchen? Hausstaubmilben? Oder Chinesen? Hatte nicht unlängst sogar der geistig verstaubte Papst gesagt, in zwanzig Jahren wären wir völlig von den Chinesen unterwandert? Sie seien jetzt schon da. Wir würden sie nur noch nicht sehen. Sie würden Gras und Häuser fressen, von Frauen die Schambehaarung und überhaupt alles, was man sich nur vorstellen konnte. Vielleicht also auch Bilder von den Wänden? Die Chinesen … Aber seit wann trugen die Federn?

Warum aber ausgerechnet die Sixtinische Kapelle und die Jesuskirche betroffen waren, blieb rätselhaft. Man fürchtete, dass sich nun auch alle anderen Kirchen in Gefahr befänden, forderte Terroreinheiten an, riegelte sämtliche Kirchen und Museen ab. Eine Katastrophe! Vor allem für die Kunstgeschichte, den Tourismus und die Politik, denn wie sich schnell herausstellte, war man völlig unterversichert.

Während die Experten stritten und sich wichtigmachten, Kunsthistoriker reihenweise kollabierten, Kardinäle fluchten und Maler beauftragten, die verschwundenen Kunstwerke schnellstens wiederherzustellen, während sich der Papst Maggi in die Augenringe träufelte und auf ein Mysterium hoffte, wunderten sich viele Römer über bunte Staubhäufchen, die auf Stühlen, Betten oder Böden auftauchten. In Hotels sollte es vorkommen, dass ein Hotelgast nicht nur sein Zimmer nicht bezahlte und sich spurlos aus dem Staub machte, was ja häufiger geschah, sondern auch noch ein ebensolches, aus bunten Partikeln bestehendes Häufchen zurückließ. Wahrscheinlich eine Bande. Man hätte die Vorauszahlung wiedereinführen müssen, aber darauf ließ sich kein Hotelgast ein.

Es kam vermehrt zu Raufhändeln und Vergewaltigungen, der Alkoholkonsum stieg drastisch. Typisch Sumpfing! Überall wurden hypertonische Basketballspieler mit Säufernasen gesichtet, die dann spurlos verschwanden. Ein typisches Beispiel von Massenhypnose, verkündeten die einen, während andere eine Epidemie befürchteten, auf die Gentechnik schimpften oder das Zeitalter des Teufels ausriefen. Die Polizei bekam es mit aufgebrachten Geschäftsleuten zu tun. Restaurantbesitzer, Friseure und Taxifahrer, denen die Kunden im wahrsten Sinne zerbröselten, forderten für solchen, wie sie es nannten, Lurch die Wiedereinführung öffentlicher Hinrichtungen und verbrannten zur Bekräftigung ihrer Argumente eine den Justizminister darstellende Puppe. Die staubgraue Behörde speiste alle mit dem Hinweis ab, dass es sich um eine neue Mafia handeln und man daher vorsichtig sein müsse – was nun auch Kaiphas und seine ehrenwerte Familie auf den Plan rief. Konkurrenz? Na, diese Staubheinis konnten was erleben.

Von den Medien wurde der Name Aschenbande kreiert. Niemand aber kam auf die Idee, die Zerbröselten mit den verlorengegangenen Bildern zu verbinden, sonst hätten findige Geschäftsleute die Häufchen in Flaschen gefüllt und zu Höchstpreisen verkauft.

Natürlich, Mama, müsste ich nun angesichts all dieser ungeheuerlichen Geschehnisse direkt vom Hotel Orient zur Polizei gehen. Aber erstens hatten wir noch nie ein besonderes Verhältnis zur Exekutive, und zweitens sind die Menschen an der Wahrheit gar nicht interessiert. Im Gegenteil, die Überbringer der Wahrheit werden lächerlich gemacht, verdammt, ins Irrenhaus gesteckt, manchmal sogar umgebracht. Die Menschheit hat überhaupt kein Interesse an der Wahrheit, macht es sich lieber in der Lüge bequem. Darum erzähle ich diese wahre Geschichte auch nur dir, Mama, und zwar genau so, wie sie sich zugetragen hat. Die Menschen würden mir nicht glauben, nichts verstehen.

In der Bibel heißt es: Und Gott schuf den Menschen zu

seinem Bilde, zum Bilde Gottes schuf er ihn. Dabei müsste es heißen, ich schuf mich und mich war mir.

Was bedeutet das? Gott ist ein Ebenbild des Menschen? Oder gar ein Mensch? Ich? Was sonst? Nur, wie will so ein Homo defectus das unendlich brutale Universum, in dem jeder jeden frisst, und eine nie beginnende und nie endende Zeit ersinnen? Eine Zeit ohne Zeit? Einen Ort ohne Raum? Eine Physik ohne Higgs-Teilchen? Wie ein alle Vorstellungskraft sprengendes Universum? Wie Unendlichkeit? Ein Ich? Kann dieser Bibelsatz vom Ebenbild Gottes also etwas anderes meinen, als dass in jedem Ich (also auch in mir und dir und Oma und Prügelpornopapa und dem Poldl mit seinen Moslemweibern und seiner Wurstantenne) nicht nur zweitausend Bazillen, Bakterien und sonstige Kleinstwesen leben, sondern auch etwas Göttliches? Ein demiurgischer Untermieter? Ist das die Wahrheit?

Aber nicht nur der Mensch, auch jede andere Spezies sieht Gott als einen der ihren. Der Gott der Blattläuse ist eine Blattlaus, und der Gott der Hängebauchschweine ist ein Hängebauchschwein, wie der Gott der Seegurken eine Seegurke ist. Der Gott der Pfaffen ist ein Pfaffe, ein Künstler ist der Gott der Künstler, und für Kindergärtnerinnen ist das höchste vorstellbare Wesen eine Pädagogin. Nur die Wissenschaftler weigern sich, Gott als einen Wissenschaftler zu akzeptieren, der mit dem Universum eine experimentelle Versuchsanordnung aufgestellt hat, welche über kurz oder lang Wissenschaftler gebiert, die sich ihrerseits für kleine Götter halten. Sie sagen, wenn Gott wirklich für so wunderbare Dinge wie Tiere oder Pflanzen verantwortlich ist, wie kann er dann Gebote erlassen, die es einem verbieten, mit einer Nachbarin rumzumachen? Und wie kann er es nicht gutheißen, dass sich Männer Kondome überziehen, Frauen die Pille schlucken, man ungewollte Föten ins Nirwana schickt?

Die Wissenschaftler formulieren das natürlich anders, theoretischer, aber im Grunde meinen sie dasselbe. Sie wollen keine Konkurrenz, keine höhere Instanz, geben keine Ruhe, bis Gott nicht widerlegt ist, erklären die gesamte Schöpfung für widersinnig, Zahn- und Gebärschmerzen für unnötig, sagen, dass es viel weniger Leid auf Erden gäbe, wenn sich zum Beispiel alle Lebewesen wie die Pflanzen durch Fotosynthese ernähren würden, sie erinnern an den grünen, Blätter fressenden Löwen im Paradies.

Kein Wunder, dass diese alles anzweifelnden Hirnwichser, wie man sie in Sumpfing nannte (Cerebrum-Masturbateure), die ihr Wissen vor sich hertragen wie einen monströsen Pimmel, nicht einsahen, dass gerade Gott von den Schmerzen, der Angst und dem Leid lebt, dass er das braucht, damit ihn jemand sucht, wie auch der Mensch nicht zum Glück strebt, sondern zum Leid, sich deswegen wie Prügelpornopapa jeden Tag ein Brieflos kauft, um mit einem Leider-Nicht seine Ration an Unglück zu kassieren, seine tägliche Demütigung, damit es wahr ist. Kein Wunder also, dass diese gelehrten Staubscheißer auch das Verschwinden der Fresken nicht akzeptieren konnten. In der Sixtinischen Kapelle und in der Kirche vom Heiligsten Namen Jesu standen sie vor einem Rätsel, stellten Berechnungen und Theoreme auf – vergeblich. Alle Überlegungen entpuppten sich als Nieten. Leider nicht.

Ist Gott auch für die Fleischwölfe ein Fleischwolf? Für Feuerwehrschläuche ein Feuerwehrschlauch? Für Staubsaugersäcke ein Staubsaugersack? Und für Häuser? Die alten Häuser Roms waren wie geschminkt, samtig, rosa, Schicht auf Schicht, als wären ihnen seit zweitausend Jahren ständig neue Häute gewachsen. Die Römer aber, diese Abkömmlinge von Wolfsgesäugten, deren Gott ein Wolfsgesäugter ist, lärmten, sangen, pfiffen, dass es die Poren dieser Häuserhaut verschloss. Sie lebten nach der cartesianischen Maxime *Ich schreie, also bin ich*. So war es nicht verwunderlich, dass in diesem pulsierenden Radau die Vogeltraube gar nicht auffiel.

– Der Messias! Der Messias ist da, jubelten die gefiederten Gesellen (Swingerklub) und trieben mich vorwärts.

– Herrschaften, es ist bald zehn Uhr, und selbst wenn bei meinem Anblick Fresken von den Wänden fallen, ich habe eine Verabredung mit einer derben, verschwitzten Schönheit, einer norwegischen Walküre! Euch mag das nichts bedeuten, aber mir … ein Ziel für meine Virilität. Ich fühle … ich bin angreifbar und griffbereit …

– Du bist verheiratet!

– Was geht euch das an? Außerdem hat das Elefantenmädchen solche Schinkenpranken, ihr Gesicht ist in Fett gebettet, und als Heinrich klein war, hat sie mit ihrem Mund den Rotz aus seiner Nase gesogen … Eine Polstermanie, überall Polster, schließlich hat sie sich selber welche angegessen, sich mit Fett gepolstert … Jedenfalls trennen sich hier unsere Wege.

Allmählich hatte ich diese kreischenden Messias-Wahnsinnigen dicke, wollte mich verdünnisieren, mich irgendwohin zurückziehen und mich in meiner neu entdeckten Empfindung und Angriffslust suhlen. Aber solch schlanke Argumente ließen die Gefiederten nicht gelten, sie stießen mich vorwärts, weiter, raunten mir ins Ohr: Leider nicht. Einen Dreck wirst du, sonst brechen wir dir das Gesicht. Jetzt heißt es zur Sache kommen, zur Wahrheit.

– Das Gesicht brechen? So reden Zuhälter.

– Weiter. Vorwärts.

– Aber die Norwegerin?

– Frauen! Was haben Frauen mit Hurrikans gemeinsam? Bei beiden beginnt es mit einem warmen Blasen, und am Ende hat man kein Haus mehr. Ein Rabe lachte.

Plötzlich war da etwas Schwarzes und Erschreckendes. Mir stockte das Herz. Es roch nach Brand, der Boden glühte unter meinen Füßen. Ich zitterte, war willenlos. So trachtete eine höhere Macht danach, mich zum Werkzeug zu machen, ging es vorbei an jugendlichen Herumlungerern, Eisleckern, Pizzaessern und einer Demonstration der Anti-Abtreibungs-Liga. Ja, so etwas gibt es, Mama, eine militärisch strukturierte Armee kompromissloser Abtreibungsgegnerinnen, deren Gott eine Abtreibungsgegnerin sein muss. Ich kannte diese Generälinnen seit meiner Zeit als Hebammer – und ich beneidete sie für ihre Wahrheit, der sie alles unterordneten. Auch jetzt protestierten sie vor einer Klinik, brüllten: Abtreibung ist Mord! Jeder Fötus ist ein Gottesgruß! Unser Wille: keine Pille! Außerdem beteten sie wie besessen und in einem Höllentempo Rosenkränze, weil sie allen Ernstes glaubten, jeder heruntergeleierte Rosenkranz würde einem Embryo das Leben retten, ihn beschützen vor dem großen Leider-Nicht. *Gegrüßet seist du, Maria, voll der Gnade …* Manche ballten die Fäuste, andere küssten ihre Rosenkränze. Ketten mit tränenförmigen Glasperlen, in denen kleine graue Plastikföten eingeschlossen waren, die aussahen wie die Plomben des E-Werks am Stromzähler. Die Damen von der Anti-Abtreibungs-Liga, allesamt bärbeißige Matronen und großbezinkte Zangen in üppigen Rüschenblusen, knielangen Röcken, Kniestrümpfen und absatzlosen Schuhen, die, wenn überhaupt, nur durch Zufall geschwängert wurden, *du bist gebenedeit unter den Weibern, und gebenedeit ist die Frucht deines Leibes,* waren überzeugt, dass Gott (die Strengste der ihren) die Abtreibungen so abgrundtief hasste, dass sie aus Rache für jeden Abortus einen kleinen Teufel auf die Erde schickte. Also musste man ununterbrochen beten, *jetzt und in der Stunde unseres Todes,* einen Rosenkranzschutzwall errichten, um die Teufel abzuwehren – oder Hebammen (in ihren Augen Gehilfen des Beelzebubs, weil sie sich in den Pelzchen zwischen den Beinen zu schaffen machten) beschimpfen. Du kannst dir nicht vorstellen, Mama, was ich damals von diesen fanatischen Abtreibungsverteuflerinnen alles zu hören bekommen habe. Aber jetzt, als uniformierten Golem im Vogelschwarm, erkannten sie mich nicht, beteten und schrien sie weiter verbissen fröhlich vor sich hin: Abtreibung ist Mord! Jeder Fötus ist ein Gottesgruß! Unser Wille: keine Pille!

Ich fühlte beim Anblick dieser kleinen, lächerlichen Kundgebung etwas, nämlich die Lust, meine neu entdeckte Berührbarkeit an jemandem zu erproben. Also löste ich mich von den Vögeln, stürzte mich *Touché! Touché!* brüllend auf die Damen, griff einer auf den großen Busen, einer anderen in den weichen Bauch, bei einer dritten erwischte ich den Rosenkranz, der riss, dass alle Perlen auf die Straße spritzten. Einer vierten tappte ich auf den Hintern, was einen kalkigweißen Abdruck hinterließ.

– Teufel, kreischten die von einer jähen Adrenalinausschüttung beflügelten Abtreibungsgegnerinnen. Die meisten waren noch nie unsittlich berührt worden. Sie liefen rot an, fühlten sich zuerst geschmeichelt, dann provoziert, fassten sich und schlugen mit ihren Handtaschen und Protesttafeln auf mich ein. Dir werden wir es geben, du Verbrecher! Du Büttel der Pharmaindustrie! Du … Jetzt fühlte ich etwas anderes, Schmerzen. Hätten mir die Vögel nicht geholfen, die Matronen hätten mich gelyncht.

So aber ging es weiter. Wieder trugen mich die Vögel. Ein Verkehrspolizist beachtete uns nicht. Der stand auf einem schwarz-weiß gestreiften Podest und war ganz auf seine Vorführung bedacht, auf sein Winken, Hinterherpfeifen und Mit-dem-Notizblock-Drohen. Manchmal klopfte er auf seinen weißen Helm oder fasste sich an die langen Ärmelschoner. Es war ein einzigartiges Schauspiel. Ein Maestro, der den Verkehr dirigierte und mit seiner Pfeife kleine Melodien pfiff.

Daneben küssten, nein, verschlangen sich zwei Menschen. Sehnsüchtig sah ich hin. Berührung! Allerdings waren es Männer. Beide! Sie küssten sich nicht wie russische Genossen, wenn sie auf dem Roten Platz eine Parade ausstehen mussten, nicht wie Schauspieler vor einer Premiere, ein Gläubiger den Papst, sondern innig, heftig (so wie die Propheten im Jüngsten Gericht Michelangelos), dass man sich direkt das Schleifpapier auf den Wangen, die vorgestülpten, wie Hühnerärsche aus den Gesichtern rausstehenden Lippen vorstellen musste. Lüstern. Wahrhaftig.

Ich hätte vielleicht auch schwul werden können, einfach einen Schalter umlegen, von Wechselstrom auf Gleichstrom umpolen, mein Begehren auf Männer schwenken. Ob das auch mit anderen Objekten möglich war? Mit Schafen, Leichen oder Kürbissen? Mit Ziegen, denen die Eier beim Hals rumbaumelten? Vielleicht sogar mit Tischen, Staubsaugern, Flaschen oder mit Abtreibungsgegnerinnen, Polizisten? War das Begehren eine Flüssigkeit, die dort hineinlief, wo sich eine Öffnung bot? Manchmal wollte ich sogar schwul und tuntig sein, Tische, Staubsauger oder Flaschen wollte ich weniger begehren. Obwohl, du kannst dir gar nicht vorstellen, was Proktologen und Gynäkologen alles aus Därmen und Gebärmuttern herausholen. Nicht nur gefrorene Fische wie bei dem Politiker im Stundenhotel. Auch Sparbücher, Mäuse, Rosenkränze, Bierdosen, Sonnenölflaschen, Badeenten, Nachttischlampen, Ratten, Stromzähler, tote Papageien, das Kommunistische Manifest … Das konnte man sich in Sumpfing gar nicht ausmalen. Aber da schimpften auch alle auf die Schwulen, besonders die, die mir so wie der Kameradschaftsbundobmann Pofinger kameradschaftlich zwischen die Beine griffen, um zu ertasten, ob Mann, ob Weib …

Aber ich bin nicht schwul geworden – sonst hätte mich Bayreuth nicht genommen, die hatte dafür einen Riecher, verdächtigte alle und jeden. Im Gegensatz zu Almut, die mit ihrer Gitterrostneurose genug zu tun hatte. Ich bin immer gerne über Gitter gegangen, die warme Luft mit Gerüchen aus Großküchen oder Garderoben war mir immer angenehm. Aber wie ich es auch anstellte, das Elefantenmädchen verdächtigte alle der Schwulität (schon wenn einer das Versteckspiel *kalt – warm – wärmer* spielte), und Almut wich den Gittern aus, hatte Todesahnungen, stöhnte aber. Ob zwischen Stöhnen und Gitterphobie ein Zusammenhang bestand? Cola light? Ich dachte an ihr Tagebuch, dieses schlichte Büchlein mit dem schwarzen Nappaledereinband, den nie herausgerissenen Kalenderblättern von 1995.

Mitten auf der Straße, eingekreist von einer Traube Vögel, gefolgt von Kindern, die uns kleine Steinchen nachwarfen, fiel mir dieses Tagebuch ein, vollgeschrieben mit kleinen, verschnörkelten Buchstaben (Strickmaschen), das ich auf Island in mich hineingewürgt hatte, bis mir vor lauter Liebesbezeugungen, Treueschwüren und Abkürzungen (LD, CL, KGW, DVD etc.) übel geworden war. *HSN, Hildy spricht nicht, interessiert sich nicht für mich, kommt mir zunehmend gefühlskälter vor,* stand da zu lesen. Sätze wie: *Es scheint ihn nicht zu stören, wenn wir uns anschweigen. Ein emotionaler Analphabet. Er weigert sich, zum Arzt zu gehen, um sich die Schilddrüse kontrollieren zu lassen. Ich habe ihn bei einem Kuschelkurs angemeldet, aber er ist nicht hingegangen. Er weigert sich, mich zu berühren, sagt, er hat Angst vor Ansteckung. Dabei bin ich ganz gesund. Ich versuche ihn mit kleinen Lügen aus der Fassung zu bringen, seine Krusten aufzubrechen, habe ihm eine erdichtete Geschichte vom SB (Seebaron) erzählt, aber nicht einmal darauf hat er reagiert. HSN. Freude ist ihm fremd, wenn wir aufs Meer schauen, sieht er nur den Müll. Er hat Angst, sich einzulassen. HSN. Manchmal ist er RU (richtig unheimlich), so als ob er in einer anderen Welt lebte. Dass er pervers ist, weiß ich ja schon länger … früher hat er das kaschiert. Jetzt ist er bloß noch an den Aufnahmen meiner OS (Orgasmusschreie) interessiert. Er ist wie besessen. SS (sexsüchtig). Vielleicht ist er auch GK (geisteskrank)? Manchmal habe ich das Gefühl, der Teufel selbst stecke in ihm. Wenn ich ihn darauf anspreche, sagt er nur, dass er nun einmal so ist, nichts empfindet …*

Ich wollte damals etwas hineinschreiben, irgendeinen Blödsinn wie *Meine Familie hat einen Gendefekt, wir können nicht nach Hause gehen* oder *Ich möchte gerne zärtlich von hinten in dich eindringen* oder *Heute habe ich ins Waschbecken gepisst, den Gekreuzigten bespritzt* oder *IHA, ich hasse Abkürzungen*. Ich wollte ihre Reaktion sehen, wenn sie dahinterkam, dass ich, während sie im Badezimmer war, Wimpern auszupfte, sich anmalte, badete, ihr Tagebuch gelesen hatte.

Es war immer schon mein Antrieb gewesen, hinter Geheimnisse zu kommen, Menschen zu durchschauen, das Verdrängte, Bestgehütete herauszukitzeln. Vor der Stöhnerei hatte ich Psychiater werden wollen. Und davor waren Geräte meine Leidenschaft gewesen. Kein Radio, Fernseher, Staubsauger, den ich nicht auseinandergenommen hätte, sogar Tiere hatte ich (gemeinsam mit Rufus) zerlegt, versucht, sie zu verstehen, hinter ihr Ich zu kommen. Aber sowohl die Tiere als auch die Geräte waren nach diesen Operationen meist irreparabel gewesen. Keine Schublade war vor mir sicher. Immer interessierte mich der Inhalt fremder Badezimmerkästen und Toilettetäschchen. Weißt du noch, Schmidtchen Schleicher habt ihr mich genannt, weil ich überall rumgeschlichen bin, überall nachgesehen habe. Noch heute kenne ich die Inhalte sämtlicher Kästen und Laden bei uns daheim, Mama. Aber war ich jemals hinter was gekommen? Hatte ich je etwas entdeckt (außer Papas Pornos und den Strick bei dir im Nachtkästchen)? Nein!

Dabei suchte ich in diesen Möbelstücken und Radiogeräten, Staubsaugern, Tieren und Tagebüchern immer nur das eine, mich selbst, weil ich wissen wollte, wie ich funktionierte. Mein Gefühl! Aber ich kam auf nichts, blieb an der Oberfläche, an den Übergriffen im Saurüssel, den hässlichen Wörtern zwischen Toast Hawaii, Chefsalat und überbackenem Emmentaler, den Zungenküssen und Begrapschungen zwischen Rüscherl, Cola-Rum, U-Boot, Seniorenteller und Eierlikör.

Die meisten Menschen hatten nicht mehr Tiefe als die heruntergefallenen Ölgötzen. Sie wollten geliebt werden, gut leben und das tun, was ihnen Spaß machte. Aber sie suchten trotzdem einen Sinn im Leben, glaubten an Gott als ihr Ebenbild oder Wiedergeburt, an Fußballvereine oder Kunst, an Hausordnungen oder Kanalgitter, an Rosenkränze oder Kürettagen, waren aber im Grunde recht zufrieden mit ihrer Existenz, wollten kein Messias sein, schon gar nicht einer für die Vögel. Warum also ausgerechnet ich? Weil ich jetzt fühlte? Aber warum heute? Ausgerechnet jetzt, wo mich ein norwegischer Beertender erwartete?

Inzwischen waren wir in einer Papageiensiedlung angekommen. Kaninchenställe, Zündholzschachteln aus Fertigteilbeton, wo du nicht einmal einen fahrenlassen kannst, ohne dass bei deinem Nachbarn der Boden zittert. Eine triste Vorstadtgegend mit aufgerissenen Straßen, in der Putz von bunten Plattenbauten blätterte, Satellitenschüsseln wie Pilze auf Fassaden wucherten, Wäsche von Balkonen hing. Fußballfahnen. Lazio Rom.

Hier lebten Friseure, Busfahrer, Kanalarbeiter und die anderen modernen Knechte, deren Versklavung so weit gediehen war, dass sie selbst davon nichts mitbekamen. Überall Familientragödien. Keifende Weiber, Drogensüchtige und Betrunkene. Menschen mit Einkaufstaschen voller Bierflaschen, auf denen *Mach mich voll* oder *Nimm mich mit* stand. Leute, deren Lebensmaxime nicht mehr Freiheit, Gleichheit, Brüderlichkeit lautete, sondern *Geiz ist geil* oder *Ich bin doch nicht blöd, Mann*. Aus den Fenstern pulsierte schweres Atmen blauer Fernsehlichter (ein anderes Blau als das in der Sixtinischen Kapelle, ein anderes Blau als das von Almuts Lippen, wenn sie sich ärgerte, ein anderes Blau als das von Lazio oder Inter Mailand).

Junge Burschen taten, wie wir in Sumpfing sagten, vorglühen, schütteten Energydrinks und Wodka in sich rein, um ihre Stimmung anzuheizen. Dabei waren sie auf Mädchenfang – belagerten unschuldige Gören, die man von klein auf mit trinkenden und pissenden Puppen darauf trainiert hatte, einmal den Nachwuchs großzuziehen. Von den Geburtsschmerzen sagte man ihnen nichts. Nichts davon, dass sie als Schwangere vielleicht monatelang liegen mussten, keinen Kaffee mehr trinken durften, keinen Alkohol, nicht aufs Klo gehen konnten und im Krankenhaus fades Essen in blassen Plastikschalen serviert bekamen. Nichts davon, dass sie ein Jahr lang nur mit der Verdauung ihres Babys beschäftigt sein würden, dass die Winde dieser kleinen Fleischwürste wie Giftgaswolken stanken, an den Chemieunfall von Seveso erinnerten, nichts davon, dass die künstliche Ernährung ihren Kindern jede Lust auf Muttermilch nahm – das war wie bei den Hunden, die irgendwann auch nichts anderes mehr fraßen als Dosenfutter, Chappi-Effekt. Und man sagte ihnen auch nicht, dass sie nie mehr durchschlafen konnten, ihre Babys so verzweifelt und ohne Unterlass am Schnuller saugten, dass man mit dieser Energie ein ganzes Dorf mit Strom versorgen hätte können. Nichts von kaputtem Gewebe, wunden Beinen, Hängebrüsten, zerrissenen Muttermündern, Hormonen, nichts davon, dass ihr Körper nie mehr so sein würde wie früher. Nichts von den Ängsten, ein krankes Kind auf die Welt zu bringen, nichts von der Selbstanklage, die Down-Syndrom, Epilepsie, Herzklappenfehler, zerebrale Hirnschäden, Neurodermitis oder was auch immer nicht als unglücklichen Zufall, sondern als Strafe Gottes ansah, mit der dieser den früheren Hedonismus oder die unreinen Gedanken der Eltern schlug. Nichts vom unvermeidlichen Beziehungsstress.

Im Gegenteil, man sagte ihnen, dass ein Baby die schönste Sache auf der Welt sei, das Einzige, wofür es sich zu leben lohne, die Babys sich schon im Himmel ihre Eltern aussuchten, dass es nichts Schöneres gebe als Elternglück. Schließlich sollten sie auch einmal so werden wie ihre Eltern – ruhiggestellt vor Fernsehern, brave Konsumenten, die ihr Eigentum liebten und auf den Kommunismus schimpften. Jetzt aber waren sie jung, laut, hatten unstillbare Sehnsüchte, brach das Leben ungebremst aus ihnen hervor. So standen sie da mit genieteten Jacken, tätowierten Schlangen, Drachen, chinesischen Schriftzeichen und so viel Metall im

Gesicht, dass sie damit durch keinen Fluchhafen-Detektor mehr kamen, glühten vor, rauchten Hasch, Pot, Gras, fraßen Speed, Amphetamine, und träumten von Romantik, Villen, großen Autos, Geld, Karriere und gleichaltrigen nackten Körpern.

Ich sah das alles wie durch eine kreischende schwarze Wolke, einen Vogelkörper-Nebel. Auch ich war einmal jung gewesen, auch ich hatte einmal vorgeglüht, um dann nächtelang in Discos rumzustehen, auf einen Aufriss (so sagte man in Anspielung auf das Jungfernhäutchen) zu warten, auf das Stöhnen, ein Gefühl. Vergeblich. Jetzt war ich wie einer jener Pfähle im Meer, auf denen man Muscheln züchtet, ganz schwarz, über und über mit Miesmuscheln bedeckt – nur waren es keine Cozze oder Vongole, sondern Vögel, Vögel, die Muschelschalen-Flügel hatten. Muschelschalen-Schnäbel, mit denen sie sangen: Der Messias, der Messias ist da. Der Messias ist gekommen, um uns zu erlösen.

– Ein Narr. Idiot! Mailänder!, schrien die Jugendlichen, bewarfen mich mit Flaschen, starteten aber, als die ersten erbosten Vögel auf sie zukamen, ihre Mopeds, brausten schnell davon.

Alles in mir brodelte. Ich hörte mein Herz nicht nur in der Brust hämmern, sondern auch im Kopf, in den Ohren, ja sogar im Mund.

An einer roten Ampel blieben wir stehen. Ich umarmte einen Laternenmast und weiß nicht, warum, aber irgendwie kam mir ein alter Kinderspruch in den Sinn, plärrte es aus mir heraus: Abrakadabra, a Kibera (Polizist) is ka Habera (Freund), Simsalabüm, das Licht, es werde grün. Im selben Moment schaltete die Ampel um, waren die Vögel völlig aus dem Häuschen.

– Ein Wunder, Grundgütiger, habt ihr das gesehen, ein Wunder, schrien sie. Ihm gehorcht sogar das Licht.

– Blödsinn, beruhigte ich. Das funktioniert bei jedem. Mit einem Wunder hat das nichts zu tun. Und wie zum Beweis hob ich eine Hand und deklamierte: Spülmittel und Hexenkot, die Bullen haben ihre liebe Not, das Verbrechen lebt, der Polizeipräsident ist tot, das Licht, das Licht, es werde rot.

Prompt schaltete die Ampel wieder um.

– Ein Wunder, ein Wunder, zwitscherten die Vögel. Da gab ich es auf. Dabei hatte ich immer gedacht, Vögel könnten keine Farben sehen. Von wegen!

Wir gingen weiter durch eine Straße der ungelesenen Bücher, eine Straße der angebrannten Speckschwarten, eine Straße der verlorengegangenen Kinderspielsachen, bis wir in eine Gegend kamen, in der die Straßen keine Namen mehr hatten. Baugründe, Müllabladeplätze, Autowracks, auf Ziegelsteinen aufgebockt. An einer abgebrannten Wiese hielten wir. Da stand ein Geräteschuppen mit einer verrosteten aufgebrochenen Eisentür, eingeschlagenen Fenstern, graffitibeschmierten Wänden.

Davor nahmen sie Platz, Hunderttausende, Millionen Vögel, die alles schwarz färbten, so weit man im Licht des Mondes schauen konnte. Vögel, nichts als Vögel. Es war wie in diesem Hitchcock-Film, ein einziges Vogelmeer, in dessen Mitte ein einziger Mensch stand: Hildy. Nun spürte ich das Gewicht meines über und über mit Vogelkot gesprenkelten Pilotenanzugs. Die Hosen gingen noch, aber auf den Schultern lagen richtige Hügel. Auch auf der Mütze stand eine Art Zuckerhut. Ich kam mir hässlich und benutzt vor. Ausgesehen muss ich haben wie ein alter, völlig mit Wachstropfen verklebter Kerzenständer. Auf den Schuhen kleine Gupfe, im Haar, hinter den Ohren, überall Vogelkot. Die schwere Hose rutschte mir runter. Ich sah auf die Armbanduhr, aber die war vollgepfeffert, kratzte die graue Schicht weg und las: zweiundzwanzig Uhr. Ich stank erbärmlich. Meine

Nasenlöcher, Augen und Lippen fühlten sich entzündet an. So konnte ich unmöglich ins La Carbonara gehen. Das war es dann mit Norwegen. Adieu Beertender-Stöhnen. Adieu *O'zapft is, o'zapft is*. Der Angriff wird verschoben.

Morgen beim Frühstück würde ich mich entschuldigen. Oder noch heute Nacht? Von der toten Ballerina konnte ich ihr erzählen, ihrer Konversationspartnerin, der Mutter Hornbostels, den man anzeigen müsste, diesen Mörder … weil es wahr ist … Aber wie sollte man die Sache mit den Vögeln erklären? Als Fieberphantasie? Als nichts anderes würden sie die Menschen akzeptieren. So eine Wahrheit gibt es nicht, zumindest nicht in ihren Augen. Dabei war alles Wirklichkeit, so wahr wie beim heiligen Franziskus, so wahr wie bei Siegfried nach dem Bad im Drachenblut. Ich weiß, Mama, du wirst sagen, so was kann unmöglich sein, vielleicht waren die Vögel Hippies und ich im Drogenrausch. Vielleicht war alles Einbildung? Aber ich schwöre dir, alles war ganz genau so, wie ich es dir hier erzähle.

– Du, setzte sich der Eisvogel auf meinen Kopf und sagte, du bist der Messias. Wenn du singst, fallen die falschen Götter von den Decken, du verwandelst alte, gebrechliche Bettlerinnen in junge Mädchen, dir gehorchen die Farben, wo du hinkommst, regnet es Steine und Flaschen. Von dir erhoffen wir Erlösung, dass du uns befreist aus unseren handlosen, an Flügel gekreuzigten Körpern. Du bist uns verkündet. Alle Prophezeiungen haben sich erfüllt, also wirst du auch erfüllen. Du bist der Geweissagte, der Messias, der Erfüller. Definitiv.

Und wie der Eisvogel so mit seiner leicht gepressten, vor Feierlichkeit hohlen Stimme sprach, fühlte ich, wie eine schwere Last sich auf mich wälzte. Beinahe wurde mir übel, so unerträglich war der strenge, an Quargel (Harzer Käse) und Klärschlamm erinnernde Geruch, der hier in der Luft hing. Kleine Daunenfedern wirbelten herum. Tausende Vogelaugen waren auf mich gerichtet, und ich spürte meinen Bauch, hörte ihn glucksen und rumoren, als würde sich ein Sixtinischer Durchfall ankündigen.

– Warum, flüsterte der Vogel, bist du so beklommen?

– Bin doch nicht beklommen. Ich fühle mich sehr wohl, rang ich mir ein Lächeln ab und versuchte den Gestank zu ignorieren.

– Ich spreche aufrichtig zu dir, flüsterte der Vogel, denn ich bin es gewohnt, jedem die Wahrheit ins Gesicht zu sagen, du schaust erbärmlich aus. Definitiv. Hast du Angst? Nein, hast du nicht. Wenn du nicht der Erlöser wärst, könnte man denken, du musst dich übergeben. Oder hat man dir verraten, wann du sterben wirst?

– Lächerlich! Das weiß niemand und geht auch keinen etwas an.

– So?, grinste der Vogel. Und wenn ich dir sage, dass man dich noch heute Nacht erschlägt?

– Heute? Ich bekam ein kaltes Gefühl unterm Herzen, eine Kälte, die sich auf den ganzen Leib ausdehnte, riss mich aber zusammen und brummte: Wenn Sie mich ins Verderben führen, müssen Sie sich schämen.

– Das wäre ein Unglück, nicht? Der Tod ist eine widerliche Sache. Definitiv. Geht's dir deshalb schlecht?

– Nein, nein, alles okay, biss ich die Zähne zusammen und spürte, wie mir Tränen in die Augen stiegen, Tränen, dick wie Wachstropfen. Diese ganze Vogelbande hatte nämlich etwas Beklemmendes, etwas Unausgesprochenes, Bedrücktes ging von diesen gefiederten Gesellen aus. Früher wäre mir das egal gewesen, aber jetzt als Fühlender? Sie erinnerten mich in ihrer irgendwie steifen und altmodischen Art an Bibelforscher oder Sudetendeutsche. Warum sollten ausgerechnet die mein Todesdatum kennen? Hatten sie vor, mich zu erschlagen? Heute noch? Mich fröstelte. Kein Wunder, bei dem Unterzucker. Eine Gänsehaut machte sich breit.

– Wir haben uns immer, fuhr der Eisvogel fort, an das Bilderverbot gehalten. Oder gibt es von Vögeln Gemälde oder Zeichnungen? Einzig unser Fußabdruck gleicht einem Pfeil – und zeigt in die Richtung, aus der wir kommen. Der Mensch aber vertiert in Bildern, denkt sich Wesen mit Vogelkörpern aus, die er dann Sirenen nennt, geflügelte Pferde, Drachen, Elfen, Engel.

– Todesengel, pflichtete ich bei. Meine Zähne klapperten.

– Dagegen wir, die Vögel. Haben wir uns etwas angemaßt? Haben wir jemals als Beherrscher der Erde dilettiert? Nein. Wir haben maßgehalten, den Vogelflug erschaffen. Die Gesänge. All unsere Verherrlichungen Gottes liegen in der Abstraktion, im Augenblick, in Liedern und spontanen Einfällen. Aber hat man uns dafür erlöst? Uns ein Paradies versprochen? Mitnichten, plusterte sich der kleine Vogel auf und pickte gegen meine Kappe. Die anderen Vögel schrien wie aus einer Kehle: Genau. Recht hat er! Bravo!

– Aber warum erschlägt man mich? Und wer? Die Norwegerin, weil ich sie versetzt habe? Hornbostel, weil ich …? Es war wirklich ziemlich kalt. Wenn das hier noch lange dauerte, würde ich mir eine Blasenentzündung zuziehen. Gut, wenn ich heute Nacht erschlagen wurde, kam es darauf nicht mehr an.

– Ruhe! Der Mensch veranstaltet Hahnenkämpfe mit uns, sperrt uns in Käfige, richtet uns ab, verspeist uns, verwendet uns für Tierversuche. Millionen unserer Brüder werden in Hühner-, Truthahn- oder Straußenfarmen unter abscheulichen Bedingungen gehalten, sehen nie das Sonnenlicht, nie ihre Eltern, werden in Öfen ausgebrütet, über Förderbänder transportiert, vergast und zermalmt, wenn sie das falsche Geschlecht haben. Die anderen Volksgenossen werden acht Wochen lang mit Sojamehl, für das man den Regenwald zugrunde richtet, gemästet, sehen nur ihresgleichen und das Rohr des Wasserspenders, nie ein Stück Wiese, nie den Himmel, nie den Wald, den Acker – nicht einmal eine Vogelscheuche. Bis sie eines Nachts abgeholt und zu einem Schlachthof transportiert werden. Zur Beruhigung blaues Neonlicht. Das ist kein Blau Michelangelos! Da hängt man sie dann an den Füßen auf ein Förderband, zieht ihren Kopf erst ruck, zuck durch ein Betäubungsbad, damit sie still sind, wenn ihnen gleich darauf schnipp, schnapp runde Messer durch die Gurgel fahren. Klipp, klapp. Danach werden sie ausgenommen, gerupft, gewaschen, wobei sich ihr Gewebe mit fäkalienverseuchtem Leichenwasser ansaugt, auf Styroportassen gelegt, in Zellophanpapier gewickelt, etikettiert. Wie tote Embryos liegen sie da – dagegen gibt es keine Liga, dafür betet niemand Rosenkränze; Tierschützer werden lächerlich gemacht, Vegetarier verhöhnt. In die nackten, ausgeräumten Bauchhöhlen dieser Hühnerleichen schiebt man verschweißte Innereien, die nicht einmal ihre eigenen sind. Und wozu? Damit der gefräßige Mensch billiges, nach nichts schmeckendes Fleisch bekommt! Damit dieser entartete Affe Leichenteile in ihren eigenen versprudelten Föten wälzen, mit Bröseln bestreuen und in eine heiße Pfanne werfen kann: panierte Hühnerschnitzel! Das ist nicht nur ein Vogelgenozid, das ist ein Skandal!

– Genau, brüllten Hunderttausende Vogelkehlen. Abscheulich! Widerlich!

– Und dafür muss ich büssen? Es stimmt ja, man benutzt euch. Aber was kann ich dafür? Auch mich hat man missbraucht, der Saurüssel, Papa, die Landschaft, die Sprache, die Lehrer, das Wetter, selbst das Essen … alle haben mich missbraucht. Ich war bemüht, das Zittern meiner Knie zu bezwingen. Aber man beachtete mich gar nicht.

Der Eisvogel steigerte sich immer mehr in seine Suada, bei der sich die Wörter beinahe überschlugen – der hätte auch ein paar Stunden bei Herrn Mazlenikow gebraucht.

– Wieder andere werden zu Brieftauben abgerichtet, kastriert, gemästet unter schrecklichen Bedingungen, damit die Leber fett wird. Oder sie sind eingesperrt im Zoo. Definitiv. Dabei waren wir es, ja, wir, die Vögel, die diesen Planeten zuerst bevölkert haben, von den Pinguinen bis zu den Urwaldpapageien. Wir waren die Ersten. Wieder schallte es wie aus einer Kehle: Jawohl! Bravo!

Fanatiker, dachte ich. Verblendet. Und wegen euch soll ich erfrieren?

– Wir haben schon als Saurier, die unsere Ahnen sind, die Welt beherrscht! Doch was haben wir davon? Man stellt uns nach mit Schlingen, Netzen, Vogelleim. Man schießt auf uns! Man steckt uns nackt auf Spieße, grillt uns.

– Genau!, brüllte die Vogelmasse. Skandal!

Ihr seid einfach zu blöd, dachte ich. Blödheit ist gefährlich. Da schlug die Kälte plötzlich um in Hitze, begannen meine eben noch zitternden Glieder zu schwitzen.

– Das ahnt der Mensch, dieser evolutionäre Wurmfortsatz, darum haben seine Drachen kleine Flügel.

Ich hielt meine schwere Hose in der Hand, aber nicht nur deshalb kam ich mir jetzt vor wie beim Berliner Volksgerichtshof 1944, eingekesselt von Tausenden Nazis, die alle den Arm erhoben hatten und faschistische Parolen grölten, während Roland Freisler wütend gegen mich anbrüllte. Unmengen Vögel, die ich zwar verstehen konnte, die mir aber doch fremd blieben. Schon allein ihre Beine mit Krallen oder Schwimmflossen, die wie schuppige Äste aus den runden Vogelkörpern standen. Ein knuspriges Grillhuhn mit Bratensaft und Knödelfülle kam mir jetzt in den Sinn. Pommes frites, frisches Bier und salzig-braune, delikate Hühnerhaut.

Doch kaum hatte ich daran gedacht, an die kleinen papierenen Kochmützen auf den Hühnerhaxen, da merkte ich auch schon, wie man mich skeptisch anschaute. Man hielt Gericht.

– Was gafft ihr so? Ich habe die Welt nicht gemacht. Ich kann nichts dafür.

Vögelköpfe waren etwas Sonderbares, immer quer gestellt, sodass man nur ein Auge sehen konnte. Und alle sahen sie mich an. Unentwegt.

– Die Menschen, führte der Oberste Richter dieses Volksgerichts, nein, der kleine Vogel weiter aus, sind von Grund auf verdorben, beschäftigen sich nur damit, wie sie gut und grundsolide leben können, mit in Barrique-Fässern ausgebauten Weinen und Roquefortkäse, mit Pasteten, Trüffeln und Kapaunen, Feigensenf und Mousse au Chocolat. Dekadent! Dabei leben sie wie Sklaven. Alle hetzen irgendwelchen Dingen hinterher, damit sie sich was leisten können. Alle wollen sie unsterblich sein. Das ist ihr Grundkonflikt. Sie haben keinen Glauben, keine Liebe, diese Menschen. Und auch kein Gefühl!

– Genau, pflichtete ich bei, stolz auf mein eigenes Gefühl, unsicher, ob es sich damit nicht wie mit der Frucht vom Baum der Erkenntnis verhielt, ob ich mit diesem Gefühl nicht aus dem Paradies vertrieben worden war? Aus dem Paradies des Gleichmuts und der Wurstigkeit? Schließlich war das, was ich gerade fühlte, alles andere denn angenehm.

– Die Menschen wollen allem auf den Grund gehen und für alles Gründe und Begründungen, sagte der Vogelchef, der immer noch wie ein Horn auf meinem Kopf saß, sie richten unsere Welt zugrunde – und schuld daran ist ihre grundsätzliche Kirche, in deren Namen alles domestiziert, desinfiziert, sterilisiert und legitimiert wird mit irgendwelchen Grundregeln, sogar das Wetter. Waldbrände in

Spanien, Griechenland und Kalifornien, Überschwemmungen in Deutschland und der Mongolei, knödelgroße Hagelkörner in Tschechien, Schnee in Brasilien, Vulkanausbrüche, Erdbeben, Flutwellen. Nicht das Wetter spielt verrückt, sondern die Menschen. Definitiv.

– Grundgütiger, wollte ich Einspruch erheben, die meisten Menschen wissen von den Versuchen der ATMER nichts. Die meisten glauben, sie leben in Einklang mit der Natur, kaufen im Bio-Supermarkt und Freilandeier … Doch stockte mir der Atem.

– Schuld daran ist ihr abgründiger Geldgott, der keine Gnade kennt, völlige Unterwerfung will, alles mit höheren Werten grundiert. Dieser Gott, der das Böse ist, der Teufel selbst. Während wir Vögel die Qualität der Absichtslosigkeit erkannt und zu unserem obersten Prinzip erhoben haben, leben die Menschen absichtsvoll, mit Hintergedanken und ständigem Begründungsnotstand. *Ich habe das gemacht, weil … Aber nur wegen …*

Ja, ja, dachte ich. Quatscht ihr nur euer rassistisches Zeug. Ich fühle doch, dass ihr euch wichtigmacht. Der gefürchtete Richter Roland Freisler wurde nun immer mehr zu einem kleinen Männlein, Vögelchen. Wie der Zauberer von Oz kam er mir jetzt vor, ein Gnom, dem Judy Garland, nachdem sie ihn enttarnt hatte, sagen konnte: *Sie sind ein böser Mensch.* Und dem darauf nichts anderes einfiel als: *Nein, ich bin ein guter Mensch, aber ein schlechter Zauberer.* Die rechte Seite des Eisvogels war wesentlich massiver als seine linke – genau wie bei Kaiphas. Wie ich plötzlich überhaupt das Gefühl hatte, nicht in eine Vogelpredigt, sondern in eine Vollversammlung der Familie geraten zu sein. Sagte er nicht auch ständig *definitiv*?

– Die Kirchen haben alle Absichtslosigkeit verbannt, sich der Logik unterworfen. Die Religionen sind zu einem Putzfetzenglauben verkommen, zu Grundreinigungsmitteln, die sich im ständigen Kampf mit dem Nichtgerichteten befinden. Das Christentum scheuert grundgütig alles blank, und alles wird gerichtet. Reinlichkeit als Bewältigung der Todesangst, weil Schmutz und Ekel an den Tod erinnern, an den Urgrund aller Absichtslosigkeit. Die Christen glauben, dass sie sich zur Auferstehung und zur Erlösung durchschrubben können – und dabei scheuern sie sich bloß ein schwarzes Loch. Und die Mohammedaner glauben allen Ernstes, dass sie in den Himmel kommen, wenn sie kein Schweinefleisch essen, ihre Frauen verschleiert rumlaufen und keine Schweinereien treiben. Von den Juden und ihrer kruden koscheren Küche rede ich gar nicht. Da ist ja schon von vornherein alles getrennt, geht es auch beim Essen nicht um ein Miteinander, sondern um strikte Ab- und Ausgrenzung – schon bei den Grundnahrungsmitteln. Da darf man sich nicht wundern, wenn auch sie sich abgrenzen und ausgeschlossen werden. Aber allen geht es nur ums Geld. Das ist der letzte Grund. Definitiv.

Na bitte, ein Antisemit. Genau wie Kaiphas.

– Das stimmt so nicht, wollte ich einwerfen, Frauen geht es um Textilien, Frisuren, Filme. Außerdem stehen sie auf Schachteln, Schächtelchen und Schatullen. Diejenigen, die etwas fühlen … Doch kam ich nicht zu Wort, schrien nun alle wild durcheinander, dass der Mensch nicht am Boden bleiben könne, sogar den Weltraum erobern müsse. Aber was habe ihm das gebracht? Die Teflonpfanne! Füllfedern, die auch unter Wasser schreiben! Der Gott der Menschen sei ein falscher Gott, ein Satan.

Das Firmament war dunkelblau, als hätte jemand Beerensirup hineingegossen, der sich nun langsam ausbreitete. Schwarze Wolken zogen auf, aber vielleicht waren das auch

Vögelschwärme, die, angezogen vom Messias, auf uns zukamen. Es war eine aufgeheizte, eine apokalyptische Stimmung. Der wieder warme Wind, die köchelnde Erde unter dem dunklen Himmel, aus dem nun ein paar Sterne auftauchten wie abgesoffene Plastikenten in einer Badewanne, wenn man das Wasser ausgelassen hat. Und ein gurgelndes, verstrudeltes Gefühl herrschte auch in mir. Todesurteil! Heute noch erschlagen. Typisches Messiasschicksal. Ich zitterte. Ein Stoppel war gezogen, all mein bisheriges Leben lief aus mir heraus, Sumpfing, der Saurüssel, Bayreuth, Heinrich Kim Jong-il, der Wetterkrieg, Almut, Hornbostel, Norwegen, die U-Bahn-Frau, meine Zeit als Hebammer, Sargträger, Puffvater, das Stöhnen, Mazlenikow, die Hemdennäherin, der Urknall, alles wirbelte davon, floss ab, bis ich schließlich leer wie eine Badewanne war, in die nun etwas Neues lief, etwas Messianisches.

Seiltänzerinnengesicht, der Wurm muss dem Fisch schmecken und nicht dem Angler, sagte ich mir selbst, nahm all meine zerfaserten und zerfetzten Kräfte zusammen, setzte eine Propheten-Miene auf, und schon quollen Wörter aus mir raus. Zungenrede. Ich vollführte große Handbewegungen, öffnete den Mund, sodass trocken und rissig gewordene Vogelscheiße von mir rieselte. Lasst mich in Ruhe, wollte ich sagen, ihr Antisemiten. Lasst mich endlich gehen. Ihr seid genau dieselben selbstsüchtigen, intoleranten Faschisten wie die Menschen. Heraus kam aber mit seltsam sanfter Stimme: Ihr seid meine Herde, sodass die Vögel sofort einen verlorenen, schwärmerischen Gesichtsausdruck bekamen. Sie lehnten ihre Köpfe aneinander, ihre Augen funkelten.

– Ihr seid meine Herde, sagte ich also, dachte irgendwo im Hinterkopf an Backhühner, Martinigänse, und verkündete inbrünstig: Ich bin euer Hirte. Ich war nun ganz dein Sohn, der deinen Wunsch zu predigen erfüllte. Du wärst stolz auf mich gewesen, Mama. Ich wollte sie beschimpfen, aber heraus kam: Fürchtet euch nicht vor dem, was ihr noch erleiden müsst. Fürchtet euch nicht vor dem Schmerz. Ich kenne eure Armut, und doch seid ihr reich.

Es war wie bei den Lachkrämpfen als Sargträger, da ist auch etwas ganz und gar Ungewolltes aus mir herausgekommen. Ich dachte noch, so tötet mich meinetwegen, erschlagt mich in diesem Augenblick. Erde, tu dich auf und verschlinge mich. Doch aus meinem Mund kam: Die Sonne wird schwarz werden wie ein Trauerrand unter Fingernägeln, und der Mond wird bluten wie frisch geschlachtet. Die Sterne des Himmels werden pulsieren als fleischlose Herzen, sie werden herabfallen auf die Erde, und alle Reichen und Mächtigen, alle Aktionäre und Lobbyisten und böseitrigen Geldschweine, Waffenhändler, Tiermäster und Umweltsünder werden sich in Aktienkursen, Wirtschaftsprognosen, Tresoren und Golfplatzlöchern verbergen. Doch wird es ihnen nichts nützen, denn es kommen die Jüngsten Tage, und es kommen Aufwiegler und Abwäger und Aus-Sager, die große Leere kommt, der Schluss. Da werden die Geldmenschen flüstern, es wäre nicht falsch gewesen, zusammenzuhalten, es wäre nicht falsch gewesen, auf den Nächsten zu hören, einmal einfach nur zu sein. Aber dann ist es zu spät, dann ist der Tag des Zornes über und unter und in sie gekommen.

Ich sprach in einer einfältigen Rede, aber die kellerfeuchten Worte aus meinem Innersten ergriffen die Zuhörer. Es war Benzin, das in ihre Herzen drang, sich dort entzündete. Ja, dachte ich, spielt nur die Unschuldigen, aber mich könnt ihr nicht täuschen. Ich weiß ganz genau, was ihr vorhabt. Mörderische Brut, wollte ich sagen, aber heraus kam: Danach kommt eine große Schar, manche mit Pässen und

Ahnen und Heimatgefühlen, andere ohne, nackt und allein, nur im Gefieder. Menschen, Tiere. Vor allem aber Vögel. Es werden sein die, die aus großer Bedrängnis kommen; es werden sein die, die ihr Gefieder gewaschen haben im Blut des Lammes dieser Welt. Und dieses Lamm mit seinen Würmern im Gedärm wird sie weiden und zu neuen Quellen führen, aus denen Leben strömt, und alle Tränen werden von ihren Augen abgewischt. Und dann werden sie sehen. Und jetzt seht ihr auch.

Licht!

Neue Zeiten für die Vögel brechen an. Freut euch, denn euer ist jedes Reich, ihr seid der Nektar der Lüfte, der Spiritus der neuen Welt, der Heilige Geist, der zu Pfingsten als Taube kommt. Eure Seelen werden von heute an im Glauben baden, erlöst werden sie sein vom Tand und vom Geschmack. Zwar sind eure Seelen nichts, leeres Gefäß, doch werden sie gefüllt mit Gott. Und Gott heißt Tun und Tat und Originalität und Größe.

Die Vögel waren ganz versunken, betranken sich an jedem Wort. Man konnte förmlich sehen, wie der Promillespiegel ihrer Kontemplation stieg. Ich aber hatte ein Es-ist-so-weit-Gefühl. Es ist so weit! Unbekannte Räume meines Hirns taten sich auf, voll mit herrlichem Inventar.

Zarte, mit Zitronensaft beträufelte Gänseleber, dazu Preiselbeeren. Weißes Brot, ein trockener, leicht süßlicher Wein. Ich war wie ein besessenes Medium einer Voodoo-Religion, ein kleiner gipserner Angestellter, aus dem sich ein marmorner Messias pellte. War ich schon tot? Nein. Mit einem Mal wurde meine Bestimmung offenbar, brach aus mir heraus wie ein schreckliches, immer weggesperrtes Monster. Das immer versteckt gehaltene, behinderte Kind, die Verdrängten, Umgebrachten, die Leichen im Keller meines Daseins. Das, was ich immer gesucht und nie gefunden hatte, weshalb ich den Grundig-Fernseher zerlegt, Tiere aufgeschnitten, Kästen und Laden durchwühlt hatte. Meine Berufung, die ich nicht anerkennen wollte, die ich, wenn sie sich in Kleinigkeiten zeigte, negierte, die nun doch entkam, sich nicht mehr verschweigen ließ. Messias der Vögel. Ihr Führer! Weißer Rabe, schwarzer Schwan! Obendrein bekam ich vor lauter Gefühlswallung auch noch eine Erektion.

Wenn du wüsstest, Mama, dass du den Messias der Vögel in deinem Bauch, an deiner Brust und deinem Kühlschrank genährt und ihn einmal wöchentlich in deinem Badewasser hast baden lassen! Oder meine ehemaligen Lehrer! Messias der Vögel. Ich sah meine Mitschüler von damals, wie sie lachten und sagten, der wollte ja schon immer etwas werden. *Mach nur weiter so, dann wirst du schon sehen, was du davon hast.* Messias der Vögel, und ich redete von Glauben und von Gott und Hingabe und Erlösung. Davon, dass der Vogel das Maß aller Dinge sei. Denn was unterschied den Vogel von allen anderen Lebewesen? Humor? Geld? Die Sprache? Das Fliegen? Nein, die Fähigkeit, virtuelle Welten zu erschaffen. Schwarmintelligenz! Die Vögel waren auserwählt! Außerdem versprach ich, mich für ihre Belange einzusetzen, die Rechte der Vögel, anständige Lebensbedingungen, keine Legebatterien, Flugbeschränkungen für Airlines, dass man die Ärmel hochkrempeln müsse, dass es sogar im Puff, im Schiefen Turm von Pisa, stets geheißen habe, mit den Händen in den Hosentaschen könne man keine Kuh melken. Es gelte, die Welt zu ändern, Vogelfallen, Dornen, Flugzeuge, Katzen und alle anderen derartigen Dinge müssten verschwinden – so wie auch Plattenbauten, Schallplattenläden, kalte Platten, Plattitüden, Plattfüße und Pornokinos nach und nach verschwunden sind. Die Welt müsse wieder eine Heimat für alle werden, ein Nest. Und die Vögel wären glücklich. Saubere Lüfte, keine Fallen mehr, unterbrach mich immer wieder heftiger Applaus, der gar nicht mehr enden wollte, als ich meine kleine Ansprache abschloss, mich verbeugte und versuchte, mit den Händen die kleine Ausbuchtung in meinem Schoß zu verbergen.

– Bravo, schrien die Vögel. Bravo, und sie skandierten meinen Namen. Eleu, er ist es, Eleu, Gom, habi sum. Er, der uns rettet. Hildy! Hildy! Erst als das Geklatsche allmählich verdunstete wie eine eingedickte Soße, die man nicht mehr umrührte, kurz vorm Anbrennen war, eine kokelige Stille drohte, in die ein Konzertpublikum Zugaberufe gießen würde, was sich bei Predigten aber nicht schickte, da also flog der Eisvogel auf die holzige Reaktion in meiner Mitte, setzte sich darauf wie auf einen Ast, breitete seine kleinen Schwingen aus, sagte, dass sie schon angesichts der Tatsache, dass es allein in Rom fast tausend davon gebe, es also nicht zu viel verlangt sein könne, wenn man auch ihnen eine, eine einzige, ihnen, den Vögeln, die Stange halte und eine Kirche baute, und zwar in Rom, im Zentrum, am Petersplatz, es also das Mindeste wäre, aus dem grundhässlichen, pompösen Petersdom, dieser Papstgarage, eine Vogelkirche, eine Kathedrale der Absichtslosigkeit zu machen, damit auch alle sahen, dass jetzt eine neue Zeit anbrach – und was für eine. Das Zeitalter der Vögel. Definitiv.

– Das, gurrte er, wäre für einen Messias ja ein Leichtes. Eine Kirche auf dem Petersplatz, eine Kirche für die Vögel. Wichtig ist der Turm. Davon ausgehend übernehmen wir die Weltherrschaft, aber grundlos, ohne Absicht. Wie er das sagte, verkrallte er sich in meinem Penisfleisch.

– Aua, brüllte ich, verscheuchte ihn und sagte: Selbstverständlich, wird gemacht, ohne zu ahnen, worauf ich mich da einließ. Eine Kirche auf dem Petersplatz? Für die Vögel? Aber sicher! Warum nicht?

Das Leben besteht aus Augenblicken. Die meisten sind nicht besonders toll, aber hin und wieder erwischt man einen guten. Ich war beschwingt, aufgepeitscht, mit der Welt versöhnt, ich hatte Appetit aufs Leben. Ich fühlte! Aber eine neue Kirche auf dem Petersplatz? Ganz allein? Ohne Hilfe? Ein Vogelhäuschen hätte ihnen nicht genügt, nicht einmal ein Marterl.

Ich ließ die siegestrunkenen, feiernden, ständig mehr werdenden Vögel zurück, als gerade die Emus angekommen waren, Rülpsvögel, deren langer Hals ein einziges Stimmband zu sein schien. Kampfgänse, eine unendliche Reihe, waren aufmarschiert, Papageien, zwei Pinguine, Pelikane. Ich aber hatte mich verabschiedet, zahlreiche Versprechen abgegeben. Glücklich, nicht erschlagen worden zu sein.

Jetzt ging ich berauscht zurück in Richtung Stadtzentrum, ein ferner Lichterschein. Allmählich freilich nüchterte ich aus, sah wieder den staubigen Weg, verbranntes Gras. Im fahlen Mondlicht wirkte alles leblos und unwirklich. Verkehrsschilder, Masten einer stillgelegten Eisenbahn, Telefonleitungen, in denen ich nun keine Landschaftszerschneidungen mehr sah, sondern Wohnungen der Vögel.

23 Uhr 50. Bis ich im Carbonara ankam, wäre die Norwegerin vor Warten schwarz geworden. Aber wie konnte ich jetzt noch an breite, gebärfreudige Norwegerinnenhüften denken, jetzt, da ich höhere Aufgaben zu erfüllen hatte? Reiß dich zusammen, Hildy.

Ich klopfte mir, so gut es ging, die eingetrockneten Kotreste aus dem Gewand, genoss die Stille, ging durch eine Straße der dummen Euphorie, eine Straße der letzten Gefühle, eine Straße der leeren Brieftaschen, und führte dabei Selbstgespräche, legte mir Sätze zurecht, mit denen ich die

Menschen überzeugen würde. Auch die Vögel hatten Rechte. Auch sie waren Gotteswesen. Aber eine Kirche auf dem Petersplatz? Eine Kirche der Absichtslosigkeit? Was würde Bayreuth dazu sagen? Almut? Der Vatikan? Der österreichische Botschafter? Vielleicht konnte ich den Leiter des Kulturinstituts überzeugen? Oder die Deutschen, die hatten eine Villa Massimo …

Und wie ich so sinnierte, kam ich an einer Reihe geparkter Autos vorbei, kleinen Karren, Fiat Panda, Fiat Uno, Fiat Cinquecento, Fiat Bravo, Fiat Weißnichtwas und so weiter, deren Fenster von innen mit Pappe ausgelegt waren. Ihr Lack glänzte im Licht des Vollmonds, der wie eine starke Taschenlampe am Himmel stand. Als leuchtete Gott hinein und fragte: Was'n hier los? Wieso ein Messias der Vögel? Ist das notwendig?

Da merkte ich, Messias Hildy Kilgus, dass die kleinen Autos alle wackelten. Sie zitterten, als hätten sie Schüttelfrost. Aber so kalt war es nicht. Beim Näherkommen hörte ich eigenartiges Geächze und Gequietsche. Was konnte das bedeuten? Eine Reihe von mindestens dreißig Autos, die wie von allein tanzten? Marder an den Bremsschläuchen? Eine Autodisco? Oder begannen jetzt auch noch die Fahrzeuge zu reden? War ich ein Messias auch der Fiats?

Nein. Als ich neben ihnen herging, wurde es mir klar. Es begann von hinten, setzte dann unvermittelt vorne ein, kam vom Auto direkt neben mir, bildete eine Welle, die auf mich zurollte, drehte dann um, war überall, schrie sich selbst heraus, ein polyphones, alles umfassendes Ja-ja-ja-Geplärre, das sich zu einem einzigen, großartigen Jaaaaaa vereinigte, wie eine Lawine über die Autos donnerte, mich verschüttete. Jaaaaaaaa. Zwar bekam ich noch Luft, aber die Ohren waren mir verschlagen, als stünde ich hinter einer Flugzeugturbine. Was war los? Was bedeutete dieses Gegrunze? Wie konnten diese Autos es wagen, solche Sachen öffentlich zu machen? Ein Fiat-Bacchanal? Nein, Stöhnerinnen! Ein Ja-ja-ja-bitte-ja-Gebrüll! Hatten sich alle Lustemissärinnen dieser Welt zu einem Chor vereinigt und gaben ausgerechnet hier eine Kostprobe ihres Könnens? Eine Stöhnsymphonie in sechs Sätzen? Hemiolisch rhythmisiert?

Allmählich kapierte ich, in den Autos trieb man es, schob Nummern, aber keine Nummern wie beim Bingospiel, keine Rechenspiele, kein Sudoku, sondern …

Jetzt sah ich auch die vielen gebrauchten Kondome, Cola-light-Flaschen und Zigarettenstummel im Straßengraben. Es stach mich wie mit Stricknadeln im Kopf, die letzte Vogelscheiße platzte und fiel runter, mein viel zu kleiner Penis, der den ganzen Tag völlig versteckt gewesen, erst bei der Vogelpredigt erwacht war, erhob sich abermals und pochte gegen die Hosentür, als wollte er *Hallo* sagen, *ich bin auch da. Lass mich heraus, ich bin sehr an Nummern interessiert. Greif mich an. Lass mich auch was fühlen. Hol mich hier raus, ich bin ein Star.*

Das Paradies der Stöhnforschung. Warum hatte ich das nicht früher entdeckt? Warum hatte Svetopluk Huffingvili das verschwiegen? Jetzt war es zu spät, konnte mich dieses Konzert nicht in Versuchung bringen, mich nicht abhalten von meiner Bestimmung, vom Kirchenbau. Schließlich hatte ich den Vögeln mein Ehrenwort gegeben. Schließlich verdankte ich ihnen Gefühl und Angriffslust. Außerdem würden sie mich finden, ganz egal, wo ich untertauchte. Und als mein Kleiner das kapierte, beleidigt sich zurückzog, ich mich beeilte, die wackelnden, stöhnenden Autos zu passieren, manchmal aber stehen blieb, eine Motorhaube streichelte und lauschte, sah ich mich plötzlich selbst. Jawohl! Mich! Dass man so was frei herumlaufen lässt?

Nicht, dass ich mich von außen wahrnahm, was auch vorkommen kann, nicht mein Spiegelbild in einem Auto und nicht meinen Hosentürchenklopfer, nein, ich sah mich, leibhaftig, wie ich vor mir stand. Mich! Mein geliebtes Samtsakko, meine dunkelbraune Cordhose, mein Gesicht mit den traurigen, tomatenpüreeroten Augen, mit weißen Wangen voller bäurisch roter Flecken, ja, ich hielt sogar mein Notizbuch in der Hand. So stand ich da und starrte mich an. Mein Haar war schütterer geworden, Stufe drei auf der männlichen Glatzenskala. Zwei tiefe, traurige Falten durchzogen das Gesicht wie Landebahnen. Rokokomündchen. Der hohe Hosenbund, die leichten X-Beine, der gekrümmte Rundrücken. Kein Zweifel: ich. Dieser Umstand verlangte genauere Prüfung.

– He, Ruamzuzler, rief ich mir zu, während ich mich wahrnahm, weil ich mir gerufen hatte. He! Ich schien mich zwar zu hören, doch ich reagierte nicht. Wie angewurzelt stand ich da und sah mich näher kommen. Ich schrie noch einmal *He,* während ich wieder nicht reagierte. Jetzt hob ich sogar meine Arme, breitete sie aus, um mir zu zeigen, dass ich mir nichts Böses wollte. Doch ich schien mir nicht zu trauen. Ich war immer schon verschlossen und ohne Glauben an die Menschheit. Ängstlich trippelte ich kleine Schritte rückwärts, während ich festen Schrittes auf mich zuging, mich berühren wollte. He! Ich hatte ein ängstliches Gesicht, war dermaßen verstört, dass ich mir die Lippen blutig biss, dabei sah ich mich doch nur selbst, wie ich mich freudig ansah und mir zurief. He! Ruamzuzler! Doch war ich unfreundlich zu mir selbst, tat, als würde ich mich gar nicht kennen.

Wie ich also freudig auf mich zueilte, mir *He* zurief, mich über meine Unfreundlichkeit mir selbst gegenüber ärgerte, schoss es mir durch den Kopf: Ich war gar nicht ich, sondern ein anderer, nämlich der Pilot! Der Mensch mit dem vertauschten Koffer! Der seit drei Tagen mein Leben lebte.

Leider war nur mir das klar. Der andere musste mich für einen Bewohner der Armenviertel halten, der ihn überfallen wollte – kein Wunder, seine Uniform war ja bis zur Unkenntlichkeit entstellt. Vielleicht hielt er mich auch für einen Amok laufenden Maurer. Ein über und über mit Vogelkot verschmierter Mensch konnte schließlich nicht so einfach nachts durch Rom laufen. Höchstens in Begleitung der Polizei, und auch dann nur, wenn es geradewegs ins Irrenhaus ging. Also tat er das für ihn einzig Vernünftige, er lief davon.

– He, ich bin es doch, rannte ich ihm nach. Ich! Ihr vertauschter Koffer! Flug 834 Island Air, Reykjavík–Rom. Ich bin es. Bleiben Sie stehen. Mein Notizbuch! Mein Gewand! Mein Handy! Anhalten!

Während von allen Seiten gestöhnt wurde, lief der andere um sein Leben, ich ihm hinterher. Freilich dauerte es nur ein paar Meter, bis es in meiner Brust stach, ich das Herz in meinem Kopf hörte, die Beine schmerzten, mein Atem immer lauter wurde, alle Adern in mir *Stopp* riefen. Stopp! Aber ich lief weiter, brüllte noch einmal *Stehen bleiben!* und *Notizbuch*, lief, so toll ich konnte, merkte aber trotzdem, er glitt mir aus den Fingern, entzog sich mir, ich kam nicht nach. Und dabei hieß es immer, Piloten wären dem Alkohol nicht abgeneigt. Warum zum Teufel hatte dieser Kerl dann so eine Kondition? Klein und kleiner wurde er, bald war er weg. Trotzdem lief ich weiter, lief, bis ich keine Stöhnerinnen mehr hörte und mich selber nicht mehr sah und spürte.

Da brach ich zusammen, hustete, setzte mich in den Straßengraben, der feucht war, weil es hier anscheinend geregnet hatte, keuchte, dachte an den Koffer, das Notizbuch, meine Kleidung, das Handy, sprang wieder auf, fuhr mir über die Stirn, an der ein Gemisch aus Vogelkot und Schweiß herunterrann, ging zügig weiter. Hier war die Straße nass, es roch nach frischem Regen. Kleine Pfützen hatten sich gebildet, ein paar Nacktschnecken strebten darauf zu. Ich musste aufpassen, nicht daraufzutreten. Widerlich, ich konnte sie nicht ausstehen, diese an Hundekacke erinnernden, alles vollrotzenden braunen oder ziegelroten Schleimwürste. Ein unbändiger Schneckenhass stieg in mir hoch, den hatte ich von Oma.

Weißt du noch, Mama, wie sie diese mit dem spanischen Salat eingeführten und sich rasant ausbreitenden spanischen Wegschnecken in einem Kübel gesammelt hat, um ihnen mit einem Kilo Salz den Garaus zu bereiten? Wenn sich dann eine schleimig-zähe Masse aus erstickten Schneckenleibern bildete, hat sie, die Marmeladeköchin, voller Wonne darin umgerührt, voller Genuss die Schleimfäden gezogen. Gott sei Dank ist sie nie auf die Idee gekommen, Schneckenmarmelade zu fabrizieren – zumindest nicht für uns. Aber Oma ist auch manchmal mit einer großen Heckenschere durch den nach Schnitzel riechenden Garten geschlichen und hat die Tierchen einzeln zerschnipselt. Mit einem Spieß hat sie sie durchbohrt, in eine Plastikwanne mit Spülmittel gelegt, Eierschalen gegen ihre Verbreitung ausgelegt, Katzenminze angepflanzt, Schneckentod gestreut. Oma hatte den Schnecken, die sie Iwan nannte, den Krieg erklärt, sich mit diesen Nacktschnecken Stalinum in den Garten geholt und Schlacht um Schlacht mit immer grausamer werdender Brutalität geführt. Sie hat mir auch gezeigt, wo man im Herbst ihre Nester findet (bei den Rosenstöcken und unter den großen Oleandertöpfen, die wir im Herbst immer winterfest machen und also in den Schuppen rollen mussten) und wie man die kleinen, weißen, fast an Kaviar erinnernden Eiertrauben ins Hundefutter mischt. Hexi hatte das geliebt. Aber die Schnecken waren zäh, auch wenn die Oma oft gesagt hat: Warte nur, Iwan, ich krieg dich noch. Aber mach nur so weiter, dann wirst du schon sehen, was du davon hast.

Doch es war aussichtslos, trotz aller Kampfmaßnahmen fraßen die Schnecken Jahr für Jahr die Dahlien, Fuchsien, Geranien, Nelken, ja sogar die zu ihrer Abwehr angepflanzte Katzenminze. Sie machten sich über den in dicken Bündeln sprießenden Farn her, hingen an den Ringelblumen, Leberblümchen, im Huflattich, Sauerampfer, Löwenzahn. Vernichteten Tomaten, Bohnen und Salat, waren auf den Himbeerstauden und dem Rosenbusch. Nur die Mohnblumen verschonten sie.

Ich wich also den Schnecken aus, ging durch leeres Industriegebiet, vorbei an verfallenen Hütten, kleinen Häusern, aus deren Vorgärten Hunde bellten, bis ich wieder in die Papageiensiedlung kam. Von fern sah ich die Lichter eines Tanzpalastes. *Euro Disco* stand in großen Neonlettern darüber, Autos kamen mir entgegen. Wahrscheinlich Nachschub für den Stöhnerinnenchor. Die wollten alle Babys zeugen, dazu waren sie erzogen.

– Habt ihr den Piloten gesehen?, rief ich manchen zu. Doch keiner reagierte. Nur ein Mopedfahrer blieb stehen. Die gleiche feuerwehrrote Vespa, wie sie vor ein paar Stunden umgefallen war. Sogar der Kotflügel war eingedepscht. Am Lenker saß ein Priester, erinnerte mich an Rufus Butterweck.

– Pilot? Sieh dich selber einmal an. Ehe ich ihm was erklären konnte, war er schon wieder davongebraust.

– Kirche bauen! Am Petersplatz!, brüllte ich ihm hinterher.

Ich hatte immer noch den Applaus der Vögel im Ohr, der vermengt mit dem Ja-ja-ja-Gestöhn eine ordentliche Kräherei ergab. Im Geäst der Platanen spielten sich Schattenspiele ab. Die Fratzen, die ich darin sah, waren wie ein Leporello der Grimmschen Märchenbücher, Riesen und Feen, Gnome und Drachen. Auch Vögel sah ich. Waren sie echt oder nur ein

Schattenspiel? Ich winkte ihnen, doch sie reagierten nicht. Und wie ich den Blick wieder senkte, sah ich es, mein Notizbuch! Es lag mitten auf der Straße, eine glibberig-schwarze Schnecke war darauf. Ekelhaft. Mit den Schuhen streifte ich das Tier hinunter, hob das Büchlein auf. Kein Zweifel, es war meines. Der gelbe Aufkleber mit der Wiener Taxinummer auf dem schwarzen Lederimitat. 60160. Auf Seite zwei mein Name, Rienößlgasse, 1040 Wien, meine Telefonnummer. Der Pilot musste es auf seiner Flucht verloren oder weggeworfen haben.

Und wie ich weiterging, den Kopf im Büchlein, die Gedanken irgendwo zwischen Vogelstaat und unendlich lange vergangener Zeit, Wetterkrieg und beruflichen Verpflichtungen, rannte ich auf einmal mit der ganzen Wucht meines Schrittes, meinen sämtlichen, in Bewegung gesetzten siebenundneunzig Kilo in etwas hinein – wie eine Eisenbahn in einen Prellbock –, in meine eigene Vergangenheit.

Einen Schlag verspürte ich auf Brust und Kinn, ein dumpfes Knacken, und sofort war ich in Schmerzen eingehüllt, Schreie umgaben mich, aber keine Lustjauchzer, sondern bestürzte. Es war, als wäre ich mit der Eisenbahn meines Körpers gegen eine Felswand gefahren, die Waggons entgleisten, Passagiere plärrten. Erst als die erste Hysterie nachließ, erkannte ich, dass das, wogegen ich gestoßen war, der Felsen, weit weggeschleudert worden war. Es war kein Laternenpfahl und auch kein Gestein, sondern ein Beertender. Die Norwegerin, schoss es mir durch den Kopf, als ich die blonde, am Boden liegende Weibsgestalt mit dem I-love-Norway-T-Shirt sah. Mit ihr war ich verabredet gewesen und jetzt doch zusammengestoßen – anders, als ich wollte. Ich hatte sie umgerannt, war in die noch vor wenigen Stunden begehrte Person hineingedonnert wie eine Eisenbahn in einen Kopfbahnhof, hatte für den Bruchteil eines Augenblicks ihre Brüste und eventuell sogar ihr Geschlecht berührt. Brüste wie verstöpselte Wärmflaschen. Schamhügel. Ein Moment, der den Vögeln zur Kopulation genügt hätte, ihrem Messias aber zu nichts nütze war. Zu kurz. Ich sah sie nur daliegen, unerotisiert wie ich selbst. Fluchend. Wie kam die hierher? Sollte sie nicht im Carbonara sitzen, Nudeln essen? Warten? Instinktiv wollte ich ihr aufhelfen, hatte meine Hand schon zum Ausstrecken bereit, wenn da nicht diese Schreie gewesen wären. Eine ganze Gewitterfront von Flüchen schien sich über mich zu ergießen. Aber kam dieses Unwetter, dieser kalte Sturm von Norwegen? War der Beertender kurz vorm Explodieren? Nein. Ihr Mund war geschlossen. Volle rote Lippen, darunter Fieberbläschen wie Maulwurfshügel. Ihre Augen sahen mich ungläubig an. Norwegen lag da wie ein wildes, unentdecktes Land. Ich fühlte die Fjorde zwischen ihren Beinen, Spitzbergen auf der Brust. Und doch kam eine bekannte Stimme an mein Ohr. Ein wahrer Schnürlregen von Flüchen, von denen ich gerade *Perverser Vögler, Vollhormon, Kübelkind* und *Stinkende Pilotendrecksau* erkannte. Nein, so etwas konnte nicht von Norwegen stammen. Da war man zurückhaltender. So etwas musste von woanders kommen. Jetzt sah ich einen Wuschelkopf! Einen Nasenschlitz! Papacanyouhearme Jimmy! Der frischgebackene Bräutigam! Geilio! Er hatte einen Schraubenschlüssel in der Hand, stand neben der aufgeklappten Motorhaube eines seltsamen Autos, sodass ich allmählich die Situation begriff. Jimmy war über den Motor des kaputten Fahrzeuges gebeugt, während die genervte, wahrscheinlich schon warmgeküsste Norwegerin danebenstand und tatenlos zusehen musste, wie sich das ihr zur Wärmung versprochene Italien nun über einen rauchenden Automotor hermachte. Anstatt das norwegische Eiszuckerl zu lutschen, verdammte Italien den Motor dieses Autos, mit dem sie Werbung machen sollte. Eine zwei Meter große Getränkedose war daran angebracht, ein überdimensionierter Energydrink. Wahrscheinlich wurde sie dafür bezahlt, mit dieser an eine Kanone erinnernden Karre durch Italien zu gurken.

Sie wollten zum Konzert der Stöhnerinnen. Norwegen und Italien. Krass und geilio. Ein Karton zum Abdecken der Fenster lag am Boden. Der Bräutigam wollte noch ein letztes Mal seine Freiheit genießen. Junggesellenparty. Da streikte der Motor, verzog sich die herausgekitzelte gute Laune der Norwegerin, um einem frustrierten Gekeife Platz zu machen.

Ich habe immer schon gesagt, die neue Mode, Väter bei einer Geburt dabei sein zu lassen, ist ein Blödsinn. Der Anblick des blutigen Kinderkopfes in den Schamlippen, der sich wie ein gigantischer Eiterpatzen aus einer Pore namens Mutter presst, zerstört das Sexualleben auf Monate. Gar nicht zu reden von der Nachgeburt, die wie eine große kranke Leber aussieht, die marmorierte Nabelschnur … Und so wie Männer bei Geburten nichts verloren haben, wenn sie nicht gerade Stöhnforscher sind, sollten auch Frauen Autoreparaturen fernbleiben.

Aber just in dem Moment, als der Römer, der nun gar nicht als Römer, sondern als Mailänder verkleidet war, feinen Zwirn anhatte, einen grauen Anzug mit schmalen blauen Streifen, dazu ein weißes Frackhemd, worauf schwarze Ölflecken seine Mechanikerbemühungen bezeugten, just in dem Moment also, in dem Jimmy den Fehler in den schwarzen Bauklötzen des Motors gefunden hatte, sein Verfickter-Keilriemen-, Weicheier-Zündkerzen-, Verpisste-Kühlerflüssigkeit-Fluchen beendet war, just in diesem Augenblick musste also ich wie eine Kugel beim Kugelstoßpendel in die von mir sitzengelassene, zum Stöhnkonzert aufgegabelte Norwegerin hineinrennen, ihr das Momentum meiner kinetischen Energie übertragen, sie umschmeißen, rücksichtslos. Aber war das ein Grund, mit einem Schraubenschlüssel auf mich loszugehen? Sollte man nicht trotz dieser ungünstigen Situation einen Rest von Anstand wahren? Immer noch hatte Jimmy dieses gusseiserne Werkzeug in der zum Schlag ausgeholten Hand, murmelte *Ich liebe und ich akzeptiere mich, sagt der Jimmy immer. Geilio.*

Weißt du noch, Mama, was uns Oma immer gesagt hat: Man hat im Leben nur ein gewisses Territorium zur Verfügung, über das man nicht hinaussoll, weil es Unglück bringt. Man darf zwar zu seinen Grenzen gehen und sehen, was dahinter ist, aber überschreiten darf man seine Grenzen nicht, weil man dort nichts verloren hat. Das gilt für den Iwan ebenso wie für jeden Menschen. Der eine hatte außerhalb der spanischen Gewächshäuser nichts verloren und der andere …?

Wahrscheinlich war auch die Norwegerin jenseits von Jimmys Grenzen. Oder war sie jenseits meiner Grenzen?

Jedenfalls spürte ich jetzt einen dumpfen Schlag, spürte, wie sich getreu dem Energieerhaltungsgesetz die ganze Wucht einer in kinetische Energie umgewandelten Wut an mir entlud, es zu Verformungen kam, war mir, als ob auch die Stimme der Norwegerin ihren Senf dazugab: Ja, gib es ihm, diesem Lidschatten und Hasenschartengewächs. Krass! Neskrien gaisā, sagte sie, kamēr spārni nav izauguši, was sie sich selbst gleich übersetzte: Reiß dich nicht in den Himmel, solange die Flügel nicht gewachsen sind. Jaunie putni veco putnu dziesmas nedzied. Die jungen Vögel singen nicht die Lieder der alten. Cāļus skaita rudenī. Die Küken werden im Herbst gezählt. War das Norwegisch?

Alles war wie in Zeitlupe. Das Trägheitsgesetz befolgend, stand ich noch, hörte ein Knacken mitten aus meinem Gesicht kommen, merkte, wie etwas in mir diesen Impuls aufgriff und die Hände hob: Mein Gott, Jimmy, sagte ich mit verzerrter Stimme, Papacanyouhearme, kennst du mich nicht mehr, ich bin doch nicht dein Schwiegervater, ich bin der mit dem Vogeltanz, wir waren bei Doktor Neunteufel, bei Kaiphas, ich habe dir Magie gemacht, damit dein Schwiegervater … Gut, vielleicht habe ich versehentlich *nicht heiraten* geschrieben … Aber da war es schon zu spät, war ich getroffen, taumelte, merkte, wie die Mechanik in mir zusammenbrach, die Lichter ausgingen. Da fiel ich den Gesetzen der Schwerkraft folgend um, war tot und hörte Jimmy, wie er sagte, dass das seine Lettin sei, aus Riga, Gundega – und sie gehörte ihm in dieser Nacht. Ich liebe und ich akzeptiere mich, sagt der Jimmy immer. Geilio.

Danach erklang die letzte Strophe von diesem Poe-Gedicht: Und auf meinem Türgerüste, auf der bleichen Pallasbüste, unverdrossen, ohn' Ermatten, sitzt mein dunkler Gast noch immer. Sein Dämonenauge funkelt und sein Schattenriss verdunkelt das Gemach, schwillt immer mächt'ger und wird immer grabesnächt'ger – und aus diesen schweren Schatten hebt sich meine Seele nimmer. Nimmer, nimmer, nimmer, nimmer.

BAND 2

Random Walk

Der Himmel ist gleichmütig und lang. Er ereifert sich nicht, prahlt nicht, bringt nichts, ist nur einfach da. Überall Strommasten, Trafohäuschen, Zäune, Baumärkte. Der Himmel, dieses Land der Hintertüren und Kavaliersdelikte, in dem man rauchen darf und alle Rechnungen inoffiziell sind, weil die meisten Bewohner pfuschen gehen, der Himmel ist wunderbar, hört niemals auf. Man kann Wasser aus der Leitung trinken, Bildungs- und Gesundheitssystem funktionieren. Man kann seine Kinder bedenkenlos in die öffentlichen Schulen schicken und bekommt sogar Pensionen und Arbeitslosengeld. Überall blühen Primeln, Buschwindröschen, Lungenkraut, Vergissmeinnicht. Schülerlotsen beschützen Zebrastreifen, und die Menschen, weil sie sonst nichts zu reden wissen, weil ihnen die Wörter fehlen, diskutieren übers Wetter, das immer schlechter ist als prophezeit. Oft regnet es, Nebel, der wie ein Schleier über allem hängt, ist alltäglich.

Im März streuen die Bauern Asche auf die Felder, um die Schneeschmelze zu beschleunigen. Ab der Karwoche stecken geweihte Palmbuschen in den Stuben. Im Himmel piepsen Meisen, zirpen Rotkehlchen, fliegt ein Schwarm Zeisige trällernd durch die Luft. Alles andere schweigt. Zu essen gibt es Knödel, dazu im Winter Sauerkraut, im Sommer Salat – dann riecht es nach gebackenem Holz und frischem Harz, nach Baustellen und Teer und Kunstdünger. Und überall gehässige, neidische Misanthropen, die man zu grüßen hat, verlogene Ratten, Heuchler, die darauf lauern, dass man strauchelt. Verwachsene Menschen, zu denen die jeweiligen

Moden immer erst mit jahrzehntelanger Verspätung kommen. Der Himmel ist langmütig und wunderschön, aber die Künstler diffamieren ihn als Land der Keller und Beschädigten, als Land der Nebel und des Dauerregens, als Land der Sprachlosen, aber nur, um Fremde fernzuhalten, denn der Himmel ist ein Paradies, in dem hin und wieder auch die Sonne scheint. Hätte man alles, nur den Himmel nicht, man hätte nichts.

Der Tod? Ein Kinderreim. Urahne, Großmutter, Mutter und Kind … In Sumpfing, diesem Nebelloch, war der Tod ein Strick im Nachtkästchen, Opa in Stalinum, verschwundene Verwandte, Tiere mit ausgerissenen Haxen, zerschnipselte Schnecken, die Schnapsbar mit verdorbenen Flüssigkeiten oder ein kaputter Tiefkühlschrank, dem Säfte wie Leichenflüssigkeit herausflossen.

Vor nichts hattest du mehr Angst, Mama, als vor einem aufgetauten Tiefkühlschrank – viel mehr noch als vorm Tod. Du hattest gleich drei von diesen brummenden weißen Einfrierungetümen, auf deren Frontflächen Aufkleber von Tankstellen neben Panini-Fußballerbildern pickten, Mobil Oil neben Hans-Peter Briegel, STP neben Bruno Conti, Manfred Kaltz, Christo Stoitschkow, Walter Schachner. Einen für Kirschen, Marillen, Holunder, Schwarzbeeren, Himbeeren, Ribisel, Quitten und sonstiges Obst, einen für Zucchini, die damals gerade aufkamen, Karotten, Sellerie, Gurken, Erbsen, Kohlsprossen, Kohlrabi, Karfiol, den dritten für Fleisch und Speiseeis – so als ob du den gängigen Sumpfinger Judenhass mit einer nicht koscheren Einfrierstrategie beweisen wolltest.

Doch wehe, eines von den weißen Ungetümen wäre kaputtgegangen. Eine Katastrophe! Dann hättest du dich aus lauter Trauer und Verzweiflung am liebsten aufgehängt. Der

Tod? In Sumpfing roch der Tod nach lauwarmem Mittagessen, Poldlantenne, Skirennen und aufgetauten Lebensmitteln. In Sumpfing war der Tod ein Alutassen-Billigfleischesser, der die Toten wie günstiges, stark gewürztes Fleisch verschlang und seine Opfer stolz am Kirchaushang aufspickte. Da hingen sie dann im Glaskasten, *viel zu früh, plötzlich, durch einen tragischen Unfall aus dem Leben gerissen* oder ihre *Leiden tapfer ertragen* habend, *unvergesslich*, oder was auch immer auf den Partezetteln stand; Gesichter, die es nicht mehr gab, denen die Augäpfel aus den Höhlen fielen, Gesichter, die sich nun von ihren Knochen lösten, deren Inneres zerfiel wie bei einer von Motten zerfressenen, sich in Auflösung befindlichen Innerei einer Polstergarnitur, Gesichter aus besseren Tagen, Gesichter, die immer ohne Ausnahme *unerwartet* gegangen oder abgetreten und jetzt *unvergesslich* waren.

Unerwartet – als ob sich nie jemand mit dem Tod beschäftigt hätte, der doch täglich tausendfach durchs Fernsehen kam, als ob nie jemand die Aufschrift einer Zigarettenpackung gelesen hätte, als ob nie jemand damit gerechnet haben könnte, dass es bei ihm irgendwann genauso ans Eingefrorene ging wie bei allen anderen: unerwartet. So hingen sie bald alle da, der Poldl, der Pofinger, der Speckbacher, der Kübelböck, der Schweinberger, der Korischek, die Männer von der Freiwilligen Feuerwehr – und all die anderen, die im Saurüssel aus und ein gegangen waren (reingegangen, rausgetorkelt), die wie Löcher gesoffen hatten, nämlich bis sie voll waren und überliefen, unerwartet, unvergesslich. Spiegeltrinker und Quartalssäufer. Besoffen, weil sie ihre Kinder schlugen, selbst als Kinder geschlagen worden waren, weil ihre Väter in Stalinum geblieben oder an Massakern der Wehrmacht beteiligt gewesen waren, weil ihnen die Sprache fehlte, oder einfach, weil ihr Leben wie ein Klumpen Dunkelheit an ihnen klebte, weil sie unerwartet und unerwünscht auf die Welt gekommen waren und auch jetzt niemandem abgingen. Unsagbar besoffen, weil es in Sumpfing dauernd und unsäglich regnete. Gesichter, die nichts Aufgetautes mehr bekamen, zumindest nicht im Saurüssel. Festgefrorene Gesichter, nur noch dazu gut, um das Glas auf sie zu heben, um ihre Partezettel in einer alten Pralinenschachtel (Heller-Bonbonniere) zu verstauen. Oma hob in ihrer Partezettel-Pralinenschachtel auch die Rechnungen für deine Hochzeit auf, Standesamtgebühr (180 Schilling), Konsumation im Saurüssel (64 Schilling), Mitgift (800 Schilling). Wahrscheinlich, weil sie deine Hochzeit auch wie einen Tod empfand, ein Grab erloschener Wünsche, ewiges Schweigen.

Aber der Tod ist keine Hochzeit, kein Trinkspruch, keine Praline, und er kommt auch nicht unerwartet, selbst wenn er es persönlich oft gar nicht erwarten kann. Der Tod benimmt sich wie ein kleines Mädchen und wirkt dabei über alle Maßen lächerlich. Er liebt Hüpfspiele, Geheimsprachen, ist starrsinnig und hübsch. Der Tod ist eine irrationale Zahl, harmonisch wie ein Tropfen, formvollendet, ein Tropfen, der in ein Glas Wasser fällt, konzentrische Kreise zieht, hinabsinkt und vergeht – Molekül für Molekül. Wasser, diese scheinbar triviale Flüssigkeit, dieser Ursprung allen Lebens, in dem alles gespeichert ist, Wasser, das im Saurüssel nie jemand trank, weil alle Tschopperlwasser, Gschloderad, Kindertee oder Regen dazu sagten. Wasser ist die höchste Wesenheit, der große Magier, Gott. Kann in allem wohnen, hat in sieben Tagen alles nach seinem Ebenbild erschaffen. Es gibt keinen Gott der Vögel, keinen Gott der Menschen, wie es auch keinen Gott der Kaktusse, Geschirrspülmaschinen oder Tiefkühlschränke gibt, nur Wasser, diese göttliche Flüssigkeit. Wasser, das ist Leben und auch Tod. Und hast du alles, nur kein Wasser, hast du nichts.

Im Angesicht des Todes, hat der in Sumpfing als Nestbeschmutzer beschimpfte, von mir aber innig verehrte lungenkranke Thomas Bernhard oft gesagt, wird alles, alles lächerlich und gleichgültig. Aber das stimmt nicht, im Gegenteil, im Angesicht des Todes wird alles durchsichtig und klar und gültig, möchte man noch einen letzten Schluck tun, aufgehen in Gott, aber auch mit jedem tauschen, der noch lebt, sogar mit der alten Frau Mastrojani, die in ihrer Aceton-Wolke und auf offenen, wunden Beinen ihre Runden durch die Praxis Neunteufel dreht, auf ein *Putzi* vom Doktor hofft, die scheußlichen Bilder seiner toten Frau abstaubt, dabei auf alle ausgebliebenen Patienten flucht. Mit dem blinden Bettler möchte man tauschen, der sich trübe durch die Drehkreuze der U-Bahn quält, mit dem Zeitungsjungen, den dicken und dünnen Kellnern am Campo dei Fiori, der gutangezogenen Dame, die von Abfällen leben muss, den Hippies beim Denkmal des Giordano Bruno, der Japanerin, die einen Unterschenkel des Selbstmörders Schimpl wie ein Baby an ihren Busen drückt, mit Kaiphas und seiner einseitigen Schilddrüsenüberfunktion, mit Mazlenikow und seinem Burrrgtheaterdeutsch, den Taxilenkern, Fahrgästen, die alle im Kreis fahren, warten auf das Unerwartete, trotzdem leben. Im Angesicht des Todes möchte man alles tun, um noch nicht aussteigen zu müssen, ein paar Jahre länger mit dabei zu sein im Rundendrehen. Im Angesicht des Todes beneidet man jeden noch so dummen Kreisläufer, jeden noch so kleinen Wassertropfen, denn er lebt, er schwimmt im Strom, er ist in Gott.

Und ich war tot, hinüber, weggetreten, ein zerschlagenes Gesicht. Auf Eis gelegt für immer. Sprachlos. Aber durstig. Du, Mama, hast es mir ja immer prophezeit gehabt, du hast ja immer *Mach nur weiter so, dann wirst du schon sehen, wohin dich das bringt* gesagt. Jetzt sah ich es.

Zur Zeit, als ich Almut kennenlernte, mich mit ihrem CL, BL, JWL, jetzt wird's lustig, LD, Liebesdienst, und SFT, sexfreier Tag, ja mit ihrer ganzen unsäglichen VFA, Vorliebe für Abkürzungen, ebenso anfreundete wie mit ihren immer kalten Pobacken und Fingerspitzen, mit ihrem immer feuchten Schauraumimhof, zu dieser Zeit also begann Bayreuth von meinem Vorgänger (Ehemann Numero drei, der Rallyefan) zu schwärmen.

Mit ihm, meinte sie, sei das Leben wie das Schmieren eines Butterbrotes mit optimaler Butter gewesen, nicht zu weich und nicht zu hart. Und sie könnte jeden Tag ein Butterbrot essen. Nicht aber mit mir, der ich versponnen und gefühlskalt war, nichts redete, nicht mit dem Kleinen spielte, Ikea hasste, Babykurse und Kindergruppen mied und obendrein noch Angst vor Brustkrebs hatte, obwohl die Brustkrebs-Wahrscheinlichkeit für einen Mann so hoch ist wie ein Haupttreffer in der Lotterie. Leider nicht.

Plötzlich, während ich mich mit Nephologie (Wolkenkunde), Kondensationskernen, Thermik und hochfrequenten elektromagnetischen Wellen zur Beeinflussung des Wetters beschäftigte, hatte sie Visionen und hörte Stimmen. Stimmen, die ihr sagten, dass mein Vorgänger, das Butterbrot, ein keineswegs strenggläubiger Mensch, nicht verwest und von Würmern aufgefressen worden sei, sondern frisch und unverändert in seinem Sarg ruhe und Veilchenduft oder frischen Brotgeruch verströme, was laut Bayreuth zweifelsfrei Gottes Existenz beweise, dass der Sargträger und Ehemann Numero drei keinem Unglück zum Opfer gefallen, sondern einen Sühnetod gestorben sei. Warum sonst die Verwechslung des Totengräbers Wastl? Weil die Blasmusik *My Way* spielte? Der Pfarrer die Ministranten geohrfeigt hatte? Weil ich zuvor beim Arzt (Vaselinefinger) und danach bei einem versuchten U-Bahn-Selbstmord gewesen war?

Frauen sind wie das Wetter, unberechenbar. Sie sind bekanntlich immer denen hinterher, die sich nichts aus ihnen machen. Aber, dass es so weit geht? Sie sogar auf Leichen stehen? Bayreuth jedenfalls, sonst vor allem an Polstern, neuen Wandfarben und Ikea-Möbeln interessiert, ordnete im Glauben an dieses Wunder eine Exhumierung an. Der unverweste Leichnam ihres dritten Ehemannes, so das Nilpferdmädchen, würde die Gläubigen wieder daran erinnern, dass es einen Gott und eine Auferstehung gebe, eine höhere Ordnung und einen Sinn. Auch das Zerlegen und Zusammenbauen von Ikea-Möbeln sei schließlich möglich. Und hast du alles, aber keinen Gott, so hast du nichts.

Natürlich musste so eine Exhumierung erst einmal von der trockenen Friedhofsverwaltung bewilligt werden, denn auch ein Wastl Godschani-Semmelmeier war nicht bereit, wegen irgendwelcher wundgeheulter Witwen, die ihre verwaschenen Einbildungen hatten, ständig Gräber aufzubuddeln. Und mit diesem speziellen hatte er Erfahrungen gemacht. Schließlich hatte er es schon einmal umsonst aufgegraben. Bayreuths dritter Ehemann, mein Vorgänger, du erinnerst dich, der auf den Sarg fiel, weil ich ausrutschte, hieß nämlich ebenso wie der damals Einzusegnende, der *My-Way*-Fan, auf den er gefallen ist, Petrus, und das wegen dieser Namensgleichheit zuerst ausgehobene falsche Grab war jenes der Familie des Rallyefans (Petrus), also das richtige für ihn, den Ehemann Numero drei, was der Wastl aber nicht wissen konnte und was ihm daher auch nichts nützte, weil er es zum Zeitpunkt des Unglücks aus lauter Übereifer schon wieder zugeschaufelt hatte.

Wenn ich es mir recht überlege, hieß der zu Beerdigende (*My Way*) aber gar nicht Petrus, während Bayreuths dritter Mann sehr wohl so geheißen hat. Der damals zu Beerdigende hieß Judas, was aber für den Godschani eins war, Petrus und Judas, Apostel bleibt Apostel. Oder war es umgekehrt? Jedenfalls wollte Wastl mit diesem Grab partout nichts mehr zu tun haben. Auf keinen Fall. Nicht, dass er jetzt das des Judas statt das des Petrus aufgrub. Vielleicht hatte er eine Judas-Petrus-Legasthenie – so wie ich eine Linz-Lienz-Liezen-, Nachbar-Nachtbar-, Kultmodel-Kuddelmuddel-, handgeblasen-Handke-blasen-, Gastank-Gestank- und Ayurveda-Aloe-vera-Leseschwäche hatte? Also war der Totengräber strikt dagegen. Doch auch Bayreuth hatte ihren Willen.

Dass Dicke lustig und gesellig sind, ist eine Mär. Das Gegenteil ist der Fall. Der gesellschaftliche Druck ist enorm, sie gelten als faul, behäbig. Gut, manche sind depressiv, leiden unter einer Prokrastination (Erledigungsblockade). Aber viele sind hartnäckig und verbeißen sich in ihre Sachen. So auch das Nilpferdmädchen. Sie gab nicht klein bei, sondern führte an, den Verstorbenen im Zuge der sich überstürzenden Ereignisse, die zu seinem Ableben geführt hatten, in einem billigen Ikea-, nein, Zinksarg bestattet zu haben, und deshalb wolle sie ihn nun in einen gediegenen Eichensarg umbetten lassen. Dagegen konnte nicht einmal der Totengräber etwas sagen.

Also grub man ihn (meinen Vorgänger mit Namen Petrus, die Numero drei) wieder aus. Der Pfarrer hatte zwar ein Nachrichtenembargo verhängt und jedem, der trotzdem kommen sollte, ein paar ordentliche Fotzen (Watschen, Ohrfeigen) angedroht. Aber davon ließ sich niemand abhalten. Eine große, geile, von den Gerüchten angelockte Menschenmenge wollte dabei sein, wenn sich dieses Wunder der unverwesten Leiche offenbarte. Würstel und Bier wurden verkauft, Zuckerwatte für die Kinder, Bilder mit dem Verstorbenen, Votivgaben. Blasmusik. Ein Menschenauflauf wie bei der Eröffnung einer neuen Ikea-Filiale. Und obwohl der

Godschani, ein *vino addictus*, also ein großer Trinker vor dem Herrn, stark nach Alkohol roch, wirkte er doch ziemlich ruhig, als er die Sargträger anwies, den Zinkkasten aus der Grube zu hieven.

Was in diesem Moment aufseiten der Hebammen mit der schon geborenen Seele passierte? Ob die noch einmal zurück in den Bauch der Mutter musste? Ins Koma fiel? Egal, der Goldregen wurde ausgerissen, ebenso die Vergissmeinnicht, und das Grab, dieser Ort ewiger Ruhe, wurde aufgegraben, der Sarg herausgeholt, von den daran haftenden Erdklumpen befreit und in den Karzer gebracht, wo Priester und Ärzte warteten, um die Umbettung vorzunehmen und den Grad der Verwesung festzustellen.

Draußen brodelte die Menschenmenge wie zerlassene Butter in der heißen Pfanne, Männer in billigen Lederjacken und mit schmierigen Gesichtern, Frauen mit hochzeitstortenartigen Dauerwellenfrisuren, Bauern in Strickjacken, Beamte in grauen Anzügen, Schulkinder, sie alle wollten dabei sein, wenn sich das Wunder ereignete. Reporter lokaler Fernsehanstalten berichteten von dem Ereignis, fachten die Spannung an und sagten doch am Schluss: Es ist schön, wenn man an etwas glaubt. Wenn man dann die Wahrheit zu Gesicht bekommt, ist es oft nicht mehr so schön, denn manchmal ist sie ranzig, zerfallen, verwest, nicht mehr genießbar. Es ist wie mit den Pflanzen von Ikea, beim Kauf sind sie fett und frisch und grün, aber bald darauf erleiden sie, weil heillos überdüngt, einen Herzinfarkt, werden braun, verrotten. Wie der Leichnam aber wirklich ausgesehen hatte, frisch und unverwest oder wie Fleisch aus einem kaputt gewordenen Tiefkühlschrank, wurde nie bekanntgegeben. Wenn man jemanden fragte, erhielt man keine Antwort. Die beteiligten Reporter wechselten bald darauf in Kriegsgebiete, die Priester gingen allesamt ins Kloster, legten das

Schweigegelübde ab oder wurden Missionare, die Ärzte starben unter mysteriösen Umständen, die Menschen von der Friedhofsverwaltung begingen Selbstmord, und der Wastl Godschani-Semmelmeier, von dem es hieß, dass er auch einen Blick auf den Leichnam erhascht hatte, hat sich bald darauf zu Tode gesoffen. Bayreuth wiederum hatte genug vom Butterbrot samt den dazugehörigen Visionen. Sie packte alle verbliebenen Pokale und Bilder von driftenden Autos in Kisten und brachte sie zur Caritas. (Eigentlich ließ sie alles abholen. Dicke haben ein unwahrscheinliches Talent, andere für sich arbeiten zu lassen.) Selber kam sie in eine Tierrettungsphase, kümmerte sich um ausgesetzte Straßenköter und streunende Katzen, wechselte, nachdem sie die Aussichtslosigkeit dieses Unterfangens erkannt hatte, zuerst zu Urschreiseminaren und wurde bald darauf zu einer besessenen Wohnungsausmalerin. Denn wenn du alles hast, nur nicht die richtige Wandfarbe, dann hast du nichts.

Und so wie damals dieser Leichnam von Ehemann Numero drei fühlte auch ich mich nach den römischen Ereignissen: verfault, zerfressen, zerlegt, nicht mehr ich selbst und tot, hinüber, eingegangen, erlöst. Ich kam an das Ende eines Tunnels, eine hell erleuchtete Tür mit viel scheußlichem, gelbem Licht, als hielte jemand ein Zitronenbonbon gegen eine Lampe. Kristallin. Heller als ein Scheinwerfer in der Disco, stärker als Autolichter. Der ganze Raum schien damit geflutet. Licht und wieder Licht. Eine Stimmung wie bei der Ikea-Warenausgabe, lauter faltige, graugesichtige, hysterisch nervöse Menschen. Es stellte sich heraus, dass mir zeitlebens Psychologen nachgegangen waren, um mein Kaufverhalten zu studieren – wie bei Ikea. Eine Lautsprecherstimme, die mich duzte, fragte, ob ich noch weiterleben wolle. Da das Licht so unangenehm war, sagte ich: Nein, umtauschen. Ich will mein Geld zurück.

– Wir können Ihnen Gutscheine geben.

– Bloß nicht. Wenn das so ist, behalte ich den Krempel.

– Dann aber schnell, meinte die Stimme. Ich müsse sofort umkehren und dürfe mich auf keinen Fall noch einmal umdrehen. Durch einen endlosen Schlauch an Möbeln und Sonderangeboten wurde ich geschickt, durch Küchen, vorbei an Couches, Betten, Kisten voller Stofftiere, vorbei am Kinderbett Gutvick und unzähligen Billy-Regalen, am Wandschrank Ekelsund und den Stühlen Sitzda und Platzda, durch graue Menschenmassen mit vollen Einkaufswägen und dem Tunnelblick, um irgendwann wieder am Eingang anzukommen.

Also war ich gar nicht tot, klar, sonst könnte ich jetzt nicht im Stundenhotel sitzen, als Herr Tosca jemanden erwarten und dir, Mama, diese meine faustische Geschichte auf Kassette sprechen. Sicher willst du wissen, wen ich eigentlich erwarte, Almut, Bayreuth, die U-Bahn-Frau, den norwegischen Beertender, Yeasmin Kahandahari oder einen Lieferanten von Ikea? Später.

Ich war also nicht tot, wurde wieder ausgegraben und herausgehievt aus der Katakombe meines Bewusstseins. Aufgetaut. Die Stimme an der Tür hatte mich zurückgeschickt. Kein Warenrücklauf heute.

Was würdest du machen, wenn die Welt morgen zu existieren aufhörte, Mama? Würdest du so weitermachen wie bisher? Ein Bäumchen pflanzen? Malter rühren? Gulasch kochen? Zum Scheidungs-Brandreden-Pfarrer gehen, seine fetten hundertjährigen Hände küssen? Und ihn dann erwürgen? Den Adlatus Albert heiraten? Oder dich noch einmal ordentlich volllaufen lassen? Oma hat nicht nur ständig *Und wirft der Arsch auch Falten, wir bleiben doch die Alten* gesagt, sondern auch, dass man im Leben sein Territorium nicht verlassen darf. Daher hat sie sich auch zeitlebens geweigert, schwimmen oder Rad fahren zu lernen.

Dabei war Oma voller Flausen. Wenn sie nicht gerade die Scheune mit Frittieröl eingelassen, gegen den Iwan Krieg geführt oder Marmelade eingekocht hat, heckte sie Streiche aus, hat lebendige Blindschleichen an die Blutbuche genagelt, meinen Schwestern Laubfrösche ins Bett gelegt, tote Maulwürfe eingefroren, in der Kirche ein Bild von Iosseb Bessarionis dse Dschughaschwili, genannt Stalin, aufgehängt oder im Salzmantel erstickte Schnecken in mit *Marille* beschriftete Marmeladegläser abgefüllt und Saurüssel-Gäste damit beschenkt. Bei Gewitter hat sie entweder nackt Klavier gespielt oder ihr Gustav-Schwab-Gedicht *Urahne, Großmutter, Mutter und Kind in dumpfer Stube beisammen sind …*, bei dem am Ende alle vom Blitz erschlagen werden, deklamiert und es genossen, wenn wir zitterten vor Angst. Wobei sie die erste Silbe von Urahne immer besonders lang zu dehnen wusste: Uuuuuurahne.

Nachdem sie einmal *einen Hasen gefangen* hatte, wie sie das Hinfallen nannte, trug sie ihre dabei kaputtgegangene Brille jahrelang mit nur einem Bügel. Die andere Seite befestigte sie mit einer Schnur am Ohr. Oder weißt du noch, wie sie uns mitten in der Nacht (nach ihrer falschen Sommerzeit war es schon sechs Uhr morgens, dabei war es erst vier) geweckt hat, weil sie im Garten beim Frittierölschleppen etwas spürte – keine unversehrte Leiche eines dritten Ehemannes, kein Butterbrot, sondern einen Schatz? So hat sie uns Krampen und Schaufeln in die Hand gedrückt und gesagt: Grabt, Kinder, grabt. Ich spüre es, da liegt etwas, ein Schatz. Wir werden reich. Also haben wir ein zwei Meter tiefes Loch im Gemüsebeet gebuddelt. Und auf was sind wir gestoßen? Auf eine Kiste mit Dukaten und Goldschmuck? Auf keltische Haarspangen? Römische Amphoren? Nein, erst auf Knollen, dann auf ein Schneckennest, später auf das Skelett von einem Hexi-Ahnen. Und als wir uns beschwerten, nicht aus dem Schlaf gerissen werden wollten, nur um ein Dackelskelett freizulegen, sagte Oma nur: Da seht ihr es wieder, jeder muss in seinem Bereich bleiben. Es ist uns nicht gegeben, reich zu sein. Da seht ihr es wieder. Was ich immer sage. Die einen gehen in ein Möbelhaus, die anderen zu Ikea.

Ein andermal, Weihnachten, bekamst du von einem Gast eine schöne Glasschüssel mit goldenen und pistaziengrünen Badeperlen – verpackt in Zellophanpapier – geschenkt. Die Oma aber, obwohl sie wusste, dass das dir gehörte, hielt die Badeperlen für belgische Pralinen. Aus lauter Gier fraß sie, während wir beim Poldl waren, ihm auch ihr altes Frittieröl brachten, alle auf. Selbst als wir sie um Mitternacht dabei ertappten, stopfte sie noch welche in sich rein und grinste: Mmmm, so weich, so flaumig. Wunderbar.

– Aber Oma, schrien wir, was machst du da?

– Ich wollte auch einmal schlimm sein, strahlte sie. Uuuurahne, Großmutter, Mutter und Kind … Also habe ich die Pralinen aufgefressen. Entschuldigt, Kinder, aber heute ist Weihnachten, und jetzt ist es zu spät. Warum soll ich mir nicht auch mal was gönnen?

– Pralinen? Oma! Das sind Badeperlen! Badeperlen!

– Ah so, und ich dachte schon, die schmecken aber etwas seifig. Ein Wunder, dass sie weder an einer Speiseröhrenverätzung starb, noch ihr Magen kollabierte. Aber als sie dann bis Silvester ununterbrochen Seifenblasen produzierte, die ihr beim Mund, der Nase, bei den Ohren und irgendwann sogar beim Hintern rauskamen, und sie nicht und nicht aufhörte, als wandelnde Seifenblasenmaschine durch die Gaststube zu torkeln, jedes Wort, das sie sprach, gleichsam in eine Seifenblase hüllte, mit ihrem Atem Fenster putzte, so lange blubberte und ploppte, bis sich selbst die Gäste, die das anfangs für eine lustige Attraktion gehalten hatten, beschwerten, weil ihnen die Seifenblasen das Bier verdarben, auf dem Gulasch platzten, und wir sie ins Spital brachten, meinte sie nur: Da haben wir es wieder, Kinder. Jeder muss in seinem Bereich bleiben. Schuster, bleib bei deinen Leisten. Wir dürfen zwar über unsere Grenzen schauen, aber überschreiten dürfen wir sie nicht, weil, was kommt sonst heraus? Luftblasen! Plopp.

Auf der anderen Seite dieser Grenze war für Oma Stalingrad. Und in diesem Stalinum platzte der von Hitler gestohlene Opa mitsamt seinen Blumensamen, Igor-Löckchen, Zukunftsplänen wie eine Luftblase, weil er seine Grenze überschritten hatte. Aber die Oma hat deswegen nie geweint. Nur manchmal hat sie sich mit Irmi und Alma weggesperrt zum Beten – wobei sie ihre Gebete nicht zum lieben Gott, sondern zu Marx, Lenin und Stalin schickte.

Oft hat sie tagelang sehnsuchtsvoll zum Fenster rausgeschaut und den komischen Käuzen zugesehen, die da vorbeigewackelt sind. Männer wie der Naz, ein geistig Behinderter, der immer einkaufen geschickt worden ist. Wenn die Oma ihn gesehen hat, hat sie sich Schnupftabak ins Hirn gejagt und gesagt: Gut, dass meiner nicht heimgekommen ist, was hätt ich denn von so einem, dem müsste ich die Wäsche waschen, das Essen machen, das Hörgerät einstellen und ihm zu allem Überfluss auch noch die Windeln wechseln, sonst hätt ich nichts von dem. Gut, dass meiner in Stalinum geblieben ist. Freilich hat sie ein Leben lang damit gehadert. Denn wenn du auch alles hast, nur keinen Partner, hast du nichts.

Was würdest du also tun, Mama, wenn morgen die Welt unterginge? Würdest du deine Tiefkühlschränke auftauen? Badeperlen essen? In die Kirche zur Maria Magdalena gehen und beten? Bei Ikea alles aufkaufen? Oder nach Baden fahren und dir die Madonna von Stalingrad anschauen? Ich war einmal dort, zufällig. Baden bei Wien. Diese ganze Stadt riecht nach Schwefel (wie Island), Monarchisten, Kurgästen und nach reichen Wienern, die dort ihren Alterswohnsitz haben, ihre Inkontinenz ausleben. Und wie ich so auf einer Badener Parkbank saß und an Almut und ihre Abkürzungen dachte, hat mich eine alte Frau angesprochen, ob ich nicht Zeit hätte, mir ihre Geschichte anzuhören, weil sie bald sterbe. Denn wenn du auch alles hast, nur niemanden, der dir zuhört, hast du nichts.

Also hat sie sich zu mir gesetzt und zu erzählen angefangen, dass sie erst BDM-Mädchen, dann Feldkrankenschwester in Stalingrad gewesen ist, wo Männer in ihren Schmerzen nach der Mama und nach Alkohol geschrien haben. Sie hat aber nicht nur klaftertiefe Wunden, Beinstümpfe, abgeschnittene Geschlechter, eingeschlagene, offene Schädel, heraushängende Gedärme, zertrümmerte Gesichter, sondern auch die bolschewistische (so sagte sie) Landschaft gesehen, die bolschewistische Natur, den Reif, den meterhohen Schnee. Die Äste dieser Bolschewistenbäume sahen wie weiße Korallen aus, während der bolschewistische Himmel mit dem unseren nicht zu vergleichen ist – viel klarer und viel blauer, fast wie Wodka. Ob sie Opa auch gesehen hat, konnte sie nicht sagen. Bestimmt hätte sie sich an seine Blumensamen erinnert. Aber dann war da noch diese Madonna, die Madonna von Stalingrad (nicht von Ikea). Kurz vor Weihnachten haben die Eingekesselten, die auf ausdrücklichen Befehl des Führers nicht kapitulieren durften, eine Madonna geschnitzt und gehofft, sie ausfliegen zu können, weil das ein Zeichen ihrer Rettung wäre. Denn wenn du alles hast, nur die Hoffnung nicht, so hast du nichts. Und es ist geglückt, wie durch ein Wunder gelangte die Madonna aus dem Kessel. Nur genützt hat es nicht viel, zumindest nicht den Eingekesselten.

Heute hängt die Madonna von Stalingrad unter anderem in der Kirche von Baden. Ein Relief, keine Skulptur. Eine eingekesselte Figur. Man könnte darin einen Penis mit zwei Eiern sehen, das Gegenstück zur mexikanischen Gottesmutter, aber daran dachte ich damals nicht. Ich habe ein Foto gemacht, eine Kerze angezündet für den Opa und ihm ein Gebet geschickt. Davon habe ich der Oma dann erzählt, da hat sie sich zuerst Schnupftabak hineingezogen und dann zum ersten Mal geweint. Aber richtig. Weil, wenn der Opa aus dem Krieg zurückgekommen wäre, hätte sie zu dem Gast, der gefragt hat, ob es bei der Polja, also bei dir, Mama, schon geht, nicht sagen müssen, schaust halt nach, und wenn der Opa aus dem Krieg zurückgekommen wäre, hättest du nicht den borneografischen Bsuff Melchior Kilgus heiraten müssen, und wenn der Opa zurückgekommen wäre, hätte mir der Pofinger nicht zwischen die Beine greifen dürfen, und der Poldl hätte sein Knackwurstwürstel eingepackt lassen müssen. Wenn der Opa zurückgekommen wäre, wäre alles ganz anders gelaufen.

Aber der Opa ist nicht zurückgekommen, der ist mitsamt seinen Blumensamen und Igor-Löckchen in Stalingrad geblieben, wo er wie ein Tropfen in das große Glas gefallen und aufgegangen ist. Wasser ist Gott, allwissend und überall. So wie ein Farbtropfen sich im Wasserglas verteilt, verhalten sich übrigens auch Börsenkurse. Man nennt das Random Walk.

So verteilten sich die wolkigen Gedanken in meinem Kopf, zerstäubten, flockten aus, fuhren wie Tentakel in alle Höhlen meines Hirns, während der Körper bequem in einem warmen, weichen Bett lag. Sollte das am Ende doch der Himmel sein, den sich Bayreuth wie einen Ort voll mit weichen Polstern, Kissen dachte, einen Ikea-Schauraum? Die Hölle?

Finsternis war rund um mich, Finsternis wie, ich zitiere Oma, im Teufel seinem Arschloch. Eine ölige Ruhe. Es war wie in einem Traum, du weißt nicht, wo du bist, und auch nicht, wie du hergekommen bist. Es roch, wie wenn man nach dem Sommer zum ersten Mal die Heizung aufdreht – nach warmem Staub. Ich stöhnte, hatte Angst, meine Augenlider nicht mehr aufzukriegen, erblindet zu sein. Im nächsten Moment war mir, als beträte ein Chirurg das Zimmer und deklamierte mit kalter Stimme: Dann wollen wir das Schwein mal schlachten.

Schwere Vorhänge wurden weggezogen, Fenster aufgemacht, und eine gleißende Helligkeit kam ins Zimmer, machte tanzende Staubpartikel sichtbar. Im zitronensaftgelben Tageslicht traten die Möbel im Zimmer in all ihrer Scheußlichkeit hervor. Dunkel, neoklassizistisch, wie aus dem vorvorigen Jahrhundert. Vor mir stand ein Engel. Isis? Horus? Petrus? Judas? Nein, jetzt, wo sich die Lider längst geöffnet hatten und die Pupillen weiteten, erkannte ich eine metallische Verklammerung um die Vorderzähne, ein zartes Näschen … die U-Bahn-Frau. Jawohl! Die Schöne aus dem Untergrund! Ein weiches, mediterranes Gesicht und intelligente Busenrundungen. Unter einer weißen Bluse zeichneten sich sanfte Schlüsselbeine ab, ein dolchförmiger Schatten in der kleinen Mulde zwischen ihren Brüsten. Langes, glattes Maronihaar. Ihre dunklen Augen funkelten, ihre roten Lippen leuchteten wie Bremslichter am Auto – ein untrügliches Zeichen von Geschlechtlichkeit und Stöhnerei. Sie war schön wie eh und je. Eine Reiterhose und hohe Lederstiefel, ein fein ziseliertes goldenes Armband um das schlanke Handgelenk. Und diesmal waren weder U-Bahn, Sattelschlepper noch grölende Kinder zwischen uns. Sollte ich doch gestorben und im Himmel sein? Würde sie sich gleich entkleiden und zu mir ins Bett steigen?

Sie beachtete mich nicht, trat zum Fenster und brüllte raus: Ich hasse Karl Marx und Wittgenstein und Jesus!

– Ähem, begann ich mich zu räuspern. Da habe ich ja wenig zu befürchten.

– Ah!, erschrak sie, fasste sich dann schnell und lächelte. Da schau her! Endlich kommst du zu dir, sagte sie mit dunkler, runder Stimme. Gott sei Dank. Du hast dich mörderisch aufgeführt. Aber keine Angst, Jimmy ist schon unterwegs, jemanden zu holen. Einen Priester.

– Einen Priester? Wieso denn einen Priester? Muss ich sterben? Beichte? Letzte Ölung? Steht es so schlimm?

– Soviel ich weiß, ist an der Besessenheit noch nie jemand gestorben. Sie nahm einen Stuhl, stellte ihn verkehrt neben mein Bett und setzte sich so darauf, dass ihre Unterarme auf der Lehne ruhten. Ihr Schritt war gespreizt. Mit den Stiefeln hakte sie in den Sesselbeinen ein. Kurz überlegte ich, wie wohl ihre mexikanische Gottesmutter auf diese Position reagierte, ob die langsam wie eine sich öffnende Knospe auseinanderging? Doch dann war da wieder dieses Wort!

– Besessenheit? Was soll der Blödsinn? Besessenheit? Ihr lebt wohl noch im Paläolithikum?

– Du hättest dich sehen sollen, wie du getobt und wild herumgeschlagen hast. Deine Gesichtszüge waren ganz entstellt, deine Augen, die jetzt wieder grün sind, waren schwarz wie Kohle. Du hattest Schaum vorm Mund.

Ich griff mir ins Gesicht, spürte einen Verband, dachte kurz an Stalingrad, die alte Frau in Baden, und sah die Hübsche fragend an.

– Keine Angst, nur ein Kratzer. Viel schlimmer sind die Zustände, dein Toben.

Die Worte dieser Schönen waren weich und leicht wie

Pudding. Am liebsten hätte ich zugegriffen und ihre Sätze aufgegessen – auch wenn sie weiter sagte: Du hast tierisch geknurrt und mit den Zähnen arg geknirscht. Dein ganzer Körper hat gezuckt und sich verkrampft wie ein galvanisierter Frosch. Geschrien hast du bestialisch. Und keine Ruhe gegeben, bis wir alle Kruzifixe und Madonnen aus dem Zimmer entfernt haben. Zwei Rosenkränze hast du zerfetzt. Es scheint, als hättest du eine Allergie auf alles Religiöse. Sie erhob sich, nahm einen Kotzen vom Fuß des Bettes und warf ihn über meine Decke.

– Vielleicht bin ich ein Epileptiker? Auch mein Onkel Igor, wahrscheinlich hatte er deshalb den Motorradunfall, nur beim Krauttreten, gutja gutja torko …

– Nein. Du bist besessen von Dämonen, von Teufeln.

– Daran glaube ich nicht. Zwar hat meine Mama oft gesagt, mach nur so weiter, dann wirst du schon sehen, wohin dich das bringt. Aber besessen?

– Dann nenn es böse Macht. Mittlerweile stand sie vor der Kommode, hatte mir ihren Rücken zugewandt und besah sich selbst im Spiegel. Sie hatte flächige Gesichtszüge. Ihre schmächtigen Schultern sahen aus wie zwei Vogelflügel. Im Spiegel konnte ich sehen, wie sie die Lippen ausstülpte und Grimassen schnitt.

– Seit ich in Rom bin, ist es etwas drunter und drüber gegangen, hauchte ich mit schwacher Stimme. So wie beim ersten Schultag, bei dem nichts so ist, wie man es sich vorstellt. Zuerst vergisst man die Schultasche, dann versäumt man den Bus, neben seinem einzigen Freund darf man nicht sitzen, der Klassenvorstand ist ein Päderast. Und dann wird man nicht einmal abgeholt, bekommt als Einziger keine Schultüte. Genauso ist es mir in Rom ergangen. Zuerst habe ich mein Notizbuch verloren, dann wurde am Fluchhafen der Koffer mitsamt dem Handy vertauscht, später habe ich gesehen, wie sich ein ehemaliger Lehrer aus meinem Kaff aus der Kuppel stürzt, zerplatzt, sein Kopf auf dem ausgestreckten Zeigefinger des Petrus landet, und zu allem Überfluss verstand ich plötzlich auch die Vögel. (Dass ich ihnen gepredigt hatte, verschwieg ich ebenso wie die Kirche am Petersplatz.) Dafür fühle ich jetzt und kann berühren. Früher brauchte ich immer Handschuhe … Aber deshalb bin ich noch lange nicht besessen. Auf keinen Fall. Daran glaube ich nicht.

– Soll das heißen, dass es keinen Teufel gibt? Sie öffnete den Mund, sodass ich ihr Zahnfleisch sah. Dann hauchte sie den Spiegel an, wischte ihn mit ihrem Ärmel ab. Man muss sich doch nur mal die Welt ansehen. Überall regiert das Schlechte. Unheil und Bosheit, Gier und Habsucht, wohin man blickt. Angeblich manipuliert man sogar das Wetter. Außerdem hättest du dich hören sollen. Teuflische Schreie waren das. Ein Brüllen, Fauchen und unheimliches Knurren. So habe ich noch nie jemanden fluchen gehört. Wie man dich gebracht hat, roch es nach Fäkalien und Brand. Ein Höllengestank war das.

– Vogelkot. Ich war ja über und über vollgeschissen.

– Das war teuflisch. Einmal ist wie aus dem Nichts ein Fliegenschwarm erschienen – und gleich wieder verschwunden. Ein andermal haben vor dem Fenster fünfzig Katzen wie verrückt geschrien. Sie drehte sich jetzt wieder um zu mir, nahm eine strenge Haltung ein. Du hast dir Käfer und Spinnen in den Mund gestopft, auf den Boden uriniert und dann die Lache aufgeleckt. Einen Apfel, den wir dir zum Essen geben wollten, hast du mit bloßer Hand zerquetscht, dass das Fruchtfleisch an die Wände spritzte.

– Wie Raimund Harmstorf in *Der Seewolf* die rohe Kartoffel?

– Kenn ich nicht. Auf mich wolltest du dich stürzen, mir die Wurzel allen Übels zeigen. Wenn wir dich nicht zurückgehalten hätten, hättest du dein Glied entblößt. Dabei hast du gebrüllt: *Hol mich hier raus, ich bin ein Star!*

– Davon weiß ich nichts. Kann mich nicht daran erinnern. Wie komme ich überhaupt hierher? Wo bin ich eigentlich?

– Jimmy hat dich aufgelesen. Ich bin übrigens Flavia, seine Braut. Sie streckte ihre Hand aus, zog sie aber gleich wieder zurück. Er hat dir doch von mir erzählt?

– Ich weiß. Dieser Schwachoni spannt mir alle Bräute aus ... sagt man so, Frauen werden ausgespannt wie Pferde ...

– Wie?

– Ach nichts. Ich war beim Anruf an Ihren Vater zugegen.

– Zugegen? Wie gewählt du dich auszudrücken weißt, wenn die Dämonen Ruhe geben. Sie lächelte, als hätte sie zwei Gnome im Mund, die an den Mundwinkeln zerrten. Jedenfalls war Jimmy gerade Richtung Ruine unterwegs, wo er Tischerlrücken wollte. Er hatte dort ein seltsames Erlebnis.

– Tischerlrücken? Der hat Ausreden. Zu den wackelnden Autos wollte er, den Beertender anzapfen, bis sie *O'zapft is, o'zapft is* schreit.

– Wie? Jimmy trinkt doch keinen Alkohol, nur hin und wieder einen Campari.

– Na, die Norwegerin, die er mir ausgespannt hat.

– Norwegerin?

– Ich glaube, sie ist eigentlich eine Litauerin. Die mit der ...

– Eine Litauerin? Mit Jimmy? Jetzt klang ihre Stimme trocken, schneidend wie eine Guillotine. Die Worte wirkten abgehackt, enthauptet, wenn sie sagte: Ganz unmöglich. So etwas gibt es nicht. Jimmy ist mir treu. Da gibt es nichts. Gut, vielleicht betreibt er Studien, auf welcher Fakultät die hübschesten Studentinnen zu finden sind. Er meint, im Welthandel und in der Betriebswirtschaft. Auch die Medizinstudentinnen sollen, wenn sie nicht gerade aus dem Seziersaal kommen, knusprig sein, während die Slawistinnen und Mathematikerinnen und auch die Studentinnen der Bodenkultur, besonders Letztere neigen zu Hängebrüsten … Pickelfakultäten … Aber sonst ist er eine offene und treue Seele. Jimmy würde mich nie betrügen. Niemals! Du meinst wahrscheinlich Gundega, aber das ist erstens eine Lettin und zweitens arbeitet die für die Familie, für Kaiphas. Jetzt wurden ihre Worte wieder sanfter, glichen Würsten in einer Wurstmaschine, wenn sie im Schweinedarm herauskamen und Stück für Stück abgebunden wurden: Siehst du jetzt endlich ein, dass du besessen bist? Jimmy hat gesagt, ihr wart bereits bei einem Arzt. Aber gegen Dämonen muss man einen Exorzismus beten, das Rituale Romanum. Das darf von einem Laien nicht gebetet werden! Darum holt er jetzt den Priester. Außerdem sind deine Verwandten da.

– Meine Verwandten? Wer? Mama?

– Wirst bald sehen, lächelte sie geheimnisvoll.

Sie stellte ein Glas Wasser und einen Teller trockener Aniskekse auf das Tischchen neben meinem Bett. Ich blickte auf ihre schwarzen Stiefel, deren Spitzen sanft gerundet waren. Und wenn du was zu lesen brauchst … Ich bin ja der Überzeugung, dass die Lektüre von Liebesromanen zur Bildung des schönen Geschlechts gehört, aber was du lesen könntest, weiß ich, sagte sie und legte ein kleines schwarzes Büchlein neben mein Bett. Und wie ich noch überlegte, womit ich bei dieser Flavia zur Sache kommen könnte, welcher Verführungsplan die größten Chancen auf Erfolg hätte, ob man es eher mit Sherry, einem Leg-Opener, oder doch mit der sentimentalen Tour versuchen sollte, erkannte ich in dem schwarzen Büchlein mein Notizbuch.

Davon völlig irritiert, warf ich jeden Plan über den Haufen und sagte: Du hast recht, Flavia, ich bin besessen, aber nicht von Teufeln, sondern von dir. Nur von dir! Kannst du dich an den Papierflieger in der U-Bahn erinnern? Hast du mich nicht im Albergo Vaselina angerufen?

– Aber nur, um dir zu sagen, dass das eine Frechheit ist. Eine Seite aus einem Schularbeitenheft! Das arme Kind! Was ist dir da bloß eingefallen?

– Wegen der Leidenschaft! Der Sehnsucht. Du hast das doch auch. Warum sonst plärrst du ständig deinen Hass auf Karl Marx und Wittgenstein und Jesus beim Fenster raus?

– Wegen Jimmy. Weil der so ein Pedant ist, ein Zweiterbildungswegkomplexler, einer, der sich in alles hineinsteigert. Immer geht es ihm um Systematisierung. Ein klassischer Ödipus, sein Vater war Kulturattaché in Algerien … Jetzt hat er sich in den Kopf gesetzt, *Die Bürgschaft* von Schiller zu lernen, also hat er überall, im Schlafzimmer, unter der Dusche, in der Küche, Schillers *Bürgschaft* aufgehängt. Davor hat er ein halbes Jahr lang das Vaterunser seziert und die Stelle mit den Schuldigern materiell interpretiert. Davor hat er Ludwig Wittgensteins *Tractatus* auswendig gelernt …

– Dieser Heiratsaspirant ist nicht der Richtige für dich.

– Du glaubst nur deshalb, mich zu lieben, weil ich dich habe abblitzen lassen. Außerdem liebe ich Jimmy. Ich will ein Kind von ihm. Er fühlt sich zwar nicht so weit, aber jetzt hat er schon gesagt, wir könnten uns einen Hund anschaffen. Das ist die Vorstufe.

– Ein Ersatz!

Da erklang der Dreiklang einer Türklingel. Flavia fuhr hoch und lief zur Tür. Ihre Brüste wackelten intelligent. Sie rief: Das muss Jimmy mit dem Priester sein.

Kaum war Flavia bei der Tür draußen, flatterten Raben durch das offene Fenster, setzten sich zu den Aniskeksen, pickten ein paar Krümel auf und krächzten. Sie hatten einen derart furchterregenden Blick, dass jede Schwangere eine Fehlgeburt erlitten hätte. Ich wollte etwas sagen, aber meine Worte brachen ab und zerbröselten wie Salzstangen. Da räusperte sich eine Krähe und krächzte. Ich verstand sie nicht, aber sicher meinte sie, du hast uns schwer enttäuscht. Im Stich gelassen hast du uns.

– Warum? Wie lange bin ich denn schon hier? Doch höchstens ein paar Stunden?

Das Vieh sah mich mit dunklen Augen an und gab ein paar unverständliche Laute von sich, mit denen es sagen wollte: Eine Woche ist nichts, vergeht wie eine Zigarette, zwei Wochen sind wie zwei Zigaretten. Unser ganzes Leben ist nichts, vergeht viel zu schnell. Wir werden um unser Leben betrogen. Aber du, der du uns eine Kirche versprochen hast, liegst hier im Bett, was eine Sünde ist …

– Nicht meine Schuld, murmelte ich und spürte, wie es in meinem Bauch rumorte. Außerdem war ich immer schon ein Verfechter des Siestaschlafs. Ihr habt natürlich recht, früher hätte man sich tagsüber nie ins Bett gelegt, da waren sie auch noch gemacht, sogar Oma, die sonst nicht so war, wenn ihr nicht gerade Seifenblasen aus dem Mund entwichen, aber …

Da flatterten die Tiere auf. Und auch wenn ich ihr Gekreische nicht verstand, war mir klar, dass sie von Gerichtstag und einer Reise sprachen, einer Reise zum Siebten Kontinent.

Und wie ich noch überlegte, was sie damit meinten, rumpelte es an der Tür, erschien Flavia mit meinen Schwestern und ihren dunkelhäutigen Buben.

Irmi? Alma?, schrie ich auf. Schwestern! Alte Wetterhexen! Wie kommt ihr hierher? Beide trugen champagnerfarbene Blusen, Jeansröcke, dunkelrote Handtaschen in Form einer großen Käferbohne, silberne Sandalen, aus denen fleischige Zehen mit unlackierten Nägeln ragten. Beide bodenstämmige Figuren. Die blonde Irmi hatte rote Flecken im milchigen Gesicht, anscheinend vertrug sie noch immer keine Sonne. Alma trug eine Hornbrille, ihr Haar war rot gefärbt. Beide keuchten und waren leicht verschwitzt. Die beiden Buben, deine Enkelkinder, Mama, sahen aus wie kleine Puertoricaner, olivfarbene Haut, krauses dunkles Haar. Beide vielleicht sechs, acht Jahre alt, angezogen wie Studenten einer Eliteuniversität.

– Hildychen! Wir sind extra angereist. Ich sag so, als wir gehört haben, dass es dir wieder besser geht, sind wir ins nächste Flugzeug gestiegen, und ich sag so, jetzt sind wir da, dich abzuholen. Irmi strich durch ihr kurzes, onduliertes Haar und wippte verlegen von einem Bein aufs andere.

– Ich sag so, Hildychen, half ihr Alma, wir waren letzten November in Rom, um die Väter unserer Buben zu suchen, die am Tiberufer Handtaschenimitate verkauft haben. Sie klopfte den beiden verschreckten Knaben auf die Schulter. In Österreich gab es Probleme mit der Aufenthaltsbewilligung, Beugehaft, Hungerstreik, Zwangsernährung, Abschiebung nach Gambia, illegale Einreise in Italien mit einem Schlauchboot, die meisten sind ertrunken, ich sag so, die haben es nicht leicht … Da haben wir zufällig dich gesehen, Hildychen. Und ich sag so, du bist schließlich unser Bruder. Wenn man auch alles hat, nur seinen Bruder nicht …

– Letzten November, unterbrach ich sie. Das klingt, als ob …?

– Jetzt haben wir Frühling, nahm Alma ihre Brille ab und biss in einen Bügel.

– Frühling? Ihr lebt wohl auch in einer Privatzeit wie Oma? Hilfesuchend sah ich zu Flavia, die stand aber am Fenster und brüllte *Ich hasse Karl Marx und Wittgenstein und Schiller!* hinaus.

– Dann wäre ich ja schon ein halbes Jahr in Rom?

– Fünf Monate, um genau zu sein. Bayreuth hat bereits die Scheidung eingereicht. Aber keine Angst, Hildychen, jetzt sind wir ja da. Bald kannst du mit uns nach Hause kommen. Wir werden dich pflegen.

– Fünf Monate?

– Ich sag so, setzte Alma wieder an, wir waren in Rom, um die Väter unserer Kinder zu suchen, sie bei ihren Amtswegen zu unterstützen. Da haben wir dich zufällig entdeckt. Auf der Tiberbrücke war's. Wir haben gerufen, doch du hast uns nicht erkannt. Also sind wir dir gefolgt bis zu deinem Zusammenbruch.

– Zusammenbruch? Man hat mich niedergeschlagen. Jimmy! Die Norwegerin! Geilio und krass! Ich weiß es noch genau. Und also erzählte ich ihnen die ganze Geschichte vom verlorenen Notizbuch, dem sprechenden Vogel beim Schwertfischessen, von den Stöhnnächten im Albergo Vaselina, von Lehrer Schimpls Flugversuch im Petersdom, meinem Asackerla-Tanz, Kaiphas, dem Scheißeregen, den heruntergefallenen Fresken in der Jesuskirche und der Sixtinischen Kapelle, von meiner Vogelpredigt und der Kirche der Absichtslosigkeit, Professor Bird, dem Piloten und den tanzenden Autos. Doch die beiden lachten nur, sagten, dass ich ja schon immer eine blühende Phantasie gehabt hätte.

Wie schon erwähnt, wir hatten noch nie viel miteinander gesprochen, nicht, weil wir uns nicht mochten, sondern vor allem, weil wir uns nichts zu sagen hatten. Während ich mich mit Rufus herumgetrieben oder das *Kamasutra* studiert hatte, waren diese beiden Schnepfen die meiste Zeit im

Badezimmer, brachten ihr Dasein mit Nägellackieren, Beinerasieren, Hornhautschaben, Enthaarungscremen, Lidstiften und ähnlichen weltbewegenden Dingen zu.

Und jetzt behaupteten die beiden ernsthaft, dass sie mir nachgegangen seien und ich keineswegs in einer Traube Vögel gewesen sei. Stattdessen hätte ich mich mit Gammlern und Hippies rumgetrieben, vor denen ich seltsam wirre Reden gehalten haben sollte. Auch in die Kirchen wollten sie mir gefolgt sein, aber von den heruntergefallenen Fresken hatten sie nichts bemerkt, diese blinden Hühner. Ihrer Meinung nach musste ich mir das alles eingebildet haben. Später hätten sie mich dann gefunden mit einem schweren Trauma, einer Schädelfraktur. Ihrer Meinung nach sei ich von einem Auto angefahren oder von einem Gammler niedergeschlagen worden. Ein seltsames Volk, diese Schwestern. Ich sah ihre von Tränen verquollenen Augen, fühlte, wie mir kalte Hände über die Stirn strichen, und hörte, wie beide sagten, ich solle mir keine Sorgen machen, weil ich bald gesund werden würde und nach Hause dürfe.

– Und was ist mit dem Lehrer Schimpl, brüllte ich. Wollt ihr den vielleicht auch abstreiten? Und wollt ihr vielleicht auch den Poldl und den Pofinger leugnen? Borneo? Den Urknall? Mit wenigen Sätzen breitete ich unsere ganze Sumpfinger Vergangenheit vor ihnen aus, von den handgreiflichen Gästen über deinen Strick im Nachtkästchen, die nächtlichen Prügeleien bis zur Scheidung samt der darauf folgenden Ächtung. Aber daran wollten sich diese beiden Wachteln nicht erinnern. Für sie war Sumpfing eine einzige Idylle mit Birkenalleen, unberührten Aulandschaften, schmucken Häusern mit blumengeschmückten Balkonen, Heiligenbildern auf den Fassaden, einem Bildstock des heiligen Nepomuk am Hauptplatz (wegen der gelegentlichen Überschwemmungen), stolzen, netten, vor allem aber fleißigen

Menschen. Nicht einmal an den Dauernebel oder den ständigen Nieselregen wollten sie sich erinnern. Im Saurüssel sahen sie ein gutbürgerliches Gasthaus mit anständigen Gästen. Sie redeten von hübschen Tischtüchern, Speisekarten in ledernen Einbänden, lieblichen Dekorationen. Selbst Papas Pornosammlung stritten sie ab. Und von den Übergriffen wollten sie schon gar nichts wissen. Urknall? Drüberkräuln? Letzter Gast? Nie gehört! Da kann man wieder einmal sehen, wie weit die Verdrängung geht.

Einzig Papas gelegentliche Besuche im Pornokino der Bezirkshauptstadt gaben sie zu, aber auch nur deshalb, weil er in jungen Jahren einmal bei einem Studentenfilm mitgewirkt hatte und ihm später zu Ohren gekommen war, dass diese kurze Szene vor sogenannten Aufklärungsfilmen gezeigt wurde. Man sah einen Mann (den jungen Papa) im Trenchcoat aus einem Haus kommen, er stellte den Kragen hoch und huschte verstohlen aus dem Bild. Dazu hörte man eine Sprecherstimme: *Dieser Mann hat Tripper.* Jetzt, sagten Alma und Irmi, wollte Papa diese Szene selber sehen, um gerichtlich dagegen vorzugehen. Nur deshalb, und zwar wirklich nur deshalb war er manchmal in so einem Kino. Auch bestritten sie energisch seine Angst vor herabfallenden Gegenständen. Gut, er konnte nicht schwimmen; wenn er ins Freibad ging, machte er vorher seine Badehose nass, damit nicht auffiel, dass er nie ins Wasser stieg. Sonst war Papa ein liebevoller, fürsorglicher, großherziger Vater. Und wenn es in Sumpfing jemals eine Sauerei gegeben habe, sei immer ich die Ursache gewesen. Mit dem Zuckerstreuer hätte ich auf Tischen gezeichnet, anstatt die Gäste zu bedienen, hätte ich fertige Speisen vor Hexi hingestellt. Außerdem hätte ich den armen Dackel immer wieder mit Alkohol abgefüllt, mich dann daran ergötzt, wie er nicht mehr gehen konnte, in den Froschteich fiel und erbärmlich jaulte. Trotzdem habe man mich von klein auf verwöhnt, ja, verzärtelt, mich mit Geschenken überhäuft, mir alles verziehen.

– Ich sag so, meinte Alma, das bildest du dir ein. Du bist von früh bis spät bedient worden, dir hat man alles, wie man so sagt, zum Arsch getragen. Die Eltern haben alles nur für dich gemacht, Hildychen. Du hattest ein eigenes Zimmer, ein Fahrrad mit Dreigangschaltung, Modelleisenbahn. Außerdem finde ich es gemein, wie du jetzt von Papa sprichst. Ich jedenfalls kann mich an so etwas nicht erinnern. Ich weiß nur, dass du in der Fastenzeit mit Rufus Butterweck Würste gehortet hast – unter deinem Bett! Und in der Nacht auf Ostersonntag habt ihr diese rohen, teilweise angeschimmelten Würste aufgefressen. Natürlich ist euch schlecht geworden. Auf Mamas Frage, ob ihr noch bei Trost seid, halbvergammelte Würste zu essen, hat der Rufus nur gesagt, aber Frau Kilgus, das sind Dauerwürste. Dabei hat es Dauerwürste beim Butterweck noch nie gegeben.

– Woraufhin Mama gesagt hat, macht nur so weiter, dann werdet ihr schon sehen, wohin euch das bringt.

– Außerdem, fällt mir ein, hast du uns als Kindern einmal eine halbe Flasche Maggi eingeflößt, so lange, bis wir vor lauter Magenkrämpfen blau geworden sind. Und wie hast du diesen sadistischen Anfall gerechtfertigt? Du wolltest einmal sehen, wie es so ist. Du warst schon damals verhaltensoriginell.

– Vielleicht, meinte Irmi, ist auch deine Krankheit schuld. Vielleicht stimmt es ja doch, was man hier sagt? Sie sah zu Flavia, die immer noch am Fenster stand und Vögel davon abhielt, hereinzufliegen.

– Was sagt man hier?

– Ich sag so, Hildychen, es heißt, du bist besessen von teuflischen Dämonen. Wie sie das sagte, hielt sie den beiden dunkelhäutigen Knaben die Ohren zu.

– Besessen? Ich?

Hör sie dir an, Mama. Dieser kleine Pöbel mit seinen kleinen Hoffnungen, geboren, um betrogen zu werden. So etwas schimpft sich Schwestern. Und dabei leben die in Wohnwägen auf Parkplätzen, haben so einen schlechten Geschmack, dass sie ihn mit roten Herzen und blinkenden Lichtern dekorieren. Über Irmis Wohnwagen prangt der leuchtende Schriftzug *Jacqueline*, bei Alma steht *Vanessa*. Einfach lächerlich. Ständig haben sie Fernfahrer zu Gast. Wenn man sie darauf anspricht, sagen sie, das sei geschäftlich. Als ob man der Tätigkeit einer Postbeamtin oder Sparkassenangestellte in so einem kleinen Wohnwagen nachgehen könnte! Aber ich weiß ja von ihren Berufen auch nur aus Kontaktmagazinen. Da waren sie nämlich abgebildet und warben mit: *Zärtliche Postbeamtin empfängt dich in gemütlichem Ambiente, um dir mit ihren Päckchen Freude zu bereiten* oder mit: *Strenge Sparkassenbedienstete spielt mit kleinen Schweinchen*. Gut, mag ja sein, dass für Fernfahrer diese Außenstellen von Post und Sparkasse einen Sinn ergaben. Aber dass sie sich dafür halbnackt ablichten lassen mussten, verstehe ich wirklich nicht.

Und wegen denen hatte ich meine zweite Watsche kassiert, weil ich gesagt hatte, schiach sind sie und stinken tun's. Und jetzt stritten sie alles ab, leugneten Borneo, den Urknall, einfach alles. Erbost über so viel Stumpfsinn, schlief ich ein.

Als ich wieder zu mir kam, war mir, als wären in meinem Kopf lauter Glasscherben. Obwohl ich mir sagte, mach die Augen nicht auf, mach sie nicht auf, lass sie zu, öffnete ich sie doch. Meine Schwestern samt ihren Kindern waren weg, geplatzt wie Seifenblasen. Stattdessen hörte ich Stimmen, die *Heute ist es so weit, jetzt geht es los* flüsterten. Jimmy und ein Priester waren im Zimmer. Während der Geistliche ganz in Schwarz gekleidet war und in dieser Montur (schwarzes Hemd mit Stehkragen, schwarze Krawatte, Hose, Halbschuhe) einem Raben glich, hatte der Römer ein blaues T-Shirt an, worauf ein weißer Schriftzug stand: *Ich kann auch nichts dafür, dass ich so bin.*

– Jimmy! Alter Lettin Lover!, winkte ich dem Wuschelkopf. Was macht die Norwegerin? Geilio?

– Gsch, hielt er sich einen Finger vor den Mund, sah verlegen zu Flavia, die immer noch am Fenster stand. Er ließ den Blick durch den Raum schweifen wie ein Vertretungslehrer, der neues Terrain erobern will, zündete sich dann eine Zigarette an.

– Hast du sie verstoßen?, machte ich zweideutige Handbewegungen. Du musst sie richtig stoßen, nicht verstoßen.

– Plemplem, klopfte sich der Römer an die Stirn. Besessen! Der obszöne Schlitz seiner Nase glänzte. Gierig saugte er an seiner Zigarette.

– Wo sind denn meine Schwestern?

– Die halten es für besser, nicht dabei zu sein.

– Wo dabei zu sein?

Jimmy blickte hilfesuchend zu dem Geistlichen, der prüfend, als wolle er die Windrichtung bestimmen, einen Finger hob. Eine Weile trat Stille ein.

– Ich spüre es, dozierte nun der Priester im sonoren Tonfall eines Anatomieprofessors, der sich mit seinen Studenten über die Leiche auf dem Seziertisch beugt und eine unerhörte Vermutung äußert, in diesem Raum hier wohnen sie. Dämonen! Ich kann sie deutlich spüren. Böse Geister! Dann nahm er seinen Rucksack ab, auf dem groß *King of Pop* stand, öffnete ihn und holte mit seinen riesigen Pranken der Reihe nach ein Gebetbuch, ein Fläschchen Weihwasser samt Zerstäuber, eine violette Stola, einen Rosenkranz, Weihrauch, Kohle, eine in Leder gebundene Miniaturausgabe des großen Exorzismusgebetes, ein kleines silbernes Aspergill, eine goldene Hostiendose sowie ein Kruzifix mit einem kleinen Holzjesus (der gleiche, wie er in Island neben dem Waschbecken hing) hervor. Sein Mund wirkte zunächst ganz normal, aber wenn er ihn auftat, hatte man den Eindruck, in einen heißen Backofen zu blicken.

– Dann schauen wir einmal, was wir da haben, dampfte es heraus. Satan hat verlangt, euch zu sieben wie den Weizen, Lukas 22,31. Wo die ordnenden Kräfte nicht mehr tragen, da nehmen die Mächte der Finsternis die Last auf sich und schleppen alles in den Abgrund. Wenn es alles gibt, gibt es das Böse nicht, dann gibt es nichts.

Er nahm sich den Stuhl, auf dem vor dem schwesterlichen Intermezzo Flavia gesessen war, wischte die Sitzfläche mit Spucke und einem Taschentuch ab, bevor er sich daraufsetzte.

– Man darf der Muttergottes keinen Vorwurf machen, dass sie nicht gleich kommt, wenn man sie ruft. Die Muttergottes ist eine vielbeschäftigte Frau. Zuerst werden wir den Exorzismus probativus beten. Er nahm sein schwarzes Gebetbüchlein und blätterte darin, wobei er vor jedem Umblättern seinen Daumen in den Mund tunkte.

– Bitte, sagte ich, ihr braucht hier nichts beten. Ich bin kerngesund, und diese steinzeitlichen Methoden muss ich mir verbitten. Nur weil ich die Vögel verstehe oder einen Vogel habe, bin ich noch lange nicht besessen. Es reden doch auch andere mit Tieren. Dämonen? Böse Geister? Schwachsinn! Die Menschen sperren doch nur deshalb Vögel in kleine Käfige, damit sie jemanden haben, der noch weniger frei ist als sie selbst. Niemand sperrt sie mehr ein, weil er in ihnen Schutzgeister sieht. Ich deutete auf die Raben, die von den anderen anscheinend unbemerkt auf dem Boden herumstolzierten. Schon Kleist hat gesagt: Hätten wir alle grüne Linsen vor den Augen, die Welt würde uns grün erscheinen. Wir wissen nicht, was Wahrheit ist. Oder denkt an Platons Höhlengleichnis! Wobei ich ja glaube, unsere Höhle ist der Uterus …

Da sah mich der Priester mit seinem glattrasierten, roten, speckigen Gesicht streng an. Stechend blaue Augen hatte der wie ein Husky, buschige Brauen wie der Doktor Neunteufel. Ein breites, gespaltenes Kinn (eine etwas größere Ausführung von Jimmys Nase). Er kam mir bekannt vor. Die Stirn war hoch, fast fliehend, das gelbe, wie in Nikotin getränkte Haar setzte spät, sehr spät an, die hereinbrechende Glatze war mit quer gebürstetem Haar bedeckt, und sein Nacken war militärisch geschoren. Glatzenskala Stufe vier. Sein Geruch, eine Mischung aus Rasierwasser und verdautem Fleisch. Woher kannte ich ihn bloß? Eigenartigerweise fielen mir bei seinem Anblick lauter Metzger ein, der Orter in Sillian (Schinkenspeck) und der Neumayer in Orth (Hirn), der Nothaft in Linz (Beef Tatar) und der Senfter in Innichen (Mortadella), Innviertler Kübelspeck, der Leberkäse beim Trückl in Pichlwang, die Knackwürste beim Hüthaler … Sollte auch dieser Priester ein Fleischhauer sein?

– Butterweck!, brüllte ich. Metzgermeister Butterweck! Jimmy zuckte zusammen, umarmte Flavia, deren intelligente Brüste wild pulsierten. Falten runzelten ihre hübsche

Stirn. Almut hatte ja immer gemeint, dass es im Grunde nur zwei Arten von Männern gebe, die einen schauten auf Brüste, VBG, Vorbaugucker, die anderen auf Arsch und Haxen, HHG, Hintern- und Haxengucker. Die einen frönten dem Balkon, die anderen dem Gestell. Nur ich war anscheinend eine Ausnahme, nur an reinen, makellosen Gesichtern interessiert. Und das Gesicht dieser Flavia war phantastisch. Auch wenn es wie jetzt erschrocken war.

– Mein Name ist Pater Thaddäus, sagte der King of Pop mit ruhiger Stimme. Pater Thaddäus!

– Metzgermeister Butterweck!, brüllte ich. B-u-t-t-e-r-w-e-c-k! Er zuckte mit den Achseln.

– Gerade weil ihr meinen alten Namen kennt, ihr Dämonen, fordere ich euch auf, diesen Körper zu verlassen.

Butterweck? Die Szene mit dem Lachkrampf fiel mir wieder ein. Er sah aus wie vor dreißig Jahren. Völlig unverändert. So als ob er sich selbst in seinem Kühlhaus eingefroren und nun wieder aufgetaut hätte. Aber nein, natürlich war das nicht der Metzgermeister, sondern der Sohn.

– Rufus! Kennst du mich nicht mehr? Der Hildy, dein Jugendfreund. Sumpfing!

– Rufus? Flavia rümpfte ihre Nase, als wollte sie sagen, Rufus ist ein Hundename.

– Wir sind gemeinsam in die Schnapsbar eingedrungen, deine Schwestern haben gestrippt, Flaschendrehen, zweite Steigerungsstufe, du hast allen Käfern und Fröschen die Beine ausgerissen. Wir haben Piraten und Lady Cracker …

– Hildy? Der ausgekochte Priester war verwirrt. Seine fleischige Sprache wurde zäh. Hildy? Es war, als schrumpften die dazwischenliegenden Jahre zu einem belanglosen Zwischenspiel. Der Hildy aus Sumpfing? Kilgus? Vom Saurüssel! Er lächelte mürbe.

– Du erinnerst dich?

– Na und ob. Du meine Güte. Sumpfing? Es gibt Fliegenschiss und Häuserschiss. Sumpfing ist ein kleines Häuserschissdorf mit Vierkant-Bauernschädeln, aber braven Kirchgängern, sagte er entschuldigend zu Jimmy, der verlegen lachte.

– Größe ist nicht alles, lachte ich auch und war kurz davor, Sumpfing zu verteidigen.

– So, so, Größe ist also nicht alles? Das kann nur ein Mann sagen, klopfte Flavia ihrem Verlobten auf den Hintern.

– Aua, brüllte der. Unverschämtheit!

Der King of Pop umarmte mich, ließ sich von Flavia ein Glas Rotwein bringen und sagte, nachdem er mir freundschaftlich in die Backen gekniffen hatte: Du hast dich schön gemausert.

– Sprich nicht davon, murmelte ich und dachte an den Asackerla-Tanz, sonst mausere ich mich wirklich. Und du? Wie kommst du in eine Priesteruniform? Wie hast du das angestellt? Oder willst du der Kirche die Haxen ausreißen? Los! Rück raus damit.

Also erzählte der King of Pop, wie es zuging, dass der Waffennarr, Ordensammler, Käferhaxenausreißer und in seiner ganzen Psyche zum Folterknecht und Kriegsschergen ausgelegte Rufus Butterweck, Sohn des Metzgermeisters zu Sumpfing, ein Priester wurde. Davor war er mithilfe von Vitamin B (Beziehungen) Polizist gewesen, glaubte an Macht und Obrigkeit und Exekution. Bis er 1989 als Zivilbeamter bei der Opernballdemo zum Einsatz kam. Seine Aufgabe war es gewesen, die uniformierten Kollegen zu provozieren, damit sie einen Grund hatten, auf die Demonstranten einzuprügeln. Also verkleidete er sich als Anarchist, warf Steine, Molotowcocktails und Verkehrsschilder, beschimpfte Opernballgänger und demolierte deren Autos. Als seine Kollegen dann tatsächlich auf ihn einprügelten, schrie er das vereinbarte Codewort *Tosca, Tosca,* womit die Polizisten aber nichts anzufangen wussten, im Gegenteil, sie schlugen ihn noch schlimmer.

Als er zwei Wochen später im Spital erwachte, schweres Schädelhirntrauma, halbblind, wurde er wegen Widerstand gegen die Staatsgewalt zu zwei Jahren Gefängnis verurteilt. Dort studierte er Theologie.

Er sprach mit blitzblanken Sätzen, als hätte er jahrelang mit Stahlwolle an seiner rustikalen Grammatik geschrubbt.

– Aber du wurdest nicht gleich Priester. Ich hab dich doch einmal getroffen, als du auf der Wirtschaftsuniversität …

– Wegen der Frauen. Auch ich hatte meine Hedonismuszeit.

– Priester wurdest du erst später?

– Kannst du dich an die Maria Magdalena in der Sumpfinger Kirche erinnern? An ihr trauriges, abwesendes Gesicht? Ihre schmutzigen Fußsohlen? Jesus, in Sumpfing mit einem rosa Umhang dargestellt, hat ihr sieben Dämonen ausgetrieben. Sie entdeckte am Ostermorgen das leere Grab. Ihr begegnete der Auferstandene als Erstes.

– Das habe ich nie verstanden, heißt es nicht, nur die Seele fährt in den Himmel? Warum musste das Grab leer sein? Jesu Leichnam in den Himmel fahren?

– Hmm, legte sich Rufus' Stirn in Falten. Daran habe ich noch nie gedacht. Aber Gott hat alles weise eingerichtet. Darum hat er mich mit dreißig Priester werden lassen. Davor war auch ich ein leeres Grab.

– Gott hat gar nichts weise eingerichtet, mischte sich jetzt Flavia ein. Wie könnte er sonst all das Leid zulassen?

– Die Menschen brauchen das Leid, um zu glauben, tat Rufus diesen Einwand einfach ab. Wenn sie nicht mehr glauben, nur noch zweifeln, schickt ihnen Gott den Schmerz, die Pest, die Seuchen, Weltkriege, Aids und Viren. Aber nicht um sie zu quälen, sondern um sie wieder auf den rechten Weg zu führen. Ohne Schmerzen glaubt keiner.

– Ich glaube an die Evolution, sagte Flavia trotzig, die in ihrer braunen Reiterhose und den schwarzen Stiefeln ziemlich dominant aussah, das Endergebnis einer Jahrtausende währenden biologischen Entwicklung. Die metallische Verklammerung ihrer oberen Zahnreihe blinkte. Warum sollten ausgerechnet wir der Weisheit letzter Schluss sein? Warum sollten wir nicht aussterben? Sie machte ein Gesicht, als würde sie gleich eine Peitsche hervorholen und so lange auf die Anwesenden einschlagen, bis alle reumütig bekannten, einer zum Aussterben verurteilten Spezies anzugehören, nicht der Weisheit letzter Schluss zu sein.

– Pst, hielt ihr Jimmy eine Hand vor den Mund. Was fällt dir ein?

Da wehte mich ein kalter Wind an, setzten sich weitere Raben auf das Fensterbrett. Draußen zogen dunkle Wolken auf, und mir war auf einmal, als wären sie das Ende. Die Vögel kamen mir vor wie Seelen von Verstorbenen, wie der Glasaushang in Sumpfing, eine Bonbonniere-Schachtel voller Partezettel.

– Jetzt nicht, versuchte ich sie mit den Händen zu verscheuchen. Verschwindet! Aber die Viecher ließen sich nicht irritieren. Sie saßen nur da und stießen heisere Laute aus, was so viel wie *Komm! Komm mit!* bedeutete.

– Hol euch doch der Geier!

Jimmy und Flavia sahen mich leicht indigniert an, nur Rufus nickte, als wollte er sagen, da haben wir's, da haben wir's. Er hatte den gnädigen Ausdruck dessen, der weiß, dass es kein Entrinnen gibt.

Jetzt erschienen auch noch Meisen, die den Boden säumten. Amseln, Stare. Niemand außer mir schien sie wahrzunehmen.

– Weißt du noch, wie deine Oma im Spital war, wegen dieser Sache mit den Badeperlen, sie tagelang *Uuuurahne, Großmutter, Mutter und Kind* deklamiert und dabei Seifenblasen ausgestoßen hat, und ihr selbst am Dreikönigstag, den sie für Ostern hielt, nicht wolltet, dass sie wieder heimkommt, weil ihr das Oma-Zimmer längst vermietet hattet? Keiner traute sich, es ihr zu sagen. Rufus lachte, seine Jacketkronen glänzten wie polierte Knochen.

– Das habe ich verdrängt. Ich kann mich nur erinnern, dass sie mit ihrem Privatkalender Weihnachten immer vorgefeiert hat, und dass diese Idee später sogar vom Bürgermeister aufgegriffen worden ist, der aus Energiespargründen (weniger Beleuchtung) Weihnachten auf den 24. November vorverlegen wollte. Und ich weiß auch noch, dass du immer Semmeln mit rohem Hirn gegessen hast. Später, als Wirtschaftsstudent, hattest du einen weißen Porsche 911.

– Mit einem großen Hirn auf der Motorhaube. Darunter stand *The Brain*. Wie seriös er war in seinem Priestergewand. Seine Backenknochen traten hervor, als wollten sie die ganze Welt umarmen.

– Du warst der einzige Porschefahrer mit Altherrensandalen und Männerhandtasche. Hochklappbare Sonnenbrillen! Das war damals gar nicht modisch, im Gegenteil, auf derselben Peinlichkeitsstufe wie die Einkaufswägelchen, Burberry-Schals oder Kniestrümpfe von alten Frauen, dennoch hast du alle BWL-Studentinnen abgeschleppt.

– The Brain! Das zog damals bei den Ladys. Er lächelte ziemlich ausgekocht.

– An deinem Innenspiegel waren die größten Würfel montiert, die ich je gesehen habe. Dein ganzes Leben war ein einziges Ausrenken und Auswringen.

– Ja, ich habe mich damals etwas aufgeführt. Aus seinem Ton sprach Verachtung für alles Sexuelle. Aber mit der Religion hatte ich plötzlich wieder eine Mitte, die in einem Punkt zusammenfiel. Die Religion ist wie ein Knochen für das haltlose Fleisch. Hast du auch alles, hast du keine Religion, so hast du nichts.

– Was bedeuten diese Würfel?, fragte Flavia. Sie stand am Fenster. Die durch dicke Wolkenbänke durchstechende Sonne legte einen Kranz aus schillerndem Flaum um ihren Kopf. Sie stand da wie eine Heilige. In Rom hängen nur Rosenkränze an den Innenspiegeln.

– Ist auch besser so. Rufus strich sich seine verbliebenen strohgelben Haarsträhnen quer über den Kopf, den halbkahlen Schädel zu bedecken. Rosenkränze ergeben einen Sinn.

– Und Würfel?

– Dass man an jeder Kreuzung zu einem Wettrennen bereit ist. Das kam jetzt von Jimmy, der die Hände an ein fiktives Lenkrad hielt, in ein imaginäres Gaspedal trat und *brumm, brumm* machte.

– Und einmal hat er, dieser Rufus Hirnfresser, mir eingeredet, dass es nichts Gesünderes als abgestandenes Regenwasser gebe. Also habe ich altes, zum Blumengießen bestimmtes Brackwasser aus rostigen Eisentonnen getrunken – und bin prompt erkrankt. Fieber, Brechdurchfall. Meine Mama hat gesagt, mach nur weiter so, dann wirst du schon sehen, was du davon hast.

– Und wie du es gesehen hast, es geheißen hat, du liegst im Sterben wie andere in der Badewanne, der Doktor, ein honoriger alter Herr mit weißem Sigmund-Freud-Bart, gekommen ist und ganz besorgt gefragt hat, was dem kleinen Hildy fehlt, ob er dich abhorchen darf, hast du, während er sein Stethoskop ansetzte, mit einer alten Autohupe, die du unter der Bettdecke versteckt hattest, so laut gehupt, dass der arme Arzt vor lauter Schreck einen Herzinfarkt bekommen hat und krepiert ist. Rufus lachte. Du warst immer für Streiche gut.

– Ich? Du hast gehupt.

– Wie du dann im Spital gelegen bist, haben wir einen pfirsichkerngroßen Bimsstein in die Urinprobe getan, der die Schwestern und Ärzte fast verrückt gemacht hat. Es war ihnen ganz und gar unerklärlich, wie dieser Stein durch die Harnröhre eines kleinen Knabenpenis durchgegangen sein soll. Wir haben uns zerkugelt.

– Und du hast nach dem Flaschendrehen deinen Schwestern eingeredet, dass sie grünes Obst essen müssen, damit sie nicht schwanger werden.

– Dabei haben sie sich nur ausgezogen. Aber sie dachten, das würde bereits reichen, um in die Gravidität zu kommen.

– In der ersten Steigerungsstufe haben wir uns auch geküsst.

– Du warst schon immer ein Träumer und Sonderling. Rufus schüttelte den Kopf.

– Und in der zweiten ging's ins Nebenzimmer zum sogenannten Ausgreifen. Dabei haben wir nur das angegriffen, was noch gar nicht ausgereift gewesen ist.

– Mein Gott, waren wir jung.

– Einmal hast du ihnen nachts mit einer Nagelschere die Wimpern abgezwickt.

– Weil sie mich verpetzt hatten. Rufus ließ jedem seiner Sätze ein verlegenes Lächeln folgen, so als ob ihm diese unvermittelte Konfrontation mit seiner Vergangenheit peinlich wäre, er jetzt als Priester darüberstünde.

– Und du hast vor ihrem Fenster Baldrian verschüttet.

– Das hat Dutzende Katzen angezogen. Manchmal wünschte ich, es gäbe Baldrian für Katholiken.

– Du hast ihnen eingeredet, dein Pipi schmeckt wie Traubenzucker.

– Und, hat es wem geschadet? Er, der schon immer die Gewohnheit gehabt hatte, Gegenstände sinnlos zu berühren, spielte jetzt verlegen mit den Knöpfen seiner Jacke.

– Du hast sie dazu gebracht, mit Kontaktlinsenflüssigkeit zu gurgeln.

– Wir waren Kinder, zog er hilflos an einem Hemdknopf, der nichts dafürkonnte. Damals haben wir geglaubt, Muttermale wären Schussverletzungen von einem früheren Leben.

– Mir hast du weisgemacht, dass man einen Bart bekommt, wenn man sich Honig und Kuhmist unter die Oberlippe schmiert. Und einen langen Schwanz, wenn man viel Stangensellerie und Rhabarber isst.

– Wir hatten sehr viel Spaß.

– Spaß? Wir haben uns zerkugelt. Wir sind so spannenden Menschheitsfragen nachgegangen wie der, ob man beim Kacken gleichzeitig pissen kann. Und ob es möglich ist, beim Niesen die Augen offen zu halten. Wie Sperma schmeckt.

So warfen wir uns eine Weile wie Tennisbälle Anekdoten aus unserer Kindheit zu. Ich hatte das Gefühl, ein unsichtbarer Schiedsrichter rufe dauernd: *Aus. Doppelfehler. Vorteil Rufus*.

– Und jetzt willst du mir einreden, dass ich besessen bin? Dabei glaube ich noch nicht einmal. Von Exorzismus habe ich was gehört, von Teufeln und Dämonen. Ist das wieder eine deiner Flausen?

– Gott existiert! Ich bin schließlich von ihm eingesetzt. Rufus verzog missmutig das Gesicht und riss den Knopf aus. Er betrachtete ihn eine Weile und drückte ihn dann Flavia in die Hand. Die U-Bahn-Schönheit, die mich unentwegt, aber ohne jegliches Interesse angesehen hatte, als betrachte sie irgendeinen Gegenstand, stöhnte: Was soll ich damit?

Und Jimmy? Eine dunkle Vene wand sich unterhalb seines Kopfes, glich einer gerissenen Tennisschlägersaite. Seine Haut war gelblich wie im Butterglanz schimmernde Spaghetti, in seinem krausen Haar spritzten Sonnenfunken, der Schlitz in seiner Nase glänzte.

– In jeder Gesellschaft wird das am meisten tabuisiert, was sie am stärksten bedroht. Rufus hielt das Kruzifix, küsste es. Im Islam der Alkohol, in Amerika Zigaretten und der Sex auf öffentlichen Toiletten. Und bei uns? In Westeuropa? Inzest? Nekrophilie? Nein, der Teufel! Luzifer, der Höllenfürst und Chaosbringer. Aber Satan existiert! Er lauert überall, und keiner sieht ihn. Gerade heute kann er wirken und walten, weil der blasierte moderne Mensch nicht mehr an ihn glaubt. Der Beelzebub walkt den Menschen aus wie einen Nudelteig. Er durchmächtigt ihn, schneidet ihn in Streifen und siedet ihn. Vieles geschieht einfach, man kann es nicht einmal erklären, aber dass der Teufel neuerdings geleugnet wird, hat einen Grund: ihn selbst. Und wozu? Wir sind am Ende unserer Weisheit. Unsere Denkmuster sind verschlissen. Das räumliche Denken ist vorbei, ebenso das zeitliche. Alles wirft Falten und ist weitaus komplizierter, als wir dachten. Wir wollen an den Grund, doch der ist schlammig, bietet keinen Halt.

– Nicht einmal das Higgs-Teilchen existiert, ergänzte ich. Diesen Einwurf nobel ignorierend, fuhr Rufus einfach fort: Wir brauchen einen neuen Weltgedanken! Gott! Aber was machen wir? In einer beispiellosen Situationsmoral entwickelt der moderne Mensch ein völlig falsches Bild von sich und Gott. Er degradiert das Wort Gottes und entwickelt ein beliebiges, austauschbares Gottesbild. Gott als Schöpfung? Gott als Zahl? Oder als Regelmäßigkeit? Als Moral? Lächerlich! Was kommt dabei heraus? Subjektivismus! Individualismus! Vereinzelung! Einsamkeit! Sünde! Macht nur so weiter, dann werdet ihr schon sehen, was ihr davon habt.

Rufus zerkaute die Wörter, nickte bei jedem seiner Sätze und küsste abschließend noch einmal das Kruzifix. Ich lachte, tippte mit dem Zeigefinger an die Stirn und sagte: So ein Blödsinn. Ich glaube, du hast zu viel Hirn gegessen.

Das ganze Zimmer war mittlerweile voller Vögel. Überall flatterte und wurlte es, überall Flügelschlagen und Gefiederputzen. Jetzt erschienen auch noch Tauben und Finken, setzten sich auf meine Bettkante, auf den Luster, das Nachtkästchen. Niemand schien sie zu bemerken.

– Was wollt ihr denn? So sprecht doch.

Doch sie gaben keine Antwort, sahen mich nur schweigend an, womit sie zum Ausdruck bringen wollten: Wovon man nicht sprechen kann, darüber muss man schweigen. Und jetzt komm endlich. Es ist so weit. Beeil dich.

– Wie denn? Was denn?

Sie krächzten, zirpten, aber ich verstand sie nicht, hatte ihre Sprache anscheinend ebenso verlernt wie das Finden vierblättrigen Klees. Sollte ich mir tatsächlich alles eingebildet haben? Sollten meine Schwestern recht gehabt, ich gar nie mit den Vögeln gesprochen haben? Nein, denn ich fühlte, ja, ich fühlte, was sie sagten, nämlich: Die Grenzen deiner Sprache sind die Grenzen deiner Welt. Dich hat man gekidnappt, entführt in eine andere Sprache. Und du? Was machst du? Hast ein von indischen Sklaven genähtes Polyesterhemd an, Boxershorts mit Paisley-Muster aus Indonesien, liegst in einem von Chinesen gefertigten Holzbett mit schwedischem Namen, auf einer Kaltschaum-Rollmatratze aus Bangkok, einem Lattenrost aus Rumänien, einer Decke aus Pakistan, deine Uhr wurde unter Schweizer Lizenz in Bangladesch hergestellt. Du isst Kekse aus Dänemark, die aber aus Bulgarien stammen, trinkst Orangensäfte aus Tunesien, Kaffee aus Kolumbien und hörst einem als Priester verkleideten Abgesandten der Metzgerei-Innung zu. Aber woran glaubst du? Wer sind deine Götter? Merkur und Saturn? Zwei Einkaufsmärkte? Deine Schuhe heißen Nike, die du dir mit dem Paketdienst Hermes hast kommen lassen, so heißt auch dein Parfüm. Aufs Brot streichst du dir Ceres oder Rama. Zwischendurch isst du ein Mars oder Götterspeise. Und wenn du kochst, dann mit Bona, Hesperidenessig und Apollo-Mehl. Während du mit Ajax putzt und deine Hände mit Penaten-Creme pflegst, in mit Heraklit gebauten Häusern wohnst. Deine Götter sind Konsumartikel. Götzendienst! Du musst aufstehen, dich wehren, flüchten. Man hält dich hier gefangen; wahrscheinlich, weil man nicht will, dass du diesen Jimmy anzeigst.

– Aber nein, widersprach ich, man pflegt mich hier gesund.

Der Befreiungsdienst

– So, genug geblödelt, fand Rufus wieder zurück in seine Exorzistenrolle. Er nahm den mit Weihwasser gefüllten Bestäuber und besprühte mich. Wenn alles vorbei ist, musst du mich besuchen, wir werden uns unterhalten wie Brüder und über die alten Zeiten lachen, aber jetzt müssen wir uns um die Rettung deiner Seele kümmern. Denn auch wenn du alles hast, wenn deine Seele fehlt, hast du nichts. Wie ich höre, bist du ein Obdach für Dämonen, läufst nackt durch Wohnungen und stößt Vogellaute aus. Wie ich höre, brechen Menschen in deiner Umgebung in unsägliche Schreie aus, als würdest du sie zu einer Urschreitherapie animieren.

– Keine Urschreie, sondern Stöhner. Aber das ist längst vorbei.

– Wie ich höre, warst du im Petersdom, da brannte dir der

Boden wie Feuer unter den Füßen, wolltest du einen Runterspringer gesehen haben.

– Das war der Lehrer Schimpl, dem sein Kopf auf Petri Finger landete.

– So, so. Und deswegen hast du einen Tanz aufgeführt und geschrien *Der Weltuntergang ist nah, der Weltuntergang ist nah. Und wenn er kommt, müssen wir Fenster und Türen vernageln, weil wir sonst nicht überleben?*

– Das soll ich gesagt haben? Niemals! Das war Asackerla, a Sackerl a – wie der deutsche Kunde im Geschäft deines Vaters. Rufus sah mich fragend an und ich ergänzte: Ich bin schon fast vierzig (also zehn) und habe noch nie ein Burnout gehabt.

– Wie ich höre, bleiben in deiner Nähe Uhren stehen? Sicherungen brennen durch? Türen gehen von selber auf und zu? Menschen bekommen Hustenanfälle, an denen sie fast ersticken? Andere, jetzt blickte er zu Jimmy, verwirrst du so sehr, dass sie nicht einmal mehr ihren Arzt finden. Und wenn du dann dort bist, benimmst du dich, als wärst du ganz allein im Wartezimmer, singst Beatles-Lieder.

– Aber …

– Du hast das Gefühl, nicht mehr du selbst zu sein? Du kannst überhaupt nichts fühlen, bist innerlich ganz taub?

– Das war, bevor ich zu den Vögeln gekommen bin. Seither fühle ich. Jawohl, ich fühle.

– Was fühlst du? Einen Hass auf alles Geweihte und Sakrale? Rufus hatte noch immer den Zerstäuber in der Hand und besprühte alles, was ihm vor die Nase kam. Jimmy und Flavia standen jetzt links und rechts von meinem Bett. Beide mit Stricken in der Hand und einem falschen Lächeln im Gesicht. Was hatte das zu bedeuten?

– Ich bin vor Jahren aus der Kirche ausgetreten. Nicht wegen der Kirchensteuer, auch nicht, weil sie frauenfeindlich ist, sondern wegen der Brandrede gegen die Geschiedenen. Und genauso werde ich auch hier austreten, wollte ich mich erheben. Bevor es aber dazu kam, lag schon Rufus' schwere Fleischerhand auf meiner Schulter, drückte mich zurück ins Bett.

– Dein Abscheu vor Kirchen und dem Papst ist so groß, dass du nicht einmal mehr die Bilder an den Decken siehst. Das ist ein Werk des Antichrist, desjenigen, der innewohnt. In deinem Fleisch, Hildy. Du bist besessen, eine Mietskaserne für Dämonen. Die Mächte der Finsternis haben Besitz von dir ergriffen. Du bist ein Werkzeugkasten des Bösen.

– Aber, wollte ich mich verteidigen, davon habe ich selbst noch nichts bemerkt. Außerdem ist das meine Sache. Jetzt lasst mich bitte gehen. Ich versuchte mich aufzurichten, doch gegen Rufus' hundepfotenrauhe Hand war ich chancenlos.

– Täglich werden Hunderte, Tausende Menschen exorziert. Natürlich erfährt man davon nichts, weil die vernunftbegabten Menschen glauben, das lächerlich machen zu müssen. Aber die Psychoanalyse hat versagt, die Schulmedizin weiß nicht, was zu tun ist, die Esoteriker wissen keine Lösung, doch die Menschen leiden. Also kommt man wieder in den Schoß der Kirche. Deine Dämonen sind evident. Selbst wenn sie sich gerade im letzten Krähwinkel verborgen halten, können wir nicht zuwarten und den Vogelflug der Teufel deuten. Sie haben sich eingenistet. In dir! Und sie brüten etwas aus! Aber du musst keine Angst haben, ich bin Mitglied in der IAD, International Association for Deliverance, der internationalen Vereinigung für den Befreiungsdienst. Ich habe alle bedeutenden Exorzismusfälle genauestens studiert, begonnen bei der Anneliese Michel in Klingenberg …

– Exorzismus? Eine unbestimmte Angst kroch mir von den Füßen rauf. Es war seltsam, auch wenn ich von meiner Natur her kein Feigling bin, ich hatte die Anti-Opernball-

Demo mitgemacht, mir im Fernsehen stundenlange Übertragungen aus dem Parlament angesehen, endlose Budgetdebatten, den Song Contest, auch wenn ich also wirklich furchtlos bin, löste das Wort Exorzismus doch ein Schaudern in mir aus. Doch ich versuchte cool zu bleiben und sagte: Komm mir nicht mit deinen Exerzitien. Rufus, du kannst deine Übungen bei jemand anderem …

– Pater Thaddäus! Bitte!

Mein Kopf glühte, und ich hatte fiebrige Gedanken, die sich nur um eines drehten: Flucht. Irgendwie musste ich diesen Wahnsinnigen entkommen. Um sie auf andere Gedanken zu bringen, wahrscheinlich aber auch, weil ich mich wie gefangen fühlte, sagte ich: Weißt du noch, wir sind im Schatten eines Gefängnisses aufgewachsen. Von unserer Schule aus konnten wir die vergitterten Fenster hinter den dicken, mit Stacheldraht besetzten Mauern sehen. Manchmal haben uns Häftlinge aus ihren Zellen heraus mit Spiegeln geblendet, uns mit diesen Lichtscherben im Unterricht gestört. Oder waren das etwa auch Dämonen? Nein, das waren Knackis. Wahrscheinlich wollten sie uns etwas mitteilen, einen Kassiber morsen, wir aber haben nichts verstanden. Wir mussten lernen bis zur Vergasung, so nannte man das damals. Zur Bekräftigung ließ ich einen fahren.

– Die einen gingen in die Schule und lernten bis zur Vergasung, die anderen machten eine Lehre und beschäftigten sich in ihrer Freizeit mit Vergasern. Nur von den Gaskammern haben wir beide nichts gehört, weil unsere Lehrer und Ausbildner nicht daran glaubten, weil die nur daran interessiert waren, uns zu zapfen. Zapfen, das war unser Wort für geprüft werden. Aber nicht das Wissen hat man uns abgezapft, nicht den Prüfungsstoff, sondern unsere Jugend, unser Leben, unsere Virilität – genau wie den Gefangenen. Alles, was man uns gelassen hat, war der Zapfenstreich, der Imperativ zur Onanie. Manchmal sind welche ausgebrochen. Ein Mitschüler, Hoch war sein Name, Albin, ist Anfang der achtziger Jahre mitsamt der Buffetkasse nach Griechenland getürmt. Zwei Wochen später war er wieder da, von seinem Vater grün und blau geprügelt. Und die Gefangenen? Einmal kletterte einer aufs flache, mit Teerpappe ausgelegte Dach des Neubautraktes dieses altehrwürdigen, zur Vollzugsanstalt umfunktionierten Benediktinerstifts. Prompt versammelten sich die Sumpfinger vor unserer Schule und riefen, geschützt von hohen Mauern, Wärtern, Stacheldraht: Spring! Feigling! Spring! Traust dich nie! Traust dich nie! Da war an Unterricht nicht mehr zu denken, wurden auch wir auf den kleinen Schulvorhof geschickt, um lautstark mitzugrölen. Eisverkäufer haben sich postiert. Oma hat Bier und Gulaschsuppe ausgeschenkt. Die Menge, lüstern wie sie war, hat gejohlt und so lange *Spring! Feigling! Spring!* und *Traust dich nie!* gebrüllt, einen Zapfen zwischen ihn und sich getrieben, bis er wirklich gesprungen ist. Und wenn ihr mich nicht gehen lasst, springe ich auch, nämlich beim Fenster raus.

– Vielleicht haben dir die Dämonen diese Szene im Petersdom vorgespielt, streichelte mich der Priester liebevoll am Kopf. Er machte ein verschlagenes, ein bösartiges Gesicht – wie ein Schlachter, bevor er den Bolzenschussapparat ansetzt.

– Deine Verwunderung ist ganz natürlich, bemühte sich Flavia um Entspannung, schließlich erlebst du den Exorzismus zum ersten Mal. Jimmy sah mich mit trübem, gleichgültigem Blick an.

Exorzismus? Die wollen doch nur, dass ich Jimmy nicht anzeige. Zungen können lügen, Augen nie. Und in ihren Augen sah ich, dass sie etwas planten. Aber nicht mit mir. In einem günstigen Moment würde ich aus dem Bett springen und davonrennen. Vielleicht warteten draußen meine Schwestern, die würden mir helfen. Meine Zähne klapperten, ich bekam Schüttelfrost, dennoch sprach ich unablässig weiter: Manchmal hatten die Gefangenen auch Ausgang. Mit Hand- und Fußfesseln sind sie dann lüstern grinsend durch den Ort marschiert, hinaus auf die Felder, den Bauern bei der Ernte helfen. Die meiste Zeit aber saßen sie allein mit ihren bösen Taten hinter vergitterten Fenstern (nirgendwo hat das Wort Freiheit eine solche Bedeutung wie im Gefängnis) und dienten uns, den zu Zapfenden, als Warnung, als Zapfen, der das Fass des Verbotenen verschloss. Selten nur ist eine Flucht geglückt. Ein Volksfest für die Sumpfinger. Weißt du noch, Rufus? Das ganze Dorf ist dann losgezogen, die Ausbrecher dingfest zu machen – mit Hunden, Heugabeln, Gewehren. Und wenn man die Verbrecher dann in einer Scheune oder einem Wäldchen aufgestöbert hat, hat man sie kurzerhand verdinglicht: erschlagen, erschossen, aufgespießt.

Erstens darf man nicht davon ausgehen, dass der Mensch gut ist, zweitens war man das noch von den Nazis so gewöhnt. Standgericht. Lynchjustiz. Einen aber hat man nicht gefunden, einen hat man nicht erschlagen können. Weißt du, warum? Weil er sich bei uns versteckt gehalten hat, im Saurüssel. Mörder üben ja auf Damen eine gewisse Anziehung aus. Und so war auf einmal der Albert da, unser Adlatus.

– Was willst du uns damit sagen? Dass auch in dir jemand versteckt gehalten wird? Ein Dämon? Draußen stand jetzt eine dunkle Wolkenwand. Windstöße schlugen gegen das Fenster.

– Ist dir schon einmal aufgefallen, fiel nun Jimmy ein, dass das @, der Klammeraffe, aussieht wie gerollter Stacheldraht? Weißt du, warum? Weil das Weltweitnetz ein Teufelswerk ist, www so viel bedeutet wie 666.

– Das ist nicht wahr, ich war öfter im CERN, wo man das World Wide Web erfunden hat. Der größte Teilchenbeschleuniger der Welt. Die suchen nach dem Higgs-Teilchen, aber das gibt es nicht, jetzt müssen sie eine völlig neue Physik finden, können sie sich ihr Standardmodell an den Hut stecken …

– Das ist ein Teufelswerk.

– Zur ersten Panne im LHC (Large Hadron Collider) ist es gekommen, weil ein Vogel ein Stück Brot verloren hat.

– Den Menschen magst du täuschen, brummte Rufus mit ernster Miene, aber mit Gott kannst du keinen Spott treiben. Ein greller Lichtstrudel war im Raum. Plötzlich war es so kalt, dass man den Atem der Anwesenden sehen konnte. Und ehe ich michs versah, hatte Pater Thaddäus auch schon einen Strick zur Hand und mich gefesselt. Ich wehrte mich gegen diese unsinnige Verzapfung, aber gegen Rufus, Jimmy und Flavia, die sich nun alle drei auf mich stürzten wie Durstige auf das frisch gezapfte Bier, hatte ich keine Chance. Sie schnürten mich, banden mir Hände und Füße an die schmiedeeisernen Bettenden. Ich brüllte nur: *O'zapft is! O'zapft is!*

– Geschieht nur zu deinem Besten, sagte Jimmy, dessen Gesicht schon wieder rot angelaufen war – leuchtend wie ein Abendrot. Und ich muss gestehen, dass mich der Moment, als sich Flavia über mich beugte, meine Arme packte, und ich ihre kleinen, wie Kuheuter runterhängenden Zäpfchenbrüste spürte, ihre zapfige Ausdünstung roch, stark erotisierte. Allerdings hatte ich mir dieses Anzapfen anders vorgestellt gehabt.

War es jetzt so weit? Meine letzte Stunde? Es roch nach einem zudringlichen Parfüm und Weihrauch. Flavia wandte sich ab und sagte, ihr werdet das schon machen.

Rufus, der jetzt verderbte gelbe Augen hatte, besprühte mich weiter mit Weihwasser und begann zu beten: Hilf mir

Gott, durch deinen Namen, verschaff mir Recht mit deiner Kraft! Gott, höre mein Flehen, vernimm die Worte meines Mundes ... Libera nos a malo. Befreie uns von dem Bösen ... Du bist es, der kommen wird, zu richten die Lebenden und die Toten ... die Bolzen und die Zapfen ... alle Gase ... Libera nos a malo ...

Und wie Rufus betete, mit seiner festen Steakstimme von den himmlischen Heerscharen über Engel bis ins Elysium marschierte, ich ans Bett gefesselt war, fiel mir die schlimmste Erfahrung meines Lebens ein, der Wanderverein Wandervogel e.V.! Papas einzige sportliche Betätigung. Das war der Gipfel aller Grauslichkeit. Jeden Sonntagvormittag fuhren wir nach Leiblfing, Kuhmaten, Öd, nach Kernschlag, Laab, Saualm, Grunz oder in sonst ein gottvergessenes Kaff, um dort an dem vom örtlichen Wanderverein organisierten Fit-mach-mit-Marsch teilzunehmen. Zehn Kilometer Kies und Schotterweg. Bereits nach zwei Kilometern gab es gemäß den Statuten die erste Labestelle, Bratwürstel mit Sauerkraut, Schmalzbrote mit Zwiebelringen und gezuckerte Bauernkrapfen, in viel Fett herausgebackene Teigreifen mit einer öligen Membran in der Mitte. Die Erwachsenen aber hockten sich an die extra aufgestellten Klapptische und begannen vorzuglühen, also erste Biere und Schnäpse in sich hineinzuschütten, um die folgenden zwei Kilometer bis zur nächsten Labestation in einer angenehmen Temperatur durchzustehen. So gab es alle zwei Kilometer eine solche Labestelle und am Ende ein großes Bierzelt, in dem dann die sportliche Betätigung, die im Grunde nichts anderes war als ein etwas längeres organisiertes Austreten, gebührend gefeiert wurde, mit Schweinsbraten, Bier und Blasmusik. Denn hast du auch alles, aber keine Geselligkeit, so hast du nichts.

In diesen Zelten stand so viel Bierdunst und Zigarettenrauch, dass mir die Augen tränten. Aber das machte nichts.

Darauf konnte ein Papa keine Rücksicht nehmen. Er musste trinken, schunkeln, deftige Witze erzählen und Kellnerinnen in den Ausschnitt lugen. Meist begann ein solcher Wandertag um acht Uhr morgens. Wenn wir um acht Uhr abends wieder daheim waren, hatten wir Glück. Ich sehe noch die vielen, in Wiesen und Gärten geparkten Autos, Betrunkene, die ihre Blasen an Laternenmasten entleerten, sich in Plastiktaschen für die Sonntagszeitungen übergaben oder ihre Geilheit einfach in den nächstbesten Acker spritzten. Alles im Namen der Volksgesundheit (zurück zur Natur), wurden doch diese Wandervereine von der öffentlichen Hand mehr gefördert als alle kulturellen Einrichtungen zusammen.

Am Ende des Jahres bekamen die fleißigsten Wanderer, also die, die die wenigsten dieser sonntäglichen Besäufnisse ausgelassen hatten, üppige Pokale und gewichtige Urkunden. Jeder Wandervogel besaß ein Wanderbuch, in dem die Touren mit Stempeln bestätigt wurden. Auch musste der Ernsthaftigkeit dieser vereinsmäßigen Besäufnisse mit festem Schuhwerk, Stutzen, Knickerbocker, Wetterfleck, Rucksack, Stock und Wanderhut Ausdruck verliehen werden. Warum mir ausgerechnet jetzt diese dumpfen Gelage, bei denen die Wanderer von der schönsten Zeit in ihrem Leben, dem Krieg, schwärmten, wieder einfielen? Vielleicht weil sie so absurd waren? Nirgendwo sonst auf der Welt würde man dreißig, fünfzig, achtzig Kilometer mit dem Auto fahren, um sich unter dem Vorwand des Gehens an der frischen Luft eine organisierte Nikotin- und Alkoholvergiftung zuzuziehen, die zu allem Überfluss auch noch regelmäßig in einer Schlägerei endete. Es haben ja kaum Gespräche stattgefunden, sowohl beim Gehen als auch beim Saufen schwieg man sich an. Nur hin und wieder sonderte einer Monologe ab, wie gut die alte Zeit gewesen sei, wie schön man es gehabt habe, was für ein Spaß es gewesen sei, dem Iwan (hier war nicht der Schneck gemeint) oder dem Katzlmacher Dörfer abzufackeln, Frauen zu vergewaltigen, Kinder zu massakrieren, sich überhaupt aufzuführen wie ein Herrenmensch. Die anderen fielen dann zustimmend ein. Und wenn man auf die Juden (ich wusste damals noch nicht, was das war, kannte das Wort nur als Ausdruck für einen speziellen Schuss beim Fußball, den Vollspann oder Bauernspitz) zu sprechen kam, hieß es nur, dass die nichts anderes verdient hätten, es ihnen außerdem in den Arbeitslagern nicht so schlecht ergangen sei. Das sei wenigstens eine ordentliche Beschäftigungspolitik ohne Sozialabgabenblödsinn gewesen. Warum, wunderte ich mich, kamen Bauernspitz-Schützen in ein Arbeitslager? Wenn ich nachfragte, bekam ich nur *Halt die Goschen* und *Das verstehst du nicht* zu hören.

Diese Wandervögel waren Leute, die Angst vor einer Vitaminvergiftung hatten, stolz darauf waren, nie Obst oder Gemüse zu essen, allenfalls Knoblauchpillen oder ein Essiggurkerl zum Gulasch. Leute, die in einem dumpfen Nebel dahindämmerten – wiewohl auch sie einmal kleine, an Brüsten nuckelnde Wachswürmer und Speckmäuse gewesen waren, in die ihre Erzeuger all ihre Liebe hineingestopft hatten. Schmerbäuchige, Bier trinkende Selchfleischfresser. Wandervögel, die jederzeit an ihrem verkalkten, nikotin- und alkoholimprägnierten Inneren zu kollabieren drohten. Nirgendwo sonst auf der Welt würde man das verstehen. Nirgendwo sonst könnte sich so etwas etablieren. Nur in Österreich. Aber warum mir das ausgerechnet jetzt einfiel, als ich da ans Bett gefesselt lag und Rufus dabei war, einen Exorzismus an mir zu praktizieren? Weil die Vögel im Zimmer immer mehr wurden? Rufus' Stimme alles ausfüllte? Ich schon ganz nass war vom vielen Weihwasser, das er wie wild herumsprühte?

Ein Priester sollte Liebe und Sanftmut verbreiten. Rufus

aber knetete mich wie einen faschierten Braten, drückte wie verrückt in meinen Bauch und schrie: Im Namen unseres Herrn Jesus Christus beschwöre ich dich, unreiner Geist, jede feindliche Macht, jedes Gespenst: Reiße dich los und weiche von diesem Geschöpf Gottes. Weiche!

Ich hatte von dieser Drückerei heftige Schmerzen und brüllte, so laut ich konnte: *O'zapft is! O'zapft is!*

Rufus aber kniete sich jetzt auf mich wie eine Hebamme im Finish der Geburt und plärrte: Er selbst befiehlt es dir, auf dessen Wort du von den Höhen des Himmels in die Hölle gestürzt wurdest. Er befiehlt es dir, der dem Meer, den Winden und Stürmen gebot. Er befiehlt es!

– *O'zapft is! O'zapft is!*, kam aus meinem Mund, was den Geistlichen aber nicht abhalten konnte, noch vehementer fortzufahren. Er schlug mir sein Kruzifix gegen den Schädel und brüllte: Höre also und fürchte dich, Satan, du Glaubensfeind, höre, du Widersacher des Menschengeschlechts, du Mörder und Räuber des Lebens, du Wurzel aller Übel, du Herd aller Laster, Verführer aller Menschen, du Aufwiegler zum Neid, Ursprung des Geizes, du Ursache der Zwietracht, Erreger von Leid und Leiden. Höre! Warum weilst und widerstehst du?

– *O'zapft is! O'zapft is!*

– Mach Platz dem Heiligen Geist durch dieses Zeichen des heiligen Kreuzes unseres Herrn Jesus Christus …

Je mehr ich brüllte, desto entschlossener wurde der Priester. Als Kind hatte dieser Rufus fremde Menschen mit Schneebällen beworfen und sich an ihrer Sprachlosigkeit erfreut. Im Saurüssel hatte er von den Tellern irgendwelcher Gäste, die er gar nicht kannte, gegessen, um dann deren verstörte Blicke zu genießen. Die meisten waren so verdattert, dass sie auf diese Unverschämtheit gar nichts zu erwidern wussten. Kaum zu glauben, wie aus diesem immer zu Streichen aufgelegten Rufus, aus diesem Menschen, der alle geltenden Gesetze außer Kraft setzte, weil er allen Konventionen die Haxen ausriss, ein Geistlicher werden hatte können. Oder spielte er jetzt mir einen Streich? Oder den Dämonen? Die Schnapsbar fiel mir ein. Unsere ersten Räusche. Die Alkoholiker. Saufen war nur eine Flucht, um aus der eigenen Ödnis herauszukommen. Alkohol nur ein Gleitmittel, damit das, was ohnehin in einem drinnen war, besser herausrutschte. Die Schimpfwörter und die Witze waren auch nur eine Flucht aus der Sprachlosigkeit, dem großen Schweigen. Ständig hieß es im Saurüssel: Einen hab ich noch, den muss ich noch loswerden, der ist neu, den kennt ihr nicht, ich darf den gar nicht erzählen, aber ... So konnten sich die Menschen nur mit Witzen oder Beleidigungen verständigen. Wie auch sonst? Die Zeitungen, die sie lasen, bestanden bloß aus Schlagzeilen und Bildern. Nicht wenige prahlten damit, nur die Inserate (Kontaktanzeigen) und den Sportteil zu lesen. Und die Bücher, mit denen sie lebten, besaßen sie nicht, weil sie sie sich zur Lektüre ausgesucht hatten, sondern weil sie Mitglieder von Buchgemeinschaften waren, die ihnen vierteljährlich irgendwelche alten und zusammengestutzten Bestseller andrehten. Es gab drei Buchgemeinschaften, und jedes Werben eines neuen Mitglieds wurde mit einem für damalige Verhältnisse luxuriösen Geschenk belohnt, mit einem Fondue-Topf, einem Radiowecker, einer Filterkaffeemaschine, einem Handtuchset, einer elektrischen Heizdecke, einem Raclette-Stein, einem Römertopf, einer Globus-Bar oder sonst etwas Unverzichtbarem. Und die Sumpfinger, immer schon bauernschlau, hatten dank dem Lehrer Schimpl (Sparverein Mausebär) ein ausgeklügeltes, alle drei Wirtshäuser einbindendes System entwickelt, damit jeder alle drei Monate wen anderen anwerben konnte und so an sein Geschenk kam. Die halbjährige Mindestmitgliedschaft samt dazugehörigen Pflichtbestellungen nahm man in Kauf. So stammten nicht nur beinahe alle Einrichtungsgegenstände in Sumpfing von den Buchgemeinschaften, sondern auch alle Bücher, die freilich niemand las.

Es war jetzt plötzlich wieder heiß. Die Sonne quetschte sich durch eine schwarze Wolkenbank, schien ins Zimmer und machte grelle Flecken auf den dunklen Möbeln – bunt gescheckt wie eine Kuh, Licht blutende Möbel. Draußen gingen in einiger Entfernung Blitze nieder. Und während Rufus betete und knetete, Flavia und Jimmy sich unentwegt bekreuzigten, die Gardinen lautlos hin und her schaukelten, als ob ihnen ein unsichtbarer Mund Bewegung einhauchte, füllte sich das Zimmer mehr und mehr mit Vögeln. Es waren Tausende, die da beim Fenster reingeflogen kamen.

– Fahre aus, Antichrist!, rief Rufus. Fahre aus, Diabolus, du großer Durcheinanderbringer. Fahre aus, Inkubus. Aber die Vögel ließen sich davon nicht beirren, setzten sich an mein Bett, krochen unter meine Decke, zwickten mich in die Zehen.

Draußen entluden sich erste Regenwolken.

– Im Namen der Heiligsten Dreifaltigkeit und im Namen der heiligsten Jungfrau Maria!, schrie der Priester, sein Gesicht war rosa wie ein frisches Kalbskotelett, seine langen Haarsträhnen hatten den kahlen Schädel verlassen, hingen nun etwas lächerlich über sein linkes Ohr. Schweißperlen glänzten auf seiner Stirn. Jesus Christus siegt!, brüllte er. Jesus Christus siegt! Vade retro, Satanas! Weiche! Weiche!

Die Vögel ließen sich davon nicht beirren.

– *O'zapft is! O'zapft is!*, kam es aus mir.

– Seht, er spuckt Rasierklingen, war Flavia entsetzt. Und riecht einmal!

Tatsächlich roch es wie in der Gebärklinik nach einem

Blasensprung, wie wenn jemand zu viel Kartoffelsuppe gegessen hatte: Fruchtwasser.

Warum legen Hühner ständig Eier? Selbst dann, wenn sie nicht befruchtet sind? Und wie machen es diese tolpatschigen Wesen, dass die Eier beim Legen nicht zerbrechen? Kannst du dich an Omas Huhn erinnern, das sie überallhin begleitet hat? Dem sie immer gesagt hat: Trink schön deine Milch, damit dir Zähne wachsen.

Irgendwann, es war am Tag, nachdem ich ihr von der Stalingrad-Madonna in Baden erzählt hatte, Oma den ganzen Tag mit *Hühnchenrupfen* und *Uuuurahne, Großmutter, Mutter und Kind* auf den Lippen herumgeschlichen war, gab sie ihm Vogelbeerschnaps, klemmte ihm den Kopf in eine Schublade, verklebte die Beine mit Tixoband und durchschnitt mit einem Brotmesser die Gurgel. Danach ist sie mit dieser lebenden Blutfackel herumgerannt und hat *Stalinum, Stalinum* und *Da lachen ja die Hühner* gebrüllt.

Jetzt brüllte ich selber. *O'zapft is! O'zapft is!* Schreie, die mir bis ins Herz krochen, mich zerhackten wie ein Zick-Zick-Zyliss-Zwiebelschneider. Draußen war das Gewitter schon in vollem Gang. Es blitzte, donnerte. Da zog eine Schlinge sich zusammen. Eine Schlinge, die von Anfang an gelegt gewesen war, marmornes Tintenfischfleisch, meine Nabelschnur. Eine Kälte breitete sich aus, wuchs mir langsam über den Steiß das Rückgrat rauf. Die Vögel sahen mich mit ihren dunklen Augen an, womit sie sagten, wenn du schwerelos daherkommen würdest, täte es dir besser gehen. Das würde Eindruck machen, wenn du schwebtest. Sie begannen die Decken hochzuheben, zogen erst den Kotzen, dann die Polster weg, packten mich an Hunderten Stellen gleichzeitig, lösten meine Fesseln, hievten mich hoch, trugen mich durchs Zimmer, flogen mit mir hinaus – mitten in das Unwetter. Plötzlich flog ich selbst. Jawohl, ich flog, wie Omas Huhn wohl nie geflogen ist. Es war ein wunderbares, ein erhebendes Gefühl.

– He! Dableiben!, brüllte Pater Thaddäus. Stopp! Ich befehle es. Schluss mit dieser Levitation. Stopp! Vade retro, Satanas! Weiche! Weiche! Und er betete jetzt so beharrlich, wie eine sehnsüchtige Mutter um alles in der Welt ihre Tochter um ein Enkelkind anfleht. Gott, Schützer und Beschützer des Menschengeschlechts. Du hast den Menschen nach deinem Ebenbild geschaffen. Blicke herab auf deinen Diener Hildebrand, den der unreine Geist mit arglistigen Angriffen heimsucht, den der alte Widersacher dieser Erde, der Feind von Anbeginn, mit Furcht und Schrecken umgibt, dessen Geist und Gefühl er lähmt, mit Grausen verwirrt …

Jimmy beschwor seinen Schutzheiligen, Ludwig Wittgenstein, und versuchte mich zu greifen. Doch er sprang ins Leere, die Vögel trugen mich durch eine Lichtflut zum Fenster.

– Hildy! Dableiben!

– Der ist taub wie eine Auster, sagte Flavia.

– Haltet ihn!, brüllte Rufus, sprang, griff nach meinem Fuß und versuchte mich zurückzureißen. Doch als ihn die Vögel in den Arm und ins Gesicht pickten, musste er loslassen. Selig sind die, die arm vor Gott sind – was immer das heißt.

Entgeistert sahen sie, wie ich davonflog, direkt ins Gewitter.

Rufus betete, Flavia warf mir ein paar geweihte Hostien hinterher, und Jimmy murmelte verdattert: Wer kann den Knoten zwischen Sein und Zeit zerschlagen? Wer sich mit Lichtgeschwindigkeit bewegt, für den steht die Zeit still. Also steht für das Licht selbst die Zeit still.

Rufus stampfte wild auf den Boden, und Flavia brüllte wie

von Sinnen, sodass Adern an ihrer Stirn hervortraten: Ich hasse Marx und Wittgenstein und Jesus Christus!

Und wie ich mich noch einmal umblickte, und die drei so dastanden wie geschlechtlich akzelerierte Mädchen nach einer unsittlichen Bemerkung, wie Väter bei einer Geburt, ohnmächtig, dachte ich, der Mensch schwimmt langsam, läuft langsam, und fliegen kann er gar nicht, trotzdem beherrscht er die Erde und glaubt, die Krone der Schöpfung zu sein. Lächerlich. Nicht mehr als eine Seifenblase in der Evolution. Ich flog davon.

Córdoba

Es gibt keinen Anfang und kein Ende, keine Geburt und keinen Tod, nur ein Dasein in einem kurzfristig stabilen Aggregatzustand. Das Leben ist ein Interregnum zwischen Königreichen des Nichts. Anfang und Ende können nicht erlebt werden. Es beginnt mit einem Nebel, und mit einem Nebel endet es. Du kannst alles kennen, aber wenn du keinen Nebel kennst, dann kennst du nichts.

Frühgeburten etwa sind wie kleine, nackte Vögel, haben keine Knochen, sondern Gräten, bei manchen ist das Gehirn noch glatt, weil sich die Windungen erst später bilden, und trotzdem kommunizieren sie, stoßen noch im Mutterleib, wenn sie die Hand des Vaters spüren, ihre Ärmchen gegen den Bauch, reagieren auf Zärtlichkeiten der Mutter. Und auch beim Sterben hört das Leben nicht einfach auf, erlischt nicht wie ein abgedrehtes Licht, sondern glüht nach, flutscht langsam wo hinein. Es gibt keinen Anfang und kein Ende, nur ein langsames Gleiten von Zustand zu Zustand, ein Auftauchen aus und ein Eintauchen in den Nebel der Vergänglichkeit.

Also war ich nicht mehr bei den Menschen, nicht mehr in Gebeten, nicht mehr im Zimmer mit Rufus, Jimmy, Flavia, sondern im Nebel, flog inmitten eines Vogelschwarms wie ein einzelner Buchstabe in einem langen Text.

Wir schwebten erst gegen eine düster-schwarze Wolkenbank, kämpften gegen Wind und Regen, dann in einen sich plötzlich auftuenden Spalt aus Licht, tauchten in ein Labyrinth aus Helligkeit, durchstachen Nebelwände, Schleierwolken, und glitten bald mit leichten Flügelschlägen in einem hellen Strahl aus Äther über Schichtwolken, hinein in Häuserschluchten, über Plätze, vorbei an Obelisken, über rote Ziegeldächer, kleine Parks, große Parkhotels, Parkbäder und noch größere Parkplätze. Es ging über Gebäude der Straßenmeisterei, einen Bauernmarkt, entlang der Tiberauen langsam aus der Stadt. Wir flogen über brachliegende Felder, die einer Steppdecke glichen. Der Wind trieb uns über Mooraugen mit Wollgrasbrauen, jäh einbrechende Atemhöhlen entwurzelter Bäume, zugewachsene Teiche, über schlecht gefickte Landschaftsstriche, über Kränkungen und Zufügungen, zu groß, sie ewig nachzutragen, über weiße, wie aus Mondschein gemeißelte Kieswege, vergewaltigte, wortkarge Hügel, über Großes, das aus lauter Kleinem bestand. Über Landschaften, älter als das Gewissen der Menschheit, älter als jede Erinnerung. Über verweste Gegenden, den sich erbrechenden Frühling, über ausgehöhlte, von Termiten zerfressene Siedlungen, Ruinen, über Wälder, blühende Büsche, Spargelfelder. Autobahnen, Wildnis, alles ließen wir zurück, flogen mitten hinein ins Grauen. Kalt war es plötzlich, kalt, dass die Gehirnschale krachte, einem das Blut gefror und die Eier sich zusammenzogen.

Die Worte, die wir sprachen, waren wie Selbstmörder, chancenlos gegen den Wind, gaben, sobald sie auf Gegenstände trafen, ihre Bedeutung auf. Ich verstand, dass in der

Sprache der Vögel das Wort Gast dasselbe wie Unglück bedeutet, dass Erde Luft und Sprache Verstörung heißt.

Ein Vogel glich Oma, sah mich an und lächelte.

Weißt du noch, Mama, wie sie gestorben ist? Ich bin aufgewacht und habe gespürt, wie ihre Seele geht. Wie ein Geräusch, das immer leiser wird, ein plötzlich wärmer werdender Wind. Und bevor sie verschieden ist, geplatzt wie eine Seifenblase, eingetaucht in den Nebel, ist mir bewusst geworden, dass sie nie mehr die Scheune mit altem Frittieröl streichen wird, nie mehr mit mir und Hexi Hochzeit spielen, uns nie mehr mitten in der Nacht zur Schatzsuche aufwecken wird und dass der Iwan den Krieg gewonnen hat. Kurz vor ihrem Tod hat sie gesagt: Das Leben wirft sich wie ein Spiegel selbst zurück, im Alter ist man ständig in die Kindheit rückversetzt, man lebt nur noch in ferner Vergangenheit, sieht sich selbst wieder als Heranwachsender, als Schüler, kleines Kind, denn das Leben dreht sich um, wird Nebel. Und dann hing auch sie, die einzige KP-Wählerin, im Sumpfinger Kirchenaushang, lag auch ihr Partezettel in ihrer eigenen Pralinenschachtel: *unerwartet, unvergesslich.*

Jetzt war sie ein Vogel, flog im Schwarm. Ein Rabe an ihrer Seite glich Opa. Ein kleiner Spatz sah aus wie die Hornböstelin. Ein Täuberich ähnelte Ödipus, der seiner Mutter, der Ballerina, vorwarf, nur zweimal im Leben umarmt worden zu sein, einmal von der Kindergärtnerin und das andere Mal mit einer die Rippen eindrückenden Kraft beim Militär. Und dann war da eine Taube, die dem Poldl wie aus dem Gesicht geschnitten war. Ich sah ihm ins Gesicht und wusste, das ist kein Regenwurmfresser, sondern ein Regenwurmentblößer, Komasäufer.

Macht die Natur Fehler? Wenn man sich diesen Poldl ansieht, ja. Weißt du noch, Mama, wie dieser Verrückte glaubte, an das große Geld zu kommen? Mit Erpressung! Aber er wollte nicht irgendeine Firma oder Familie erpressen, nicht Palmers oder Porsche, nicht Reemtsma, Manner oder Spar, sondern Amerika, die USA. Nicht mit seiner Wurstantenne oder seinen Moslemweibern, sondern mit einer Offerte. So schrieb er, des Englischen kaum mächtig, Briefe an das FBI, in denen er eine Liste mit 261 Personen anbot, die angeblich alle am Untergang der Vereinigten Staaten arbeiteten, mit Russland, China, Nordkorea, Zaire und Kuba kollaborierten, an Geheimwaffen bastelten, am Umsturz der Weltordnung. Dafür forderte er, weil er kein Unmensch war und schließlich Spesen hatte, eine Million Dollar. Übergabe im Saurüssel in Sumpfing, 21. Juni 1978, 19 Uhr. Denn wenn du alles hast, aber kein Geld, hast du nichts.

Der Poldl hat in seinem Delirium tremens wirklich geglaubt, die Amis würden jemanden mit einem Geldkoffer vorbeischicken, um seine ominöse Liste in Empfang zu nehmen. Stattdessen ist eine Spezialeinheit der österreichischen Polizei ausgerückt, den Deppen einzukassieren.

Der Saurüssel war an diesem Mittwoch gut gefüllt, weil sich alle das Fußballspiel oder vielmehr die Schlacht Österreich gegen Deutschland ansehen wollten – das hatte Poldl nicht bedacht. Die Stimmung war aufgeheizt, beide feindlichen Parteien mit polemischen Sprüchen hochgerüstet. Für Deutschland ging es bei dieser Weltmeisterschaft in Argentinien noch um das Überleben, ums Finale, für Österreich allein um die Ehre einer ruhmreichen Verabschiedung, um ein Ehrengrab.

Das Gefecht begann. Erste Attacken. Konterstöße. Sticheleien. Rückzug. Sturmlauf. Verteidigung. Da brach einer durch, Raumgewinn, und schon schoss Karl-Heinz Rummenigge das 1:0 für Deutschland, und du, Mama, fuhrst ebenfalls scharfe Geschütze auf, sagtest dem Papa, dass du die Scheidung eingereicht hättest, weil du annahmst, dass er daraufhin kapitulieren, sich bei so vielen Gästen zusammennehmen und nicht völlig durchdrehen würde. Doch für den Papa war das zu viel, weil es wahr ist, zuerst das Tor für Deutschland und dann noch dein in seinen Augen blödsinniges Scheidungsansinnen. Er war völlig aufgelöst, tobte, ritt einen Verzweiflungsangriff, brüllte wie ein österreichischer Fußballfan, womit er das verdiene, was er dir angetan habe, was dir da eingefallen sei, was jetzt werden solle, dass du in ein Narrenhaus gehörtest, seine Liebe und Fürsorge gar nicht zu schätzen wüsstest, wofür er dich dann überhaupt geheiratet hätte, schwanger, angebumst, eine gehirnlose Drüberkräulmatratze und so weiter.

Vor lauter Wut schoss er (weil's wahr ist, weil er die vaterländische Front so schnell nicht verloren geben mochte) volle Gurkengläser (Marchfelder Delikatessgurken der Marke Felix) durch die Gaststube, die allesamt an den Wänden barsten, was die berauschten Schlachtenbummler aber nicht zu irritieren schien. Er pfefferte mehrere Emailtöpfe von den Regalen, auch die Musicbox bekam was ab, doch die ganz auf das Fußballspiel fokussierten Gäste blieben unbeeindruckt. Erst als eines im Fernseher landete und dieser mit lautem Knall implodierte, es überall nach verschmorten Kabeln und durchgebrannter Bildschirmröhre roch, ging ein Raunen durch die Stube, drohte der Speckbacher mit Umbringen, der Pofinger mit Niederreißen, der Kübelböck mit Anzünden. Hätte nicht Oma geistesgegenwärtig das Kommando an sich gerissen und das Radio aus der Küche geholt, der aufgebrachte Mob wäre nicht zu bändigen gewesen, hätte alles kurz und klein geschlagen. So aber konnte der Reporter Edi Finger, der seine Stimmfinger spitzte, sie den Zuhörern ins Ohr zu rammen, alle beruhigen: *Obermayer passt zu Hickersberger, der zurück zu Koncilia. Unser Tormann nimmt den Ball auf, rollt ihn zu Sara, Robert Sara, der leitet den nächsten Angriff ein … Tooor! Toor! Ausgleich. Eigentor Vogts. Berti Vogts. Der deutsche Bullterrier, jetzt haben wir ihn alle lieb, den Berti. Alle haben wir ihn lieb.*

Der Saurüssel jubelte. Manche stimmten die Hundesbymne, nein, Bundeshymne an: *Land der Berge, Land der Äcker.* Papa schoss weiter Gurkengläser, weil's wahr ist, sodass der Boden bald voller Essiglake, Senfkörner, Gewürzzwiebeln, Gurkerln und Scherben war. Und als die Ersten noch auf diesen Ausgleich anstießen, auf einen Waffenstillstand hofften, hatte sich schon Krankl, unser Hansiburli Krankl, den Ball geschnappt, seinen Gegenspieler Rüssmann überspielt und sich an den vielen Gurkerln ein Beispiel genommen, dem deutschen Tormann Josef, genannt Sepp, Maier ein selbiges verpasst – so nennt man es, wenn man wem den Ball zwischen die Beine spielt – und das Führungstor für Österreich erzielt. *Tor! Toooor! Toor!*, jubelte Edi Finger, und auch die Saurüssel-Gäste lagen sich jetzt in den Armen, als hätten sie soeben den Krieg gewonnen. Papa wollte Frieden schließen, entschuldigte sich bei den Zechern, und der Lehrer Schimpl, der Gebildetste von allen, begann in G'stanzln gegossene Schlachtgesänge anzustimmen: *Der Bauer hat gsagt, i solls Hei obatragn, i hab'n net verstanden, habs Keibl daschlogen. Ja, das is halt der steirische Brauch. Hollodaro. Jo, so fress ma de Deitschen heit auch. Hollodaro. De Piefke haben Strimpf an, de brauchans net waschen, de soachans glei an. Ja, das is halt der steirische Brauch. Hollodaro. Jo, so fress ma de Deitschen heit auch. Hollodaro.* Oma holte Sternspritzer, zündete sie an. Und als alle schunkelnd, singend und vor Glück und Stolz zu zerspringen drohten, erzielte Hölzenbein postwendend und zum Entsetzen aller Sumpfinger den Ausgleich. Was für ein Rückschlag. Katastrophe. Im selben, von allen Göttern verfluchten Moment stürmten wie aus dem Nichts, so wie dieser Ausgleich gefallen war, zweiundzwanzig Elitepolizisten, die schon seit Stunden alle Ausgänge besetzt hatten, sich teilweise vom Dach abseilten, Fenster und Türen einschlugen, den Saurüssel.

Wie Außerirdische sind die bei uns eingedrungen, mit Vollvisierhelmen, Maschinengewehren, Tränengas. Sie schrien *Alle an die Wand!*, als ob es eine Kernzelle der RAF auszuheben gälte, du, Mama, dachtest an Razzia, hast schnell die illegalen Flaschen und Zigaretten verschwinden lassen, und mir war mit einem Schlag klar, ich hatte doch recht gehabt, bei uns wohnte Frankenstein im Dachboden oder vielleicht sogar der Weiße Hai im Heizkessel. Und Großmutter rezitierte *Uuuurahne, Großmutter und Kind in dumpfer Stube beisammen sind …*

– Darf man sich jetzt nicht einmal mehr über ein Fußballspiel freuen?, hat der Speckbacher gesagt und das Bier in seinem Magen ausgespien.

– Wenn die blöde Blunze (Blutwurst) meine Liebe nicht zu schätzen weiß!, brüllte Papa, sind wir geschiedene Leute. Weil's wahr ist. Aber deswegen muss man sich doch noch lange nicht scheiden lassen oder gar die Polizei rufen. Blunze, blöde. Weil es wahr ist. Aber den Uniformierten ging es gar nicht um das Fußballspiel und auch nicht um die Scheidung. Nach dem Dokument für das FBI wurde gebrüllt, alle Gäste an die frisch gekalkte Wand gestellt, *Nicht antatzen!*, schrie Oma, es waren so viele, dass das nur in zwei Reihen ging. Nur wenige konnten noch gerade stehen. Die an der Wand, waren froh, sich an selbiger anhalten zu können. *Nicht antatzen!*

Der Poldl, der sich mit *Da seids endlich, Burschen, ich hab de Listen, ich krieg das Knödl! Ich!* zu erkennen gab, der Poldl, dem vor Dankbarkeit und Glück eine Träne runterlief, wurde herausgefischt.

Und als er ihnen in bester Fraternisierungsabsicht den Moslemweiber-Tanz vorführen wollte, aber in der Gurkerllake ausrutschte, brüllte Edi Finger: *Und jetzt kann Sara sich noch einen aussichtslos scheinenden Ball holen, Pass nach links herüber, es gibt Beifall für ihn, da kommt Krankl, vorbei diesmal an seinem Bewacher, ist im Strafraum – Schuss … Tooor, Tooor, Tooor, Tooor, Tooor, Tooor! I wer' narrisch! Krankl schießt ein – 3:2 für Österreich! Meine Damen und Herren, wir fallen uns um den Hals; der Kollege Rippel, der Diplomingenieur Posch – wir busseln uns ab. 3:2 für Österreich durch ein großartiges Tor unseres Krankl, unseres Hansiburli, Sohn eines Straßenbahnschaffners, ein Kind aus Favoriten. Der immer der Kleinste war, der Teschek, immer eine in die Goschen kriegt hat … Jetzt hat er olles überspielt, meine Damen und Herren. Alles.*

3:2 für Österreich. Da haben die in Deutschland geschulten Antiterror-Polizisten den Poldl einfach abgeknallt. Sie kannten seine Windschutzscheibentexte, seine mit Schreibmaschine getippten *Ich beobachte dich schon seit geraumer Zeit. Du entkommst mir nicht. Ich habe Phantasien mit dir, möchte etwas mit dir spielen. Ich werd dir etwas zeigen. Nackt will ich dich sehen. Dir etwas reinstecken und dich so zum Explodieren bringen*-Sätze, mit denen er der weiblichen Bevölkerung nachstellte, und interpretierten sie politisch, legten sie im Wahn des Kalten Krieges als gefährliche Drohung aus. Und als er jetzt etwas von Moslemweibern brabbelte, auf der Essiglake ausrutschte, glaubten sie an einen Angriff.

Also schossen sie, schossen wie der Krankl auf das Tor der Deutschen, unerbittlich. Dieser Schießerei folgte ein Moment der Stille, der wahrscheinlich viel länger zu dauern schien, als er tatsächlich währte. Für uns war es eine halbe Ewigkeit. Dann ist der Poldl grau geworden wie Zement, verfärbte sich seine große, aufgesprungene Säufernase, sein von roten Adern durchzogenes Gesicht in einen Schwamm. Seine immer eitrigen kleinen Augen brachen. Er selbst aber ist zusammengesunken gleich einem leeren Brotsack, und Blut ist aus ihm geflossen, Blut und wieder Blut, gesättigt mit zwei Promille, sein eigener Saft kam ihm entgegen, bis sich seine weiße Kleidung rot-weiß-rot gefärbt hat. Wo das alles hergekommen ist? So hat der Poldl sein eigenes Córdoba erlebt. Du, Mama, hast gebrüllt: Geh, Poldl, reiß dich zusammen. Du versaust mir noch die ganze Wirtschaft. Stirb woanders, bild dir nichts ein. Mach nur weiter so. Wirst schon sehen, wo das alles hinführt.

Aber der Poldl konnte sich nicht mehr zusammenreißen. Mit letzter Kraft wollte er noch einmal seine Wurstantenne auspacken und den Polizisten auch einmal etwas Schönes zeigen, aber dazu langte seine Kraft nicht. Die Gäste schwiegen, Oma sagte, eine Regierung müsse sich vor ihrem Volk fürchten, nicht umgekehrt, und Edi Finger brüllte: *Und warten S' noch a bisserl, warten S' no a bisserl; dann können wir uns vielleicht ein Vierterl genehmigen. Oder ein Flascherl. Also das, das musst miterlebt haben. Jetz bin i aufgstanden, alle Südamerikaner … I glaub, jetzt hammas gschlagn! Jetzt sauf i mi an.*

Der verblutende Poldl lächelte und brabbelte unverständliche Laute. Papa fluchte über die Scheidung, und die Gäste wussten nicht, was hier gespielt wurde. Alle standen sie wie angewurzelt da, hatten Angst, erschossen zu werden wie der Poldl oder geschieden wie Papa. Edi Fingers Sätze bohrten sich in ihre Hirne.

Noch zwei Minuten, kam es aus dem Radio, *das Leder wieder bei Österreich, noch wolln ma nichts verschreien … Die Deutschen ham alles nach vorn beordert. Eine Möglichkeit der Deutschen! Und!? Daneeeeben! Also der Abramczik – obbusseln möcht' i den Abramczik. Jetzt hat er uns g'holfn.*

Allein vor dem Tor stehend. Der braaave Abramczik hot danebengschossn. Der Orme wird si' ärgern.

Sanitäter kamen, den sterbenden Poldl zu verarzten, der trotz Lungendurchschuss und Milzriss noch immer lebte – lebte wie die Hoffnung der deutschen Nationalmannschaft.

Noch dreißig Sekunden. 3:2 für Österreich. Nach 47 Jahren, meine Damen und Herren, liegt eine österreichische Nationalmannschaft, aber wos für ane, eine Weltklassemannschaft, die da heute spielt, gegen die Bundesrepublik mit 3:2 in Führung. Und jetzt trau i mi scho gar net mehr hinschauen. Aussigschossen ins Out.

Poldl röchelte, spuckte Blut. Papa murmelte kleinlaut etwas von der größten Schmach seines Lebens, weil's wahr ist. *Schiedsrichter Klein aus Israel,* sagte Edi Finger, *ein ganz hervorragender Schiedsrichter,* das waren die Schiedsrichter immer, wenn Österreich gewann, *er hat es nicht leicht ghabt, aber hat bis jetzt klass gepfiffen. 45. Minute, noch einmal Deutschland am Ball, und Prohaska, unser Schneckerl, haut den Ball ins Out. Und jetzt ist auuus! Ende! Schluss! Vorbei! Aus! Deutschland geschlagen, meine Damen und Herren, nach 47 Jahren kann Österreich zum ersten Mal wieder Deutschland besiegen!* Denn du kannst alles haben, aber wenn du Deutschland nicht besiegst, dann hast du nichts.

Aber niemand jubelte. Das Radio wurde ausgemacht, und man hörte das laute Ticken einer Uhr. Alle Saurüssel-Gäste standen da mit offenen Mündern und leeren Augen, leer wie ein Vogelnest im Herbst. Sie fühlten sich verlassen, bestohlen, ihre Stimmung war fest verschnürt wie ein Rollschinken, ihr Rausch war heute irgendwie umsonst, der Krieg zu laut. Nur Poldl fiel auseinander, gab ein paar weitere Brabbellaute von sich, *Hajogrrmblltkrnklmastungogogoooll,* und verlor das Bewusstsein. Die Elitesoldaten senkten ihre Waffen, klappten die Visiere hoch. Einer nahm dem Poldl ein

Kuvert aus der Hand, in dem sich die begehrte ominöse Liste fand. 261 Amerika-Feinde? 261 potenzielle Terroristen? Nein, es handelte sich um ein Verzeichnis der Sumpfinger Buchgemeinschaftsmitglieder, die sich in den kommenden Monaten allesamt einer verstärkten Beobachtung durch das Innenministerium erfreuen durften. Während diverser Telefongespräche knackste es ab sofort in der Leitung, was damals, als man nur Viertelanschlüsse besaß, keine Seltenheit war. Briefe, sofern es sie gab, wurden geöffnet, Gespräche belauscht und besonders der Saurüssel mit seinen zahlreichen Marx- und Lenin-Bildern als Keimzelle des Umsturzes ausgemacht.

Poldl aber überlebte. Er verbrachte ein paar Monate in der Strafvollzugsanstalt neben unserer Schule, bevor er wieder freigelassen wurde, wieder in den Saurüssel kam, um uns Vorwürfe zu machen, weil wir die Polizei hereingelassen, weil wir ihn nicht beschützt, ihm nicht einmal im Gefängnis seine Rationen gebracht hätten. So wurde aus dem Amerika-Erpresser ein Saurüssel-Erpresser, dem seiner Meinung nach zumindest lebenslänglich freie Zeche und ein gemeinsames Weihnachtsfest zustand. Und jetzt war er also auch ein Vogel.

So flogen wir über Schatten, die an Bäumen hingen, Schatten, die aus Büschen wuchsen, Strommastenschatten, Wolkenschatten, Geschichtsschatten, Schatten von Fußballspielen, Texten, Tiefkühltruhen, Partezetteln, Wörterschatten. Nur wir selber, fiel mir auf, als wir uns auf einen Baum setzten, waren schattenlos. Es roch nach Eichenrinde, Borkenkäferlarven, die Luft war feucht wie die Achselhöhle einer jungen Frau, und ich sah Hunderte Vogelgesichter, zarte, feiste, glupsch- und schlitzäugige, bunte, fahle, breite, schmale. Da fiel mir ein besonders hübsches auf, kurz kreuzten sich unsere Blicke. Was für Augen! Ich schluckte und hatte den Geschmack von Eisenspänen im Mund.

Ein Rabe sah mich an, als wollte er sagen: Und? Gefällt sie dir?

– Gefallen? Das ist ein Vogel!

Jetzt drehte der Krähenvogel seinen Kopf, hielt ihn leicht gebeugt, womit er mir zu verstehen gab: Ein Vogel? Und du? Sie gehört dir, stieß er ein zügelloses Gekrächze aus. Das ist deine Braut. Greif zu. Sie ist noch Jungfrau, aber dir wird sie sich hingeben. Na los, was ist, sie wartet.

– Eine Vogelfrau? Ich weiß nicht recht. Lieber wäre mir Schokolade, die ist viel besser als Sex, man schwitzt nicht so dabei … außerdem will ich mich in niemanden verlieben, den ich nicht kenne. Die Liebe ist doch ein ziemlicher Eingriff ins Privatleben …

Der Rabe krächzte etwas Unverständliches, was so viel hieß wie: Was du bisher geliebt und begehrt hast, musst du verachten und hassen. Hast du erst einmal damit begonnen, so wird dir unerträglich und bitter, was dir zuvor liebenswert und süß war. Und in dem, was dir zuvor hässlich und bitter, wirst du großen Frieden schöpfen, denn du wirst erkennen, nie du selbst gewesen zu sein.

– Ja, bin ich denn nicht euer Messias? Euer Erlöser?

Die Vögel schnatterten wild, was so viel bedeutete wie: Messias? Erlöser? Du? Das ist nur ein Trick. So machen wir Werbung für uns selbst.

– Aber ihr seid doch der Geist der Schöpfung? Die sich manifestierende Natur? Göttliche Wesen?

Bei dem Wort *göttlich* klang ihr Geschnatter fast wie Hohnlachen. So als meinten sie: Göttlich? Wir sind die Welt der Finsternis, Höllenwirbel des Sündhaften, Befleckte. Zuständig für das Wetter und die Zeit. Denn wenn du auch alles hast, hast du keine Zeit, so hast du nichts.

– Nicht die Seelen der Verstorbenen? Mir wurde meine Haut zu eng, ich glaubte, jetzt müsse ich gleich platzen.

Die Vögel putzten ihr Gefieder, fauchten, was bedeutete: Wir verdienen nicht, dass uns die Erde trägt. Wir sind das Böse! Die Aufrührer, Durcheinanderbringer, der Laplacesche Dämon.

– Dämonen? Hier haute es mich endgültig um. Vom Himmel senkte sich ein Abgrund nieder. Ich war verstört und murmelte: Und da verlangt ihr, dass eine der euren mir gefällt?

Die Vögel tirilierten. Du machst ein Gesicht wie ein Kritiker in der Vorstellung eines ihm verhassten Autors, der vor nichts so sehr Angst hat, als dass der Abend ihm gefällt. Sieh doch mal. Wo sonst findest du noch so ein Mädchen? Schau dir einmal ihr Gesicht an, rund und zart. Schau dir einmal diesen weißen Schnabel an, diese Figur, die schlanken Fesseln. Merkst du das Obszöne ihrer Beine? Und dann die kleine Brust, fass sie ruhig an. Wo findest du sonst so einen Hintern, so reizende Grübchen? Aber das sind nichts als Worte. Worte, die nicht in die Tiefe gehen, den Grund niemals berühren. Die wahre Vision muss aus deinem eigenen Körper emporsteigen wie ein weißer Saft.

Ich muss gestehen, sie gefiel mir. Ihr keckes, mit Federn eingerahmtes Gesicht mit Augen, die schwarz waren wie der Himmel in einer lauen Sommernacht, mit Lidern von oben wie von unten, löste ein brennendes Verlangen in mir aus. Unerwartet. Der Schnabel tropfenförmig, aufgerissen. Ihr Hintern? Zwei riesige Kugeln, die sich unterhalb des Steißbeins wölbten. Ihr dichtes Schamhaar glich einem winzig kleinen Mäusefell. Sie lächelte zahnlos. Meine Brust pochte, als klopften Gefangene gegen ihre Zellentüren. Ich war geblendet wie von Lichtspiegelungen, wie Fußball-Österreich von Córdoba, Bayreuth von Ikea, Poldl von seiner Erpressung. Angetan von einer Vogelfrau? War ich neuerdings ein Sodomit?

Da hob sie ihren Federrock wie einen Theatervorhang, das Schauspiel ihres Hinterns zu enthüllen. Dann ergriff sie meine Hände, deren Spitzen Federn waren, nahm sie in die ihren, blickte mir lange in die Augen, was so viel bedeutete wie: Ihnen kann geholfen werden.

Die anderen Vögel quietschten wie knarrende Betten.

Und was dann passiert ist … was dann passiert ist, lässt sich nicht beschreiben. Hierfür reichen meine Worte nicht. Das, wonach ich mich immer gesehnt hatte. Gefühl! Generalangriff! Denn hast du auch alles, fehlt dir das Gefühl, so hast du nichts. Spitze Hahnenschreie schlitzten die Dämmerung. Das Schicksal langte nach mir, meine Augen und auch sonst alles quoll über, und ehe ich michs versah, stolperte ich über meine nasse Wurzel und landete in der Kloake dieses Vogelweibes. Es roch nach feuchtem Tier und Wald, nach warmem Atem, Fleisch. Meine Unterleibsausbuchtung schob sich in ihre Bucht, die mich freundlich aufnahm und fest umklammerte wie die Zähne eines Fangeisens. Wir berührten und erkannten uns.

Wie ich sie küsste? Ich stellte mich hinter sie, legte ihr von hinten meine Flügel auf die Brust, beugte mich über sie, die heftig stöhnte. Das wiederholte sich, klang bald eindringlicher, atemloser, hingebungsvoller. Diese schwer atmende Frau hatte kein Cola light in ihren Adern wie Almut und kein Nutella wie Bayreuth. Ihr Gestöhn wurde zu einem einzigen, geradezu unmenschlichen Klagen. Der Körper wand sich in einem heftigen Krampf.

Frauen mit langen Nasen, heißt es, sind gut im Bett, man sagt, dass ihre Nasenflügel zittern, wenn sie einen Orgasmus haben. Und Frauen mit kleinen Köpfen üben einen gewissen sexuellen Reiz aus, wahrscheinlich, weil sie Dummheit suggerieren, nicht davonrennen, bei der Familie bleiben – das ist das Problem der Feministinnen und Emanzen, ihre Köpfe sind zu groß. Aber Weiber sind zu allen möglichen Intrigen fähig, was beim Höhepunkt den Höhepunkt erlebt. Was ist ein Orgasmus? Eine Art Schüttelfrost, obwohl einem ganz heiß wird. Wie tausend brennende Kerzen, die in einen hineingeschoben werden. Eine Mischung aus Tod und Auferstehung. Ein Fleisch gewordener Tsunami. Und diese Vogelfrau erlebte alles gleichzeitig, spritzte ab wie einst Gavrilo Princip, der serbische Attentäter in Sarajevo 1914, wie Hans Krankl in Córdoba, die zweiundzwanzigköpfige Spezialeinheit der Polizei: unerbittlich. Es war so, wie Jimmy gesagt hatte, die Paraurethraldrüse produzierte ungeheure Säfte, die sich nun ergossen. Es war wie bei einem Staudamm, wenn er bricht. Eine ungeheure Flut brach über uns herein, alle Sünden dieser Erde fortzuspülen.

Nach mythischen Vorstellungen werden die Vögel im Frühling vom Westwind befruchtet. Die Indianer auf Borneo glauben, ein Vogelruf sorgt für das Gedeihen der Früchte auf den Pflanzen. Und die Bewohner von Nauru sind steinreich geworden, weil sie draufgekommen sind, dass sich Guano, der Mist von Seevögeln, als Biodünger verkaufen lässt.

Der Siebte Kontinent

Am nächsten Tag flogen wir Richtung Siebter Kontinent.

Wieder ging es über Steppdeckenfelder, über kleine Siedlungen, Wälder, Berge, den Hundsschopf, den Kalbskopf, den Katzenbuckel, durch verkohlten Wald. Alle Stämme waren schwarz, verkokelt, die Rinde grau und eingerissen wie Holzkohle. Die Blätter waren teilweise noch dran, schwarz. Eine dicke Aschenschicht am Boden. Geschmolzene Plastikflaschen, verrostete Dosen, Glasscherben. Alles tot, nur am Boden nachgewachsener Farn. Klostergartenstille.

– Den haben Grundstücksspekulanten abgebrannt, erklärte ich meinem Vogelweib.

Und als wir zu einem großen, mit Stacheldraht gesicherten, mit Hundegebell gefüllten Gebäude kamen, sagte sie mit ihren großen Augen: Hier ist der Ort der bestgehüteten Geheimnisse.

– Die Goldreserven? Der Siebte Kontinent?

– Nein, schüttelte sie ihren Kopf, eine Anstalt für Tierversuche.

Weiter ging es über Industriebauten, Äcker, Fichtenwälder, Hügel und Hänge, geäderte Felsmassive. Ich sah Steinpilze, groß wie Hüte, Licht siebende Ölbäume, Weingärten, nackte Fliederbüsche, Schlammwege mit Fußstapfen von Schafherden, ferne Rauchfahnen. Und als wir über eine nichtssagende Fläche flogen, gab mir meine Liebste zu verstehen, dass hier der große Geist gefangen gehalten wurde.

– Gott?

– Nein, hier ist das Hauptquartier von Google.

– Dann ist der Siebte Kontinent die Ansammlung allen Wissens? Ein Ort, an dem man alles weiß und nichts mehr denkt?

Doch sie schüttelte nur den Kopf.

Bald sahen wir Palmen, Quittenbäume, wilde Büsche von Feuerlilien, schlug uns frischer Wind entgegen. Ein riesiger Himmel tat sich auf, pudrig blau. Wir erreichten die Küste, sahen die schäumende Gischt, einen dicken Lidschatten aus Algen. Verrostete Maschinen, alte Autoreifen, Rohre, die braune Flüssigkeiten spien. Meine Geliebte deutete auf breite schwarze Schlieren, womit sie sagen wollte: Öl ist der Feind der Vögel, verklebt die Flügel. Nur die Tauben lieben es am Hals. Woher stammt Öl? Aus Bäumen. In Bäumen verstecken wir uns, bauen wir unsere Nester. Öl ist die späte Rache der Bäume an uns Vögeln.

Wir schwebten über Licht saufende Pigmente, über tausend kleine Spiegel, eine ständig zwischen Blau, Grün und Schwarz changierende Masse. Segelboote und Kreuzfahrtschiffe unter uns. Nichts war mir mehr vertraut. Kein Land mehr weit und breit. Da sah ich einen kleinen gelben Schlauch. Menschen klammerten sich daran, riefen um Hilfe. Ertrinkende Flüchtlinge aus Afrika! Boatpeople. Junge Männer, Frauen, Babys – allesamt Verwandte von Irmis und Almas Kindsvätern.

Warum hilft denen niemand? Ich wusste es, weil ich mich in meiner verzweifelten Suche nach Gefühl auch mit Folterberichten und Ungerechtigkeiten beschäftigt hatte. Daher wusste ich, dass Fischer, die Flüchtlinge retten, als Schlepper angeklagt werden und zwei Jahre ins Gefängnis kommen. Weil die Festung Europa (Goebbels) mit allen Mitteln verteidigt wird. Europa ist solide, aber was solide ist, biegt sich nicht, es bricht.

Es war übrigens völlig an mir abgeprallt, dass jährlich dreitausend Flüchtlinge im Mittelmeer ertrinken, die Totengräber in den Küstendörfern nicht mehr nachkommen, all die Namenlosen in ihren Friedhöfen zu verscharren. Es hatte nicht das Geringste in mir ausgelöst, all diese Ungerechtigkeiten zu erfahren, mich nicht im Geringsten angerührt. Ich hatte bei solchen Fakten nicht das kleinste Anzeichen von Gefühl gehabt. Jetzt war alles anders, hielt ich es kaum aus, das Leid der Welt zu sehen. Jetzt erfasste mich etwas Erfrischendes, Prickelndes, Aufbrechendes: eine unbändige Wut! Ein heiliger Zorn über die Dummheit und Ignoranz der Menschen, über ihre Verlogenheit, die Schöpfung und vor allem über den Tod. Eine Wut, die mich am liebsten alles kurz und klein schlagen lassen hätte.

Ich war so aufgebracht, so außer mir, dass mir war, als flögen wir durch einen Spiegel meines verfluchten und verpfuschten Lebens. Zurück zum Urknall. Ich sah eine verhärmte, sich Schnupftabak ins Hirn hämmernde, Seifenblasen ausstoßende Oma, meine schwesterlichen Satelliten, die stumm und träge um mich kreisten, den borneografischen Papa, den Schnapsgeruch, seinen Atem, der wie eine lange nicht mehr gewechselte Unterhose roch, seine großen, ungelenken Hände, die sich langsam an meinen Körper tasteten, und ich sah mich selbst beim alten Korischek anstehen, der uns einheimische Kinder immer zum Schluss drannahm. Zuerst kamen die Touristen, die deutschen Herrenmenschen, auch wenn sie in Córdoba verloren hatten, dann die einheimischen Untermenschen, zum Schluss die Kinder, auch hier zuerst die deutschen. Das hatte dieser nie aus seinem Standesdenken hinausgekommene Mensch von den Nazis beibehalten. Ebenso seine Rotzbremse unter der Nase. Ich war wütend, wenn ich daran dachte.

Und ich sah mich als Schnaps trinkender Heiliger Dreikönig, auf Ferienlager, diesem Hort der Ungerechtigkeit, mit der ewigen Sehnsucht nach einem Päckchen von daheim. Und ich sah mich im Kindergarten, als wir, angeleitet von einer sadistisch veranlagten Kindergärtnerin, um zehn Uhr eine Schlange bilden und unter *Ich muss schnaufen. Ich muss schnaufen*-Gesängen wie eine Eisenbahn aufs Klo fuhren. Meistens kamen wir zu spät, wurden für die nassen Hosen mit einem Gürtel abgestraft, um mit *Geht schon besser, geht schon besser* zurück zur Spielecke zu fahren. Auch da bekam ich eine Wut.

Dann sah ich mich als Suchender, Stöhnforscher, wie ich immer hinter dem schönsten Geräusch der Welt her war. Als Hebammer Kaffee kochen oder meinen Lieblingsspruch murmeln: Der eine saugt so, und der andere saugt so. Und ich sah mich die anderen dümmlichen Hebammen verblüffen, weil ich behauptete, dass sich der dunkle Strich, der bei Schwangeren von der Scham zum Nabel läuft, auch beim Mann am Hodensack findet. Ich sah Hochschwangere, die sich vor der Visite schminkten, Reizwäsche anzogen, einen Arzt (den gebräunten Kaguru) verführen wollten. Ich sah die Autohupe, mit der wir Föten weckten, wenn das CTG ein Strich war – die gleiche Autohupe, mit der Rufus den alten Arzt nach der Regenwasservergiftung zu Tode erschreckt hatte. Ich hörte andere Hebammen, wie sie zu Gebärenden sagten: Keine spitzen Schreie, das ist unnötiger Energieverlust. Immer schön stillhalten. Das war überhaupt die Parole in diesem Land. Immer schön stillhalten. Stillhalten, sonst werdet ihr schon sehen, was ihr davon habt. Auch das nährte meine Wut.

Und ich hörte mich dem widersprechen, weil es mir ums Stöhnen ging. Sah gefühllose Neonatologen, die den Frischgeborenen Magensonden durch die Nasen stießen, sie in einen Inkubator legten, Sonden an ihren faustgroßen Köpfchen anbrachten und den Müttern sagten, dass alles bestens sei, obwohl sie ganz genau wussten, dass die Kinder Behinderungen hatten.

Und ich sah mich selbst als Puffvater, wie mir Huren erklärten, dass sie ihren Zuhälter liebten, obwohl ihnen der immer wieder alle Finger brach, ich hörte, dass sie keine Pille nahmen, weil es beim Eisprung mehr Trinkgeld gab. Und mir fiel ein, dass manche Huren, um sich die teuren Schwangerschaftstests zu sparen, ein enges Band um den Hals trugen, das wegen der leichten Kropfbildung bei einer Schwangerschaft zu eng wurde. Ich hörte sie von ihrer Arbeit reden, die sie Anschaffen nannten, obwohl sie ein Unschaffen war, ein vom Kondom gebremster Schöpfungsakt, in denen nicht sie anschafften, sondern ihnen angeschafft wurde. Im Schiefen Turm von Pisa war ich geduldet, weil ich meine Hebammer-Kontakte nützte, um den Anschafferinnen frische Plazenta zu besorgen – gut gegen Depression. Und mir fiel ein, dass sich nie jemand dafür bedankte. Auch das nährte meine Wut.

Und ich sah mich als Sterbehelfer mit den Todgeweihten sprechen, als ob ich Fransen auf den Wörtern hätte. Sah mich als Sargträger am Judas-Petrus-Grab, als Wettermanipulator mit elektromagnetischen Strahlen experimentierend, um Erdbeben auszulösen. Und ich sah den Ursprung aller Wut, Papa, als ich ihn mit dem Urknall konfrontierte, aufspringen, alles putzen, weil es wahr ist, aber nicht mit dem Putzfetzen, der ich war. Und ich sah ihn, wie er Jahre später, wir saßen in einem Wirtshaus, in Tränen ausbrach. Erst hatte er sich noch über die wie ein Kuheuter getragene dicke Brieftasche der Kellnerin gefreut, weil ihn die an dich erinnert hatte. Dann war ihm in der Zeitung ein Elefantenrüssel aufgefallen, der ihn an einen Knabenpenis denken ließ. Da konnte er noch lachen. Aber allmählich ging sein Lachen in ein selbstmitleidiges Weinen über, und er jammerte, dass er sich immer zu Knaben hingezogen gefühlt habe, weil er denen etwas schulde, etwas, das er selbst als Kind bekommen habe, etwas, wofür es keine Wörter gebe. Nur deswegen habe er gesoffen, weil er dann die Schuld vergessen konnte, das Zurückgeben. Nur deswegen hatte er dich, Mama, geschlagen, weil er so seine Wut auslassen, das weitergeben konnte, was man ihm angetan hatte. Sein ganzes Leben sei ein einziger Kampf gewesen. Ein Kampf gegen die Verlogenheit, deren wichtigster Exponent er selber war. Ein Kampf gegen die Wörter und das Schweigen. Und ein Kampf gegen die Gedanken.

Immer habe er sich vorstellen müssen, wie es war, kleine Knaben zu küssen, in sie einzudringen. Immer habe er gewusst, dass das nicht rechtens sei. Aber diese Gedanken seien in seinen Kopf gepflanzt gewesen, hätten gekeimt, ausgetrieben, um ihn ständig zu bedrängen. Er habe stets dagegen angekämpft, habe sich am Riemen gerissen, aber dieser Riemen sei er selbst gewesen. Angekämpft habe er dagegen, seinen ganzen Willen aufgebracht, um diese Wurzeln auszureißen, aber er sei zu schwach gewesen, zu sehr angezogen von den verbotenen Blüten, vergrub er sich in Selbstmitleid, suchte er, der mich nachts berührt und versucht hatte, in mich einzudringen, Trost und Vergebung bei mir, seinem Opfer. Denn wenn du auch alles hast, wenn dir nicht vergeben wird, hast du nichts.

– Ich roch deine Haut, sagte er, und du hast es geschehen lassen. Ich nahm deine Hand, und du hast es geschehen lassen. Ich glaubte sogar einen leichten Druck deiner Finger zu spüren. So wie du dagelegen bist, war das wie eine Einladung, eine Aufforderung, die mir *Komm schon, mach* zuflüsterte.

Ich blieb stumm. Später, nachdem er noch mit der Kuheuterkellnerin geschäkert hatte, hat er mich zum Bahnhof gebracht, sich während der ganzen Fahrt in Selbstmitleid gesuhlt, geheult, jetzt könne er nicht einmal auf Almas oder Irmis Buben aufpassen. Zu gefährlich! Als er bei einer Verkehrsampel auch bei Grün einfach stehen blieb, noch stand, als es schon wieder Rot geworden war, kam ein wütender, um seine Grünphase gebrachter, hinter ihm stehender Autofahrer, klopfte an Papas Seitenfenster und sagte: Und? Für uns war wohl keine Farbe dabei?

Und für Papa war wirklich keine Farbe dabei. Seine Strafe, die einzig wirkliche Strafe, hatte er erhalten: die Wahrheit – und die war farblos. Er ließ mich am Bahnhof aussteigen und fuhr dann weiter nach Sumpfing, brach in den Saurüssel ein, schlich in dein Schlafzimmer, nahm den Strick aus deinem Nachtkästchen und ging damit in den Keller.

Es muss ein Schock für dich gewesen sein, als du ihn, diesen kleinen Mann, da hängen sahst, mit heruntergelassener Hose, einem dünnen Spermafaden, der an seiner Eichel hing und pendelte. Weil es wahr ist. Und ich sah mich selbst am Telefon, wie du mir davon erzähltest, mich batest, ihm zu vergeben, wie auch du ihm vergeben hattest. Doch das war zu viel verlangt. Ich hatte kein Gefühl, nicht einmal Wut, war für alles taub, nicht angreifbar.

Da war ich schon mit Bayreuth verheiratet, Kim Jong-il war bereits schulpflichtig. Da hatte ich schon manchmal die Ahnung, mein väterliches Erbe antreten zu müssen. Das weitergeben, was ich bekommen hatte, all die Wut. Das Stöhnen nicht in Frauen zu suchen, sondern in Knaben. Gut, ich schob diese Gedanken stets zurück wie ein Chirurg die Eingeweide nach einer misslungenen Operation. Dennoch ertappte ich mich manchmal, wie ich neben dem kleinen Diktator lag und seine Atemzüge zählte, das Kugelrätsel meiner zwölf Sachen abzählte, es abwog zwischen freiem Willen und Lüge – Lüge, die, wie es in einem Scorsese-Film hieß, dazu dient, die Dinge um sich herum im Gleichgewicht zu halten. Das war der Urgrund meiner Wut.

Ein Geschnatter riss mich aus diesen zornigen Gedanken, Geschnatter, das mir wie eine Klinge über den Rücken fuhr. Wir waren beim Siebten Kontinent, dem Ort der Möglichkeiten, Wünsche. Die Vögel plusterten sich auf, waren wie von Sinnen.

– Aber ich sehe nichts als Ozean. Nein, da, was schwimmt da? Flüchtlingsboote? Mitten auf dem Pazifik? Happalo. Nein, es waren Plastiksackerl. Der Ort, an dem die Meeresströmung alle Abfälle versammelte. Millionen Plastiksackerl. A Sackerl a. Millionen bunte, bedruckte Häute. Eine

Fläche größer als Australien. Dann ist der Siebte Kontinent, der Ort aller Sehnsüchte, nichts anderes als eine gigantische Müllhalde im Meer? Ist das so? Vögel! Warum sprecht ihr nicht mehr mit mir? Sagt doch was.

Da sah mich ein Rabe gleichgültig an und brummte: Weil wir dir nur noch die Zukunft sagen können. Und die willst du gar nicht wissen. Alles, was wir sagen, ist, bald wirst du einen Mord begehen.

– Ich? Niemals! An wem? Rufus?

Bevor ich eine Antwort hören konnte, riss es mich zurück, lag ich plötzlich wieder im Bett in Jimmys Wohnung. Immer noch gefesselt. Völlig mit Weihwasser durchtränkt, über und über – wie ein von Seerosen zugewachsener Teich – mit Hostien bedeckt.

Rufus hatte seinen Arm an meiner Kehle, das Kinn gereckt wie ein Generaldirektor. Sein linksseitig langes Glatzenbedeckungshaar hing ihm wirr herunter. Sein ganzes Gesicht war fettig-rosa wie bei einem Schwein.

– Wir bitten dich, allmächtiger Gott: Der böse Geist habe nicht länger Macht über diesen deinen Diener Hildebrand, sondern er fliehe und kehre nie mehr zurück. Auf dein Wort sollen sie ihn einziehen. Mögen wir fürderhin nichts Böses fürchten. Christus selbst befiehlt dir, höre es, Satan, weiche im Namen des Vaters und des Sohnes und des Heiligen Geistes. Es befiehlt dir Gott, es befiehlt dir das sakramentale Kreuz, es befiehlt dir der Glaube der heiligen Apostel, es befiehlt dir das Blut der Märtyrer, es befiehlt dir der auf einen Ysop gesteckte Essigschwamm, es befiehlt dir das Schweißtuch der Veronika, es befehlen dir die Nägel des heiligen Kreuzes, der dreimal krähende Hahn, es befiehlt dir die Lanze des Longinus, es befiehlt dir dieser Amethyst, Stein des Erzengels Michael …

– Aus!, brüllte ich. Aufhören! Sofort! Lasst mich los. Wie komme ich hierher? Wo sind die Vögel? Meine Geliebte? Der Siebte Kontinent?

– Du hast dich wie ein Irrer auf Flavia gestürzt!

– Was?

– Du bist ein vom Teufel begehrtes Gefäß!, brüllte der hemdsärmelige Priester. Seine buschigen Augenbrauen hoben und senkten sich wie ein Theatervorhang. Du bist besessen, hast den Hausaltar zerstört. Auf alles Heilige geflucht. Deine Körpertemperatur war bei zweiundfünfzig Grad. Du bist geflogen, obwohl wir dich angebunden hatten.

– Wenn wir mit Weihwasser gekommen sind, ergänzte Jimmy, hast du es als Spülmittel bezeichnet. Dein Mund hat geschäumt wie bei einem tollwütigen Tier. Grausige Schreie sind aus dir gekommen, doppelt, dreifach, als hättest du zwei, drei Mäuler. Die heilige Kommunion hast du immer wieder ausgespuckt. Du wolltest ein Loch in die Wand beißen, hast dir dabei Zähne ausgebissen.

Tatsächlich schmeckte ich Blut in meinem Mund, tastete mit meiner Zunge in ein Loch. Ich fühlte mich fremd an. Mir war kalt, auf den Armen hatte ich eine Gänsehaut.

– Ihr habt die Vögel vertrieben! Ihr habt mich zurückgeholt. Schweine! Alle drei! Das verzeihe ich euch nie.

– Wir haben dich befreien wollen. Das Rituale Romanum durchgeführt. Rufus strich sich sein langes Haar über die Glatze, tupfte sich Schweiß von der Stirn. Dabei wärst du fast gestorben. Aber wir haben dich gerettet.

– Der Priester kann die Dämonen zwischen sich und der Gottesmutter einzwicken und sie wie mit einer Zange herausziehen.

– Aber die Vögel sind keine Dämonen. Wie oft denn noch.

– Was für Vögel, Hildy, du warst so gut wie tot.

– Der Teufel regiert die ihm Unterworfenen, indem er

sie zu Irrlehren verführt, dozierte der King of Pop, der nun damit begann, sein Werkzeug einzuräumen. Bedächtig, als würde er Geranien umtopfen, verstaute er violette Stola, Gebetbuch, Weihwasservaporisator und alle anderen Exorzismus-Utensilien in seinem Rucksack, während er ruhig weitersprach: Es geht ihm darum, uns verzweifeln zu lassen. Er will, dass wir alles anders sehen, animalischer, hässlicher. Er bringt uns auf blödsinnige Gedanken, darauf, dass in Orgasmusschreien der Weltgeist wohnt, dabei ist er es selbst, der diesem Stöhnen innewohnt. Die ganze Weltgeschichte zeigt die Macht des Teufelsreiches. Man sieht, dass überall Gotteslästerung und Irrtum sind.

– Ich will zurück zu meiner Vogelfrau, brüllte ich. *O'zapft is!*

– Ein Sukkubus hat von ihm Besitz ergriffen! Ein weiblicher Dämon.

Es roch nach einer Mischung aus Veilchen und Babypuder. Jimmy trug einen Kübel weg. Soweit ich sehen konnte, enthielt er Blut und Kotze.

– Der Leibhaftige hat die Stunden erschaudern lassen, von dir Besitz ergriffen und ist deines Leibes haftig geworden. Ich würde es selbst nicht glauben, hätte ich es nicht mit eigenen Augen gesehen. Flavia knöpfte ihre Bluse zu, zupfte an ihrem BH, glättete ihr Haar. Sie sah zerzaust aus.

– Du hast die Wundmale Christi bekommen, wischte Jimmy seine Hände in ein Tuch und zündete sich eine Zigarette an.

– Unfug.

– Auch wenn sie nicht sichtbar sind, sind sie doch vorhanden. Der Priester knöpfte die Ärmel seines Hemdes zu, zog seine Jacke an.

– Aber es hat nichts genützt. Wir müssen alles wiederholen.

– Seid ihr wahnsinnig?

– So ein Exorzismus ist eine schwierige und langwierige Prozedur.

– Jetzt schlaf dich erst einmal aus. Du hast noch eine schwere Zeit vor dir.

– Um drei Uhr morgens sind wir wieder da.

– Wieso um drei Uhr?

– Weil das die dämonische Stunde ist. So verspotten die Dämonen die Heilige Dreifaltigkeit und die dritte Stunde am Nachmittag, die Stunde der Wundmale Christi.

– Dann kommt auch Kaiphas mit. Der ist an dir sehr interessiert.

Flavia führte mir ein Glas Wasser an die Lippen und streichelte mich mit ihrem Blick, während ich es leertrank. Wasser ist ein göttliches Getränk. Gibt es auch alles, gibt es Wasser nicht, so gibt es nichts.

Epilog

Als ich wieder zu mir kam, war aber weder von den Exorzisten noch von Kaiphas oder den Vögeln etwas zu sehen. Ich saß auf dem Beifahrersitz eines kleinen Autos, das sich rasant durch eine kalte braune Landschaft schob. Gelbe Fertigteilhäuser mit Satellitenschüsseln an den Wänden, Supermärkte, Scheunen. Fette Regentropfen patzten gegen die Windschutzscheibe. Matsch lag auf der Straße.

Am Steuer saß der Beertender, die Norwegerin, die ja eigentlich aus Riga kam und Gundega oder so ähnlich hieß. Sie rauchte eine lange, dünne Zigarette und lächelte, als sie sah, dass ich die Augen öffnete.

– Was sagt man da? Aufgewacht? Na, ist eine Überraschung? Will ich hoffen. Gib du mir das Baguette, da drüben. Sie deutete auf das offene Handschuhfach. Und gib etwas Maggi rauf. In Russland haben wir das immer, wie sagt man, als Unterlage … Während ich die kleine Flasche Suppenwürze über dem Brötchen schüttelte und zusah, wie sich kleine braune Tropfen im hellen Teig ausbreiteten (Random Walk), dämpfte sie ihre Zigarette aus, riss mir die seltsame Mahlzeit aus den Händen und biss ab.

– Jetzt schau du nicht so. Ich dürfte das nicht tun, dürfte ich nicht.

– Mir würde es nicht schmecken, aber ob es ungesund ist …

– Das meine ich nicht, biss sie ein weiteres Mal in ihr Brötchen. Krass. Was sagt man? Die wollten dich ausstopfen. K.-o.-Tropfen. Wollten dich umbringen. Krass.

– Und warum isst du das dann? Habe ich noch nie gehört, dass Maggi … es sei denn der Papst …

– Zu Kaiphas hätte ich dich bringen sollen. Die, also Jimmy, Flavia und dieses Schweinegesicht von Priester …

– Ach die.

– … hielten dich für besessen. Dabei ist klar, ich habe das gefühlt, du hast schizophrene, zwangsneurotische und epileptische Schübe. Oder sollte das vom Saufen kommen? Ich weiß nicht recht, was du meinst? Hättest du Maggi-Brötchen essen müssen. Saufen macht zwar weiche Knie und sentimentale Stimmung, aber … Ich dürfte das nicht tun, dürfte ich nicht. Krass. Aber die wollten dich ausstopfen. Weil der Exorzismus, wie nicht anders zu erwarten war, fehlgeschlagen ist. Ich war während dieser Prozedur im Badezimmer, habe alles mitgehört. Jetzt schau du nicht so. Satanische Schreie waren das, ein Fauchen. Der Boden hat gebrannt, aber geholfen hat es nichts. Sie legte mir ihre Hand auf den Oberschenkel und tätschelte ihn wie den Kopf eines Hundes, wenn der ein Stöckchen gebracht hatte. Früher, mit meiner Haptophobie, hätte mich das wahnsinnig gemacht. Jetzt fand ich es gut.

– Nachher hat man dir K.-o.-Tropfen verpasst, und weil die selbst kein Auto haben, hätte ich dich zu Kaiphas bringen sollen. Was sagt man da. Du warst zwar weggetreten, hast aber ständig dieses Gedicht gemurmelt: *nimmer, nimmer, einer von den Kameraden …* Diesen *Raben* von Edgar Allan Poe. Wir haben das mal in der Schule durchgenommen. Waren schön enttäuscht, als wir dahinterkamen, wie sehr das alles konstruiert ist, die tote Geliebte, das Tier. Der Poe hat sich einfach überlegt, wie schreibt man einen Hit, mit dem man zu Tränen rühren kann.

Sie bot mir ihr Brötchen an, doch ich lehnte ab.

– Hexen mögen das! Lettische Prärieauster. Sie lachte.

– Hexen?

– Hast du gedacht, wir reiten noch auf Besen?

– Wie komme ich hierher? Was ist mit den Vögeln? Verfluchte Brut! Ich hatte das Gefühl, jemand hätte mich verprügelt. Jeden einzelnen Knochen spürte ich. Sonst wusste ich gar nicht, dass ich welche hatte. Jetzt hätte ich sie nummerieren können.

– Nicht dass du mir sonderlich sympathisch wärst, bild dir nichts ein. Aber ausstopfen? Was sagt man da. Das geht zu weit! Sie trug eine butterweiße Lederjacke mit Lammfellkragen, hatte Jeans sowie braune Rauhlederstiefel mit Fransen an, in denen ihre Schildkrötenkopfzehen mit den grün lackierten Nägel überwinterten, während ich in einem viel zu engen schwarzen Rollkragenpullover, einer dunkelrosa Jogginghose mit der Aufschrift *Pink* und *Love more* sowie dicken Stricksocken und viel zu kleinen Holzpantoffeln (Töfflern) steckte.

– Meine Klamotten, schien sie meine Verwunderung zu spüren. Was hättest du gemacht? Sag du nichts. Später können wir etwas Passenderes kaufen. Ein feiner Speichelsprühregen spritzte aus ihrem Mund. Da bin ich also nimmermehr zu Kaiphas, sondern davongefahren. Krass. Natürlich werden die uns suchen, aber jetzt, wo wir über der Grenze sind, werden sie nichts finden. Ich fühle das. Dabei dürfte ich das nicht tun. Dürfte ich nicht. Aber so etwas kann man nicht zulassen. Ausstopfen? Ich meine, wo leben die? Im Mittelalter! Exorzismus? Ich hab das anfangs ja für einen Spaß gehalten, bis ich merkte, die machen Ernst. Die filmen das, um es als Splatter zu verkaufen. Aber nicht mit mir, ich hab noch etwas gutzumachen. Tut mir leid, dass ich dich im Carbonara versetzt habe. Nein, sag du nichts. Aber da war plötzlich dieser Jimmy, der mich drei Tage zuvor verführt hatte.

Jetzt war sie mit ihrem Brötchen fertig. Sie streckte sich, gähnte, zog an der aus lauter kleinen Holzkugeln bestehenden Decke in ihrem Rücken und zündete sich die nächste Zigarette an.

– Ist eh nichts gegangen, hat ihn nicht hochgekriegt, der Wuschelkopf, weil er so verliebt gewesen ist, hat er gesagt. Aber dann kommt diese SMS: *Ich würde gerne zärtlich von hinten in dich eindringen. Komm zur Jesuskirche.* Vor lauter Geilheit biss sie sich auf ihre Unterlippe.

– Und ich blöde Kuh bin schwach geworden. Was sagst du? Natürlich habe ich ihn zur Rede gestellt. Was ihm einfällt, perverser Dreckfink: zärtlich und von hinten. Krass. Dabei hat es mir gefallen. Schon die Vorstellung. Diese Direktheit! Hätte ich ihm niemals zugetraut. Er hat sich rausgewunden wie ein Regenwurm, vertippt, das wäre eigentlich für seine Frau bestimmt gewesen. Natürlich habe ich ihm kein Wort geglaubt. So etwas fühlt man doch als Frau. Da war ich also gedanklich bereits auf dem Weg ins Carbonara, kommt die SMS von diesem zärtlichen Von-hinten-Eindringer. Ob wir uns treffen können. Jesuskirche. Ich meine, der Spatz auf dem Hund ist einem lieber als die Taube im Dom. Lettisches Sprichwort. Was sagt man da. Er hat etwas von Bildern geredet, von einer weißen Decke, wollte mich in mein Hotelzimmer begleiten, aber das ging wirklich nicht, ich meine, was, wenn wir dort dir über den Weg rennen, wie du Richtung Carbonara … Was sagst du? Na, das ginge mir gerade ab. Es gibt ja verschiedene Meinungen über Pasta-asciutta-Soßen, die einen machen sie mit Pilzen, andere mit Gemüse, in Lettland hatten wir nur Maggi oder Ketchup, Kondensmilch oder Zahnpasta, früher habe ich mich nur davon ernährt – aber als Blut von einem eifersüchtigen Schädel brauche ich sie nicht, weil am Ende kommt sie doch über die Nudel. Und so war klar, dass ich über Jimmys Nudel kommen würde, damit jeder aus dem anderen eine Kirche macht. Zärtlich und von hinten. Nur wo? Wir sind zu meinem Auto. Das heißt, zu Salvatore. Kennst du? Nein? Jeder Römer kennt Salvatore. Aber klar, du bist ja keiner. Dieser bucklige kleine Salvatore betreut die geparkten Autos in der Innenstadt, fährt sie von einem Parkverbot ins nächste, immer so, dass keines einen Strafzettel bekommt. Du gibst ihm zehn Euro, und er kümmert sich den ganzen Tag lang um dein Auto. Billiger als jedes Parkhaus. Mit so einem Schlüsselbund rennt der herum. Sie ließ das Lenkrad los und formte mit gespreizten Fingern einen Fußball in der Luft.

Was sagt man da? Sind wir also zu Salvatore, Schlüssel holen, dann zum Auto, um an den Stadtrand zu gurken. Jimmy hat gesagt, er kennt da ein romantisches Plätzchen. Na, ich hätte es wissen müssen, aber zärtlich und von hinten? Das waren Versprechungen! Krass. Sitz ich also neben diesem prüden, geilen Italiener, der perverse SMS verschickt und sogar Kartons zum Fensterabdecken besorgt hat, weil, was der Herrgott nicht sieht, hat er gesagt, ist auch keine Sünde. Sonnendurchflutete Wesen, diese Südländer, dagegen sind wir Letten regenbetröpfelte Gestalten. Aber allmählich gehen mir die mit ihrem Katholizismus auf die Eierstöcke, die sind ja schlimmer als die Polen. Von wegen, Exorzismus ist eine Dienstleistung. Von wegen, der Dämon ist wie eine Schlange, verschlingt die Seele. Und am Ende geht es doch nur immer um das eine. Dabei basiert Natur auf dem Prinzip des Sterbens und Geborenwerdens – das ist wie bei den Vanillekipferln: Die besten bäckt die älteste der Frauen. Erst wenn die Uroma tot ist, kann sich die Oma zur besten Vanillekipferlbäckerin der Familie aufschwingen, ihr folgt dann Tante Soundso, bevor die Mama kommt. Schön der Reihe nach. Sterben und Geborenwerden – und jede Generation ist wie ein Backblech voller Vanillekipferl, das vom Zahn der Zeit leergefressen wird. Bist du Katholik? Ich nicht, bin eine Hexe, glaube an Magie und Wiedergeburt. Wir haben alle als Einzeller begonnen, um im nächsten Leben aufzusteigen. Verstehst du, was ich meine? Kleinstlebewesen, Fisch, Insekt, Eidechse, Vogel, Säugetier. Mit jedem nächsten Leben steigt man eine Stufe höher, um am Ende ein Mensch zu sein – mit Hirn zum Geilsein und einem Geschlecht zum Gar-nicht-daran-Denken. Ich glaube auch an Gott. Aber nicht an so einen alten Rauschebart. Ich glaube, Gott heißt Frau Holle und ist überall, in jedem. Daher kann ich nur mit der Frau Holle, die in mir ist, reden. Wenn ich bete, bete ich also zu dem Gott in mir. Man könnte dazu auch Unterbewusstes sagen, ich aber bin für Frau Holle ... So fuhren wir also an den Stadtrand. Ich und Jimmy. Ein Typ mit einem Ego-Problem. Diese Sorte kenne ich, die stehen auf Sekretärinnen, auf Frauen, die sie anhimmeln. Wenn ihnen beim Zahnarzt der Spiegel hingehalten wird, richten sie sich die Haare. Hast du mal sein Handy läuten gehört? Da schreit eine schrille Stimme *Heb ab, du Arschloch. Heb ab, du Arschloch*. Und ich fall immer wieder auf die Sorte rein. Schon wegen seiner Nase. Findest du nicht auch, dass die etwas Ordinäres hat? So ein Schlitz – wie ein kleines Sparschwein. Dabei … Wir konnten ja nicht ahnen, dass du uns folgst, du alter Spechtler, so heißt bei uns ein Voyeur. Sie sah mich an, murmelte das Wort *Geilspecht* und lächelte. Was sagst du? Nein, sag du nichts, natürlich bist du uns gefolgt. Bist ja richtig in mich reingerannt.

– Wie bei einem Kugelstoßpendel.

– Aber deswegen braucht er dich nicht gleich bewusstlos schlagen.

– Mit einem Schraubenschlüssel.

– Wieso Schraubenschlüssel? Mit einem Verkehrsschild! Achtung Schulkinder. Ich meine, wo in jedem ein Gott wohnt, so was macht man nicht, ich hätte es verhindern müssen, aber ich war seit einer Woche nicht am Klo. Frauen können in der Fremde nie. Noch dazu in Italien. Die haben Löcher statt Toiletten! Wie soll man sich da entspannen, wenn die runtergelassene Hose am Abtritt streift, man aufpassen muss, dass man nicht umfällt? Bin ich denn ein Akrobat? So etwas schimpft sich Kulturvolk. Aber kein Wunder mit diesem Latein. Estuans interius ira vehementi. So etwas Umständliches. Wie man damit eine führende Kulturnation werden konnte, verstehe ich bis heute nicht … Kunstscheißer … Jedenfalls war ich seit Ewigkeiten nicht am Klo gewesen. Vielleicht wollte ich deswegen nicht ins Carbonara. Nicht noch mehr essen. Noch dazu Nudeln – mit wer weiß was für einer Pasta asciutta. Gut, ich hätte auch Salat bestellen können. Mag ich aber nicht. In Lettland hatten wir nur eingelegtes Kraut, Rüben und Essiggurken. Wenn man damit aufwächst, gewöhnt man sich daran … Außerdem streikte der Motor meines blau-roten Bullen. Also habe ich nur zugesehen, wie der Jimmy voller Wut, die er auf den Motor hatte, *Geilio* brüllt und auf dich einschlägt. Was sagt man da? Der lässt nichts anbrennen. Nachher war er ganz entsetzt. Hast du *Pulp Fiction* gesehen, wie John Travolta und Samuel L. Jackson den jungen Nigger abknallen und dann nicht wissen, was zu tun ist? Wir rufen also Kaiphas an, und der sagt, kein Problem, er kümmert sich, wir sollen dich erst einmal in Jimmys Wohnung bringen. Leider trafen wir dort Flavia, Jimmys Verlobte. Eine hübsche Frau, tolles Gesicht, da brennt nichts an, gut, operierte Lippen, Zahnspange um die obere Zahnreihe, aber eine Figur, Bingo-Muskel. Was? Na, einen herabhängenden Trizeps. Was sagt man da? Jimmy hat ihr erzählt, dass ich auch für Kaiphas arbeite und wir uns um dich kümmern müssten. Das hat bei der gezogen. Außerdem hat sie der Exorzismus interessiert. Gundega griff nach ihren Zigaretten, überlegte kurz, legte sie dann wieder weg.

Will es mir abgewöhnen. Wird eh bald überall verboten sein. Rauchen verbieten sie, aber gegen die Massentierhaltung und das genetisch veränderte Gemüse unternehmen sie nichts. Was meinst du? Kaiphas? Das Familienoberhaupt. Definitiv. Sein Hauptquartier ist in einem Haushaltsladen, das glaubst du nicht. Krass. Du musst durch Töpfe und Küchenmaschinen, finstere Gänge, Weinkeller, vorbei an Hahnenkämpfen, um einem kleinen Männchen gegenüberzustehen, dessen eine Hälfte aufgequollen, während die andere ganz normal ist. Ein Mensch gewordener Manichäismus, einer, der die Gegensätze in sich vereinigt, Gut und Böse gleichzeitig. Die Mutter vom Hotelportier hat mir erzählt, dass er sie vor Jahren einmal brutal zusammenschlagen hat lassen und dass sie gar nichts machen konnte, weil er überall seine Finger drinnen hat. Was sagt man da? Sag du nichts. Der hat Kontakte zu den Medien, kontrolliert die Polizei, ist im Drogengeschäft, lässt Flüchtlingsboote vor der Küste Afrikas beschießen, kriegt dafür Geld von Brüssel, arbeitet mit den Piraten in Somalia, mit den Mädchenhändlern in der Ukraine und der Türkei, Organhandel, Kinderhandel, kontrolliert die illegalen Mülldeponien, lässt beschatten, abhören, kidnappen. Leitet Yeasmin Kahandahari. Was? Kennst du? Eine Hemdennäherin in Bangladesch? Du bist naiv. Süß. Hast du auch eine bekommen? Eine in Hemden eingelegte Botschaft einer ach so armen Näherin. Alles Fake. Ich kann dir sagen. Wenn jemand Geld hinschickt, geht das direkt an die Organisation. Deshalb hat sich dieser Name in Bangladesch und bei den Rosenverkäufern und Bettlern auch als Synonym für die Familie durchgesetzt. Früher hätte man Mafia oder Cosa Nostra gesagt. Aber heutzutage heißt es Europäisches Money Management Consulting. Es gibt ja für alles maskierende Wörter. Eine Putzfrau heißt Fachkraft für Gebäudehygiene, ein Hausmeister Facility Manager und Schubhaft nennt man Kompetenzzentrum für aufenthaltsbeendende Maßnahmen.

– Und Huren heißen Sexarbeiterinnen.

– Das ist unsere Zeit. Krass. Und Yeasmin Kahandahari nennt sich die neue Mafia.

– Mein Marterl, flüsterte ich.

– Ja, vor keiner Marter schrecken die zurück. Sind dir schon einmal diese südamerikanischen Tonfiguren aufgefallen? Figuren, die einen Kreis bilden. Meistens steht eine Kerze in der Mitte. Warum, glaubst du, gibt es die in jeder Pizzeria, Trattoria, Cafeteria, in jedem Restaurant? Weil sie ein Zeichen für die Höhe des Schutzgeldes sind. Und wenn einer nicht zahlt? Die lassen nichts anbrennen. Kaiphas' Spleen ist es, Leute ausstopfen zu lassen. Der hat ein ganzes Castello voll davon.

– Und ich war vorgesehen als neuer Angelo Soliman? Kennst du nicht? Ein ausgestopfter schwarzer Kammerdiener am Wiener Hof, na egal …

– Ich meine, ich hätte für ihn arbeiten können, aber brauche ich das? Mir reicht es, mit diesem Red-Bull-Auto rumzufahren. Ich will nämlich ein Buch schreiben. Einen Roman. Worüber? Interessiert dich?

– Ich werde auch einmal ein Buch schreiben: Urvöest. Vöest I und Vöest II. Die Vöest ist ein Stahlwerk in Linz. Vereinigte Österreichische Eisen- und Stahlwerke. Mittlerweile hat man das Ö in ein O umgewandelt, so wie auch die Österreichische Mineralölverwaltung heute OMV heißt und nicht mehr ÖMV. Das Ö ist kein internationales Zeichen, daher wird es sukzessive eliminiert. Irgendwann wird es kein Österreich mehr geben, keine Bösendorfer-Klaviere, keine Vögel und auch keine Lösungen …

Da klopfte sie mir wieder auf den Ö-, äh, Oberschenkel, so als wollte sie sagen, mach dir keine Sorgen. Wird schon wieder.

Ich hatte die ganze Zeit aus dem Fenster gesehen. Kein Zweifel, diese verregnete, zersiedelte Landschaft, das war O-, äh, Österreich. Immer wieder standen Autos am Straßenrad, verzweifelte Fahrer, vom Wetter überrascht, warteten auf den Pannendienst. Wir kamen an eine Baustelle, mussten etwas schärfer bremsen, da fiel mit der Maggiflasche auch eine Papierrolle in meinen Schoß. Gedankenlos rollte ich sie auf, sah mich selbst. Ein altes, aber unvorteilhaftes Bild mit leichtem Doppelkinn. Wie hatte ich mir jemals einbilden können, ein solcher Anblick sei verführerisch? Hohe Stirn, fleischige Nase, kleiner Mund. So sehe ich nicht aus! Darüber stand *Abgängig*.

– Krass, nicht? Hing an der Grenze. Ich hab mir gedacht, dass es dir gefällt.

– Aber warum sucht man mich in Abu Dhabi?

– Wahrscheinlich ist dein Handy dort? Die haben heutzutage mit der Handyortung Möglichkeiten … Wenn ich untertauchen wollte, würde ich dafür sorgen, dass mein Handy mit dem Zug nach Spanien fährt, während ich Richtung Türkei …

– So wird es sein. Ich dachte an den Piloten. Wahrscheinlich war er mit dem vertauschten Koffer nach Abu Dhabi weitergereist, hatte die Verwechslung erst dort bemerkt, war gleich nach Rom zurückgekommen. Möglich, dass auch in seinem Koffer etwas war, etwas, das ihn dazu bewogen hatte, rasch zurückzufliegen.

– Geld! Viel Geld! Die Lettin lächelte. Sie schien meine Gedanken zu erraten, zündete sich jetzt doch die nächste von diesen Spaghetti-Zigaretten an. Ich habe mir gedacht, ich nehme deine Sachen mit. Der Portier war nicht da, schon seit Wochen nicht, faules Pack, diese Italiener.

– Der ist tot.

– Aber woher denn. Seine Mutter ist in der Schweiz zur Kur, wahrscheinlich besucht er sie. Sag du nichts. Da habe ich mir deinen Zimmerschlüssel geschnappt, bin auf das Zimmer, da sah es übrigens ziemlich übel aus, alles durchwühlt, das meiste lag am Boden. Was sagst du?

– Da war jemand.

– Davon gehe ich aus. Was aber das Seltsamste war, alle Kleidungsstücke zerschnitten oder aufgeschlitzt. Deswegen hast du jetzt auch meine Sachen an. Hab ich also den Koffer notdürftig gepackt und mitgenommen. Sie machte eine leichte Kopfbewegung Richtung Rückbank. Da lagen völlig ungeordnet mehrere Kleidungstücke, leere Wasserflaschen, angefaulte Bananen, eine angebrochene Stange Zigaretten und ein Buch, *Das geheime Wissen der Frauen*. Darunter mein schwarzer Rollkoffer, Eigentum des Piloten.

– Auch das Innenfutter war zerschnitten. Mir ist trotzdem aufgefallen, dass im Innenfutter etwas ist. Früher in der Sowjetunion war Schmuggeln Volkssport. Doppelt doppelter Boden! Ein zweites Innenfutter, sodass jeder denkt …

– Und? War etwas drinnen? Dokumente? Kokain?

– Eine Million!

– Happalo.

– Du hast wohl geglaubt, die hat nichts anderes im Kopf, als mit allem, was sie hat, auf und ab zu wippen. Sie lächelte. Frag du mich, woher die Kohle stammt. Wahrscheinlich Drogen, Menschen- oder Organhandel, illegale Mülldeponien oder irgend so ein Scheiß. Jedenfalls hätte der Pilot das dem Kaiphas übergeben sollen. Du hattest ja gar keine richtige Pilotenuniform an, sondern eine Phantasieuniform, das Logo auf der Mütze gibt es nicht. Krass. Man wollte nur das Geld von dir – beziehungsweise von dem erwarteten Piloten. Oder hast du geglaubt, sie wären an deinem Asackerla-Tanz interessiert? Oder an deinen Gesprächen mit den Vögeln? Süß. Sie lachte. Von ihrer Zigarette löste sich ein langer Aschewurm und fiel zu Boden. Sie öffnete das Seitenfenster, warf den Stummel raus.

– Für die sind Vögel nur auf dem Teller interessant. Hast du übrigens gehört, in Amerika fallen diese Viecher zu Tausenden vom Himmel. Tot wie in der Bibel. Niemand weiß, warum. Krass. Die einen sagen, Handystrahlen oder vom Blitz erschlagen, andere meinen, Silvesterböller oder Hagel. Unheimlich. Aber unerklärlich. Warum trinkt man im Flugzeug Tomatensaft? Warum ziehen Selbstmörder, bevor sie in den Tod springen, die Schuhe aus? Warum sprechen andere mit Vögeln? Wann hat das angefangen? Deine Konversation mit diesen Biestern meine ich. Im Restaurant am Campo dei Fiori? Dachte ich's mir. Ich bin damals praktisch am Nebentisch gesessen mit der alten Hornböstelin, einer ehemaligen Ballerina. Kennst du? Woher? Egal. Damals hat sie mir von Kaiphas und der Prügelei erzählt. Ich weiß noch, dass dort jemand dem dicken Kellner ein Zeichen gegeben und dabei auf dich gezeigt hat. Was sagst du? Es herrschte ein ziemlicher Aufruhr, weil ein Kleinkind mit einer vollen Windel rumgelaufen ist. Aber mir ist das aufgefallen, weil ich dachte mir noch, komisch, was das wohl zu bedeuten hat.

– Wer hat ihm ein Zeichen gegeben?

– Eine elegante Frau, die Abfälle gesammelt hat. Sie könnte verkleidet gewesen sein. Vielleicht Flavia?

– Warum sollte sie das tun?

– Für sie warst du der Überbringer des Geldes. So etwas kommt vor. Weißt du, wie sie mich genannt hat? Scheidungsgrund – blond und mit langen Haxen. Aber vielleicht ist der Koffertausch auch absichtlich passiert? Jedenfalls bin ich überzeugt, dass dir der dicke Kellner irgendein bewusstseinserweiterndes Zeug in den Wein geschüttet hat.

– Dann wäre ich gar nicht verrückt?

– Ich hab mir gleich gedacht, der lügt nicht, ist nur zu faul zum Denken. Man muss die Dinge auch beim Namen nennen. Haarsträubende Geschichte. Sie drehte ihren Kopf zu mir und flüsterte: Der Exorzismus war wahrscheinlich nur eine andere Bezeichnung für Folter – zumindest nach den Schreien zu urteilen, die ins Badezimmer drangen. Krass. Die wollten rausbekommen, wo du die Marie versteckt hast. Die einfachste Möglichkeit, dass noch alles im Koffer ist, kam ihnen gar nicht in den Sinn.

– Deshalb bin ich dieser Flavia so oft begegnet? Und auch Jimmy war kein Zufall? Aber die Sache mit den Vögeln? Das soll nur ein Rausch gewesen sein? Unmöglich! Ich weiß doch noch die Predigt, den Messiastest, den Flug zum Siebten Kontinent.

Wieder tätschelte sie meinen Oberschenkel. Wird schon wieder.

Draußen fielen fette Regentropfen aus einem zerzausten grauen Himmel. Ein mintgrüner Sportwagen fuhr an uns vorbei, und wenn mich nicht alles täuschte, saß die Oberhebamme von der geburtshilflich-gynäkologischen Klinik am Steuer. Ihr blöder Vergleich kam mir wieder in den Sinn: Eine Geburt ist wie ein Sportwagen. Die Lettin räusperte sich.

– Denk du, was du willst. In Lettland gab es mal einen Betrüger, der behauptet hat, am Strichcode würde man erkennen, welche Produkte giftig und gefährlich seien, welche nicht. Wenn nämlich die Quersumme sechsundsechzig ergibt oder dreimal ein Sechser vorkommt, ist es Teufelszeug. Krass. So ist der von Haus zu Haus gezogen, hat den gutgläubigen Leuten diesen Strichcode-Unfug weisgemacht, ist mit seinen Opfern all ihre Sachen durchgegangen und hat die angeblich verteufelten Dinge gleich mitgenommen, sogar für die Entsorgung hat er noch kassiert. In Litauen hat er die so ergaunerten Sachen dann verkauft. Fast wäre er damit durchgekommen, doch irgendwann wurde eine lettische Reisegruppe in Kaunas auf ihn aufmerksam, hat man ihn geschnappt. Weil aber wenig später zahlreiche Menschen an einem verunreinigten griechischen Olivenöl krepiert sind, in dessen Strichcode tatsächlich drei Sechser vorgekommen sind, hat niemand Anklage erhoben. Es gibt immer mehr als eine Wahrheit. Nicht alles ist erklärbar. Es geht darum, wie man das Beste daraus macht. Sie machte einen Augenaufschlag und ließ einen tiefen Seufzer folgen.

– Du kannst auf einem Kreuzfahrtschiff in der Luxusklasse sein und glauben, immer den schlechtesten Platz zu bekommen und am schlechtesten bedient zu werden, deshalb todunglücklich sein. Und du kannst auf demselben Schiff als Küchenjunge täglich achtzehn Stunden schuften müssen und dich trotzdem frei und zufrieden fühlen. So ist das mit dem Leben. Wir sind alle auf demselben Schiff. Sag du nichts. Soll ich dir nun meine Buchidee schildern?

Sie sah mich mit großen, von Schlaflosigkeit geröteten

Augen an. Aus ihrem halboffenen Mund leuchteten die gebleichten Erdnusszähne. Eine kleine Warze blühte auf ihrem Kinn. Ihr Unterkiefer hatte etwas Schaufelförmiges.

– Bist du wirklich eine Hexe?

– Wenn ich glaube, etwas muss geschehen, geschieht es meistens auch.

Ich blickte zu dem Buch auf der Rückbank, aber die blonde Frau, in deren Augen jetzt ein Flämmchen loderte, war ganz bei ihrer Buchidee. Denn wenn du auch alles hast, hast du keine Idee, so hast du nichts.

– Ein Buch ist wie ein Garten, du musst da und dort etwas zum Blühen bringen. Ein Roman ist wie ein fragiles ökologisches Gleichgewicht. Das ganze Jahr hindurch bricht etwas anderes hervor, mal blüht es hier, dann da, mal schmeckt es bitter, dann wieder süß. Höhepunkt auf Höhepunkt. Die Motive sind wie Pflanzen, die miteinander kommunizieren, sich ergänzen, aber wenn man nicht aufpasst, können sie sich gegenseitig auch das Licht wegnehmen. Es muss wuchern, gleichzeitig muss es Wege geben, sonst verheddert man sich im Gestrüpp … Also pass du auf. Es geht um eine junge selbstbewusste Frau, die gerade aus einer Abtreibungsklinik kommt.

– Dann musst du die Damen von der Anti-Abtreibungs-Liga einbauen.

– Brauche ich nicht. Mein Thema sind die übersinnlichen Fähigkeiten dieser Frau. Nennen wir sie Gundi. Wenn sie jemanden nicht ausstehen kann, greifen ihre Gedanken in sein Herz und fassen so fest zu, bis es nicht mehr schlägt. Ständig sterben ihr verhasste Menschen oder landen wegen mysteriöser Unfälle im Spital. Immer, wenn es um übersinnliche Dinge geht, schreit sie *Hier*.

– Genau wie bei meiner Mama. Bei der springen auch Autotüren auf, wenn sie daran vorbeigeht, elektrische Geräte oder Kreditkarten spielen verrückt, sobald sie sie berührt. Außerdem sieht sie kommende Ereignisse, Engel ... oft ist es vorgekommen, dass sie von wem gesprochen hat, der genau zur selben Zeit gestorben ist ... trotzdem ist sie aus Sumpfing nie hinausgekommen ...

– Kann sein. Gundi geht also etwas bockbeinig. Wie gesagt, sie kommt von einer Abtreibung, müsste fröhlich sein, weil sie es geschafft hat, man ihren Fötus wie eine Seifenblase aufgestochen und herausgesaugt hat, empfindet aber nichts als dumpfe, leere Wut.

– Kommt mir bekannt vor.

– Da wirft jemand einen brennenden Zigarettenstummel aus dem Fenster, der justament in ihrer Tasche landet, in einen Turnschuh kullert, dort zu glosen anfängt.

– Und sie bemerkt das nicht? Sehr unwahrscheinlich.

– Jetzt unterbrich du nicht dauernd.

– Bin schon ruhig.

– Gundi kommt also nach Hause, stellt die Sporttasche mit dem kokelnden Turnschuh ab und begreift sofort, dass ihr Mann, mit dem sie jahrelang zusammen war, mit dem sie in einer Wohnung samt einem komplett eingerichteten Kinderzimmer gelebt hat und der nun, als sich für dieses Zimmer endlich ein Bewohner ankündigte, kein Kind mehr wollte, ausgezogen ist.

– So sind wir Männer. Aber dafür können wir geometrische Körper im Kopf rotieren lassen.

– Entsetzt liest sie den Abschiedsbrief, *ich lasse mich nicht von dir erpressen, nein und nochmals nein.*

– Tja, es heißt allgemein, wir haben Probleme, unsere Gefühle auszudrücken, sind nicht multitaskingfähig. Aber das stimmt nicht, ich kann zum Beispiel gleichzeitig rauchen und trinken und Blödsinn reden.

– Gundi läuft auf die Straße, trifft da wen, der ihr, weil sie groß und blond ist, anbietet, mit einem Werbeauto ein Jahr lang durch Italien zu fahren.

– Das ist fast so wie bei dir.

– Ruhe jetzt. Gundi ist verwirrt, wollte eigentlich nach Norwegen, aber sie spürt, dass sie das mit dem Auto machen soll. Sie hat überhaupt wahnsinnig viel Gefühl. Etwas später kommt der Zigarettenwerfer in Gundis Haus.

– Woher weiß man das? Sehr unwahrscheinlich.

– Ich habe ja gleich gesagt, es geht um Übersinnliches. Doch es kommt noch dicker. Der Zigarettenwerfer ist nämlich ihr Mann, dieser hautschlechte Kerl, der sie gerade erst verlassen hat, weil er sich noch nicht reif für ein Kind fühlte, sich nicht, wie er es nannte, emotional manipulieren lassen wollte. Um ihn zurückzugewinnen, hat Gundi die Abtreibung gemacht. Sie wollte ihn überraschen, ihm anbieten, das Kinderzimmer zum Billardsalon umzufunktionieren. Doch nun war es zu spät, ihr Mann hatte sich bereits in die ein Stockwerk über ihnen lebende Nachbarin verliebt.

– Nein. Wie heißt die? Almut?

– Spielt keine Rolle, wie die dumme Pute heißt. Jedenfalls geht er die nun besuchen. Inzwischen hat Gundis im Kinderzimmer abgestellte Sporttasche Feuer gefangen, die Flammen erfassen rasch die Krippe, den Wickeltisch, die Stofftiere, Bauklötze, Vorhänge, Möbel, bald steht das ganze Haus in Brand, der Mann stirbt an Rauchgasvergiftung, die Nachbarin überlebt. Brandlegung wird vermutet, und erst die Polizei entdeckt den wahren Sachverhalt. Verstehst du? Der Mann hat sich über einen unwahrscheinlichen Umweg mit seiner eigenen Zigarette selbst verbrannt. Sein eigenes, noch ungeborenes Kind hat sich an ihm gerächt. Aber was hat Gundi nun davon, Kind und Mann und Haus verloren. Was? Alles geplatzt wie eine Seifenblase. Sie nimmt das Angebot der Werbefahrt an. Was sagst du?

– Alles autobiografisch?

– Überhaupt nichts. Vielleicht das Kinderzimmer, die Abtreibung, das Ende der Beziehung … die Fahrt nach Italien. Wie? Was sagst du? Etwas konstruiert? So etwas kann sich nur ein krankes Hirn ausdenken? Sag du nichts. Es ist nämlich alles so passiert! Sie machte ein schmerzverzerrtes Gesicht, als käme sie gerade vom Facelifting.

– Warum schreibst du nicht über jemanden, der plötzlich die Sprache der Vögel versteht, mit ihnen zum Siebten Kontinent fliegt, sich wie verzaubert fühlt, aber von seiner Umwelt für vom Teufel besessen gehalten wird?

Da lachte sie.

– Weil das eine Drogenstory ist. Außerdem, was sollen ihm die Vögel viel erzählen? Vielleicht vom Klimawandel? Von der Erderwärmung? Dass der CO_2-Gehalt noch nie so hoch war wie in der Gegenwart, und wenn der Permafrost in der Tundra schmilzt und das dort gefrorene Lachgas und CO_2 frei werden, die Regenwälder austrocknen, verbrennen, noch mehr Treibhausgase freigesetzt werden, die Antarktis schmilzt? Dass der Gletscher, der den Ganges speist, bald verschwunden ist? Bremerhaven, Konstantinopel, Venedig im Meer versinken … Das interessiert keinen. Glaub mir, die Leute wollen nichts vom Klimawandel lesen, nichts von Menschenrechtsverletzungen, Flüchtlingsdramen, ja nicht einmal von kleinen Skandalen, dass von zwanzig Prostata- oder Brustoperationen nur eine notwendig wäre, ein Arzt nach tausend Gebärmutterentfernungen den Professorentitel erhält – auch die wären nicht notwendig, aber außer bei Juristinnen oder Ärztinnen wird operiert auf Teufel komm raus. Die Leute wollen nichts lesen, was sie verunsichert. Sie wollen Liebesdramen und Kriminalfälle, kleine, unaufgeregte Geschichten. Sie wollen unterhalten und abgelenkt werden, mehr nicht. Bloß keine Absicht.

– Das haben die Vögel auch gesagt. Zumindest wollten sie eine Kirche der Absichtslosigkeit – mitten am Petersplatz.

– Ich sag eins, die Literatur ist so gut wie tot. Bald wird es Bücher nicht mehr geben. Dieser Tick, dass Menschen ihre Erfahrungen in Geschichten festhalten, ich meine, wen interessiert das noch. Sag du nichts. Bald wird es Filme für Handys geben, virtuelle Spiele, bei denen man sich Charaktere aussucht, die die Aufgaben der Literatur problemlos und sehr viel besser übernehmen. Die Identifikation, Angstbewältigung, das Festhalten von Erfahrung, die Poesie, alles das, wofür wir Bücher lieben, lässt sich doch in Filmen und Computerspielen sehr viel besser transportieren.

– Und die Anregung zum Denken?

– Ist gar nicht erwünscht!

– Aber warum willst du dann ein Buch schreiben?

– Weil ich den Geist des Bösen in Worte bannen und für Frau Holle werben will. Weil ich muss. Aber in hundert Jahren wird man keine Schriftsteller mehr verehren, sondern Spieleerfinder, Filmemacher. Darum bleibe ich dabei, die Literatur ist tot. Natürlich kannst du dich selbst wie aufgeschrieben fühlen, wie der Held eines durchgeknallten Romans von Pynchon, Sorokin, Houellebecq oder irgendeinem toten Ostküstenschreiberling.

– Oder Joyce.

– Diese Sau. Mit dem hör auf. Der hat den Urin von seiner Frau getrunken. Ich heiße zwar selber Blumenice, so wie Bloom, aber der … Leute, die den Bloomsday feiern, machen das doch nur, weil sie schick und extravagant sein wollen. Diese bildungsbeflissenen Zitierer … Alles Humbug!

– Dann halt Franzobel.

– Wer?

– Das ist ein Österreicher, der hat sein Pseudonym nach einem Fußballspiel gewählt. Frankreich gegen Belgien 2:0.

– Wer macht denn so etwas?
– Ist auch nur eine Geschichte.
– Aber eine blöde. Egal. Irgendwann kannst du aussteigen und in ein Stundenhotel gehen, um dort deiner Mama Kassetten aufzunehmen. Wenn dein Schreiber dich das lässt. Und du kannst dich an das Kugelrätsel erinnern.
– Pst, griff ich ihr auf die Nase. Die war ziemlich kalt.
– Ich habe kaltes Blut. Sie lachte. Zwölf gleich große Kugeln, mit denen in drei Wiegeschritten an einer Balkenwaage zu ermitteln ist, welche leichter oder schwerer ist. Plötzlich weißt du es. Und genauso logisch wie dieses Kugelrätsel ist dann auch, dass Tosca deine Vogelgeliebte ist, die dich holen kommt. Sie wird den norddeutschen Portier, *ferdich, dufte,* überlisten, an deine Tür klopfen, nicht auf die nur durch den Vorhang getrennte Toilette müssen, sich nicht mit dir aufs Bett werfen, keinen billigen Prosecco wollen, dir Notizbuch und Handy bringen, die du aber beide nicht mehr brauchst, das Fenster öffnen, die Graffitisprüche lesen, lachen und mit dir davonfliegen, auf und davon, weil sie das Böse ist, das Böse, nicht der Tod.
– Nein, nicht das Böse. Die Vögel sind die Zeit, alles Wissen, das es je gegeben hat, und alles Wissen, das es jemals geben wird, der Laplacesche Dämon.
– Aber nur, wenn der Autor, der das alles jetzt gerade schreibt, es so will. Denn dieser Franzobel oder sonst jemand hat sich das alles ausgedacht, das Vorwort, dein Vögelverstehen, den Exorzismus, Sumpfing, den Saurüssel, dich und mich, aber wir haben unser eigenes Leben und unseren eigenen Willen. Und wir sind ihm nichts schuldig. Die Million gehört uns. Deine Frau sucht dich in Abu Dhabi, deine Geliebte hockt auf Island. Verstehst du, wir sind frei. Darum musst du jetzt auch nicht aussteigen, um in dieses Hotel zu gehen. Du kannst einfach hier sitzen bleiben und mit mir

nach Riga fahren. Dann soll er schauen, wo er bleibt, dein Autor. Und wenn du es ihm hundertmal versprochen hast. Was geht dich sein Vorwort an? Der soll sich sein Hildebrandslied – oder wie immer er diese österreichische Irrsinnsodyssee nennen will – doch allein schreiben. Sei charakterlos, bleib hier.

Ich sah sie an. Etwas schwer um die Hüften, aber äußerst attraktiv.

– Die Frage ist, verrate ich mein früheres Ich, wenn ich das jetzt mache?

– Nein, die Frage ist, warum willst du dich besser machen, als du bist?

Und wie sie das sagte, quietschten Reifen, flog ein Körper gegen die Windschutzscheibe. Wir hielten an und stiegen aus. Ich sah die überdimensionale, am Heck des Autos montierte Getränkedose, den Flügel versprechenden Werbespruch. Dann fiel mein Blick auf einen aus der Nase blutenden, toten Mann in Uniform. Ziemlich verwahrlost sah er aus. Unrasiert. Der Pilot? Der Portier vom Hotel Orient? Sein Gesicht glich dem von Franzobel. Der war also für alles verantwortlich? *Scheißkerl! Verrückter Vogel,* trat ich ihm ein paarmal gefühlvoll in den Bauch. *Und hätte ich die Liebe nicht, wäre ich nichts.* Da fielen zwei Musikkassetten mit der Aufschrift *Was die Männer so treiben, wenn die Frauen im Badezimmer sind* aus seiner Jacke. Daneben ein Zettel, auf dem stand: *Bitte die Kassetten besprechen und am Petersplatz hinterlegen – als Kirche der Absichtslosigkeit.*

Dank

Mein größter Dank gilt Maxi, die dieses Buch selbstlos und inspirierend begleitet hat. Außerdem danke ich Oscar und Christine für die freundliche Aufnahme in Orth, Hermi für ihre Geschichten. Mein Dank gilt auch Brigitte, Herbert und Anna für ihre höchst anregenden Lektüreerlebnisse. Weiters danke ich Georg Rembser, der sich redlich bemüht hat, mir die Teilchenphysik näherzubringen, Lois Lammerhuber, Adi Hirschal, Christian Limbeck-Lilienau, meinen Eltern, Herve, Harald Posch, Josef Krichbaum, Laurenz und Nepomuk, Bertl Mütter, Thomas Gansch, Maria Teuchmann, Martin Hainz, Monika Wogrolly für die Windelszene, Skip Grabner für das Kugelrätsel, Sylvia und Stefan Gullner, Silke, Tatiana, Carla, Christian Schörkhuber für die Geschichte von der Opernballdemo, meinen Lehrern Werner Pichler (R. I. P.) und Wendelin Schmidt-Dengler (R. I. P.), dem Hund Rexi, der alles andere denn ein Dackel war, Hermann und Werner Dikowitsch und vielen, vielen anderen, die während der zirka zehntausend Stunden, die ich an diesem Roman gearbeitet habe, auf mich verzichten mussten. Vor allem aber danke ich allen Vögeln mit oder ohne Flügel.

FRANZOBEL

Liebesgeschichte

Roman

224 Seiten. Paul Zsolnay Verlag 2007

Vom Furor der Liebe erzählt Franzobel in diesem Roman. Alexander Gansebohn, 34, ist Arabischübersetzer und seit sieben Jahren mit Marie, der Mutter seiner zwei Töchter, verheiratet. Verliebt ist er jedoch in seine Schulfreundin Dunja, die »Göttin meines Herzens«, wie er sie nennt. Ihr Techtelmechtel bleibt freilich nicht unentdeckt, und als Alexander wieder einmal erst im Morgengrauen nach Hause kommt, ist Maries Zorn nicht mehr zu zügeln: Samt der Kinder stürzt sie sich aus dem Schlafzimmerfenster. Alexander fährt sofort zu Dunja, doch auch sie will nichts mehr von ihm wissen.

Hin und her gerissen zwischen tiefer Verzweiflung und außer sich vor Genusswut, beginnt Alexander eine groteske Tour de force durch Wien. Im Wurstelprater entkommt er einem Attentat, bei Christian Dior wird er zum Hochstapler, und in der Fürstensuite des Hotels Bristol veranstaltet er ein sogenanntes »Jungfrauenroulette«, ehe er nach Jerusalem reist, um Terrorist zu werden. Doch nicht der Hass ereilt ihn dort, sondern die Liebe.

Voller Leidenschaft fabuliert Franzobel von der großen Liebe, diesem fragwürdig gewordenen, doch unersetzbaren Konzept des Abendlandes.

»Auch diesmal kracht und poltert es also wieder gehörig in Franzobels Roman und er zeigt sich einmal mehr als anarchischer Erzähler. Dass er das Genre der grotesken und makabren Inszenierungen souverän beherrscht, steht außer Zweifel.« Maria Renhardt, *Die Furche*

»Der Wiener Fabulierkünstler treibt hier mit unserem romantischen Love-Ding ein Dekonstruktionsspiel, das sich als Parabel ebenso wie als Tour de Farce lesen lässt.« Michael Kohtes, *Die Zeit*

FRANZOBEL
Österreich ist schön
Ein Märchen

192 Seiten. Paul Zsolnay Verlag 2009

Albin, Albona, Alfred, Alban und ihr Vater Dzevat Zogaj werden im Herbst 2007 aus Österreich in den Kosovo abgeschoben, die fünfzehnjährige Arigona, ihre Schwester beziehungsweise Tochter, taucht unter, droht mit Selbstmord; nach ihrem Auftauchen gewähren ihr und ihrer psychisch kranken Mutter der Pfarrer von Ungenach, dann der Baron von Frein nahe Frankenburg Unterkunft. Politiker schalten sich ein, der Fall spaltet Österreich: Pfarrer Friedl sieht sich mit Kirchenaustritten konfrontiert, dem Baron werden tote Katzen vor die Tür geworfen, Gerüchte um eine Schwangerschaft Arigonas kursieren. Auf der anderen Seite ergreifen Nachbarn und Freunde die Initiative.
Eine wahre Geschichte, kein Märchen: Franzobel war in den Heimen der Asylbewerber, er führte Gespräche mit Arigona und Diskussionen in Wirtshäusern. Nun legt er einen sachlichen, gleichwohl persönlichen Essay zum Thema Migration vor sowie das Schauspiel »A Hetz oder Die letzten Tage der Menschlichkeit«, in dem der vielfach ausgezeichnete Dichter den Menschen aufs Maul schaut wie einst Karl Kraus.

»Ein Stück engagierter, zwingender Literatur.«

Wolfgang Paterno, *profil*